Brandon Sanderson

布蘭登・山德森

蒸騰海洋
阿拉克
索米
阿卡克
北握
賀達熙
穆恩密庫
法瑞克夫
雷沃拉
魯帕拉特
艾拉那
賈·克維德
貝拉
科林納
卡
法拉斯
食角人山峰
書林
無主丘陵
席
巴伏
烈
拉薩拉思
晨影
席爾那森
雅
特里亞斯
費德納
度馬達利
力亞
塔拉海
卡拉納克
破碎平原
凍土之地
卡布嵐司
新那坦南
長眉海峽
淺窖
賽勒那
始源之海
深淵

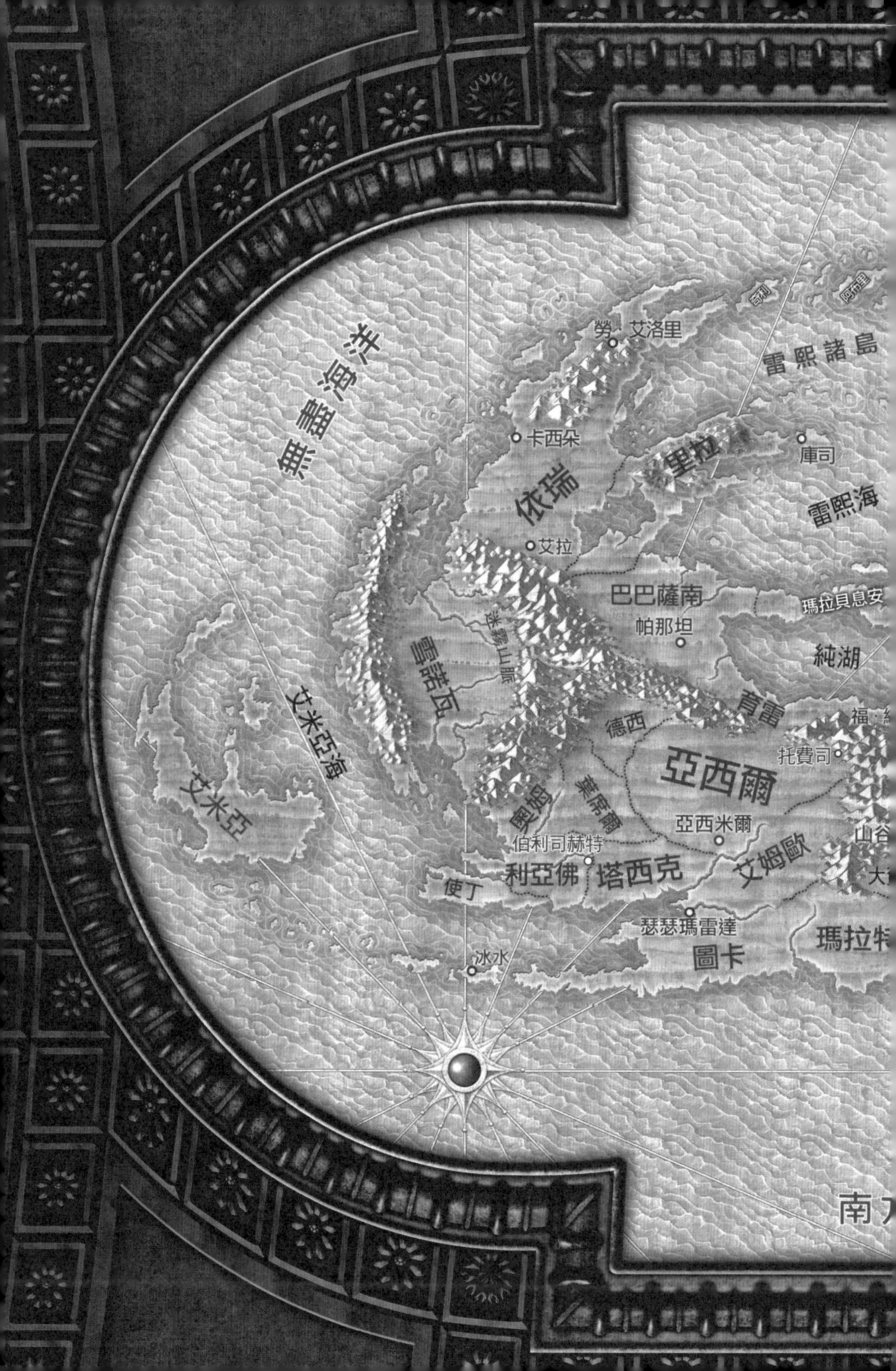
無盡海洋
奇利
阿布里
勞．艾洛里
雷熙諸島
卡西朵
里拉
庫司
依瑞
雷熙海
艾拉
巴巴薩南
瑪拉貝息安
帕那坦
純湖
迷霧山脈
雪諾瓦
育雷
福．紀
德西
托費司
亞西爾
艾米亞海
艾米亞
奧瑞
葉席爾
亞西米爾
艾姆歐
伯利司赫特
利亞佛
塔西克
使丁
瑟瑟瑪雷達
圖卡
瑪拉特
冰水

Brandon Sanderson

布蘭登・山德森

BEST 嚴選

奇幻基地出版

颶光典籍二部曲

燦軍箴言．下冊

The Stormlight Archive: Words of Radiance

布蘭登．山德森 著

段宗忱 譯

Brandon Sanderson

BEST嚴選

緣起

在繁花似錦的奇幻文學花園裡，你或許還在門外徘徊，不知該如何抉擇進入的途徑；也或許你已經置身其中，卻因種類繁多，或曾經讀過不合口味的作品，而卻步、遲疑。

BEST嚴選，正如其名，我們期許能透過奇幻基地對奇幻文學的瞭解，以及對讀者的理解，站在出版者與讀者的雙重角度，為您精選好作家與好作品。

他們是名家，您不可不讀：幻想文學裡的巨擘，領域裡的耀眼新星。

它們最暢銷，您怎可錯過：銷售量驚人的大作，排行榜上的常勝軍。

這些是經典，您務必一讀：百聞不如一見的作品，極具代表的佳作。

奇幻嚴選，嚴選奇幻。請相信我們的眼光，跟隨我們的腳步，文學的盛宴、幻想世界的冒險，就要展開。

excellent bestseller classic

目錄

目錄

插圖

（注：許多插圖和標題都涉及後文內容，如要閱讀，請慎思。）

重拾古老誓言
生先於死
力先於弱
旅程先於終點
人與碎甲重聚
燦軍必將再起

《第二卷》

燦軍箴言

Words of Radiance

47 女性魅力

然而，軍團們並沒有因爲如此巨大的失敗而喪失士氣，因爲織光師（Lightwaver）提供了靈性的滋養，他們受到那些光輝的創造吸引，因此要進行第二次攻擊。

——收錄於《燦言》，第二十一章，第十頁

「這不合理啊。」紗藍說。「圖樣，這些地圖根本看不懂。」

靈飄在空中，化成三維的形體，滿是扭轉的線條跟交角。畫它非常困難，因爲每次她想仔細去看它的形體某部分，就會發現其中細節之龐雜，根本不是人力能描繪的。

「嗯嗯？」圖樣哼著問。

紗藍下了床，把書丟上漆成白色的書桌。她跪在加絲娜的箱子邊，翻找了一陣後，拿出羅沙的地圖。這張地圖很古老，也不太正確，雅烈席卡畫得太大，整個世界也有點變形，商道被特別強調，絕對是現代地表普查與製圖技術之前的產物。不過這還是很重要的一張地圖，因爲它顯示燦軍時代的銀色帝國所在位置。

「兀瑞席魯。」紗藍指著一個發光的城市，在地圖上被放置於一切的中心。它不在雅烈席卡，當時的古名是雅烈席拉王國，地圖把國家畫在山區中央，旁邊應該是現代的賈・克維德。不過加絲娜的注記說，同一時期的其他地圖把雅烈席卡畫在別的地方。「他們怎麼可能不知道他們的首都、騎士軍團的中心，在哪裡？爲什麼每張地圖都跟它當代的同伴完全不同？」

「嗯嗯嗯……」圖樣深思地說。「也許很多人聽說過，卻沒去過。」

「製圖的人也是？還有那些委託製作的國王們？他們一定有人去過那裡，爲什麼這種地方在羅沙會這麼難定位？」

「也許他們想要保持祕密？」

紗藍用加絲娜箱子裡的小惡魔蠟將地圖黏在牆壁上。

她往後退，雙手抱胸。她沒穿上今天的外出服，還穿著睡衣，雙手外露。

「如果是這樣的話，那他們也藏得太好了。」她找出幾張同時期的地圖，都是由別的國家所製作。紗藍發現每張地圖中，製作國都會比實際範圍大很多。她也把那些地圖黏在牆壁上。

「每張地圖都把兀瑞席魯放在不一樣的地方。」紗藍說。「都離他們的國界比較近，卻又不在裡面。」

「每張地圖上都有不同語言。」圖樣說。「嗯……這也是圖樣。」它開始試著要唸出來。

紗藍微笑。加絲娜說有幾張地圖有可能是以晨頌——一個已經死絕的語言——所寫下的。學者們花了好幾年，想要——

「貝哈丹王（Behardan King）……還有我不懂的……大概是軍團……」圖樣說。「地圖？對，應該是地圖。所以下一個應該是畫……畫……某個我不懂的……」

「你在讀？」

「那是個圖樣。」

「你在讀晨頌。」

「讀得不好。」

「你在讀晨頌！」紗藍驚呼。她快速跑到圖樣飄浮的地圖旁，然後用手指描著下方的書寫。「你說是貝哈丹？也許是巴赫登（Bajerden）……就是諾哈頓（Nohadon）本人。」

「巴赫登？諾哈頓？人一定要有這麼多名字嗎？」

「一個是尊稱。他原本的名字被認爲不夠對稱，好吧，應該說根本完全不對稱，所以執徒好幾個世紀以前給了他一個全新的名字。」

「可是……新的也不對稱啊。」

「那個哈的音可以用任何字母取代。」紗藍心不在焉地說。「我們寫的時候把它寫成對稱的字母，好讓這個字可以平衡，但是在上面加了一個差異性符號，表示是該唸哈音，好讓這個字比較容易唸。」

「這——怎麼可以這樣，明明不對稱，還假裝對稱！」

紗藍不管它氣急敗壞的聲音，而是去看著怪異的字母，據說那就是晨頌。紗藍心想，如果我們眞的能找到加絲娜說的城市，如果那裡眞的有紀錄，也許就是用這個語言寫下的。「我們得知道你能翻譯多少晨頌。」

「我不懂得。」圖樣不耐煩地說。「我推測了幾個字。我可以翻譯這個名字，因爲上面城市的讀音。」

「可是那些讀音不是用晨頌寫的！」

「書寫的文字有同樣的根源。」圖樣說。「很明顯。」

「明顯到人類學者從來沒有發現過。」

「你們沒有那麼擅長看出圖樣。」它說著，聽起來很得意。「你們是抽象的，你們用謊言思考，然後告訴自己這些謊言。這種事非常奇特，但是這不適合你們看出圖樣來。」

你們是抽象的……紗藍繞過床，從那裡的一堆書中抽出一本，作者是雪諾瓦的學者哈思維司之女艾李。這是雪諾瓦學者的論述裡讀起來最有意思的一群人，因爲他們對於羅沙其他區域的觀點總是這麼直率、與眾不同。

她找到自己想要的段落。加絲娜的筆記中特別強調了這個段落，所以紗藍想看全本。瑟巴瑞爾給她的津貼——他眞的照實付了——非常有幫助。法達跟加茲在她的要求之下花了幾天的時間造訪書商，詢問是否有《燦言》，那本加絲娜死前交給她的書。目前爲止還沒有找到，不過有個書商說他也許能從科林納訂來。

「兀瑞席魯是所有國家之間的紐帶。」她從雪諾瓦學者的作品中讀到。「有些時候，也是我們唯一通往外界的道路，因爲其不再聖潔的岩石。」她抬頭看向圖樣。「你覺得這是什麼意思？」

「就是它的意思。」圖樣回答，依然飄在地圖邊。「兀瑞席魯與周圍連接得很好。也許是路？」

「我一直把這個句子視爲譬喻，以爲它交流了周圍國家的目標、思想、學術研究。」

「啊。謊言啊。」

「如果不是譬喻呢？如果眞的像你說的那樣呢？」她站起身，走向房間對面的地圖，手指按著中央的兀瑞席魯。「紐帶……但沒有路。有些地圖與兀瑞席魯之間根本沒路，而每張地圖都把這個地點放在高山區，至少是在丘陵區……」

「嗯。」

「如果靠的不是路，該怎麼到達一個地方？」紗藍問。「諾哈頓自稱可以走過去，可是其他人都沒提到騎乘或走路去兀瑞席魯。」的確沒幾個人寫過造訪兀瑞席魯的事，那是一個傳說，大多數現代學者認爲那就是一個神話。

她需要更多資訊。她跑到加絲娜的箱子邊，挖出一本筆記。「她說兀瑞席魯不在破碎平原上。」紗藍說。「可是如果通往那裡的路在這裡呢？可能不是普通的路。兀瑞席魯是封波師的城市，是屬於古代的偉大奇跡，像碎刃那樣。」

「嗯……」圖樣輕聲說。「碎刃不偉大……」

紗藍找到了她在找的段落。她覺得奇特的不是章節本身，而是加絲娜的注解。這又是一個民間故事，收錄在《深眸人之間》，作者是卡琳娜，一百零二頁。這些故事裡面充滿了立即傳送還有誓門立即傳送。誓門。

「她就是爲了這個才來這裡。」紗藍低聲說。「她覺得能在這裡找到一條通道，就在平原上，但這裡是荒瘠的颶風之地，只有岩石、克姆泥，還有大殼。」她抬頭看圖樣。「我們眞的需要去破碎平原。」

她的宣告與充滿威脅的鐘聲同時響起。威脅來自於這表示現在的時刻比她以爲的要更晚了。颶風的！她中午要跟雅多林見面，如果想準時，她得在半個小時內離開。

紗藍驚呼一聲，跑進浴室，轉開往浴缸注水的水龍頭。在吐出一陣骯髒的克姆泥水之後，乾淨溫暖的水開始流出，她把浴缸底部塞緊，再次讚嘆地伸出手，放入流淌而出的溫水。瑟巴瑞爾說過最近有一些法器師來訪，提議要幫他加上一座法器，能讓屋頂上的水缸隨時保持溫暖，就像卡布嵐司那時一樣。

「我，要允許自己對種事變得非常、非常習慣。」她邊說邊脫下軟袍。

她跨進浴缸，圖樣則挪到上方的牆壁。她之前已經決定不要在它面前感到害羞，雖然它確實有男性的聲音，但它不是眞的男人，況且到處都有靈。浴缸裡面大概也有一個，牆壁上也有，她自己親眼見過，一切都有靈魂，或稱爲靈，或是什麼不知名的東西。她會在乎牆壁有沒有看她嗎？不會。那她爲什麼要在意圖樣？

不過每次它看著她脫衣服的時候，她還是必須對自己重複一遍這樣的邏輯。如果它不是對一切都這麼可惡的好奇就好了。

「性別之間的器官差異這麼少，」圖樣輕輕地哼著。「可是如此深刻，而且你們還會刻意加強：長頭髮，臉頰上的胭紅。我昨天晚上去看瑟巴瑞爾洗澡，然後——」

「請告訴我你沒有去。」紗藍滿臉通紅地從鐵浴缸旁邊的罐子抓起一把肥皀。

「可是……我才剛告訴妳我去了……反正他沒看到我。如果妳願意配合的話，我也不需要這樣做。」

「我不會替你畫裸體畫。」

之前她一不小心提到許多偉大的藝術家都用這種方式訓練自己，所以她曾在家裡懇求許久之後，讓幾名女傭同意讓她臨摹，只要她答應之後毀掉那些素描。她確實毀掉了。而且她絕對不會用那種方式畫男人。颶風的，那太丟臉了！

她沒有讓自己在浴缸裡待太久。時鐘顯示已過四分之一小時，她站起身穿好衣服，在鏡子面前梳理她的溼髮。

她怎麼能再回到賈．克維德那樣平靜、鄉間的生活？答案很簡單。她應該再也不會回去。這個想法曾經讓她充滿驚恐，現在她一想到就覺得開心——不過她下定決心要把哥哥們都帶到破碎平原來。他們在這裡絕對比在她父親的宅邸中安全，而且，他們會被迫捨棄掉什麼？幾乎什麼都沒有。她開始覺得這個解決方法比什麼都好，也讓他們不必正面處理消失的魂器問題。

她去找了跟塔西克連通的一個情報站——每個戰營裡都有一個——然後付錢將一封信還有一支信蘆，由法拉斯的信差送給她哥哥們。可惜的是這要花上好幾個禮拜，甚至可能到不了。情報站中的商人警告她，因爲繼位之戰，現在要穿過賈．克維德很困難。爲了小心起見，她從北握也送了第二封信，這已經是離戰場最遠的地方了，希望至少有一封能夠安全抵達。

當她再次建立起連結時，只會跟她哥哥們說一件事：放棄達伐宅邸，拿著加絲娜送去的錢，逃到破碎平原。現下，紗藍已經盡她所能了。

她在房間中奔跑，一腳跳著邊套上鞋子，經過了地圖。*我晚點再來處理你們。*

現在該是去追求她的未婚夫的時候。一定有辦法的，她讀的小說顯示這種事很簡單。搧搧睫毛、適當的時機臉紅一下之類的，最後那項她挺擅長。不過抓時機可能就有點問題。她扣起包住內手的袖子，停在門口，看到她的素描本跟炭筆躺在桌子上。

她這輩子出門一定都要帶著這些東西。她把兩者塞入她的背包裡，衝了出去。穿過這棟白色大理石的房子時，她看到帕洛娜跟瑟巴瑞爾坐在有著巨大玻璃窗的房間裡，面向花園。帕洛娜正面朝下躺著，享受按摩——全身赤裸。瑟巴瑞爾則歪倒著在吃糖，一名年輕女子站在講台前，爲他們唸詩。

紗藍很難判斷這兩人到底是什麼樣的組合。瑟巴瑞爾，他是高明的實業規劃家，還是好吃懶惰愛享受的人？兩者皆有？帕洛娜的確喜歡財富帶來的享受，但是她沒有半點高傲。紗藍過去三天都在看瑟巴瑞爾家的帳本，發現裡面眞是一團亂。他在其他地方似乎都聰明至極，爲什麼會讓自己的帳本亂成這樣？

紗藍不是特別擅長算學，那跟她的繪畫能力比起來差了一截，但是她有時還是喜歡解數學題，所以她下定決心一定要釐清這些帳目。

加茲跟法達在門外等待著。他們跟著她來到瑟巴瑞爾的座車前，車子已準備好要讓她使用，而她的一名奴隸則充當男僕。阿恩說他以前做過這份工作，她上車時，他朝她微笑，這個畫面很好。來到這裡的一路上，即使是解放了這些奴隸時，她都不記得這五個人有過半絲笑意。

「你有被好好對待嗎，阿恩？」她問，阿恩正替她開門。

「是的，主人。」

「如果沒有的話，你會告訴我？」

「呃，會，主人。」

「你呢，法達隊長？」她轉向淺眸士兵。「你覺得你的住所如何？」

他沉哼了一聲。

「意思是還可以？」她問。

加茲笑了，他很擅長聽出她的雙關語。

「我承認妳信守承諾，士兵們很高興。」法達說。

「那你呢？」

「無聊。我們每天就是待在這裡，收妳給我們的錢，去喝酒。」

「大多數人會認爲這是理想的職業。」她朝阿恩微笑，然後上了車廂。

法達替她關門，從窗口看紗藍，「大多數人是白癡。」

「胡說。根據平均定律計算，只有一半是白癡。」紗藍微笑地說。

他又沉哼一聲。她正逐漸摸索解讀不同哼聲的訣竅，這是學會法達語的必備技能。這種哼聲的意思大概是：「我不會承認我聽懂了妳的笑話，因爲這會破壞我身爲徹底、絕對蠢蛋的名聲。」

「看樣子我們得一直待在車頂。」他說。

「謝謝你主動提起。」紗藍說完，拉下窗簾，外面的加茲又笑了。兩人爬上車頂後方的守衛位置，阿恩則跟車伕一起坐到前面。這是輛眞正的馬車，拉車的是馬，配備齊全。之前紗藍要求使用馬車的時候還覺得過意不去，但是帕洛娜笑說：「妳什麼時候想坐都行！我有自己的馬車，而如果圖利的車不在家，那別人叫他出門的時候，他就可以有理由不出去了。他最喜歡這樣。」

紗藍關上另外一邊的窗簾，車伕駕駛馬車滾滾向前。她拿出了素描本，圖樣在第一個空白頁面上等她。紗藍壓低了聲音說：「我們現在要實驗我們的能力有什麼。」

「好刺激！」圖樣說。

她拿出自己的一袋錢球，吸入一些颶光，然後把颶光吐出在面前的空氣中，想要調整它、塑造它。什麼都沒發生。

接下來，她嘗試在腦海裡保持一個很明確的影像——她自己，但是有一個小改變，是黑髮而不是紅髮。她吐出颶光，這次颶光在身邊凝聚一陣後，又消散了。

「這也太蠢了。」紗藍輕聲說，颶光從她口中流瀉。她快速地畫了一幅黑色的自己。「我有沒有先畫出來有什麼差別？這支炭筆連顏色都畫不出來。」

「應該是沒有關係，但是對妳卻有關係。我不知道爲什麼。」圖樣說。

她完成了素描。線條很簡單，沒有她的五官，只有頭髮，其他都很模糊。可是這次她用颶光的時候，影像成形了，頭髮暗成黑色。

紗藍嘆氣，颶光從唇邊流出。「要怎麼樣讓幻象消失？」

「不要再餵食。」

「怎麼做？」

「妳覺得我會知道？妳才是餵食的專家。」圖樣說。紗藍聚集起她的錢球，已經有幾枚暗掉了。全部一起放在對面的椅子上，她接觸不到的距離。但這樣還不夠遠，因爲她的颶光用完時，仍然會以自己恍然未知的直覺又吸入更多，讓光從對面流入她體內。

「還沒練多久我就已經這麼擅長了。」紗藍恨恨地說。

「沒練多久？」圖樣說。「可是我們剛開始……」

她對它的話充耳不聞，直到它說完爲止。

「我眞的需要再找一本《燦言》，也許裡面會提到該怎麼驅散幻象。」紗藍又開始畫了起來。

她繼續畫下一張圖，是瑟巴瑞爾。前天晚上她從阿瑪朗的住所勘查回來以後，共進晚餐時取得他的記憶。她想要把這幅素描中所有細節捕捉完整，收入她的蒐藏，所以花了點時間，幸好平整的道路沒什麼顚簸。地點雖然差強人意，但是她近來的時間越來越少，又要研究、又要替瑟巴瑞爾做事、還要滲透鬼血、跟雅多林・科林見面。她年輕一點的時候，時間比現在多太多了，忍不住覺得自己當初眞是太浪費。

她讓自己沉浸於其中。筆在紙張上劃過的熟悉聲音，讓她更專注於創造。美在紙上、在周圍呈現，創造藝術不是透過捕捉，而是參與。

她畫完之後，往窗外一瞥，知道自己離皇宮很近了。她拿起素描端詳一番，暗自點頭。很好。

接下來她嘗試用颶光來創造影像。她吸入很多颶光以後，影像立刻成形，瞬間凝化成瑟巴瑞爾坐在她對面的樣子，姿勢跟素描中一樣，伸手要割下一塊影像中沒有包括的食物。

紗藍微笑。她的細節無懈可擊。皮膚上的皺摺和毛髮根根清晰，這不是她一一畫的，因爲不可能素描得出頭上的每根頭髮跟皮膚上的每個毛孔。但是她的影像卻包括了這些，所以並不是完全照她的畫來創作，而是利用畫爲核心，形成影像的模型。

「嗯。」圖樣的聲音透露著滿意。「妳最眞實的謊言之一。太棒了。」

「他不會動。就算沒有這種不自然的姿勢，也不會有人以爲這是活生生的人。他的眼睛沒有神采，胸口沒有呼吸起伏，肌肉也沒有動靜，細節是夠充足了，但看起來就像是很精細卻仍是死物的雕像。」

「光的雕像。」

「我不是說這不好，但是除非我能讓這些影像活起來，否則要使用還是太困難。」多奇特，她居然會覺得自己的素描是活的，但是這個如此逼眞的東西卻是死的。

她伸手揮過影像。如果她的動作慢一點，就不會產生太大的動靜，但是快速揮手穿過時，影像會如煙霧一般晃動。她還注意到一件事，當她的手伸入影像……

沒錯。她深吸一口氣，影像消散成煙霧，吸入她的皮膚。她可以取回影像中的颶光。又一個被解答的疑問，她心想，往後一靠，在素描本背面記下這次經驗。

馬車來到外市場時，她開始收起素描本。雅多林應該在這裡等她，他們會按照前一天約定一起去散步。她覺得事情挺順利的，可是她也知道自己需要讓他留下深刻的印象。她在娜凡妮光淑身上下的工夫到目前爲止還沒什麼作用，而她眞的需要與科林家族的聯盟。

這讓她開始思索起來。她的頭髮差不多乾了，通常她會讓頭髮垂直披散在背後，只有自然的髮浪讓頭髮顯得蓬鬆，而雅烈席卡女人喜歡繁複的辮子盤髮。她的皮膚蒼白，又有淺淺的雀斑，身體的曲線沒有玲瓏到會引人嫉妒。原本她可以靠幻象改變這一切，進行調整，但雅多林已經見過沒有幻象的她，所以不能做太大的改動，不過她可以讓自己顯得更好些，就像化妝那樣。

可是她又遲疑了。如果雅多林最後同意結婚的話，那會是因爲她本人，還是因爲她的謊言？

傻女孩，紗藍心想。妳之前願意改變外貌讓法達跟隨妳、獲得在瑟巴瑞爾家中的地位，現在爲什麼不

願意了？

可是靠幻象來吸引雅多林的注意，會帶她走上一條很艱困的道路。她總不能老是偽裝吧？結了婚也要這樣？最好先測試不靠偽裝能走到哪一步，她一邊心想，一邊下了馬車。她必須依靠自己的女性魅力。

她多麼希望知道自己是否有半點魅力。

48 不再軟弱

三年前

「紗藍，妳畫得真的很好。」巴拉特翻著她的素描本。兩人坐在花園裡，維勤陪著他們，坐在地上丟著一個用布包裹的球給他的野斧犬沙齊薩去追著玩。

「我的人體結構不對。」紗藍臉紅地說。「比例老是畫不好。」她需要有人擺姿勢讓她練習。

「妳比母親好很多了。」巴拉特翻到另一頁，上面是巴拉特在訓練場跟他的劍術教師在練習。他把畫歪向維勤的方向，後者挑挑眉毛。

過去四個月以來，她的三哥看起來越來越好。比較沒那麼瘦，比較結實，手邊幾乎隨時都有算數問題。父親曾經對維勤怒吼過一次，宣稱這種習慣太過女性化，根本上不了檯面，但是父親的執徒難得一次來到父親面前，要他冷靜下來，說全能之主贊許維勤的興趣，希望維勤能夠有一天加入他們。

「我聽說你又從愛莉塔那裡收到信了。」紗藍試圖讓巴拉特的注意力從素描本上移開，看著他翻過一頁又一頁，她忍不住一直臉紅。這些不該給人看的，畫得根本不好。

「對啊。」他滿臉笑意。

「你要讓紗藍唸給你聽？」維勤邊丟球邊問。

巴拉特咳嗽。「我讓瑪麗絲來唸了。紗藍那時在忙。」

「你害羞了！」維勤一指。「信裡寫什麼？」

「我十四歲的妹妹不該知道的事！」

「這麼火熱啊？」維勤問。「沒想到那個塔維納家的女孩居然是這一型的，她看起來很端莊啊。」

「不是！」巴拉特臉更紅。「沒有火熱，只是私密而已。」

「私密就像你的——」

「維勤。」紗藍打斷他。

他抬起頭，注意到怒靈開始在巴拉特的腳下聚集。「颶風的，巴拉特，你對那女孩的事情那麼敏感啊。」

「愛讓我們都成爲傻子。」紗藍想讓兩人不再吵下去。

「愛？」巴拉特瞥向她。「紗藍，妳才剛剛到可以遮起內手的年紀。妳對愛知道多少？」

她滿臉通紅。「我……算了。」

「噢，你看看，她一定又有什麼鬼主意。妳還是好好說吧，紗藍。」維勤說。

「這種事情藏著不好。」巴拉特贊同。

「米妮絲塔拉說我說話太直接，不是女性該有的特質。」

維勤笑了，「我認識的每個女人好像都是這樣。」

「是啊，紗藍，如果妳沒辦法對我們說妳想到的事情，還能跟誰說？」巴拉特說。

「樹、岩石、樹叢，基本上只要不會讓我在家教那裡惹上麻煩的都可以。」

「那不用擔心巴拉特了。他什麼聰明的東西都記不住，就算想要說給別人聽也不行。」維勤說。

「喂！」巴拉特說。不幸的是，這句話其實沒錯。

「愛，就像一坨芻螺屎。」紗藍開口，不過一部分也是爲了讓他們不要再吵下去。

「臭？」巴拉特問。

「不是。雖然我們很努力想要避開，卻還是會踩進去。」紗藍說。

「對於一個剛好十五個月前才變成少女的女孩來說，這眞是很深奧的話啊。」維勤笑著說。

「愛就像太陽。」巴拉特嘆口氣。

「令人眩目？潔白、溫暖、強大，卻又能燒傷人？」紗藍問。

「也許吧。」巴拉特點頭。

「愛就像賀達熙外科醫生。」維勤看著她說。

「怎麼說？」紗藍問。

「妳告訴我啊，我想聽聽妳怎麼說。」維勤說。

「呃……遇上兩者，之後都會覺得很不安？」紗藍說。「不對。噢！只有在腦袋被人重重打過才會想遇到它。」

「哈！愛就像壞掉的食物。」

「生命中不可或缺的一環，但同樣讓人反胃。」

「父親的打呼聲。」

她打了個哆嗦。「沒有親身經歷過的人，絕對無法想像那有多麼讓人心神不寧。」

維勤輕笑。颶風啊，看到他這樣眞好。

「你們兩個夠了，這樣說話太不尊重人了。愛……愛就像是古典旋律。」巴拉特說。

紗藍抿嘴笑，「如果太早結束，觀眾會很失望？」

「紗藍！」巴拉特說。

維勤已經笑到在地上打滾了。片刻後，巴拉特也搖搖頭，笑了出來。紗藍自己則臉紅到不行。我剛才真的那樣說了？最後那個雙關語其實挺詼諧的，比其他的都好，但也太不端莊了。

她反而因此有種混合著罪惡感的快感。巴拉特看起來一臉尷尬，其中的雙關意義讓他滿臉通紅，集起一堆羞恥靈。可靠的巴拉特，他是多麼想要成爲他們的領袖。就她所知，他已經放棄殺死克姆林蟲爲樂的嗜好，墜入情網讓他變得堅強，讓他有了改變。

輪子壓上岩石的聲音傳來，宣告有座車來到他們家。沒有馬蹄聲——父親有馬，但是這一區裡沒幾個人有，他們的座車是芻螺或帕胥人拉的。

巴拉特站起身去看是誰來了，沙齊薩跟在後面，興奮地鳴叫。紗藍拾起畫板。父親最近禁止她畫宅邸的帕胥人或深眸人，他覺得那有失身分，讓她因此很難找到人練習。

「紗藍？」

她一驚，發現維勤沒跟著巴拉特去。「什麼事？」

「我錯了。」維勤說，遞給她一個小布囊。「妳做的那些事情，我一眼就看穿了，但是……還是成功了。地獄啊，居然成功了。謝謝妳。」

她準備打開他交給她的布囊。

「不要開。」他說。

「這是什麼？」

「黑毒葉。」維勤說。「這是一種植物，裡面是葉子，吃了會讓人全身麻痺，呼吸也會停止。」

她不安地把布囊口收緊。她甚至不想知道維勤怎麼會認得這種致命的植物。

「我把它帶在身上將近一年了。」維勤輕聲說。「據說摘下來越久，葉子的藥效就越強。我不再覺得我會用到它，妳可以把它燒掉，幹什麼都可以。我只是覺得，應該把它交給妳。」

她微笑，不過心中惴惴。維勤一直在身上帶著毒藥？他覺得他應該把毒藥交給她？

他跟在巴拉特身後跑去，紗藍將布囊塞回她的背包，決定之後找個方法毀掉它。她拿起炭筆，繼續畫畫。

沒多久，宅邸裡的喊叫聲打斷了她的專注。她抬起頭，不知道已經過了多久。她連忙站起身，把背包抓在胸前，過了前院。藤蔓在她面前顫抖收縮，她越加快腳步，就越常踩到藤蔓，感覺它們在她腳下一直想把長鬚扯回去。人工培養的藤蔓對周圍的感知比較不敏銳。

她來到宅邸後，聽到更多喊叫聲。

「父親！」是艾沙．傑舒的聲音。「父親，求求你！」

紗藍推開百葉門，絲綢裙襬摩擦著地面。她來到房間裡，看到三個穿著老式衣著的男人——長及膝蓋的塔卡瑪，鮮豔寬鬆的上衣，垂到地面的薄外套——站在父親面前。

傑舒跪在地板上，雙手被綁在身後。這麼些年來，傑舒因爲享受過度而變胖了。

「哼。我不會接受你們的勒索。」父親說。

「他的債務就是你的債務，光爵。」其中一人以平靜溫和的聲音說。他是個深眸人，但是說話的口音一點也不像。「他答應我們，你會償還他的債務。」

「他說謊。」父親說。家裡的侍衛艾克跟吉斯站在他身邊，雙手按著武器。

「父親。」傑舒流著淚，聲音低低地說。「他們會把我帶走……」

「你應該要騎馬去巡察我們的外圍莊園！」父親怒吼。「你應該要去視察我們的領地，而不是跟這些宵小吃飯，賭光我們的財富跟名聲！」

傑舒垂下頭，整個人垮了下來。

「他是你們的了。」父親說完，怒氣沖天地出了房間。

在紗藍的驚呼中，其中一人嘆口氣，朝傑舒揮手，另外兩人抓住他。他們似乎對於沒拿到錢就得離開這件事很不滿。傑舒顫抖著被他們拖走，經過巴拉特跟維勤，兩人正站在不遠處看著。傑舒懇求對方放他一馬，允許他再跟父親談談。

「巴拉特。」紗藍走到他面前，抓住他的手臂。「想想辦法！」

「我們都知道賭博會讓他走到這一步。」巴拉特說。「我們都跟他說過了，紗藍，他就是不聽。」

「他是我們的手足！」

「妳要我怎麼做？我要從哪裡弄到可以償還他的債務的錢球？」

傑舒的哭聲隨著離開宅邸而變得微弱。

紗藍轉身，跟在她父親身後追去，經過撓著頭的吉斯。父親已經進了兩個房間以外的書房，她在門口遲疑了腳步，看著躺倒在壁爐旁邊椅子中的父親。她進入房間，經過書桌。桌邊通常站著他的執徒，有時候會是他的妻子，整理他的帳本、讀報告給他。現在沒有人站在那裡，可是帳本是攤開的，展示出殘酷的事實。她的手舉到嘴邊，注意到幾封催討信。她幫忙處理過幾個小帳戶，但從來沒看過這麼全盤的帳目，如今她對眼前的這一切驚嚇不已。他們怎麼會欠了這麼多錢？

「我不會改變主意的，紗藍，出去吧。傑舒是自作自受。」父親說。

有。

「可是——」

「出去！」父親吼叫著站起身。

紗藍往後退縮，眼睛睜大，心臟差點要停止。懼靈在她身邊扭動竄起。他從來沒對她吼過，從來沒有。

父親深吸一口氣，然後走到窗戶旁。他背對著她，繼續說：「我付不出這些錢球。」

「爲什麼？」紗藍問。「父親，是因爲跟瑞維拉光爵的交易嗎？」她看著帳本。「不對，不只這樣。」

「我一定會讓自己有所成就，還有這個家族。我會讓他們不再背對著我們交頭接耳，我會結束他們的質疑，達伐家族會成爲這塊土地中的勢力。」父親說。

「就靠賄賂這些名義上的盟友？花費我們沒有的金錢？」紗藍說。

他看著她，臉藏在陰影下，但是眼睛仍然反射出光芒，像是兩抹火焰，在頭顱的凹陷處跳動。紗藍突然感覺到父親傳來一陣令人害怕的恨意。他走過來，抓住她的雙臂，她的背包落在地上。

「我是爲了妳才這麼做的。」他咆哮，用力地抓住她的手臂，令她發痛。「妳要服從我。我居然犯下這種錯誤，讓妳學會可以質疑我。」

她痛得嗚咽出聲。

「這個家即將改變。」父親說。「軟弱的時候結束了。我找到方法……」

「求求你，鬆手。」

他低頭看她，似乎第一次看到她眼中的淚水。

「父親……」她低聲說。

他抬起頭，看向他的房間。她知道他在看母親的靈魂。他鬆開她，讓她整個人軟倒在地，紅色的頭髮遮住臉龐。

「妳被禁足了，去妳的房間。除非我允許，否則不得出來。」他喝斥。

紗藍連忙爬起，抓起她的背包離開房間。她衝入走廊中，停下來背貼著牆，沙啞地喘息，眼淚從下巴顆顆滴落。原本一切都在變好……她父親也在變好……

她用力閉起眼睛，內心情緒交互翻騰。她控制不了。

傑舒。

*父親看起來真的想要傷害我的樣子，*紗藍顫抖地心想。*他變了好多。*她開始想要蹲下來，手臂抱著自己。

傑舒。

堅強的孩子，繼續去砍斷那些刺……創造出通往光的路……

紗藍強迫自己站起，一邊哭一邊跑回宴會廳。

巴拉特跟維勤都坐在那裡，米娜拉靜靜地倒酒給他們。侍衛已離開，應該是去守在莊園各處。

當巴拉特看到紗藍時，睜大了眼睛起身，衝到她身邊，慌亂中撞倒自己的酒杯，酒水流淌了一地。

「他傷了妳嗎？」巴拉特問。「地獄的！我會殺了他！我會去找藩王，去——」

「他沒傷到我。」紗藍說。「巴拉特，拜託你，給我你的匕首，父親給你的那一柄。」

他看向腰帶。「幹什麼？」

「它很值錢，我想要用它把傑舒換回來。」

巴拉特按著自己的匕首。「傑舒是自作自受，紗藍。」

「父親就是這樣對我說的。」紗藍回答，擦擦眼睛，然後迎向她哥哥的雙眼。

「我……」巴拉特回頭看向傑舒被抓走的方向。他嘆口氣，解開腰帶上的皮套，遞給她。「這不夠。他們說他幾乎欠了一百枚祖母綠布姆。」

「我還有我的項鍊。」紗藍說。

靜靜地喝著酒的維勤伸向腰帶，也拿下他的匕首，放在桌子邊緣。紗藍經過時一手抓起，跑出了房間。

她來得及趕上他們嗎？

她跑到外面時，看到座車只走了一小段路。她穿著軟鞋，用最快的速度跑在石板路上，朝已向大路打開的門口追去。她跑得不快，但芻螺也不快。她靠近的時候，看到傑舒被綁在座車後面徒步前進，沒有抬頭看經過他的紗藍。

座車停下，傑舒倒在地上，縮成一團。有著高傲態度的深眸男子打開門，看著紗藍。「他派了小孩來？」

「我是自己來的。」她舉起匕首。「請你看看，這做工很精緻。」

男人挑起眉毛，然後示意一個同伴下車接過。紗藍也取下項鍊，連同匕首一起放在男人手中。男人抽出一把匕首檢視起來，紗藍緊張地等著，不斷挪動重心。

「妳剛剛哭了。」車裡的男人說。「妳這麼在乎他？」

「他是我的哥哥。」

「那又如何？我哥哥想騙我錢的時候，我把他殺了。妳不該讓親情蒙蔽妳的雙眼。」男人說。

「我愛他。」紗藍低語。

男人檢視匕首，將兩者收回皮套中。「這是老師傅的手藝。」他承認。「我估價約有二十枚祖母綠布姆。」

「項鍊呢？」紗藍問。

「很簡單，卻是鋁做成的，只可能是魂術做的。」男人對老闆說。「十枚祖母綠。」

「總數只有妳哥哥欠的一半。」車裡的男人說。

紗藍的心沉了下去。「可是……你要拿他怎麼辦？把他當成奴隸賣掉也還不了這麼一筆債啊。」

「我經常需要提醒我自己，淺眸人跟深眸人一樣會流血。」男人說。「有時候讓別人看看榜樣也很有用，提醒他們不要借還不了的錢。如果我好好地展示他，也許他可以替我省下更多錢。」

紗藍覺得自己好微小。她交疊雙手，一手遮起，一手露出。她失敗了嗎？父親書本中的女子，她開始欣賞的女子，絕對不會跟這個男人懇求、想要贏得這個男人的心。她們會用邏輯。

她不擅長邏輯。她沒有受過訓練，而且絕對沒有那種心性，可是當眼淚再次湧出時，她說了腦中浮現的第一句話。

「也許你可以因爲他這樣而省一筆錢，但說不定行不通。你準備要賭一把，但我不覺得你是那種會去賭的人。」紗藍說。

男人笑了。「爲什麼妳會這麼說？我來這裡就是因爲妳哥哥賭博！」

「不是。」她努力開口，因爲自己的眼淚而面紅耳赤。「你是那種因爲別人的賭博而獲利的人。你知道賭博往往都是以無意義的輸贏作結，我給你的則是有眞正價值的物品。拿去吧，拜託？」

男人想了一陣。他伸手要拿匕首，他的人把匕首遞過去。他拔出一把，檢視起來。「給我一個應該對這個人慈悲的理由。在我的屋子裡，他是個高傲又貪婪的傢伙，完全不考慮會不會對妳跟妳的家人帶來困擾。」

「我們的母親是被人殺死的。」紗藍說。「那個晚上我哭個不停時，傑舒一直抱著我。」這是她唯一說得出來的理由。

男人沉吟。紗藍感覺自己的心跳如雷。終於，他將項鍊拋還給她。

「留著吧。」他朝他的人點點頭。「把那小克姆林蟲給放了。孩子，如果妳夠聰明，妳會教導妳的哥哥要更……小心。」他關上門。

紗藍往後退開，另一人把傑舒的繩子割斷，然後爬回座車後方，敲了敲，車子離開。

紗藍跪在傑舒旁邊。他眨著一隻眼睛，另一隻已經瘀青，正開始腫成一團。她忙著解開他滿是鮮血的雙手。父親宣布那些人可以把他抓走才不過十五分鐘，他們顯然已經好好地讓傑舒知道他們沒有收到錢的想法。

「紗藍？」他的嘴唇上沾著鮮血。「發生什麼事？」

「你沒在聽？」

「我的耳朵嗡嗡作響。」他說。「一切都在天旋地轉。我……我自由了嗎？」

「巴拉特跟維勤用他們的匕首把你換回來。」

「米爾拿走一點東西就肯換我？」

「很顯然他不知道你真正的價值。」

傑舒露出滿口白牙的笑容。「妳真是伶牙利齒啊。」他在紗藍的幫助下站了起來，開始朝屋子一拐一拐地走回去。走到半路，巴拉特也到了，過來撐起傑舒的手臂。「謝謝。」傑舒低聲說。「她說你救了我，謝謝你，哥哥。」他哭了起來。「我……」

巴拉特看向紗藍，然後又看向傑舒。「你是我的兄弟。我們回去吧，你該好好梳洗一下。」

紗藍知道有人會照顧傑舒之後，便離開他們，走回屋子，爬上台階，經過父親發光的房間，進入自己的房間。她在床上坐下。

她在那裡等著風暴來臨。

下方傳來吼叫聲，紗藍緊閉起雙眼。

終於，她房間的門被打開。

她睜開眼睛，父親站在外面。紗藍可以看到他身後有一個人形倒在走廊上，是女僕米娜拉。她倒下的姿勢不對，一條手臂不正常地彎折，然後她的身體動了動，邊呻吟邊想要爬走時，在牆壁上留下一條條血痕。

父親進入紗藍的房間，在他身後關上房門。「妳知道我永遠不會傷害妳的，紗藍。」他輕聲說。

她點點頭，眼睛滲出眼淚。

「我找到控制自己的方法了。」她的父親說。「只要我把憤怒釋放出來就可以。我不能因為那份怒氣而怪罪自己，我的怒氣都是被那些不服從我的人創造出來的。」

她的抗議——想要說他沒有叫她立刻回自己的房間，只是要她進去之後不可以再出去——枯死在她的唇邊。愚蠢的藉口。他們都知道她刻意違背了他。

「紗藍，我不希望因為妳而需要去懲罰任何人。」父親說。

這個冷血的怪物，眞的是她父親嗎？

「時間到了。」父親點點頭。「不能再這樣放任下去。如果我們要成為賈．克維德中重要的人，我們不能讓別人以為我們是弱者。明白嗎？」

她點點頭，眼淚流個不停。

「很好。」他把手放在她的頭頂，然後梳了梳她的頭髮。「謝謝妳。」

他離開她的房間，把門關上。

這一頁是亞西爾當下的流行設計，使用當地人做爲人體示範。雖然這些都是公僕的制服，但是這些款式深刻地影響了所有的亞西須時尚。

49 看著世界改變

令人毫不意外的是，這些織光師囊括了許多追求藝術的人：作家、藝術家、音樂家、畫家、雕刻家。考慮到這支軍團普遍的性情，他們傳說中各色各樣的奇特記憶能力，也許是有所誇飾。

——收錄於《燦言》，第二十一章，第十頁

將她的馬車寄放在外市場的馬廄後，紗藍被帶領到雕刻在山壁岩石上的台階前。她爬上台階，然後遲疑地踏上從山邊鑿出的露台。淺眸人穿著時髦的衣服，喝著酒，坐在露台上許多鑄鐵桌邊聊天。

這裡離地面高到可以俯瞰戰營，往外望去是東邊，朝颶源點的方向。多反常的安排啊，讓她覺得相當赤裸。紗藍習慣所有的露台、花園、天井都要背向颶風。當然，颶風來臨時應該不會有人待在外面，但她還是覺得這很不對勁。

一名穿著黑白雙色制服的上僕來到面前，鞠躬，不需要介紹就以達伐光主稱呼她。她得習慣這一點，在雅烈席卡，她是個新鮮事物，而且很容易辨認。她讓僕從領著她穿過桌子，讓她的侍衛們可以先去右邊的岩石房間裡等待。這個房間有屋頂跟牆壁，可以完全遮蔽掉外界，其他人的侍衛也在這裡，等著主人的召喚。

紗藍吸引了其他客人的目光。很好。她來這裡就是爲了打翻他們的世界。越多人談起她，她就越有機會說服他們，只要時機一到，就能讓他們相信她關於帕胥人的說詞。帕胥人無所不在，就連在這間豪華的酒館裡也一樣。她看到角落有三個帕胥人，正在把酒瓶從架在牆上的架子搬到箱子裡，他們以緩慢卻無可抑止的速度前行。

再走幾步路，她就來到露台邊緣的大理石欄杆旁。雅多林坐在這裡，周圍沒有別人，可以毫無阻礙地望向東方。兩名達利納家族的護衛站在不遠處的牆邊，雅多林顯然足夠重要，他的侍衛不需要跟其他侍衛一起在別處等候。

雅多林翻著一個刻意被設計得很大的書頁夾，不會被誤會成是女人的書。紗藍看過有些書頁夾裡是戰局圖，其他則有盔甲設計或建築圖樣。她看到這個書頁夾的符文時一陣好笑，下面有女人的文字好進一步明辨其中的內容。這是利亞佛與亞西爾的流行時尚。

雅多林看起來跟先前一樣英俊，也許比以前更英俊，因爲現在他顯然更爲放鬆，但她不會允許他擾亂她的心神。她這次前來與他會面是有目的的：要與科林家族聯盟、幫助她的哥哥、給她資源揭露引虛者、找出兀瑞席魯。

她不能冒險讓自己像個弱者。她必須控制住整個情況，不能表現出癡迷的樣子，不能……

雅多林看到她，闔起書頁夾，站起身，露出大大的笑容。

噢，颶風的，他的笑容。

「紗藍光主。」他朝她伸出一隻手。「妳在瑟巴瑞爾的戰營住得好嗎？」

「好啊。」她也朝他露出大大的笑容。他的一頭亂髮讓她好想伸手梳理一番。*我們的孩子絕對會有最*

奇怪的髮色，她心想。他的金與黑雅烈席卡髮色，我的紅髮，還有……

她眞的在想像他們的孩子嗎？現在就開始在想了？蠢女孩。

「住得很好。」她繼續往下說，試圖不要融化得這麼徹底。「他對我頗爲和善。」

「大概因爲妳是家人。」雅多林讓她先坐下，然後把她的椅子往桌邊推近。他親自動手，而不是叫上僕來，她沒想到如此位高權重的人居然會這麼做。「瑟巴瑞爾只會去做他覺得自己逼不得已得做的事情。」

「我想他會讓你意外。」紗藍說。

「哦？他早就已經讓我意外好多次了。」

「眞的？什麼時候？」

「嗯。」雅多林坐下。「有一次他製造了一個非常，呃，響亮且不合時宜的噪音，當時他正在與國王會面……」雅多林微笑，聳聳肩，彷彿感到尷尬，但是他沒有臉紅，不像紗藍。「這算嗎？」

「我不確定。按照我對瑟巴瑞爾叔叔的理解，我懷疑這種事對他來說會讓人意外，應該反而是意料中事。」

雅多林大笑，仰起頭。「妳說得對，一點也沒錯。」

他似乎好有自信，不是高傲，不像她父親那樣。如今她反而覺得父親的態度不是因爲自信，恰恰相反。

雅多林似乎對於自己的身分跟周圍其他人的身分感到絕對自在，當他揮手要上僕拿酒單來的時候，他朝女人微笑，雖然她是深眸人，但那個微笑讓那個上僕也忍不住臉紅。

紗藍要吸引這個男人追求她？颶風啊！她覺得詐騙鬼血的領袖們還比較簡單。表現得高雅些，紗藍告訴自己。雅多林向來只與最上流的貴族交際，與世界上最講究的仕女們交往過，他對妳會有同樣的期望。

「所以，據說我們應該是要結婚的。」他邊說邊翻著酒單，每種酒都有符文解釋。

「光爵，你言重了。」紗藍謹慎地挑選用字遣詞。「我們不是應該要結婚。加絲娜只是要我們考慮聯姻的可能，而你的伯母似乎同意。」

「全能之主啊，請救救被他的女性親友決定未來的男人吧。」雅多林嘆口氣。「對啊，加絲娜快要中年還沒有伴侶就無妨，但如果我在二十二歲生日那天還沒有新娘，好像就會變成什麼危險的存在一樣。她這算是性別主義吧？」

「嗯，她也希望我結婚啊。」紗藍說。「所以我不會稱之爲性別主義，頂多是……加絲娜主義？」她想了想。「加絲至上？可惡，不對，應該要說是加性至上，但很不順口，對吧？」

「妳在問我？」雅多林翻轉酒單讓她看。「妳覺得我們該點什麼？」

「颶風啊，這些都是不同種類的酒？」她不可置信地說。

「對啊。」雅多林像是想跟她說個祕密般靠向前來，「說實話，我不太在意這個。雷納林知道每種酒的差別，如果妳讓他說下去，他可以喋喋不休好久。我呢，每次都挑個聽起來很重要的那種，但實際上是根據顏色挑選的。」他皺著臉。「技術上來說，我們現在處於戰爭時期，以防萬一，我不能喝太烈的酒。其實這有點蠢，因爲今天不會有台地戰。」

「你確定？我以爲那是隨機的。」

「沒錯，但是還沒有輪到我的戰營，況且對手不會在颶風快到的時候出兵。」他往後一靠，瀏覽著酒單，然後指向其中之一，向侍從眨眨眼。

紗藍感覺全身冰冷。「等等，颶風？」

「對啊。」雅多林審視角落的鐘，瑟巴瑞爾提過這些鐘越來越普遍。「應該隨時都要來了，妳不知道嗎？」

她瞬間說不出話來，看向東方，龜裂的大地。保持儀態！她心想。優雅！可是她內心不受控制的那部分，只想找個洞穴躲起來。她突然想像自己可以感覺氣壓下降，彷彿空氣都想逃走。她可以看到颶風開始了嗎？不對，那個不是，但她還是瞇起眼睛。

「我沒去看瑟巴瑞爾的那份颶風清單。」紗藍強迫自己開口說話。說實話，根據她對藩王的了解，清單應該已經過時。「我最近很忙。」

「啊，我還在想妳為什麼沒問這個地方的事，我以為妳聽說過了。」雅多林說。

這個地方。面向東方的開闊露台。喝酒的淺眸人如今都讓她覺得像是在等待什麼，帶著緊張的氣氛。第二個房間——就是給貼身護衛的大房間——還有厚重的大門，現在一切都很明朗了。

「我們要在這裡看著？」紗藍低聲說。

「這是最新的流行。」雅多林說。「據說我們應該要坐在這裡，直到颶風快來之後，再趕快跑到隔壁房間去躲起來。我想來這裡想了好幾個禮拜，最近才剛說服我的保母們，我在這裡會很安全。」最後一句話說得充滿氣憤。「如果妳想的話，我們可以現在就進入安全室。」

「不。」紗藍強迫自己鬆開抓著桌子邊緣的手指。「我沒事。」

「妳看起來很蒼白。」

「天然的。」

「因為妳是費德人？」

「因為最近我每天都處在驚慌邊緣。噢，那是我們的酒嗎？」儀態，她再次提醒自己，刻意不去看向東方。

僕人端來兩杯鮮亮的藍酒。雅多林拿起酒杯，研究起來。他聞了聞，啜飲一口，然後滿意地點點頭，帶著笑容讓僕人退下，卻盯著女僕離開時的搖曳臀姿。

紗藍朝他挑眉，但他似乎不覺得自己有哪裡做錯。他回頭看向紗藍，再次靠近。「我知道應該要晃晃酒，淺嚐一口什麼的，但是從來沒有人對我解釋到底是在找什麼。」他低聲說。

「也許是漂在液體裡的蟲子？」

「才不是，我的新任試吃者會發現的。」他微笑，但是紗藍知道他大概不是在說笑。一名沒有穿制服的瘦子走到旁邊去跟他的侍衛說話，也許就是試吃者。

紗藍啜著酒，酒很好喝，有點甜，帶一絲辣，不過颶風在前，她根本沒辦法分神去想酒的事——不要想了，她告訴自己，向雅多林微笑。她必須讓這次見面對他來說是愉快的過程。讓他多談談自己，她記得書中有這個建議。

「那個，台地戰，要怎麼知道開始了？」紗藍說。

「嗯？噢，我們有專門監控的人。」雅多林往椅背靠去。「有人站在塔上，用那些巨大的望遠鏡看著，他們檢視每個我們在一定時間內可以趕到的台地，尋找獸蛹。」

「我聽說你得到了不少個。」

「我不應該多談這種事，父親不希望讓這件事再成爲競爭項目。」他期待地看著她。

「但你一定可以講講以前發生過的事。」紗藍說，感覺她似乎滿足了對方的某種期待。

「應該可以。」雅多林說。「幾個月前，我有一次出兵，基本上是靠自己單打獨鬥奪回了獸蛹。本來父親通常會跟著我一起先跳過裂谷，爲木橋清道。」

「那不是很危險嗎？」紗藍盡責地睜大了眼睛問他。

「是很危險，但我們是碎刃師。我們有全能之主賜予的力氣與力量，這是極大的責任，我們的職責就是用它來保護我們的人民。我們先跳過去，就可以拯救好幾百條性命，也讓我們可以親自帶領軍隊衝鋒。」

他停頓了。

「好勇敢。」紗藍以她希望是充滿崇拜的氣音說。

「這樣做才是對的，但確實很危險。那天我跳過去之後，父親跟我被帕山迪人分隔得太遠，他被迫跳回去，結果他的腿被人打中，落地時他的護腿——就是腿上的一塊鎧甲——裂開了。這讓他不能再跳回來，因爲太危險，所以只剩我一個人，而他在等木橋就定位。」

他又停頓了。她應該要問接下來發生什麼事了吧。

「如果你需要大號怎麼辦？」她反而這麼問。

「我後來就背向裂谷魔，用我的劍大掃四方，打算要……等等，妳剛說什麼？」

「大號。」紗藍說。「你在戰場上，被包裹在金屬中，像是包在殼中的螃蟹。如果內急了怎麼辦？」

「我……呃……」雅多林朝她皺眉。「沒有女人問過我這個問題。」

「新鮮吧！」紗藍說，不過邊說邊臉紅。加絲娜一定會不高興，紗藍連一場交談都管不住自己的舌頭嗎？她都讓他談起喜歡的話題了，一切都很順利，結果居然出了這種事。

「這個嘛……」雅多林緩緩說。「每場戰事都會有中斷的時候，士兵也會從前線退下來、換上去，所以每戰鬥五分鐘，就可以休息幾乎同樣長的時間。當碎刃師撤退時，會有人負責檢查他的盔甲是否有裂縫，給他吃喝，幫他……做妳剛才說的事。這不是適合討論的話題，光主，我們通常不會談這種事。」

「所以才是好話題啊。」她說。「我可以在正式紀錄中了解關於戰爭還有碎刃師的種種，以及光榮的獵殺，但那些沒那麼乾淨漂亮的細節從來沒有人寫下過。」

「確實不乾淨漂亮。」雅多林苦著臉說，喝了一口酒。「因爲不能……我眞不敢相信我居然會說這種事……但其實穿著碎甲的時候，不能擦屁股，所以得要有人替你擦，讓我覺得自己像個嬰兒。有時候眞的沒時間……」

「所以呢？」

他瞇著眼睛端詳她。

「怎麼了？」她問。

「我只是想知道，妳是不是偷偷戴著假髮的智臣？他就是會對我做這種事。」

「我才沒有對你做什麼，我只是好奇。」她是眞的好奇，她早就想過這個問題，而且想的次數應該超過這種問題的價值。

「嗯，如果妳眞的想知道的話，戰場上有句老話：尷尬總比死了好。在戰場上，不能允許任何事情讓自己從戰鬥中分神。」

「所以……」

「所以，沒錯，我，雅多林．科林，國王的表哥，科林家族的繼承人，曾經穿著碎甲，大了自己一身。總共有三次，都是故意的。」他一口氣把酒喝光。「妳眞是很奇怪的女人。」

「請恕我提醒，我們今天剛開始交談，你就提起了瑟巴瑞爾的排氣問題。」紗藍說。

「確實如此。」他咧嘴而笑。「這次見面跟預想的不太一樣，對吧？」

「不好嗎？」

「沒有。」雅多林笑得更燦爛。「其實滿讓人耳目一新的。妳知道剛才那個拯救出兵行動的故事，我說了幾次嗎？」

「我相信你一定很勇敢。」

「沒錯。」

「不過可能沒有那些替你清理盔甲的人勇敢。」

雅多林放聲大笑。這是他第一次表現出比較像是眞正的情緒反應，而不是預演或是預期中的反應。他用力捶著桌子，然後揮手招來更多酒，擦乾眼角的一滴淚，朝她露出的笑容差點又讓她一陣臉紅。

等等，剛剛那個……成功了？紗藍心想。她原本應該要表現得女性化又纖細，而不是去問男人在戰場上排泄是個什麼情況。

「好吧。」雅多林接下那杯酒，這次甚至沒有多瞥女侍一眼。「妳還想知道什麼骯髒的祕密？妳讓我對妳坦白了一切，有一堆事情是故事跟正史都不會提到的。」

「那些蛹，它們長得什麼樣？」紗藍熱切地問。

「妳想知道這個？」雅多林抓抓頭。「我以爲妳一定想要知道會被磨破皮的……」

紗藍拿出背包，將一張紙放在桌上，開始素描。「就我所知，沒有人認眞地研究過裂谷魔。是有些裂谷魔屍體的素描，但除此之外沒有別的了，而且那些素描上的部位比例實在太差勁。

「裂谷魔的生命週期一定很有意思。牠們在裂谷中狩獵，但我懷疑牠們眞的住在那裡。裂谷裡的食物不夠餵養體積這麼大的生物，這表示牠們是因爲某種遷徙週期前來這裡。牠們是來這裡結蛹的。你看過青少年期的裂谷魔嗎？在牠們形成獸蛹之前？」

「沒有。」雅多林把他的椅子從桌子對面挪了過來。「那通常是晚上的事情，我們要等到白天才會看到牠們，而且從這裡很難看到，因爲牠們的顏色跟石頭一樣。我常覺得帕山迪人一定是觀察我們才行動。我們經常是在台地上才打起來，也許是他們看到我們動員之後，利用我們前進的方向，判斷要去哪裡找到蛹。我們總是先出發，但是他們在平原上的速度比較快，所以雙方幾乎同時抵達……」

他突然安靜下來，歪著頭去清楚看她的素描。「颶風的！紗藍，妳畫得眞好。」

「謝謝。」

「不，我是說眞的很好。」

她快速地畫了幾種她在書中讀過的不同獸蛹，旁邊還有一個簡潔的人形做比例尺。她畫得不是很好，因爲畫得很快，但是雅多林似乎眞的非常佩服。

「獸蛹的形狀跟質地，有助於判定裂谷魔屬於哪種動物種族。」紗藍說。

「這個最像。」雅多林靠得更近，指著其中一個圖。「我摸過的蛹都跟石頭一樣硬，沒有碎甲很難挖開，如果靠人跟鎚頭想破開獸蛹，得花上很久的時間。」

「嗯。」紗藍寫下筆記。「你確定？」

「對啊，牠們就長這樣。怎麼？」

「那是由內利的獸蛹，來自瑪拉貝息安周圍海域的大殼類。有人跟我說，那裡的人會餵罪犯給牠們吃。」

「好痛啊。」

「這也許只是個假正向結果，一個意外。由內利是海生品種，牠們上到陸地的唯一時候就是結蛹。但光憑這樣就判定牠們跟裂谷魔有血統關係，似乎有點牽強……」

「嗯，妳說什麼就是什麼。」雅多林喝了一口酒。

「這也許很重要。」紗藍說。

「從研究角度來說，是的。我知道，娜凡妮伯母沒事就在談這種事。」

「這有可能會有更實際的重要性。」紗藍說。「你的軍隊跟帕山迪人，每個月大概殺死多少隻？」

雅多林聳聳肩，「大概每三天一隻吧，有時候多點，有時候少點，所以……一個月十五隻？」

「你看到問題了嗎？」

「我……」雅多林搖搖頭。「抱歉，沒有。我在這種跟刺人沒關係的事情上都很沒用。」

她朝他微笑。「亂說，你在挑選酒類上頭也很傑出。」

「我差不多是隨便挑的。」

「但還是很好喝，證明了你的方法沒錯。言歸正傳，你看不到問題也許是因爲你不知道所有的事實。大殼類繁衍跟成長速度通常都很慢，因爲大多數生態環境都只能支持少量的大型頂尖獵捕者。」

「我聽說過這類的字。」

她看向他，挑起眉毛。他現在靠得離她近很多，才能看清楚她的畫。他擦著淡淡的古龍水，一種清爽的木香，天哪……

「好了好了。」他邊研究她的畫邊笑著說。「我沒我假裝的那麼笨，我懂妳說的了。妳眞的覺得如果我們殺得夠多會成爲問題嗎？畢竟所有人已經獵捕大殼類好幾代，那些東西還是在。」

「雅多林，你們在這裡不是獵捕，而是在收割，在系統性地摧毀牠們的幼獸數量。最近是不是比較少有裂谷魔結蛹了？」

「是啊。」他說，雖然聽起來不太甘願。「我們覺得是季節的問題。」

「有可能，但也有可能是在收割五年後，數量開始減少了。像裂谷魔那樣的動物通常不會有天敵，一年突然損失一百到一百五十隻，會對牠們的族群造成巨大災難。」

雅多林皺眉。「我們得到的寶心都是用來餵飽戰營的人。如果沒有源源不斷、大小適中的寶心，魂師最後會弄裂現有的這些，那我們就不能負擔這裡的軍隊了。」

「我沒有要你停止獵捕。」紗藍紅著臉說，這也許不是她該強調的重點。兀瑞席魯跟帕胥人，那才是當下的重要問題。不過她需要先得到雅多林的信任，如果她能在裂谷魔這件事上提供幫助，也許他會願意聽她提起更創新的話題。

「我要說的只是研究跟思考這件事情很有價值。如果你能開始養裂谷魔，一批批地養到青少年時期，就像養芻螺那樣？如果不是一個禮拜獵捕三次，而是培育跟收割上百隻，那會如何？」紗藍說。

「那會很有用。」雅多林深思地說。「妳需要什麼東西才能讓這件事發生？」

「嗯，我沒有說……我是說……」她打住自己。「我要去破碎平原。」她更堅定地說。「如果要找出繁殖牠們的辦法，那我得親自去看一個被割開之前的蛹，最好能看到成年的裂谷魔，理想中還能抓到青少年裂谷魔來研究。」

「也不過就是幾件不可能的事情而已。」

「是你先問的啊。」

「我也許能帶妳去平原。」雅多林說。「父親曾答應給加絲娜看一隻裂谷魔屍體，我想他是打算獵殺之後再帶她去。不過要看蛹……它很少會在戰營附近，我得帶妳到帕山迪領域附近的危險地帶。」

「我相信你可以保護我。」

他期待地看著她。

「怎麼？」紗藍問。

「我在等妳開我玩笑。」

「我是認真的。有你在那裡，我確定帕山迪人不敢靠近。」紗藍說。

雅多林微笑。

「畢竟，光是那個臭味——」她說。

「看來我永遠都不可能忘記，自己居然告訴了妳這種事。」

「沒錯。」紗藍同意。「你很誠實，很詳細，而且很生動。我不會讓自己忘記，有個男人展現過這些特質。」

他的笑容更燦爛了。颶風啊，那雙眼睛……

小心，紗藍告訴自己。小心！卡伯薩很容易就騙到了妳，不要重蹈覆轍。「我來想想辦法，帕山迪人應該很快就不是問題了。」雅多林說。

「真的？」

他點點頭。「知道的人不多，不過我們跟藩王們都說了。父親明天要跟一些帕山迪領袖們會面，也許能開始和平協商。」

「太棒了！」

「對啊。」雅多林說。「我期待不高，那個刺客……總而言之，明天再看看。不過，我可能得在父親給我的其他任務之間的空檔才能這麼做。」

「那些決鬥。」紗藍靠向他。「雅多林，到底是怎麼一回事？」

他似乎欲言又止。

「加絲娜完全不知道現在戰營的情況。」她放輕了聲音說。「我覺得我對這裡的政治情勢極端不了解，雅多林。據說，你的父親跟薩迪雅司藩王有了衝突，國王改變了台地戰出兵的規則，而現在所有人都在談論你決鬥的方式。就我所知，你從來沒有停止決鬥過。」

「不一樣。」他說。「我現在的決鬥是爲了獲勝。」

「之前不是嗎？」

「不，當時我決鬥是爲了懲罰別人。」他看了看周圍，然後迎向她的眼睛。「一切都從我父親開始看到幻境……」

他越往下說，越是全盤托出了一個驚人的故事，遠比她預料的還要詳細。一個訴說著背叛與希望的故事。關於過去的幻境，一個統一的雅烈席卡，準備要度過即將來臨的風暴。

她對這一切不知道該做何反應，但她料想雅多林會這麼告訴她，是因爲他知道戰營裡的傳言。她當然聽說過達利納的問題，也猜到薩迪雅司做出的事。當雅多林提起他父親想要重建燦軍的時候，紗藍感覺到一陣寒意。她尋找周圍圖樣的身影——它向來不遠——卻沒找到。

在雅多林的觀感中，故事的重點是薩迪雅司的背叛，年輕王子的眼神變得陰暗，滿臉漲紅，說起了在平原上被拋棄的情況，四面楚歌。他提起被卑微的橋兵拯救時似乎很尷尬。

紗藍有點興奮地想，*他居然對我吐露心聲*。他說話時，她的外手就按在他的手臂上，一個很無辜的動作，卻似乎鼓勵了他，讓他冷靜地解釋起達利納的計畫。她不確定他是不是應該把這一切都說給她聽，他們幾乎不認識彼此，可是把這件事說出來，似乎讓雅多林背上的重擔減輕了一些，也讓他變得更爲放鬆。

「我想大概就是這樣了。」雅多林說。「我應該要從別人身上贏得碎具，奪走他們的鋒芒，讓他們尷尬，可是我不知道這會不會成功。」

「爲什麼？」紗藍問。

「那些願意跟我決鬥的人都不夠重要。」他握緊拳頭。「如果我從他們身上贏得太多，那眞正的目標，就是那些藩王，就會懼怕我，拒絕跟我決鬥。我需要更受人矚目的決鬥，不對，我需要的是跟薩迪雅司決鬥。我想把他那張笑兮兮的臉揍到石板地上，奪回我父親的碎刃。不過他太滑溜了，我們絕對無法讓他同意決鬥。」

她發現自己非常希望能做點什麼，什麼都好，只要能有所幫助。她感覺自己因爲那雙眼睛中的激烈而關切，因爲那份激情而融化。

記得卡伯薩……她再次提醒自己。

好吧，雅多林應該不會想要刺殺她，但這不代表自己每次在他身邊腦子就能變成一團咖哩。她清清喉嚨，猛然挪開眼睛，看著自己的素描。

「討厭，我讓你不開心了。我不太擅長追求人這種事。」她說。

「妳可以騙過我……」雅多林的手落在她的手臂上。

紗藍連忙遮掩又一次突然的臉紅，低下頭在背包裡翻找。

「你需要知道你的堂姊死前在做什麼。」

「又是她父親傳記的新一冊？」

「不是。」紗藍拿出一張紙。「雅多林，加絲娜認爲引虛者要重返了。」

「什麼？」他皺眉。「她連全能之主都不信，爲什麼會相信引虛者？」

「她有證據。」紗藍的一根手指敲敲紙張。「多數都沉在海裡，但是我有她的一些筆記，而且……雅多林，你覺得要說服藩王們處理掉他們的帕胥人，會有多難？」

「處理掉什麼？」

「如果要讓所有人停止使用帕胥人，會有多難？把他們送走，或是……」颶風啊，她不是想要開始種族屠殺吧？但是這些是引虛者……「或是放他們自由之類的，把他們送出戰營。」

「會有多難？」雅多林說。「我直接的反應是不可能，或是真的不可能。我們爲什麼要這麼做？」

「加絲娜認爲，他們也許跟引虛者還有引虛者的回歸有關。」

雅多林搖搖頭，滿臉不解之色。「紗藍，我們連讓藩王好好地打這場仗都有困難了，如果我父親或國王要求所有人把他們的帕胥人處理掉……颶風的！王國立刻會崩潰。」

所以加絲娜這點也說對了，毫無意外。紗藍很想知道雅多林本人對這個主意的反應有多激烈。他大大喝了一口酒，似乎不知該做何反應。

該撤退了。這次見面非常順利，她可不希望有一個不愉快的收尾。「這是加絲娜說過的。」紗藍說。「可是，我想讓娜凡妮光主判斷這個提議有多重要。她一定比任何人都更了解她的女兒跟她的筆記。」

雅多林點點頭。「那就去找她啊。」

紗藍敲敲手中的紙。「我試過了。她不太有空。」

「娜凡妮伯母有時候確實挺讓人招架不住。」

「不是這樣。」紗藍瀏覽過信上的內容。這是她在要求與對方會面、討論加絲娜的研究之後收到的回答。「她不想跟我見面。她幾乎不想承認我的存在。」

雅多林嘆氣。「她不想相信，我是說加絲娜的事。妳對她而言代表了某種意義，某種程度上，是事實。給她一點時間，她只是需要時間哀悼。」

「我不確定這種事情能等多久，雅多林。」

「我去跟她談談，怎麼樣？」他說。

「太好了。跟你一樣。」她說。

他又露出燦爛的笑容。「這不算什麼。畢竟，如果我們已經有一半機會要結婚，應該要照顧對方的利益。」他頓了頓。「不過別再跟人提起帕胥人的事，這種話其他人不會樂意聽到。」

她心不在焉地點點頭，然後發現自己剛剛正傻盯著他。有一天她會親吻他的嘴唇，她允許自己想像了起來。

還有艾希的眼睛啊……他其實非常友善，她沒想到出身如此高貴的人會如此。她來到破碎平原之前，沒有碰過像他這樣的人，她認識的人之中所有與他品階相近的男人，都非常僵硬死板，甚至暴躁易怒。

但雅多林不是。颶風的，跟他在一起是一件她可以非常、非常習慣的事情。

露台上的人們騷動。她一時沒去多想，直到許多人開始站起來，望向東方。

颶風。啊，對了。

紗藍感到一陣驚駭，扭頭看向颶源點的方向。風吹了起來，葉子跟小片垃圾在陽台上飛動，下方的外市場開始收拾起來，帳棚被折起，遮陽簾收好，窗戶閉上，每個戰營都嚴陣以待。

紗藍把東西收回背包，然後站到露台邊緣，外手抓著岩石欄杆，雅多林來到她身邊。身後的人們低聲交談，聚集在一起。她聽到鐵具磨擦岩石的聲音，帕胥人開始把桌子跟椅子拉開，收在一旁，一則是爲了保護，也是爲了方便淺眸人退到安全的地方。

天際線沁著血色，由亮轉暗，就像一個因爲怒氣而滿臉陰霾的男人，幾個站在露台上的人已經承受不住，立刻跑回到安全室裡，不過大多數人仍然沉默地等待著。風靈在空中，形成小小的光河流竄。紗藍抓著雅多林的手臂，望向東方。數分鐘過去，終於，她看到了。

颶風牆。

飛在颶風之前，由一面巨大的水與垃圾組成的牆，某些地方透出後方跟隨的電光，照出裡面的動靜音影，像是燈光照透皮肉時露出的骨骼。這面毀滅之牆裡面，有東西。

大多數人從露台上逃走了，雖然颶風牆仍然遙遙在望。頃刻間只剩下了幾個人，包括紗藍跟雅多林。她被震懾住了，只能直勾勾看著颶風接近。等待時間比她以爲的還要久，雖然颶風速度快得駭人，但因爲太巨大，所以從頗遠的地方就能看到。

它吞沒了破碎平原，一次一個台地。很快地，它籠罩在戰營上方，帶著吼叫而來。

「我們該走了。」雅多林終於說。她幾乎沒聽到他的話。

生命。有東西活在那個颶風中，某個沒有任何藝術家畫過，沒有學者形容過的東西。

「紗藍！」雅多林開始把她拖向安全室。她用外手抓著欄杆，站在原地，內手將背包抓在胸前。那個嗡嗡聲，是圖樣。

她從來沒有離颶風這麼近過。當她離颶風只有幾吋遠，就算只有窗戶阻隔在兩者之間時，她也不像現在這樣，與它如此靠近。看著黑暗降臨在戰營上……

我要畫下來。

「紗藍！」雅多林把她從欄杆邊拖走。「我們再不走，他們就要關門了！」

她一驚之下，發現所有人都離開了露台，所以她讓雅多林拉走她，一起衝過空曠的地面，最後來到側面的房間，裡頭擠著害怕地縮在一起的淺眸人們。雅多林的侍衛們立刻跟在他們身後進來，幾名帕胥人重重關上厚門，門栓砰的一聲落下，將天空鎖在外面，只留下牆壁上的錢球光芒照亮。

紗藍數了起來。颶風到了——她可以感覺得到。有東西重擊著門，還有遙遠的雷聲。

「六秒。」她說。

「什麼？」雅多林壓低了聲音，房間裡其他人也都以耳語的音量在交談。

「僕人們關門後，過了六秒鐘颶風才到。我們可以在外面多待六秒的。」

雅多林帶著不可思議的表情看著她，「妳一開始發現我們在陽台上的目的時，似乎被嚇壞了。」

「我是啊。」

「現在妳卻希望在外面待到最後一刻，直到颶風來臨？」

「我……對啊。」她滿臉通紅地說。

「我不知道該怎麼想妳這個人了。」雅多林看著她。「妳跟我遇過的任何人都不一樣。」

「這是我的神祕女性特質。」

他挑起眉毛。

「當我們女人覺得特別叛逆時，就會這麼形容自己。就算你知道實情如何，也不可以說出來，這是禮貌。所以現在，我們就只能……等？」

「在這種箱子一樣的小房間？」雅多林覺得好笑地問。「我們是淺眸人，不是牲口。」他朝旁邊示意，有幾名僕人正打開門，展示深入山體的更多房間。「兩間休憩室，一間給男人，一間給女人。」

紗藍點點頭。有時候在颶風中，兩性會分開到各自的房間去聊天，顯然這個酒館也跟隨這樣的傳統。

他們大概也準備了點心。紗藍走向他示意的房間，但是雅多林的手落在她的手臂上，讓她停住腳步。

「我會想辦法帶妳去破碎平原。阿瑪朗說他想要進一步探索那裡，不只是在出兵的時候。我想他跟父親明天晚上會一起共進晚餐商量這件事，我會問問他們可不可以帶妳去。我也會去跟娜凡妮伯母談談，也許我們可以在下個禮拜的宴會上一起討論？」

「下禮拜有宴會？」

「每個下禮拜都有宴會，只要知道是誰開的就行。我會送消息給妳。」雅多林說。

她微笑，然後兩人分開。下禮拜不夠早，她心想，我得找個不那麼尷尬的方法，提前去拜訪他。

她眞的答應要幫他繁殖裂谷魔嗎？她還不夠忙嗎？不過，她走入女人的休憩室時，仍然對今天的進展很滿意，她的侍衛們在合適位置站定。

紗藍在女人堆裡面走動，到處都有明亮的寶石放在杯裡面提供照明，全都是切割過的寶石，卻沒有被放入錢球，這是個很昂貴的展示。

她覺得，如果她的老師們在一旁觀看，兩個人都會對她與雅多林的交談感到失望。太恩會要她進一步操控王子；加絲娜會希望紗藍能更矜持，管好自己的舌頭。

可是雅多林似乎還是喜歡她，這讓她想要發出歡呼。

周圍女人們臉上的神情沖走了這股情緒。有人刻意背向紗藍，其他人抿起嘴唇，批判地上下打量起她。與王國最優秀的單身漢交往，絕對讓她成爲不受歡迎的人，尤其她還是外來者。

紗藍並不把這種事放在心上。她不需要這些女人的接納，她只想找到兀瑞席魯還有蘊藏其中的祕密。取得雅多林的信任，會是朝那方向的一大步。

她決定要海吞一輪甜點來犒賞自己，同時繼續計劃該如何溜入阿瑪朗光爵的宅邸。

50 未經切割的寶石

如果說燦軍中有哪一支算是未經琢磨過的寶石，那便是塑志師（Willshaper）。他們雖然很多謀，卻非常天馬行空，音薇亞對他們的描述是：「任性、惱人、不可靠。」因爲他們老是覺得別人一定會贊同他們的作法。雖然音薇亞經常如此評論，但這種看法也許還是過於嚴苛。這支軍隊的變化最多，其成員特性並不統一，唯一大致的共通性是同樣對冒險、新奇、怪異事物的熱愛。

——收錄於《燦言》，第七章，第一頁

雅多林坐在高背椅上，一手端著酒杯，聆聽著外頭颶風的轟隆聲。在這岩石的防風洞中，他應該要覺得安全，但是颶風不知爲何總是能破壞他的安全感，無論他理智上如何明白。他已等不及泣季以及幾個禮拜的颶風期結束。

雅多林朝依利特舉杯，後者跺著腳走過。他沒有在上面的露台看到那個人，但是這個房間同時可讓外市場的幾間商店做爲颶風防風洞。

「準備好迎接我們的決鬥了嗎？你已經讓我等了整整一個禮拜了呢，依利特。」雅多林說。

矮小禿頭的男人喝口酒，放下酒杯，不看雅多林。「我表哥因為你挑戰我而打算殺了你，不過他會先因為我同意決鬥而殺了我。」他終於轉向雅多林。「可是當我把你踩入沙裡、得到你家族的所有碎具時，我就會變成最富有的那個人，誰都不會再記得他。我準備好迎接我們的決鬥了嗎？我無比渴望啊，雅多林‧科林。」

「說要等等的人是你。」雅多林點出這件事。

「因此我才有更多時間品味要怎麼料理你。」依利特蒼白的嘴唇露出微笑，然後走開。

詭異的傢伙。反正雅多林兩天後就會了結他，那是他們的決鬥日期。不過在那之前，明天要先跟帕山迪人的碎刃師會面。這件事像是烏雲一樣籠罩在雅多林頭頂。如果他們終於找到和平，那意味著什麼樣的改變？

他思索一陣，看著酒，不太專心偷聽依利特在他後面跟某人說話。雅多林似乎認得那個聲音？

雅多林坐直身體，轉頭看後面。*薩迪雅司在那裡坐多久了，為什麼他沒有一進來就看到那個人？*

薩迪雅司轉向他，臉上露出平靜的微笑。

也許他可以……

薩迪雅司走到雅多林面前，雙手背在身後，身上是一件時髦的開襟短褐色外套，還有綠色的刺繡罩袍，外套前面的釦子都以祖母綠寶石搭配。

颶風的。他今天不想跟薩迪雅司打交道。

藩王在雅多林身邊坐下，背對一個帕胥人正在打理的壁爐。房間裡充斥著緊張交談的低嗡聲，不論裝潢有多漂亮，只要外面有颶風在吹，人們總是無法安穩。

「小雅多林，你覺得我的外套如何？」薩迪雅司說。

雅多林喝了一口酒，覺得沒辦法好聲好氣地回答。我應該站起來走開。可是他沒有。有一小部分的他很希望薩迪雅司可以當場挑釁，推開他的自制，逼他做出蠢事。此時此地殺了這個人大概會害雅多林被處決——至少也會流放。但無論哪種懲罰，似乎都很値得。

「在時尙方面，你的眼光向來敏銳。」薩迪雅司說。「我想知道你的看法。我覺得這件外套眞的很棒，但我擔心短版已經開始退流行了。利亞佛的新流行是什麼？」

薩迪雅司拉出外套前襟，他的手一動便露出與釦子相襯的戒指。戒指上的祖母綠跟外套上的寶石一樣，都是未經切割的原石，在颶風時柔柔發光。

沒有切割的祖母綠，雅多林心想，抬頭迎向薩迪雅司的眼睛。那人微笑。

「寶石是我的新收穫。」薩迪雅司坦白地說。「我很喜歡。」這些來自他跟盧沙共同出兵、完全違反規定的行動。他們跑在別的藩王前面，彷彿一切還是以前那樣爭先奪取寶物的時候。

「我痛恨你。」雅多林低聲說。

「你應該的。」薩迪雅司鬆開自己的外套，朝雅多林的橋兵侍衛點點頭，他們站在附近看著這充滿敵意的一幕。「我之前的那些東西待你還好吧？我看到他們在市場巡邏，覺得實在太好笑了，但如何好笑我大概沒辦法講清楚。」

「他們是爲了更好的雅烈席卡而巡邏。」雅多林說。

「這就是達利納要的嗎？我很意外。他經常提起正義，卻不允許正義按照它應有的樣貌發生。」

「我知道你想說什麼，薩迪雅司。」雅多林惱怒地說。「你氣我們沒讓你以情報藩王的身分在我們的戰營裡安插司法官。你給我聽著，我父親決定要讓——」

「情報……藩王？你沒聽說嗎？我最近放棄了這個頭銜。」

「什麼？」

「是啊，我恐怕不適合這個位置。也許跟我的紗拉希血統有關吧，希望達利納能有運氣找到接手的人。就我所知，其他藩王都同意我們之中沒有人……適合這種職位。」

他否定了國王的權威，雅多林心想。颶風的，這下糟糕了。他咬著牙，發現自己已經不自覺伸手要召喚碎刃。不行。他把手收回。他會找到把那個人逼入決鬥場的方式。現在殺死薩迪雅司，無論藩王有多該死，都會瓦解雅多林的父親如此努力維持的法律跟守則。

可是他颶風的……雅多林真的很想這麼做。

薩迪雅司再次微笑，「你覺得我是個邪惡的人嗎，雅多林？」

「這個詞太簡單了。」雅多林怒斥。「你不只邪惡，更是自私。你是一條滿身克姆泥的鰻魚，想要用那雙巨大、雜種的手掐死這個王國。」

「你的表達能力眞出色。」薩迪雅司說。「你知道這個王國是我創造的吧？」

「你只是幫了我伯父跟我父親而已。」

「他們都是已經不存在的人。黑刺跟老加維拉一樣，都死了。現在是兩個白癡在統治這個王國，而他們各自是我先前鍾愛的人的影子。」他向前傾身，看著雅多林的眼睛。「我不是在掐死雅烈席卡，孩子。我是在用盡一切保留幾塊仍然堅強的部分，以熬過你父親帶來的崩解。」

「不要叫我孩子。」雅多林充滿恨意地說。

「隨你便。」薩迪雅司站起身。「不過我可以告訴你一件事：很高興你從高塔之戰那天的事情活了下來。未來的幾個月中，你會成爲優秀的藩王。我覺得大概再十年左右，經歷彼此之間漫長的內戰後，我們將會有很堅強的聯盟，到時候你就能理解我的所作所爲。」

「我懷疑會有這麼一天。在那之前，我早就把劍埋入你的肚子裡了，薩迪雅司。」

薩迪雅司舉起酒杯，然後離開，加入一群淺眸人裡。雅多林吐出長長一口氣，然後靠回椅背。旁邊矮個子的橋兵護衛——雙鬢泛銀的那個——朝雅多林敬重地一點頭。

雅多林軟倒在椅子上，覺得精疲力竭，直到颶風早已結束、其他人都已經開始離開仍不想動。雅多林喜歡等到雨完全停止之後再出去，他向來不喜歡自己的制服淋溼之後的樣子。

終於，他站起身，帶上兩名護衛出了酒館，來到灰濛濛的天空與荒蕪一人的外市場。他跟薩迪雅司交談時帶來的壞情緒差不多已經都過去了，同時他不斷提醒自己，在那件事發生之前，今天一直過得很美好。

紗藍跟她的馬車早已離開了。他也可以替自己招輛馬車，但是被關起來這麼久之後，他想在外面走走。空氣帶著暴雨之後的沁涼、潮溼、新鮮。

他將雙手插在制服外套的口袋中，順著小徑穿過外市場，繞過小水窪。花匠們開始在小徑兩旁種植裝飾性的板岩芝，它們還沒有很高，只離地幾吋而已。板岩芝要花上幾年才能長好。

那兩個令人厭煩的橋兵跟在他身後，雅多林其實沒那麼介意這些人，他們似乎滿好相處的，特別是離開他們的指揮官以後更是如此。他只是不喜歡有保母黏著。雖然颶風已經往西邊而去，下午的天空仍然讓人覺得陰沉，雲朵遮住太陽，太陽也已經離開天頂，正朝天邊落下。他沒有經過太多人，所以唯一的同伴就是那些橋兵——也許還可以算上那一群剛冒出來的克姆林蟲，正準備啃食從水窪中開始冒出頭來的植物。

為什麼在這裡的植物大多時間都躲在殼裡，而不是像在家裡那樣比較常露出來？紗藍大概會知道這種事。他微笑，把跟薩迪雅司有關的思緒拋到腦後。他跟紗藍的關係進展很順利，不過他向來都有好的開頭，所以他克制了一下自己的興奮。

她眞是太棒了。帶有異國的風情，談吐風趣，而且沒有被雅烈席卡的禮教徹底壓制。她比他還聰明，卻沒讓他覺得自己笨，這算是她的一項高招。

他走出市場，經過了一片空地，最後到達達利納的戰營。守衛們俐落行禮，放他進去。他在戰營市集中閒晃了一陣，比較這裡的貨物，還有峰宮附近市集的貨物。

*當戰爭停止時，這個地方會變成怎樣？*雅多林心想。有一天戰爭一定會結束。也許就是明天，跟帕山迪碎刃師協商之後。

雅烈席人並不會從這裡消失，因爲這裡有他們可以獵殺的裂谷魔，但是這麼多的人數不可能持續下去吧？難道他眞的正在見證帝都的永久遷移？

過了幾個小時，在他花了一些時間去珠寶舖找點可以送紗藍的東西後，雅多林跟他的護衛們來到他父親的住所。這時雅多林的腳已經開始在痛，天色也變黑了。他伸著懶腰，穿過他父親如防空洞般的住所。他們是不是該好好建棟宅邸了？成爲士兵們的表率當然是好事，但是他們這樣的家族也該有自身必須維持的標準，尤其是如果破碎平原繼續維持現在的重要性，這是……

他的腳步遲疑下來，停在一個交叉口，往右轉頭。他原本要去廚房吃點東西，但是有一群人在另一個方向移動，投射出影子和壓低的交談聲。

「怎麼回事？」雅多林質問，大步走向聚集的人群，他的護衛們跟在後面。「士兵？你們找到什麼？」

所有人連忙轉身行軍禮，矛扛回肩上。又是卡拉丁的橋兵。他們的身後通往達利納、雅多林、雷納林的私人起居區，那裡有兩扇門打開，士兵在地上擺了錢球。

到底發生了什麼事？平常這裡有兩到四個人守著，不是八個……而且怎麼會有一個穿著橋兵制服，跟其他人一樣扛著矛的帕胥人？

「長官！」一名高瘦、長手臂的男人，站到橋兵們面前說。「我們正要去查看藩王那邊的情況，結果……」

雅多林沒聽到接下來的話。他推開橋兵，終於看到錢球在地板上照亮的景象。又是刮出的符文。雅多林跪下，想要讀懂，可惜那不是他看得懂的圖畫版符文。他覺得這應該是數字……

一名身材偏矮的亞西須橋兵說：「三十二天。尋找中央。」

地獄的。「你們跟別人說了嗎？」雅多林問。

「我們剛剛找到。」亞西須人說。

「走廊兩端都派上侍衛。把我的伯母找來。」雅多林說。

❖

雅多林召喚出碎刃，驅散，又召喚了出來——這是他緊張時候的習慣。白色霧氣出現，像是從空中長出的小藤蔓那樣，然後碎刃突然現形，變成他掌心猛然下沉的重量。

他站在客廳中，那充滿威脅感的符文回望著高高在上的他，彷彿發出無聲的挑戰。橋兵們待在緊閉的房門外面，只有他、達利納、娜凡妮能夠參與討論。雅多林極度想要用碎刃把那些該死的符文割開。父親已經證明自己神智正常，娜凡妮伯母幾乎翻譯出一整份的晨頌，以父親在幻境中聽到的詞句爲參照！

那些幻境來自於全能之主。一切都很合理。

現在又出了這種事。

「這是刀割的。」娜凡妮跪在符文旁。客廳是一個寬大的空曠空間，用來接待客人或舉行會議，再後面則是書房跟臥房。

「是這把刀。」達利納回答，舉起大多數淺眸人都會在身上配戴的腰刀。「我的。」只見刀刃已經磨鈍，還有刮後留下的石屑。他們在達利納書房的前門找到它，而他整個颶風期間都一個人待在書房裡。娜凡妮的馬車延誤了，所以她被迫只能返回皇宮，否則可能困在颶風之中。

「有可能是別人拿了你的刀幹的。他們可能溜進你的書房，趁你沉浸於幻境中的時候拿走刀，出來這裡……」雅多林怒駁。

另外兩人看著他。

娜凡妮說：「最簡單的答案往往就是正確的答案。」

雅多林嘆口氣，驅散了他的碎刃，坐倒在令人生氣的符文旁邊的椅子上。他父親直挺挺地站在那裡。事實上，達利納・科林似乎從來沒有如此刻這般高大偉岸過，藩王雙手背在身後，眼睛沒有看符文，而是看向牆壁。東方。

達利納是塊岩石，一塊連颶風都無法撼動的巨石。他似乎如此堅定，是可以讓其他人攀附的存在。

「你什麼都不記得？」娜凡妮問達利納，一面起身。

「不記得。」他轉向雅多林。「我想，現在很明顯了，每一次都是我做的。兒子，你爲什麼這樣不安？」

「因爲我想到你在地上寫字，」雅多林全身輕顫。「陷入其中一個幻境，無法自拔。」

「全能之主爲我挑選了一條很奇怪的道路。」達利納說。「我爲什麼需要這樣得到訊息？寫在牆壁或地板上？為什麼不直接從幻境告訴我？」

「你知道這是預言吧？這是看到未來，這是屬於引虛者的。」雅多林輕聲說。

「對。」達利納瞇起眼睛。「尋找中央。娜凡妮，妳覺得呢？是破碎平原中心嗎？那裡藏著什麼樣的眞相？」

「很顯然跟帕山迪人有關。」

他們講起破碎平原中心時，彷彿知道那在哪裡，但是從來沒有人去過，只除了帕山迪人。對雅烈席人來說，「中心」只意味著在他們探勘過的邊緣地帶以外，廣闊、無人造訪過的一大片平原。

「沒錯。」達利納說。「可是確切是在哪裡？也許他們會搬家？也許中心並沒有帕山迪人的城市。」

「他們必須有魂師才能這樣遷徙，但我很懷疑他們有這樣的能力，所以他們一定常駐在某個地方。這並不是流浪民族，他們也沒有到處遷徙的理由。」娜凡妮說。

達利納若有所思地說：「若我們能達成和平，要到達中心就簡單多了……」他看向雅多林。「叫橋兵們用克姆泥把這些刮痕塡滿，然後拉條地毯蓋著。」

「我會處理。」

「很好。」達利納似乎心不在焉。「處理完之後去睡吧，兒子。明天是個大日子。」

雅多林點點頭。「父親。你知道橋兵裡有個帕胥人嗎？」

「知道。」達利納說。「他們從一開始就有，但是並沒有給他武器，直到我許可。」

「為什麼你要這麼做？」

「好奇。」達利納說。他轉身朝地上的符文點點頭。「娜凡妮，告訴我，如果這些數字是倒數到某個日期，那會是颶風來臨的日期嗎？」

「三十二天？」娜凡妮問。「那天是泣季正中央。三十二天後甚至不是一年的最後一天，而是離年底還差兩天，我無法理解這一天有何特別之處。」

「眞有什麼特別的話就太好解讀了。好吧，把侍衛們招回來，叫他們發誓不能對外傳出這件事，我不希望引起眾人恐慌。」

51 繼承者

簡單來說，如果有人認爲卡希拉是無辜的，那就必須在了解這些事實之後，還能徹底否定他們。假設燦軍處決了自身的一員——而且還是一個明顯與邪惡力量過從甚密的成員——便說他們喪失了道德操守，如此推論即爲邏輯上的怠惰。因爲敵人的邪惡影響要求我們必須夙興夜寐，無論身處於戰爭或和平時期。

——收錄於《燦言》，第三十二章，第十七頁

第二天，雅多林穿上了靴子，頭髮因爲晨浴過後還微帶著溼意。眞神奇，一點熱水跟一點沉思的時間，就能造成這麼大的不同。他做出了兩個決定。

他不會再去擔心他父親在經歷幻境時做出的種種怪異行爲。整件事——那些幻境、要重建燦軍的命令、要準備面對可能會也可能不會發生的災難——都是一體的。雅多林既然已經決定要相信父親沒有發瘋，那再擔心也沒有意義。

另一個決定可能會替他惹上麻煩。他離開房間，進入客廳，達利納已經在那裡跟娜凡妮、卡爾將軍、泰紗芙，還有卡拉丁上尉一起進行規劃。雷納林居然穿著橋四隊的制服在守

門，即使雅多林堅持不准，但雷納林同樣拒絕放棄。

「我們還是會需要橋兵。」達利納說。「如果出了問題，我們必須快速撤退。」

「我會讓橋五隊跟橋十二隊準備好。那兩個橋隊似乎仍然挺喜歡他們的橋，經常懷念以前出勤的時候。」卡拉丁說。

「那不是每次都是一場血戰嗎？」娜凡妮說。

「確實沒錯。但是光主，士兵是一種很奇怪的人，災難能夠讓他們凝聚成一體。這些人永遠不會想回到過去那種日子，但他們仍然認爲自己是橋兵。」

不遠處的卡爾將軍理解地點頭，娜凡妮仍然神色困惑。

「我會守在這裡。」達利納舉起破碎平原的地圖。「我們可以先去探勘會面的台地，而我會在這裡等候。那台地上的岩石構造似乎有點奇怪。」

「聽起來不錯。」泰紗芙光主說。

「是不錯。」雅多林來到眾人身邊。「只除了一件事。父親，你不會去。」

「雅多林，」達利納以萬般忍耐的聲音說。「我知道你覺得這太危險，可是——」

「是非常危險。」雅多林說。「殺手還埋伏在外，上次他就是趁帕山迪使者來的那一天攻擊我們。現在我們還要在破碎平原上跟敵人會面？父親，你不能去。」

「我必須去。」達利納說。「雅多林，說不定這能結束戰爭，也說不定會帶來答案，解釋他們一開始爲什麼要攻擊我們。我不會放棄這個機會。」

「我們沒有要放棄。」雅多林說。「只是要略有改變。」

「怎麼變？」達利納瞇起眼睛問。

「首先，我替你去。」雅多林說。

「不可能。」達利納說。「我不會叫我兒子以身犯——」

「父親！」雅多林喝聲。「這件事情沒得討論！」

房間陷入安靜。達利納按在地圖的手放下，雅多林仰起下巴，迎向他父親的眼睛。颶風的，要拒絕達利納．科林眞是困難。他父親知不知道自己的氣場有多強大？光是他認爲對方該如何作爲，對方往往就會如他所願？

沒有人會反駁他。達利納一向貫徹自己的意志。幸好，近來這意志有著崇高的目標。可是在許多方面，他仍然是二十年前的那個人，那個征服了一個王國的黑刺。他是黑刺，他想要的，不容拒絕。

除了今天。

「你太重要了。」雅多林指著他。「你可以反駁看看。反駁你的幻境有多麼關鍵；反駁如果你死了，雅烈席卡是否會分崩離析；反駁這個房間裡面的每個人都沒有你重要。」

達利納深吸一口氣，然後緩緩吐出。「不應該是這樣。王國應該要強大到能夠損失一個人，無論是誰。」

「我們還沒走到那一步。」雅多林說。「要走到那一步，我們會需要你。所以你必須讓我們替你的安危著想。對不起，父親，但偶爾你必須讓別人來克盡責任，不能每件事都親力親爲。」

「他說得對，長官。你眞的不該拿自己的性命去那片平原冒險。尤其是如果我們有別的選擇。」卡拉丁說。

「我看不出來有什麼選擇。」達利納冷冷地說。

「當然有。」雅多林說。「可是我得借用雷納林的碎甲。」

❖

在雅多林看來，整個經歷中最怪異的部分，並不是穿上他父親的舊甲冑。雖然外表不同，但所有的碎甲穿起來都差不多。碎甲會依據穿者的體型調整，在穿戴一陣子之後，這身碎甲跟雅多林自己的已沒有半點不同。

騎馬領著軍隊前進，達利納的旗幟在頭頂上飛揚也不怪異，雅多林過去六個禮拜以來，都是親自領軍上戰場的。

不，奇怪的部分是——騎著他父親的馬。

英勇是一頭巨大的黑色怪獸，比定血來得更壯更寬，就算跟別的瑞沙迪馬相比，英勇也極具超級戰馬的外型。就雅多林所知，除了達利納之外，從來沒有別人騎過牠。瑞沙迪馬是很挑剔主人的。達利納曾經費了很長一番口舌，才讓英勇願意讓雅多林握著牠的韁繩，更遑論坐上馬鞍了。

終於，他們還是成功了。然而雅多林絕對不敢騎著英勇上戰場，他很確定這頭怪獸一定會拋下他、跑去保護父親。他也覺得騎上一匹不是定血的馬感覺好奇怪。每次他覺得英勇該如何動作的時候，都會跟預期不一樣，轉頭的時間也不一樣。雅多林拍著牠的脖子時，就連鬃毛摸起來都說不出的怪。他跟他的瑞沙迪馬不僅僅是騎士跟馬的關係，所以騎著不是定血的馬，讓他反而有著奇異的憂鬱感。

蠢蛋。他必須專注才行。一行人已來到會面的台地前，那座台地在中央部位有一團奇怪的岩石隆起。這裡離靠近雅烈席卡這半邊的破碎平原比較近，但也比雅多林去過的台地要更靠近南方得多。早先派來的巡邏隊說此處經常有裂谷魔出沒，但從來沒看過獸蛹。也許這裡是狩獵，卻不是結蛹的區域？

帕山迪人還沒來。當斥候回報台地安全時，雅多林催促著要英勇過橋。他穿著碎甲，覺得有點熱，季節似乎決定要快速地度過春天，也許甚至更願意挪向夏天。

他來到中央的岩石堆，它的形狀眞的很怪。雅多林騎馬繞了一圈，注意到它的外形，有些區塊還高低隆起，幾乎像是……

「這是一隻裂谷魔。」雅多林意會過來。他經過一塊正面有著洞的岩石，一看就覺得那是裂谷魔的頭。是雕像嗎？不對，看起來太自然了。應該是好幾個世紀以前，有隻裂谷魔死在這裡，結果沒被颶風吹走，反而逐漸被克姆泥覆蓋。

這結果很詭異。克姆泥複製了動物的外型，沾黏在甲殼上，包覆了它。巨大的岩石像是從石頭生出來的怪物，如引虛者那樣的古代傳說。

雅多林全身輕顫，輕促著馬要牠離開岩石屍體，走向台地另一邊。沒多久，他聽到探路兵傳來的警戒聲，帕山迪人來了。他穩下心神，隨時準備好要召喚碎刃。一群橋兵在他身後站著，總共有十人，包括那個帕胥人。卡拉丁上尉跟達利納一起待在戰營裡，以防萬一。

雅多林往前站，讓自己比較暴露在外。有一部分的他反而希望殺手今天會出現，好讓雅多林能再次測試自己。在他希望獲勝的決鬥中，面對殺死他伯父的男人這一場對戰會是最重要的，比砍倒薩迪雅司還重要。

殺手沒有出現，但兩百個帕山迪人倒是從隔壁的台地跨越而來，輕巧地越過裂縫，落在會面的台地上。雅多林的士兵們一陣騷動，盔甲輕敲，矛尖前指。人類跟帕山迪人已經很多年沒有見面不流血了。

「好了。叫我的書記來。」雅多林戴著頭盔說。

音娜達拉光主被人用轎子從士兵之間抬過來。達利納要娜凡妮跟他在一起——表面上是想要她的建議，實際上應該是想保護她。

「走吧。」雅多林說，催促英勇上前。他們跨越了台地，音娜達拉光主已經下了轎子，自己用走的。她是一名滿臉皺紋的婦人，灰色的頭髮剪得短短的。他看過比她還有肉的棍棒，但是她跟他們的任何一個書記一樣敏銳可靠。

帕山迪人的碎刃師也從他們的士兵之間走出來，獨自走在岩石上。毫不在意、毫不擔心。這人挺有自信的。

雅多林下馬，徒步前進，音娜達拉在他身邊，他們停在離帕山迪人幾呎外的地方。這一片岩石上只有他們三人，裂谷魔化石在左邊盯著他們。

「我是伊尚尼。」帕山迪人說。「你記得我嗎？」

「不記得。」雅多林壓低了聲音，想要模仿他父親，同時希望戴著頭盔能夠騙過這個女人，她不可能知道達利納的聲音。

「不意外。」伊尚尼說。「我們第一次見面時，我既年輕又不重要，幾乎不值得記住。」

雅多林原本以爲帕山迪人說話的聲音會帶著歌聲，因爲他總是這麼聽到別人說。可是實際上並不是。伊尚尼的說話聲音帶著韻律感，包括強調還有停頓的時刻，也會改變語調，但是比較類似於唸誦，而不是吟唱。

音娜達拉拿出寫字板跟信蘆，開始寫下伊尚尼說的話。

「那是什麼？」伊尚尼質問。

「我如妳所要求，獨自前來。」雅多林試圖散發出跟他父親同樣的指揮官氣勢。「但是我要紀錄妳說的話，送給我的將領們看。」

伊尚尼沒有抬起面甲，所以雅多林也有理由不抬起面甲。兩人從眼縫中看著彼此。氣氛沒有他父親預料得那樣好，卻正是雅多林所預期的。

雅多林選用他父親建議的開場白：「我們是來討論帕山迪人投降的條件。」

伊尚尼笑了。「那根本不是重點。」

「那重點是什麼？」雅多林質問。「妳似乎很期待要與我會面，爲什麼？」

「自從我跟你的兒子談過話後，情況變了，黑刺。重要的情況。」

「什麼情況？」

「你無法想像的情況。」伊尚尼說。

雅多林沒說話，彷彿在思索，實際上是給音娜達拉時間去跟戰營聯絡。音娜達拉靠近他，向他低聲報告娜凡妮跟達利納要他說的話。

「帕山迪人，我們厭倦了這場戰爭。你們的人數正在減少，我們也知道。我們和談吧，談一個讓雙方都有利的條件。」雅多林說。

「我們沒有你們想像得那麼弱。」伊尚尼說。

雅多林發現自己開始皺眉。她之前跟他說話時似乎充滿激情，無比歡迎這個機會，現在卻顯得冰冷且不屑。這樣的觀察是對的嗎？她是帕山迪人，也許人類情緒不適用在他們身上。

音娜達拉繼續對他耳語。

「你們要什麼？」雅多林照他父親的要求說。「要怎麼樣才能有和平？」

「黑刺，當我們一方死了之後，就會有和平。我來這裡是因爲我要親眼見見你，同時要警告你。我們剛剛改變了這場戰爭的規則，爭奪寶心已不再重要。」

不再重要？雅多林開始流冷汗。*她說得像是這一切一直是他們在操縱的遊戲。他們並不是走投無路。*

雅烈席人難道如此徹底評估錯誤了嗎？

她轉身要走。

不行。這一切，難道只是爲了讓和談變成一陣虛煙？颶風的！

「等等！」雅多林大喊，向前一步。「爲什麼？你們爲什麼要這樣？出了什麼差錯？」

她回頭看著他。「你眞的想要結束這一切？」

「對，請告訴我。我想要和平，無論代價。」

「那你就必須摧毀我們。」

「爲什麼？」雅多林重複問。「爲什麼你們那麼多年前要殺了加維拉？爲什麼要背叛盟約？」

「加維拉王。」伊尚尼似乎在思索這個名字。「他那天晚上不該向我們坦承他的計畫。可憐的傻子，他不明白。他吹噓著，以爲我們會歡迎我們的神明回歸。」她搖搖頭，然後轉身小跑離開，盔甲輕敲出聲。

雅多林退後一步，覺得自己很沒用。如果他的父親在場，是不是能夠做得更多？音娜達拉繼續寫著，把對方的話傳給達利納。

他的答案終於傳來。「返回戰營。無論是你，或是我，都不可能做得更多。她顯然已經下定決心。」

雅多林一路上都沉浸在自己陰鬱的思緒中。幾個小時後，當他終於回到戰營，發現父親正在跟娜凡妮、卡爾、泰紗芙，還有軍隊的四個營長商議。

他們正一起鑽研著音娜達拉傳回來的訊息。一群帕胥僕人安靜地端送著酒跟水果。特雷博穿著雅多林跟厄拉尼夫決鬥時贏回來的碎甲，從房間一旁看著，背上背著碎鎚，面甲撩起。他的族人曾經統治雅烈席卡，他對這一切又做何看法？這個人向來安靜不多話。

雅多林重踏著進入房間，取下他父親的——該說是雷納林的——頭盔。「我應該讓你去的。那不是陷阱，也許你跟她能溝通。」

「這些人在跟我哥哥簽下盟約的同一天晚上殺了他。」達利納檢視桌上的地圖。「他們從那一天起，似乎就沒變過。兒子，你做得很完美，我們知道了所有需要知道的事情。」

「我們知道了嗎？」雅多林走到桌子前，頭盔夾在腋下。

「對。」達利納抬起頭。「我們知道他們無論如何都不會和談。我已經盡過力了。」

雅多林看著攤在一旁的地圖。「這是什麼？」他指著軍隊行進的符號，全部都指向破碎平原各處。

「攻擊計畫。」達利納平靜地說。「帕山迪人不肯與我們和談，而且顯然正在準備要改變戰爭的大動作，所以該是跟他們直接開戰的時候了。無論誰贏誰輸，都要結束這場戰爭。」

「颶父的。如果我們深入敵陣卻被包圍怎麼辦？」雅多林說。

「我們會帶所有人去。」達利納說。「我們的整個軍團，還有願意加入我們的藩王。魂師也一起來，提供食物。帕山迪人不可能包圍這麼大一支軍隊，就算他們包圍我們也無妨，我們可以抵擋得了他們。」

「我們可以在泣季的最後一場颶風之後出發。」娜凡妮在地圖旁邊寫了幾個數字。「今年會是輕年，所以有穩定的降雨，連續好幾個禮拜都不會再有颶風，我們不會陷在平原卻沒有遮蔽。」

這也會讓他們陷身平原之上，孤軍深入敵陣，而如今跟牆壁和地板上的數字相差不過幾天……雅多林的背脊一陣發寒。

「我們得比他們先出手。」達利納看著地圖輕聲說。「無論他們在計劃什麼都得要打斷，在倒數結束之前。」他抬頭看雅多林。「我需要你更頻繁地決鬥，挑選引人注目的對手，越能引起注意的越好。兒子，我要靠你來替我贏得碎具。」

「我明天要跟依利特決鬥。」雅多林說。「之後，我已有下一個目標的計畫。」

「很好。想在平原上獲勝，我們需要碎刃師，也需要盡量多的藩王願意效忠、跟隨我。你的決鬥要針對薩迪雅司麾下的碎刃師，讓他們輸得越慘烈、眾人皆知越好。我會去找中立的藩王，提醒他們履行復仇盟約的誓言。如果我們能從跟隨薩迪雅司的人身上取得碎具，然後結束這場戰爭，就能有效地證明我一直以來的立場：統一才是讓雅烈席卡偉大的道路。」

雅多林點頭。「交給我吧。」

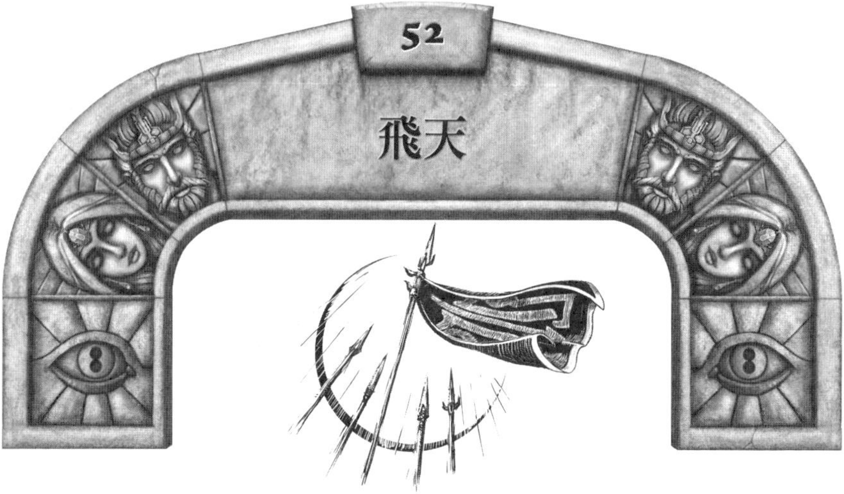

52 飛天

因爲這些眞觀師（Truthwatcher）天性神祕，整個軍團都是由從不提起或寫下他們所作所爲的成員組成，因此被外界觀察到他們極端保密的行爲時，往往相當煩怒，同時不願意解釋自己。在面對柯貝隆提出的反對意見時，他們的沉默不是因爲極端的自負不屑，而是極端的察言觀色。

——收錄於《燦言》，第十一章，第六頁

卡拉丁在晚上順著破碎平原邊緣慢慢地走著，經過一叢叢板岩芝跟藤蔓，生靈如光點在植物周圍盤旋著。昨天颶風過後在低凹處留下的小水窪依然存在，堆滿了克姆泥讓植物享用。左邊，卡拉丁聽到一個忙碌的戰營所發出的聲響，右邊……沉默，只有無盡的台地。

當他還是橋兵時，薩迪雅司的軍隊從來沒有禁止他走這條路。平原上有什麼可以給他們的？薩迪雅司的守衛都位於戰營邊界還有橋邊，防守奴隸逃跑。

這裡有什麼可以給他們的？什麼都沒有。只有救贖，從這些裂谷的深處被挖掘。

卡拉丁轉身，順著其中一道裂谷前進，經過守在橋邊的士兵，火把在風中顫抖，他們朝他敬禮。

就在那裡，他心想，順著一個特定的台地前行。左邊的戰營用光染暈了天空，亮到足夠讓他能看見自己處於何處。在台地的邊緣，就在這裡，幾個禮拜前的夜晚，他遇上了國王的智臣。一個決定性的夜晚，一個改變的夜晚。

卡拉丁來到裂谷邊緣，看著東方。

改變與決定。他回過頭去掃視。他已經走過了守衛的位置，現在周圍沒有人能看到他在做什麼。所以，卡拉丁帶著腰帶上沉甸甸的一袋袋光球，朝裂谷深處飛身落下。

❖

紗藍看不上薩迪雅司的戰營。

這裡的空氣跟瑟巴瑞爾的戰營完全不同，充滿了臭氣，聞起來有絕望的味道。

絕望是種味道嗎？她覺得自己可以形容得出來。充滿了汗水、廉價酒精，還有街道上沒被清理乾淨的克姆泥味道，這一切都暴露在昏暗的街道上。在瑟巴瑞爾的戰營中，人們一群群地走著；在這裡，他們一團團地跑著。

瑟巴瑞爾的戰營聞起來是香料跟工業的味道，有新曬成的皮革，有時也有牲口。達利納的戰營聞起來是皮革擦拭劑跟磨刀油的味道。在達利納的戰營中，每隔一個街角，都會有人在做著一些實用的工作。他的戰營裡近來士兵數量實在太少，但每個穿著他的制服的人，都像是把那身制服當成抵擋混亂年代的盾牌一樣。

薩迪雅司的戰營中，穿著制服的人往往敞開外套、長褲布滿皺褶。她經過一間又一間的酒館，裡面傳來無比嘈雜的聲音，有些酒館前門站著的女子顯示不是每間都單純賣酒。每個戰營裡當然都有不少妓坊，但這裡似乎特別明目張膽。

她經過的帕胥人數量比在瑟巴瑞爾戰營中看到的要少。薩迪雅司喜歡用傳統奴隸，額頭有烙印的男女，彎腰駝背地在街頭上忙碌。

說實在的，她原本以爲所有戰營都是這樣。她讀過戰場上男人們留下來的紀錄——提到了營妓跟紀律的問題，還有所有人的暴躁情緒，被訓練來殺人的人們的態度。也許她不該覺得薩迪雅司的戰營這麼糟糕是件奇怪的事，反而該讚嘆居然會有不是這樣的戰營存在。

紗藍加快腳步。她戴著一張年輕淺眸男人的臉，頭髮塞在帽子裡，手上是一雙堅實的手套。雖然她裝扮成男孩，但也沒打算要露出內手。

今晚離開前，她畫了一系列的新臉，以防萬一。實驗證實她可以在早上作畫，下午仍然可以運用這些影像；不過如果超過一整天，那她創造出來的幻象看起來就會很模糊，有時候甚至有消融的感覺。紗藍覺得這很合理，創造過程在她的意識中留下的影像，會隨著時間逐漸稀薄。

她的這張臉是根據在薩迪雅司戰營中來往、負責傳送訊息的年輕人所畫。雖然她每經過一組士兵時都會心跳加速，卻沒有人多看她一眼。

阿瑪朗是個上師，第三達恩的男人，他比紗藍的父親還要高階，比紗藍本人還要高兩階。這意味著他在自己治下的戰營中，還會有專屬的一塊小領域：他的宅邸上方飄動著旗幟，私人軍隊住在周圍的建築物中，埋在石頭中的柱子上畫著代表他的色彩——酒紅與森綠——標示著他的領域範圍。她毫無停頓地走過。

「喂，你！」

紗藍頓時停下腳步，感覺自己在黑暗中相當渺小。但還不夠渺小。她慢慢地轉身，看著一組巡邏守衛走上前來。他們的制服比她在戰營中其他地方看到的更筆挺，連釦子都刷得晶亮，不過腰間是裙子樣式的塔卡瑪，而不是長褲。阿瑪朗是個傳統派，他的制服也反應了這點。

士兵們高大的身軀聳立在她面前，大多數雅烈席人都比她高。「信差？這種時候？」其中一人問。他的身材魁梧，有著灰白的鬍子，還有粗厚的鼻子。

「長官，現在還不到第二月升天時。」她以希望是男孩子氣的聲音說。

他朝她皺眉。她剛說了什麼？*啊，長官，*她回神過來。*他不是軍官。*

「以後來的時候，要先去守衛亭那裡報到。」男人指著他們後方一塊小小、明亮的地方。「我們之後會更嚴格防守這段邊界。」

「是的，下士。」

「好了，別欺負這小傢伙了，哈福。」另一個士兵說。「你不可能要求人人遵守一半士兵都不知道的規矩。」

「你去吧。」哈福揮手要紗藍快走。她連忙照做。嚴格的防守？她完全不羨慕那些人的工作。阿瑪朗的住所甚至沒有牆壁可以把人擋出去，只有幾根綁了色帶的柱子。

阿瑪朗的住所不大——兩層樓，每層樓有幾間房，以前也許是酒館，只是暫時搭建起來，因為他才剛到戰營。周邊堆起的克姆泥磚塊跟不遠處的石頭，顯示他們正在規劃更宏偉的建築物。建材旁邊是其他被徵用給阿瑪朗私人衛隊居住的營房，裡面只住了五十個人左右。大多數他帶來的士兵，都是從薩迪雅司的領地中徵召而來、向他效忠，他們目前都住在別的地方。

她靠近阿瑪朗的住所後，立刻彎腰躲在一棟外圍的建築物邊，蹲了下來。她花了三個晚上來探查這一區，每次都是用不同的面孔。也許太過謹愼了，但是她不確定，她從來沒做過這種事。她顫抖著手指，取下帽子——這部分的制服是眞的——讓頭髮披散在肩膀，然後從口袋中掏出一張折起的紙，等待著。

幾分鐘過去，她目不轉睛地看著宅邸。快點……她心想。快點啊……

終於，一名年輕的深眸女子從宅邸出來，與一名穿著長褲、寬鬆有釦上衣的高眺男子手挽著手走出。女人因爲同伴說了什麼而笑了，然後快速跑入黑夜，男人在後面喊著她，也追了過去。那女僕——紗藍不知道她的名字——每天晚上這個時候都會出門。有兩次跟這個人，一次跟另一個。

紗藍深吸一口氣，吸入颶光，然後舉起之前畫的女孩肖像。她大概跟紗藍差不多高，有一樣長的頭髮，身材也相似……只能這樣了。她吐出一口氣，變成了別人。

紗藍心想，她會輕笑，大笑，而且腳步輕盈，經常踮著腳尖走路。她取下男性化的內手手套，換上一隻褐色的女性手套。她的聲音比我高亢，而且沒有口音。

紗藍練習過對方的聲音，但希望不會有機會嘗試到底有多像。她只需要進入門裡，上樓，溜進正確的房間。很簡單。

她站起身，憋住呼吸，把生命交給颶光，大踏步走向建築物。

❖

卡拉丁在一團光芒風暴中落在裂谷底部。他小跑步地走開，矛扛在肩膀上，血管中流淌著颶光時，很難靜靜地站著。

他拋下幾個錢球袋，準備稍後再使用。從他皮膚上升騰而起的颶光足以照亮裂谷，順著他前進的腳步，在兩側裂谷牆上投射出影子。影子似乎變成了人形，地上一堆堆雜物中伸出的骨頭與樹枝給了它們實體。身體與靈魂。他的動作讓影子扭轉，好像是在看他。

他在沉默的觀眾注視下跑著。西兒化成一條光帶飛了下來，降落在他頭邊，以同樣速度前進。他跳過障礙物，踩過水窪，讓肌肉因為運動而暖身。

然後，他跳上岩牆。

他狼狽地撞上，絆倒一步之後，在一團皺花中間打了個滾，最後面朝下地停住，趴在牆壁上。他低沉地吼了一聲，站了起來，颶光讓手臂上的小傷口癒合。

跳上牆壁感覺太不自然了。落地時需要時間來調整自己的角度。

他再次開始奔跑，吸入更多颶光，讓自己習慣改變的視角。當他來到台地之間的下一個裂縫時——在他眼裡看起來像是來到一個深坑面前。裂谷的牆壁如今是他的地板跟天花板。

他從牆壁跳下，將注意力專注於裂谷地面，眨眼——用意念告訴自己那變成了下方。他又狼狽地落地，這次摔倒在水窪裡。

他仰天躺著，嘆口氣，躺在冰水裡，沉澱到底部的克姆泥被他握成拳頭的手指捏軟。

西兒落在他的胸口，化成年輕女子的形體，雙手扠腰。

「幹嘛？」他問。

「太差了。」

「同意。」

「也許你太急了。」她說。「要不要試試看不助跑，直接跳上牆？」

「殺手可以用這種方法。」卡拉丁說。「我要能夠像他那樣戰鬥。」

「原來是這樣。我想他大概一生下來，不需要練習就通通都會了。」

卡拉丁輕吐一口氣。「妳講話的口氣跟以前的托克思一模一樣。」

「哦？他是不是絕頂聰明，美麗非凡，而且永遠是對的？」

「他那個人嗓音很大，讓人難以忍受，而且是個大話佬。」卡拉丁站起身。「不過也沒錯，基本上他總是對的。」他拿起矛，面對牆。「賽司稱之為『捆縛術』。」

「不錯的名字。」西兒點頭。

「好吧，如果想學會，我總得從基本技巧開始練習。」就像學習如何用矛一樣。

意思是大概要跳上跳下牆壁幾百遍。

總比死在那個殺手的碎刃下好，他心想，然後開始練了起來。

❖

紗藍走入阿瑪朗的廚房，試著要學她正在僞裝的女孩展現的活潑優雅動作。大大的房間聞起來充滿在火堆上慢燉的咖哩味——應該是剩餘的晚餐，準備給哪個突然餓了的淺眸人。廚娘在角落看著小說，她的侍女們正在刷鍋子，室內用錢球點亮，顯然阿瑪朗很信任他的僕人。

旁邊長長一道樓梯通向二樓，讓僕人可以很快就把食物端給阿瑪朗。紗藍靠窗戶位置猜測出大致的房間布置，畫了一張平面分布圖，而密室很好找——窗戶擋住，從來沒開過。她對廚房樓梯的猜測似乎是對的。她走向樓梯，同時輕哼著歌，就像她模仿的女孩常做的那樣。

「已經回來了？」廚娘沒有抬頭，繼續看著小說。她的口音聽起來像是賀達熙人。「他今天晚上的禮物不夠好？還是另一個人看到你們了？」

紗藍沒說話，試圖用哼歌聲來掩飾她的焦慮。

「正好讓妳去做點有用的事。」廚娘說。「司汀要人去替他擦鏡子，他正在書房清主人的笛子。」

笛子？阿瑪朗這樣的軍人有笛子？

如果紗藍跑上樓，不管她的命令，廚娘會怎麼做？那女人在深眸人應該算是高階人員，是重要的宅邸成員之一。

廚娘沒抬頭，繼續看著小說，但輕聲說：「孩子，不要以爲我們沒有注意到妳會在中午的時候溜出去。主人喜歡妳，不代表妳就可以任性而爲。去工作。用清掃來度過妳的夜晚空閒也許會提醒妳，妳也是有責任的。」

紗藍咬著牙，抬頭看著那些台階，通往她的目標。

廚娘慢慢地放下小說，皺眉的表情似乎表示她不是那種會允許別人違背命令的人。

紗藍點頭，離開台階，走向後面的走廊。前廳有另外的台階通往樓上，她只要去那裡，然後——

紗藍突然停下腳步。有人從旁邊的房間進入走廊。高大的男人，有著方正的臉，方正的鼻子，穿著淺眸人衣著，設計新穎：敞開的外套，裡面是扣起的上衣，筆挺的長褲，脖子上綁著一條布巾。

颶風啊！阿瑪朗光爵——不管他多時髦——今天都不應該在這裡。雅多林說阿瑪朗今天晚上跟國王還有達利納用餐。他爲什麼人在這裡？

阿瑪朗站在那裡，看著手中的簿本，似乎沒注意到她。他背向她，順著走廊前進。

快跑。這是她的第一反應。逃出前門，消失在夜裡。問題是，她跟廚娘說過話了。當紗藍模仿的女孩回來時，她絕對會有大麻煩——女孩能夠證明自己之前沒有回來過，而且還有證人。不管紗藍怎麼做，都很有可能會被阿瑪朗發現有人溜進來，僞裝成他的女傭。

颶父的！她才剛進來就已經弄得一團亂。

前面的台階發出吱嘎聲。阿瑪朗正要回房間，那是紗藍要探查的房間。

鬼血一定會因爲我引起阿瑪朗的警覺而生氣，紗藍心想，但如果我什麼都沒帶給他們，想必更糟。

她必須獨自進去那間房。意思是她不能讓阿瑪朗進去。

紗藍跟在他身後，衝入大廳，繞過柱子，全速跑上台階。阿瑪朗來到最上層，轉向走廊。也許他不會去那個房間。

她的運氣沒那麼好。紗藍一跑上樓，阿瑪朗就轉向了那扇門，拿起鑰匙，插入鑰匙孔中，轉開。

「阿瑪朗光爵。」紗藍氣喘吁吁地說，來到了樓上。

他轉向她，皺眉說：「泰雷熙？妳今天晚上不是要出去嗎？」

好吧，至少現在她知道自己的名字了。阿瑪朗還眞關心他的僕人，連這樣一名卑微女僕的晚上計畫都清楚？

「我去了，光爵，但我回來了。」紗藍說。

她要引開他的注意力，又不能太明顯。快想！他注意到聲音不一樣了嗎？

「泰雷熙。」阿瑪朗搖頭。「妳還沒辦法決定選哪一個？我答應妳的父親會讓人照顧妳，可是如果妳不肯定下來，我要怎麼做到？」

「不是的，光爵。」紗藍連忙說。「哈福攔下一名來找你的信差，他叫我來跟你說。」

「信差？」阿瑪朗收回鑰匙。「誰的？」

「哈福沒說，光爵。可是他似乎覺得很重要。」

「那個人……」阿瑪朗嘆口氣。「他太努力保護我了。他覺得在這種亂成一團的戰營裡能有多嚴密的防守？」光爵思索一陣，然後把鑰匙收回口袋。「我去看看是怎麼一回事。」

紗藍向他鞠躬，直到他經過她，快步下樓。他一消失，她便開始數到十，然後連忙跑去門口，門還是關著的。

「圖樣！你在哪裡？」紗藍低問。

它從裙襬間出現，順著地板前進，爬上門，直到就在她面前，像是木頭上出現了浮雕。

「鎖怎麼樣？」紗藍問。

「是個圖樣。」它說完，然後變得很小，進入鑰匙孔。她之前讓它在自己房裡的鑰匙孔試過幾次，都能像開太恩的箱子一樣打開門。

鎖喀答一聲後，門打開。她溜入黑色的房間，從裙子口袋中取出錢球將房間點亮。密室。百葉窗永遠關上、隨時鎖著的房間。一個鬼血如此迫不及待要知道的房間。

裡面全是地圖。

❖

卡拉丁發現，在不同表面之間跳躍的訣竅不是落地，不是反射神經或時機，甚至不是改變視角。而是恐懼。

就是在空中的那剎那，他的身體從被往下拉的瞬間變成從側面被拉住時，他的直覺無法應對這樣的改變，很原始的一部分自己每次都會因爲「下不再是下」而驚慌。

他跑上牆，一跳，雙腿往旁邊踩去。他不能遲疑、不能害怕、不能閃躲，就像要讓自己頭下腳上地撞向岩石表面，卻不能伸手去擋。

他改變視角，利用颶光讓牆壁變成下方。他調整了腳的位置，即使如此，在那一瞬間，他的直覺仍然反抗了。身體知道，他會往裂谷地面摔落。他會摔斷骨頭，撞破頭。

他毫無窒礙地落在牆壁上。

卡拉丁站直身體，非常意外，吐出深憋的一口氣，流瀉出颶光。

「做得好！」西兒繞著他快飛。

「太不自然了。」卡拉丁說。

「不可能。我絕對不可能涉入不自然的事情。這只是……更自然。」

「妳是說超自然。」

「不是。」她大笑，然後向前衝。

根本就是不自然——就像對剛學走路的小孩來說，走路並不自然，要花點時間才會變得自然。卡拉丁在學著爬——只可惜，他很快就得會跑了。就像掉入白脊身邊的孩子，要趕快學會移動，否則就會變成午餐。

他順著牆壁跑，跳過一團凸出的板岩芝，然後跑到旁邊，落到裂谷地面上，腳步只微歪了一下而已。好多了。他跟在西兒後面，繼續練習。

❖

地圖。

紗藍偷偷往前進，唯一的錢球光芒映照了一間掛滿地圖、到處散落紙張的房間。紙上都是快速寫下的符文，完全不追求美感，她大多數都讀不懂。

我聽說過這種字，她心想。防颶員的字體。這是他們規避書寫限制的方式。

阿瑪朗是防颶員？一面牆上寫滿了時間，列出颶風的時間，還有計算它們下次何時抵達——跟地圖上的筆記是一樣的筆跡——似乎證實了這點。也許這就是鬼血要找的：可以勒索對方的材料。防颶員，跟男性學者一樣讓大多數人很不舒服，他們用符文的方式就跟寫字是一樣的，但他們神祕兮兮的態度……阿瑪朗是所有雅烈席卡將軍中最有成就的人之一，就連跟他戰鬥的人都很尊敬他。暴露他的防颶員身分可以大大損害他的名聲。

阿瑪朗爲什麼會從事這麼奇怪的嗜好？這些地圖讓她聯想到父親死後，她在他的書房中找到的地圖，只不過那都是賈．克維德的地圖。「去外面看著，圖樣。阿瑪朗回來的話，快點告訴我。」她說。

「嗯嗯。」它嗡嗡說，然後退開。

紗藍知道自己的時間不多。她趕忙到牆邊，舉起錢球，記憶起地圖。破碎平原？這比她以前看過的任何地圖都要來得完整，也超越她在國王地圖繪廊中看過的主地圖。

阿瑪朗怎麼會得到這樣詳盡的地圖？她想要猜出符文的用處，但看不出任何文法。符文不該這樣用。符文表達的是一個概念，而不是一連串的概念。她順著讀了幾個。

出處……方向……不確定……中央的位置不確定？大概是這個意思。

其他筆記也很類似，她在心中翻譯了起來。也許這個方向推進會有結果。這裡看到戰士在觀察。其他的一些符文則完全不可解，這些文字好奇怪。也許圖樣可以翻譯，但她不行。

除了地圖，牆壁上滿是一張張長長的紙，上面都是字跡、數字、圖樣。阿瑪朗正在研究，研究很大的一個——

帕山迪！她明白過來。這符文就是這個意思。帕拉普——山耐西——艾迪。三個符文各自表達不同意思——可是放在一起，聲音唸起來就像是帕山迪。所以有些符文看起來像是胡言亂語，因爲阿瑪朗是用這符文表達聲音。他這麼做的時候會在下面畫線，讓他用符文寫出根本不可能寫出的內容。防颶員們眞的在把符文變成文字。

帕山迪人，她翻譯著，一邊仍然因爲這文字的出處而分神，一定知道要怎麼樣把引虛者招回。什麼？

得到他們的祕密。

比雅烈席卡軍隊先來到中央。

有些文字則是參照文獻清單。雖然變成了符文，但她認出一些是引述加絲娜的著作，都是跟引虛者有關，其餘則是畫出據說引虛者還有其他神話生物的樣貌。

這完全證實了鬼血跟加絲娜對同樣的事情有興趣。顯然阿瑪朗也一樣。紗藍的心跳興奮地加速，轉身看著房間。兀瑞席魯的祕密在這裡嗎？他找到了嗎？

內容太多，紗藍一時翻譯不完。這些文字太難，她的劇烈心跳也讓她太緊張。況且，阿瑪朗很快就會回來。她取下了記憶，方便之後再畫出。

她一邊這樣做，一邊順道翻譯文字，內心逐漸泛起新的恐懼。似乎……似乎阿瑪朗光爵——雅烈席卡榮譽的最高代表——正在努力要招回引虛者。

我必須要參與這一切，紗藍心想。我不能讓鬼血因爲我破壞了探查任務而把我趕走。我必須知道他們還曉得什麼。我也必須知道阿瑪朗到底爲什麼這麼做。

她今天晚上不能只是逃跑。她不能讓阿瑪朗猜到有人進入了他的密室。她不能破壞任務。

紗藍必須編造更好的謊言。

她從口袋中掏出一張紙，按在書桌上，急忙地畫了起來。

卡拉丁以謹慎的速度跳下牆壁，往旁邊一扭，腳步絲毫沒停頓地落在地面。他的速度不快，但至少沒再摔倒了。

每跳一次，他本能的驚慌就被他壓制得更緊。往上跳回牆上，再往下，一遍又一遍，吸入颶光。對，這是自然的。對，這就是他。

他繼續順著裂谷底部奔跑，感覺一陣興奮。影子朝他揮手，他閃過一堆堆骨頭跟苔蘚，跳過一大灘水，可是又判斷錯誤，落下的時候，差點就要踩入淺水窪。

但他反射地立刻抬頭，把自己朝空中捆縛。

有一瞬間，卡拉丁沒有落下，反而是往上。他的慣性繼續往前，帶他跳過了水窪，然後讓自己再次往下捆縛，小跑步地落下，汗水滴落。

我可以把自己往上捆縛，他心想，永遠不止地墜向空中。

不對，那是普通人的想法。天鰻可不會怕往下摔，對吧？魚不會怕淹死。

直到他開始使用新的方式思考前，他都無法好好掌控這份被賦予的禮物。這是一份禮物。他會擁抱這份禮物。

如今天空屬於他了。

卡拉丁大喊，衝刺。他往前一跳，將自己捆縛在牆上，沒有停頓、沒有遲疑、沒有害怕。他用盡全速奔跑，旁邊的西兒開心地大笑。

如此輕而易舉。卡拉丁從牆壁跳下，直接看著前方對面的牆。他將自己朝那個方向捆縛，讓身體在空中翻滾，落地，單膝跪倒在先前對他來說是天花板的地面。

「你辦到了！」西兒繞著他飛來飛去。「什麼變了？」

「我。」

「沒錯，但是你哪點變了？」西兒問。

「都變了。」

她朝他皺眉。他大大地回以微笑，然後順著裂谷牆再往前直衝。

❖

紗藍從宅邸後頭的樓梯下到廚房，重重地踩著，讓自己顯得比實際上來得重。廚娘原本在看小說，抬起頭的瞬間，驚慌地拋下小說，要站起來。「光爵！」

「坐著。」紗藍做著口型，抓抓臉來遮掩嘴唇。圖樣完美地模仿阿瑪朗的聲音，說出她要它說的話。

廚娘按照命令坐下。希望從這個角度她不會注意到阿瑪朗變矮了，就算紗藍踮著腳——在幻象下看不出來——她還是比光爵矮很多。

「妳先前跟泰雷熙說過話。」圖樣說著，紗藍做著口型。

「是的，光爵。」廚娘壓低了聲音，跟圖樣一樣。「我讓她今天晚上去跟著司汀做事，我覺得那女孩需要一點管束。」

「不用。」圖樣說。「她回來是我命令的。我又要她出去了，叫她不要提起今天晚上的事。」

廚娘皺眉，「今天晚上的……事？」

「不准提這件事。妳干擾了妳不該插手的事。假裝妳沒看到泰雷熙，永遠不要對我提起這件事。如果妳這麼做，我會當成這一切都沒發生過。明白嗎？」

廚娘臉色蒼白地點頭，縮在椅子中。

紗藍俐落地點頭，走出廚房，進入夜色。然後，她彎腰躲在建築物旁邊，心跳飛快，可是臉上出現了大大的笑容。

消失於廚娘視線之外後，她吐出一團颶光，然後向前一步的時候，阿瑪朗的影像便消失，取而代之的是之前她模仿的小信差。她急忙跑回建築物前面，坐在台階上，沮喪地坐著，手撐著頭。

阿瑪朗跟哈福在夜色裡往前走，低聲說話。「……我沒注意到那女孩看到我在跟信差說話，光爵。」哈福正在說話。「她一定是知道……」他們看到紗藍時，就沒說下去了。

她連忙跳起，向阿瑪朗鞠躬。

「沒關係了，哈福。」阿瑪朗揮手要士兵回去巡邏。

「光爵，我帶來了信息。」紗藍說。

「當然了，信差。」男人走上前來說。「他要什麼？」

「他？」紗藍問。「這是紗藍．達伐的口信。」

阿瑪朗歪頭。「誰？」

「雅多林．科林的未婚妻。」她說。「她正在更新雅烈席卡所有的碎刃紀錄，要加入圖像。她想要預約時間來畫您的劍，如果您願意的話。」

「噢。」阿瑪朗說。他似乎放鬆下來。「嗯，好啊，可以。我大多數下午都沒事，叫她派個人來跟我的隨侍約時間。」

「是的，光爵，我會處理。」紗藍準備要走。

「你這麼晚前來，只是為了問這麼簡單的問題？」阿瑪朗問。

紗藍聳肩。「我不質疑淺眸人的命令，光爵，可是我的女主人，她有時候會有點忘事。我想她是要在忘記之前叫我趕快處理，而且她對碎刃真的很有興趣。」

「誰沒有呢？」阿瑪朗沉吟地說，轉身離開，放低了聲音。「它們可不是如此神奇的東西嘛？」他是在跟她說話還是自言自語？紗藍遲疑不定。他手中出現一把劍，霧氣凝結，表面上出現水滴。阿瑪朗舉起劍，看著劍身倒映的自己。

「這樣的美。這樣的藝術。我們為什麼要用我們最偉大的創作殺戮？啊，我的胡言亂語拖慢你了，真抱歉。我才剛剛新得這把劍，經常刻意找藉口來召喚它。」

紗藍幾乎沒在聽他說話。一柄碎刃，有著如波浪一樣的背脊。抑或是如火舌。表面上都是刻紋，彎弧、靈活。

她認得這柄碎刃。

它屬於她的哥哥赫拉倫。

❖

卡拉丁衝過裂谷，勁風加入他，吹著他的背後。西兒飛在他面前，像是一條光帶。

他遇上擋住去路的一塊大石，便跳入空中，把自己往上捆縛。他向上飛了三十呎，才把自己同時往側方與下方捆縛，向下的捆縛減緩他往上的速度，往側面的捆縛讓他朝牆壁落下。

他驅散了往下的捆縛，一手按著牆壁，轉身站起，繼續順著裂谷牆往前跑。當他來到盡頭，往下一個台地前撲，改將自己捆縛在它的牆上。

更快！他利用幾乎所有從他先前拋下的錢球袋裡取出的剩餘颶光。他體內的颶光多到讓他像是火堆一樣在發光，鼓動著他，催促他往前奔跳，往東方捆縛，讓他下墜並穿越裂谷。裂谷的地面在他腳下閃現，兩側的植物化成一片模糊。

他必須記得自己是在往下落，這不是飛行，而他移動的每一秒，速度不斷加快。這沒有阻止他感受到的解脫，極致的自由。這只代表著可能很危險。

風吹了起來，他在最後一瞬間把自己往後捆縛，減緩了落地速度，撞上前面的裂谷牆。

那個方向對他來說變成了往下，所以他站起來，再順著它奔跑。卡拉丁以劇烈的速度消耗颶光，可是他沒必要節省。他的薪資就跟第六達恩的淺眸軍官一樣，所以錢球裡不是寶石的小碎片，而是布姆。對他來說，現在一個月的薪資是他以前一輩子都沒有看過的數量，而裡頭蘊藏的颶光數量跟他以前所知的量相比，根本就是巨人的財富。

他大喊一聲，跳過一團皺花，它們的葉片在他腳下縮起。他把自己捆縛到另外一面裂谷牆上，跨過了裂谷，以手掌落地，然後讓自己往上飛去，同時還讓自己微微朝那個方向捆縛了一下。

如今輕盈了很多，他已能將在空中轉身，用雙腳落地。他站在牆壁上，面朝著下方的裂谷，雙手握拳，颶光從身上流出。

西兒遲疑，繞著他來回飛竄。「怎麼了？」她問。

「再來。」他說完，再次將自己往前捆縛，順著通道落下。

他毫無懼意地下墜。這是他可以徜徉的海，他可以翱翔的風。他臉朝向另一個台地落去。就在落地前一瞬，他將自己往側後方捆縛。

他的胃部一陣緊縮，感覺就像有人用繩子扼住他的腰，然後把他推下懸崖，等到繩子落盡時，再用力扯了一下。可是他體內的颶光讓任何不適感都被拋在腦後。他往旁邊側飛，進入另一道深淵。

再次往東方捆縛讓他落下另一條長道。他在台地間穿梭，緊貼在裂谷中，就像是在波浪中迅速游泳的鰻魚，繞過了大石。不斷往前，加快速度，繼續墜落……

他咬緊牙關，同時壓抑住讚嘆與體內撕扯的力量，拋掉了謹慎，把自己往上捆縛。一次、兩次、三次。他放開了一切，在流瀉的光亮中從裂谷中升騰而起，進入空中。

他將自己再次往東邊捆縛，好再往那個方向墜落，可是現在已不再有擋路的台地。他飛向遙遠的天空，迷失在黑暗中。他加快了速度，外套在身後拍打，頭髮在腦後飛散，空氣撲著他的臉，他瞇起眼睛，卻沒有閉上。

下方，一個又一個黑暗的裂谷在他身下經過。台地。深坑。台地。深坑。這種感覺……飛過陸地……他以前在夢裡感覺過。橋兵要花好幾個小時才能跨越的距離，他幾分鐘就飛過了。他感覺好像有東西正在後面推著他，彷彿是風托載著他。西兒在他右邊跟著飛行。

左邊那是什麼？啊，只是別的風靈。他聚集了幾十個風靈，像是光帶一樣繞著他飛行。他可以分辨出哪個是西兒，但說不出來為什麼，她看起來沒有哪裡不同。他就是知道。就像從人群之中一眼就可以看出自己的親人，只因為認得那人走路的姿態。

西兒跟她的表親們繞著他盤繞成螺旋的光帶，自由自在，卻隱隱有共同行進的感覺。

他有多久沒有感覺到這麼高興、這麼振奮、這麼活著？提恩死去之後，就再也沒有過了。就連拯救了橋四隊以後，黑暗仍然纏繞他。

如今，黑暗消散了。他看到前面的台地上有一塊豎起的岩石，微調自己前進的方向，小心翼翼地往右邊捆縛。往後方的多重捆縛減慢了他降落的速度，好讓他落到岩石頂端時，能夠抓緊岩石，繞轉一圈，手指摸過光滑的克姆泥岩。

一百個風靈在他面前乍散，像是波浪被拍打，以卡拉丁為中心，往外散出一片光芒。

他露出大大的笑容，然後抬起頭，看向天空。

❖

阿瑪朗繼續盯著立在夜色中的碎刃。他把碎刃舉在身前，讓宅邸前面灑出的光照在劍上。

紗藍記得她父親盯視這把劍指向他時的安靜驚駭，這是意外嗎？兩把看起來一模一樣的劍。也許她記錯了。

不。不，她永遠不會忘記那把劍的長相。那是赫拉倫握著的同一把。況且沒有兩把長得一樣的碎刃。

「光爵。」紗藍引起阿瑪朗的注意。他似乎嚇了一跳，忘記還有人在。

「什麼事？」

「紗藍光主想要確定所有紀錄都是正確的。雅烈席卡軍隊中，碎刃與碎甲的來歷都有清楚記載，您的碎刃不在其中。她問您是否願意為了學術研究，分享一下您的碎刃來歷。」

「我已經跟達利納解釋過了。我不知道我的碎具從何而來的，兩者都是一名想要刺殺我的刺客所有。一個年輕的男人，費德人，有紅色的頭髮。我們不知道他的名字，而他的臉在被我反擊時毀了，因為我必須刺穿他的面甲。」

年輕人。紅髮。

她站在殺死她哥哥的凶手面前。

「我……」紗藍結巴地開口，感到一陣反胃。「謝謝。我會回去傳話。」

她轉身，試圖正常地邁步。她終於知道赫拉倫的下落了。

赫拉倫，你參與了整件事，對不對？她心想。就像父親那樣。可是怎麼會？為什麼？

阿瑪朗似乎想要招回引虛者。赫拉倫想要殺他。

可是真的有人會想要招回引虛者嗎？也許她錯了。她需要回房間，從取得的記憶中畫出地圖，好好弄清楚整件事。

幸好她從阿瑪朗的戰營溜出去、消失在隱匿身形的黑暗中時，那些守衛沒有再找她麻煩。這樣正好，因為如果他們仔細看，就會發現信差眼中滿是淚水。那是紗藍為了兄長而悲泣的淚水，從今往後，她知道他已經永遠逝去。

❖

往上。

一次捆縛，又一次，第三次。卡拉丁衝入空中。什麼都沒有，只有一片開闊、引發他歡愉的無盡海洋。

空氣變得冰冷。他繼續往上，來到雲之朵間。終於，他擔心起自己是否會在落回地面前用盡颶光——因為口袋裡只剩下為了緊急情況備用的一枚錢球。卡拉丁不情願地把自己往下捆縛。

他沒有立刻落下，只是將往上的衝勁減緩，因此仍然捆縛於天空。他沒有解除往上的捆縛。

他好奇地將自己往下捆縛以繼續減緩速度，然後解除了所有捆縛，只留下兩道，一個往上，一個往下，最後他停在半空中。第二個月亮升起，將下方遠處的平原籠罩在微光中。從這裡往下看，平原像是碎掉的盤子。不對……他瞇著眼睛端詳。這是個圖樣。他以前看過。在夢中。

風吹著他，讓他像是風箏一樣懸浮。被他吸引來的風靈開始往旁邊跑走，因爲他已經不再馳騁於風上。眞有趣。他沒有想過，風靈能像情緒靈一樣被人吸引過來。

只需要落入空中就好。

西兒還在他身邊，繞著他轉了一圈，最後落在他肩膀上。她坐了下來，然後低頭看去。

「很少有人看過這個景象。」她說。從這麼高的地方往下看，戰營——是他右方一圈圈的火堆——似乎非常渺小。這裡已經冷到讓人覺得不舒服，大石說空中的空氣比較稀薄，不過卡拉丁分不出有什麼差別。

「我爲了要讓你這麼做，已經試了好久。」西兒說。

「這就像是我第一次拿起矛的時候。」卡拉丁低聲說。「我只是個孩子。妳那時就跟我在一起嗎？那麼久以前？」

「不是，但也是。」西兒說。

「這兩個不可能同時存在。」

「可以的。我知道我需要找到你，風也認得你，它們帶我來到你身邊。」

「所以我做的一切，」卡拉丁說。「我用矛的能力，我戰鬥的方式，都不是我。是妳。」

「是我們。」

「這是作弊。不是我掙來的。」

「胡說。你每天都在練習。」西兒說。

「我有優勢。」

「天賦的優勢。當一名音樂大師第一次拾起樂器，發現了別人都無法發現的音樂，那是作弊嗎？就因爲她天生比較有天分，所以那門技藝就不是她掙來的嗎？還是那叫做天才？」

卡拉丁把自己往西捆縛，回到戰營。他可不想用完了颶光後還待在破碎平原中間。體內的風暴跟剛開始比起來已經平靜許多，他朝那個方向落下了一陣子——直到覺得夠近了之後，才減緩速度，然後除去部分往上的捆縛，開始往下飄落。

「我接受。」卡拉丁說。「只要能讓我更強的，我都會利用。我要打敗他。」

西兒點點頭，依然坐在他的肩頭。

「妳不認爲他有靈，那他是怎麼辦到的？」卡拉丁說。

「是武器。」西兒的口氣比先前幾次都更有自信。「它很特別，它被創造來給人類不同的能力，很像我們之間的聯繫。」

卡拉丁點點頭，清風吹動著他的外套，他的身子在夜色中下墜。「西兒……」他該怎麼提起這個話題？「我沒有碎刃，不能打敗他。」

她別過頭，用力抱緊了自己。這動作非常像是人類會做的事。

「我一直避免去使用薩賀帶來的碎刃訓練。」卡拉丁繼續說。「但是這種事情實在很難解釋。我必須學會使用這種武器。」

「它們是邪惡的東西。」她小小聲地說。

「因爲它們象徵被燦軍打破的誓言。」卡拉丁說。「可是碎刃一開始是從哪裡來的？它們是如何被鑄造的？」

西兒沒有回答。

「能鑄造新的嗎？上面沒有沾染被打破的誓言的新劍？」

「可以。」

「怎麼做？」

她沒有回答。兩人一起靜靜地往下飄了一會兒，直到輕輕地落在一片黑暗的台地上。卡拉丁認準了方向，然後走過去，跳下邊緣，落入裂谷中。他不想走橋回去。那些斥候會覺得很奇怪沒看見他往外走，爲什麼他會從外面回來。

颶風的。他們一定看到他在外面飛了吧？他們會怎麼想？有人近到看見他降落嗎？

算了，反正他現在也沒辦法處理這種事。他來到裂谷谷底，開始走回戰營，颶光漸漸熄滅，讓他陷入黑暗。少了颶光，他覺得自己像是洩了氣一般，全身綿軟，疲累。

他拿出口袋裡最後一枚仍有光的錢球，用它來照亮路徑。

「你在躲避一個問題。」西兒落在他的肩頭。「已經兩天了。你什麼時候要去跟達利納說摩亞許帶你去見的那些人？」

「我跟他說阿瑪朗的事情時，他沒聽。」

「這件事很顯然不一樣。」西兒說。

沒錯，她說得對。所以他爲什麼沒有告訴達利納？

「那些人不像是會等太久的人。」西兒說。

「我會處理他們。」卡拉丁說。「我只是想多想想。我不希望把他們一網打盡時，害摩亞許也捲入這場風暴。」

她沒再說話，陪著他一路無語地走回去，然後爬上回到台地地表的梯子。天空變得烏雲密布，但是最近天氣已經漸漸開始入春了。

他心想，趁這時候多享受一下吧。泣季很快就要來臨。好幾個禮拜連綿不停的雨，沒有提恩能讓他開心起來。他弟弟向來很擅長讓他開心。

這是被阿瑪朗奪走的。卡拉丁垂下頭，開始前進。在戰營邊緣，他往右轉，開始往北走。

「卡拉丁？」西兒飛在他身邊。「你爲什麼往這邊走？」

他抬起頭。這裡通往薩迪雅司的戰營，達利納的戰營在反方向。

卡拉丁繼續走。

「卡拉丁？你要做什麼？」

終於，他停下腳步。阿瑪朗就在前面，在薩迪雅司的戰營裡某處。時間晚了，諾蒙慢慢升上天頂。

「我可以了結他。我能在一閃颶光中進入他的窗戶，殺死他，然後趁別人還沒反應過來之前就離開。很簡單。所有人都會把這件事怪在白衣殺手身上。」

「卡拉丁……」

「這是伸張正義，西兒。」他突然發起脾氣，轉身面向她。「妳說我應該要保護別人。如果我殺了他，那不就是做到這點！保護別人，不讓他毀掉他們，就像他毀掉我那樣。」

「我不喜歡你每次想到他就變成的樣子。」她似乎縮成小小一團。「你變得不像你。你停止思考。求你。」

「他殺了提恩。」卡拉丁說。「我會了結他，西兒。」

「今晚？」西兒問。「就在你剛剛得到了那樣的發現，就在你剛才達成那樣的事情之後？」

他深吸一口氣，想起裂谷的刺激還有飛翔的自由。似乎在無窮盡的歲月之後，他第一次感覺到眞正的喜悅。

他想要讓阿瑪朗玷汙那樣的回憶嗎？不可以。就算是那個人的死也不可以，雖然那絕對會是美好的一天。

「好吧。」他轉向達利納的戰營。「不是今晚。」

卡拉丁回到軍營的時候，夜晚的濃粥餐已經結束了。他走過火堆，餘燼仍然散發著光芒，走回他的房間。西兒飛入空中。她今天晚上會乘著風，跟她的表親們一起玩耍他就他所知，她不需要睡眠。

他走入自己的房間，感覺又累又疲倦，但是卻累得讓人滿足。那是——

有人在房裡動了動。

卡拉丁轉身，平舉起劍，吸入錢球中用來指路的最後一絲光。從他身上流瀉的颶光照出一張紅黑相間的臉。沈在陰影中看起來詭異得令人不安，像是故事中的邪靈。

「沈。」卡拉丁放下劍。「這是怎麼——」

「長官，我必須離開。」沈說。

卡拉丁皺眉。

「對不起。」沈以他緩慢、刻意的口氣開口。「我不能告訴你爲什麼。」他似乎在等著什麼，握著矛的手緊繃。那是卡拉丁給他的矛。

「你是個自由人，沈。」卡拉丁說。「如果你覺得你必須離開，我不會留你。但是我不知道還有哪個地方能讓你善用你的自由。」

沈點點頭，準備從卡拉丁身邊走過。

「你今天晚上就要離開？」

「立刻。」

「平原邊境的守衛也許會阻攔你。」

沈搖搖頭。「帕胥人不會逃離囚禁他們的地方。守衛只會看到奴隸在做自己的任務。我會把我的矛放在火邊。」他走向門邊，可是經過卡拉丁身邊時卻遲疑了一下，伸手按住長官的肩膀。「你是個好人，長官。我學會很多。我的名字不是沈，是瑞連。」

「願風善待於你，瑞連。」

「我怕的不是風。」瑞連說。

他拍拍卡拉丁的肩膀，接著深吸一口氣，彷彿預料到自己要進行一件很困難的任務，然後離開房間。

胄破裂，獲得一分。

這也是想要傷到對手，而不只是打敗對手的方式。

雅多林平靜地後退，利用正統的風式揮砍，回擊對方的前刺。依利特的武器噹啷一聲被震開，人群的抱怨聲更大了。第一次，雅多林給了他們一場殘暴的表演，讓他們看得惱怒。再來，他給了他們一場勢均力敵的比賽，充滿刺激。

這一次，他卻有完全相反的舉止，拒絕進行決鬥中經常發生的刺激碰撞。

他讓到一旁，揮手輕輕劃破了依利特的頭盔，小小的缺口流出颶光，可是沒有應該要有的傷害。

太好了。

依利特在頭盔中的低吼從外面都聽得見，之後他立刻再次前刺，直衝雅多林的面甲。

你想殺了我是吧？雅多林一手放開碎刃，單手舉在依利特衝過來的碎刃下，允許它從他的拇指跟食指間滑過。

依利特的碎刃順著雅多林的手往前滑，一路被他帶著往右上方去。這是一個少了碎甲就完全不能使用的招式——就算對上普通劍也會少掉半隻手，如果是碎刃，下場會更慘。

有了碎甲，他輕易地引導那一刺偏過了他的頭，然後用力一手揮砍，將他的碎刃揮向依利特身側。

人群中有人因爲這直接的攻擊而歡呼出聲，其他人卻噓聲連連。此時若用正統的攻擊法應該要攻擊依利特的頭部，想要打碎他的頭盔。

依利特往前一跌，因爲揮空的前刺跟受到的側擊而失去重心，雅多林的肩膀用力一頂，將依利特撞倒在地，然後，他沒有再往前撲，而是往後退一步。

更多噓聲響起。

依利特站起來，走了一步，身形微晃，然後又走了一步。雅多林往後退，將碎刃劍尖指地，等著。天空發出轟隆聲。今天再晚一點應該會下雨——幸好不是颶風，只是隨便的一場小雨。

「跟我打！」依利特從頭盔裡大喊。

「我打了。」雅多林靜靜地回答。「我贏了。」

依利特往前撲來，雅多林後退一步。在人群的噓聲中，他等到依利特完全被卡死——對手的碎甲用光了颶光。雅多林在那人盔甲上留下的幾十道小缺口，終於累積成巨大的消耗。

然後，雅多林走上前，一手貼上依利特的胸口，把他推倒。依利特重重地摔倒在地。

雅多林抬頭看著最高裁判，依絲托光主。

最高裁判嘆著氣說：「判決，勝利者再次爲雅多林·科林。依利特·盧沙失去碎甲。」

群眾不太滿意。雅多林轉身面向他們，揮動了碎刃數次後，才讓碎刃化成霧氣。他除下頭盔，向他們的噓聲鞠躬。在他身後替他掌管盔甲的人——聽從他先前的囑咐——衝了出來，除下依利特的頭盔，然後剝下如今屬於雅多林的碎甲。

他露出微笑，直到人群離開後，才跟著他們回到座位區下的準備室。雷納林穿著自己的碎甲站在門邊，娜凡妮伯母坐在房間的爐火旁。

雷納林探頭看了不滿的人群一眼。「颶父的，你第一次決鬥不到一分鐘就結束，被他們恨得牙癢癢的。今天你花了將近一小時，他們似乎又更恨你了。」

雅多林嘆口氣，坐在一張長凳上。「我贏了。」

「沒錯。」娜凡妮上前一步，似乎要檢查他是否受傷。他每次決鬥都讓她擔心。「你不是應該要用引人注目的方式擊敗他嗎？」

雷納林點頭附議。「父親是這樣要求的。」

「他們會記得今天的比賽。」雅多林接下皮特遞過來的水，他是今天輪値的橋兵護衛之一，感謝地點點頭。「引人注目就是要讓所有人注意。這會有效的。」

他希望是這樣，接下來這部分很重要。

「伯母。」雅多林開口，看著她開始寫下感謝的祈禱文。「妳想過我的請求嗎？」

「紗藍的工作聽起來真的很重要。」雅多林說。「我是說——」

娜凡妮繼續畫。

房間門口傳來敲門聲。

這麼快？雅多林心想，站起身。一名橋兵開門。紗藍．達伐衝了進來，穿著一身紫羅蘭色的長裝，紅髮在她的身後飛揚。「實在太厲害了！」

「紗藍！」他沒想到會看到她。不過看到她一點也沒讓他不高興。「我在對戰前看了一下妳的座位，但妳不在。」

「我忘記燒祈禱文了。」她說。「所以半路停下來燒祈禱文，但是我幾乎看到了整場。」她在他面前猛然停下，似乎一時之間有點手足無措。雅多林也一樣手足無措。他們正式交往只有一個禮拜多，可是又有了隨訂……他們的關係到底是什麼？

娜凡妮清清喉嚨。紗藍突然轉身，外手舉到了唇前，彷彿剛剛才注意到前皇后在場。「光主。」她邊說邊鞠躬。

「紗藍。」娜凡妮說。「我的侄子提起妳的時候都是好話。」

「謝謝。」

「我就不打擾你們兩個了。」娜凡妮走向門，沒有完成祈禱符文。

「光主……」紗藍朝她舉起手。

娜凡妮離開，關上門。

紗藍放下手，雅多林皺起臉。「抱歉，我一直想要跟她談，但我覺得她需要多幾天時間，紗藍。她會想通的。她知道她不應該不理會妳，我可以感覺得到，只是妳會讓她想起發生的事。」

紗藍點頭，一臉失望。雅多林的盔甲師們過來替他除下碎甲，但他揮手要他們離開。光是讓她看到他亂七八糟、被頭盔壓貼在頭皮上的亂髮已經夠糟了。他下面的衣服——一身加了軟墊的制服——一定難看到極點。

「所以，呃，妳喜歡這場決鬥？」他問。

「你真的太棒了。」紗藍轉身看向他。「依利特一直朝你撲過去，你就像是撥開想要爬上大腿的討厭克姆林蟲一樣，把他拍掉。」

雅多林咧嘴而笑。「其他的觀眾不覺得有這麼棒。」

「他們來是要看你被踩踏的。你沒讓他們看到，真是太不體貼了。」她說。

「我在這方面向來很小氣。」雅多林說。

「根據我的發現，你幾乎從來沒有輸過，實在太無趣。也許你應該偶爾試試看平手，就當是增加一些變化。」

「我會考慮。」他說。「我們可以討論討論，也許就趁今天晚餐？在我父親的戰營裡？」

紗藍苦了一張臉。「我今天晚上有事。抱歉。」

「噢。」

「可是……」她靠上前來。「我想我很快就有一份給你的大禮。我最近沒有多少研究的時間，一直忙著重組瑟巴瑞爾的家族帳本，但是我也許找到了一件可以幫助你獲勝的東西。」

「是什麼？」他皺著眉問。

「我想起加維拉王的自傳中有一個段落提到的事。不過你得用令人驚愕的方法贏得決鬥，要贏得很驚人，要讓觀眾都讚嘆連連。」

「那噓聲就會比較少了。」雅多林抓抓頭。

「我想大家都會欣然接受這點的。」站在門邊的雷納林插口說。

「瞠目結舌啊……」雅多林說。

「我明天再解釋。」紗藍說。

「明天有什麼事？」

「你要請我吃晚餐。」

「我嗎？」

「還要帶我去散步。」她說。

「我嗎？」

「對。」

「我真是個幸運的男人。」他朝她微笑。「那好，我們可以——」

門猛然被打開。

雅多林的橋兵護衛一驚，雷納林咒罵地站起身。雅多林只是轉身，輕柔地把紗藍推到一旁，讓他能看清外面站了誰。雷利司，目前的決鬥冠軍、盧沙藩王的長子。

正如他所料。

「剛剛那是什麼？」雷利司憤怒地質問，走進房間。他後面跟著一小群淺眸人，包括最高裁判依絲托光主。「科林，你侮辱了我跟我的家族。」

雅多林戴著護甲的雙手背在身後，看著雷利司直直走到眼前，臉皮幾乎要貼著自己。

「你不喜歡剛才的決鬥？」雅多林隨意地問。

「那不是決鬥。」雷利司怒斥。「你拒絕好好地戰鬥，讓我的表弟丟臉。我要求這場鬧劇作廢。」

「我告訴過你了，雷利司王子。」依絲托從後面開口，「雅多林王子沒有違背任何——」

「你想要拿回你表弟的碎甲？」雅多林低聲問，看著雷利司的眼睛。「那跟我打。」

「我不會被你挑釁。」雷利司敲著雅多林的胸甲中央。「我不會讓你把我拖入你的決鬥鬧劇中。」

「六組碎具，雷利司。」雅多林說。「我和我弟弟的碎甲與碎刃、厄拉尼夫的碎甲，還有你表弟的碎甲，我全部都壓在一場比賽上。你跟我。」

「你覺得我會同意你的話嗎？你這白癡。」雷利司低吼。

「你怕了？」

「我看不起你，科林。之前的兩場決鬥證明了這一點，你甚至不知道該怎麼樣決鬥了，只懂得耍耍小伎倆而已。」

「那要打敗我應該很容易啊。」

雷利司動搖了，身子左右變換著重心。終於，他又指著雅多林，「你是個雜種，科林。我知道你跟我表弟打就是爲了讓我跟我父親丟臉，我拒絕被你挑釁。」他轉身要離開。

得讓人瞠目結舌，雅多林心想，回頭看著紗藍。父親要求引人注目……

「你害怕的話，不需要單獨上場跟我決鬥。」雅多林看回雷利司。

雷利司一下就停住了腳步，轉過頭，「你說你要同時跟我還有其他人決鬥？」

「沒錯。不管你帶誰來，我都會上場，跟你們一起對戰。」雅多林說。

「你是個笨蛋。」雷利司吐出這一句。

「好或不好？」

「兩天。」雷利司怒咆。「就在決鬥場。」他看向最高裁判，「由妳見證？」

「我見證。」她說。

雷利司氣沖沖地出去，其他人跟在後面。最高裁判憂心忡忡，看著雅多林。「你知道你幹了什麼事？」

「我很熟悉決鬥慣例。是的，我知道。」

她嘆口氣，但也點點頭，走了出去。

皮特闊門，然後看著雅多林，挑起一邊眉毛。太好了，現在連橋兵都敢對他挑眉弄眼。雅多林坐倒在長椅上，「這樣夠讓人瞠目結舌嗎？」他問紗藍。

「你真的覺得你能一次打敗兩個人？」她問。

雅多林沒有回答。同時跟兩個人作戰很難，尤其如果他們都是碎刃師，兩人可以同時攻擊、包圍、挑選視角看不到的地方突襲，這比連戰兩名對手要難得多了。

「我不知道。可是妳說要讓人瞠目結舌，所以我就朝瞠目結舌的方向去努力。現在我希望妳真的有個計畫。」

紗藍在他身邊坐下。「你對葉奈夫藩王了解多少……？」

「淑女的步伐」，作者斧臉先主。教養良好的弗林淑女走路時，內手遮在外手之下，兩手疊在身前。她的每一步都儀態萬千，穩重端莊！～抬頭！挺背！～足面與地面平行！她不會像去參加農莊舞會的普通深眸人一樣，揮動手臂或是翹起腳尖！她不會彎腰駝背！

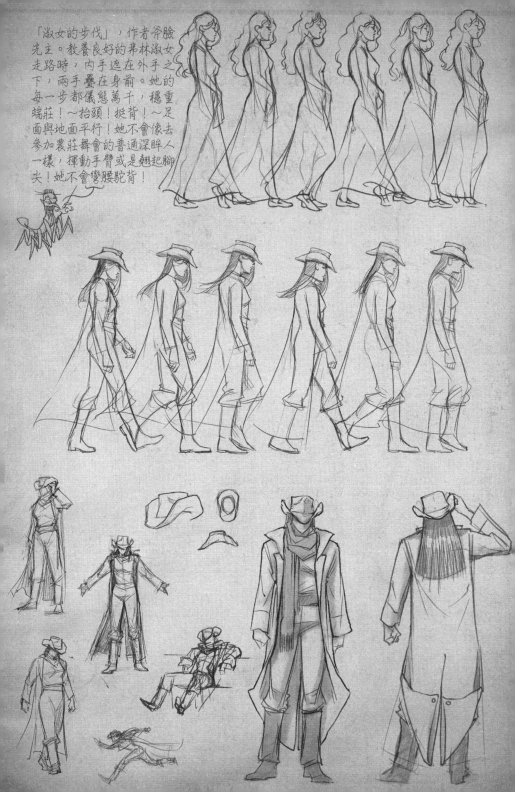

54

圍紗的一課

之後又來了十六名逐風師，同時跟來許多的隨侍，在那裡發現破空師（Skybreaker）正隔開無辜者與有罪者，引發極大的爭執。

——收錄於《燦言》，第二十八章，第三頁

紗藍下了馬車，走入輕柔的落雨中。她穿著白外套與長褲，這一身屬於她取名爲「圍紗」的深眸版自己。細雨灑在她的帽緣上。她花了太多時間跟決鬥完的雅多林說話，結果讓這次赴約相當地趕，因爲會面地點訂在無主丘陵，離戰營有一個多小時車程的地方。

可是她來了，穿著僞裝，準時抵達。剛剛好。她走上前，聽著雨水灑在身邊的地上。她一直喜歡這樣的雨天，它們是颶風的姊妹，帶來生機卻沒有暴虐。這裡位於戰營的西方，就連這片荒蕪的颶風大陸都因爲充沛的雨水而生機盎然。石苞在此綻放，雖然這些石苞不像在家鄉那樣有花朵綻放，卻也吐出了碧綠的藤蔓；草葉飢渴地從洞裡冒出頭，拒絕撤退，直到差點被踩扁；有些蘆葦長出花朵來吸引克姆林蟲，這麼一來克姆林蟲在飽食花瓣的同時，也會摩擦滿身孢子，只要跟別的孢子植物混合，就能繁衍出下一代。

在家鄉，那裡會有更多藤蔓，多到走路都會被絆倒。如果到了比較荒野的地方，又沒有柴刀在手，根本沒辦法走出兩呎之外。在這裡的植物則變得更繽紛，卻不會阻撓人的行動。

紗藍對美妙的周遭微笑，那輕柔的降雨，美麗的植物生命，只要付出輕微潮溼的代價，就能享受到落雨的和諧聲響、新鮮乾淨的空氣，還有美麗的天空，上面滿是深深淺淺各種灰色的雲朵。

紗藍走著，腋下夾著防水包，僱來的車伕按照她的指示等她回去，因爲她不能使用瑟巴瑞爾的馬車進行今天的活動。這車是由帕胥人所拉，而非馬匹，但是比芻螺更快，也挺好用的。

她爬上前方的山坡，會面地點是她透過信蘆得到的地圖上所繪。她穿了一雙牢固的好靴子，太恩的衣物和配件也許很奇特，但是紗藍還是穿得很滿意。外套跟帽子遮蔽了雨，靴子讓她在溼滑的岩石上能夠踩穩。

她繞過山丘，發現另一邊的地形相當破碎。因爲岩石已經破裂，形成了一小片山崩。堅硬克姆泥組成的岩層在石塊邊緣清晰可見，表示這是新生的裂痕。如果是很久以前就已經存在，新克姆泥就會遮蓋掉顏色的差異。

裂縫在山邊形成一個小山谷，滿是裂痕和落石形成的起伏岩脊，也接住了許多孢子跟被風吹來的莖脈，帶來了生命的勃發。只要不受到風的肆虐，植物就能找到立足點，開始生長。

一球球綠意紛亂地生長，這不是個眞正的壘，能夠形成長久的安全區域，只是臨時的遮蔽，頂多只能支撐幾年。植物趁著這段時間熱切地生長著，有時長在彼此上面，發芽、開花、戰鬥、纏繞、生存，這一切象徵著大自然的純粹。

然而那亭子不是。

裡面有四個人坐著，身下的椅子以這樣的環境來說太過精緻。他們吃著點心，在四面敞開的帳棚中，有個火爐溫暖著他們。紗藍逐漸靠近，記憶這些人的臉。她之後會再把他們畫下來，就像她第一次碰到那批鬼血時那樣。其中有兩人跟上次相同，另兩人則不同。那名戴著面具、看上去讓人心神不寧的女人，這次似乎不在場。

墨瑞茲驕傲地站在那裡，檢視他的吹箭。紗藍來到帳棚下時，他並沒有抬頭。

「我喜歡學習使用當地武器。」墨瑞茲說。「這是個癖好，但是我覺得很理想。想要了解一個種族，就要學會他們的武器。人殺人的方式比任何學者的研究都更能反映出一個文化。」

他朝紗藍舉起武器，讓她僵立在當場。然後他轉身面向裂縫，向植物叢吹出一枝箭。

紗藍來到他身邊，箭把一隻克姆林蟲釘在植物莖上。多足的小動物掙扎抽搐，想要掙脫，不過被飛箭刺穿一定是致命的。

「這是帕山迪人的吹箭。」墨瑞茲檢視著。「小刀子，妳覺得這反映出他們的哪一面呢？」

「顯然不是用來殺死大獵物的。我唯一知道的大獵物就是裂谷魔，但據說帕山迪人把牠們當成神明崇拜。」

她不完全相信他們眞是如此。早期的報告——她在加絲娜的堅持下詳細讀過——認爲帕山迪人的神就是裂谷魔，其實這中間的關係並不明確。

「他們也許用它來追蹤小動物。」紗藍繼續說。「表示他們的獵殺是爲了食物，而非享樂。」

「妳爲什麼這麼說？」墨瑞茲問。

「因爲獵殺而感覺光榮的人，追求的都是大型獵物。」紗藍說。「戰利品。吹箭屬於一個只想餵飽家人的男人。」

「如果他用來對付其他人呢？」

「在戰場上沒有用。」紗藍說。「射程太短，況且帕山迪人有矛。也許刺殺的時候有點用處，不過若眞是如此，我會很想知道怎麼進行。」

「爲什麼？」墨瑞茲問。

這是他的一種測試。「嗯，大多數原住民，包括席爾那森的原住民、雷熙人、依瑞平原的奔跑族人，對於暗殺這種事完全沒有概念。就我所知，他們對戰爭似乎完全沒有想法。獵人太寶貴，所以這些文化中的『戰爭』會有很多的叫喊跟裝模作樣，但是不會死多少人。那種重視誇耀的社會不像是會有刺客的那種。」

可是帕山迪人卻派出刺客，對付雅烈席人。

墨瑞茲正在端詳她——以無解的眼神看著她，長長的箭管握在指尖。「原來如此。」他終於說。「太恩這次選了學者爲學徒？這個選擇很罕見。」

紗藍滿臉通紅。她想到她戴上帽子、變黑頭髮以後成爲的人並不是模仿，也不是個不同的人，只是紗藍本身的另一個版本。

這種作法說不定會帶來危險。

墨瑞茲從口袋又摸出一枝吹箭，「所以今天太恩叫妳說的藉口是什麼？」

「藉口？」紗藍問。

「任務失敗的藉口。」墨瑞茲裝上吹箭。

失敗？紗藍開始冒汗，冰冷的水滴刺痛額頭，可是她已經去調查阿瑪朗的戰營是否出現過任何動靜！今天早上她還回去過——這才是她晚到於雅多林決鬥的眞正原因——換了一張工人的臉。她仔細地聽著是否有人提起被入侵，或是阿瑪朗生疑的消息，卻一無所獲。

很顯然阿瑪朗不是公開提起他的疑心。在她花了那麼多精神掩飾自己的行蹤之後，卻還是失敗了。她也許不該感到意外，卻還是覺得出乎意料。

「我——」紗藍開口。

「我開始質疑太恩是不是眞的病了。」墨瑞茲說，舉起吹箭，又朝植物吹了一箭。「她的任務連試都沒去試。」

「試都沒去試？」紗藍不解地問。

「哦？這就是藉口？」墨瑞茲問。「她有試過，卻失敗了？我找了人去看著那間屋子。如果她有……」

他沒說完，因爲紗藍把背包上的水甩掉後，小心翼翼地解開釦子，拿出一張紙。紙上畫著阿瑪朗那間鎖上的房間，牆壁上有地圖。有些細節是她猜測的——裡面很黑，一顆錢球的照明範圍有限——但她覺得應該差不多。

墨瑞茲接過她的畫，舉起來端詳著，紗藍在一旁緊張得直冒汗。

「我鮮少被證明是個蠢蛋。」墨瑞茲說。「恭喜妳。」

這是好事嗎？

「太恩沒有這種技巧。」墨瑞茲繼續說，仍然端詳紙張。「妳親眼見到房間？」

「她選擇學者做爲助手是有道理，我的能力正好可以輔佐她。」

墨瑞茲放下紙張。「眞令人意外。妳的主人也許是一流的盜賊，但是她挑選的夥伴向來都不怎麼樣。」他的用詞遣詞相當講究，跟他有疤的臉、扭曲的嘴唇，還有粗糙的雙手截然不合。他說話的方式像是一個整天輕啜酒漿，聆聽精妙音樂的男人，可是外表看起來卻像不斷被人打斷過骨頭的人——而且也對下手的人多次還以顏色。

「可惜這些地圖沒有更多細節。」墨瑞茲再次檢視起圖畫。

紗藍配合地拿出另外五幅替他畫的圖。四幅是牆上的地圖細節，另一幅則詳細畫下有阿瑪朗筆跡的牆壁卷軸，每一幅中的實際文字都看不清楚，只是扭曲的線條。這是紗藍故意的。雖然她可以清楚記得這些細節，但沒有人會覺得哪個畫家能憑記憶做到這個程度。

她不會讓他知道文字的細節。她打算要贏得他們的信任，盡量找出消息，卻不會給予他們必要以外的協助。

墨瑞茲將吹箭放到一旁。戴著面具的矮小女孩出現，拿著墨瑞茲刺穿的克姆林蟲，還有一隻死掉的貂，脖子上插著吹箭。不，牠的腿還在抽搐，只是昏過去而已，所以吹箭上有毒？

紗藍顫抖。這女人躲在哪裡？那雙黑眼睛眨也不眨地盯著紗藍，其餘的臉龐掩藏在外殼跟油彩的面具後。她接下箭管。

「十分驚人。」墨瑞茲如此評點紗藍的圖畫。「妳是怎麼進去的？我們看守了所有窗戶。」太恩會怎樣做？趁半夜從窗戶溜進去？她沒訓練紗藍這種事，只有口音跟模仿，也許她已發現紗藍有時候還會被自己絆倒，根本不擅長肢體類的盜賊行動。

「這些眞是大師之作。」墨瑞茲走到桌邊，擺好圖。「絕對是傑作。藝術結晶。」

她第一次跟鬼血會面時見到的危險、毫無情緒的男人到哪去了？此時的他充滿激動，彎下腰一一檢視圖，甚至拿出放大鏡來看細節。

她沒有問出心中的疑問。阿瑪朗在做什麼？你知道他怎麼得到他的碎刃嗎？他怎麼……殺死赫拉倫・

達伐的？光是想到這個就讓她喉頭緊縮，但一部分的她好幾年前就已經承認她的哥哥不會回來了。不過這沒有改變她心中明確、出奇泛起的恨意，全都針對梅利達司・阿瑪朗這個男人。

「怎麼樣？」墨瑞茲瞥向她問。「孩子，過來坐下。這是妳自己畫的？」

「對。」紗藍壓下自己的情緒。墨瑞茲剛才叫她孩子？她刻意讓這個版本的自己看起來年紀比較大，五官輪廓比較明顯。她還能怎麼做？開始在頭上加點灰髮嗎？

她在桌邊的椅子坐下，戴著面具的女人出現在她身邊，拿著杯子跟一壺冒著熱氣的東西。紗藍遲疑地點點頭，獲得一杯熱橘酒。她輕啜起來，應該不用擔心下毒，因為他們隨時都可以殺了她。其他亭子中的人壓低了聲音相互交談，但是紗藍聽不清楚。她只覺得自己正被展示在一群觀眾面前。

「我替你抄了一些文字。」紗藍拿出一頁紙張。這幾行是她特別選擇要給他看的，裡面沒有太多內容，但也許能引得墨瑞茲談起這話題。「我們沒能在房間裡待太久，所以我只抄了幾行。」

「妳花了很久畫圖，卻只花一點時間寫字？」墨瑞茲問。

「噢，我是依照記憶畫的。」紗藍說。

他抬頭看她，下巴微微落下，臉上出現眞正驚訝的表情，很快又恢復平常的自信淡然。

這樣就承認了⋯⋯好像不太明智，紗藍意會過來。有多少人能夠憑記憶就畫得這麼清楚？紗藍在戰營中公開展現過她的技巧嗎？

就她所知，目前為止還沒有過。現在她必須把這方面的技能完全保密，免得鬼血發現淺眸光主紗藍跟深眸騙子圍紗是同一個人。颶風的。

好吧，她一定會犯錯的。至少這個錯誤不至於威脅到性命。希望如此。

「金。」墨瑞茲斷喝。

一名穿著一身開襟長袍，胸膛裸露在外的金髮男子，從座位那裡站起身。

「看他。」墨瑞茲對紗藍說。

她取下有關他的記憶。

「金，出去。圍紗，妳把他畫出來。」

她沒得選擇，只能配合。金一邊走出去，一邊抱怨外面在下雨，紗藍就已經開始畫了起來。她畫出全身——不只是臉跟肩膀，也包括周圍，以及背景落下的大石。她很緊張，所以畫得沒有平常那麼好，但是墨瑞茲還是對她的畫讚嘆不已，就像個得意的父親一樣。她畫完之後，拿出封漆。這是炭筆畫，所以需要彌封，但是墨瑞茲搶先一步從她手中把畫抽走。

「眞是難以置信。」他舉起紙張說。「妳在太恩那邊簡直是浪費。可是文字妳就記不住？」

「沒辦法。」紗藍說謊。

「可惜了。不過，還是很棒。太棒了。一定有方法可以利用這個技能，絕對有。」他看向她。「妳的目標是什麼，孩子？如果妳能證明自己的可靠，我的組織中也許有妳的一席之地。」

太好了！「如果我不想得到這個機會，就不會同意代替太恩來了。」

墨瑞茲對著紗藍瞇起眼睛。「妳殺了她，對不對？」

慘了。紗藍當然立刻漲紅臉。「呃……」

「哈！」墨瑞茲失笑。「她終於挑到一個太出色的助手。眞是令人欣喜。這麼愛裝模作樣的人，最後也被一個她養來想要討好自己的人給扳倒。」

「先生，我不是……我是說，那不是我願意的。是她先攻擊我。」紗藍說。

「背後一定有不簡單的故事。」墨瑞茲微笑地說。這個微笑看起來相當駭人。「妳要知道，妳做的事情雖然沒被禁止，但也絕對不是該受到鼓勵的行為。如果下屬不斷想靠著獵殺上級來上位，那我們的組織根本就沒辦法好好運作。」

「是的，先生。」

「可是妳的上級不是我們組織中的成員。太恩以為自己是個獵人，但她其實一直都是獵物。如果妳加入我們，就會明白了。我們跟妳曾經接觸過的別人不一樣，我們有更偉大的目標，而且我們……保護彼此。」

「是的，先生。」

「所以，妳是誰？」他揮手要僕人把吹箭拿回來。「妳到底是什麼樣的人，圍紗？」

「一個想要有參與感的人。」紗藍說。「我想要參與比從某個淺眸人身上偷東西、騙取一個週末的奢華更加重要的事。」

「所以妳是想參與圍獵了。」墨瑞茲輕聲說，滿臉笑意。他背向她，走回亭子邊緣。「會有更多指示給妳，去進行指派給妳的任務吧。之後，我們再談。」

所以那是一場圍獵……

什麼樣的圍獵？紗藍被這句話寒澈心扉。

跟上次一樣，她還是沒有獲得明確的指示要她退下，但仍然把背包收起來，準備離開。離開前，她瞥了一眼還坐在那裡的人，看見他們的表情很冰冷。駭人的冰冷。

紗藍離開亭子，發現雨停了。她離開涼亭，覺得背後一直被人盯視。這才會意過來，*他們都知道了我可以明確辨認出他們的長相，而且可以畫出他們正確的相貌給任何一個人。*

他們絕對不喜歡這樣。墨瑞茲說得很清楚，鬼血不經常殺害彼此，但他也說得很清楚，她還不是他們其中一員。他刻意點明這點，彷彿是在許可那些聽著這段對話的人什麼。

塔拉之手在上，她到底惹上什麼麻煩了？

*妳現在才想到這點？*她邊想邊繞過山邊。她的車就在前面，車伕坐在上面，背對她。紗藍緊張地回頭看。沒有人跟蹤她，至少沒被她看見。

「有人在觀察我嗎，圖樣？」她問。

「嗯。我。沒人。」

一塊石頭。她在替墨瑞茲畫畫時，畫了一塊石頭。現在她沒有多想——完全靠直覺跟不小的驚慌——立刻吐出颶光，在面前塑造出岩石的景象。

然後，她立刻躲在裡面。

裡面很黑。她縮在岩石中，雙腿貼在身前，覺得自己的處境毫無形象可言。跟墨瑞茲共事的其他人大概不會做這樣的傻事。他們相當熟練、圓滑、能力出眾。颶風的，她說不定根本不需要躲起來。

可是她還是坐在那裡，其他人的眼神……墨瑞茲說話的方式……

過度小心比天真無知來得好。她已經很厭倦其他人老是覺得她不能照顧自己。

她壓低了聲音說：「圖樣，去找那個車伕，用我的聲音跟他說：『我趁你沒看到的時候已經上了馬車。不要找我。我得偷偷離開，帶我回城裡，停到戰營前面，數到十，我自然會離開。不要多看，你已經收了我的錢，就得替我保密。』」

圖樣哼了哼之後就走了。不久後，拖車喀拉喀拉地被帕胥人拖走，沒多久就聽到馬蹄聲跟上。她甚至沒看到馬。

紗藍緊張地等著。鬼血的人會發現這裡根本不該有顆大石頭嗎？他們如果發現她沒有在戰營下車，會回來找她嗎？

也許他們甚至沒去追她。也許是她多想了。她等著，煎熬著，又開始下雨了。這對她的幻象有什麼影響？她畫的石頭已經是溼的，所以不會因爲乾燥的表面而暴露她的行蹤——可是從雨水打到她身上的情況判斷，很顯然雨水正穿透幻象。

她心想，往後我得想個辦法，在這樣藏著自己的時候還能往外看。眼洞？她有辦法在幻象裡面製造眼洞嗎？如果她——

有說話聲。

「我們得找出來他到底知道多少。」墨瑞茲的聲音。「你把這幾頁送去給賽達卡先生。我們離目標已經不遠，但是看樣子雷斯塔瑞的同夥們也一樣很靠近。」

回答的聲音很沙啞，紗藍聽不到對方說什麼。

「這個我不擔心。老笨蛋製造一堆混亂，卻不趁機奪取這些機會製造出來的權力。他躲在自己無足輕重的城市裡，聽著它的歌聲，以爲自己玩弄世界大事，其實他什麼都不知道。他不是獵人。可是這個在圖卡的傢伙就不一樣了，我甚至不認爲他是人類。就算是，也一定不是這裡土生土長出來的人類……」

墨瑞茲繼續說話，但是他們已經走開，紗藍便什麼也聽不到。不久後，她聽到更多的馬蹄聲。

她等著，雨水滲透她的外套跟長褲。她渾身發抖，背包在腿上，咬著牙關不讓自己冷得牙齒上下打架。最近天氣已經回暖，但是被雨淋得一身溼透仍然會失溫。她一直等著，直到脊椎抱怨、肌肉尖叫。她一直等著，直到大石終於裂開，變成明亮的煙霧散去。

紗藍一驚。發生什麼事了？

颶光，她突然明白過來。她一邊活動雙腿，一邊檢查了口袋的錢囊，裡面每個錢球都被她在不經意間耗盡，全都用來維持石塊的幻象。

已經過了幾個小時，天空因為夜色逼近而變暗，要維持岩石這樣的簡單幻象用不了多少颶光，她也不需要刻意去想就能維持。這是個很好的發現。

她也再一次證明自己是個傻蛋，因為她完全沒想到正在耗用多少颶光。她邊嘆著氣邊站起身，身體搖晃晃，雙腿抗議突如其來的舉動。她深吸一口氣，走過去探出頭。亭子不見了，鬼血也一併消失。

「我想這表示我得用走的了。」紗藍轉向戰營。

「妳原本以為有別的方法？」早先回來的圖樣從她的外套上問，聽起來真的很好奇。

「沒有。我只是自言自語。」

「嗯。不對，妳是在跟我說話。」

她走在夜晚中，全身發冷，這不是她在南邊忍受過的致命冰寒，只不過是不舒服而已，如果她沒有全身被淋溼，說不定這樣的空氣還會讓她覺得很舒服。她靠著跟圖樣練習口音來打發時間——她說一句話之後，就讓它完全重複她剛說過的話，用她的聲音跟語調。能夠用這種方式聽到自己說的話，很有幫助。

她很確定自己完全掌握了雅烈席人的口音，這很好，因為圍紗假裝是雅烈席人。其實並不困難，費德語跟雅烈席語本來就很接近，幾乎學會一種就能說另一種。

她的食角人口音也不錯，無論是用雅烈席語或費德語。她說得越來越自然，就像太恩建議的那樣，她用費德語跟雅烈席語模擬巴伏口音還過得去，所以回程的大部分時間都被她用來練習賀達熙口音。帕洛娜給了她一個良好的模仿範本，圖樣能夠重複那個女人說過的每句話，非常適合用來練習。

「我需要教會你配合我的幻象一起說話。」

「妳應該要讓幻象自己說話。」圖樣說。

「我可以嗎？」

「爲什麼不可以？」

「因爲……嗯，我用颶光來創造幻象，所以它們創造出颶光的模擬。有道理，不過我不會用聲音來製造幻象。」

「這是波力的一種，聲音也是一部分。嗯……算是表親。非常類似。可以辦到。」

「怎麼做？」

「嗯。一定有辦法。」

「你眞的幫了我大忙啊。」

「我很高興……」它沒說下去。「謊話？」

「對。」紗藍將內手塞回口袋，口袋裡也是溼的，繼續走在從她腳下躲開的草地上。遙遠的山坡有拉維穀，整齊地長在平原上，不過她沒看到附近有農夫耕作。

至少沒下雨了。她還是很喜歡下雨，只是沒想過在雨天裡走一段長路會令人多不愉快，而且……

那是什麼？

她猛然停下。一團黑影倒在她面前的路上。她小心翼翼地前進，發現自己能聞到煙味。潮溼的煙味，通常來自於被澆熄的營火。

是她的拖車。她現在可以看出輪廓，還有一部分仍然在黑夜中燃燒著。雨水澆熄了火，火沒燒太久。他們大概是從裡面點的火，因爲內部是乾的。

那絕對是她僱用的拖車，她認得輪子上的裝飾。她遲疑地走過去。她擔心的果然沒錯，幸好她沒搭上車，不過總覺得自己忘記了什麼……

車伕！

她跑上前，已經預料到最糟的情況。他的屍體就倒在那裡，躺在被破壞的拖車邊，空洞地看著天空。他的喉嚨被割開了，旁邊是他的帕胥人們，死成一團。

紗藍在潮溼的石頭地上坐倒，覺得一陣反胃，手摀著嘴。「噢……全能之主在上……」

「嗯……」圖樣哼著，也表達出一種遺憾的語調。

「他們因爲我而死。」紗藍低聲說。

「妳沒有殺死他們。」

「我有。」紗藍說。「這就像我親自握著匕首一樣。我知道我會涉入的危險，但是車伕不知道。」

還有那些帕胥人。她對此有何感覺？他們確實是引虛者，但她很難不因爲他們的下場而感覺很糟糕。

有一部分的她告訴自己，如果妳眞的證明了加絲娜的話，那妳會造成比這個更嚴重的後果。

她當時看到墨瑞茲對她的畫作表現出的興奮，很想要喜歡那個人。不過，她最好牢牢記得此時此刻。

他允許這些人下手。也許割斷車伕喉嚨的人不是他，但是他幾乎就是向其他人明示，如果可以的話，他們儘管除掉她。

他們燒了拖車，讓它看起來像是土匪幹的，但是不會有土匪這麼靠近破碎平原。

她看著車伕，這個可憐的人。如果她沒有安排坐車來，那她根本不可能趁機藏身，讓拖車僞裝她的行蹤。颶風的！她該怎麼處理這種情況才不會死人？有可能辦得到嗎？

良久，她終於強迫自己起身，垮著肩膀，繼續走回戰營。

55 遊戲規則

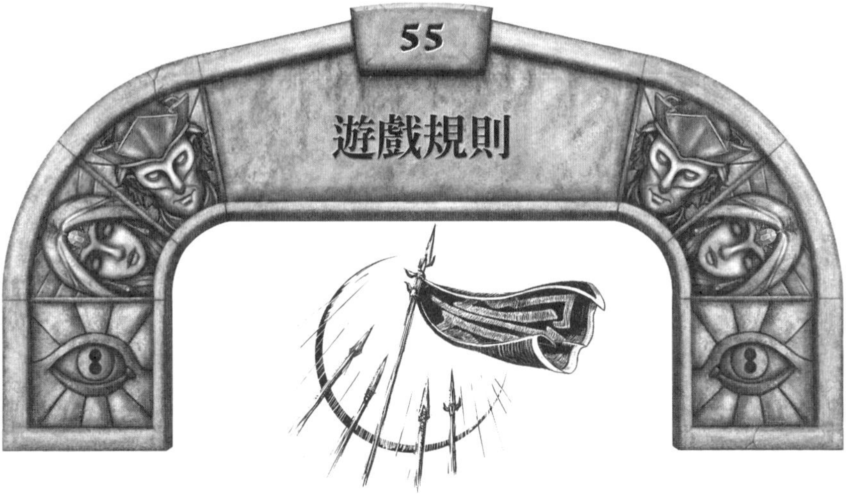

破空師在這方面的強大能力近乎神蹟，因爲其能力並非來自於某個波力或是靈，無論這支軍隊是如何得到這項能力，現實是它確實存在，同時就連敵人也會承認它的存在。

——收錄於《燦言》，第二十八章，第三頁

「太好了，今天是你來保護我？」

卡拉丁轉身，看到雅多林從房間裡走出來。王子一如既往穿著筆挺的制服，釦子上有名字的縮寫，靴子比某些房子還要貴，腰邊配劍——以碎刃師來說，這個選擇有點奇怪，但是雅多林大概把它當成裝飾品。他的頭髮是一團金色，中間夾雜著一絲絲黑。

「我不信任她，小王子。」卡拉丁說。「外國來的女人，祕密的訂婚，而且唯一能證實她身分的人死了。她說不定是殺手，這表示我必須讓最優秀的人來保護你。」

「你這個人挺謙虛的是吧？」雅多林朝石頭走廊大步前進，卡拉丁跟他並肩同行。

「不。」

「小橋兵，我是在開玩笑。」

「我錯了，我以爲笑話應該要好笑。」

「只有具幽默感的人才會覺得好笑。」

「啊，果然。我好久以前就已經換掉了我的幽默感。」卡拉丁說。

「換了什麼？」

「疤痕。」卡拉丁輕聲說。

雅多林的眼睛閃向卡拉丁額頭上的疤痕，不過大部分已被他的頭髮遮住。「太棒了。」雅多林以幾不可聞的聲音說。「眞的太棒了。我好高興你也一起來。」

他們在走廊盡頭走入陽光下。不過陽光有限，天空仍然因爲過去幾天的降雨而陰暗。

他們進入戰營。「我們要召集更多護衛？」雅多林問。「通常你們會有兩個人。」

「今天只有我。」卡拉丁的人手不足，因爲同時要保護國王，泰夫還要帶著新兵出去巡邏。他在每個人身邊都安排了兩三個人，但雅多林覺得靠自己就夠了。

一輛馬車停下，拉車的兩匹馬看起來脾氣都不好。所有馬看起來脾氣都不好，眼神不懷好意，動作無可預料。可惜的是，王子不能搭由芻螺拖著的車出現。一名男僕替雅多林開門，雅多林進入狹窄的車廂，男僕關門，爬到車廂後面某處。卡拉丁準備要坐到車伕身邊，卻停了下來。

「你！」他指著車伕。

「我！」國王的智臣握著韁繩回應。藍色的眼睛、黑色的頭髮、黑色的制服。他在這裡駕駛馬車幹嘛？他不是個僕人吧？

卡拉丁小心翼翼地爬上座位，智臣甩動韁繩，催促馬匹行動。

「你在這裡幹嘛？」卡拉丁問他。

「我想要弄點麻煩玩玩。」智臣開朗地回答，馬蹄聲在岩石上響起。「你有練習我給你的笛子嗎？」

「呃。」

「不要告訴我，你搬家的時候把笛子留在薩迪雅司的戰營裡了。」

「這個——」

「我說了不要告訴我。」智臣回答。「你不用說，因爲我已經知道了。如果你知道那柄笛子的歷史，你的腦子會暈翻掉，意思是我會因爲你偷看我把你從馬車上推下去。」

「呃……」

「你今天眞是能言善道啊。」

卡拉丁確實忘了笛子。當他召集被留在薩迪雅司的戰營裡的橋兵時——包括橋四隊的傷兵，還有其他橋兵隊的人——注意力都在人身上，而不是東西上面。他根本懶得去拿自己的一小包東西，笛子也被忘在其中。

「我是士兵，不是音樂家。」卡拉丁說。「況且，音樂是女人的事。」

「所有人都是音樂家。」智臣反駁。「問題只在於他們是否分享他們的歌曲。至於音樂是女人的事，有件事很有趣，當初寫下這篇論文的女人，就是幾乎整個雅烈席卡都奉爲圭臬的那篇作者，她決定所有女性該從事的任務都是坐在一旁玩樂，而所有男性該從事的事情都跟碰上用矛刺穿自己的人有關。這解釋了很多事，是吧？」

「也許吧。」

「你知道嗎？我很努力想要找出能跟你一起投入、機智、有意義的話題，但是我無法不覺得你沒有擔負起你那一半對話責任，這有點像是對聾子演奏，說不定哪天我眞該去試試，聽起來很有趣，如果我的笛

卡拉丁看著天空，如此陰沉。他最討厭這種天氣，總讓他想到泣季。颶父的。灰暗的天空，悲慘的天氣，讓他老覺得自己幹嘛要下床。終於，馬車來到瑟巴瑞爾的戰營，這地方看起來比別的戰營都更像一座城市。卡拉丁讚嘆地看著結構完整的公寓、市場，還有——

「農夫？」他問，車子正經過一群朝戰營大門口走去的男人，他們扛著抓蟲的蘆葦跟一桶桶克姆泥。

「瑟巴瑞爾在西南邊的山丘上開闢了拉維穀田。」智臣解釋。

「這裡的颶風太強，根本不能耕作。」

「你去跟那坦人說啊。他們以前在這一整片區域耕作，只需要一種長得沒有你習慣中那麼大的植物品種。」

「可是爲什麼？」卡拉丁問。「農夫爲什麼不去更簡單的地方，像雅烈席卡境內？」

「你對人性知道不多，對不對，受颶風祝福的？」

「我……是不知道。」

智臣搖搖頭。「這麼坦白、這麼直接。你眞的跟達利納很像。總得有人教你們偶爾也要放鬆放鬆啊。」

「我很清楚該怎麼放鬆。」

「眞的嗎？」

「對。只要去沒有你的地方就可以了。」

智臣呆看他一下，然後開始輕笑，甩動了韁繩讓馬匹的腳步突然輕跳兩下。「你其實還是有幾分靈性的嘛。」

這來自於卡拉丁的母親。她經常會說這樣的話，只是從來不用於侮辱別人。*跟智臣相處，絕對把我帶*

壞了。

終於，智臣讓馬車停在一棟良好的宅邸面前，卡拉丁覺得這種建築應該出現在某個精緻的壘地裡，而不是在戰營中。這些柱子跟亮麗的彩繪玻璃看起來比爐石鎮的城主宅邸還要華美。

馬車停在車道上，智臣請男僕去找雅多林的隨訂對象來。雅多林下車等她，拉直了外套，用一邊袖子把鈕子擦得更亮。他抬頭瞥向駕駛的位置，突然一驚。

「你！」雅多林驚呼。

「我！」智臣回答。他從車座跳下，行了一個繁複的禮儀。「科林光爵，隨時等候您的差遣。」

「你把我平常用的車伕怎麼了？」

「沒什麼。」

「智臣——」

「怎麼，你暗示我傷害了那可憐的傢伙？這聽起來像是我會做的事情嗎，雅多林？」

「嗯，不像。」雅多林說。

「沒錯。況且，我相信他現在一定已經解開了繩子。啊，這就是你那美麗又幾乎是但還不是的新娘。」

紗藍．達伐從屋子裡出來。她快步跳下台階，不像大多數淺眸仕女那樣步伐輕盈平穩地走下。她還真是精力充沛，卡拉丁心不在焉地想，握著韁繩，剛才智臣下車時把韁繩一拋，他便接了過來。

這個紗藍．達伐就是有哪裡不對勁。她的熱切態度與盈盈笑容之後藏著什麼？淺眸女子的內手袖套裡可以隱藏各式各樣致命的道具。簡單的毒針刺穿布料，就能結束雅多林的性命。

不幸的是，他不能隨時盯住她跟雅多林在一起的每分每秒。他必須更主動。有辦法確認她的身分嗎？

從她的過去判定她是不是個威脅？

卡拉丁站起身，準備要跳到地上跟好她，她正在靠近雅多林。突然間，她停下腳步，眼睛大睜，用外手指著智臣。

「你！」紗藍驚呼。

「對，對。今天大家眞的很擅長認出我，也許我該穿——」

智臣沒再說下去，因爲紗藍朝他撲了過去。卡拉丁落地，朝腰邊的匕首伸手，然後又遲疑了。因爲紗藍猛然一把抱住智臣，頭貼著他的胸口，眼睛閉得緊緊的。

卡拉丁的手從匕首上移開，朝智臣挑起一邊眉毛。智臣看起來完全不知所措，只是站在原地，雙手垂在身邊，不知道如何是好。

「我一直想說謝謝你。」紗藍低語。「我一直沒有機會。」

雅多林清清喉嚨。終於，紗藍放開智臣，看向王子。

「妳抱了智臣。」雅多林說。

「那是他的名字？」紗藍問。

「其中之一。」智臣回答，顯然仍心神不寧。「其實我的名字多到數不清，不過大多數都跟某種咒罵有關……」

「妳抱了智臣。」雅多林說。

紗藍臉紅。「很不合乎禮節嗎？」

「不是禮節。」雅多林說。「是常識。抱他就像抱白脊，或是一堆釘子這類的。我的意思是說，那可是智臣，妳不該喜歡他的。」

「我們得談談。」紗藍抬頭看著智臣。「我不記得我們談過的所有對話，但其中一部分——」

「我會想辦法排進我的行程。」智臣說。「不過我挺忙的。畢竟侮辱雅多林就得花掉我直到下禮拜的時間。」

雅多林搖搖頭，揮手趕開男僕，親手扶紗藍上了馬車，之後他靠向智臣，「不准碰她。」

「孩子，她對我而言太年輕了。」智臣說。

「沒錯。」雅多林點頭說。「你要追就去追跟你一樣大的女人。」

智臣笑了。「這有點難。我想這附近大概只有一個，她跟我向來處不好。」

「你真的好奇怪。」雅多林進了車廂。

卡拉丁嘆口氣，然後準備要進去。

「你打算坐進去？」智臣滿是笑容地問。

「對啊。」卡拉丁說。他要盯著紗藍，她應該不會公開動手，所以跟雅多林共乘一車不是好時機，可是卡拉丁透過近身觀察，說不定能對她有所了解，而且他不能完全確定她不會傷害王子。

「你盡量不要跟那女孩子調情。」智臣壓低聲音說。「小雅多林似乎很有佔有欲。或者……我在說什麼？卡拉丁，去跟那女孩調情，王子的眼珠說不定會凸出來。」

卡拉丁冷哼，「她是淺眸人。」

「又怎麼樣？你們這些人對這種事太大驚小怪。」智臣說。

「我無意冒犯，但我寧可跟裂谷魔調情。」他留下智臣去駕駛馬車，自己坐了進去。

他一進去，雅多林立刻翻白眼。「你開玩笑吧？」

「這是我的工作。」卡拉丁在雅多林身邊坐下。

「我在這裡一定很安全，身邊是我的未婚妻。」雅多林咬著牙說。

「那也許我只是想要坐比較舒服的椅子。」卡拉丁朝紗藍·達伐點點頭。

她沒理他，只是朝雅多林微笑，感覺車子開始前進。「我們今天要去哪裡？」

「妳之前不是提到晚餐嗎。」雅多林說。「我知道外市場有一家新酒館，裡面提供食物。」

「你向來知道最好的地方。」紗藍笑得更燦爛了。

*女人，妳的馬屁還能拍得更明顯嗎？*卡拉丁心想。

雅多林報以微笑，「我只是會聽人家說話而已。」

「如果你會留意哪些酒是好酒就更好了……」

「我沒留意是因為那很簡單！」他咧嘴而笑，「都很好。」

她輕輕笑了。

颶風的，淺眸人眞煩，尤其是他們忙著討好彼此的時候。兩人的對話繼續，卡拉丁覺得非常明顯，這女人擺明就是很想跟雅多林交往下去。這也不意外，淺眸人總是在尋找爬得更高的方法，或者從背後刺人一刀的時機，端看他們的心情。他的工作不是要找出這女人是否是個投機份子，每個淺眸人都是投機份子。他只需要找出她是投機的拜金女，還是投機的殺手。

兩人繼續對話，紗藍將話題又引回今天的活動。

「我不是說我介意酒館。」紗藍說。「可是酒館也太普通了。」

「我知道。」雅多林回答。「可是在這裡不去酒館，能做的事很少。沒有音樂會、沒有藝術展覽、沒有雕塑比賽。」

*你們這些人眞的這樣打發時間？*卡拉丁心想。*全能之主拯救你們吧，居然沒有雕塑比賽可以看啊。*

「有個動物園。」紗藍很興奮地說。「就在外市場。」

「動物園。」雅多林。「那不是有點……低俗？」

「唉呦，我們可以看看動物，你可以告訴我在打獵時，你英勇地獵殺了哪一些，會很有趣的。」她猶疑片刻，然後卡拉丁覺得從她的眼神中看到些什麼。一閃而過，深層的情緒。痛苦？擔憂？「而且我需要調劑一下。」紗藍輕聲說。

「我其實很討厭打獵。」雅多林說，彷彿沒注意到剛才的瞬間。「沒什麼競爭性。」他看向紗藍，她在臉上掛出微笑，熱切地點頭。「好吧，做點不同的事也可以是個愉快的改變。那我跟智臣說帶我們去那裡好了，希望他眞的會帶我們過去，而不是駕著車衝向裂谷，笑著聽我們驚恐尖叫。」

雅多林轉身打開面向駕駛座位的小窗，準備下令。卡拉丁看著紗藍，她靠著座位，臉上露出滿意的笑容。她去動物園別有企圖，爲什麼？

雅多林轉過身，詢問她今天過得如何。卡拉丁心不在焉地聽著，一邊觀察紗藍，想要找出隱藏在她身上的匕首。雅多林說了什麼讓她滿臉通紅，然後又笑起來。卡拉丁其實不喜歡雅多林，但至少王子做人很誠實，他有他父親的認眞脾氣，而且向來很公道地對待卡拉丁——雖然待人輕慢又被寵壞，但還是很公道。

這個女人不一樣。她的舉動都經過計算，笑的方式、選擇說出的詞句……她會輕笑跟臉紅，但是眼神一直都很清明、一直在觀察。她代表了淺眸人文化中最讓他反胃的部分。

有一部分的他承認，你今天就是心情不好。有時他就是會這樣，尤其天氣差的時候特別如此，可是他們有必要表現得這樣開心到令人噁心嗎？

馬車繼續前行，他繼續盯著紗藍，最後決定自己眞的疑心過剩。她不會爲雅多林帶來直接的威脅。他發現自己的注意力又飄回了裂谷那一晚。乘著風，颶光在體內翻騰。自由。

不，不只是自由。目標。

你有目標，卡拉丁心想，把心神拖回現在。保護雅多林。這是士兵的理想工作，其他人夢想中的工作。薪水好、有自己指揮的軍隊、有重要的任務、可靠的指揮官。一切都很完美。

可是那些風……

「噢！」紗藍開口，伸手朝背包翻找起來。「我帶來了給你的紀錄，雅多林。」她停頓片刻，瞥向卡拉丁。

「妳可以信任他。」雅多林有點不情願地說。「他救過我的命兩次，而且就算是最重要的會議，父親也會讓他保護我們。」

紗藍拿出幾張紙，上面寫滿了女人的文字，看起來很像塗鴉。「十八年前，葉奈夫藩王是雅烈席卡的勢力之一。他是反對加維拉王統一行動的最強大藩王其中一個，但葉奈夫不是死在戰場上，而是死在決鬥中，被薩迪雅司所殺。」

雅多林點頭，靠向前，非常熱切。

「這是雅萊光主自己寫下的記述。」紗藍說。「『扳倒葉奈夫是靈光乍現的簡單行動。我的丈夫與加維拉討論起挑戰權與國王的恩賞，兩者皆是許多淺眸人都知道的傳統，但在現今的情況下經常被忽略。

「『因為傳統與歷史的王權往往有同樣的關連，因此重現傳統能呼應我們統治的權力。行駛的契機就是力量與名聲的饗宴，而我的丈夫是第一個下場與人決鬥的人。』」

「力量與名聲的什麼？」卡拉丁問。

兩個人都看向他，彷彿很驚訝聽到他在說話。你們一直忘記我在這裡是吧？卡拉丁心想。你們就是會忽視深眸人。

「力量與名聲的饗宴，就是競技賽的意思，只是說得比較花俏。那時候很流行，是可以讓和平共存的藩王炫耀自己的方法。」

「我們要找到方法讓雅多林與薩迪雅司決鬥，至少也要讓他失掉面子。」紗藍解釋。「我在想辦法的時候，記起加絲娜爲上一代寫傳記時提起的葉奈夫。」

「好……」卡拉丁皺眉。

紗藍繼續唸下去，豎起一根手指，「『這場初賽的目標要讓所有藩王明顯地感覺到敬畏與讚嘆。雖然我們先前計劃過這一切，但第一個被打敗的人，其實不知道自己在我們的計畫中扮演什麼樣的角色。薩迪雅司透過仔細盤算，引人注目地打敗他。他在戰鬥中不時暫停、提高賭注，一開始是錢，後來是土地。

「『最後的勝利非常戲劇性。當人群都完全投入之後，加維拉王站起，按照古代的傳統給予薩迪雅司一個恩賞，因爲他讓國王相當滿意。薩迪雅司的回應很簡單：『我唯一要的恩賞就是，葉奈夫膽怯的心臟被刺在我的劍尖，陛下！』』」

「妳開玩笑吧。」雅多林說。「那個世故的薩迪雅司會說這種話？」

「這個事件，還有他說的話，都記錄在幾個主要的歷史記載中。」紗藍說。「薩迪雅司之後與葉奈夫決鬥，殺了對方，然後替他的盟友，也就是艾拉達，製造機會掌控那塊土地。」

雅多林深思地點頭。「這有可能成功，紗藍。我可以嘗試同樣的方法，讓我跟雷利司還有他帶來的人，以很引人注目的方式決鬥，贏得群眾支持、換得國王的恩賞，然後要求使用挑戰權來挑戰薩迪雅司。」

「確實挺迷人的。」紗藍同意。「用薩迪雅司自己行使過的伎倆來對付他。」

馬車很快來到外市場，經過了幾群穿著代表科林藍色的巡邏兵，都是其他橋隊的橋兵，不包括橋四隊，在這裡守衛是卡拉丁訓練他們的方式之一。

卡拉丁先下了馬車，注意到旁邊一排排的颶風車。棍子上的繩子攔住這一區，表面上是不讓人溜進去，但站在一些柱子旁邊、拿著大棍子等待的人，大概比繩子更有效。

「智臣，謝謝你駕車。」卡拉丁轉身說。「對不起，那柄笛子——」

智臣已經不在馬車頂上。現在坐了另外一個人，一個比較年輕的男人，穿著褐色長褲跟白色上衣，頭上戴著帽子。他拿下帽子，看起來有點尷尬。

「粉抱歉，先生。」男人說，卡拉丁認不出來他的口音。「他給偶粉多錢，眞的。說偶要站在那裡好換位置。」

「怎麼一回事？」雅多林下車抬起頭。「噢。智臣老是這樣，小子。」

「這樣？」

「喜歡神祕地消失。」雅多林說。

「沒那麼神祕，先生。」年輕人轉身往後指。「久是那裡不遠，車子停了轉彎。偶要等他，然後駕車走這一段。偶得跳上車來，不能讓車晃了。他像個小孩一樣笑著跑了，眞的。」

「他就是喜歡出其不意。」雅多林扶下紗藍。「別理他。」

新來的車伕彎下腰，好像很尷尬。卡拉丁不認得這個人，他不是雅多林常用的僕人之一。回去的路上，我得盯著那個人。

紗藍跟雅多林一起走向動物園。卡拉丁從馬車後面取下矛，然後小跑步跟上去，走在他們身後幾步遠的地方。他聽著兩人的笑聲，很想要往他們臉上招呼一拳。

「哇。」西兒的聲音響起。「卡拉丁，你應該要駕馭颶風，不是在眼睛後面裝著颶風。」

他瞥向她，看到她飛過頭頂，繞著他在空中跳動，形成一條光帶。他把矛扛在肩膀上，繼續前進。

「怎麼了？」西兒停在他面前的空中。不管他怎麼轉頭，她都會自動往那個方向飄，彷彿坐在隱形的架子上，少女的洋裝在膝蓋下方飄蕩成霧氣。

「沒事。」卡拉丁輕聲說。「我只是聽那兩個人的聲音聽煩了。」

西兒轉過頭去看前面的兩人。雅多林替兩人付了入場費，朝卡拉丁一比大拇指，也替他付了錢。一名看起來趾高氣昂的亞西須男人戴著一頂花紋怪異的帽子，穿著一件設計繁複的長外套，揮手要他們上前，比畫著一排排的籠子，示意什麼動物在哪裡。

「紗藍跟雅多林看起來很開心。」西兒說。「有什麼問題嗎？」

「沒問題。只要我不必聽他們說話就好。」卡拉丁說。

西兒皺皺鼻子。「不是他們，是你。你脾氣臭死了。我幾乎可以嚐到。」

「嚐到？」卡拉丁問。「妳不吃東西的，西兒。我懷疑妳有沒有味覺。」

「這是個譬喻，而且我可以用想像的。你嚐起來很臭。別跟我爭了，因為我是對的。」她往前疾飛，浮在紗藍跟雅多林附近，看著他們檢視第一個籠子。

該死的靈，卡拉丁心想，走到紗藍跟雅多林身邊。跟她爭辯就像是……唉，就像是跟風爭辯吧，我想。

這輛颶風車看起來像是他來到破碎平原時搭的那輛，不過這動物的待遇比那些奴隸好。牠坐在岩石上，籠子的內側塗滿了克姆泥，好像是模仿山洞。動物本身不過是一坨肉，有著兩顆圓滾滾的眼睛，還有四根長長的觸手。

她找出彩色鉛筆準備畫下那五顏六色，顯然她許久之前曾失去爲之作畫的機會。

卡拉丁必須承認，那東西是挺漂亮的。然而牠是怎麼活下來的？牠的正面有殼，其餘部分卻都溼軟，無法像「惡魔石」一樣躲入裂縫中。颶風來的時候，這隻雞該怎麼辦？

西兒落在卡拉丁的肩膀上。

「我是個士兵。」卡拉丁又重複說了一次，聲音很低。

「你以前是。」西兒說。

「我想重新成爲士兵。」

「你確定嗎？」

「差不多。」他雙手抱胸，矛靠在肩頭。「這……這簡直是瘋了，西兒。徹底發瘋了。我身爲橋兵的那段時間熬過了死亡、壓迫、屈辱。可是在最後的那幾個禮拜中，我從來沒有感覺這麼好過。」

在他重新塑造了橋四隊之後，當個單純受到敬重的隊長，像是藩王親衛的隊長，感覺就變得很普通。很平凡。

可是在風中翱翔——那一點都不平凡。

「你幾乎準備好了，對不對？」西兒低聲說。

他緩緩點頭。「對。對，我覺得快了。」

下個籠子有一大群人包圍，甚至有幾個懼靈從地上鑽出。卡拉丁擠了進去，不過不需要他清出空間——人們一發現達利納的繼承人到場，便立刻自動讓位。雅多林眼睛瞟都沒瞟他們一眼就走過去，顯然已經習慣這樣的崇敬。

這個籠子跟別的不一樣。它的柱子更密，還經過加強，裡面的動物好像不需要這些特別待遇。那可憐的東西趴在一些岩石面前，閉著眼睛。方正的臉露出磨得銳利的下頷，像是一排牙齒，只是看起來更凶狠，以及一雙長長的獠牙，從上顎往下沿伸。雪白的尖刺從頭順著滑順的背脊長下，還有一雙粗壯的腿，昭示了這是什麼樣的動物。

「白脊。」紗藍吐出一口氣，靠近了籠子。

卡拉丁從來沒有看過牠。他只記得有個年輕人，死在手術台上，到處都是鮮血。他記得恐懼、氣惱，然後是悲慘。

卡拉丁想要弄清楚這到底是怎麼一回事，「我以爲這東西會更……厲害。」

「牠們被關起來以後就活得不好。」紗藍說。「如果牠可以的話，大概早就已經在水晶裡沉睡了。他們一定是持續在牠身上淋水，才能一直把殼沖掉。」

「不要可憐那東西。」雅多林說。「我看過牠能怎麼樣對付人。」

「是啊。」卡拉丁輕聲說。

紗藍拿出了她的畫具，只是她一開始作畫，人們就開始從籠子邊移開。起初，卡拉丁以爲是跟這頭野獸有關，可是那動物只是繼續躺在那裡，閉著眼睛，偶爾從鼻洞噴氣。

不對，人們聚集到動物園的另一邊。卡拉丁引起雅多林的注意力，然後一指。他的動作表示，*我要過去看看*，雅多林點點頭，將手按在劍上。*我會看著辦*，他以動作回應。

卡拉丁小跑步離開，矛扛在肩膀上，準備去一探究竟。不幸的是，他很快就認出在人群之上的熟悉臉龐。阿瑪朗是個高大的人，達利納站在那人身邊，有幾個卡拉丁的人正守著藩王，他們把其他圍觀的人擋在安全距離之外。

「……聽說我兒子在這裡。」達利納正跟衣著講究的動物園園主說話。

「您不需要付錢，藩王！」動物園園主高亢的口音跟席格吉很像。「您的造訪如同神將賜福於我這卑微的動物園，連同您尊貴的客人一道，請進。」

阿瑪朗穿著一件奇怪的披風。鮮黃色、金色、背後有黑色的符文。箴言？卡拉丁不認得那形狀，不過看起來很熟悉。

雙瞳，他發現這符號是……

「是真的嗎？」動物園園主問，檢視阿瑪朗。「戰營裡流傳的傳言非常耐人尋味呢……」

達利納明顯大嘆一口氣。「我們原本要在今天的宴會中宣布這件事，可是阿瑪朗堅持要穿這件披風。我想這件事應該說清楚。在國王的指示下，我已經下令要重新建立燦軍。把這個消息散布到所有戰營：古老的誓言將再次響起，而阿瑪朗光爵，在我的要求下，會是第一個說出箴言的人。燦軍已經重建，他將是他們的統領。」

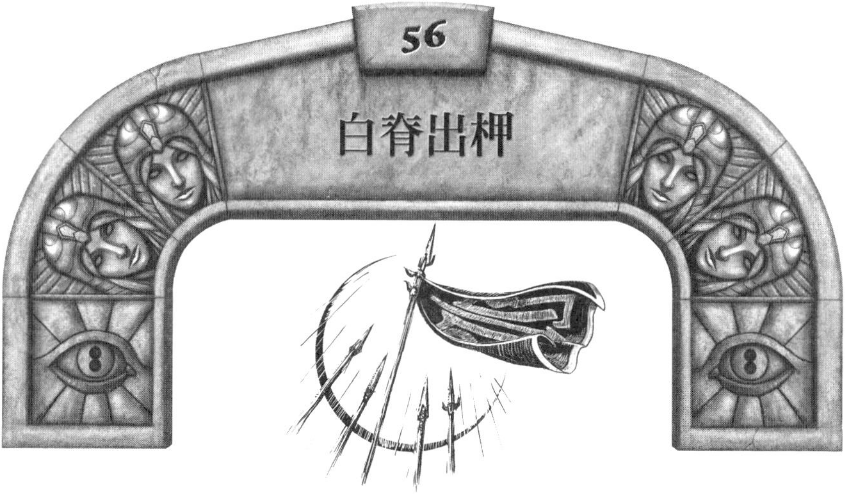

56 白脊出柙

> 來自馬卡巴坎王的朝貢，後面跟著二十三名同伴，雖然人跟靈之間的聯繫有時無法解釋，能夠與人類達成聯繫的靈透過誓約更強大地出現在我們的世界中，相較於它們自行出現的時候。
>
> ——收錄於《燦言》，第三十五章，第九頁

「阿瑪朗很顯然沒有任何封波術。」席格吉輕聲說，站到卡拉丁身邊。

達利納、娜凡妮、國王和阿瑪朗下了前面的馬車。決鬥場聳立在他們面前，同樣是個包圍在破碎平原四周、像是火山口一樣的凹陷。不過它比容納戰營的凹陷更小，裡面設有台階般的座位。

有了艾洛卡跟達利納同時在場——更別提娜凡妮跟達利納的兩個兒子——卡拉丁帶來了他能找到的每個護衛，包括一些橋十七隊和橋二隊的人。這些人驕傲地站著，高舉著矛，顯然很興奮終於有機會可以執行他們第一次的保護任務。目前他們總共有四十個人在執勤。

但如果白衣殺手發動攻擊，他們可能連一滴雨都比不上。

「我們可以確定嗎？」卡拉丁朝阿瑪朗看去，他仍然披著金黃色的披風，背後有燦軍的符號。「我沒有讓任何人看到過我的力量，但一定有別人也像我一樣在進行訓練。颶風的，西兒只差向我保證還有別的同類人。」

「如果他有這些能力的話，一定會展現出來。」席格吉說。「這些傳言像是潮水一樣淹沒了十個戰營。一半的人覺得達利納這麼做既愚蠢又是瀆神的行為，另外一半人還猶疑不定。如果阿瑪朗施展了封波術，達利納光爵的行動看起來就會沒那麼危險。」

也許席格吉說得對。可是……阿瑪朗？那人走路的姿勢如此驕傲，昂首闊步。卡拉丁覺得他的脖子開始發熱，有一瞬間，他眼中似乎只有阿瑪朗。金色的披風、高傲的面容。

沾滿鮮血。那人沾滿了鮮血。卡拉丁跟達利納說過這些！

達利納什麼都不肯做。

必須由別人來做。

「卡拉丁？」席格吉問。

卡拉丁發現自己朝阿瑪朗踏出一步，雙手握緊矛。他深吸一口氣，往前指，「在廣場周圍那裡安排人手。斯卡、艾瑟和雅多林一起在備戰室裡，不過上場之後他們待在那裡就沒用了。再派幾個人去決鬥場下面，以防萬一。每扇門邊都要留三個人，我會帶六個人去國王的位置。」卡拉丁停頓片刻，然後再次開口：「再派兩個人去守著雅多林的未婚妻，以防萬一。她會跟瑟巴瑞爾坐在一起。」

「好。」

「叫所有人專心些，阿吉，這有可能是一場很戲劇性的戰鬥。我要他們全神貫注於可能來襲的刺客，不是決鬥。」

「他眞的要同時跟兩個人對打？」

「對。」

「他有可能贏嗎？」

「我不知道，我也不在乎。我們的工作是要應付別的威脅。」

席格吉點點頭，然後準備要離開。可是他卻停頓了，拉住卡拉丁的手臂。「你可以加入他們，阿卡。」他輕聲說。「如果國王要重新建立燦軍，你就有理由展現你的能力。達利納很努力，但是有很多人認爲燦軍是邪惡的力量，忘記他們在背叛人類之前做的好事。然而若是你展現了你的力量，就能改變別人的想法。」

加入他們。受到阿瑪朗的管束。不可能。

「去傳達我的命令吧。」卡拉丁從席格吉的掌握中抽出手臂，然後小跑跟上國王跟他的隨從。至少今天出了太陽，春天的空氣很溫暖。

西兒在卡拉丁身後上下浮動。「卡拉丁，阿瑪朗正在毀掉你。」她低聲說。「不要讓他這麼做。」

他咬緊牙根，沒有回答，而是來到摩亞許身邊，後者帶著一群人要保護娜凡妮光主——她想要待在下面的準備室觀看決鬥。

有一部分的他，懷疑自己是否能讓摩亞許保護達利納以外的人。可是颶風的，摩亞許向他發誓過，他不會再對國王採取不利行動。卡拉丁相信他，他們是橋四隊。

我會把你救出來的，摩亞許，卡拉丁心想，把他拉到一旁。我們會改正這一切。

「摩亞許，」卡拉丁輕聲說。「從明天起，我要讓你負責巡邏。」

摩亞許皺眉。「我以爲你一直想要我去守……」他停頓，表情變得冷硬。「這是因爲那件事。酒館的

「父親認爲這個計畫可以成功，艾洛卡也很喜歡。」

「艾洛卡很衝動。」娜凡妮雙手環抱自己，看著符文殘片燃燒。「那些條件讓情況有變。」

跟雷利司談妥後，在最高裁判前誦讀的條件闡明這場決鬥會持續到投降，不是有幾塊碎甲被擊碎而已。意思是，如果雅多林打敗其中一個敵人，逼他投降，另一人可以繼續戰鬥。

意思也是，雅多林不需要停止戰鬥，直到他確定自己被打敗了。

或者直到他無力戰鬥。

雷納林走過去，一手按著雅多林的肩膀。「我覺得這是個好計畫。」他說。「你辦得到的。」

「他們想要擊潰你，」娜凡妮說。「所以才堅持比賽要持續到投降。如果他們有辦法，他們會試圖打殘你，雅多林。」

「那跟在戰場上沒有差別。」他說。「其實他們更想要我活著。如果我以被碎刃砍死的雙腿活著，會比灰燼更適合當樣本。」

娜凡妮閉上眼睛，深吸一口氣，她看起來很蒼白。感覺就像是他又有了母親。有一點點那樣的感覺。

「你要確保別讓薩迪雅司有溜走的空隙。」雷納林對他說。盔甲師們抱著雅多林的碎甲進入。「你用挑戰把他逼到絕境時，他會想辦法逃走。別讓他逃走。把他拖到沙地上，揍得吐血，哥哥。」

「這是我的榮幸。」

「好了，你吃了雞嗎？」雷納林問。

「吃了兩盤，還有咖哩。」

「母親的鍊子？」

雅多林摸摸口袋。

然後他摸摸另一邊口袋。

「怎麼了？」雷納林問，抓著雅多林肩膀的手指緊縮。

「我發誓我把鍊子放進來了。」

雷納林咒罵。

「有可能在我房間裡。在戰營，我的桌上。」雅多林說。假使他抓在手上，結果來這裡的路上弄丟了呢。颶風的。

那只是個好運符而已，沒什麼意義，可是他還是冒起了冷汗。雷納林忙著派人回去找，但他們一定來不及回來。他已經聽到外面的人群逐漸響亮的叫嚷，因爲即將發生的決鬥而鼓噪。雅多林不情願地讓他的盔甲師開始替他套上碎甲。

當他們把頭盔遞給他時，他已經找回了自己的節奏——期待中混雜著奇特的焦慮，還有肌肉的放鬆。緊繃的時候沒辦法戰鬥，緊張的時候可以，但緊繃不行。

他朝僕從點點頭，然後他們推開門，讓他大步走到沙地上。他從觀眾的歡呼聲中可以分辨出深眸人坐在哪裡。相較之下，他出現時，淺眸人的歡呼聲變得更輕，而非響亮。艾洛卡替深眸人留了座位，很好。雅多林喜歡噪音，讓他想到戰場。

他心想，*我曾經一度不喜歡戰場，因爲那裡不安靜，不像決鬥場。*雖然他原本很不情願，但最後卻成爲了士兵。

他踏步走到決鬥場中心，其他人還沒有離開他們的備戰室。雅多林告訴自己，*先處理掉雷利司，你熟悉他的決鬥風格。*那個人喜歡藤式，緩慢而穩定，但是有快速、靈敏的前撲。雅多林不確定他會帶誰來，不過他確實借了一整組國王的碎刃跟碎甲，也許他的表弟想要再試一次，打算復仇？

紗藍在決鬥場對面，紅髮像是飛濺在岩石上的鮮血。她身邊有兩個橋兵，雅多林發現自己贊許地點頭，朝她舉起拳頭。她揮手回應。

雅多林左右轉移著重心，讓碎甲的力量流入他的身軀。就算沒有母親的鍊子，他也可以贏。問題是，他打算之後要挑戰薩迪雅司，所以必須保持足夠的力量面對那場決鬥。

他有點焦慮地查看了一下。薩迪雅司在嗎？是的，他坐在離國王跟父親有點距離的地方。雅多林瞇起眼睛，想起他看到薩迪雅司的軍隊從高塔之戰撤退的崩潰瞬間。

那段回憶讓他穩下心神。他因為背叛而憤恨許久，現在終於可以有所作為了。

對面的門打開。四個穿著碎甲的人走出。

❖

「四個？」達利納立刻起身。

卡拉丁朝決鬥場走了一步。對，那些人都是碎刃師，一起進入下方的決鬥場沙地。其中一人穿著國王的碎甲，另外三人穿著自己的碎甲，上面滿是裝飾跟彩繪。

下方，決鬥的最高裁判轉身，朝國王偏偏頭。

「這是怎麼一回事？」達利納朝薩迪雅司怒吼，後者坐在不遠的地方。在他們中間，坐在長椅上的淺眸人紛紛彎下腰或逃走，讓兩個藩王能夠直視對方。

薩迪雅司跟他的妻子懶洋洋地轉身。「你為什麼問我？」薩迪雅司回喊。「這些人都不是我的人。我今天只是觀眾。」

「你別這樣討人厭了，薩迪雅司。」艾洛卡喊。「你很清楚這是怎麼一回事。為什麼有四個人？是要讓雅多林挑兩個決鬥的對象嗎？」

「兩個？」薩迪雅司問。「什麼時候說過他是跟兩個人對打了？」

「他安排決鬥時就這麼說的！」達利納大吼。「雙人劣勢決鬥，二對一，遵從決鬥慣例！」

薩迪雅司回應：「其實，小雅多林不是同意這點。這個嘛，有很好的消息來源告訴我，他跟雷利司王子是這麼說的：『我會跟你還有你帶來的人打。』我沒聽說有特別指定人數。意思是雅多林必須參與全隊劣勢決鬥，而非雙人決鬥，雷利司想要帶幾個人都行。我知道有幾個書記記錄了雅多林當時說的每字每句，我也聽到至高裁判明確問他，他知不知道他在做什麼，然後他說他知道。」

達利納發出低吼。這是卡拉丁從來沒有聽他發出過的聲音，是被鏈住的野獸發出的吼叫，令他吃驚。可是藩王克制住自己，用力地坐下。

「他騙過我們了。」達利納輕聲對國王說。「這是第二次。我們必須撤退，思考下一步。派人叫雅多林撤出比賽。」

「你確定嗎？」國王說。「撤出意味著雅多林必須放棄，叔叔。這是六組碎具，你擁有的一切。」

卡拉丁明顯看到達利納神情中的衝突——皺起的眉頭，臉頰上湧現的怒紅，眼中的遲疑。放棄？連打都不打？也許這樣做是對的。

卡拉丁懷疑他能這麼做。

下方，雅多林僵立在沙地上許久，在經過漫長的停頓後，舉起手表示同意。裁判宣告決鬥開始。

❖

我是個白癡。我是個白癡。我是個受颶風詛咒的白癡！

雅多林小步地向鋪滿沙子的圓形場地後退。他需要背靠著牆，才能避免完全被包圍。這表示他開始決鬥時不會有撤退的地方。他被鎖在箱子裡，被徹底困住了。

他為什麼沒有更明確一點？他現在完全察覺這次挑戰中的漏洞——他竟然在完全沒有意識的情況下，同意參與組隊劣勢決鬥。他應該明確地表示，雷利司可以帶另外一人。這才是聰明人會做的事，而雅多林是個颶風的白癡！

雅多林根據雷利司的盔甲跟碎刃辨認出他，他的碎甲完全漆成純黑色，披風上有他父親的對符。穿著國王碎甲的人——根據身高還有走路的方式——絕對是依利特，雷利司的表弟，再次回來戰鬥。他拿著一把巨大的鎚頭，而非碎刃。兩人小心翼翼地走過沙地，另兩名同伴從兩旁包圍，一人穿橘色，一人穿綠色。

雅多林認得那人的碎甲。那是亞伯巴達，艾拉達戰營的碎刃師，還有……加卡邁，拿著雷利司借來的國王碎刃。

加卡邁，雅多林的朋友。

雅多林咒罵。這兩個人是戰營中最優秀的決鬥家之一。加卡邁如果被允許拿自己的碎甲做賭注，早就能贏得自己的碎刃了。顯然現在情況已經不再如此。他跟他的家族因為得到了可以分贓的承諾，所以被收買了嗎？

雅多林的劍在手中凝結，退回到決鬥場周圍的牆腳，寒涼的陰影中。就在他的頭頂上方，深眸人從他們的座位大吼，雅多林分不出來他們是因為他的遭遇而感到刺激或驚恐。他來這裡原本打算要給他們一場好戲看，但看來他們會得到相反的內容。一場迅速的屠殺。

唉，這是他自己堆出的業火。如果他要被燒死在上面，也絕對不會不戰而降。

雷利司跟依利特威脅地靠近——一人身穿深灰色，另一人是黑色——他們的盟友則從旁邊包圍。那些人會稍微後退，在雅多林專注於前面的兩個人時，另外兩人就能趁機從側面攻擊。

「一次一個，小子！」其中一個觀眾的聲音似乎與其他人不同。那是薩賀的聲音嗎？「你還沒有被困在角落！」

雷利司快速上前，試探雅多林。雅多林以風式快速閃開——這絕對是最適合面對眾多敵人的方法——兩手握著劍舉在身前，一腳前踩，身體側向。

你還沒有被困在角落！薩賀是什麼意思？他當然已經被困在角落！這是面對四個人的唯一辦法。他怎麼可能一次面對一人？他們絕對不會允許的。

雷利司再次上前，逼得雅多林順著牆壁往側面閃躲，所有注意力都放在雷利司身上。他轉身面對雷利司，但是卻讓橘色的亞伯巴達從另一個方向逼來，佔據他的視覺死角。颶風的！

「他們怕你！」薩賀的聲音再次從上方的觀眾席飄下。「你看出來了嗎？讓他們看看為什麼。」

雅多林遲疑。雷利司走上前，擺出石式的攻擊姿態。

石式，意味著不可撼動。接下來依利特逼近，鎚頭舉在面前，擺出防守的姿態。他們把雅多林逼著順牆往後退，一路退向亞伯巴達。

不。這場決鬥是雅多林要求的。這是他想要的，他不會當一隻懼怕的老鼠。

讓他們看看為什麼。

雅多林發動攻擊，他向前一躍，瘋狂快速地砍向雷利司。依利特一面咒罵，一面跳開。他們就像是拿著矛在戳白脊的人。

但是這隻白脊沒有被關起來。

雅多林大喊，攻擊雷利司，在對手的頭盔跟左手臂護甲砍了幾刀，砍裂了護甲。颶光從雷利司的前臂升起。依利特反應過來的瞬間，雅多林轉身再次展開攻勢，留下雷利司因連番的攻擊而頭暈目眩。他的攻擊強迫依利特不得不舉高鎚頭，用前臂阻擋，免得雅多林把鎚頭砍成兩半，從而失去武器。

這就是薩賀的意思。凶猛地攻擊。不要讓他們有時間反應或判斷自己的反應。四個人。如果他可以把他們嚇唬得開始遲疑……也許……

雅多林停止思考。他允許戰鬥的洪流吞沒自己，讓心跳引導劍的節奏。依利特咒罵，退開，颶光從左肩跟前臂流出。

雅多林轉身用肩膀撞向雷利司，後者正想要重新擺出招式。他用力一推，將穿著黑色碎甲的男人撞倒在地。然後，雅多林大吼一聲，轉身正面迎向衝上來想要幫忙的亞伯巴達，擺出石式，用力揮落，一遍又一遍地砍向亞伯巴達舉起的劍。直到他聽到對方發出悶哼和咒罵聲。直到他感覺到橘衣男子的恐懼如惡臭散發，看到懼靈從地面竄出。

依利特靠近，十分警戒，雷利司則連忙站起。雅多林重新擺回風式，流暢地平舉起劍，揮了一圈。依利特跳開，亞伯巴達往後踉蹌退離，套著護甲的手貼著決鬥場的牆站立。

雅多林重新轉身面對雷利司，其實他算是恢復得很快，可是雅多林仍然第二次砍上了對方的胸甲。如果這是戰場和普通的敵人，雷利司早就死透了，依利特也殘廢了，而他們卻連雅多林的邊都沒碰到。

但他們不是普通的敵人，他們是碎刃師。雷利司的胸甲被砍了第二下也沒壞，雅多林被逼得只能提早轉身面對亞伯巴達，而對方已經準備好要迎接猛烈的攻擊，碎刃以防衛的姿勢舉起。雅多林這次的連攻沒有讓他暈眩。男人硬是挺住，依利特跟雷利司則重新站好。

只需要……

有人從雅多林後方撞上他。

加卡邁。雅多林花了太多時間，允許了第四個人，他原本的朋友，就定攻擊位置。雅多林轉身，衝入一團從他背甲升騰而起的颶光之中。他舉起劍，準備迎接加卡邁的下一波攻擊，卻讓身體的左側露出空隙，依利特立刻揮動戰鎚，重重砸中雅多林的身側。碎甲迸出裂痕，那一下攻擊讓雅多林失去重心。

他以自己爲中心朝四周揮劍一圈，開始覺得無計可施。這次他的敵人沒有退開，加卡邁反而衝了進來，低垂著頭，甚至沒有揮劍。聰明的人。

他的綠色盔甲沒有痕跡，雖然他的攻擊讓雅多林能夠揮劍砍中他的背，卻讓雅多林立時亂了陣腳。

雅多林往後倒退，差一點被衝上前來的加卡邁撞倒在地。雅多林將那人推開，好不容易抓緊了他的碎刃，可是另外三人已經逼上前來。一連串攻擊不停落在他的肩膀、頭盔、胸甲上。颶風的，那鎚頭的力量還眞大。

雅多林的頭因爲方才的攻擊而暈眩。他差點就辦到了。他允許自己在他們的攻擊下露出笑容。一次四個人。他眞的差點就辦到了。

「我投降。」他說，聲音被頭盔遮住。

他們繼續攻擊。他說得更大聲。

沒有人在聽。

他舉起手示意裁判停止這場比賽，卻有人將他的手臂往下一拍。

不！雅多林心想，驚慌地用劍在身邊揮舞。

裁判無法結束這場戰鬥。如果他從這場決鬥中活了下來，那也會是殘廢的他。

❖

「夠了。」達利納緊盯著四名碎刃師輪流揮砍雅多林，他的兒子顯然已經開始恍惚，幾乎無法擊退他們。「規則允許雅多林有幫手，只要他這一邊繼續處於弱勢——只要比雷利司那隊少一個人就好。艾洛卡，我需要你的碎刃。」

「不。」國王雙手環抱胸前，坐在遮蔭下。周圍的人看著這場決鬥……不，這場暴打……不發一語。

「艾洛卡！」達利納轉身說。「那是我的兒子。」

「你沒有碎甲。」艾洛卡說。「如果你花時間穿碎甲，也來不及了。即使你下場，你也救不了雅多林，只會跟別的碎具一起，輸掉我的碎刃。」

達利納一咬牙。這段話中帶著一滴智慧，他很清楚。雅多林完了。他們必須結束比賽，不能再損失下去。

「你可以幫他的。」薩迪雅司的聲音。

達利納轉身面向他。

「決鬥規則不禁止這點。」薩迪雅司的聲音大到讓達利納可以聽見。「我查過。小雅多林能夠有最多另外兩個人下場幫忙。我曾經認識的黑刺早就已經下去了，就算用石頭當武器攻擊也在所不惜。我想你已經不再是那個人。」

達利納深吸一口氣，然後站起身。「艾洛卡，我會付你費用，以國王碎刃的傳統借用你的碎刃。這樣你就不會冒著失去碎刃的風險。我要下場。」

艾洛卡握住他的手臂，站起身。「別傻了，叔叔。聽聽他說的話！你看出來他想做什麼了嗎？他很明顯想要你下場去打。」

達利納轉身迎向國王的眼睛。淺綠色的眼睛。跟他父親一樣。

「叔叔，」艾洛卡握緊他的手臂。「這一次你要聽我的。你要多疑一點。爲什麼薩迪雅司要你下場？就是想要讓『意外』發生！他要除掉你，達利納。我敢打賭，如果你踏上那片沙地，那四個人會立刻同時攻擊你。不管有沒有碎甲，你還沒擺好姿勢就死了！」

達利納重重地喘氣。艾洛卡說得對。他颶風的，可是他說得對。可是達利納必須要做點什麼。

低低的交談聲從觀眾的方向響起，像是在紙張上書寫的聲音。達利納轉身，看到有人加入戰鬥，從備戰室中走出來，雙手緊張地握著碎刃，卻沒有穿碎甲。

雷納林。

噢，不……

❖

其中一個攻擊者走開，穿著碎甲的雙腳踩在沙地上。雅多林朝那個方向撲去，一陣揮打後從三人的包圍下脫身。他轉身，倒退離開，開始感覺身上碎甲的沉重。他到底失去多少颶光了？

沒有破裂的部分，他心想，保持劍指向另外三個散開來朝他逼近的人。也許他能……

不。該結束這一切了。他覺得自己像個蠢蛋，但寧可是活著的蠢蛋而不是死掉的。他轉身面向至高裁判要表示他的投降，現在她一定可以看到他。

「雅多林，」雷利司充滿威脅地前進，胸口碎甲的小裂縫漏出颶光。「我們可不希望提早結束吧？」

「你覺得這樣一場戰鬥能給你帶來什麼榮譽？」雅多林啐了一口，小心翼翼地舉著劍，準備要示意。

「你覺得他們會爲你歡呼嗎？因爲四個打一個？」

「這不是爲了榮譽。」雷利司說。「這只是單純的懲罰。」

雅多林冷哼一聲。這時候他才注意到決鬥場另一邊的情況。穿著科林藍的雷納林，握著搖搖晃晃的碎刃，面對亞伯巴達，後者將劍扛在肩上，彷彿完全不受威脅。

「雷納林！」雅多林大喊。「你他颶風的在幹什麼！回去——」

亞伯巴達攻擊，雷納林彆扭地抵擋。雷納林目前為止都是穿著碎甲練劍，但他沒有時間去穿碎甲。亞伯巴達的攻擊差點就把雷納林手中的武器拍掉。

「好了。」雷利司走近雅多林。「亞伯巴達喜歡小雷納林，不想傷害他，所以他會讓那個年輕人忙碌著。前提是你願意遵守承諾，跟我們好好決鬥一場。若是你像個膽小鬼一樣投降，或是讓國王結束戰鬥，那亞伯巴達的劍說不定就會不小心滑手了。」

雅多林感覺驚慌升起。他看向至高裁判，如果她覺得情況太過分，也可以自行喊停。她尊貴地坐在位置上看著他，雅多林認為他從她的平靜表情的背後可以看到什麼。他們拉攏到她了，他心想。也許是賄賂。

雅多林握緊了碎刃，回頭看他的三個敵人。「你們這些混蛋。」他低聲說。「加卡邁，你怎麼有膽參與這種事？」

加卡邁沒有回答，雅多林看不到綠色盔甲後的臉孔。

「那，來吧？」雷利司問。

雅多林的回應是向前直衝。

❖

達利納來到裁判的座位邊。她的座位有個小小的岩石平台，深入決鬥場幾吋。

依絲托光主是名高眺、頭髮灰白的女人，她將雙手放在腿上，看著決鬥。達利納來到她身邊時，她沒有轉頭。

「該結束這場戰鬥了，依絲托。」達利納說。「叫停吧。把勝利判給雷利司跟他的人。」

女人的眼睛直視前方，看著決鬥。

「妳聽到我說的話了沒？」達利納質問。

她什麼都沒說。

「好，那我來結束。」

「達利納，我在這裡是藩王。」女人說。「在決鬥場中，我的話是唯一的法律，由國王的權力賦予我。」她轉頭看他。「你的兒子沒有投降，也沒有失去行爲能力。決鬥結束的條件尚未達成，直到達成爲止，我不會叫停。你完全沒有對法律的尊重嗎？」

達利納咬牙，回頭看決鬥場。雷納林跟其中一人在戰鬥。那孩子幾乎沒有接受過多少劍術訓練，事實上，在達利納的注視下，雷納林的肩膀開始抽搐，猛烈地背部收縮。他痙攣的症狀之一。

雅多林以一敵三，再次衝入他們之間。他打得好極了，卻無法抵擋所有人。三人包圍他，不斷攻擊。雅多林左肩上的護甲爆炸成一團融化的金屬，碎片在空中散發煙霧，主體滑到一段距離外。如此一來，雅多林的皮肉便暴露在空氣，還有面對他的碎刃之下。

拜託……全能之主……

達利納轉身看著看台上滿滿的淺眸人。「你們看得下去？」他朝他們大喊。「我的兒子們正孤身作戰！你們之中有碎刃師，難道沒有一個人願意跟他們一同作戰嗎？」

他環顧眾人。國王看著自己的腳。阿瑪朗。阿瑪朗呢？達利納發現他坐在國王附近。

達利納直視那人的眼睛。

阿瑪朗別過眼睛。

不……

「我們怎麼了？」達利納問。「我們的榮譽心呢？」

「榮譽已死。」一個聲音從他身邊低語。

達利納轉身，看到卡拉丁。他沒有看到橋兵跟著他一起走下台階。

卡拉丁深吸一口氣，然後看向達利納。「可是我會盡量試試看。如果結果不順利，照顧我的人。」他握著矛，抓住牆的邊緣，翻跳過去，落在下方決鬥場的沙地上。

57
殺死暴風

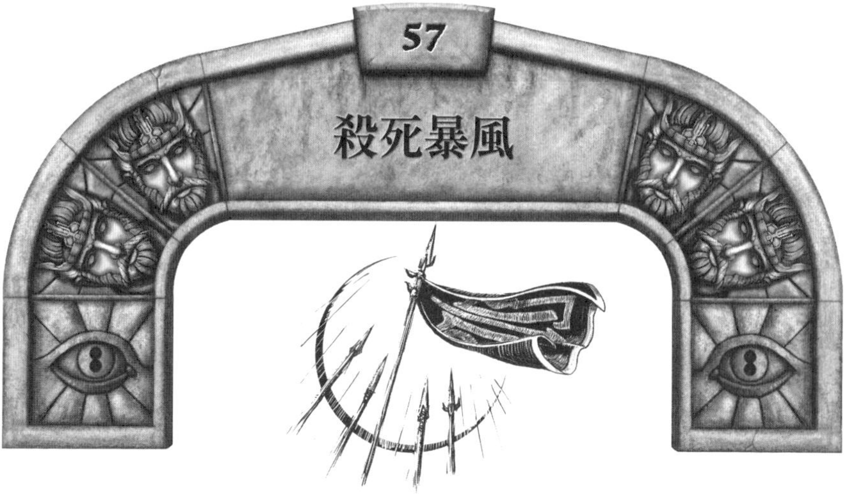

馬金相當氣憤，因爲他的戰爭之藝是當世第一，卻不適任織光師。他希望他的箴言是簡單而直接的，但他們的靈在我們的理解中，對箴言的解讀相當鬆散。過程中，說出口的眞實需要相當程度的自我意識，這是馬金永遠到達不了的程度。

——收錄於《燦言》，第十二章，第十二頁

紗藍從她的位置站起身，看著雅多林在下方被狠揍。他爲什麼不投降？放棄這場戰鬥？

四個人。她早該看出這個漏洞。身爲他的妻子，識破這樣的計謀會是她的責任。現在，他們才勉強沾上訂婚的邊緣，她就已經失敗了。不只如此，這場災難還是她的主意。

雅多林似乎準備要放棄了，但不知爲何，卻又重新投入了戰鬥。

「笨男人。」瑟巴瑞爾倒在她身邊，帕洛娜在他的另一邊。「太高傲，不肯承認他被打敗。」

「不。」紗藍說。「不只這樣。」她的眼睛閃向下方可憐的雷納林，他完全無法招架，因爲他想要對抗的是碎刃師。

有一瞬間，她考慮要下去幫忙。實在太蠢了，她下去比雷納林還沒用。為什麼沒有人去幫他們？她瞪著聚集的雅烈席卡淺眸人們，包括阿瑪朗光爵，據說該成為燦軍騎士的人。

混蛋。

紗藍驚訝於自己居然這麼快就有這種想法，轉開了頭。不要去想。好吧，如果沒有人要幫忙，兩個王子看起來很有可能會死掉。

「圖樣。」她低聲說。「去看看能不能讓跟雷納林戰鬥的碎刃師分神。」她不會介入雅多林的戰鬥，因為他顯然已經決定要繼續下去。但是如果可以的話，她會努力讓雷納林不受到傷害。

圖樣哼了哼，從她的裙子溜下來，順著決鬥場長凳的石椅前進。圖樣公開地移動在她看來很顯眼，但所有人都專注於下方的戰鬥。

雅多林．科林，你可別把自己弄死了，她心想，抬頭重新看著他面對三個對手，掙扎著。拜託你……有人落在沙地上。

❖

卡拉丁衝過決鬥場。

又來了，他心想，記起很久之前救了阿瑪朗的事。「這次的結果最好要比上次好。」

「會的。」西兒承諾，順著他的頭往前衝，化成一條光帶。「相信我。」

相信。他當時相信她，去跟達利納提了阿瑪朗的事情。可真是順利。

其中一名碎刃師——雷利司，穿著黑色碎甲，左邊前臂的護甲裂口流出颶光。他瞥向卡拉丁，看到他靠近，然後別過頭，毫不在意。顯然雷利司不覺得一個普通的矛兵是個威脅。

卡拉丁微笑，然後吸入更多颶光。在這燦爛的一天，頭頂上的陽光散發著閃亮的光芒，他可以比平常更大膽地冒險。不會有人看到。希望如此。

他加快速度，撲向兩個碎刃師中間，將矛從雷利司裂開的手臂護甲裂縫中刺入。對方發出痛呼，卡拉丁抽回矛，在攻擊者中間一轉身，靠近雅多林。藍色盔甲中的年輕人瞥了他一眼，很快便轉背靠向卡拉丁。

卡拉丁也背靠著他，避免彼此從後面被攻擊。

「橋小子，你來這裡幹嘛？」雅多林從頭盔內惡狠狠地說。

「我在演十傻人之一。」

雅多林沉哼，「歡迎加入我們的行列。」

「我沒有辦法刺穿他們的盔甲，你得替我破開。」卡拉丁說，不遠處的雷利司甩著手臂咒罵著。卡拉丁的矛尖上有血，可惜不多。

「你只管引開一個人的注意力。」雅多林說。「我可以應付兩個。」

「我──好。」這可能是最好的計畫。

「有辦法的話，看著我弟弟一點。」雅多林說。「如果這三個人的處境變差，他們可能會用他來對付我們。」

「沒問題。」卡拉丁說完往旁邊一跳，因爲拿著戰鎚的那個人──渣利納說他叫依利特──試著要攻擊雅多林。雷利司從旁邊撲過來，揮動著劍，彷彿想要砍斷卡拉丁，卻直接攻擊雅多林。

他的心跳加速，但是跟隨薩賀做的練習出現了成效。他可以盯著那柄碎刃，卻只感覺到些微的驚慌。

他繞過雷利司，閃過碎刃。

雷利司瞥向雅多林，朝他的方向走了一步，但是卡拉丁立刻一撲，像是要再次攻擊雷利司的手臂。

雷利司轉過身，不情願地允許自己被卡拉丁引開圍攻雅多林的場面。那人快速攻擊，使用卡拉丁現在認得叫做藤式的招式——這招強調防守的步法與靈活性。

他對上卡拉丁的時候比較經常主動攻擊，可是卡拉丁不斷扭身、旋轉，總是差一點閃過對方的攻擊。雷利司開始咒罵，接著打算回去加入與雅多林的戰鬥。

卡拉丁用矛柄敲了一下他的腦側。用這種武器來攻擊碎刃師實在很糟糕，但是這個舉動果然又引起對方注意。雷利司轉身，揮出碎刃。

卡拉丁抽回矛的速度慢了一絲，結果碎刃就把矛尖給削斷了。這是個提醒。他自己的皮肉會產生的阻力還不及矛。脊椎要是被切斷，他就死定了，再多颶光也救不了他。

他小心翼翼地想要把雷利司引得離戰場更遠，可是他退開太多時，那人便又轉身朝雅多林移動。王子拚命地與兩個對手戰鬥，在兩人之間來回揮動碎刃。颶風的，他真的很強。卡拉丁從來沒有在訓練場上看過雅多林展現這樣的技巧——那裡從來沒有像現在這樣真的挑戰他的極限。雅多林在揮舞碎刃的同時不斷移動，先是擋開綠碎甲手中的碎刃，然後再擋開用戰鎚的人。

他經常差一點點就可以攻擊到對手。對雅多林來說，二對一似乎才是真的勢均力敵。三個人對雅多林來說可能就太棘手了，卡拉丁得讓雷利司分心。但是他要怎麼辦？拿矛也無法刺穿雷利司的碎甲，唯一的弱點就是眼睛的縫隙，還有護臂上的裂痕。

他必須想辦法。那人正往回走向雅多林，舉起武器。卡拉丁一咬牙，向前直衝。

他快速衝過沙地，就在能摸到雷利司後背之前，卡拉丁跳起，腳朝碎刃師踢去，連續快速多次將自己朝那個方向捆縛。他盡可能大著膽子去捆縛，多到他燃燒光了所有颶光。

雖然卡拉丁只落下一小段距離——短到不會讓那些觀戰的人留意到任何不尋常——但擊中的力道卻像是落下更遠的距離一樣，雙腳重砸向碎甲，用盡全身力氣猛踹。

痛楚像閃電攻擊一樣順著他的腿竄上，他聽到骨頭龜裂的聲音。這一踢讓黑色盔甲的碎刃師往前撲，像是被大石砸中一般。雷利司面朝下趴倒在地，碎刃從手中落下，消失成霧氣。

卡拉丁呻吟著重摔在地，他的颶光用盡，捆縛結束。他反射性地從口袋裡的錢球吸入更多颶光，讓颶光癒合雙腿。剛才的一擊讓他的雙腿雙腳都骨折了。

治療的過程似乎無比漫長，他強迫自己翻過身去看雷利司的方向。不可思議的是，卡拉丁的攻擊竟讓碎甲裂開了。不是他攻擊到的後背甲中心，而是肩膀跟身側。雷利司以單膝跪起，甩著頭。他回頭看著卡拉丁，似乎帶著敬畏。

在倒地的男人身後，雅多林轉身，朝他的一個敵人攻擊——依利特，用戰鎚的人——雙手握著碎刃，砍向對方的胸口，那裡的胸甲炸成融化的光。爲此雅多林的頭盔側面被綠碎甲擊中一下。

雅多林的狀況不好，年輕人身上幾乎每片碎甲都在流淌颶光。以這個速度來看，颶光很快就會流盡，而碎甲會重到讓他不能行動。

幸好現在他基本上已經讓其中一名對手失去戰力了。碎刃師裂了碎甲可以戰鬥，但理論上會是他颶風的困難。果然，依利特退開時的腳步很彆扭，彷彿碎甲突然重了許多。

雅多林轉身跟旁邊的另一名碎刃師戰鬥。戰鬥場的另一邊，第四個人，就是那個在跟雷納林「對戰」的人，不知道爲什麼一直在朝地面揮劍。他抬頭，看到盟友的情況這麼差，立刻離開雷納林，衝了過來。

「等等。」西兒說。「那是什麼？」她朝雷納林衝去，但卡拉丁沒空多想她的舉動。當橘碎甲來到雅多林身邊時，他會再次被包圍。

卡拉丁連忙站起，感謝上蒼，腳復原了，骨頭已經癒合到能讓他走動。他衝向依利特，邊跑邊激起沙子，一手握著矛。

依利特搖搖擺擺地走向雅多林，雖然碎甲不行了，他仍然打算繼續戰鬥。可是卡拉丁先趕到他身邊，一彎腰躲過那人慌張的鎚擊，用肩膀的力量猛揮，雙手握著斷矛，用盡全力攻擊。

斷矛刺入依利特露出的胸口，發出令人滿意的碎裂聲。男人發出巨大的喘息，彎下腰，卡拉丁舉起矛要再次攻擊，但那人舉起顫抖的手，想要說什麼。「投降……」他虛弱的聲音說。

「大聲點！」卡拉丁朝他怒吼。

男人嘗試要更大聲地說，卻喘不過氣來，不過他舉起的手已經夠了。觀看的裁判開口：「依利特光爵認輸。」她聽起來很不情願。

卡拉丁從畏畏縮縮的男人身邊退開，腳步輕盈，颶光在體內奔騰。眾人大吼，就連許多淺眸人也喊出了聲。

還剩下三個碎刃師。雷利司現在加入他的綠色同伴，兩人都在騷擾雅多林，他們把王子逼到牆邊。最後的橘色碎刃師，趕來加入他們，丟下雷納林。

雷納林坐在地上，垂著頭，碎刃刺在面前的地上。他被打敗了嗎？卡拉丁沒有聽到裁判的宣告。沒時間擔心了。雅多林再次有三個敵手。雷利司擊中他的頭盔，頭盔爆炸，露出王子的臉。他撐不了多久了。

卡拉丁衝向依利特，後者正一拐一拐地想要退下場地。「脫下頭盔。」卡拉丁朝他大喊。

男人震驚地轉身看他。

「你的頭盔！」卡拉丁大吼，再次舉起武器要攻擊。

看台上的人們大喊。卡拉丁不確定規則是什麼，但是他猜測如果自己攻擊了這個人，就會輸掉比賽，也許甚至會面對犯罪指控。幸好他不需要實踐自己的威脅，因為依利特馬上脫下了頭盔。卡拉丁從他手中一把抓走，然後跑向雅多林。

卡拉丁邊跑邊抛下斷掉的矛，手從下方伸入頭盔。他學到了碎甲的一些知識——它會自動附著在穿戴的人身上，他希望現在頭盔也能有這樣的功能。果然如此——頭盔內側順著他的手腕收緊。他放開的時候，頭盔在他手上，像是很奇怪的手套。

卡拉丁深吸一口氣，抽出腰刀。他最近又開始隨身帶著這把武器，準備投擲用，就像他被關起來以前還是個橋兵時那樣，雖然他已經很久沒練習了。不過丟刀也沒用，這柄刀對碎刃師來說只是可憐兮兮的武器，但是他不能再只用矛。他再次衝向雷利司。

這次雷利司立刻退開。他看著卡拉丁，舉著劍。至少卡拉丁讓他分心了。

卡拉丁前進，逼退他。雷利司很輕易地逼近，保持距離。卡拉丁裝模作樣地衝進去，逼退那人，假裝要讓兩個人有戰鬥的空間。碎刃師絕對會很樂於進行這樣的戰鬥，可以使用碎刃，他會希望周圍能有很多空間。而狹窄的空間對卡拉丁的匕首有利。

一旦拉開了足夠的距離，卡拉丁就轉身，衝向雅多林還有跟他對打的兩個人。他留下雷利司擺出了一個焦慮的姿勢，一時被卡拉丁的撤退弄不清楚了。

雅多林瞥向卡拉丁，然後點點頭。

綠碎甲驚訝地轉身，看著靠近的卡拉丁。他揮劍，卡拉丁用手上的碎具擋下了攻擊，撞開，男人驚訝地哼了一聲。雅多林此時用盡全身力氣撲向另一個橘色碎甲碎刃師，一遍又一遍地重砸對方的武器。

在這段短暫的時間中，雅多林只有一個敵人，希望他能好好利用。雖然他的腳步很緩慢，碎甲漏出的颶光已經減緩成細細的一絲，他的雙腿幾乎已經動彈不得。

綠碎甲再次攻擊卡拉丁，卡拉丁用頭盔擋下攻擊，這時頭盔裂開，開始流淌颶光。雷利司從另一邊衝過來，卻沒有加入對雅多林的攻擊——而是刺向卡拉丁。

卡拉丁咬牙，閃到一旁，感覺碎刃從空中劃過。他必須幫雅多林爭取時間。瞬間。他只需要瞬間。

風開始在他身邊吹拂。西兒回到他身邊，化成一條光帶飛過空中。

卡拉丁閃躲了另一次攻擊，然後將他臨時的盾牌砸向對方的碎刃，讓碎刃往後彈開。沙子隨著卡拉丁往後跳的動作飛濺，碎刃砍入他面前的地面。

風。動作。卡拉丁同時跟兩個碎刃師對戰，用頭盔砸開他們的碎刃。他不能攻擊——不敢試著攻擊。他只能活下來，而此時，風似乎在催促他。

直覺……然後更深的存在……引導著他的步伐。他在兩柄碎刃之間跳動，涼風包圍他。有一瞬間，他覺得——雖然不可能——就算他閉著眼睛也能閃躲得一樣好。

碎刃師咒罵，一遍又一遍地嘗試。卡拉丁聽到裁判說了什麼，但是他太沉浸於戰鬥之中，沒有留意。眾人的聲音變得更響亮。他跳過一次攻擊，然後又避開另一次。

你殺不死風。你阻止不了風。風是人摸不到的。是無盡的……

他的颶光用完了。

卡拉丁猛然停下。他試圖要吸入更多颶光，但所有的錢球都用光了。

頭盔，他發現雖然它有許多裂縫都在流淌颶光，卻沒有爆炸。它不知為何居然吸走了他的颶光。

雷利司再次攻擊，卡拉丁幾乎差點沒閃過。他的背撞上決鬥場的牆壁。

綠碎甲看到機會，舉起碎刃。

有人從後面撲向那個人。

卡拉丁瞠目結舌地看著雅多林與綠碎甲纏鬥，攀在他身上。雅多林的盔甲不再流颶光了，颶光已用完。他幾乎動不了——蹣跚的一步又一步，拖著長長的一條沙痕，從躺在沙地上的橘碎甲身旁離開，走到卡拉丁戰鬥的地方。他看起來像是用了最後一點的能量跳上綠碎甲的背，緊緊抓住。

裁判稍早前已宣告，橘碎甲認輸。

綠碎甲咒罵，朝雅多林拍打。王子抓得死緊，碎甲卡死了他——變得沉重，幾乎無法挪動。

兩人左搖右晃一陣後，同時摔倒。

卡拉丁看向雷利司，後者剛剛也看向倒地的綠碎甲，然後看向卡拉丁。

雷利司轉身，衝向沙地另一端的雷納林。

卡拉丁咒罵，跟在他後面追去，將頭盔拋向一邊。沒有了颶光的幫助，他的身體感覺很遲緩。

「雷納林！」卡拉丁大喊。「投降！」

男孩抬頭。颶風的，他在哭。他受傷了嗎？看起來不像。

「投降！」卡拉丁大叫，想要跑得更快，感覺從用盡氣力的肌肉榨取了每一點能量，從充斥到耗盡颶光的瞬間，變得筋疲力竭。

年輕人看著衝向他的雷利司，卻什麼都沒有說。雷納林反而驅散了他的碎刃。

雷利司猛然停下，將碎刃高舉過頭，面向毫無抵抗能力的王子。雷納林閉上眼睛，看著天上，彷彿是在露出他的喉嚨。

卡拉丁來不及。他跟穿著碎甲的男人相比，速度太慢。

幸好，雷利司遲疑了一下，彷彿不願意攻擊雷納林。

卡拉丁到達。雷利司轉身，揮砍向他。

卡拉丁以膝蓋著地滑行，慣性讓他在碎刃落下的同時滑行了一小段距離。他舉起手，猛然一拍。握住碎刃。

尖叫。

他為什麼能聽到尖叫？在他的腦子裡？那是西兒的聲音嗎？

它在卡拉丁體內迴盪。可怕、恐怖的尖叫聲晃動他，讓他的肌肉顫抖。他驚喘地放開碎刃，往後摔倒。

雷利司拋下碎刃，彷彿被咬到。他往後退開，雙手捧著頭。「這是什麼？這是什麼！沒有，我沒有殺你！」他再次尖叫，彷彿感受到極大的疼痛，然後跑過沙地，拉開通往備戰室的房間，衝了進去。卡拉丁聽到他的尖叫聲在走廊中迴響，在那人消失之後，仍然久久不散。

決鬥場變得安靜。

「雷利司・盧沙光爵，因為離開決鬥場，自動棄權。」裁判終於喊出，聲音聽起來很不安。

卡拉丁顫抖著站起身，他瞥向雷納林——年輕人沒事——然後慢慢走過決鬥場。就連在觀看的深眸人都安靜下來。可是卡拉丁很確定他們沒有聽到那，奇怪的尖叫聲只有他跟雷利司聽到了。

他來到雅多林跟綠碎甲面前。

「站起來跟我打！」綠碎甲大喊。他面朝上地躺在地上，雅多林把他埋在下面，用摔角手的方式壓著他。

卡拉丁跪倒。綠碎甲繼續掙扎，卡拉丁則從沙地上取回腰邊的匕首，然後將刀尖從綠碎甲的盔甲開口刺入。

男人完全不動了。

「你要投降嗎？」卡拉丁低吼。「還是我要殺死第二個碎刃師？」

沉默。

「颶風詛咒你們兩個！」綠碎甲終於從頭盔中吼出。「這不是決鬥，這是馬戲表演！動拳腳是懦夫的行爲！」

卡拉丁將匕首刺得更深。

「我投降！」男人大喊，舉起手。「你颶風的，我投降！」

「加卡邁光爵投降。」裁判說。「勝利者是雅多林光爵。」

座位上的深眸人群起歡呼，淺眸人似乎都驚住了。上方的西兒跟著風轉圈，卡拉丁可以感覺到她的喜悅。雅多林釋放綠碎甲，加卡邁起身，踏步離開。王子躺在沙地的凹陷處，頭跟肩膀從碎甲碎片間露出。

他在大笑。

卡拉丁在王子身邊坐倒，看著雅多林笑傻了，笑得眼淚猛流。

「那是我做過最可笑的事情。」雅多林說。「哇……哈！我想我剛才贏了整整三套碎甲還有兩把碎刃啊，橋小子。來吧，幫我把盔甲脫了。」

「你的盔甲師可以幫你。」卡拉丁說。

「沒時間。」雅多林想要坐起。「颶風的，完全用光了。快點，幫我。我還有事情要做。」

卡拉丁意會過來，是要挑戰薩迪雅司，那才是這一連串行動的重點。他伸手進入雅多林的護掌，替他解下皮帶，護掌卻沒有照平常那樣自動脫落。雅多林眞的完全把碎甲的颶光用盡了。

他們把護掌脫下後，再接著脫下另一隻。幾分鐘後，雷納林也晃了過來，幫忙一起脫。卡拉丁沒問他剛才發生了什麼事。年輕人給了幾顆錢球，錢球塞入雅多林鬆脫的胸甲後，盔甲再次正常運作。

他們一邊動作，人群一邊歡呼，直到雅多林終於脫下碎甲，站了起來。前方的國王已經站到裁判身邊，一腳踩著欄杆，低頭看著雅多林，王子點點頭。

卡拉丁明白過來，這是雅多林的機會，但也可以是我的機會。

國王舉起雙手，讓眾人安靜下來。

國王放聲大喊：「戰士，決鬥大師，我對於你今天的成就非常滿意。雅烈席卡已經有好幾代沒有出現過如此一場大戰。你讓你的國王非常滿意。」

歡呼。

我可以的，卡拉丁心想。

歡呼聲漸漸安靜。「我賜給你一個恩賞。」國王宣布，指向雅多林。「說你要我或這個宮廷爲你做什麼，都會是你的。看過你今天的表現之後，沒有人可以拒絕你。」

挑戰權，卡拉丁心想。

雅多林找到薩迪雅司的背影，藩王已經站起身，正順著台階往外走想要逃跑。他明白他們的意圖。最右邊的阿瑪朗披著金色披風坐著。

雅多林對安靜的決鬥場大喊：「我的恩賞，就是挑戰權。我要求此時此地與薩迪雅司藩王決鬥的權利，以彌補他對我的家族犯下的罪行！」

薩迪雅司在台階上停下，人群中傳來低低的交談聲。雅多林看起來像是又要開口，卻在卡拉丁來到他身邊時遲疑了。

「還有我的恩賞！」卡拉丁大喊。「我要求得到挑戰權，挑戰殺人犯阿瑪朗！他偷走了屬於我的東西，殺死了我的朋友來掩飾罪行。阿瑪朗在我身上印下奴隸的烙印！我此時此地要求與他決鬥。這是我要求的恩賞！」

國王的嘴巴驚愕地大張。

人群變得非常、非常安靜。

他身邊的雅多林呻吟一聲。

卡拉丁沒有多去想。隔著這麼遠的距離，他與阿瑪朗四目相對。

他看到其中的驚恐。

阿瑪朗站起身，然後蹣跚地倒退兩步。他之前一直沒有發現，沒有認出卡拉丁，直到現在。

卡拉丁心想，你該殺了我的。人群開始大吼大叫。

「逮捕他！」國王的聲音壓過一片嘈雜聲。

太完美了，卡拉丁咧嘴而笑。

直到他發現士兵的目標是他，而非阿瑪朗。

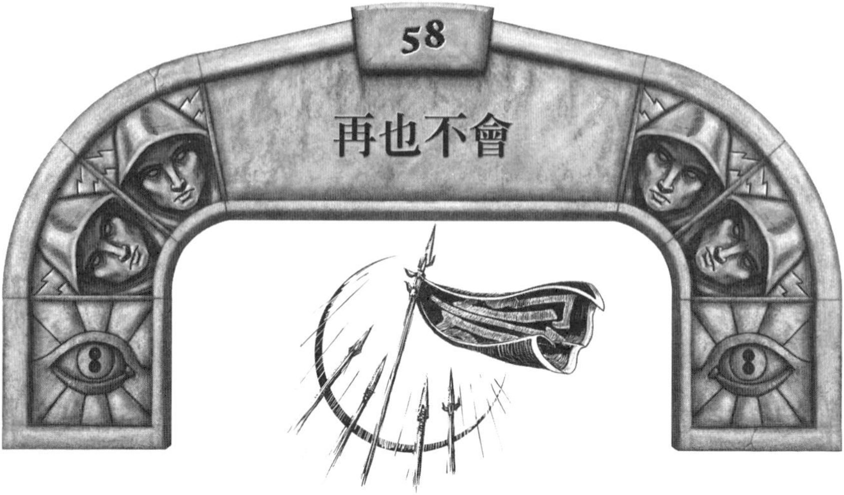

58 再也不會

於是梅利席回到他的帳棚，下定決心明天就要毀掉引虛者，可是該晚出現了一個不同的計謀，與盟鑄師的獨特能力有關。而他在被催促的情況下，無法明確記錄過程，只知道這跟神將與其神聖義務的本質有關，是只有盟鑄師才能闡述的特質。

——收錄於《燦言》，第三十章，第十八頁

「卡拉丁上尉是一個有榮譽心的人，艾洛卡！」達利納大吼，揮手比向坐在一旁的卡拉丁。「只有他去幫我的兒子。」

「那是他的工作！」艾洛卡怒喝。

卡拉丁神智恍惚地聽著。他們回到了達利納的戰營，此時所有人都在房間裡，卡拉丁坐在椅子上。他們沒有去皇宮。卡拉丁不知道爲什麼。

房中只有他們三個人。

「他在整個宮廷面前侮辱了一名上帥。」艾洛卡在牆邊來回踱步。「他居然膽敢挑戰比他的階層高出這麼多的人，他們之間的鴻溝可以裝下一整個王國。」

「他只是一時激動而已。」達利納說。「艾洛卡，你講講道理，他才剛剛幫我們打倒四名碎刃師！」

「那是在決鬥場上，一個會歡迎他協同出手的地方。」艾洛卡的雙手朝天空一揮。「我還是不同意讓深眸人與碎刃師決鬥，要不是你阻攔我……呿！我可是不會忍受這種事，叔叔。我不會忍受。普通的士兵挑戰我們最崇高、最偉大的將軍？簡直是瘋了。」

「我說的是眞的。」卡拉丁低語。

「你不准說話！」艾洛卡大吼，停在他面前，手指著卡拉丁。「你破壞了一切！我們失去對付薩迪雅司的機會了！」

「雅多林發出了挑戰，薩迪雅司不能置之不理。」卡拉丁說。

「當然不能。」艾洛卡大吼。「他已經回應了！」

卡拉丁皺眉。

「雅多林沒有得到確定決鬥的機會。」達利納看著卡拉丁。「他一離開決鬥場，薩迪雅司就派人送來消息，同意與雅多林決鬥——一年後。」

一年？卡拉丁覺得胃出現了一個大洞。一年之後，決鬥什麼的應該根本不重要了。

「他從我們要吊死他的繩套裡鑽了出來。」艾洛卡揮動雙手。「我們需要在決鬥場上把他瞬間釘死，讓他丟臉到必須當場決鬥！橋兵，你偷走了那個瞬間。」

卡拉丁低下頭。要不是鐵鍊，否則他就會站起來與他們爭辯。腳踝的鐵鍊無比冰冷，將他鎖死在椅子上。

他記得這樣的鐵鍊。

「這就是你的回報，叔叔。」艾洛卡說。「誰叫你讓奴隸掌管我們的侍衛隊。颶風的！你在想什麼？

我居然還允許了你，我在想什麼？」

「艾洛卡，你看到他戰鬥的方式了。」達利納低聲說。「他很厲害。」

「問題不是他的技巧，而是他的紀律！」國王雙手抱胸。「處決。」

卡拉丁猛然抬頭。

「別胡扯了。」達利納來到卡拉丁的椅子邊。

「汙衊上帥的懲罰就是如此。」艾洛卡說。「這是法律。」

「你身爲國王可以寬恕任何罪行。」達利納說。「不要告訴我，你看過這個人今天的表現之後，還希望他被吊死。」

「你會阻止我嗎？」艾洛卡說。

「我絕對不會接受這種事。」

艾洛卡從房間的另一端走來，直視達利納。有一瞬間，卡拉丁似乎被他們遺忘了。

「我是國王嗎？」艾洛卡問。

「你當然是。」

「你的表現不是。叔叔，你必須要做出決定。我不會繼續讓你主宰，把我當個傀儡。」

「我沒有——」

「我說要處決這小子。你怎麼說？」

「我會說如果你要這麼做，你會讓我成爲你的敵人，艾洛卡。」達利納全身緊繃起來。

你想處決我嗎，儘管試試看……卡拉丁心想。試試看啊。

兩人瞪著對方許久。終於，艾洛卡轉開頭，「囚禁。」

「多久？」達利納說。

「直到我說放出來！」國王揮著手，怒氣沖天地走向出口。他停在那裡，看著達利納，眼中帶著挑戰。

「好。」達利納說。

國王離開。

「虛僞的人。」卡拉丁惡狠狠地說。「是他堅持要我來管理他的衛隊的，現在他卻責怪你？」

達利納嘆口氣，跪倒在卡拉丁身邊。「你今天做的事情實在太神奇了。你保護了我的兒子，在整個宮廷面前證明了我對你的信賴。可惜的是，你拋棄了那機會。」

「他要我說出我要的恩賞！」卡拉丁怒喊，舉起他帶著鐐銬的雙手。「看樣子我是得到了恩賞。」

「他要雅多林說他的恩賞。士兵，你知道我們這一切都是爲了什麼。你今天早上參與會議時也聽到了計畫，卻因爲自己渺小的復仇而讓計畫變色。」

「阿瑪朗——」

「我不知道你怎麼會這樣想阿瑪朗，可是你不能再這樣下去。」達利納說。「你第一次提起的時候，我就去調查了。十七個證人告訴我，阿瑪朗四個月前才得到他的碎刃，離你成爲奴隸的時間已經過了很久。」

「說謊。」

「十七個人。」達利納重複。「有淺眸人也有深眸人，還有一個我認識幾十年的人的承諾。你看錯他了，士兵。你眞的錯了。」

卡拉丁低聲說：「如果他這麼有榮譽心，爲什麼沒有爲了救你的兒子而下場戰鬥？」

達利納無語。

「不重要了。」卡拉丁別過頭。「你會讓國王把我關起來。」

「對。」達利納站起身說。「艾洛卡的脾氣不好。等他冷靜下來之後，我會把你放出來。現在最好讓你有點時間思考。」

「他們如果想逼我進監牢，絕對沒這麼容易。」卡拉丁輕聲說。

「你到底有沒有在聽我們說話？」達利納突然怒吼。

卡拉丁睜大了眼睛，因爲達利納彎下腰，滿臉漲紅地抓住卡拉丁的肩膀，似乎想要搖晃他。「你難道感覺不到逼近的危機嗎？你難道沒有看見這個王國爭鬥不休的情況嗎？我們沒有時間應付這些！我們沒有時間玩什麼遊戲！你不能再像個孩子，你得像個軍人！你給我去監牢，你給我開開心心地去。這是命令。你聽不聽命令？」

「我……」卡拉丁發現自己開始結巴。

達利納站起身，雙手揉著太陽穴。「我那時以爲我們終於把薩迪雅司逼入了死角，我以爲我們可以一鼓作氣砍斷他的根基，拯救這個王國。現在我不知道該怎麼辦了。」他轉身走向門口。「謝謝你救了我的兒子。」

他留下卡拉丁獨自一人，待在冰冷的石頭房裡。

❖

托羅‧薩迪雅司重重甩上房門。他走到桌子邊，彎下腰，雙手按著桌面，低頭看著桌子中央，他用引誓刺出來的洞口。

一滴汗水落在洞口旁邊的桌面上。他一路上克制住顫抖，直到回到自己的戰營——他甚至硬在臉上做出微笑。他似乎毫不在意，即使是向他的妻子口述挑戰回應的時候。

在整個過程中，在他的意識深處，一個聲音在嘲笑他。

達利納。達利納差點就成功暗算他了。如果當時的挑戰繼續下去，薩迪雅司很快就會發現自己得進入決鬥場，面對一個剛打敗不只一個，而是四個碎刃師的男人。

他坐了下來，沒有喝酒。酒讓人忘事，他不想要忘記這件事。他必須永遠不忘記這件事。

有一天能用達利納自己的劍刺入他的胸口會讓人多快活啊。颶風的，薩迪雅司居然幾乎要憐憫起這位從前的朋友。現在這人居然計劃了這種事，他是怎麼變得這麼心思靈巧的？

不，薩迪雅司告訴自己。這不是靈敏。這是運氣。純粹、單純的運氣。

四個碎刃師。怎麼會？就算有那個奴隸幫助，他也很清楚雅多林已經快要成長為當初達利納那樣子的男人。這點嚇壞了薩迪雅司，因為過去的達利納——黑刺——就是征服這個王國的一大原因。

這難道不是你要的嗎？薩迪雅司心想。將他重新喚醒？

不。在他內心深處的真實是，薩迪雅司不想要達利納回來。他想要他的老朋友讓到一邊去。過去好幾個月以來，他一直是如此想，不論他怎麼矇騙自己。

過了一會兒後，他的書房門打開，雅萊走進房間，看見丈夫陷入沉思時，她停在門口。

「組織妳所有的線民。」薩迪雅司抬頭看著天花板。「妳的每個間諜，妳的每個情報來源。雅萊，幫我找出辦法。可以傷害他的東西。」

她點點頭。

「在那之後，就該利用妳安插的那些刺客了。」薩迪雅司說。

子。

他必須確保達利納露出絕望、受傷的樣子——必須保證其他人看到的達利納，都是被打敗、完蛋的樣子。

然後，他會結束這一切。

❖

不久後，士兵來帶走卡拉丁，全是卡拉丁不認得的人。他們將他從椅子上解下來的時候，動作相當敬重，不過並沒有解開綁住他手腳的鐵鍊。其中一人向他舉起拳頭，這是尊敬的象徵。拳頭表示，保持堅強。

卡拉丁低下頭，挪動腳步跟著他們出去，在所有觀看的士兵與書記面前穿過戰營。他注意到人群中有橋四隊的制服。

他來到達利納的戰營監牢，那是士兵因爲打鬥或其他錯誤而被關押的地方。這是一個沒有窗戶的小建築物，有著厚厚的牆。

在裡面的禁閉區，卡拉丁被關入一間牢籠，裡面是石牆，門上有鐵柱。他們把他關進去時，還是沒有解開鐵鍊。

他坐在石頭長凳上，等著，直到西兒終於飄入房間。

卡拉丁看著她，「這，就是信任淺眸人的下場。我再也不會了，西兒。」

「卡拉丁……」

他閉上眼睛，翻身躺倒在冰冷的石凳上。

他又被關入籠裡了。

間曲

利芙特◆賽司◆伊尚尼

I-9 利芙特

利芙特（Lift）從來沒有到皇宮偷過東西。這種事聽起來就很危險，不是因爲她可能會被抓到，而是如果連個瘋皇宮都偷過，以後她還有哪裡能偷？

她爬上外牆，偷窺內苑。裡面的一切——樹木、岩石、建築物——都以奇怪的方式反映著星光。圓滾滾的建築物聳立其中，像是漂浮在水池上的水泡。這裡大多數的建築都是同樣的圓形，上頭還經常多出一個小圓凸。整個瘋地方連條直線都沒有，只有很多很多的弧線。

利芙特的同伴爬上牆去窺探另一邊有什麼。眞是一群傻頭傻腦、笨手笨腳，還吵鬧不休的人。六個男人，據說還都是神偷，卻連道牆都爬不好。

「這就是大名鼎鼎的青銅皇宮啊？」胡金輕嘆。

「青銅？這都是青銅做的？」利芙特跨坐在牆頭問。「看起來像一堆胸部。」

男人們大驚失色看向她。他們都是亞西須人，有著黑色的皮膚跟頭髮；她是雷熙人，來自北方的島嶼——她的媽媽總是這麼跟她說，但利芙特從來沒有去過那裡。

「什麼？」胡金質問。

「胸部啊。」利芙特指著。「看，就像一位小姐仰躺在那裡，凸出的頂端是乳頭。建造這個地方的傢伙一定單身很——久了。」

胡金沒搭話，轉向他的一名同伴。一行人用繩索又下了外牆，開始低聲討論。「這邊的園林看起來似乎沒人，跟我的線人說的一樣。」胡金說。這麼一群人歸他管，而他本人的鼻子看起來像是小時候被人很用力、很用力地拉扯過。讓利芙特很意外他轉頭時，鼻子沒有甩到對方臉上。

「所有人的注意力都放在選出新的阿卡席克斯首座。」馬辛說。「我們眞的可以辦到，就在內閣的鼻子下，去青銅皇宮偷一圈。」

「呃……安全嗎？」胡金的侄子問。他才十幾歲，青春期過得似乎挺慘的，臉長得不好，聲音也不好，腿還很細瘦。

「噓。」胡金示意閉嘴。

「別這樣。小子提醒我們小心是應該的，這次工作很危險。」提格吉克被大家視爲這一群人中最有學問的，因爲他能夠用三種語言咒罵，眞的是很有學問。「裡面的情況一定很混亂，今天晚上會有很多人待在皇宮裡。但也會有危險，有很多很多貼身護衛，他們一定會對周圍所有人保持很大的戒心。」

提格吉克年紀有點大了，他是利芙特在這一群人之中唯一熟悉的。她不會唸他的名字。他名字最後的「克」唸得正確時，聽起來像是嗆到一樣，所以她直接叫他提格。

「提格吉克。」胡金說。沒錯，就是嗆到的聲音。「建議來這裡的人是你，別告訴我，你現在想撤了。」

「我不是想撤，只是要你們大家都小心點。」

利芙特在牆頭上朝他們彎下腰。「別吵了。行動吧。我餓了。」

胡金抬頭。「我們爲什麼要帶她來？」

「她會有用的。」提格吉克說。

「她只是個孩子！」

「她是個年輕人，至少十二歲了。」

「我才沒十二歲。」利芙特從牆頭上氣呼呼地說，所有人都抬頭看她。「才不是。十二是個晦氣的數字。」她舉起雙手。「我只有這麼多歲。」

「……十歲？」提格吉克問。

「這是十嗎？那好，就十吧。」她放下雙手。「如果不能用手指算出來，就是很晦氣的數字。」而且她三年來都是同樣的年紀，所以一定是這樣。

「很多年紀似乎都很晦氣。」胡金似乎覺得好笑地說。

「一點也沒錯。」她贊同。

她再次瀏覽過苑林，然後回頭看他們從城裡出來的路徑。

一個男人正走在通往皇宮的一條街道上。黑色的衣服融入影子，每次經過路燈時，銀色的釦子便會閃出一瞬光亮。

颶風的，她心想，背脊一陣發寒。我根本沒甩掉他。

她低頭看下面的人。「你們到底要不要來？我要走了。」她從牆頭翻下，落入內院，蹲在那裡，摸著冰冷的地面。沒錯，是金屬。這裡的一切都是青銅做的。她在心裡做出結論，有錢人就是喜歡什麼都要照著主題來。

當那些傢伙終於不再爭執，又開始爬牆以後，一條細細的藤蔓從黑暗中伸出，靠近利芙特。藤蔓間偶爾長出幾小塊透明水晶，像是在黑色岩石中摻雜的一片片石英。這些水晶並不銳利，反而像打磨後的玻璃一樣光滑，也沒有散發颶光。

藤蔓長得飛快，然後繞成了一張臉。「主人，這麼做真的明智嗎？」

「你好啊，引虛者。」利芙特打量著內苑。

「我不是引虛者！妳很清楚。妳……反正不要再那樣叫我！」它說。

利芙特笑了。「你是我的引虛者寵物，怎麼說謊都改不了這點。我抓住了你。現在你可不准給我去偷靈魂。我們不是為了靈魂來的，只是要偷點東西，傷不了人的那種小偷小鬧而已。」

藤蔓臉嘆口氣——它說自己的名字是溫德（Wyndle）。利芙特溜過青銅地面，來到一棵當然也是青銅打造的樹木。胡金挑了今天晚上最黑的一段時間，趁著兩顆月亮升起之間的間隙潛入，但是今晚萬里無雲，光靠星光就已足夠看清環境。

溫德擴伸延長到她身邊，留下一小段其他人似乎看不到的藤蔓蹤跡。留下的藤蔓待在原處幾分鐘後變得堅硬，彷彿突然化成堅硬的水晶，然後又崩散為粉塵。這些殘跡有時候會被人發現，但他們絕對看不到溫德本身。

「我是個靈。」溫德對她說。「屬於一個驕傲、高貴——」

「噓。」利芙特從青銅樹後面探出頭，一輛開頂馬車在前方車道上行駛過，載著重要的亞西須人。從他們的外套就可以看得出身分：寬大鬆敞的外套，有著非常寬的袖子，還有並不協調的花紋。他們看起來都像是從父母的衣櫃偷衣服穿的小孩，不過帽子還算不錯。

其他小偷跟在她後面，動作靈便隱密，他們其實也沒有那麼差勁，只是不懂該怎麼爬牆。

一行人聚集在她身邊，提格吉克扯扯樣式模仿有錢政府文書人員的外套。在亞西爾，替政府工作是非常重要的職業，其他人都會稱呼為「隱蔽」，天知道那是什麼意思。

「準備好了沒？」提格吉克對馬辛說，那是另一名穿著講究的小偷。

馬辛點點頭，兩人往右走去，朝向皇宮的雕塑花園。重要的人據說應該在裡面打轉，猜測接下來會由誰接下首座的位置。

那可是個危險的工作。上兩任的腦袋都被某個穿白衣、拿碎刃的傢伙給砍下來了。最新的首座死時還沒上任兩天呢！

提格吉克跟馬辛走了之後，利芙特只剩下四個人要擔心。胡金、他的侄子，還有兩名不太說話、一直伸手往外套下摸刀子的兄弟。利芙特不喜歡那種人。小偷不該留下屍體。留下屍體很容易，只要把任何看到你的人都殺掉，但根本沒有什麼挑戰性。

「妳可以把我們弄進去。」胡金對利芙特說。「對吧？」

利芙特明顯地翻翻白眼，然後溜入了青銅的林苑，朝皇宮主體前進。

看起來眞像胸部……

溫德跟她一起窩在地上，藤蔓各處偶爾冒出小小的透明水晶，它跟一條鑽動的鰻魚一樣修長迅捷，只不過不是用爬動的，而是靠生長的。引虛者還眞古怪。

「妳知道我可沒選妳。」它一邊跟著她前進一邊出現一張臉說話。爲了持續說話，它反倒造就了一種奇怪效果，也就是留下的蹤跡布滿了一張又一張僵住的臉。那些怪臉上面的嘴巴像是動個不停，因爲它在她身邊生長的速度如此之快。「*我想挑的是個高貴的依瑞雅利夫人，她是一位老奶奶，一名優秀的園丁。*但是環主可不這樣想，他們說我們該選妳。他們說：『她造訪過上古魔法』，他們說：『我們的母親賜與了她祝福』，他們說：『她是個年輕人，我們可以塑造她』。哼，*他們可不需要忍受*——」

「閉嘴，引虛者。」利芙特壓低了聲音惡狠狠地說，身子蜷縮在宮牆邊。「要不然我會去用聖水沐浴還有去聽牧師們布道，也許還叫他們替我驅魔。」

利芙特側身貼著牆壁前進，直到可以順著牆的弧線瞅到巡邏的警衛：一批男人穿著同色花紋的背心跟帽子，扛著長戟。牆壁是圓弧形的，在她頭頂上方向外探出，像是一顆石苞，然後往上延伸，逐漸變得纖細，由光滑的青銅所鑄造，上面沒有任何可以攀抓的地方。

她等到守衛們走得更遠。「好了。」她朝溫德低聲說。「你要照我說的去做。」

「才不要。」

「你當然要。我像故事裡說的那樣逮到你了。」

「是我來找妳的！妳的力量都來自於我！妳到底有沒有在聽——」

「去牆上。」利芙特往上一指。溫德嘆口氣，還是乖乖照做，順著牆壁往上爬出大大的弧線。利芙特往上跳，抓住藤蔓形成的小握把，藤蔓則是生長成好幾千根往外擴散，用小黏盤的枝芽攀附在牆上。溫德竄在她前面，形成某種梯子。

不容易。眞是難到掛了，因爲圓頂中間凸出來的地方很滑溜，溫德的握把又不夠寬，但她還是辦到了。她一路往上爬，幾乎要到達建築物的圓頂，從那裡的窗戶可以俯瞰苑林。

她瞥向城市景色。沒看到穿著黑色制服的男人。也許她甩掉他了。

她轉頭研究窗戶。品質良好的木框裡鑲嵌著厚重的玻璃，玻璃面向東方。以亞西爾的地勢居然能夠隔絕颶風的侵襲，實在太不公平。他們應該要跟其他人一樣，跟狂風共存才對。

「我們需要把那個『引虛』了。」她指向窗戶。

「妳有沒有發現，雖然妳號稱自己是神偷，但在我們的關係中，眞正幹活的人是我？」溫德說。

「你一直抱怨，」她說。「我們要怎麼穿過去？」

「妳帶了種子？」她點點頭，往口袋裡面掏了掏，然後在另一個口袋裡掏了掏，然後在她的後口袋裡掏了掏。啊，在這裡。她抓出一把種子。

「我只能小幅度地影響實體領域。」溫德說。「意思是妳還是需要使用『授予』才能——」

利芙特打呵欠。

「使用授予才能——」

她打了更大的呵欠。餓死的引虛者怎麼都看不懂暗示啊。溫德嘆口氣。「把種子灑在窗框上。」

她照做，朝窗戶撒下一把種子。

「妳跟我的締結賦予了兩大類能力。」溫德說。「第一種是操縱摩擦力，妳已經——不要對我打呵欠！——發現了。我們過去幾個禮拜已經把這個力量用得很好，現在妳該學會第二種，『生長』的力量。妳還沒準備好要學習以前被稱爲『重生』的力量，能夠治癒——」

利芙特用手按著種子，然後召喚她的厲害能力。

她不確定她是怎麼辦到的，但她就是可以。那種力量是溫德剛出現時一起發生的。它那時候還不會說話，她有點想念那段時間。

她的手開始散發出淡淡的白光，像是從皮膚冒出的煙霧。她看到這道光讓種子開始生長，長得很快，藤蔓從種子冒出來，鑽入窗戶跟窗框之間的裂縫。

藤蔓隨著她的意志生長，發出緊繃、掙扎的聲音。玻璃碎裂，然後窗框爆開。

利芙特露出大大的笑容。

「幹得好。我們早晚能把妳培養成個緣舞師。」

她的肚子發出咕嚕咕嚕的叫聲。她上次吃東西是什麼時候？她之前用了很多厲害能力練習。也許該偷點東西吃的，她餓的時候就沒那麼厲害了。

她鑽進窗戶。帶個引虛者還眞有用，不過她不是完全確定她的力量來自於它，這種事情聽起來就像是引虛者會說的謊話。她可是堂堂正正地抓到它的。她用了「對的話」。引虛者其實沒有身體，要抓到那樣的東西，就得說對話。大家都知道這種事，就像詛咒能讓邪惡的東西找到妳。她得拿出一枚錢球——一枚鑽石馬克，是她的幸運錢球——做爲照明。

小房間以亞西須風格裝潢，地毯跟牆壁上的布料有很多繁複的花紋，主要是金色跟紅色。這些圖樣對亞西須人而言是一切，對他們來說，就像文字。

她看向窗外。她一定已經逃脫了黑暗，那個一身黑與銀、臉頰上有著淺色新月胎記的男人。一個有著死寂眼神的男人。他不可能一路從瑪拉貝息安跟蹤她到這裡，那裡離這裡可有半個大陸遠！好吧，至少有四分之一個遠。

定下了心後，她解開繞在腰上跟肩上的繩索，綁在壁櫥門上，然後把剩餘的繩索從窗口往外放下，隨著下面的人馬陸續攀爬上牆，繩索也漸漸繃緊。溫德裹住一旁的床柱，像是天鰻一樣纏繞地往上蔓延。

她聽到下面有人交頭接耳。「你看到沒有？她就直接這樣爬上去了，但是根本沒有可以抓的地方啊。她是怎麼……？」

「噓。」那是胡金的聲音。

利芙特開始在櫥櫃抽屜裡翻翻找找，其他人則一一鑽入窗戶。全員進來之後，小偷們便拉起繩索，盡量安靜地把窗戶關上。胡金研究起她用窗台上的種子養出的藤蔓。

利芙特把頭探入一個衣櫃，隨手亂抓。「沒啥東西啊，只有發霉的鞋子。」

胡金告訴她：「妳跟我的侄子守在這裡，我們三個去附近的臥室找找，一會兒就回來。」

「那你們大概可以帶回一整袋的發霉鞋子……」利芙特從衣櫃鑽出來說。

「無知小兒。」胡金指著衣櫃。他的一個手下就去拿了裡面的衣服鞋子，全都塞入布袋裡。「這些衣服能賣不少錢，這就是我們要找的。」

「那眞正的財寶呢？什麼錢球、珠寶、藝術品……」她自己對那些東西沒有興趣，但她以爲胡金他們要的是那些。

「那些被看守得太嚴密了。」胡金邊說，他的兩個同夥邊忙著打包房裡的衣物。「成功的小偷跟死掉的小偷，差別就在於知道什麼時候該帶著貨跑。這次的收穫能讓我們舒舒服服地過上一兩年，夠了。」

其中一人從房間裡探出頭去看走廊，點點頭，三個人就溜了出去。「聽我們的示警。」胡金對他的侄子說，然後小心翼翼地將門虛掩上。

待在下面的提格吉克跟同夥會仔細聆聽是否有任何動靜，如果他們覺得出事了，溜走以後會吹哨子。胡金的侄子蹲在窗邊聽著，顯然很認眞地執行他的任務。他看起來大概十六歲，那是個倒楣的年紀。

「妳怎麼爬上來的？」年輕人說。

「努力還有口水。」利芙特說。

他朝她皺眉。

「我有魔法口水啦。」

他似乎信了。眞是白癡。

「妳在這裡會覺得怪嗎？離妳的族人這麼遠。」他問。

她與這裡的人格格不入。黑色的直髮披散到腰，深褐色的皮膚，圓滾的五官，所有人都會立刻看出來她是雷熙人。

「不知道。」利芙特慢慢走到門邊。「沒跟我族人住過。」

「妳不是群島來的？」

「哪是。我在勞．艾洛里長大。」

「是……虛影之城？」

「對啦。」

「那裡眞的……」

「沒錯，就像他們說的那樣。」她從門口探出頭。胡金跟其他人早不知道去了哪裡。走廊也是青銅──牆壁什麼的都是──但中間有一條紅藍色的地毯，很多細細的藤蔓花紋在其上，牆壁上都是畫。

她把門拉得更開，進入走廊。「利芙特！」侄子連忙跑到門邊。「他們叫我們在這裡等！」

「所以呢？」

「所以我們應該要在這裡等！我們不能讓胡金叔叔惹上麻煩！」

「溜到皇宮裡不惹麻煩是要幹嘛？」她搖搖頭。這些人還眞怪。「這裡這麼多有錢人，一定是個有趣的地方。」應該有很好吃的東西。

她慢悠悠地走入走廊，溫德在她旁邊的地上一面生長著，有趣的是，那個侄子也跟來了。她以爲他會待在房間裡。

「我們不應該這樣跑出來。」他說。

兩人經過開了一條縫隙的門，裡面有摩挲聲。應該是胡金跟他的人正在洗劫一空。

「那就待著。」利芙特低聲說，舉步來到一道大樓梯。下方的僕人來來往往，甚至有幾個帕胥人，但是她沒看到穿著那種外套的人。「那些重要的人都在哪裡？」

「讀表格。」旁邊的侄子說。

「表格？」

「對啊。首座死了，其他的副官、書記、訴訟師都有機會可以塡表，申請要取代他的位置。」

「他們可以申請當皇帝？」利芙特說。

「當然。要跑很多文件流程，而且還要寫文章。文章要寫得眞的非常好，才能得到這份工作。」

「颶風的，你們這些人眞是瘋子。」

「其他國家有更好的辦法嗎？他們哪次繼位戰爭不是弄得血腥無比？這麼做，人人都有機會，就連最低階的文書也可以提出申請。如果你的文章足夠說服人，甚至能以祕密身分坐上王位。這種事情以前發生過。」

「眞是瘋子。」

「妳還不是一天到晚自言自語，有什麼資格說別人。」

利芙特銳利地看了他一眼。

「別裝了，我都看到好幾次，跟空氣說話，好像那裡有人一樣。」

「你叫什麼名字？」她問。

「搞斯。」

「哇。好吧，我就叫你『搞』。我不是因爲瘋了才自言自語。」

「不是嗎？」

「是因爲我很厲害。」她開始走下樓梯，等著來往的僕人之間出現空檔，衝向走廊另一邊的櫃子。搞斯罵了一聲，然後跟上。

利芙特很想用她的厲害力量快速地跑到另一邊，但現在還不要，溫德一直抱怨她太常用她的厲害，說什麼會有營養不良的風險，天知道那又是什麼意思。

她溜到櫃子旁，靠的只是她的普通偷溜技術，然後進去櫃子。搞斯也手忙腳亂地跟著，趁她還沒關門前也鑽了進去。他們身後傳來餐具在車上被推得互相敲擊的聲音，兩人這才剛好勉強塞進了櫃子。搞斯一動，立刻傳來更多敲擊聲，被她用手肘拐了一記。他剛剛安靜下來，就有兩個帕胥人抱著大酒桶過去。

「你應該回樓上去。」利芙特低聲對他說。「說不定很危險。」

「哦，溜進他颶風的皇宮很危險嗎？謝謝啊，我都不知道呢。」

「我是認真的。」利芙特將頭探出櫃子。「回去樓上，跟胡金一起走。他會立刻拋下我，你大概也會。」況且她不想要在搞斯在身邊時變得厲害起來，那會引起太多問題跟傳言。兩者都很討厭。難得一次她想要在一個地方待久一點，而不是又被逼得要逃走。

「不走。」搞斯輕聲說。「如果妳要偷真正的好東西，我也要算一份，說不定這樣胡金就不會一直叫我等，只給我簡單的工作。」

嗯。這小子還挺有志氣的嘛。

一名僕人端著滿是餐盤的大盤子走過，飄來的香氣讓利芙特的肚子立刻放聲作響。有錢人的食物。好好吃啊。

利芙特看著女人過去，然後從櫃子鑽了出去，悄聲跟在她後面。帶著搞斯可不容易，他叔叔是把他教得不錯，但是要在很多人的屋子裡不被看到，不容易啊。

女僕拉開藏在牆壁上的暗門，這是僕人的通道。利芙特趁門沒關上時輕輕拉住，等了幾下心跳後，緩緩拉更開，溜了進去。狹窄的通道裡光線灰濛，充滿了剛才經過的食物香氣。

搞斯跟在她後面進來，無聲地關上門。女僕消失在前面的拐角，皇宮裡大概有很多這樣的通道。溫德在利芙特身後繞著門框生長，像是一團深綠色的蕈類，以藤蔓的姿態覆蓋在門上，然後蔓延到她身邊的牆壁。

它形成一張藤蔓與水晶的臉，搖搖頭。「太窄了？」利芙特問。

它點點頭。

「這裡很暗，很難看到我們。」

「地上有震動，主人。有人朝這個方向來了。」

她渴望地看著端著食物消失的僕人，然後推開搞斯，又推開門，再次進入主走廊。

搞斯咒罵一聲。「妳到底知不知道自己在幹嘛？」

「不知道。」她說著溜過一個拐角，走到一條寬敞的走廊，這裡的牆壁以黃色與綠色的燈交互點亮。不幸的是，一名穿著筆挺黑白制服的僕人正直直朝她而來。

搞斯發出一聲「唉呦」，立刻縮回拐角。可是利芙特則挺直背脊，雙手背在身後，慢慢地往前走。

她經過那個人。他的制服顯示他是特別重要的僕人。

「妳！在幹嘛？」男人喝問。

「主人要蛋糕。」利芙特抬高下巴。

「我的亞什爾啊，餐點都在花園裡啊！那裡有的是蛋糕！」

「種類不對。主人要莓子糕。」利芙特說。

男人雙手往空中一攤。「廚房在另外那個方向，妳自己去跟廚娘說吧，她在同意這些特殊要求前，大概會先剁了妳的手。他颶風的鄉下文書！特殊餐飲需求應該要事先送出，填好表格啊！」他氣呼呼地走了，留下利芙特雙手背在身後，看著他離去。

搞斯偷偷摸摸地從拐角溜出。「我以爲我們死定了。」

「別蠢了，這根本還不到危險的部分。」利芙特急忙順著走廊前進。

在另一端，這條走廊跟另一條走廊的交界，中間有同樣的寬地毯、青銅牆，還有發光的金屬燈。走廊對面是一扇下面沒有光線透出的門。利芙特檢查來往的兩邊，然後衝到門前，小小地試推，探進頭，然後揮手要搞斯一起進去。

「我們應該順著外面的走廊往前走。」搞斯低聲說，她則將門關上，只剩一條縫。「往那個方向走，就是大臣的住所，現在應該是空的，因爲所有人都會在首座的偏殿討論。」

「你對皇宮的布局很熟？」她蹲在門邊幾乎完全漆黑的地方。現在他們在某個小客廳，有兩張藏在陰影中的椅子，還有一張小桌子。

「當然，來之前我背下來了所有地圖。妳沒背？」搞斯說。

她聳聳肩。

「我以前來過。」搞斯說。「我來看首座睡覺。」

「你什麼？」

「他是公職人員，他屬於大家。」搞斯說。「妳可以參加抽獎來看他睡覺，他們每小時輪流放一批人進去。」

「什麼？那是個什麼特別的日子嗎？」

「不是，每天都可以。妳也可以看他吃飯，或是看他梳洗。如果他有頭髮掉下來或剪了指甲，說不定可以留著當做聖物。」

「聽起來很詭異。」

「是有點。」

「他住哪？」利芙特問。

「那邊。」搞斯指著外面走廊的左邊，反方向是大臣們的房間。「利芙特，妳不會想去那裡的，大臣跟所有重要的人都在那裡審查申請書，就在首座面前。」

「可是他死了。」

「我是說新任首座。」

「可是他還沒被選出來！」

「是有點奇怪啦。」搞斯說。藉著門縫的陰暗光線，她可以看到他紅了臉，好像他知道這一切眞是餓他的怪。「我們從來不缺首座，只是我們還不知道他是誰。也就是說，他活著，而且他已經是首座了，現在就是，我們只是趕上進度而已。所以那些是他的房間，所有的大臣跟嗣者想要在他面前決定他是誰，就算他們決定的人不在房間裡。」

「這根本不合理啊。」

「當然很合理。」搞斯說。「那是政府，一切都詳細記載在法條與……」他看到利芙特打呵欠，就沒再說下去。亞西須人眞的很無聊，但至少聽得懂暗示。

搞斯繼續說下去：「總而言之，每個在外面花園裡的人，都想要被叫進去進行面試，不過應該不會走到那一步。嗣者沒辦法當首座，因爲他們太忙著要造訪跟祝福王國中的每個村莊，但是大臣就可以，而且他們的申請書寫得最好。通常被挑中的就是其中一人。」

「首座的住所，食物就是往那裡去。」利芙特說。

「妳到底爲什麼這麼放不下食物啊？」

「我要去吃他們的晚餐。」她的聲音很輕，情緒卻很高昂。

搞斯眨眨眼睛。「妳要……幹嘛？」

「我要去吃他們的食物。有錢人的食物最好吃。」她說。

「可是……大臣的屋子裡可能有錢球……」

「呃，我只會花時間在食物上。」偷普通東西一點都不好玩。她想要眞正的挑戰。過去兩年她挑了最難進入的地方，然後溜進去，吃掉他們的晚餐。

「來吧。」她出了門口，左轉，朝向首座的住所前進。

「妳眞的瘋了。」搞斯壓低了聲音說。

「哪有。我只是閒得發慌。」

他緊盯著另一個方向。「我要去大臣的住所。」

「隨便你。」她說。「要是我是你，我會選擇回樓上去。你還不夠熟練，離開我身邊，大概就會惹上麻煩。」

他似乎動搖了，但還是朝大臣住所的方向去了。

利芙特翻翻白眼。

「妳爲什麼要跟他們一起來？」溫德從房間裡溜了出來，「爲什麼不自己溜進來就好？」

「提格吉克發現投票這件事。他告訴我今天晚上是溜進來的好時機，這是我欠他的。況且，如果他惹上麻煩，我想要在這裡，也許能幫上忙。」

「幹嘛惹這種麻煩？」

確實是，幹嘛呢？「總得要有人在乎。」她看著走廊說。「現在還會在乎的人，太少了。」

「妳說這話的時候還一邊偷東西。」

「當然啊，反正他們不痛不癢。」

「主人，妳的道德觀還眞奇怪。」

「別傻了，每種道德觀都很奇怪。」她說。

「也許吧。」

「尤其是對引虛者來說。」

「我不是——」

她咧嘴一笑，快步跑向首座的住所。她早就知道要去哪裡找，瞥向一條旁邊的走廊，看到盡頭的守衛時，更是確認想法。沒錯。那扇門好漂亮，一定是皇帝的。只有超級有錢的人才會弄扇豪華大門，錢多到從耳朵裡流出來才會想到要花在門上頭。

守衛倒是個問題。利芙特跪下，探頭看過拐角。通往皇帝房間的走廊很窄，像小巷一樣。很聰明，這種地方很難溜進去，而且這兩個守衛還不是那種省油的燈，他們是「我們必須站在這裡，眼露凶光」那種。他們站得好筆挺，簡直就像有人用掃把塞穿了他們的屁股。

她抬頭往上看。走廊很高挑，有錢人喜歡高的東西。如果他們沒錢，一定會在上面再搭一層讓阿姨跟表弟們住，可是有錢人會浪費空間，證明他們有錢到可以浪費。

從他們身上偷東西簡直再合理不過。

「就在那裡。」利芙特低聲說，指著牆壁上方邊緣的一條窄小裝飾台架。那台架窄得無法容人行走，除非那人是利芙特。幸好，她正是。而且上面很黑，這裡的水晶燈是掛在那裡會晃動的那種，垂得低低的，有鏡子反射它們的錢球光線。

「去吧。」她說。

溫德嘆口氣。

「你得照我說的去做，否則我就修剪你。」

「妳會……修剪我？」

「當然。」聽起來很有威脅性，對吧？溫德開始順著牆壁生長，讓她有可抓的地方。留在它身後的藤蔓正在消失，變成水晶，然後消散成灰塵。「他們為什麼沒注意到？」利芙特低聲說。她從來沒問過這件事，雖然她和溫德已經在一起好幾個月。「因為只有心地純潔的人才能看到你？」

「妳不是認真的吧？」

「當然是。這樣就跟傳說啦，故事什麼的一樣。」

「噢，這個理論本身並不扯。」溫德從她旁邊的一小段藤蔓開口，幾段綠色像是嘴巴一樣一開一闔。「扯的是妳覺得自己是純潔的。」

「我是純潔的啊。」利芙特低聲說，邊爬邊費力地沉哼。「我還是個小孩等等。他颶風的我純潔到幾乎連打嗝都是吐彩虹。」

溫德再次嘆氣，它老是喜歡嘆氣。此時，他們來到了窄台架，溫德順著它長了一整片，讓台架變得比較寬一些，利芙特踩了上去，小心翼翼保持平衡後，朝溫德點點頭。它順著台架又長出了一些，然後折返，在比她高一點的牆上也開始平行生長，讓她有手抓的位置。台架被加寬了一吋，再加上上方的握點，讓她勉強以肚子平貼著牆壁的方式慢慢地橫挪前進，然後深吸一口氣繞過拐角，進入有守衛的走廊。

她移動得很慢，溫德來回纏繞，不斷替她增加握點跟落腳處，守衛沒有叫喊，她辦到了。

「他們看不到我。」溫德在她身邊又長出一排握點。「因爲我主要存在於意識界，雖然我的意識已經被我帶入這個領域。如果我願意，我可以讓任何人都看到我，只是不容易而已。其他靈比較擅長這個，有些靈則有正巧相反的問題，當然，無論我如何出現，人類都摸不到我，因爲我在這個領域中幾乎沒有實體。」

「除了我。」利芙特低聲說，順著走廊慢慢前進。

「妳也不該能夠碰到我。」它的聲音帶著苦惱。「妳去見我母親時，到底要求了什麼？」

利芙特不需要回答，尤其不會對一個颶風的引虛者說這些。她終於來到走廊盡頭，下方正是門口。可惜的是，守衛也都站在這裡。

「主人，妳的計畫似乎沒想透。」溫德說。「妳有沒有想過，到了這裡之後，打算怎麼辦？」

她點點頭。

「怎麼辦？」

「等。」她低聲說。

所以，她和溫德等著。利芙特面壁貼著，腳跟凸出在十五呎的高空，下面就是守衛。她不想摔下去。她很確定她夠厲害，不會摔死，但如果他們看到她，那遊戲就結束了。她得逃跑，而且絕對半點晚餐都弄不到。

幸好，也不幸的，她猜對了。一名守衛出現在走廊盡頭，看起來有點氣喘，而且頗爲惱怒。另外兩名侍衛小跑過去到他身邊，他轉身，指著反方向。

這是她的機會。溫德往下長出藤蔓，利芙特抓住，她可以感覺到藤蔓之間冒出的水晶，很光滑，只是有很多切面，並不銳利或尖刺。她往下跳，順著指間的藤蔓滑溜而下，就停在地板上方吋許高的地方。她只有幾秒鐘。

「……逮到一個想要洗劫大臣住所的小賊。」新來的守衛說。「說不定還有更多，各個都機靈點。亞什爾在上！我眞不敢相信居然有人膽子這麼大，哪一晚不挑，敢挑今晚！」

利芙特微微推開門，頭探進皇帝的房間。房間很大，男男女女都坐在桌邊，沒人往她的方向看。她溜入門內。

然後變得厲害。

她彎下腰，往後一踢，身子前衝，有一瞬間地面或地毯或是下方的木板地，都擦不著她。她像是在冰面上滑行一般，毫無聲息地滑過十呎長的距離。當她變得這樣「滑溜」的時候，什麼都抓不著她。所有手指會從她身上滑落，她可以一直這樣往前滑，除非她停止繼續厲害，否則她可以一直這樣滑，一路滑到他颶風的海裡。

今天晚上，她在桌子下方用手指停住自己——手指並不滑溜——然後移除腿上的滑溜。她的肚子大聲抱怨。她需要食物。馬上，否則就不能厲害了。

「妳不知爲何居然有一部分存在於意識界。」溫德在她身邊盤成一團，抬起一堆糾結的藤蔓，纏出一張臉。「這是我唯一想得到，妳爲什麼能摸到靈的答案。而且妳可以將食物利用新陳代謝直接轉換成颶光。」

她聳聳肩。它老是在說這種話。餓他的引虛者，老是想讓她昏頭。反正她現在不會回答它，因爲站在桌子周圍的人們可能會聽到她說話，就算他們聽不到溫德的聲音。

食物在這裡某處。她聞得到。

「可是爲什麼？」溫德說。「她爲什麼要給妳這樣神奇的能力？爲什麼給一個孩子？人類中有士兵、偉大的國王、驚才絕豔的學者，但是她卻選了妳。」

食物、食物、食物。聞起來好香。利芙特順著長桌往前爬，上方的男女正擔憂地交談著。

「達克西，你的申請明顯是最好的。」

「什麼！我光是第一段就寫錯了三個字！」

「我沒注意到。」

「你沒……你怎麼可能沒注意到！但講這個沒有意義，因爲雅席克的文章明明比我優秀。」

「別又扯到我身上來。我們已經剔除我了，我沒有資格當首座，我的背不好。」

「智者亞須諾的背也不好，但他是艾姆歐國最偉大的首座之一。」

「呸！我的文章根本就是廢文，你很清楚。」

溫德在利芙特身邊一起前進。「母親已經放棄你們這一族了。我可以感覺得到，她已經不在乎了。現在他又已經不在了……」

「我們這樣爭論下去太失身分。」一個充滿威儀的女性聲音說。「我們應該要投票。大家都在等。」

「就給花園裡的一個蠢蛋好了。」

「他們的文章糟糕透了。你看看潘德麗在紙上都寫了些什麼。」

「哎呀……我……我看不懂一半的內容，但確實看起來是很侮辱人的話。」

這句話終於引起了利芙特的注意力。她抬頭往上看。更溜的罵人方式？快點，她心想，唸個幾句啊。

「我們得挑一個。」另一個聽起來非常有權威的聲音說。

「卡達西思與星辰在上，這眞是個棘手的問題。如果沒有人想當首座，那我們該怎麼辦？」

沒人想當首座？整個國家都有腦子了嗎？利芙特繼續往前。有錢什麼的似乎不錯，但是要管這麼多人？那根本慘透了。

「也許我們該挑最差的申請書。」一個聲音說。「在這個情況下，代表那是最聰明的申請人。」

「死了六名不同的君王……」一個聲音說，新的聲音。「只不過兩個月時間，整個東方到處都有被殺的藩王和宗教領袖，而我們自己的首座一個禮拜內就死了兩名。颶風的……我幾乎覺得荒寂時代又來臨了。」

「一個人自己的荒寂時代。求亞什爾眷顧我們挑中的人。那簡直就是被判死刑。」

「我們已經拖延太久了。等了這麼多個禮拜卻一直沒有首座，對亞西爾來說是有礙的。我們就挑最差的申請吧，就從這一疊挑。」

「如果我們挑中一個眞的很糟糕的人怎麼辦？我們的責任難道不是首先要關照王國，無論我們挑中的人會身處何種危險？」

「可是我們如果挑中了最優秀的人，那就是讓我們最聰明、最優秀的人，迅速成爲劍下亡魂……亞什爾幫助我們。艾熙德嗣者，請你帶領我們祈禱，我們需要亞什爾親自對我們展現祂的意志。如果我們挑對了人，也許他或她會受到祂的照拂。」

利芙特來到桌子盡頭，看到房間另一端的小桌上擺滿了豐盛的食物。這地方是典型的亞西須風格，到處都是繁複的刺繡，地毯的花紋精細到大概讓哪個可憐的女人織到瞎了。暗黑的顏色與昏暗的燈光，牆上掛著畫。

利芙特心想，嗯？有人把那幅畫上的臉刮掉了。誰會毀掉這樣一幅畫，還是這麼精緻的一幅，上頭所有神將站成一排？

看樣子誰都沒有碰食物。她的肚子大叫一聲，卻耐心地等著所有人的注意力被引開。

很快的，她的願意就實現了。門被打開，應該是那些是守衛來回報他們發現的小偷。可憐的搞斯。她晚點再把他救出去。

現在，該是吃東西的時候。利芙特以膝蓋著地，將自己往前推，利用她的厲害讓腿變得滑溜。她滑過地面，抓住食物桌的桌腿，衝力讓她瞬間打個轉，躲到桌子之後。她蹲下來，桌巾俐落地擋在她跟房中央的人群之間，接著她解除腿上的滑溜。

完美。她伸手，拿下桌子上的餐包。咬了一口，然後停頓。

爲什麼大家都安靜了？她冒險從餐桌後抬頭看。

他來了。

高大的亞西須男人，臉頰上有一道白印，像是新月。黑色的制服，外套前襟有兩排銀色的釦子，挺直的銀色領子連結下方的襯衫，厚重的手套也有筆挺的豎領，延伸到前臂一半的位置。

死寂的眼神。是黑暗親臨。

糟糕了。

「這是怎麼一回事！」一名大臣開口質問。這是一名女子，穿著寬大的袍子與更寬大的袖子，帽子有完全不同的花紋，徹徹底底地與衣服不協調。

「我爲抓賊而來。」黑暗說。

「你知不知道你在哪裡？你膽敢打斷——」

「我的表格都在。」黑暗說話時毫無情緒。不生氣被質問，也沒有高傲或虛張聲勢。什麼都沒有。他的一名屬下跟著他一起進來，穿著黑跟銀的制服，上面沒有那麼多裝飾。那男人向大臣遞出一疊整齊的紙張。

「表格歸表格。」大臣說。「可是現在時間不對，治安官，你不能——」

利芙特逃了。

她的直覺終於壓下了她的驚訝，立刻抬腿跑，跳過沙發，衝向房間的後門。溫德也跟在她身邊，竄成一道殘影。

她一口咬下一塊餐包，她需要食物。房間後面一定是臥房，臥房一定有窗戶。她猛推開門，衝了進去。

另一邊的陰影中，突然有東西揮出。一柄鎚頭正中她的胸口，使肋骨發出斷裂聲。利芙特驚呼，面朝下趴倒在地。黑暗的另一名手下從臥房裡的陰影中走出。

「只要經過仔細研究，就連混亂都是可以預料的。」黑暗說，他的腳步在她身後的地面重重踩過。

利芙特咬著牙，在地板上縮成一團。沒吃夠……好餓。

她剛吃的幾口在她體內奏效，讓她有熟悉的感覺，像是血脈中的風暴。液體的厲害。痛楚從她胸口消失，傷勢開始痊癒。

溫德繞著她轉圈，像是一小團在地上長出葉子的藤蔓，圍著她一圈又一圈。黑暗停在不遠處。

走！她四肢著地跪起。他抓住她的肩膀，但是她可以逃走。她召喚了她的厲害。

黑暗朝她伸出某樣東西。

那小動物像是一隻克姆林蟲，卻有翅膀。被捆住的翅膀，被綁住的腿，有張奇怪的小臉，不像是克姆林那樣的螃蟹臉，比較像是一張小小的野斧犬臉，有著鼻子、嘴巴和眼睛。

牠好像生病了，閃爍的眼睛充滿痛楚。她怎麼看得出來？那動物從利芙特身上吸走厲害。她居然看得到厲害離開，一團閃亮的白光從她身上流向那小動物。牠張開口，喝入厲害。

利芙特突然覺得很累，而且非常、非常餓。黑暗將動物遞給其中一名手下，那人讓動物消失在一個黑袋子裡，然後被塞入口袋。利芙特很確定這些氣憤地站在桌邊的大臣們，完全沒有看到這一幕，因爲黑暗背對著他們，身邊還擠著兩名手下。

「不准她接觸到任何錢球。不能讓她儲注。」黑暗說。

利芙特感覺到徹底的驚恐，她好多年以來都沒有歷經過的驚慌升起，從她離開勞・艾洛里之後就再也沒有過。她掙扎著、揮動著四肢、咬著抓她的手。黑暗連哼都沒哼，他拖起她，另一個手下抓住她的手臂，往她身後反折，直到她痛呼出聲。

不行。她得逃走！她不能這樣被抓走。溫德繼續繞著她在地上打轉，充滿焦慮。以引虛者來說，它還算是個好的。

黑暗轉向眾位大臣。「不打擾各位了。」

「主人！」溫德說。「這裡！」咬了一半的餐包躺在地上。她被鎚頭砸中時，餐包從手中落下。溫德跑入餐包，但它也只能讓餐包翻動兩下。利芙特掙扎，想要掙脫，但是少了體內的風暴，她只是個被軍人抓住的小孩。

「治安官，我對你的闖入非常不悅。」首領大臣說，翻動黑暗落下的一疊紙張。「你的表格無誤，我甚至看到你的請求包括要在皇宮中搜尋這名流浪兒，訴訟官也許可了你的申請。但是你沒有必要驚擾如此神聖的聚會，只爲了一個普通的小偷。」

「執法無視男女，不容等待。」黑暗完全平靜地說。「這也不是普通的小偷。請容我們告退，我們將不再打擾諸位。」他似乎並不在乎對方是否允許他離開，已逕自走向大門，他的手下拖著利芙特。她朝餐包伸腳，卻只能將餐包往前踢，踢到了大臣身邊的長桌下。

「這是處決申請。」大臣驚訝地說，舉起最後一張紙。「你要殺了這個孩子？只因爲她偷東西？」

殺？不要。不要！

「除此之外，還有非法闖入首座皇宮。」黑暗邊說邊來到門前。「以及打擾神聖的聚會。」

大臣與他四目對視，片刻後，她萎縮了。「我……啊，當然……呃……治安官。」她說。

黑暗不再看她，拉開門。大臣一手按桌，一手扶額。

手下將利芙特拖到門邊。

「主人！」溫德在旁邊盤繞纏起。「哎呀……哎呀，怎麼辦。那個人很有問題！他不對勁，一點都不對勁。妳必須使用妳的力量。」

「我在努力。」利芙特憋著氣說。

「妳讓自己瘦太多了。」溫德說。「這不好，妳每次都把剩餘的用光……體脂太低了……也許這是問題。我不知道妳到底是怎麼辦到的！」

黑暗在門口遲疑，看著前方長廊上低垂的水晶燈，上面垂掛著鏡子跟晶亮的寶石。他舉起手，往外一指。沒抓著利芙特的手下走到走廊，找到了水晶燈的拉繩，解開繩索，用力拉，將水晶燈升起。

利芙特想要召喚她的厲害。再一點點就行。她只需要一點點。

她的身體感覺越來越無力，耗盡了一切。她眞的用過頭了。她掙扎著，越發驚慌，越發焦急。走廊中的手下將水晶燈綁在高懸的位置。旁邊的首領大臣將目光從黑暗身上移向利芙特。

「求求妳。」利芙特以口型示意。

大臣刻意推了桌子，桌子撞到抓住利芙特的手下手肘，他咒罵一聲，放開手。

利芙特往地面一撲，扯開他的箝握，扭動著身子往前，鑽到桌子下面。

那個手下抓住她的腳踝。

「怎麼了？」黑暗問，聲音冰冷，不帶感情。

「我腳滑了。」大臣說。

「小心點。」

「治安官，你在威脅我嗎？你動不了我。」

「沒有人是我動不了的。」聲音仍然沒有情緒。

利芙特在桌子下掙扎，踢著手下。他輕聲咒罵，抓著利芙特的兩條腿，把她拖出來，整個拉起。黑暗面無表情看著，她迎向他的目光，四目相望，嘴巴裡咬著吃了一半的麵包。她瞪著他，快速咀嚼、吞嚥。

終於這一次，他表現出了情緒：不解。「這麼大費周章，只為了吃一口麵包？」

利芙特什麼都沒說。

快點啊……

他們壓著她走入走廊，然後拐彎。一名手下跑在前面，刻意將牆上的錢球從燈裡拿走。他們是在搶劫皇宮嗎？不是，只要她走過，手下就會跑回去，把錢球放回。

快點啊……

他們經過一名皇宮守衛，他站在較寬的走廊那裡。他注意到黑暗的特殊——也許是綁在黑暗上臂的繩子中，參雜了亞西爾的國色系列——因此行禮。「長官？你又找到一個？」

黑暗停步，看著守衛在他身邊開門。搞斯坐在裡面的椅子上，垂頭喪氣地在兩名守衛中間。

「你果然有同夥！」房間中的一名守衛大吼，甩了搞斯一巴掌。

溫德在她後面倒抽一口涼氣。「眞的沒有必要吧！」

快點啊……

「這一個與你們無關。」黑暗對守衛們說，等著他的一名手下完成移除錢球的過程，完全讓人無法理解。他們爲什麼擔心這個？利芙特感覺到體內一陣騷動，像是跑在颶風面前的小小旋風。黑暗猛然看向她。「有什麼——」

厲害回來了。

利芙特變得「滑溜」，除了腳底跟掌心之外，每一吋都是如此。她使勁一扯手臂，從那個手下的指間溜過，然後用力後踢，以膝蓋滑地的方式避過黑暗朝她伸出的手。

溫德發出一陣歡呼，跟在她身邊飛竄。她則用手掌拍著地面，像是在游泳，利用手臂的每一次揮推將自己往前推進，順著皇宮走廊的地面飛滑，膝蓋像是抹了油一樣地溜過。這個姿勢確實有失尊嚴，但尊嚴這種東西是給那些有閒工夫跟彼此玩花樣的有錢人用的。她只要用最快的速度跑，快到她在釋放厲害、想要跳起時，幾乎無法控制自己就好。她撞上走廊盡頭的牆，手忙腳亂地翻滾成一團。

她臉上帶著大大的笑容站起身。這比她前幾次嘗試的時候還要順利很多。她第一次嘗試時簡直丟臉極了，滑溜到甚至跪不住。

溫德此時說：「利芙特！後面！」

她轉頭去看走廊。她可以發誓他也在散發淡光，而且奔跑的速度太快了。

黑暗也能厲害。

「這不公平！」利芙特大喊，連忙站起，衝向一旁的拐道，就是她跟搞斯溜進來時的那條路。她的身體又開始覺得累了，一塊麵包撐不了多久。

她順著奢華的走廊向前衝，逼得一名女僕往後跳，好像看到老鼠一樣尖叫。利芙特繞過拐角，衝向香噴噴的氣味，闖入廚房。

她穿過裡面擁擠的人群，一秒後，身後的門被撞開。黑暗進入。

她不去理會驚愕的廚子，跳上長長的工作桌，讓腿變得滑溜，側身滑過，撞下了鍋碗瓢盆，發出響亮的撞擊聲。她從工作桌的另一端滑下，黑暗則擠過堆成一群的廚師，舉高了碎刃。

他沒有惱怒地咒罵。人應該要咒罵。罵人的聲音才讓人感覺這是個眞人。但當然，黑暗不是眞人。雖然她知道的不多，但她很確定這點。

利芙特從熱氣騰騰的盤子抓起一條香腸，然後擠入僕人用的走廊。她邊跑邊塞入口中嚼，溫德在她身邊的牆壁上生長，留下一道深綠色的藤蔓。

「我們要去哪裡？」它問。

「逃走。」

通往僕人走廊的門在她身後被撞開，利芙特繞過拐角，嚇到一名男僕。她又變得厲害，側身臥倒，輕易地在狹窄的走廊中從他身邊滑過。

「我怎麼會變成這樣？晚上偷東西，還被不該存在的東西追。我原本是個園丁，很棒的園丁！謎族靈跟榮譽靈都會來看我以你們世界中的意識培養出的水晶！現在卻變成了這樣。我到底成了什麼？」溫德說。

「抱怨蟲。」利芙特氣喘吁吁地說。

「胡說。」

「所以你一直是它們其中之一？」她回過頭去看。黑暗輕鬆地推倒男僕，跨過他的時候幾乎沒有放慢速度。利芙特來到門口，肩膀用力撞門，再次進入華麗的走廊。

她需要出口。窗戶。她逃跑的路線又帶她繞回首座的住所附近。她憑著直覺挑了一個方向，開始奔跑，可是黑暗的一名手下從反方向的拐角出現。他也扛著一把碎刃。她的運氣還眞他餓的。

利芙特掉過頭，衝過從僕人走廊裡大步走出的黑暗。她飛撲向前，讓自己變得滑溜，勉強躲過碎刃一擊，順著地板滑過。這次她沒有摔倒，而是直接站起。好歹有進步。

「這些人到底是誰？」溫德從她身邊問。利芙特悶哼一聲。「他們爲什麼這麼在乎妳？他們扛著的武器，有哪裡……」

「碎刃。」利芙特說。「價值連國。用來殺引虛者的。」他們還有兩把。瘋子。用來殺引虛者……

「你！」她繼續奔跑。「他們追的是你！」

「什麼？當然不是！」

「就是。別擔心，你是我的，我不會讓他們得到你。」

「妳對我的愛護眞貼心，而且不只是一點侮辱人。」溫德說。「可是他們不是要追——」

黑暗的第二個手下走入她面前的走廊，抓著搞斯，匕首抵著年輕人的脖子。

利芙特猛然停下，完全無招架之力也搞不清楚狀況的搞斯，在男人的手中嗚噎不已。

「不准動。」手下說。「否則我殺了他。」

「餓死的混帳。」利芙特說，往旁邊啐了一口。「下流的手段。」

黑暗重重的腳步聲在她身後響起，另一名手下也加入。他們把她逼到死路。通往首座住所的門其實就在前面，大臣跟嗣者們都湧入走廊，憤怒地交頭接耳。

搞斯在哭。可憐的傻瓜。

唉，這種事情從來沒有好下場。利芙特憑著直覺——向來如此——往前衝去，逼手下鬆手。他是個執法者，他不會殺死囚犯，不會下狠手——

手下割開了搞斯的脖子。

鮮紅的血噴出，淋濕了搞斯的衣服。手下拋開他，然後猛然後退，彷彿被自己的行為嚇到。

利芙特僵住。他沒有——他不會——

黑暗從後面抓住她。

「你做得不好。」黑暗對手下說，語氣中不帶情緒。利芙特幾乎沒聽到他的話。好多血。「你會被懲罰。」

「可是……」手下說。「我必須執行我的威脅……」

「你在這個王國中沒有填完要殺死那孩子需要的表格。」黑暗說。

「難道我們不是在他們的法律之上？」

黑暗居然放開她，大步走過去，往手下的臉揮了一巴掌。「沒有法律，就什麼都沒有。你必須服從他們的規則，接受他們的法律規定。這是我們唯一有的，在這個世界上唯一確切的。」

利芙特看著死去的孩子。他的雙手抓著脖子，彷彿想要阻止流血，他的眼淚……

其他手下逼近她背後。

「快跑！」溫德說。

她一驚。

「快跑啊！」

利芙特跑了。

她跑過黑暗身邊，推開大臣，他們都站在那裡，因為死了人而驚呼連連。她闖入首座的住所，滑過長桌，又從桌上抓起一個餐包，衝入臥室，一秒後便出了窗戶。

「上。」她對溫德說，然後把麵包塞入嘴裡。它順著牆壁飛竄，利芙特也滿頭大汗地跟著往上爬，又一秒後，一名手下從她下方的窗戶跳出。

他沒有抬頭，而是衝入林苑，四處張望、尋找，碎刃在黑暗中閃爍著反照出的星光。

利芙特安全地來到皇宮頂端，隱藏在那裡的陰影中。她蹲倒在地，雙手抱著膝蓋，覺得全身冰冷。

「妳幾乎不認識他。」溫德說。「可是妳仍然爲此哀傷。」

她點點頭。

「妳看多了死亡，」溫德說。「我知道。難道還沒有習慣嗎？」

她搖搖頭。

下方的手下走了，往越來越遠的地方去找她。她自由了。她爬過屋頂，從另一邊滑下，消失蹤影。

苑林邊緣的牆邊是有動靜嗎？沒錯，那些在動的影子是人。其他小偷正在翻牆，融入黑夜中。胡金跟她預期的一樣，拋下了他的侄子。

誰會爲搞斯哭泣？誰都不會。他會被忘記，被拋棄。

利芙特鬆開雙腿，順著圓滾的屋頂，爬向她剛才進入的窗戶。她用種子養出的藤蔓——跟溫德長出的不同——都還活著，它們爬滿了窗台，葉子在風中顫抖。

逃，她的直覺說。走。「你先前提過一件事。」她低聲說。「重……」

「重生。」他說。「每個締結都可以賦予操控兩種脈衝波的能力，妳可以影響生物的生長。」

「我能用這個力量幫搞斯嗎？」

「如果妳受過更好的訓練，可以。現在的話，我懷疑。妳不強壯也不熟練，他還可能已經死透了。」

她碰觸其中一根藤蔓。

「妳爲什麼在乎？」溫德又問了。它聽起來好奇，不是質問，而是它眞的想要明白。

「因爲總得有人在乎。」

難得一次，利芙特無視於直覺，選擇爬回窗戶，快速跑過房間。

出到樓上的走廊，下了樓梯，飛速地跳躍過大半距離，穿過門口，左轉，順著走廊前進，再左轉。

豪華的走廊中滿是人。利芙特來到人群，擠了過去，根本不需要用到厲害。她從會走路起就一直在人群的縫隙中穿梭。

搞斯躺在一灘血泊中，鮮血沾濕了精緻的地毯。大臣跟守衛們包圍著他，壓低了聲音交談。

利芙特爬到他身邊。他的身體仍然溫暖，可是血流似乎停了。他閉著眼睛。

「太遲了嗎？」她問。

「我不知道。」溫德蜷在她身邊。

「我該怎麼做？」

「我……我不確定。主人，轉移到妳這裡的過程很困難，在我的記憶中留下了空洞，雖然我的族人已經做出預防措施。我……」

她讓搞斯仰躺，面部朝天。其實對她來說，他眞的算不上什麼，這是眞話。他們才剛剛見面，而且他是個傻子。她叫他回去了。

可是這就是她，這就是她必須成爲的。

我會記得那些被遺忘的人。

利芙特向前傾身，抵著他的額頭，吐出一口氣。一團光從她唇間吐出，一小團發光的雲朵懸浮在搞斯的唇前。

快點啊……

一陣騷動後，它從他的唇間被吸入。

一隻手抓住利芙特的肩膀，將她從搞斯身邊拉走。她整個人軟癱下來，突然精疲力盡，真正的精疲力盡，連站都站不住。

黑暗抓著她的肩膀，將她拖離人群。「來。」他說。

搞斯突然動了。大臣們群起驚呼，注意力轉向年輕人，看著他呻吟，坐起身。

「看樣子妳是緣舞師。」黑暗推著她走入走廊，人群還包圍著搞斯喋喋不休。她腳下一軟，卻被他拉了起來。「我還在猜妳是兩個中的哪一個。」

「神蹟啊！」一名大臣說。

「亞什爾開口了！」一名嗣者說。

「緣舞師。我不知道那是什麼。」利芙特說。

「他們曾經是光輝的一支。」黑暗推著她在走廊中前進。

所有人都無視他們，只專注於搞斯。「妳的動作笨拙，但他們卻是美和優雅的存在，可以疾速滑過最細的繩索，舞過屋頂，像是風中緞帶一般穿過戰場。」

「聽起來很……驚人。」

「確實。很可惜的是，他們老是專注於小事情，忽略了更重大的事情，妳似乎也有他們的脾性。妳已經成為他們其中之一。」

「我不是故意的。」利芙特說。

「我知道。」

「為什麼……為什麼你在追我？」

「以正義執法之名。」

「有一大堆人都在做壞事。」她每個字都得用擠的，說話好難，思考好難，好累。「你……你可以去追捕大首腦和殺人犯，可是卻選中我。為什麼？」

「其他人可能令人唾棄，但是他們不會沾染能召回荒寂時代的技藝。」他的話好冰冷。「妳這樣的存在必須被阻止。」

利芙特覺得周身麻了一圈。她想要召回厲害，但是她卻把厲害都用光了，大概還透支了些。

黑暗轉向她，將她推向牆壁。她站不住，只能軟身坐倒。溫德來到她身邊，形成散開成星芒的一片藤蔓。黑暗跪倒在她身邊，伸出手。

「我救了他。」利芙特說。「我做了好事，不是嗎？」

「好事與此無關。」黑暗說，他的碎刃落入掌中。

「你根本不在乎，對不對？」

「沒錯。」他說。

「你該要在乎的。」她耗盡氣力地說。「你應該……試試看。我是說，我曾經想跟你一樣。不成功。根本……不像是活著……」

黑暗舉起碎刃。利芙特閉上眼睛。

「她被赦免了！」

黑暗握在她肩膀上的手縮緊。她感覺徹底的疲累，像是被人綁著腳趾倒吊，把她體內的一切都榨乾——利芙特強迫眼睛睜開。搞斯猛然停在他們身邊，重重喘氣，後面的大臣跟嗣者也一起擠上前來。

搞斯滿身血汙，雙眼大睜，手中抓著一張紙，塞向黑暗。「我赦免這個女孩。治安官，放開她！」

「你是誰，有何資格這麼做？」黑暗說。

「我是阿卡席克斯首席。」搞斯宣布。「亞西爾的統治者！」

「可笑。」

「卡達西思主神已經發言了。」一名嗣者說。

「神將？」黑暗說。「祂們沒有這麼做，你們錯了。」

「我們投票了。」一名大臣說。「這個年輕人的申請最好。」

「什麼申請？」黑暗說。「他是個賊！」

「他展現了重生的奇蹟。」一名年紀較大的嗣者說。「他死後回歸。有什麼比這更好的申請？」

「我們得到了徵兆。」領頭的大臣說。「我們得到一名可以從『一身白衣』手下存活的首席。讚美亞什爾，王者之卡達西思，願他以智慧領導我們。這名年輕人是首席。他一直都是首席，只是我們現在才發現，同時請求他原諒我們沒有更早看出真相。」

「一如既往，一如未來。」年邁的嗣者說。「退下吧，治安官。你得到了命令。」

黑暗端詳利芙特。

她疲累地微笑。該給那餓死鬼看看她的利牙才對。

他的碎刃消失成霧氣。他被打敗了，卻似乎不在乎，沒有咒罵，眼角甚至沒動。他站起身，扯著手套的袖口，一隻一隻地褪下手套。「讚美亞什爾。」他說。「王之神使。願他以智慧領導我們。如果他能夠不要再流口水。」

黑暗朝新任首席行禮，然後腳步穩健地離開。

「誰知道那個治安官的名字？」一名大臣問。「我們什麼時候允許執法人員申請碎刃了？」

搞斯跪在利芙特身邊。

「所以你現在是個皇帝之類的人了。」她說完閉上眼睛，往後靠。

「對啊，其實我還是搞不懂。我似乎展現了個奇蹟之類的。」

「恭喜了。」利芙特說。「我能吃你的晚餐嗎？」

I-10 賽司

法拉諾之孫賽司，雪諾瓦的無實之人，坐在世界上最高的塔頂，思索著一切的終結。

被他殺害的那些人，靈魂都躲在陰影中朝他低語，只要他一靠近，他們就會慘叫。

當他閉上眼睛時，他們也會慘叫。他開始盡量不要眨眼。他在頭顱中的眼睛覺得很乾。這是任何……神智正常的人都會做的事。

世界上最高的塔，藏在山頂上，適合他思索的完美地方。如果他沒有被誓石束縛，如果他是另一個完全不同的人，他就會待在這裡。東方唯一一顆沒有被詛咒的石頭，人可以踩在上面的地方。這個地方是神聖的。

明亮的太陽往下照，驅散陰影，讓那些慘叫減到最低。慘叫的人當然該死，因爲他們應該要殺掉賽司。我恨你們。我恨……所有人。內心的榮耀啊，這是多奇怪的情緒。

他沒有抬頭。他不願迎向諸神之神的注視。可是能沐浴在陽光下確實很好。這裡沒有雲朵會帶來黑暗，聳立於一切之上，就連雲朵都在兀瑞席魯的統御之下。

巨大的塔也是空的，這是他喜歡這裡的另一個原因。一百層，以圓環狀向上推疊，下方每一層都比上面更寬，能夠提供充滿陽光的陽台。可是東面卻是筆直的平滑表面，讓塔從遠處看起來，像是被巨大的碎刃砍掉一邊。多奇怪的形狀。

他坐在邊緣，就在頂端，腿垂在虛空處，下方是一百層巨大的樓層，還有直直墜向下面山峰的空無，玻璃在平扁的光滑表面上閃閃發亮。

玻璃窗戶。面向東方，面向起源處。他第一次來到這裡時——剛剛從家鄉被放逐——還不明白這些窗戶有多奇怪。當時他習慣的還是溫和的颸風。雨，風，還有冥想。

在這些踏足岩石的人所居住、飽受詛咒的大地上，一切都不一樣。這片令人憎恨的大地。這片大地流著鮮血、死亡、慘叫。還有……還有……

呼吸。他站在塔頂的平台邊緣，強迫空氣進入、吐出。

他剛才跟一個不可能存在的人戰鬥了。一個有颸光的男人，一個從體內熟知風暴的男人。那意味著……問題。幾年前，賽司因為提出警告而被放逐。當時，他們說那是假的警告。

他們告訴他，引虛者不存在了。

石頭的靈親自保證過。

古代的力量不再存在了。

燦軍已經傾倒。

只剩下我們。

只剩下……無實之人。

「難道我不忠心耿耿嗎？」賽司大喊，終於抬頭去看太陽。他的聲音在山巒跟它們的靈魂之間迴蕩。

「難道我沒有服從命令，守住我的誓言？難道我沒有按照你的要求去做？」

殺戮，屠殺。他眨眨疲累的雙眼。

慘叫。

「如果山馬內特（Shamanate）錯了，那意味著什麼？如果他們錯誤地放逐我，會是什麼意思？」

那意味著一切的結束。事實的結束。那意味著一切都不再合理，他的誓言毫無意義。

意味著他毫無道理地殺了人。

他從塔的另一邊落下，白色的衣服——如今對他而言象徵許多事——在風中拍打。他讓自己體內充滿颶光，往南方綁縛。他的身體往那個方向猛地一震，在空中落下。他只能用這種方法前行一陣子，他的颶光撐不久。

太不完美的身體。燦軍……據說……據說他們更擅長這種事……就像引虛者……

他有足夠的颶光讓自己從山頂脫身，落在山腳下的村莊。他們經常將錢球放在外面給他做爲奉獻。他會吸入那些颶光，讓他能走得更遠，直到找到另一個城市，得到更多颶光。

他得要花上幾天才能到達他要去的地方，但是他會找到答案。如果找不到，也會有要殺的人。

這一次，是他自己選擇的對象。

伊尚尼揮手，爬上納拉克的中央尖塔，想要趕走那個小靈。它一直繞著她的頭飛，從彗星一樣的身體不斷撒下一圈圈的光。可惡的東西，爲什麼它一直纏著她？

也許它不能離開。畢竟她正在感受神奇又新穎的感覺。一個好幾個世紀以來都沒有人見過的，颶風形體。擁有眞正力量的形體。

神給予的形體。

她繼續順著台階往上走，身上的碎甲互相敲擊。穿著碎甲感覺很好。

她已經保持了這個形體十五天，十五天以來她都聽著新節奏。一開始，她經常與那些節奏同調，卻讓有些人非常緊張，所以她改變了，強迫自己說話時與過去熟悉的節奏同調。

很困難，因爲那些舊節奏好無趣。她似乎憑著直覺就知道這些新節奏的名字，而埋在這些新節奏之中，她幾乎可以聽到有聲音在對她說話，忠告她。如果她的族人在這幾個世紀以來都接受到這樣的引領，他們一定不會殞落至此。

伊尚尼來到尖塔頂端，另外四人在那裡等著她。她的妹妹凡莉跟以前一樣也在，使用了新的形體——有尖刺的皮甲，紅色的眼睛，流暢的危險身形。這次會議將跟上次會議非常不一樣。伊尚尼輪流體驗過一番新的節奏，很仔細不要把節奏哼出來。其他人還沒準備好接受。

她坐下，然後驚呼一聲。

那個節奏！聽起來像是……像是她自己的聲音在對她大叫。痛得慘叫。那是什麼？她搖搖頭，發現自己因爲焦慮反射性地把手舉到了胸前。當她張開手時，彗星般的靈衝了出來。

她與煩躁同調。五人組的其他成員歪著頭看她，一兩人哼著好奇。她爲什麼有這樣的反應？

伊尚尼坐定，碎甲摩擦著石頭。現在離平緩時期已經很近——人類稱之爲泣季——颶風已經越來越罕見，所以她要給予每個聆聽者颶風形體的目標因此出現一些小波折。伊尚尼自己變形之後，只發生過一次颶風，那時凡莉跟她的學者們，加上伊尚尼挑選的兩百士兵，一起得到了颶風形體。沒有軍官，只有普通的士兵，那種她確定會服從命令的人。

下一次颶風就在幾天後，凡莉一直在蒐集她的靈。已經有好幾千個了。時間到了。

伊尚尼看著五人組的其他人。今天清澈的天空灑下白色的陽光，幾個風靈乘著風而來，它們靠近時，突然停下，然後朝反方向飛走。

「你們爲什麼召開會議？」伊尚尼問其他人。

「妳一直提到一個計畫。」達維寬大的工人手掌交握在身前。「妳告訴每個人有這個計畫，難道不應該先跟五人組談過嗎？」

「對不起。」伊尚尼說。「我只是太興奮。但我認爲我們現在應該是六人組了。」

「這件事尚未決定。」亞伯奈說，身體軟弱又肥胖。配偶形體眞噁心。「這件事的進展太快。」

「我們必須快速行動。」伊尚尼以堅定回答。「在平緩期來臨前，我們只剩下兩場颶風。你們知道間諜們是怎麼回報的。人類正在計劃對我們進行最後攻擊，直擊納拉克。」

亞伯奈以思索說：「很可惜妳跟他們的會面如此不順利。」

「他們告訴我他們打算帶來的毀滅。」伊尚尼說謊。「他們想要炫耀。這是他們與我會面的唯一理由。」

「我們得準備好迎戰。」戴維以焦慮說。

伊尚尼笑了。明顯地使用情緒，但她是真的這麼感覺。「迎戰？你沒聽我說嗎？我可以召喚颶風。」

「但得有人幫忙。」奇薇以好奇說。又一個軟弱的形體。他們應該把那個人驅逐出去。「妳也說妳沒辦法靠自己辦到。妳還需要多少？現在擁有兩百人一定夠了吧。」

「根本不夠。」伊尚尼回答。「我覺得我們有越多的人擁有這個形體，就越有可能成功。所以我想要提議，我們要變形。」

「同意，但是要多少人才夠？」奇薇說。

「全部。」

戴維哼著笑意，覺得這一定是個笑話。當他發現其他人都沉默無語時，漸漸安靜下來。

「我們只有一個機會。」伊尚尼以堅定說。「人類會完全離開他們的戰營，組成一支大軍隊，打算在平緩期時來到納拉克。他們會完全暴露在台地上，沒有遮蔽。如果這時有一陣颶風，他們會被摧毀。」

「我們甚至不知道妳是不是真的能召喚颶風。」亞伯奈以質疑說。

「所以我們需要盡量多的人都使用颶風形體。」伊尚尼說。「如果我們錯過這個機會，我們的孩子會以詛咒之歌唱著我們，前提是他們還有命能活下來。這是我們的機會，我們唯一的機會。想想十支軍隊的人類被孤立於台地，完完全全被他們無法預料的風暴吹倒颳翻！有了颶風形體，我們就可以完全不受颶風的影響。如果還有人類存活，我們也能輕易就摧毀他們。」

「是很誘人。」戴維說。

「我不喜歡選擇這個形體的人的外形。」奇薇說。「我不喜歡聽到人民居然都吵著要得到這個形體。也許兩百人就夠了。」

「伊尚尼，這個形體感覺如何？」戴維說。

他問的其實不只那麼簡單。每個形體都會改變一個人的個性。戰爭形體讓人變得比較暴烈，配偶形體讓人很容易分神，靈活形體鼓勵專注，工作形體使人聽話。

伊尚尼與平和同調。

不。來自於慘叫的聲音。她怎麼會用了這個形體好幾個禮拜卻沒注意到？

「我覺得活力充沛。」伊尚尼以喜悅說。「我覺得強壯，我覺得強大，我覺得自己與世界之間有了聯繫，而且是我原本就該有的聯繫。戴維，這感覺像是從遲鈍形體變成另一種形體——升級的程度這麼大。得到這樣的力量以後，我發現原來我之前其實不算完全活著。」

她舉起手，握成拳頭。她可以感覺能量順著手臂的肌肉收張，沿著下滑，即使肌肉被碎甲掩蓋。

「紅眼睛。」艾伯奈低語。「我們眞的要走到這一步了嗎？」

「如果我們決定要這麼做，也許我們這四個人應該先行評估，然後再決定其他人是否該加入我們。」奇薇說。凡莉開口要說話，但是奇薇揮手打斷她。「凡莉，妳要說的都說過了，我們知道妳想要什麼。」

「可惜的是，我們不能等。」伊尚尼說。「如果我們想要困住雅烈席卡的軍隊，那就需要時間趁雅烈席人出發來尋找納拉克之前，讓所有人完成變形。」

「我願意嘗試。」亞伯奈說。「也許我們應該對所有人提出集體變形的提議。」

「不。」祖恩以平和說。

五人組中的遲鈍形體成員坐在那裡，雙肩低垂，看著面前的地面。她幾乎從來不說話。

伊尚尼選擇煩躁。「什麼？」

「不。」祖恩重複。「這是不對的。」

「我們必須達成一致的意見。」戴維說。「祖恩，妳能不能聽聽我們說的道理？」

「這是不對的。」遲鈍形體再次說。

「她這樣遲鈍。」伊尚尼說。「我們不該理會她。」

戴維以焦慮哼著。「祖恩代表了過去，伊尚尼。妳不該這樣說她。」

「過去已經死了。」

艾伯奈跟戴維一起以焦慮哼著。「也許這件事需要我們進一步思考。伊尚尼，妳……說話的方式跟以前不一樣了。我沒有發現這個形體的改變如此森冷。」

伊尚尼與一個新的節奏同調，狂怒節奏。她將歌留在心中，發現自己正在跟著哼。這些人太小心、太軟弱！他們會毀掉她的族人。

「我們今天稍晚再次會合。」戴維說。「我們要花點時間來思索。伊尚尼，如果妳願意的話，我想要在會面之前跟妳單獨聊聊。」

「當然好。」

坐在石柱上方的他們一起站起身，伊尚尼來到邊緣，低頭看著其他人魚貫走下。尖塔太高，沒辦法直接跳下去，就算穿著碎甲也一樣。可是她好想試試。

城市裡的所有人似乎都聚集在那裡，等待他們的決定。在伊尚尼變形後的幾個禮拜以來，所有人都在討論她——以及後來的其他人——發生的改變，讓整個城市混合了焦慮與希望。許多人都來找過她，懇求能夠得到這個形體，他們看見它代表的機會。

「他們不會同意的。」其他人走下後，凡莉從後面發話。她以怨毒——其中一個新的節奏——說。

「妳的說法太激進了，伊尚尼。」

「戴維跟我們站在一起。」伊尚尼以自信說。「只要好好說服他，奇薇也會同意的。」

「這樣不夠。如果五人組不能達成共識——」

「不要擔心。」

「我們的族人必須使用這個形體，伊尚尼。這是不可避免的。」凡莉說。

伊尚尼發現自己選擇了新版本的笑意……叫做恥笑。她轉向她的妹妹，「妳知道，對不對？妳很清楚這個形體會對我造成什麼樣的改變。妳使用這個形體前就知道了。」

「我……對。」

伊尚尼抓著她妹妹的前襟，緊緊抓著。穿著碎甲的她要這麼做很容易，但是凡莉抵抗的力道也太大了，有一小點紅色的閃電順著那女人的手臂跟臉而下。伊尚尼不習慣這個學者妹妹居然有這麼大的力氣。

「妳有可能毀滅我們，」伊尚尼說。「如果這個形體曾做過什麼恐怖的事，該怎麼辦？」

尖叫。在她的腦中。凡莉微笑。

「妳怎麼發現它的？」伊尚尼問。「這形體不是從歌謠來的。妳還有什麼沒告訴我們的？」

凡莉沒有說話。她直視伊尚尼的眼睛，哼著自信。「我們必須保證五人組同意這個計畫。」她說。

「如果我們要存活下來，要打敗人類，就必須變成這個形體——我們所有人都需要變。我們必須召喚那場颶風。它一直在……等待，伊尚尼。等待著，累積著。」

「我會看著辦。」伊尚尼鬆開凡莉。「妳可以蒐集到足夠改變我們所有人的靈？」

「我的人最近三個禮拜以來一直在工作。在平緩期來臨前的最後兩場颶風中，我們可以改變好幾千人。」

「很好。」伊尚尼開始走下台階。

「姊姊？」凡莉問。「妳在計劃什麼？妳要怎麼說服五人組？」

伊尚尼繼續往下走，有了碎甲增添的平衡與力量，她不需要靠鐵鍊來保持平衡。靠近塔底時，五人組中的其他人正在跟人們說話。她停在離他們還有一小段距離的高處，深吸一口氣。

然後伊尚尼以她最大的力量，大喊：「兩天後，我會帶著任何願意進入颶風的人，給予他們新的形體。」

所有人安靜下來，哼聲也戛然停止。

「五人組想要否定你們的權利。」伊尚尼大吼。「他們不想要讓你們得到這個力量的形體。他們害怕，就像躲在裂縫中的克姆林蟲。他們沒有辦法否定你們！每個人都有權利選擇自己的形體！」

她將雙手高舉過頭，哼著堅定，召喚颶風。

一個極小的颶風，跟在等待著的那一場相比，只是一絲而已，在她雙手之間增長。風吹拂，閃電肆虐，迷你颶風就這麼出現在她的雙掌中間，有著雷電與力量，颳成一團漩渦。這股力量好幾個世紀以來都沒有人使用過，因此——就像是被阻塞的河流——能量不耐煩地等待著被釋放。

颶風逐漸增強，抽打著她的衣服，盤旋在她身邊，閃爍著紅色的閃電與黑色的霧氣。終於，颶風消散。她聽到人群中不斷吟唱著讚嘆——是整首歌謠，不只是哼而已。他們的情緒都相當強烈。

伊尚尼向眾人宣告：「有了這股力量，我們可以摧毀雅烈席人，保護我們的族人。我看到了你們的絕望，我聽到了你們唱出的哀悼之歌。不需要如此！跟隨我一起進入颶風裡。加入我是你們的權利，你們的義務。」

在她身後的凡莉哼著緊繃。「伊尚尼，這會分裂我們。這太暴烈，太猝然了！」

「會成功的。」伊尚尼以信心說。「妳不像我一樣了解他們。」

下面其他的五人組成員抬頭看她，一臉受到背叛的神情，雖然她聽不到他們的歌聲。

伊尚尼大步走到尖塔底部，然後推開眾人，使用颶風形體的士兵們與她會合。人民爲她開路，許多人哼著焦慮，大多數人都使用著工作或靈活形體。這很合理。戰爭形體的思路太實際，不會花精神看熱鬧。

伊尚尼跟她的颶風形體戰士離開了城市的中心圈。她允許凡莉跟在後面，卻沒有理會那個女人。伊尚尼最後來到逆風面的軍營，裡面有許多建築物組合在一起，形成士兵的住處。

雖然她的軍隊不需要睡在這裡，但是很多人卻這麼做。一個台地外的訓練場上滿是戰士正在磨練技巧，更有可能的是新變形的戰士正在接受訓練的聲音。第二軍團，總共有一百二十八人，已經離開去盯著進入中央台地區域的人類，組成戰鬥雙人組的斥候在平原上巡邏。她得到形體不久之後，便派他們出去進行這個任務，當時她就知道她必須改變這場戰爭的規則。

她想要知道所有關於雅烈席人的資訊，以及他們目前使用的戰略。

她的士兵們暫時不去理會那些蛹。她不要再因爲那種毫不重要的遊戲再損失人馬，因爲每個在她指揮下的男女都代表著颶風形體的可能。

其他幾個軍團也都在這裡，總共一萬七千名士兵。某種程度上算是巨大的力量，但跟他們過去相比，依然如此稀少。她舉高緊握的拳頭，然後她的颶風形體分隊發出呼喊，要所有聆聽者軍隊中的士兵集合。那些在練習的人放下了武器，小跑步過來，其他人離開營房。沒多久，所有人都匯集到她身邊。

「該結束跟雅烈席人的戰爭了。」伊尚尼大聲宣布。「你們有誰願意跟我一起？」

她哼著決心，穿過人群。在她聽得到的聲音中，沒有一個人哼著質疑。很好。

「這代表每個士兵都要跟我一起使用這個形體。」伊尚尼大喊，她的話傳遍了軍團。

更多人哼著決心。

「我以你們為榮。」伊尚尼說。「我會派颶風軍團去詢問你們每個人關於變化形體的決定。如果有人不願意改變，我要知道是誰。這是你們的決定，你們的權利，我不會強迫你，但是我要知道是誰。」

她看向她的颶風形體士兵，他們行禮之後便散開，以戰鬥隊伍兩兩行動。伊尚尼退後，雙手環抱胸前，看著這些人一一造訪每個軍團。新的節奏在她的頭顱中震盪，但是她卻沒有靠近和平節奏，以及其中的奇怪慘叫。她不可能去抵抗現在的自己。神的眼睛太強烈地落在她身上。

附近有些士兵聚集，熟悉的臉在堅實的顱甲下，男人的鬍子上綁著寶石碎塊。她自己的軍團，曾經是她的朋友。

她沒有辦法解釋為什麼不一開始就挑選他們進行變化，而是挑選了許多其他軍團的士兵，總共兩百名。她需要聽話的士兵，不必以聰明著名。

度德還有伊尚尼先前軍團的士兵……他們太熟悉她，他們會質疑。

很快的，她就得到消息。在她的一萬七千名士兵中，只有幾個人拒絕這個必要的改變。那些拒絕的人被集中在校場上。

在她思考下一步該怎麼做的時候，度德走了過來。他的身材高大，四肢粗壯，向來都是使用戰爭形體，只除了做為配偶跟碧拉在一起的那兩個禮拜。他哼著決心──以此表示他願意服從命令。

「我很擔心，伊尚尼。」他說。「真的需要這麼多人改變嗎？」

「如果我們不變化，就死定了。人類會摧毀我們。」

他繼續哼著決心，表示他信任她，可是他的眼睛似乎說著另一個故事。

她的颶風形體士兵之一，梅路，返回敬禮。「計算結束，長官。」

「很好。」伊尚尼說。「傳令軍隊，我們要詢問整個城市的人。」

「每個人？」度德以焦慮說。

「我們時間不夠。如果不行動，就會錯過進攻人類的機會。我們還剩下兩次颶風的機會，我要這個城市中每個自願者趁著颶風結束之前，準備好改變成颶風形體。那些不願意的人，這也是他們的權利，但是我要召集他們，好知道總共有多少人。」

「是的，將軍。」梅路說。

「使用密集偵查隊形。」伊尚尼指向城市中的幾區。「掃過每條街道，計算人數，你們也可以使用非颶風軍團進行任務以加快速度。告訴那些平民，我們是要計算即將到來的戰爭中會有多少士兵。所有士兵都該保持平靜，唱著平和。將那些願意改變的人放在中央圈，不願意的人送來這裡，護送他們免得走丟。」

凡莉來到她身邊，梅路則將她的話傳達下去，派出願意聽命的軍團。度德重新加入他自己的軍團。每半年，他們都會進行一次計算，判斷他們的人數，以及形體比例是否平衡。有時候他們會需要更多自願者成為配偶或工人。大多數時間，他們則需要更多戰爭形體。

這個任務對士兵來說很熟悉，所以他們輕而易舉地接受了命令。在連年戰爭後，他們已經習慣照她說的去做。許多人有一般人民表現出來的憂鬱——只是在軍隊中，表現的方式是好戰。他們只想戰鬥。如果伊尚尼下令，就算面對十倍以上的軍隊，他們大概也會直接衝向人類。

五人組只差沒把所有人交給我了，她心想，看著第一批不願意的人出了城，身邊是我的士兵在看守。

好多年來，我一直是我們軍隊的絕對領袖，人民中只要展露出一絲暴力傾向的人，都交給我來讓他們成為士兵。

工作形體會聽從命令，這是他們的天性。許多還沒有變化的靈活形體都效忠凡莉，因為他們大多數想成為學者。配偶形體不在乎，少數的遲緩形體根本腦子轉不過來，不會反對。

城市已經是她的。

「可惜的是，我們必須殺死他們。」凡莉看著聚集在一起、不願意變化的人。他們害怕地擠成一團，雖然士兵的歌聲柔和。「妳的軍隊能辦到嗎？」

「不。」伊尚尼搖頭。「如果我們現在這麼做，很多人會反抗我們。我們必須等到所有士兵都變化之後才行，那時他們就不會反對了。」

「那太散漫了。」凡莉以惡毒說。「我以為妳擁有他們的忠誠。」

「不要質疑我。」伊尚尼說。「是我控制著城市，不是妳。」

凡莉安靜，但是繼續哼著惡毒。她想從伊尚尼手中奪取控制權。這是一個令人不舒服的發現，跟伊尚尼發現自己多麼想要掌控一切一樣令人不適。這感覺不像她。一點都不像。

這些都感覺不像我。我……

新的節奏在她腦海中響亮起來。她不再去執著於這樣的思緒，而是看著一群士兵靠近，拖著一個大吼大叫的人。五人組的亞伯奈。她早該知道他會是個麻煩，他太輕易地保持配偶形體，避免了它帶來的眾多紛擾。

她心想，如果他改變了，反而危險，因為他太擅長自制。

颶風形體們將他拉到伊尚尼面前時，他的吼叫不斷攻擊著她。「這太過分了！五人組的意見統治我族，不是一個人！你們看不出來那個形體，那個新的形體，已經壓制了她的本性嗎？你們都瘋了！甚至……甚至會有更嚴重的後果。」

這些話離事實近得讓人不舒服。

「把他跟其他人放在一起。」伊尚尼朝不同意的人揮手。「五人組的其他人呢？」

「他們同意了。」梅路說。「不太情願，但是同意了。」

「去找祖恩。把她跟反對者放在一起。我不信任她眞的會做該做的事。」

士兵沒有質疑，把亞伯奈拖走。在做爲校場的台地上，大約有一千名反對者，一個小得可以接受的數量。

「伊尚尼……」一首焦慮的歌。她轉身看到度德走來。「我不喜歡我們現在做的事。」

麻煩。她就擔心他會很難搞。她抓住他的手臂，帶他走到一旁。新的節奏在她的腦中輪替，穿著碎甲的雙腳踩著石頭。他們走到離凡莉跟其他人有一段距離、能夠私下交談的地方時，她轉向度德，直視他的雙眼。

「有話直說。」她以煩躁說，這是對他來說熟悉的節奏。

「伊尚尼，」他低聲開口。「這麼做是不對的。妳知道這是不對的。我同意改變，每個士兵都同意，但這是不對的。」

「你不同意我們的戰略需要改變嗎？」伊尚尼以決心說。「度德，我們正在慢慢死去。」

「我們確實需要新戰略。」度德說。「可是現在這樣……妳有哪裡不太對勁，伊尚尼。」

「不對，度德，我只是需要一個藉口來進行這樣極端的行動。我已經考慮這件事好幾個月了。」

「妳要政變？」

「不是政變。是重新調整方向。如果我們不改變，那必死無疑！我唯一的希望就是凡莉的研究，她唯一得到的結果就是這個形體。我必須試著用用看，盡最後一次努力來拯救我們的人民。五人組想要阻止我，我也聽你抱怨過他們花太多時間說話而沒有行動。」

他哼著思索。可是她很熟悉他，知道他什麼時候在強迫自己逼出一個節奏。這個節奏太明顯，太強烈。

我幾乎說服他了，她心想。*問題是紅眼睛。我讓他，還有我自己軍團中的一些人，對我們的神太過害怕。*

眞的很可惜，但是她大概必須要處決他，還有她以前的一些朋友們。

「我看得出來你沒有被說服。」伊尚尼說。

「我只是……不知道，伊尚尼。這件事感覺不對勁。」

「我之後再跟你談。」伊尚尼說。「現在沒有時間。」

「那妳要怎麼處理那些人？」度德朝反對者們點點頭。「看起來非常像是妳聚集起所有不認同妳的人。伊尚尼……妳知道妳的母親也是他們其中之一嗎？」

她一驚，看著年邁的母親在兩名颶風形體的攙扶下被引導到人群中，他們甚至沒有來問過她。這表示他們特別聽話，無論如何都會執行她的命令，還是她會因爲她的母親拒絕改變而變得軟弱？

她可以聽到她母親在唱歌。在旁人的攙扶下，她正唱著一首古老的歌。

「你可以看守他們。」伊尚尼對度德說。「你以及你信任的士兵。我會讓自己的兵團負責那群人，你來帶頭。這樣的話，沒有你的同意，他們不會發生任何事。」

他遲疑了一下之後，點點頭，這次眞的哼著思索。她讓他離開，度德小跑步去到碧拉身邊，還有幾名伊尚尼先前軍團的成員。

可憐、沒有想清楚的度德，她心想，看著他擔負起戍守反對者的任務。謝謝你這麼簡單就把自己困住了。

「剛剛處理得很好。」凡莉對走回她身邊的伊尚尼說。「妳能控制住整個城市，直到變形完成嗎？」

「很簡單。」伊尚尼朝過來回報的士兵點點頭。「妳只要保證妳能送來正確的靈，數量也要足夠。」

「我會的。」凡莉以滿意回答。

伊尚尼接下報告。所有自願者都已聚集在城市中央，是時候要對他們發表談話，向他們傳達她準備好的謊言：只要處理完人類的問題，五人組會重新恢復，不需要擔心，一切都很安好。

伊尚尼大步走入如今屬於她的城市，身邊都是新形體的士兵。她召喚出自己的碎刃以增加視覺效果，這是他們擁有的最後一把碎刃，如今枕在她肩頭。

她走到城市中心，經過消融的建築物，還有用甲殼搭建的矮屋。這些建築物居然能撐過颶風肆虐，簡直是奇蹟。她的族人應該得到更好的。神返回之後，他們就會得到更好的。

讓人生氣的是，她花了一段時間才讓那些人準備好聽她演講。兩萬多個非戰爭形體聚集在一起是頗爲壯觀的景象，看著他們，似乎城市的人民數量並沒有那麼少，但這仍是他們原本人數的一小部分而已。

她的士兵們讓所有人坐下，傳令員準備將她的話傳達到遠得聽不見的耳朵邊。她在等待準備完成的同時，一邊聽取著人數的回報。意外的是，大多數反對者都是工人，他們應該要聽話的。好吧，大多數都是老人，那些沒有跟雅烈席人戰鬥過的人。那些沒有被逼著看到他們的朋友慘死的人。

她在石柱底端等待，直到一切準備好。她爬上台階，準備開始演說，卻注意到她的一名副官法藍尼斯正朝她跑來，於是停下。他是被她親自選出、轉換颶風形體的人之一。

伊尚尼的警戒心大起，開始與毀滅的節奏同調。

「將軍，他們逃了！」他以焦慮說。

「誰？」

「妳要我們分隔開來、那些不想變形的人。他們跑走了。」

「去追回來啊。」伊尚尼以惡毒說。「他們跑不遠的。工人沒辦法跳過裂谷，他們只能走到橋能通往的地方。」

「將軍！他們把橋砍斷，然後用繩索爬入裂谷裡，穿過裂谷跑了。」

「那反正他們也死定了。」伊尚尼說。「兩天之後就有颶風，他們會被困在裂谷然後被殺死。不必理會他們。」

「守衛呢？」凡莉以惡毒質問，推開眾人來到伊尚尼身邊。「為什麼沒人看著他們？」

「守衛跟他們一起走了。」法藍尼斯說。「伊尚尼，是度德領著他們——」

「不重要。下去吧。」伊尚尼說。

法藍尼斯退下。

「妳不意外。」凡莉以毀滅說。「那些願意幫助囚犯逃跑的守衛是誰？妳做了什麼，伊尚尼？」

「不要挑戰我。」

「我——」

「不要挑戰我。」伊尚尼說，用戴著護甲的手抓住她妹妹的脖子。

「妳殺了我就會毀了這一切。」凡莉的聲音中沒有一絲恐懼。「他們永遠不會跟隨在大庭廣眾之下殺了自己妹妹的女人，況且只有我能給妳帶來變形的靈。」

伊尚尼哼著鄙夷，放開手。「我要去演講了。」她背向凡莉，上台去對她的人民演說。

第四部

迫近

The Approach

卡拉丁◆紗藍◆達利納

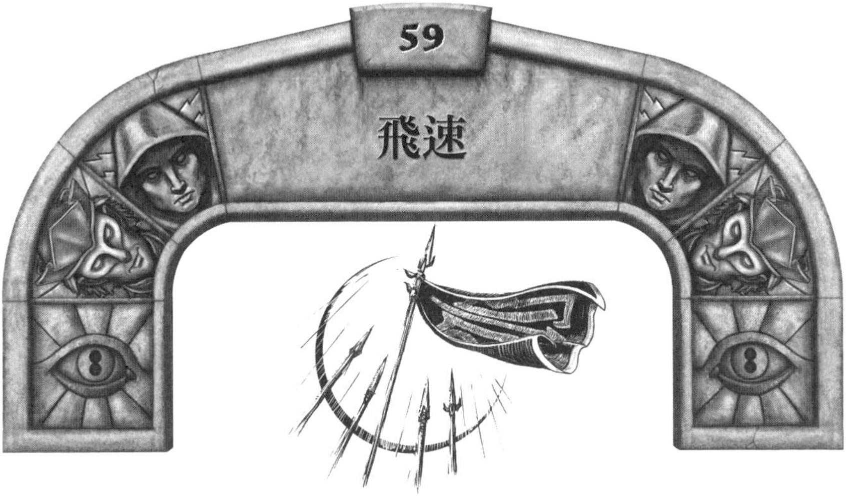

我把收信人寫成我的「老友」，因爲我不知道你現在用哪個名字。

卡拉丁以前從來沒進過監獄。

籠子，有。坑、關動物的棚社、有守衛看守的房間裡。但眞正的監牢是第一次。

也許是因爲監牢的環境太好了。他有兩條被毯，一顆枕頭，還有一個定期清除的夜壺。他們餵給他的食物比他當奴隸時吃的好太多。石板床不是最舒服，但搭配被毯也不算太差。他沒有窗戶，但至少沒有暴露在颶風中。

整體來說，房間很好。他恨死了。

以前他只有在必須度過颶風的時候，才會塞在小空間裡，現在他被關在這裡好幾個小時，除了躺著思考之外，什麼事都不能做……如今他發現自己焦躁不安，不斷流冷汗，想念空曠的空間。想念風。他對於自己獨處這件事無所謂，但是那四面牆，感覺像是想要把他壓扁。

在被關押的第三天，他聽見監牢深處離他的牢房很遠的地方傳來極大的騷動。他站了起來，沒去理會西兒，她正坐在牆壁的一張隱形長凳上。為什麼有人在大喊大叫？聲音順著走廊一路傳到這裡。

他的小牢房獨立一間。被關起來以後，唯一看到的人就是守衛跟僕人。牆上的錢球在發光，讓這個地方有充足的照明。把錢球鑲在一個給罪犯住的房間牆壁上，是為了挑釁那些被關起來的人嗎？看得見摸不到的財富。

他貼著冰冷的鐵柱，聽著模糊的喊叫聲。他想像橋四隊來救他。颶父保佑他們不要做這種蠢事。

他看著鑲嵌在牆壁上的一個錢球。

「怎麼？」西兒問他。

「我說不定可以靠近到把那個颶光吸乾。之前我從帕山迪人的寶石裡吸取颶光時，只比這段距離近一點點。」

「然後呢？」西兒問，聲音小小的。

好問題。「如果我想要逃出去的話，妳會幫我嗎？」

「你想要嗎？」

「我不確定。」他轉身，依舊站著，然後背靠著鐵柱。「我也許需要逃出去，但越獄是犯法的。」

她抬起下巴。「我不是上族靈，法律不重要，重要的是什麼是對的。」

「在這一點上我們一致。」

「但你是自願來的。」西兒說。「為什麼現在又要離開了？」

「我不會讓他們處決我。」

「他們不會的。你也聽到達利納說的話。」西兒說。

「達利納去死，是他把我害成這樣。」

「他想要——」

「是他把我害成這樣！」卡拉丁怒喝，轉身雙掌拍在鐵柱上。又一個他颶風的籠子。他又回到了起點！「他跟其他人一樣。」卡拉丁低吼。

西兒衝了過來，停在兩根鐵柱間，雙手扠腰。「你再說一次。」

「他……」卡拉丁別過頭，要對她說謊很難。「好吧，好吧，他不一樣。可是國王一樣，妳得承認，西兒。艾洛卡是個很糟糕的國王。一開始他稱讚我想要保護他，現在他彈指間就要殺死我。他只是個孩子。」

「卡拉丁，你嚇到我了。」

「有嗎？西兒，妳叫我要信任妳。當我跳下決鬥場時，妳說這次會不同。現在這樣有哪裡不同？」

她別過頭，看起來似乎變得更小。

「就連達利納都承認國王犯了一個很大的錯誤，讓薩迪雅司鑽空躲過了決鬥。」卡拉丁說。「摩亞許跟他的朋友說得沒錯，這個王國沒有艾洛卡會好得多。」

西兒倒下，垂著頭。

卡拉丁走回長凳，但又焦躁到坐不住。他發現自己不斷地踱步。人怎麼能活在這樣一個小房間裡，沒有新鮮的空氣可以呼吸？他不會讓他們把他這樣困在這裡。

達利納，你最好遵守諾言。把我放出去。趕快。

剛才的騷動，不管是什麼，已經安靜下來。僕人端食物來的時候，卡拉丁問了她是什麼事。食物從鐵柱下的小洞被推入，她不肯跟他說話，像颶風前的小克姆林蟲一樣急忙逃走。

卡拉丁嘆口氣，拿起食物——蒸蔬菜，上面淋著鹹鹹的黑色醬汁——坐倒在他的長凳上。他們給他可以用手抓著吃的食物，不給他叉子或刀，以防萬一。

「小橋兵，你這地方不錯嘛。」智臣說。「我好幾次都想要來住。租金也許很便宜，但入住費卻很貴。」

卡拉丁連忙站起來。智臣坐在對面牆邊的長凳上，長凳在牢房外，上面是錢球。智臣撥著腿上的奇特樂器，用光滑的木頭與緊繃的琴弦所製成。他剛剛並不在這裡。颶風的……那裡以前有長凳嗎？

「你怎麼進來的？」卡拉丁問。

「這個嘛，有一種東西叫做門……」

「守衛放你進來？」

「技術上嗎？」智臣邊問邊彈著琴弦，然後彎下腰來聆聽，一面撥動另一根。「對。」

卡拉丁在自己的牢房長凳上坐下。智臣穿著慣常的一身黑，細細的銀劍從他腰間被解下，放在長凳上，旁邊還有一團褐色的布囊。智臣彎下腰來調整樂器，一條腿架在另一條腿上。他一邊輕哼，一邊點點頭，「完美音階讓這件事變得比以前簡單了……」

卡拉丁坐在那裡，等著，看著智臣靠向牆壁。之後，就沒動靜了。「好了嗎？」卡拉丁問。

「很好，謝謝。」

「你要演奏音樂給我聽嗎？」

「沒有。你不懂得欣賞。」

「那你來幹嘛？」

「我喜歡探訪在監牢裡的人。我要對他們說什麼都可以，他們卻什麼都沒辦法做。」他抬頭看向卡拉丁，然後雙手放在樂器上，微笑。「我來聽故事。」

「什麼故事。」

「你要說給我聽的故事。」

「呿。」卡拉丁重新在長凳上躺下。「我今天沒心情跟你玩，智臣。」

智臣在樂器上彈出了一個音。「每個人都這麼說，所以我覺得這話說爛了。我開始在想，真的有人有心情跟我玩遊戲嗎？如果有的話，那不就讓我這種遊戲失去意義了嗎？」

卡拉丁嘆氣，看著智臣繼續彈奏音符。「如果我今天配合你，就能把你趕走嗎？」卡拉丁問。

「故事一說完我就走。」

「好。有一個人進了監牢。他很恨這裡。結束。」

「啊……所以這是一個關於小孩子的故事。」智臣說。

「不是。這是關於——」卡拉丁打住。

我。

「也許是說給小孩聽的故事。」智臣說。「我來說一個給你聽，讓你比較能夠進入狀況。有一天，天氣很好，一隻小兔崽跟一隻小雞仔一起跑到草地上面去玩。」

「小雞仔……是幼小的雞嗎？還有一隻什麼？」卡拉丁說。

「啊，我忘記自己在哪裡了。」智臣說。「抱歉。我把故事改成比較適合你聽的版本。一團溼答答的鼻涕跟一隻長得像螃蟹、有十七隻腳的噁心東西，在一個令人難以忍受的下雨天中，一起慢慢爬過岩石。這樣有比較好嗎？」

「有吧。故事結束了嗎？」

「還沒開始呢。」

智臣猛然一拍琴弦，然後開始認眞激烈地彈奏。一種鮮明、強勁的重複節奏。一個重音，然後是七個快速重複的音。

節奏深入了卡拉丁內心，彷彿搖晃著整個房間。

「你看到了什麼？」智臣質問。

「我……」

「閉上眼睛，白癡！」

卡拉丁閉上眼睛。這太蠢了。

「你看到了什麼？」智臣又問一次。

智臣在戲弄他。別人都說他會這樣。據說他是席格吉以前的老師，卡拉丁幫了他的學徒，難道不應該有豁免權嗎？

這些音符不帶一絲笑意。強勁的音符。智臣加入第二個旋律，應和第一個旋律。他是用另一隻手在彈嗎？兩手同時彈兩個旋律？一個人，一種樂器，怎麼有辦法製造出這麼多音樂？

卡拉丁看到……在他的意識中……

一場賽跑。

「那是一個在奔跑的人的歌。」卡拉丁說。

「在最明亮的一天，最乾的時候，一個人從東海出發。」智臣完美地配合音樂節奏說，聽起來幾乎像是音樂的唸誦。「至於他去了哪裡或爲何而跑，答案來自於你跟我。」

「他正在逃離颶風。」卡拉丁輕聲說。

「那個人是飛速（Fleet），你知道他的名字，歌謠跟傳說中經常提起他。他是世界上最快的人，世界上最穩的腳步。很久以前，在我知道的時代中，他跟神將張阿拉克賽跑過。他贏得了那場比賽，一如他的每一場比賽，但是現在輪到他失敗的時候了。

「因爲如此穩健的飛速、如此敏捷的飛速，對所有聽到的人喊出了他的目標：要打敗風，與颶風賽跑。如此狂妄的宣言、太過大膽的宣言，跟風賽跑？不可能。飛速毫不畏懼，準備要賽跑，於是我們的飛速朝向東方前進，在海岸上立下目標。

「颶風變得強勁、颶風變得狂野，這個準備前衝的人是誰？沒有人該挑戰颶風之神。從來沒有這麼衝動的傻瓜。」

智臣怎麼用兩隻手彈奏出這樣的音樂？他身邊一定還有別人。卡拉丁應該要睜眼看看嗎？

在他的意識中，他看到這場賽跑。飛速，一個光腳的人。智臣說所有人都認得他，但是卡拉丁從來沒聽過這個故事。那人高高瘦瘦的，綁在身後的頭髮長及腰部。飛速在海岸上準備好，向前傾身，擺出奔跑預備姿勢，等待颶風牆在一片轟隆聲中越過海面，朝他席捲而去。智臣猛然激烈的音符讓卡拉丁一驚，象徵比賽的開始。

飛速衝在一片憤怒、暴烈的水牆、閃電，還有颳在風裡的岩石之中。

智臣沒有再說話，直到卡拉丁提起話頭。「一開始，飛速跑得很好。」卡拉丁說。

「越過岩石、青草，我們的飛速跑得眞快！他跳過岩石、閃過樹木，雙腳一片模糊，靈魂有如太陽！颶風如此宏偉，它肆虐著、旋轉著，可是我們的飛速眞的跑在它前面！他跑在前方，風在後方，難道眞的有人可以證明颶風會輸？

「越過大地，他跑得如此快速穩健，雅烈席卡被他拋在身後，他在眼前看到了新的挑戰，因爲他必須爬過高山。颶風繼續逼近，釋放出一聲狂吼，它看到自己也許有機會了。

「我們的英雄飛速確實衝向最高的山巔、最冷的山峰。山坡陡峭、小徑依稀，他眞的能保持這樣偉大的領先嗎？」

「當然不行。」卡拉丁說。「人不可能保持領先，維持不了多久。」

「不！颶風逼近，直到它咬上了他的腳跟，飛速在脖子上感覺到它的冰冷。它的冰霜氣息包圍四周，夜晚的大嘴、冰寒的翅膀，它的聲音是碎裂的岩石，它的歌唱是滂沱的大雨。」

卡拉丁可以感覺得到冰冷的水滲透了他的衣服，風吹打著他的皮膚。一聲咆哮如此響亮，很快的，他便什麼都聽不到了。

他去過那裡。他感覺過。

「然後他到達了山巔！他找到了巔峰！飛速不再攀爬，他越過了山峰，然後下了山坡，他的速度重新回升！在颶風外，飛速找到太陽。亞西爾的平原如今是他的路徑，他衝向西方，腳步邁得更大。」

「可是他開始虛弱了。」卡拉丁說。「沒有人能夠跑這麼遠卻不累，就連飛速也不行。」

「賽跑的疲累上升，他的腳感覺像磚塊，腿像布塊。我們的奔跑者開始喘起氣，終點將近，颶風被甩在身後，但我們的英雄跑得很慢。」

「更多高山，雪諾瓦。」卡拉丁低語。

「最後的挑戰抬頭，他的擔憂籠上陰影。大地確實再次隆起，迷霧山脈守護著雪諾瓦。爲了將颶風拋在身後，我們的飛速再次開始攀爬。」

「颶風趕上了。」

「颶風再次來到他的背後，勁風再次開始盤旋！時間不夠，結局逼近，我們的飛速快速衝過山巔。」

「颶風就快趕上他了。就算他從山坡的另一邊衝下，他也沒辦法跑在太前面。」

「他跨越山巔，卻失去領先，最後的道路躺在他的腳下。他花去了力氣、失去了力量，每一步都是煎熬，每一次呼吸都是痛楚。他悲傷地跨越了一片淪陷的大地，草死寂得不會動彈。

「可是在這裡，颶風卻也萎縮了，失去了雷、耗盡了電、水滴滑下，如今又溼又弱。因爲雪諾瓦不是它們該在的地方。

「前方是海，賽跑的終點。飛速保持領先，肌肉赤裸，眼睛幾乎看不見、雙腿幾乎走不動，可是他繼續走向他的命運。你知道的結局，會持續的結局，你要給我一個震驚眾人的結束。」

音樂，可是沒有語言。智臣等著卡拉丁的回答。夠了，卡拉丁心想。「他死了。他沒成功。結束。」

音樂戛然而止。卡拉丁睜開眼睛，看向智臣。他生氣卡拉丁居然下了一個這麼差勁的結尾嗎？

智臣盯著卡拉丁，樂器仍然躺在他的腿上。他看起來並不生氣。「所以你的確知道這個故事。」智臣說。

「什麼？我以爲是你編的。」

「不，是你。」

「那有什麼好知道的？」

智臣微笑，「所有故事都是有人說過的。我們說故事給自己聽，所有人過去都是如此，所有人未來也會繼續如此。唯一新的，就是名字。」

卡拉丁坐了起來。他的手指輕敲著被充當長凳的石塊。「所以……飛速。他是眞的嗎？」

「跟我一樣眞。」智臣說。

「他也死了？」卡拉丁說。「在他跑完賽跑前？」

「他死了。」智臣微笑。

「什麼？」

智臣攻擊起樂器。音樂迴繞在小房間裡，隨著音樂攀升到新的高度，卡拉丁也站起身。

智臣大喊：「在那片灰塵與土壤的大地，我們的英雄倒地，再無動彈！他的身體用盡、力氣耗完，英雄飛速再不存在。

「颶風來臨，發現他倒在那。颶風靜止，就此停住！雨下著、風吹著，卻無法再進一步。

「爲了照耀過的榮耀、爲了萌生過的生命、爲了無法達到的目標與努力不懈的標的。所有人都必須嘗試，這是風的見證。這就是試煉，這就是夢想。」

卡拉丁緩緩走到鐵柱前。雖然他睜著眼睛，他還是看得到。想像得到。

「所以在那片灰塵與土壤的大地上，我們的英雄阻止了颶風，雖然雨如淚水一般落下，我們的飛速拒絕結束這場比賽。他的身體死了，但他的意志卻沒有，他的靈魂隨著那片風而升騰。

「它隨著那天最後的歌謠而飛，贏得了比賽、擁有了晨曦；過了海、過了浪，我們的飛速再也不會失去氣息。永遠地強壯、永遠地迅捷、永遠地自由與風競逐。」

卡拉丁的雙手按在鐵柱上。音樂響徹房間，然後緩緩安靜。

卡拉丁讓安靜保持了一段時間，智臣看著他的樂器，唇上浮現驕傲的微笑。終於，他將樂器夾在腋下，拿起包袱跟劍，從門口走出去。

「那個故事的意義是什麼？」卡拉丁低語。

「這是你的故事。你來決定。」

「可是你已經知道了。」

「我知道大多數的故事，但是我從來沒有唱過這一個。」智臣回頭看著他，微笑。「那個故事的意義是什麼，橋四隊的卡拉丁？受颶風祝福的卡拉丁？」

「颶風趕上他了。」卡拉丁說。

「颶風早晚會趕上所有人。那重要嗎？」

「我不知道。」

「很好。」智臣將劍尖傾向額頭，像是在致敬。「你可以好好想想。」

他離開了。

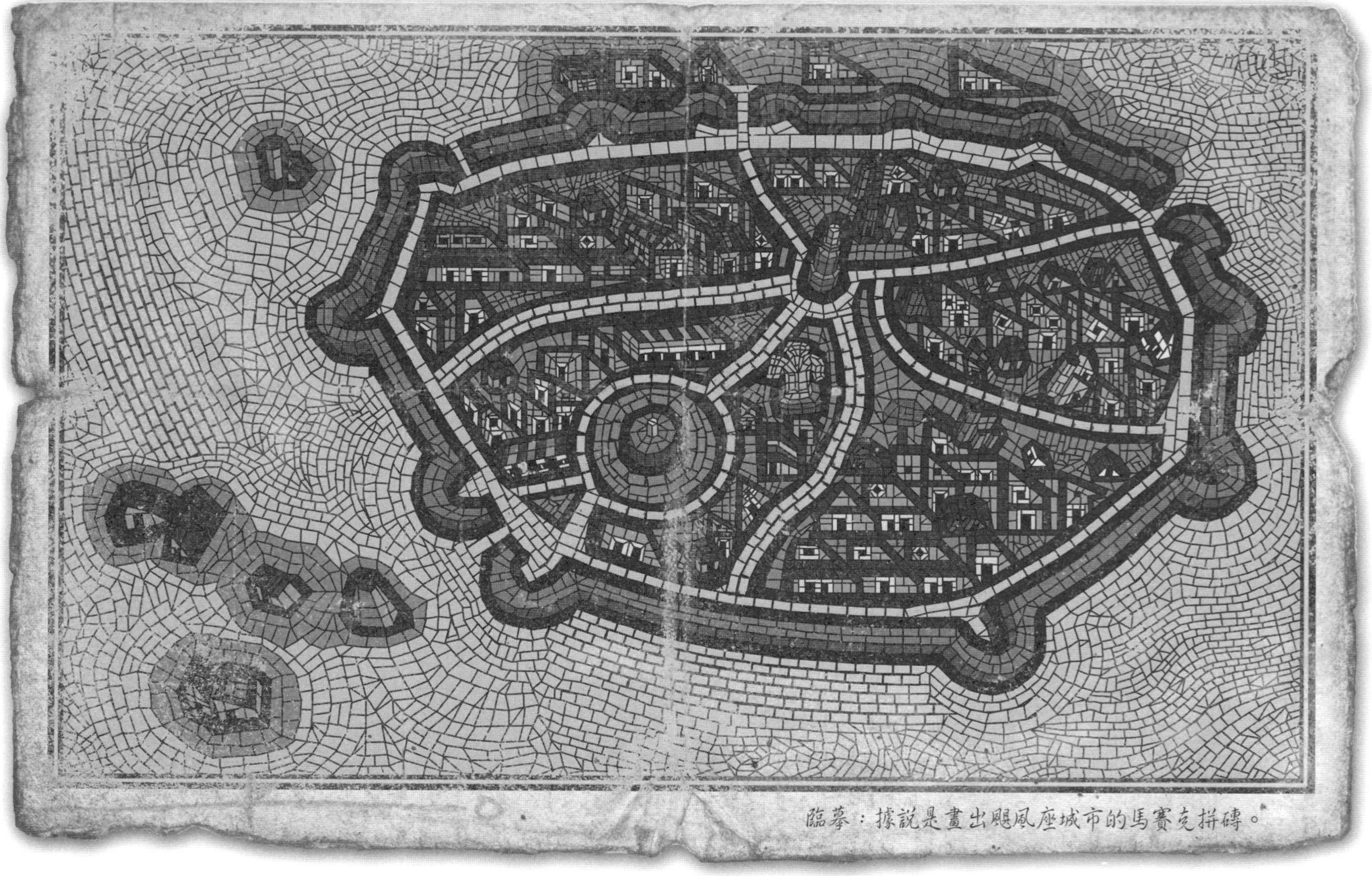

臨摹：據說是畫出颶風座城市的馬賽克拼磚。

寶石都死了，你終於放棄它了嗎？你是不是不再躲藏於你以前主人的名字之後？有人告訴我，你現在的化身用了你自認爲個人優點的特性來做爲名字。

「啊哈！」紗藍爬過鬆軟軟的床，每一下動作都讓自己陷入脖子之深的床墊，危險地從床邊彎下腰，在地板上的一疊疊紙張中翻找，不重要的都被她丟到一邊。

終於，她找到了想要的東西，一手舉著紙，另一手把眼前的亂髮撥到耳後。這張紙上畫著地圖，是加絲娜以前提過的古代地圖，她花了無數時間才找到在這裡有賣這份地圖的商人。

「你看。」紗藍舉著地圖，比對旁邊畫著相同區域的現代地圖，這是她從阿瑪朗的牆壁上抄下來的。

混蛋，她心想。

她翻轉地圖，好讓趴在床頭牆壁上充當裝飾品的圖樣可以看到。

「地圖。」它說。

「是圖樣！」紗藍驚呼。

「我沒看到圖樣。」

「看這裡。」她靠到牆邊。「在舊地圖上，這裡是……」

「那塔那坦。」圖樣讀著，一邊輕哼。

「這是時代帝國之一，是神將因為天道等等等的原因為自己建立的古代王國之一。可是你看。」她戳了戳紙。「那塔那坦的首都，颶風座。如果想判定在哪裡可以找到那個地方的遺跡，把舊地圖跟阿瑪朗的現代地圖一比較……」

「就會在這片山脈中。」圖樣說。「在晨影這幾個字跟無主丘陵的無字中間。」

「不對，不對。」紗藍說。「你用點想像力！這個古代地圖非常不正確。颶風座在這裡，就在破碎平原上。」

「地圖不是這樣說的。」圖樣哼著說。

「差不多了啦。」

「那不是圖樣。」它似乎大受冒犯。「你們人類，不了解圖樣。就像現在，現在是第二個月亮了。每天晚上這個時候妳都睡了，可是今晚沒睡。」

「我今天晚上睡不著。」

「請提供更多資訊。」圖樣說。「為什麼今晚不行？是因為每個禮拜的這天嗎？妳是不是每到傑瑟耳日就不睡覺？還是因為天氣？是太熱了嗎？是月亮們的位置運行到——」

「都不是。」紗藍聳聳肩。「我就是睡不著。」

「妳的身體一定可以。」

「也許吧。」紗藍說。「可是我的腦子不行，裡面有太多想法，就像浪花拍打在岩石上。那些岩石……應該……也都在我的腦子裡。」她歪過頭。「我覺得用這個譬喻形容我的腦子好像不太合適。」

「可是——」

「不要抱怨了。」紗藍舉起一根手指。「今天晚上我要讀書研究。」

她把紙張放在桌上，然後又往床下俯身，找到另外幾張。

「我沒有抱怨。」圖樣抱怨，它挪到床上，她的身邊。「我記不太清楚，但是加絲娜以前不都是用書桌來……『讀書研究』嗎？」

「無聊的人才用書桌。」紗藍說。「還有那些沒有軟綿綿大床的人。」達利納的戰營裡會有這麼軟的床給她睡嗎？很可能工作量會比較少。不過她終於整理完瑟巴瑞爾的私人帳務，理成一套還算整齊的帳本給他。

當時她靈機一動，塞了一張紙在裡面，上面寫著她抄下來、提及兀瑞席魯的片段——包括它潛藏的寶藏，還有跟破碎平原的關係——夾在她要送給帕洛娜的其他報告中。她在紙張底端寫下：「在加絲娜·科林的筆記中，皆提到了在破碎平原上藏有寶藏，我會繼續告知妳我的發現。」如果瑟巴瑞爾認為平原上除了寶心以外還有別的，說不定她就能說服他帶著軍隊去平原，以防雅多林無法兌現承諾。

可惜的是，光是為了準備這些資料，她就沒多少研究的時間，也許她就是因為這樣而睡不著。紗藍心想，如果娜凡妮願意跟我見面，整件事就會簡單很多。她又寫了一封信，得到的回答是娜凡妮正忙著照顧生病的達利納。顯然不是危及生命的病，但是他花了幾天休息。

雅多林的伯母怪她搞砸了決鬥挑戰嗎？在雅多林上個禮拜的決定後……好吧，至少他現在一忙起來，紗藍就有時間讀書，思考關於兀瑞席魯的事。只要有點事情，能讓她不要一直擔心她的哥哥們就好，他們還是沒有回應她懇求他們離開賈·克維德、前來找她的信。

「我覺得睡覺是很怪的事。」圖樣說。「我知道所有存在實體領域的生物都會這麼做。妳覺得睡覺愉快嗎？你們害怕自己不存在，但失去意識不就是同樣的事？」

「睡覺的時候只是暫時的。」

「啊。因爲早上會回復神智，所以沒關係。」

「這就得看個人了。」紗藍心不在焉地說。「對於很多人來說，用『神智』形容他們有點太慷慨了些……」

圖樣哼哼哼，想要弄懂她剛才說什麼，終於，它嗡嗡地叫出屬於它的笑聲。

紗藍朝它挑起眉毛。

「我猜到妳在說好笑的事。」圖樣說。「雖然我不知道爲什麼。那不是笑話，我知道笑話是什麼。一個士兵去找了妓女之後跑回戰營，滿臉蒼白，他的朋友問他愉不愉快，他說不愉快。他們問他爲什麼。他說他問那女人要收多少錢的時候，她說要一個馬克再加點甜頭。他告訴他的朋友，沒想到現在還要用身體部位付款了。」

紗藍的表情扭曲了。「你是從法達的人那裡聽到的笑話吧？」

「對。這個笑話好笑是因爲甜頭可以有很多意義。可以是在原本的付款金額另外再加一個數字，通常是主動支付，或者是某種東西的尖端。同時，我相信『頭』在士兵的俚語中另有意義，所以笑話裡的男人以爲她要砍斷他的——」

「對，謝謝。」紗藍說。

「那是笑話。」圖樣說，「我懂爲什麼好笑。哈哈。嘲諷也很類似。以一個令人意想不到的反應，取代一個預想得到的反應，幽默感出自於兩者之間的反差。但妳先前那句話爲什麼好笑呢？」

「現在看起來，好不好笑還很難說……」

「可是——」

「圖樣，沒有什麼比需要解釋笑話更難笑的了。」紗藍說。「我們有更重要的事情要討論。」

「嗯……例如妳爲什麼會忘記要怎麼樣讓自己的幻象能發出聲音？妳很久以前辦到過……」

紗藍眨眼，然後舉起現代地圖。「那塔那坦的首都就在破碎平原上，古代的地圖誤導了人們。阿瑪朗的筆記上說帕山迪人使用的武器設計精良，遠勝過於他們的工藝技術，這樣的設計他們是從哪裡得到的？一定是來自於曾經存在於此的城市遺址。」

紗藍在那疊紙張中繼續翻找，挖出一張地圖。地圖上沒有周圍的區域，只是張城市圖，而且是很簡陋的圖，來自於她買的一本書。她認爲這就是加絲娜的筆記中提到的那本。

賣書給她的商人聲稱它很古老，是膽本的膽本，原本是一本亞西爾的書，號稱畫下了一幅馬賽克圖，圖中內容是颶風座城市的圖樣。那幅馬賽克已經不存在——影時代的許多紀錄都來自於這樣的斷簡殘篇。

「學者們不接受颶風座在平原上的說法。」紗藍說。「他們說戰營這幾個盆地跟城市的描述不符，所以他們認爲遺跡一定是在高地上，就是你說的那裡，可是加絲娜並不認同。她指出鮮少有學者來過這裡，而且這個區域並沒有被徹底探勘。」

「嗯。」圖樣說。「紗藍……」

「我贊同加絲娜的想法。」紗藍背向它。「颶風座不是個大城，很有可能就在平原中央，這些盆地則另有名目……阿瑪朗這裡寫說他認爲它們曾經是圓頂形的建築，不知道是不是眞的……如果眞是的話，那一定很大……不管怎麼說，這裡都有可能是某種衛星城市。」

紗藍覺得自己的推論越來越可行。阿瑪朗的筆記多半提到想要跟帕山迪人會面，詢問引虛者的事，問他們要怎麼樣招回引虛者。不過他也提到兀瑞席魯，似乎得到與加絲娜一樣的結論——古代城市颶風座中，一定有通往兀瑞席魯的路。曾經有十條路將十個時代帝國的首都與兀瑞席魯連結，兀瑞席魯裡有某種會議廳，能讓時代帝國的十位君王專用——同時有他們各自的寶座。

所以沒有地圖將這個聖城畫在同一個位置上。要走過去是不可能的，而是要前往最靠近、有誓門的城市，然後從那裡進入。

紗藍心想，他在找那個地方的消息，跟我一樣。但他想要招回引虛者，而不是對抗他們。為什麼？

她舉起颶風座的古代地圖，抄自於馬賽克圖的那份，上面主要是藝術裝飾，不是實用的符號，比如距離跟位置。雖然她欣賞藝術，但缺少這些必要的資訊眞的讓人很氣餒。

你在這裡嗎？她心想。祕密的誓門？你就在這個寶座上，就像加絲娜所想的那樣嗎？

「破碎平原以前並不是破碎的。」紗藍低聲自言自語。「除了加絲娜以外，所有學者都沒有想到的論點。颶風座於上一次的寂滅時代被摧毀，但那已經太久太久，再沒有人談起它是如何被摧毀的。火？地震？不是。是更可怕的東西。城市是被打碎的，像是被鎚頭砸破的盤子。」

「紗藍。」圖樣靠近她。「我知道妳忘記了許多過去的事，那些謊言把我吸引而來。可是妳不能繼續這樣下去，妳必須承認關於我的事實。關於我的能力，還有我們一起締造過的事實。嗯……更重要的是，妳必須了解自己。還有記起來。」

她盤腿坐在太過舒服的床上。記憶想要從她腦中的箱子爬出。那些記憶全都指向一個方向，一條沾滿血跡的地毯。還有地毯……不是。

「妳想要幫忙。」圖樣說。「妳想要準備迎接永颶，那個逆天存在的靈。妳必須成為某種存在。我來這裡不只是為了教導妳使用颶光的小伎倆。」

「你是為了學習而來。」紗藍盯著地圖說。「你是這樣說的。」

「我是爲了學習而來。我們必須成爲該成爲的樣子，才能做出更偉大的事情。」

「你要我失去歡笑的能力嗎？」她質問，眼淚幾乎要奪眶而出。「你要我變得一蹶不振嗎？那些回憶會讓我變成那樣。我可以成爲現在的樣子，就是因爲我把它們完全阻斷了。」

一個影像出現在她面前，以颶光凝聚，靠著直覺生成。她不需要先畫出這個影像，因爲她太熟悉了。是她自己。紗藍，她該要是的樣子。蜷縮在床中間，沒有辦法哭泣，因爲她早就哭乾了眼淚。這個女孩……不是個女孩，是個女人……只要聽到別人對她說話，便會發抖，她認爲每個人都會對她怒吼。她笑不出來，因爲她的笑聲已經被充滿黑暗與痛苦的童年榨乾。

那就是眞正的紗藍。她很熟悉，如同熟悉自己的名字。她成爲的這個人其實是個謊言，一個她爲了生存而編織出的謊言。要想起她原本的樣子，想起她原本是孩子時，在花園中發現了颶光，在石雕上發現了圖樣，還有成眞的夢境……

「嗯……好深的謊言。」圖樣低語。「確實是很深的謊言。可是，妳必須得到妳的能力。必要的話，妳必須重新學習。」

「好吧。」紗藍說。「可是如果我們以前辦到過，你不能直接告訴我該怎麼做嗎？」

「我的記憶很模糊。」圖樣說。「我蠢了好久，幾乎要死了。嗯。我當時不會說話。」

「對。」紗藍說，想起它在地上亂轉，老是撞上牆。「但那時候你還滿可愛的。」她驅散那個害怕、畏縮、嗚咽的女孩影像，然後拿出她的畫具。她在唇上敲著炭筆，然後畫了一張簡單的圖，畫出圍紗，那個深眸女騙子的畫。

圍紗不是紗藍，她的五官很不同，任何同時看到兩者的人都會覺得是兩個人，但是圍紗確實有紗藍的影子。她是個深色眼眸，皮膚金黃，雅烈席卡版的紗藍——一個大了幾歲的紗藍，有著比較尖的鼻子以及下巴。

畫完之後，紗藍吐出颶光，創造出人形，人形站在她床邊，雙手抱胸，看起來有如劍術師傅面對手持棍子的小孩一樣自信。

聲音？她要怎麼樣製造聲音？圖樣說那是一種力量，是幻象的部分波力——至少很類似。她在床邊坐好，一腿曲折在身下，檢視圍紗。接下來的一個小時中，紗藍用盡所有想到的辦法，從很努力要集中注意力，到想要畫出聲音來，都徒勞無功。

終於，她下了床，打算去隔壁房找冰鎮的瓶子替自己倒點東西喝。可是她走到櫃子前時，內心感覺被什麼抽動。她轉頭看著臥室，看到圍紗的影像開始模糊，像是被揉散的炭筆線條。

颶風的，太不方便了。維持幻象需要紗藍不斷提供颶光。她走回房間，將錢球放在圍紗的腳下內側。走開時，幻象仍然變得模糊，像是隨時會破掉的氣泡。紗藍轉身，雙手扠腰，盯著這片模糊的圍紗影像。

「煩死了！」她忿忿地說。

圖樣哼了哼。「真可惜，妳那天神般的神祕力量，沒有辦法照妳的心意隨意變化使用。」

她朝它挑起眉毛，「我以為你不懂幽默。」

「我懂。我剛解釋……」它呆了一陣。「我剛剛在說笑話嗎？諷刺。我剛剛諷刺了。我沒打算要這樣的！」它似乎很意外，甚至很開心。

「應該是你開始學會了吧。」

「這是我們之間的連結。」它解釋。「在幽界中，我不會這樣言談，用這種……人類的方式。我跟妳的連結讓我能在實體界中有更強大的表現，不只是個沒腦子的光點。嗯。它讓我跟妳有了連結，幫助我學習像妳那樣的言談。真有意思。嗯嗯嗯。」

它像隻凱旋歸來的野斧犬一樣趴下，非常滿意，然後紗藍發現一件事。

「我沒有發光。」紗藍說。「我體內充斥很多颶光，但我沒有發光。」

「嗯……」圖樣說。「大型幻象會轉換波力，使用妳的颶光。」

她點點頭。容納在她體內的颶光所餵養的幻象，把平常會浮在她皮膚上方的額外颶光都吸走了。這說不定很有用。隨著圖樣爬上床，圍紗的手肘——離它最近的部分——變得更清晰。

紗藍皺眉。「圖樣，靠近影像一點。」

它照做，爬過床罩，來到圍紗站著的地方。她變得清晰起來。不是完全清晰，但也因為它的靠近而變得更實在。

紗藍走過去，她一靠近就讓影像變得完全清晰。「你能承載颶光嗎？」紗藍問圖樣。

「我不知道……我是說……授予是我……」

「接著。」紗藍用手按著它，把它說話的聲音壓下，變成令人心煩的嗡嗡聲。感覺很奇怪，像是她在床單間困住生氣的克姆林蟲。她在它體內灌入更多颶光。她再舉起手的時候，身上散落一絲絲颶光，像是從熱盤法器上散開的蒸汽。

「我們有連結。」她說。「我的幻象就是你的幻象。我要去倒水。你看看能不能保持影像的完整。」

她退到客廳，臉上露出微笑。圖樣仍然不滿地嗡嗡作響，下了床。她看不到它——被床擋住——可是她猜想它到了圍紗的腳邊。

成功了。影像保持了。「哈！」紗藍說，替自己倒一杯酒。她走回來，小心翼翼地坐在床上——舉著一杯酒還要猛力坐下感覺不太明智——轉頭看地板，圖樣就待在圍紗下面，它因為颶光而清晰可見。

*我得記得這點，*紗藍心想。*要建造影像好讓它能躲在裡面。*

「成功了？」圖樣說。「妳怎麼知道會成功？」

「我不知道。」紗藍喝了一口酒。「我猜的。」

她又喝了一口，圖樣哼了哼。加絲娜一定不會贊許這個。學者需要清晰的腦袋跟靈敏的感官。酒精對這些完全沒有幫助。紗藍大口吞下剩餘的酒。

「接著。」紗藍伸出手。接下來她全靠直覺。她跟幻象有連結，她跟圖樣有連結，所以……靠著颶光一推，她將影像連接到圖樣身上，就像她可以將影像連接到自己身上那樣。它的光亮減弱。

「去走走。」她說。

「我不會走……」圖樣說。

「你知道我的意思。」紗藍說。

圖樣移動了，而影像跟著它一起移動。可惜的是它沒有走路，而是滑行，像是在手中慢慢轉湯匙時，反射到牆上的光一樣移動。但她還是暗自歡呼了一下。在嘗試了那麼久也沒有辦法讓她的幻象開口之後，這個不同的發現像是個極大的勝利。

她能讓它更自然地行動嗎？她抱著畫板坐下，開始畫畫。

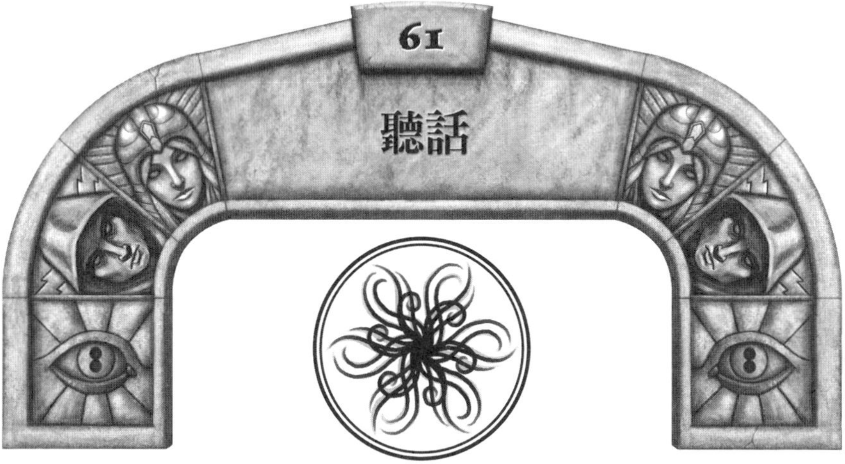

61 聽話

一年半前

紗藍成爲了完美的女兒。

她很安靜，尤其是父親在場的時候。大多數時間她都待在房間裡，一遍又一遍地讀著同樣的書，或著一遍又一遍畫著同樣的東西。他已經反覆證明，如果她觸怒他，他不會動她一根手指。

而是會因爲她去傷害別人。

她唯一允許自己放下面具是跟自己的哥哥們在一起、趁父親聽不到他們動靜的時候。她的哥哥們經常懇求她——帶著一絲歇斯底里的絕望——把書中的故事說給他們聽。只有他們在的時候，她會開玩笑，取笑父親的訪客，然後在爐火邊編造複雜的故事。

如此渺小的反抗。她覺得自己沒有辦法做得更多，是個懦夫，但是至少……至少情況一定會變得更好吧。的確，隨著紗藍跟執徒們一起管帳，她發現她父親精明起來，不再被其他淺眸人欺騙，而且能夠挑起他們之間的內鬥，讓她欣賞起他來，卻也讓她害怕，因爲他得到了更大的權力。父親的財富再次有了天翻地覆的改變，他的土地上發現了新的大理石礦——讓他能夠實現他的承諾、賄賂、交易。

這一定能夠讓他再次歡笑吧。這一定能讓他眼中的陰鷙消失吧。

並沒有。

❖

「她的地位太低下，配不上你。」父親放下杯子。「巴拉特，我不同意。你必須終止與那女人的來往。」

「她出自於良好的家庭！」巴拉特站起身，雙手按著桌子。此時是午餐時間，所以紗藍必須到場，而不是被關在她的房間裡。她坐在一旁，在她自己的桌子上。巴拉特面向他父親，隔著主桌。

「父親，他們是你的附庸！」巴拉特怒喝。「你親自邀請他們前來與我們用餐。」

「我的野斧犬也在我的腳邊用餐。」父親說。「我不允許我的兒子與牠們交往。塔維納家族對我們來說不夠有野心，如果是蘇迪・法蘭倒還値得考慮。」

巴拉特皺眉。「藩王的女兒？你不是認眞的吧。她已經五十幾歲了！」

「她還單身。」

「因爲她的丈夫死在決鬥中！況且藩王絕對不會允許。」

「他對我們的觀感會改變。」父親說。「我們現在是有錢的家族了，也很有影響力。」

「但是族長仍然是個殺人犯。」巴拉特怒罵。

太過火了！紗藍心想。站在父親另一邊的魯艾希將雙手在身前交握。新任的侍從長有著一張像是老手套一樣的臉，最常用到的地方顯得年邁又滿是皺紋——主要都在他的額頭。

父親緩緩地站起。他這種新生的怒氣，冰冷的怒氣，嚇壞了紗藍。「你的新生野斧幼犬，」他對巴拉特說。「可惜在上次颶風時生病了。眞是悲劇。牠們必須被處死，沒有辦法。」他揮手，一名新來的侍衛──一個紗藍不太熟的人──走了出去，從身邊抽出劍。

紗藍全身徹底發寒。就連魯艾希都擔心起來，輕輕地碰觸了父親的手臂。

「你這個混帳。」巴拉特滿臉蒼白。「我會──」

「你會怎麼樣，巴拉特？」父親甩開魯艾希的手，靠向巴拉特。「來啊，說啊，你要挑戰我嗎？別以爲我不會殺了你。維勤也許是個扶不上牆的沒用東西，但是這個家族也不是不能用他來替補你。」

「赫拉倫回來了。」巴拉特說。

父親一僵，雙手按在桌上，動彈不得。

「兩天前我看到他。」巴拉特說。「他派人來找我，我進城去跟他見面了。赫拉倫──」

「不准你在這裡說他的名字！」父親說的。「我是認眞的，南．巴拉特！永遠不准。」

巴拉特迎向他父親的目光，紗藍數了自己十下心跳後，巴拉特便轉開目光。

父親坐下，一臉精疲力竭，巴拉特則怒氣沖沖地出了房間。大廳徹底安靜下來，紗藍怕到不敢說話。

父親終於站起身，推開椅子離開，魯艾希很快也跟了上去。

就剩下紗藍跟僕人們在一起。她膽怯地站起身，去找巴拉特。

他在狗舍裡。侍衛的動作很快，巴拉特的一窩小犬已死在一灘石板地上的紫血中。

當初是她鼓勵巴拉特養這些幼犬的。這些年來，他已經越來越能夠面對他的心魔，鮮少會傷害比克姆林蟲大的東西。如今他坐在椅子上，驚恐地低頭看著這些小小的屍體，痛靈縮在他周圍的地面。

通往狗舍的鐵門隨著紗藍開門的動作而噹啷作響。她舉起內手到嘴邊，來到可憐的小東西身邊。

「父親的侍衛們，」巴拉特說。「他們似乎就等著機會做這種事。我不喜歡這群新侍衛，那個眼神憤怒的雷林，還有凌……那個人讓我害怕。坦跟貝爾到哪裡去了？那些才是可以一起說笑的士兵，幾乎像是朋友。」

她把手放上他的肩膀。「巴拉特，你真的看到赫拉倫了嗎？」

「對。他說我不可以告訴任何人。他警告我，這次他再離開，可能很久不會回來，他要我……要我守著一家人。」巴拉特把頭埋在手裡。「我沒辦法成爲他，紗藍。」

「你不需要。」

「他很勇敢。他很強大。」

「他拋棄了我們。」

巴拉特抬頭，臉頰上滿是淚水。「也許他是對的。也許這是唯一的辦法，紗藍。」

「離開我們家？」

「那又怎麼樣？」巴拉特問。「妳每天都被關起來，只有父親要展示妳的時候才被放出來。傑舒又開始賭博了——只是他變得更聰明，但是妳也知道他又故態復萌。維勤說要成爲執徒，但是我不知道父親會不會眞的放過他。他是保障。」

很不幸的，他講得有道理。「我們要去哪裡？」紗藍問。「我們什麼都沒有。」

「我在這裡也什麼都沒有。」巴拉特說。「我不會放棄愛莉塔，紗藍。她是我的人生中唯一發生過的美麗事情。如果她跟我需要以第十達恩的身分去住在維登納，要我當個護院什麼的我也願意。難道那不會是比現在這樣更好的人生嗎？」他朝死去的幼犬比了比。

「也許吧。」

「妳會跟我一起去嗎？如果我帶著愛莉塔離開？妳可以當個文書。靠自己賺錢，脫離父親。」

「我……不行。我得留下。」

「為什麼？」

「有東西，可怕的東西佔據了父親。如果我們都走了，那我們就把他丟給了那東西。總要有人留下來幫他。」

「為什麼妳要這樣替他說話？妳知道他幹了什麼？」

「那不是他動手的。」

「妳記不得了。妳跟我說了一遍又一遍，一想到那件事，妳就腦子空空。妳看到他殺了她，但是妳不想承認妳看到那一幕。颶風的，紗藍。妳跟維勤還有傑舒一樣，都被擊潰了。就跟……就跟我有時候那樣……」

她甩脫自己的痲木感。

「不重要。」她說。「如果你離開的話，會帶著維勤跟傑舒嗎？」

「我養不起他們。」巴拉特說。「尤其是傑舒。我們必須很節儉地過日子，我不能信任他會……妳知道的。可是如果妳也來，也許我們其中之一可以比較容易找到工作。妳比愛莉塔更擅長書寫跟技藝。」

「不行的，巴拉特。」紗藍說，很害怕一部分的自己是如此想說好。「我不行。尤其如果傑舒跟維勤留在這裡。」

「我明白了。」他說。「也許……也許有別的方法。我會想想。」

她留下巴拉特獨自待在狗舍，擔心父親會在那裡找到她，又令他生氣。她走入宅邸，忍不住覺得自己就像是想要守住一條有十幾個人從四面八方在拆線的地毯。

如果巴拉特離開了會發生什麼事？他沒有跟父親正面衝突，但至少他抵抗了。維勤只會乖乖聽話，傑舒仍然是一團糟。

只要我們熬過去就好，紗藍心想。不要再挑釁父親，讓他放鬆，然後他就會回來了……

她上了台階，經過父親的門。門開了一絲縫隙，光一如往常從牆上的保險箱中射出。她可以聽到他在裡面說話。

「……法拉斯找到他。」父親說。「南・巴拉特說是在城裡見到他的，一定是那裡。」

「必定完成使命，光爵。」那個聲音。是淩，父親的新侍衛統領。紗藍退後，偷窺房間。父親的保險箱在房間盡頭牆壁上的油畫後面發光，明亮的光線透過畫布射出，對她來說那光線幾乎刺眼得讓人眼瞎，但是房裡的眾人似乎都看不到。

淩在父親面前低下頭，手按著劍。

「把他的頭帶來給我，淩。」父親說。「我要親眼看到。他可以毀了這一切。趁他不注意時，在他能召喚出碎刃之前殺了他。只要你服侍好達伐家族，那把武器就會是你的，做爲報酬。」

紗藍連忙退開門縫，免得父親抬頭看到她。赫拉倫。父親下令要人去刺殺赫拉倫。

我必須做點什麼。我必須要警告他。怎麼辦？巴拉特可以聯絡他嗎？紗藍——

「你竟敢如此。」房間中一個女性的聲音響起。

接下來是震驚的沉默。紗藍偷偷地走回門口，窺探房間。瑪麗絲，她的繼母，站在臥房跟起居室的門口之間。那嬌小、圓胖的女人在紗藍面前從未展現出威脅性，如今她臉上的風暴卻足以讓白脊膽寒。

「你自己的兒子。」瑪麗絲說。「你半點道德都不剩了嗎？你沒有惻隱之心嗎？」

「他已經不是我的兒子了。」父親咆哮。

「我相信你對於我之前那個女人的說法。」瑪麗絲說。「我一直支持著你。我接受籠罩在這個家族上頭的烏雲，現在我卻聽到這種事？責打僕人是一回事，但你要殺死自己的兒子？」

父親對凌低聲說了什麼。紗藍一驚，急忙趕回走廊另一端自己的房間，差點來不及。對方出了房間，喀啦一聲關上房門。

紗藍將自己關在房間，聽著怒吼聲，是瑪麗絲跟她父親來回的叫囂。紗藍縮在床邊，試著用枕頭擋住聲音。等到她覺得一切結束之後，才把枕頭取下。

她父親怒火沖天地走入外面的走廊。「爲什麼這裡沒有人聽話？」他怒吼，重重走下樓梯。「如果你們都肯服從我，就不會發生這種事。」

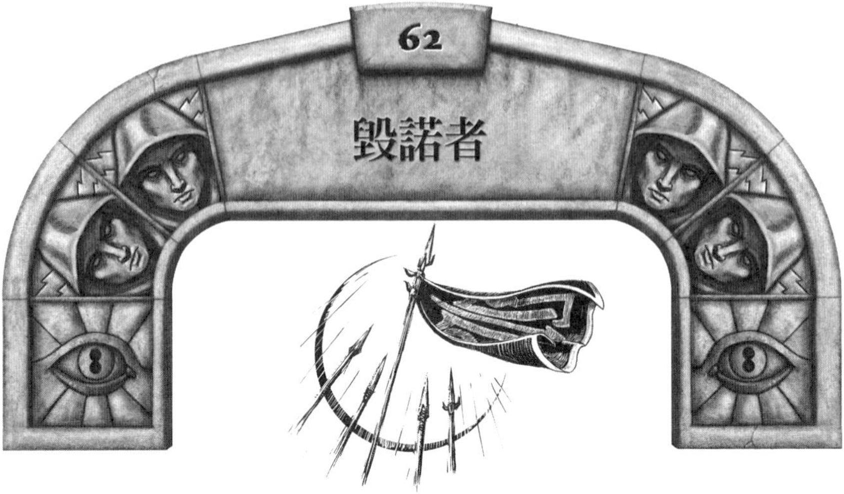

我想，這有點像是臭鼬逐臭。

在卡拉丁的牢房中，日子繼續過著。雖然他的住處以地牢來說算是不錯，但是他發現自己此時寧可回到奴隸商人的籠子裡，至少他在那裡可以看看風景，有新鮮的空氣、風，偶爾趁著颶風最後的降雨洗個澡。當時的日子的確不好過，但總比被關著、被遺忘來得好。

他們在晚上時拿走了錢球，把他丟給黑暗。在黑暗中，他想像自己身處於某種深層的地方，頭頂上只有好幾哩深的岩石，沒有出路，沒有被拯救的希望。他想不出來有比這個更可怕的死法。他寧可在戰場上被開膛破肚，看著天空，等待生命流淌逝去。

❖

光亮叫醒了他。他嘆口氣，看著天花板，等著那些守衛——他不認識的淺眸士兵——替換錢球。一天又一天，在這裡的一切都他颶風的一成不變。因爲微弱的錢球燈光而醒來，這點光只是讓他更懷念太陽。僕人送來早餐。他會把自己的夜壺放在鐵柱底端的開口邊，讓她把夜壺抽走。換一個新壺的時候，壺底總是會摩擦出聲。

她急急忙忙地離開。他又嚇到了她。卡拉丁坐起，僵硬的肌肉讓他呻吟出聲，看著食物，烤餅裡面塞著豆泥。他站起身，揮手趕開擋在面前，幾隻長得像是繃緊的細線的靈，然後強迫自己開始做伏地挺身。

如果他被關太久，要保持自己的力氣會很困難。也許他能要求一些石頭供他鍛鍊。

摩亞許的祖父母就是這樣嗎？卡拉丁邊想，邊拿過食物。等待著審判發生，直到老死在監獄中？

卡拉丁坐回在長凳上，咬著烤餅。昨天颶風來臨，但是他幾乎沒聽到聲響，因為被鎖在這個房間裡。

❖

他聽到西兒在不遠處哼歌，卻找不到她的人。「西兒？」他問。她一直躲著不出現。

「在決鬥場上有個謎族靈。」她的聲音低低地說。

「妳之前也提過它們，對不對？那是一種靈？」

「一種令人討厭的靈。」她頓了頓。「但我不覺得它們是邪惡的。」她聽起來很不情願。「我原本要過去追它，因為它跑了。可是你需要我。我回去找的時候，它又躲起來了。」

「這是什麼意思？」卡拉丁皺起眉頭。

「謎族靈喜歡策劃。」西兒緩緩地說，好像是在想起忘記很久的什麼。「對……我想起來了。它們總是在一旁爭論，只會看著，卻什麼都不做。可是……」

「可是什麼？」卡拉丁問，站起身。

「它們在找人。」西兒說。「我看到了徵兆。很快的，也許就不只你一個了，卡拉丁。」

找人。挑人成為像他一樣的封波師。一群西兒這麼明顯感到討厭的靈，會引出什麼樣的燦軍？感覺起來不像是他會想要認識的人。

噢，颶風的，卡拉丁心想，又坐了下來。如果他們挑選雅多林……

他以爲這個念頭會讓他很不舒服，沒想到西兒的消息卻讓他出奇地感到安慰。能夠不再是自己一個人，就算那個人最後是雅多林，也讓他心情好了一些，略略趕走心頭的陰鬱。

他快吃完時，走廊上傳來聲響。門開了？只有淺眸人可以來探訪他，不過目前爲止還沒有人來過。除非算上智臣。

颶風早晚會趕上所有人……

達利納・科林進入。

雖然卡拉丁的心情惡劣，但他的立即反應——經過多年訓練之後，已經成爲一種反射——就是立正行禮，手按前胸。這是他的指揮官。他一行禮就覺得自己像個白癡。人站在鐵杜後面，卻朝把他關起來的人行禮？

「稍息。」達利納點頭，肩膀寬闊的男人雙手背在身後站立。藩王有著令人敬畏的氣質，即使神態放鬆時亦然。

卡拉丁心想，他看起來就像是傳說中的統帥。方正的臉，灰白的頭髮，跟磚頭一樣結實。他不是穿著制服，而是制服承載著他。達利納・科林代表卡拉丁很久以前就決定是個妄想的理想存在。

「你的住所如何？」達利納問。

「長官？我被關在他颶風的監牢裡。」

達利納的臉上露出笑容。「我看得出來。冷靜點，士兵。如果我命令你看守房間一個禮拜，你會照做嗎？」

「會。」

「那就把它想成是你的職責。守好這個房間。」

「長官，我一定不會讓不明人士帶走夜壺的。」

「艾洛卡正在回心轉意。他已冷靜下來，現在只是擔心太早把你放出去會讓他顯得軟弱。我需要你在這裡多待幾天，然後我們就會頒布正式的赦令，讓你恢復原職。」

「我不覺得我有任何選擇，長官。」

達利納來到鐵柱前。「這對你來說很困難。」

卡拉丁點頭。

「你被照顧得很好，你的人也是。你的橋兵隨時都有兩個人守在通往這棟建築物的門口。士兵，你沒什麼好擔心的。如果你擔心在我面前的名聲——」

卡拉丁開口，「長官，我想我只是不相信國王會放我出去。他以前曾經讓替他帶來不便的人，在地窖裡苦候到死。」

卡拉丁這話一說出口，便不敢相信自己居然真的這麼說了。這些話實在太叛逆，甚至有造反的味道，可是那些話原本就一直被他含在嘴裡，等著被說出口。

達利納依然雙手背在身後。「你是說科林納的那些銀匠？」

所以他真的知道。颶父啊……達利納也參與其中嗎？卡拉丁點點頭。

「你怎麼聽說這件事的？」

「從我的人那裡。有人認得被關的兩人。」卡拉丁說。

「我原本希望那些傳言不會跟來這裡，但傳言當然就像苔蘚一樣，一旦長出就不可能完全刮乾淨。士兵，那些人的遭遇是個錯誤，我願意坦承這點。你不會有同樣遭遇。」

「所以關於他們的傳言是眞的嗎？」

「我眞的不希望多提羅賞那件事。」

羅賞。

卡拉丁記得那些慘叫。他父親手術室地板上的鮮血。一個瀕死的男孩。

一個雨天。那天有人試圖偷走卡拉丁的光明，最後他成功了。

「羅賞？」卡拉丁低語。

「是的，一個低階淺眸人。」達利納嘆口氣說。

「長官，我需要知道，這很重要。我必須知道才能安心。」

達利納上下打量他。

卡拉丁只是直視前方，腦子……一片空白。當羅賞來到爐石鎭成爲新的城主時，一切就是從那時開始走樣。在那之前，人們敬重卡拉丁的父親。

當那可惡的人到來，身上披著小心眼的嫉妒時，世界因此而扭曲。羅賞像是不乾淨傷口上的腐靈，感染了爐石鎭。他是提恩上戰場的原因。他是卡拉丁跟著離開的原因。

「我想這是我欠你的。」達利納說。「可是不能再往外傳。羅賞是個小心眼的人，卻得到艾洛卡的信任。艾洛卡那時是皇太子，得令要統治科林納，看守王國，而他的父王則在破碎平原上安排我們的第一批戰營。我當時……不在。

「總而言之，不要怪艾洛卡。他那時聽信了一個他信任的人。可是羅賞卻圖謀自己的利益，而非王室的利益。他擁有好幾間銀舖……細節不重要。重點是，羅賞引得國王犯下一些錯誤。而我回來時，全部改正了。」

「你懲罰了這個羅賞？」卡拉丁問，聲音低低的，覺得全身麻木。

「他被放逐。」達利納點頭。「艾洛卡把那個人送到一個他沒辦法再作惡的地方。」

一個他沒辦法再作惡的地方。卡拉丁幾乎要笑出來。

「你有什麼想說的？」

「長官，你不會想要知道我在想什麼。」

「也許，可是我還是需要聽你說。」

達利納是個好人。有些方面有點盲目，但他還是個好人。卡拉丁努力地控制自己的情緒，「是這樣的，長官。我覺得羅賞這樣的人在害死無辜眾人之後卻沒有受到監禁，這種事讓人很……憤慨。」

「士兵，當時的情況很複雜。羅賞是薩迪雅司藩王的附庸之一，同時也是一些很重要的人的表親，我們當時需要他們的支持。我原先要求羅賞被褫奪位階，命令那個人成爲粗工，貧困潦倒地過一生。可是這會讓我們的盟友發怒。艾洛卡當時爭取對羅賞寬大處理，他的父王透過信蘆同意了。最後我也讓步，因爲我覺得不應該抑制艾洛卡擴展他的慈悲胸懷。」

「當然不行。」卡拉丁咬著牙根說。「不過似乎這樣的慈悲總是有利於強大淺眸人的表親，而不是有利於某個出身低下的人。」他盯著他跟達利納之間的鐵柱。

達利納冷冷地開口：「士兵，你覺得我對你或你的人不公平嗎？」

「長官，你沒有，但重點不是你。」

達利納輕輕吐出一口氣，彷彿有點煩躁。「上尉，你跟你的人處於很特殊的位置。你們每天都在國王身邊，你們看不到世人見到他的面目，而是看到他人性的那一面。親衛向來如此。

「所以你的忠誠需要格外堅定與寬容。是的，你守衛的人有缺陷。每個人都有。但他還是你的國王，我要求你對此敬重。」

「我可以並且也確實尊重王室，長官。」卡拉丁說。也許不是尊重在其位的人，但是他確實尊重這個位置。總要有人統治。

達利納思索片刻後開口：「孩子，你知道我為什麼讓你擔當這個位置嗎？」

「你說是因爲需要一個你相信不會是薩迪雅司間諜的人。」

「那是我給的理由。」達利納更靠近鐵杜，離卡拉丁只有幾吋遠。「可是那不是緣由。我這麼做，是因爲我覺得這是對的。」

卡拉丁皺眉。

「我信任我的直覺。」達利納說。「我的直覺說，你是一個可以幫助改變這個王國的人。一個在薩迪雅司的戰營中過著地獄般的日子，卻還能鼓舞其他人振作的人，讓我想要將他收入麾下。」他的表情變得更冷硬。「我給你了一個軍隊中沒有任何深眸人擔任過的職位，我讓你參與跟國王的議事，你說話的時候我會聽。士兵，不要讓我後悔這些決定。」

「你難道還不後悔？」卡拉丁問。

「差一點。」達利納說。「可是我能理解。如果你眞心相信你對我說過那些關於阿瑪朗的一切是眞的……換做是我，也很難不去做出跟你一樣的行爲。可是颶風的，你還是個深眸人。」

「這不應該有關係。」

「也許不應該有關係，但確實有關係。你想要改變這一點嗎？那像個瘋子一樣亂吼亂叫、挑戰阿瑪朗那樣的人跟你決鬥是辦不到的。你必須在我給你的位置上發光發亮，成爲其他人欽佩的男人，無論他們是深眸或淺眸人。說服艾洛卡，深眸人可以領軍，那就會改變世界。」

達利納轉身離開。卡拉丁忍不住覺得那人的肩膀比進來時更垮了。

達利納離開後，卡拉丁又坐在長凳上，氣惱地長長吐出一口氣。「保持冷靜。」他低語。「聽話，卡拉丁。待在你的籠子裡。」

「他只是想幫忙。」西兒說。

卡拉丁瞥向一旁。她躲在哪裡？「妳聽到羅賞的事了。」

沉默。

「對。」西兒終於說，聲音很小。

卡拉丁說：「我的家陷入困境，整個鎮上的人孤立我們，提恩被迫參軍，這些事情都是羅賞的錯。他是艾洛卡送來我們那裡的。」

西兒沒有回答。卡拉丁從他的碗裡拿出一點烤餅，咀嚼著。颶父的——摩亞許眞的說得沒錯。沒有艾洛卡，王國會更好。達利納已經盡了全力，但是他的侄子是一個大盲點。

該要有人出來斬斷束縛達利納雙手的繩索。爲了王國好，爲了達利納·科林好，國王必須死。

有些人——像是發炎的手指或是粉碎到無法修復的腿——就是需要被截掉。

63 燃燒的世界

你看你，逼我說出什麼話來了。你總是能讓我表現出最極端的一面，老朋友。雖然你讓我如此厭倦，我還是稱你爲朋友。

妳在做什麼？信蘆寫給紗藍。

沒什麼，她在錢球燈下回答，只是在處理瑟巴瑞爾的收支帳本。她從幻象中的洞往外瞧，看著下方遠處的街道。人們在城裡行走，像是跟隨某種奇特的節奏行進，一會兒稀疏，一會兒擁擠，又變回稀疏，顯少有不間斷的人流。這是爲什麼？

妳要來看我嗎？筆寫著。這裡眞的越來越無聊了。

抱歉，她回答雅多林，我眞的得完成這個工作。不過能有信蘆對談陪我，感覺很好噢。

她身邊的圖樣看到這個謊言便輕哼起來。紗藍用了幻象將瑟巴瑞爾戰營中的這棟公寓頂端小屋變得更大，提供一個隱藏的位置，讓她可以坐在那裡看著下方的街道。五個小時的等待——還算挺舒適，又有凳子又有錢球照明——卻什麼都沒發現。沒有人在路邊靠近，唯有一棵石皮樹。

她不知道那棵樹的品種。樹已經太老，不可能是最近種的，一定在瑟巴瑞爾來之前更早就有。彎彎曲曲，堅實的樹皮讓她認爲這是某種單鏵利，但那棵樹又有長長的枝葉，像是緞帶一樣在空中飄揚盤繞，也有點像是谷柳。她已經畫下了那棵樹，之後再去查品種。

那棵樹已經很習慣動靜，不會因爲有人經過就縮起枝葉。如果有人靠近得足夠小心，沒有擦撞到樹葉，紗藍就會看到他們的動作；可是如果他們動作很快，樹葉會感覺到急速震動，就會縮起來——那她一定也會看到。她很確定如果有人想要去拿樹裡的東西，她一定會知道，就算她一直轉開視線。

我想我可以繼續陪妳，筆這麼寫下。修倫今天沒別的事。

修倫是今天替雅多林寫字的執徒，在雅多林的命令下前去探訪王子。王子刻意提出他用的是執徒，而非他父親的書記。他是覺得如果用別的女人來替他書寫，她會嫉妒嗎？

他似乎很訝異她不嫉妒，宮廷裡的女子都這麼小心眼嗎？還是紗藍太過放鬆，反而才是奇怪的那個人？他的確會亂看，她必須承認這點讓她不太高興，而且他還有那種名聲在外。據說雅多林過去換對象的速度就跟別人換外套一樣快。

也許她應該把他抓得更緊些，但是一這樣想就讓她反胃。這種行為讓她想起父親，把什麼事都掐得緊緊的，直到最後破壞了一切。

對，她回答雅多林，使用放在身邊箱子上的一塊板子寫字。我相信這名好執徒整天沒別的事好做，就只要替兩名約會的淺眸人寫字。

他是個執徒，雅多林回應。他喜歡服侍眾人。他們專門做這種事。

她回寫，我以爲他們專門拯救靈魂。

他已經救累了，雅多林寫。他告訴我今天早上已經救了三個。

她微笑，檢查樹——還是沒有變化。他真的這樣說？她寫下。他們被他收在後口袋了？

不，父親的作法是不對的。如果她想要留住雅多林，必須要做出更吸引人的事，而不只是牢牢抓住他。她必須令人難以抗拒到他不想放手。可惜的是，加絲娜的訓練或太恩的訓練在這個領域都沒有幫助。加絲娜對男人無動於衷，太恩沒說過要怎麼留住男人，只說要讓他們一時分神，方便趕快行騙。

你的父親好些了沒？她寫信。

好多了。他昨天就開始起床走動，看起來跟以前一樣健壯。

很高興聽到這個消息，她寫下。兩人繼續閒聊，紗藍看著樹。墨瑞茲的紙條指示她在日出時前來，去樹洞裡找她的指示，所以她提前了四個小時，趁天色還黑，溜到屋頂上方來查看。

顯然她來得不夠早。她眞的想要看到他們放下指示。「我不喜歡這種情況。」紗藍低聲對圖樣說，不去理會筆雅多林的下一句話。「爲什麼墨瑞茲不透過信蘆給我指示？爲什麼一定要我來？」

「嗯……」身邊的圖樣在地板上說。

太陽早就升起了。她需要去拿指示，但仍然心有疑慮，手指敲著身邊鋪著紙張的木板。

「他們也在觀察。」她想通了。

「什麼？」圖樣說。

「他們跟我在做一樣的事。他們也躲在某個地方，想看著我拿指示。」

「爲什麼？有什麼用？」

「他們要獲取情報。」紗藍說。「這種人就是以此爲動力。」她彎腰到一旁，從洞中往外瞧。若是由外面往內看，這裡只是兩塊磚頭之間的縫隙而已。

她不覺得墨瑞茲想要她死，雖然那可憐的車伕遭遇慘事。他只是允許身邊的其他人，如果怕她就可以下手，但是——如同墨瑞茲其他的行事手腕——那也只是一場測試。他的行爲意味著如果妳眞的夠強，夠聰明到可以加入我們，那妳就能躲過那些人的暗殺。

這是另一場測試。她這次要怎麼通過，卻不死人呢？

他們一定會盯著看她怎麼去拿指示，但是要盯著那棵樹的好位置並不多。如果她是墨瑞茲跟他的人，會在哪裡看著？

她居然想自己猜，實在很蠢。「圖樣，去看看這棟大樓面對大街的所有窗戶，有沒有人跟我們一樣坐在裡面看外面。」她低聲對圖樣說。

「沒問題。」它說，從她的幻象中滑出。

她突然意識到墨瑞茲的人有可能正藏在很近的地方，但是她壓下了緊張，讀起雅多林的回答。

筆正在寫，對了，好消息。昨天晚上父親來找我，我們有了一番長談。他正在準備與帕山迪人交戰的平原遠征軍，打算一次來個了結。其中一部分工作包括未來的幾次斥候任務。我讓他同意可以在其中一次任務中帶上妳。

我們能找到蛹嗎？紗藍問。

筆回答，這個嘛，就算帕山迪人已經不再跟我們爭獸蛹，但是父親也不會冒險，如果他們有可能出來爭搶，那我就不能帶妳去。不過我在想，也許我們可以安排走一趟斥候的路線，去經過前一天被收割過的獸蛹。

紗藍皺眉。被收割過的死蛹？她寫下，我不知道這能給我多少訊息。

至少比沒得看好吧？而且妳也說了，妳想要有機會能割開一個，這是幾乎差不多的，雅多林回答。

他說得對。況且，進入平原才是她的真正目標。那就這麼說定了。什麼時候？

幾天後。

「紗藍！」

她整個人一驚，其實只是圖樣興奮地嗡嗡叫。「妳說得對。」它說。「嗯嗯嗯。她在下面看。只有下面一層，第二個房間。」

「她？」

「嗯嗯。有面具的那個。」

紗藍一陣戰慄。現在怎麼辦？回房間去寫信給墨瑞茲，說她不喜歡被偷窺？

那麼做也沒什麼用。她低頭看著手中的一疊紙，發現自己跟墨瑞茲的關係跟與雅多林的關係很像。無論是哪一個，她都不能按照對方的期待行事。她需要讓對方覺得興奮，超越他們的期待。

我得走了，她寫給雅多林。瑟巴瑞爾在找我。可能需要一段時間。

她關閉信蘆，將書寫板收在她的背包裡。

這不是她平常用的那個，而是一個比較粗糙的背包，有一條皮帶可以掛在她的肩膀，像是圍紗會帶的那種。然後，趁還沒有失去勇氣前，她離開了自己的偽裝藏身處，背靠著小屋，背對街道，伸手摸著幻象邊緣，收回颶光。

幻象的那層牆壁消失，很快地流入她的手心。希望沒有人在看著小屋，但就算他們看到，大概也只會覺得自己一時眼花了。

接下來，她跪下，將颶光灌入圖樣，把它跟她先前畫出的圍紗影像綁在一起。紗藍點頭要它前進，它一邊走，圍紗的影像一邊前進。

她看起來很不錯。自信的步伐，甩動的外套，尖尖的帽子遮擋著陽光，幻象甚至偶爾會眨眼，轉頭——按照先前紗藍畫的順序。

紗藍遲疑地看著。她使用圍紗的臉跟那身衣服時，眞的看起來像這樣？她不覺得自己有這麼鎭定，而且老覺得那身衣服太誇張，甚至有點蠢。可是在這個幻象身上卻非常合適。

「下去。」紗藍低聲對圖樣說。「走到樹邊。試著小心翼翼地靠近，然後發出嗡嗡聲，要大聲到讓樹葉縮回去。站在樹幹邊一陣子，假裝去拿東西，再從這棟建築物跟下一棟之間的小巷離開。」

「好！」圖樣說。它衝下台階，很興奮能夠成爲謊言的一部分。

「慢一點！」紗藍苦著臉看到圍紗的腳步跟她的速度完全不能配合。「照我們練習的那樣！」

圖樣下樓梯時放慢腳步，圍紗的影像也走下樓梯，動作有點遲緩。那影像可以走路跟靜立，可是其他的動作——例如台階——就完全搭配不上了。如果有人看見，會覺得圍紗似乎踩在空氣上，然後用飄的下了階梯。

她現在頂多只能做到這樣。紗藍深吸一口氣，戴起帽子，吐出第二個幻象，能夠遮蔽她整個人，將她變化成圍紗。圖樣身上的那個幻象可以維持到颶光用盡爲止，但在它身上的颶光消耗速度比紗藍快，她不知道爲什麼。

她下樓，只走到下一層，盡量放輕腳步。她數了陰暗走廊中的兩個門，戴著面具的女人就在那扇門後。紗藍沒去動它，而是鑽到樓梯旁邊的一個小暗角，不被走廊上的人看到。

她等著。

終於，門打開，走廊上傳出衣物摩挲的聲音。面具女子經過紗藍的藏身處，下樓梯的動作驚人的安靜。

「妳叫什麼名字？」紗藍問。

女人僵在台階上。她轉身，戴著手套的內手按著腰邊匕首，看到紗藍站在暗角中。女人面具下的眼睛閃向她剛才走出的房間。

「我派了一個分身，穿著我的衣服。妳看到的是那個人。」紗藍說。

女人沒有動，仍然矮身在台階上。

「他為什麼要妳來跟蹤我？他這麼想知道我住在哪裡？」紗藍問。

「不是。」女人終於說。「樹中的東西只是要妳立刻進行一項工作，不得有誤。」

紗藍皺眉思索。「所以妳的任務不是要跟蹤我回家，而是跟蹤我進行任務，看我怎麼完成？」

女人什麼都沒說。

紗藍走向前，坐在台階上，雙臂交疊在腿上。「所以任務是什麼？」

「指示在——」

「我寧可聽妳說。妳可以說我懶惰無妨。」紗藍說。

「妳是怎麼找到我的？」女人問。

「我有眼睛很利的同夥。我叫他看著窗戶，然後告訴我妳在哪裡，而我在上面等。」她皺了皺眉。

「我原本想要看著你們放指示的。」

「我們在聯絡妳之前就放了。」女人遲疑片刻，然後走上幾階。「愛亞提。」

紗藍歪過頭。

「我的名字。」女人說。「愛亞提。」

「我沒聽過這樣的名字。」

「不意外。妳今天的任務是要調查一個剛進入達利納戰營的人。我們想要知道這個人的消息，達利納的效忠對象仍是未知。」

「他對國王跟王位忠誠。」

「表面上是如此。」女人說。「他的哥哥知道一些很神奇的事情，我們不確定達利納是否曾被告知，而且他跟阿瑪朗的關連讓我們擔憂。這個新來的人跟這些都有關。」

「阿瑪朗在畫破碎平原的地圖。」紗藍說。「爲什麼？他要什麼？」而且他爲什麼會想要招回引虛者？

愛亞提沒有回答。

「好吧，那我們動手，走吧？」紗藍起身說。

「一起？」愛亞提說。

紗藍聳聳肩。「妳可以在後面跟蹤我，或是直接跟我走。」她伸出手。

愛亞提看看對方的手，然後伸出戴手套的手與紗藍交握，表示接受，但另一隻手卻從未離開腰邊的匕首。

❖

紗藍翻著墨瑞茲的指示，有點過大的轎子慢慢地晃向達利納的戰營。愛亞提坐在紗藍對面，雙腿曲在身下，面具後的小眼睛看著。女人穿著簡單的長褲跟襯衫，讓紗藍第一次看到她時以爲她是男孩。她的氣質讓人很不安。

「一個瘋子。」紗藍翻到下一頁的指示。「墨瑞茲對一個瘋子有興趣？」

「達利納跟國王有興趣。」愛亞提說。「所以我們也是。」

這整件事似乎要掩蓋什麼。瘋子是由一個叫做波丁的人看守、送來的，他是達利納好幾年前留在科林納的僕人。墨瑞茲的消息指出，波丁不是個簡單的信差，而是達利納最信任的僕從之一。他被留下來待在雅烈席卡監視皇后，至少鬼血們是如此暗示。可是爲什麼會要盯著皇后？消息裡沒說。

這個波丁幾個禮拜前趕到破碎平原，帶來了瘋子跟其他神祕貨物。紗藍的任務是要知道這個瘋子是誰，還有達利納爲什麼把他藏在修道院裡，同時要求除非是特定的執徒，否則不准別人與他接觸。

「妳的主人對此有更多了解，只是沒告訴我。」紗藍說。

「我的主人？」愛亞提問。

「墨瑞茲。」

女人笑了。「妳弄錯了。他不是我的主人，他是我的學生。」

「學什麼？」紗藍問。

愛亞提盯著她，平視片刻，沒有回答。

「爲什麼戴面具？」紗藍傾身問。「面具是什麼意思？妳爲什麼要隱藏？」

「我經常問自己，爲什麼你們這裡的人都這樣大剌剌地四處亂走，把五官露給所有人看。我的面具保留了我自己，給我融入環境的能力。」愛亞提說。

紗藍深思地靠回去。

「妳願意思考，而不是一個問題接著一個問，很好。可是妳的直覺必須再進行評估。妳是獵人，還是獵物？」

「都不是。」紗藍立刻說。

「所有人都是其中之一。」

轎伕慢下來。紗藍從窗簾往外看，發現她們到達了達利納戰營的邊緣。在這裡，門前的守衛攔住每個準備進入戰營的人。

「妳要怎麼讓我們進去？」愛亞提問關上簾子的紗藍。「科林藩王最近變得很謹慎，因爲有殺手會在晚上出現。什麼樣的謊言能讓我們進入他的領域？」

太好了，紗藍心想，重新思考她的任務清單。她不只得滲透修道院、找出瘋子的消息，還不能太過暴露自己的能力或身分給愛亞提知道。

她必須趕快想點辦法。前面的士兵叫轎子上前——淺眸人不需要排隊，士兵會認爲這麼精緻的車一定是有錢人坐的。紗藍深吸一口氣，拿下帽子，把頭髮拉到肩膀前，然後把臉從窗簾中探出去，讓頭髮垂掛在轎子外面，同時間收回幻象，把頭後的簾子緊包住脖子以外的部位，不讓愛亞提看到她的變化。

轎伕是帕胥人，她懷疑帕胥人會說起他們看到她做了什麼，幸好他們的淺眸主人正轉過頭去。她的轎子緩緩晃到隊伍前面，守衛們一看到她就一驚，立刻揮手讓她進去。雅多林的未婚妻此時已眾人皆知。

現在，要怎麼樣弄回圍紗的外表？路上有人，她可不想吊在窗外時吸入颶光。

「圖樣。去轎子另一邊的窗戶弄點聲音。」她低聲說。

太恩讓她銘記著一手要藏東西時，另一手一定要引開別人注意力。這種聲東擊西的方式也許此時能派上用場。

另一扇窗戶傳出驚呼聲。紗藍快速把頭收回轎子，吐出颶光，同時甩動窗簾，不讓其他人看清自己，又用帽子擋住了臉。

驚叫聲響起時，愛亞提看向窗戶的頭轉向她，但那時紗藍已經又是圍紗了。她靠回椅背，迎向愛亞提的注視。那矮小的女人看到了嗎？

她們靜靜地坐了一陣子。

「妳事先買通了守衛。」愛亞提終於猜測。「我要知道妳是怎麼做的，科林的人很難賄賂。難道妳買通了他們的一個頭兒？」

紗藍露出她希望讓人覺得高深莫測的微笑。

轎子繼續走向戰營中的寺院，她從未來過達利納戰營的這一區。事實上，她也不常去找瑟巴瑞爾的執徒——不過她去的時候，都發現他們出奇地虔誠，而他們卻是隸屬於瑟巴瑞爾這樣的人。

她們靠近時，紗藍往窗外看去。達利納的寺院周圍跟她預料的一樣簡單。灰袍執徒或兩兩或成群經過，混在各種階層的人之間，那些都是來祈禱、學習、聽取建議的人——一座好的寺院在配備齊全時，可以滿足更多需求。幾乎任何那恩的深眸人都能前來學習手藝，按照神將的指示，行使他們神聖的學習權。低階淺眸人也來會學手藝，更高達恩的人則來學習藝術或精進他們的天職，好令全能之主滿意。

這裡這麼多的執徒，絕對可以囊括每種技藝跟手藝的真正大師。也許她應該來找達利納的藝術家們學習。

她隨後垮下臉，不知道自己要上哪裡去找時間來做這種事。又要與雅多林約會、還要滲透鬼血、研究破碎平原、整理瑟巴瑞爾的帳本，有時間睡覺都已經很神奇。但是她覺得自己一面期望能夠成功地完成自己的任務，卻又忽視全能之主的教誨，實在太不虔誠。她確實需要更加留意這件事。

*那全能之主對妳又有何想法？*她心想。*還有妳越來越擅長製造的謊言。*畢竟誠實是全能之主的神德之一，所有人應該追尋。

修道院裡不只一棟建築物，不過大多數人只會去主殿。墨瑞茲的指示裡有地圖，所以她知道自己要去哪裡找——靠近後方，有執徒醫者照顧的長期病重病人。

「進去不容易。」愛亞提說。「執徒很保護他們照顧的人，把人都關在後面，不讓別人看到。他們不會歡迎妳。」

「指示說今天是溜進去的完美時機。我被要求不可錯過良機。」紗藍說。

愛亞提說：「每個月都有一次，所有人都可以來這裡尋求解答或求醫，不需要貢獻。今天會很忙亂，這點會讓妳更容易潛入，但不代表他們會讓妳大搖大擺地進去。」

紗藍點頭。

愛亞提說：「如果妳寧可晚上再來，也許我可以說服墨瑞茲等到那時。」

紗藍搖搖頭。她沒有晚上偷偷潛入的經驗，那只會讓自己顯得更笨手笨腳。

可是要怎麼進去呢……

她把頭從窗戶探出，指著前方下令：「轎伕，載我們去那棟建築物，把我們放下，派人去找大醫師，說我需要他們的幫忙。」

帶領帕胥人的領隊——受僱於紗藍的錢球——俐落地點頭。領隊是怪人，這個人並不擁有帕胥人，只是替出租帕胥人的女人工作。深眸的圍紗地位會在他之下，但同樣又是付錢給他的人，所以他對待她的方式就跟對待任何主人一樣。

轎子放下，有一名帕胥人去傳達她的要求。

「要裝病？」愛亞提問。

「差不多。」紗藍說完，腳步聲便從外面傳來。她下了轎子，看到兩名留著方鬍的執徒，正跟帶領他們前來此處的帕胥人交談。他們上下打量她，注意到她的黑色眼眸跟她的衣服——做得不錯，但顯然是為了耐穿而製作。他們應該將她認定為一名中上層的那恩，屬於公民，卻不是特別重要的公民。

「女孩，有什麼問題？」年紀較大的執徒問。

「是我的姊姊。」紗藍說。「她戴上了這個奇怪的面具，拒絕取下。」

轎子裡傳出輕微的呻吟聲。

「孩子，固執的姊妹不是執徒能處理的。」領頭的執徒明顯耐著性子回答。

「我明白，兄弟。」紗藍雙手舉在身前。「但這不只是固執而已。我覺得……我覺得她是被引虛者附身了！」

她用腳撩開簾子，露出裡面的愛亞提。她奇特的面具讓執徒們退了一步，打斷他們的反駁。兩者之中較年輕的一個跪下，睜大了眼睛探頭去看愛亞提。

愛亞提轉向紗藍，發出近乎微不可聞的嘆息，開始原地搖晃身子。「要殺了他們嗎？」她低聲說。

「不行。不行，我們不可以。可是會有人看到！不要，不要說這種話。不，我不會聽你的。」她開始哼起歌。

年輕的執徒站起身，轉頭看年長的那位。

「這很嚴重。」執徒點頭。「轎伕，過來，讓你的帕胥人抬起轎子。」

❖

不久後，紗藍站在小修道間的角落等候，看著愛亞提坐在那裡，抗拒幾名執徒的治療。她一直警告他們，如果把她的面具取下，她就必須殺了他們。

這不像是做戲。

幸好除此之外，她扮演得很好。她的胡言亂語，加上戴著面具的臉，讓紗藍也忍不住打個冷顫。執徒們似乎看得既入迷又驚恐。

專心想著畫，紗藍暗自心想。她畫了其中一個執徒，大概跟她的身高差不多，是個壯碩的男人。她畫得很匆忙，卻堪用，而且還發現自己忍不住開始揣想留鬍子會是什麼感覺。會癢嗎？不過長在頭上的頭髮不會癢，所以臉上的毛髮應該也不會癢吧？他們怎麼樣不讓食物掉到鬍子裡的？

她快速畫完後，靜靜站起身。愛亞提發出一連串的新囈語，吸引執徒的注意力。紗藍朝愛亞提點頭表達謝意，然後溜出了門，進入走廊。她快速一瞥兩側，確定周圍沒有旁人後，利用一團颶光變成了執徒。完成後，她伸手將長長的紅髮——唯一有可能從幻象中凸出的部分——塞回外套後領。

「圖樣。」她低聲說，轉身自然地順著走廊前進。

「嗯嗯？」

「找到他。」她拿出墨瑞茲留在樹中的瘋子畫像。畫像是在遠處畫的，也不太清楚，希望……

「左邊第二個走廊。」圖樣說。

紗藍低頭看它，不過她的新裝扮——執徒的袍子——擋住它攀附的那片外套。「你怎麼知道的？」

「妳忙著畫畫時，我就到處去看看了。前面第四扇門後有個很有意思的女人，她似乎在將糞便塗在牆壁上。」它說。

「噁。」紗藍覺得自己好像可以聞到。

「內容呢……」它邊走時邊說。「我沒有看清楚她在寫什麼，但似乎很有意思。我想要再去——」

「不可以。待在我這裡。」紗藍低聲說。她朝幾個經過的執徒點頭微笑。幸好他們沒有對她說話，只是點頭回應。

修道院跟達利納戰營的所有東西幾乎一樣，都是以單調、無裝飾的走廊串連。紗藍跟著圖樣的指示，來到一扇鑲嵌在石頭中的厚門前。在圖樣的幫忙下，門鎖喀啦打開，紗藍悄悄溜入。

一扇小窗——其實只是一個縫隙——透入的光根本不足以照亮坐在床上的巨大身影。那人皮膚黝黑，像是來自馬卡巴奇王國的人，頭髮長短不一，手臂粗壯，那是工人或士兵的手臂。男人彎著腰，駝著背，垂頭坐在床上，窗戶透入的薄光在他的背上亮出一道白，映照出強大、陰沉的身影。

男人正在低語。紗藍聽不到他的話。她背對著牆，暗暗發抖，舉起墨瑞茲給她的畫像。這似乎是同一個人——至少膚色跟強壯的身形是一樣的，但是這個人的肌肉比圖畫中還要大。颶風啊……他那雙手能把她像克姆林蟲一樣捏碎。

男人沒有動。沒有抬頭，沒有擺動身體。他就像是滾動至此而後停住的大石。

「爲什麼這個房間裡這麼暗啊？」圖樣問，口氣相當開朗。

瘋子沒有回答這句話，甚至沒有回應走上前的紗藍。

「幫助瘋症的現代理論建議使用較暗的祕密場所，太多的光線會讓他們受到刺激，降低治療的效果。」紗藍低聲說。至少她是這樣記得的，她在這方面的閱讀不多。房間很暗，窗戶不過幾指寬。

他在唸什麼？紗藍小心翼翼地繼續往前走。

「先生？」她問，然後停頓，發現自己正用著一個年長肥胖的執徒身體，卻發出年輕女子的聲音。這會引那個人懷疑嗎？他沒有看她，所以她收回了幻象。

「他似乎沒生氣，但妳說他是瘋子。」圖樣說。

「『瘋』有兩種意思。一個是生氣，一個是腦子壞掉了。」紗藍說。

「啊，就像是失去締結的靈。」圖樣說。

「我猜應該不完全一樣，但很類似。」紗藍來到瘋子面前。她在男人身邊跪倒，想要聽清楚他在說什麼。

「回歸的時代，荒寂時代，即將來臨。」他低聲說。她原本以爲他會有亞西須口音，因爲他有那樣的膚色，但是他說的卻是字正腔圓的雅烈席語。「我們必須做好準備。你們在經歷先前的破壞之後，一定已經忘記很多。」

她轉頭去看圖樣，它卻消失在房間的陰影中，然後又回頭看那個人。光線從他的深褐色眼睛反射，兩個明亮的光點存在於完全陷入陰影的臉龐上，顯得駝背的姿態如此悲涼。他繼續低聲說話，說著青銅與鋼，說著要準備與訓練。

「你是誰？」紗藍低聲說。

「塔勒奈·艾林，你們稱爲石筋。」

她感覺一陣冷寒。瘋子繼續說話，低聲說著先前同樣說過的語句，一字不差。她甚至不確定他的回應是回答她的問題，還是只是背誦內容的一部分。他沒有回答她接下來的問題。

紗藍後退，雙手抱住自己，背包掛在肩膀上。

「塔勒奈。我知道這個名字。」圖樣說。

「塔勒奈拉·艾林是神將之一的名字。」紗藍說。「這個名字幾乎一樣。」

「啊。」圖樣停頓。「謊言嗎？」

「絕對是。」紗藍說。「達利納·科林不可能會把全能之主的一名神將關在寺院後面。很多瘋子都以爲自己是別人。」

當然，許多人也說達利納是瘋子，而且他正想重新創建燦軍。收入一名以爲自己是神將之一的瘋子，非常符合他會做的事。

「瘋人，你從哪來的？」紗藍說。

他繼續囈語。

「你知道達利納．科林要你做什麼嗎？」

囈語不停。

紗藍嘆口氣，但還是跪下來，寫下他的每字每句，準備送給墨瑞茲。她抄下整段話，又聽了兩遍，確定他不再說新的內容。不過這次他沒有說他自認的名字。所以那句是不一樣的。

他該不會真的是神將之一吧？

別傻了，她心想，收起她的工具。神將像太陽一樣發光，使用榮刃，以宛如千隻喇叭共同吹響的聲音說話。他們一個命令就可以推倒建築物、強迫颶風聽令，靠碰觸就可治癒。

紗藍走到門邊。此時她再不回去另外的房間就會引人注意了。她應該趕快回去編個謊言，像是說去找水喝。不過首先她要用回執徒的偽裝。她吸入一些颶光，然後吐出，利用她記憶猶新的執徒來創造——

「啊啊啊啊啊啊！」

瘋子尖叫、跳起、撲向她，行動快得不可思議。紗藍驚呼的同時被他抓住，將她推出她的那團颶光。影像散去、消失，瘋子將她撞上牆壁，眼睛大睜、呼吸急促。他以焦惶的雙眼搜索著她的臉，瞳孔來回閃動。

紗藍顫抖，屏住呼吸。

十下心跳。

「艾沙的騎士之一。」瘋子低語，他的眼睛瞇起。「我記得……是他創立的？對。好幾個荒寂時代以前。不只是空談而已。好幾千年來都不只是空談了。可是……什麼時候……」

他踉蹌地後退，手捧著頭。她的碎刃落入她的手中，但似乎用不到了。男子背向她，走回床上，躺倒後縮成一團。

紗藍小心翼翼地前進，發現他又開始唸誦之前同樣的內容。她驅散了碎刃。

母親的靈魂……

「紗藍？」圖樣問。「紗藍，妳瘋了嗎？」

她猛然回神。時間過去多久了？

「對。」她說完急忙走向門口，往外探頭。她不能冒險再在這個房間裡用颶光。她必須要溜出去——

該死。有幾個人正從走廊那裡走來。她得等他們經過才行。只是，他們似乎正朝這個門走來。

其中之一就是阿瑪朗光爵。

64 寶藏

是的，我很失望。如你所說，永久地失望。

卡拉丁躺在長凳上，不去理會下午送來那碗熱氣騰騰的辣塔露穀粥。

他開始想像自己是動物園裡的白脊，被關在牢籠的獵食者。願颶風保佑他不要變得像那可憐的動物一樣畏縮、飢餓、迷惘。紗藍說，牠們被關起來以後就活得不好。

已經過了多少天？卡拉丁發現自己並不在乎，他對此感到擔憂。在他成爲奴隸的那段時間裡，他也不再關心日子了。

他離當初自己成爲的廢物沒差多遠。他發現自己又變回同樣的思考模式，像是攀爬在滿是克姆泥與黏液的懸崖。每次他想要把自己拉高，就又往下滑。總有一天他會摔下去。

以前思考的方式……奴隸思考的方式……在他腦海中翻騰。不要多想，只要去擔心下一餐的著落，還有別讓別人碰到。不要想太多。思考是危險的，思考讓人希望、讓人渴望。

卡拉丁大吼，倏地從長凳跳起，在小房間內不停繞行，雙手抱著頭。他以爲自己無比堅強，是個鬥士，但只要他們把他關在一個箱子裡幾個禮拜，就能把這一切奪走，打回原形！他瞬間撲向鐵柱，從鐵柱之間往外伸手，伸向牆上的一盞燈，深吸一口氣。

什麼都沒發生。沒有颶光。錢球繼續發光，平和穩定。

卡拉丁大喊，手伸得更遠，手指朝向遙遠的光。不要讓黑暗把我帶走，他心想。他……祈禱著。他已經多久沒有這麼做了？沒有人能幫他寫下、焚燒這些文字，但是全能之主會聽取人的心聲，不是嗎？求求你，不要再來一次。我不能變回那樣。

拜託。

他朝錢球伸手，吸氣。光似乎抗拒一陣後，猛然燦爛地流入他的手指。颶風在他的血管中震動。

卡拉丁屏住呼吸，閉著眼睛，珍惜著。力量在他的身上掙扎，想要逃走。他推開鐵柱，再次開始踱步，閉著眼睛，不再像之前那樣惶惶不安。

「我擔心你。」西兒的聲音。「你變得黯淡了。」

卡拉丁睜開眼睛，終於找到她，坐在兩根鐵柱之間，像是坐在鞦韆上。

「我會沒事的。」卡拉丁說，颶光如煙霧一樣從他的嘴唇間飄出。「我只是需要離開這個牢籠。」

「不只是這樣。是那黑暗……黑暗……」她看向旁邊，然後突然咯咯笑了，衝去檢視地上的東西。一隻小克姆林蟲正順著房間邊緣爬行。她站在上方，睜大眼睛看著那鮮紅妊紫的殼。

卡拉丁微笑。她還是一個靈，孩子一樣。對西兒來說，世界是充滿神奇的地方。那是什麼樣的感覺？

他坐下，吃著食物，覺得自己暫時推開了陰霾。終於，其中一名守衛前來探查他，發現了熄滅的錢球。守衛皺著眉頭，拿出錢球，搖搖頭後替換一顆新的，然後繼續前進。

❖

阿瑪朗要來這個房間了。

快躲！

紗藍很得意自己居然這麼快就吐出剩下的颺光，把自己包圍起來。她甚至沒多想那個瘋子先前如何對她的織光術起了極大的反應，也許她應該細想一點。不過這次他似乎沒有注意到。

她應該變成執徒嗎？不，要更簡單，更快的東西。

黑暗。

她的衣服變成黑色，她的皮膚、帽子、頭髮——一切變成純粹的黑色。她退離房門，躲到房間角落，離窗戶最遠的地方，讓自己安靜下來。有了幻象之後，織光術吞沒了通常會從她皮膚升起的颺光，讓她更是徹底隱匿。

門打開。心跳如擂鼓。她懊悔自己沒時間製作假牆。阿瑪朗進入房間，帶著一名年輕的深眸男人，明顯是雅烈席人，有著短黑髮跟高挑的眉毛。他穿著科林的服飾。他們靜靜在身後關起門，阿瑪朗收起鑰匙。

紗藍看到殺死她哥哥的人，立刻感覺一陣憤怒，卻發現憤怒已經比以前安靜，不再是極致的恨意，而是緩緩沸騰的唾棄。她已經很久沒見過赫拉倫了，而且巴拉特說得對，哥哥拋棄了他們。

赫拉倫顯然是爲了要殺死這個人——至少這是她讀到阿瑪朗跟他的碎刃來由拼湊出來的理由。赫拉倫爲什麼要殺這個人？她眞的能怪罪阿瑪朗嗎，畢竟他只是在保護自己？

她覺得自己知道的太少。不過當然阿瑪朗依舊是個混蛋。

阿瑪朗跟深眸雅烈席人一起轉向瘋子，紗藍在幾乎全黑的房間裡看不太清楚他們的五官。「我不知道您爲什麼需要親眼見到，光爵。」僕人說。「我已經告訴您他說的話了。」

「噓，波丁。」阿瑪朗說，走入房間。「去門口聽著。」

紗藍全身僵硬，背貼著角落。他們會看到她吧，會嗎？

阿瑪朗跪在床邊。「偉大的王子。」他低聲說，手按著瘋子的肩膀。「請轉身，讓我看看你。」

瘋子抬頭，依舊喃喃低語。

「啊……」阿瑪朗吐出一口氣。「全能之主在上，十大聖名，都是真的。你真美。加維拉，我們辦到了，我們終於辦到了。」

「光爵？」波丁從門口說。「我不喜歡在這裡。如果被發現，會有人問起的。寶藏……」

「他真的提到碎刃？」

「是的。一整個庫藏。」波丁說。

「榮刃。」阿瑪朗低語。「偉大的王子，拜託你，對我說你跟這個人說過的話。」

瘋子低聲說著紗藍聽過的同樣話語。阿瑪朗繼續跪著，最後終於轉向緊張的波丁，「怎麼樣？」

「他每天都會重複這些話，但只提到碎刃一次。」波丁說。

「我要親耳聽。」

「光爵……我們可能待上好幾天也都聽不到。拜託您，我們必須走了，執徒早晚會來巡察。」

阿瑪朗很不情願地站起。「偉大的王子。」他對縮成一團的瘋子說。「我會去收回你的寶藏，不要跟其他人提起。我會善用那些劍。」他轉向波丁。「來吧，我們去那裡找。」

「今天？」

「你說很近。」

「是啊，所以我才把他帶來這裡，可是——」

「如果他一不小心對別人說起，那我要他們找到時，寶藏已經不在。快帶路，你會得到厚賞。」

阿瑪朗大步離開。波丁在門邊等著，看著瘋子，然後也跟著出去，關上門。

紗藍長長吐出一口氣，蹲倒在地。「就像是錢球之海一樣。」

「紗藍？」圖樣問。

「我掉進去，淹過我的不是水。淹過我的東西連水都不是，我更不會知道該怎麼游出去。」

「我不懂這個謊話。」圖樣說。

她搖頭，顏色滲透她的衣服跟皮膚。她讓自己再次變回闉紗，走向門，身後是瘋子的呢喃。戰爭神將。回歸的時刻近了……

出去之後，她走回愛亞提所在的房間，然後拚命向找尋她的執徒道歉。她說她迷路了，可是又說會接受別人送她回轎子。

臨走之前，她彎腰擁抱愛亞提，假裝向她的姊姊告別。

「妳逃得出去？」紗藍低聲問。

「少笨了。當然可以。」

「拿著。」紗藍將一疊紙塞在愛亞提手中。「我寫了瘋子的胡言亂語，他一直重複自己的話，沒有改變。我看到阿瑪朗溜進去，他似乎覺得那些話是眞的，而且他在找那個瘋子先前提過的寶藏。我今晚會透過信蘆寫個報告給妳跟其他人。」

紗藍要起身，但愛亞提抱得更緊。「闉紗，妳是誰？」女人問。「妳發現了我偷窺妳，在街道上又甩掉我，這不容易。妳的畫讓墨瑞茲入迷，這又是另一件基本上不可能的事，因爲他見多識廣。妳今天還幹了這樣一件大事。」

紗藍感覺一陣興奮升起。這些人敬重她，爲什麼讓她這麼興奮？他們是殺人犯。

可是颶風的，這是她贏得的敬佩。

「我尋找眞相。無論是什麼，無論是誰擁有。這就是我。」她朝愛亞提點頭，然後抽身逃離了修道院。

那天晚上，在送出當天行動的完整報告，加上畫了瘋子、阿瑪朗、波丁等人之後，她從墨瑞茲那裡得到一個簡短的回應。

圍紗，眞相摧毀的人比拯救的人還要多，可是妳證明了自己的能力。妳不再需要害怕我們的其他成員，他們已經獲得指示，不准再動妳。妳需要取得一個特別的刺青，象徵妳的忠誠。我會送圖案過去。妳要加在身上哪裡都可以，但是我們下次見面時，必須讓我看到。

歡迎加入鬼血。

……記起變形的情況，同時接下來的訓練必須將其當做是從未受過訓練的動物。沒有辦法保證溫馴的幼蟲化蛹後會成為……

要鼓勵成蟲結蛹，持續餵食石百合的葉子。要阻止成年芻螺結蛹，
在飲水中加入幾滴板岩芝油，同時在颶風前餵食壓碎的殼蝨。在颶
風時將牲口關在室內，仍然是阻止芻螺結蛹的最有效辦法。

圖38：芻螺的變形階段：幼蟲（芻螺克姆林）、第一獸蛹、成年芻螺、第二獸蛹、衰老期。

65 活該的人

一年半前

現代女人的地位是什麼？加絲娜．科林如此撰述。雖然許多其他學者都問過同樣的問題，我卻對此相當反彈。這個問題本身代表的歧視觀點，他們似乎視而不見。他們認爲自己已經足夠進步，因爲他們願意挑戰過去認爲理所當然的觀點。

可是他們忽視了更大的理所當然——亦即女人的「地位」是需要被定義且確認的。有一半的人類必須被貶低、成爲僅僅一場對話中被界定的角色，無論這個角色的定義有多廣泛，其本質便已限制住女性可以成爲的無數樣貌。

我的看法是，女人沒有所謂角色，而是每個女人都可以擁有自己的角色，這個角色必須靠她自己建立。對於有些女人來說，那會是學者的角色；對於別人來說，那會是妻子的角色；對於其他人來說，那會是兩者兼是的角色。但也有人兩者兼非。

不要誤會我認爲一個女人可以成爲的角色有優劣之分。我的重點不是要將社會分割成更多階級——我們在這方面已經過於完善——而是要讓論述更多元化。

女人的力量不應來自於她的角色，無論她做何選擇，而是她選擇角色的權力。我很意外我必須特別明述這點，因爲我認爲這原應是此類對話中的基礎概念。

紗藍闔上書。父親兩個小時前才下令要刺殺赫拉倫。紗藍回到她的房間以後，父親的一對侍衛便出現在外面的走道中，應該不是爲了監視她——她不覺得父親知道她聽見了殺害赫拉倫的命令。那些侍衛是爲了要看住瑪麗絲，紗藍的繼母，不讓她逃走。

也許她想錯了。紗藍甚至不知道瑪麗絲是否還活著，因爲她父親離開之前曾經如此憤怒、冰冷地怒吼。

紗藍想要躲起來，想要縮在櫃子裡，用棉被裹住自己，緊閉起眼睛。加絲娜・科林書中的文字讓她獲得力量，雖然對她來說，光是去讀這本書就是種可笑的行爲。加絲娜光主描述選擇權的高貴，彷彿每個女人都有這樣的機會。在加絲娜的看法中，選擇成爲女人或學者似乎是個困難的決定。那根本不難！她覺得那根本是一個很棒的處境！相較於生活在充滿憤怒、憂鬱、絕望的家庭中，過著充滿恐懼的一生，那兩者都是太令人愉快的選擇。

她想像科林光主會是什麼樣的人，一個很有能力的女人，不會按照別人堅持她該有的樣子行事。一個有力量、權威的女人，一個有資源可以去追尋夢想的女人。

那會是什麼樣的生活？

紗藍站起身。她走到門邊，偷偷開了一條門縫。雖然天色已經變暗，兩名侍衛仍然站在走道盡頭。紗藍的心跳紛亂，她咒罵自己的膽怯。爲什麼她不能表現得像是個有所作爲的女人，而不是只當個躲在房間裡，用枕頭蓋住自己的人？

她全身顫抖地從房間出去，慢慢地走向士兵，感覺他們的目光盯在她身上。其中一人舉起手。她不知道那個人的名字。她以前知道每個侍衛的名字，但那些看著她長大的人，現在都被替換掉了。

「我父親要找我。」她沒有因爲侍衛的動作而停下。雖然他是淺眸人，但她不需要服從他。她也許在房中足不出戶，但她的位階仍然比他高出太多。

她走過那些人身邊，顫抖的雙手握緊成拳。當她經過父親的房門口時，聽到裡面傳出低低的啜泣聲。謝天謝地，瑪麗絲還活著。

她在宴會廳中找到父親，他獨自坐在裡面，兩個火堆都燃燒著熊熊火焰。父親趴在主桌邊，被嚴酷的火光點亮，盯視著桌面。

紗藍趁他注意到她之前進入廚房，調了他最喜歡的深紫酒，加上肉桂，加熱後可以驅走一天的寒氣。她走回宴會廳，將杯子放在他面前，看著他的眼睛。今天裡面沒有陰霾，只有他。這些日子以來，這樣的情況很難得。

「他們就是不聽話，紗藍。」他低聲說。「沒有人聽話。我居然要這樣與自己的家人敵對，實在令我痛恨。他們應該要支持我的。」他拿起酒杯。「維勤大半時間只知道盯著牆壁，傑舒根本沒用，巴拉特無時無刻反抗我，現在瑪麗絲也是。」

「我會去跟他們談談。」紗藍說。

他喝下酒，然後點點頭。「好，好，這樣好。巴拉特還跟那些該死的野斧犬屍體待在一起。我很高興牠們死了，那一窩根本都是沒用的崽子，反正他也不需要牠們……」

紗藍走入冰寒的空氣中。太陽落下，可是宅邸的屋簷下吊著燈籠。她鮮少在夜晚時看過花園的模樣，黑夜裡的花園多出一股神祕的氣息。藤蔓看起來像是從虛空中伸出的手指，想要抓住什麼，拖進夜色裡。

巴拉特躺在一張長凳上。紗藍來到他面前時，感覺腳下踩碎了些什麼東西。克姆林蟲的爪子，被一根一根從身體拔下，丟到地上。她打了個哆嗦。

「你該走了。」她對巴拉特說。

他坐起身。「什麼？」

「父親已經無法控制自己了。」紗藍輕聲說。「你得趁還可以走的時候趕快走。我要你帶著瑪麗絲一起走。」

巴拉特扒著一頭亂糟糟的卷髮。「瑪麗絲？父親絕對不會放她走。他一定會來追捕我們。」

「他反正都會追捕你們。」紗藍說。「他正在追捕赫拉倫。今天稍早的時候，他命令一個侍衛去追殺我們的哥哥。」

「什麼！」巴拉特站起身。「那個混帳！我要……我……」他在黑夜中看著紗藍，臉龐被星光點亮，然後整個人重新軟倒在長凳上，雙手捧住頭。「紗藍，我是個懦夫。」他悄聲說。「啊，颶父啊，我是個懦夫。我無法反抗他，我辦不到。」

「去找赫拉倫。如果有必要，你能找到他嗎？」紗藍說。

「他……可以，他留了一個在法拉斯的聯絡人名字，必要時可以聯絡到他。」

「帶著瑪麗絲跟愛莉塔離開，去找赫拉倫。」

「我沒辦法在父親找到我們之前找到赫拉倫。」

「那我們來聯絡赫拉倫。我們來安排你跟他會面，然後你可以趁父親不在的時候安排逃亡。他正在計劃幾個月後要去費德納一趟。趁他離開時快走，躲得遠遠的。」

巴拉特點點頭。「好……好，這樣好。」

「我會寫封信給赫拉倫。你必須警告他父親已經派出殺手，我們可以趁機要求他收留你們三個。」紗藍說。

「小東西，妳不該擔心這些。」巴拉特垂著頭。「赫拉倫以後就是我最大。我應該要阻止父親，我應該有辦法的。」

「把瑪麗絲帶走。這就夠了。」紗藍說。

他點點頭。

紗藍回到房間，經過父親，他還在思索他不聽話的家人。紗藍從廚房拿了點東西，然後回到台階口。她抬起頭，深吸幾口氣後，默唸幾遍如果被侍衛攔下該如何應對的說詞，然後衝上台階，打開通往父親起居室的門。

「等等。」走廊的侍衛說。「他下令任何人不得進出。」

紗藍喉頭一緊，雖然她已經演練多次，說話時仍然結結巴巴，「我剛才跟他說過話。他要我跟她談談。」

侍衛打量她，嘴裡嚼著什麼。紗藍感覺自己的自信畏縮，心跳劇烈。她居然得跟人面對面地對峙。她跟巴拉特一樣，都是懦夫。

他朝另一個侍衛揮手，後者下樓去詢問。終於，他回來，點著頭，先前的人不情願地揮手讓她進去。紗藍進了房間。

進到那個地方。

她已經很久沒有進來這個房間。在那件事發生之後……

在那件事發生之後……

她舉起手，遮住眼睛，擋住圖案後方散發的光。父親在這裡怎麼能睡得著？爲什麼沒有別人去看，沒有別人在乎？那光亮到要讓人瞎眼了。

幸好，瑪麗絲縮在面對那道牆的躺椅上，方便紗藍背向圖畫，擋住光線。她一手輕放在繼母的手臂上。

雖然兩人住在一起很多年，她還是不覺得自己認識瑪麗絲。這個女人是誰，居然會嫁給一個所有人都偷偷議論殺死自己前任妻子的男人？瑪麗絲負責紗藍的教育——意思是每次家教逃走之後，她都得找新的教師——可是瑪麗絲本身沒有多少能力教紗藍。自己都不懂的事情，怎麼能教導別人。

「母親？」紗藍出聲詢問。她用了那個字。

瑪麗絲抬頭。雖然房間中的光亮刺目，可是紗藍還是看到那女人的嘴唇裂開，正在流血。她捧著自己的左臂。沒錯，斷了。

紗藍拿出從廚房找來的繃帶與布塊，開始替瑪麗絲擦拭傷口。她得找別的東西替那隻手臂弄個綁帶。

「爲什麼他不恨妳？」瑪麗絲厲聲問。「他恨所有人，只除了妳。」

紗藍擦拭著女人的嘴唇。

「颶父啊，我爲什麼來到這個鬼家族？」瑪麗絲連續打顫。「他會殺了我們所有人。一個一個擊潰、殺死。他的內心充滿黑暗，我從他眼底看見過，有一頭野獸……」

「妳得離開。」紗藍低聲說。

瑪麗絲猛然大笑。「他永遠不會放我走。他什麼都不會放手。」

「妳不要問他。」紗藍低聲說。「巴拉特要逃去跟赫拉倫在一起。赫拉倫有強大的朋友，他是個碎刃師，他會保護你們。」

「我們絕對做不到。」瑪麗絲說。「如果我們去了，赫拉倫爲什麼要收留我們？我們什麼都沒有。」

「赫拉倫是個好人。」

瑪麗絲在座位上扭過身，看著紗藍的反方向。紗藍繼續包紮她的手臂，不再回答問題。終於，紗藍收起沾滿鮮血的布料，準備丟掉。

瑪麗絲低聲說：「如果我走了，巴拉特也跟我走了，他會恨誰？他會打誰？也許終於會打妳？那個眞的活該被打的人？」

「也許吧。」紗藍低聲回答，然後離開。

我們造成的破壞還不夠嗎？如今你腳下的世界承載了雅多納西的塑造與設計。我們至今的介入，除了帶來痛苦之外，別無他物。

腳步聲踩在卡拉丁囚牢外的石板地上。卡拉丁閉著眼睛，繼續毫無動靜地躺在原處，沒有去看。

爲了要阻隔心中的黑暗，他開始進行一系列的計畫。當他出去以後要做什麼？他必須向自己強調，那是一定會發生的以後。不是他不相信達利納。只是，他的思緒……他的思緒往往會背叛他，悄悄說著不是事實的話。

扭曲的眞相。以他現在的狀況，他能夠相信達利納說謊了。他能夠相信藩王其實暗地裡希望卡拉丁被關起來。畢竟卡拉丁是一個很糟糕的護衛，他沒有應付寫在牆上的神祕倒數計時，也沒有成功阻止白衣殺手。

當他的意識不斷對他低聲說謊時，卡拉丁相信橋四隊其實巴不得趕走他——他們只是假裝想要成爲護衛，好讓他高興。他們其實暗地裡希望能夠過自己想要的生活，他們喜歡的生活，沒有卡拉丁的干擾和破壞。

他應該要覺得這些假話很可笑的。可是一點也不可笑。

鏘。

卡拉丁猛然睜開眼睛，變得緊繃。他們要來抓走他、按照國王的旨令處決了嗎？他猛然從床上彈起，以戰鬥姿勢落地，手中握著空碗準備擲出。

站在牢門前的牢頭往後退了一步，睜大眼睛，「颶風的，你這傢伙，我還以為你在睡覺呢。好啦，你的刑期已經結束了。國王今天簽署了你的赦令，他們甚至沒有剝奪你的位階或職位。」男人揉揉下巴，然後拉開牢門。「你的運氣還眞好。」

運氣好。所有人都這樣說卡拉丁。不過，一想到能夠獲得自由，內心的陰暗便立刻被驅散，於是卡拉丁走向門口，充滿戒心地踏出牢房，牢頭不斷退後。

「你這個人戒心很重，啊？」牢頭是個低階的淺眸人。「不過大概就要你這樣才能當個好保鏢。」男人示意卡拉丁先出去。

卡拉丁沒動。

終於，牢頭嘆口氣。「好吧。」他走出門口，進入外面的走廊。

卡拉丁跟隨在後，每走一步，就覺得自己就又恢復之前的自己幾分。陰暗面被關起。他不是個奴隸。他是個士兵、卡拉丁隊長。他撐過了……多久？兩週，三週？短短一段被關在籠子的時間。

他自由了。他可以回到護衛的生活。但有件事……永遠地改變了。

再也、再也不會有人可以這樣對我。國王或將軍，光爵或光主都一樣。

他寧可先死。

他們經過面海的窗戶，卡拉丁停下來，吸入一口沁涼、新鮮的空氣。窗外只是平凡無奇的戰營景象，現在卻彷彿充滿了光輝。一陣微風吹動他的頭髮，他允許自己露出微笑，伸出手摸摸長了幾個禮拜鬍子的下巴。他得叫大石幫他剃掉。

牢頭此時說：「好了，他自由了。殿下，您能不能不要再玩下去了？」

「殿下？」卡拉丁轉頭去看，牢頭停在另外一間牢房前——一間位於走廊上較大的牢房。卡拉丁是被關在最深處、遠離窗戶的牢房。

牢頭用鑰匙轉動木門上的鎖，拉開。雅多林．科林，身穿一件簡單的貼身制服，走了出來。他的臉上也留了幾個禮拜的鬍子，不過他的鬍子是金色參雜著黑。王子深吸一口氣，然後轉頭看向卡拉丁，點點頭。

「他把你關了起來？」卡拉丁不解地說。「怎麼會……？為什麼……？」

雅多林轉向牢頭。「執行我的命令了嗎？」

「他們正在外面的房間裡等著呢，光爵。」牢頭聽起來相當緊張。雅多林點點頭，朝那裡走去。

卡拉丁來到牢頭身邊，抓住他的手臂。「怎麼回事？國王把達利納的繼承人關起來了？」

「跟國王沒關係。」牢頭說。「是雅多林光爵堅持要住進來，你被關著一天，他就不肯走。我們試圖阻止他，可是那人是個王子。我們根本沒辦法逼他做任何事，就連逼他走都不行。他把自己關在牢房裡面，我們也只能配合了。」

不可能。卡拉丁瞥向雅多林，王子正慢慢地走向走廊盡頭。他看起來比卡拉丁好得多——雅多林顯然洗了好幾次澡，他的牢房也比較大，有比較多隱私。

但那仍然是間牢房。

卡拉丁心想，我剛被關進來不久，那天早上聽到的吵鬧聲，就是這件事，是雅多林把自己關起來了。

卡拉丁小跑步跟上他，「爲什麼？」

「你不應該在這裡面。」雅多林眼睛直視前方。

「我破壞了你跟薩迪雅司決鬥的機會。」

「沒有你，我已經瘸了或死了。」雅多林說。「所以反正我也不會有跟薩迪雅司決鬥的機會。」王子停在走廊中，看向卡拉丁。「況且，你救了雷納林。」

「那是我的職責。」卡拉丁說。

「那我們需要給你更多薪資，橋小子。」雅多林說。「因爲我不知道還會不會有人手無寸鐵地下場參與六個碎刃師之間的混戰。」

卡拉丁皺眉。「等等，你用古龍水？在監牢裡還用？」

「就算被監禁，也不需要當個野蠻人啊。」

「颶風的，你還眞是被寵壞了。」卡拉丁笑著說。

「我這叫講究，你這大膽的農夫。」雅多林說完，露出大大的笑容，「況且，我可以告訴你，我在這裡洗澡用的水可是冷水。」

「眞可憐啊。」

「可不是嘛。」雅多林遲疑片刻後，伸出手。

卡拉丁握住。「抱歉。」他說。「我破壞了你的計畫。」

「呿，不是你破壞的。」雅多林說。「那是艾洛卡幹的。你認爲他不能直接忽略你的要求，繼續進行下去，讓我進一步挑戰薩迪雅司嗎？可是他卻當場大發脾氣，而不是掌控局面，執行計畫。去他颶風的傢伙。」

對方肆無忌憚的語氣讓卡拉丁猛眨眼，然後瞥向牢頭，後者站得遠遠的，很顯然一點都不想要引起他們的注意。

「你說的那些關於阿瑪朗的事情，是眞的嗎？」雅多林說。

「樣樣都是。」

雅多林點頭。「我一直在猜那個人藏了什麼祕密。」他繼續往前走。

「等等。」卡拉丁跑上前。「你相信我？」

雅多林說：「我父親是我所知最好的人，也許是這世界上最好的人，可是就連他都會發脾氣、判斷錯誤，而且有著不太好的過去。阿瑪朗似乎從來不曾犯錯。如果你聽說過跟他有關的故事，那你就會知道每個人都覺得他好像夜裡會發光，尿的都是瓊漿玉液。但在我看來，這種傢伙讓人覺得爲了要保持個好名聲，實在太過頭了。」

「你父親說我不該去挑戰他。」

「對啊。」雅多林來到走廊盡頭的門口。「決鬥已經完全正式化，我想你應該無法理解它的地位。深眸人不能挑戰阿瑪朗那樣的人，而且絕對不該用你的那種方法。你讓國王很尷尬，就像朝他給你的禮物上面吐口水一樣。」雅多林停頓。「不過，這對你來說應該沒關係了。尤其是今天之後。」

雅多林推開門。大部分的橋四隊成員都擠在一個小小的房間裡，應該是守衛們平常待著的地方。一張桌子跟幾張椅子都被推到牆邊，好讓二十幾個男人有地方可站。卡拉丁一走出來，所有人都同時朝他行禮，但是沒持續多久，便立刻爆發出歡呼聲。

那聲音……那聲音碾碎了黑暗，直到完全消失。卡拉丁發現自己露出了微笑，走出門口迎向他們，跟男人們握手，聽大石拿他的鬍子打趣。雷納林也在，穿著橋四隊制服，立刻去到雅多林身邊，低聲卻開心地對哥哥說話，不過手中仍然翻轉著經常把玩的盒子。

卡拉丁瞥向一旁。站在牆邊的那些人是誰？是雅多林的隨從們。那是雅多林的盔甲師嗎？他們端著幾樣用布蓋著的東西。雅多林進入房間，大聲地拍拍手，讓橋四隊所有人安靜下來。

雅多林說：「現在我擁有不只一把碎刃，另有兩把新的碎刃，還有三套碎甲。科林納如今擁有整個雅烈席卡中四分之一的碎具，而我也被定名為決鬥冠軍。這不令人意外，因為我們比賽的第二天晚上，雷利司就被送入返回雅烈席卡的車隊了，他父親想要借此隱藏他慘敗的事實。

「其中一套完整的碎具會送給卡爾將軍，我也下令將兩套碎甲送給我父親軍隊中軍階合適的淺眸人。」雅多林朝布塊點點頭。「剩下來還有一整套。我個人很好奇想要知道傳說是不是真的，如果深眸人跟碎刃締結聯繫，他的眼睛真的會變色嗎？」

卡拉丁感覺到一陣徹底的驚慌。又來了。又要發生一次了。

盔甲師取下布料，露出銀晃晃的碎刃，兩邊都有開鋒，中間有藤蔓纏繞的花紋。他們同時掀開腳下的布，露出一套漆成橘色的碎甲，來自於卡拉丁幫忙打敗的人之一。

接下這些碎甲，一切就會改變。卡拉丁立刻感到一陣暈眩，幾乎讓他站立不住。「我要怎麼處置都可以嗎？」

「拿去吧。」雅多林點點頭。「是你的了。」

「不是了。」卡拉丁說完，指著一名橋四隊成員。「摩亞許，拿著。你是新的碎刃師了。」

摩亞許臉上的血色褪盡。卡拉丁做好了心理準備，上次……他被雅多林抓住肩膀時，忍不住一縮，可是阿瑪朗軍隊中曾經發生的慘劇沒有再次發生。雅多林把卡拉丁拉回到走廊中，舉起手阻止橋兵交談。

「你們等等。誰都不准動。」雅多林下令，然後他壓低了聲音，對卡拉丁惡狠狠地說：「我可是要給你碎甲跟碎刃。」

「謝謝你。」卡拉丁說。「摩亞許會好好使用的。他一直跟著薩賀學習。」

「我沒有要給他，我是要給你。」

「如果眞的是給我，那我要怎麼處置都行。還是那其實不是我的？」

「你到底有什麼問題？」雅多林說。「那是每個士兵的夢想，無論他們是深眸或淺眸人。還是……是因爲……」雅多林眞的完全不能理解。

「我不是懷恨在心。」卡拉丁輕聲說。「雅多林，這些碎刃殺了太多我愛的人。我沒辦法直視它們，沒辦法碰觸它們而不看到鮮血。」

「你會成爲淺眸人。」雅多林低聲說。「就算改變不了你的眼睛顏色，你也會被算作是淺眸人。碎刃師會立刻晉級成第四達恩，你可以挑戰阿瑪朗，你的人生會徹底改變。」

「我不希望我的人生是因爲我變成了淺眸人而有所改變。」卡拉丁說。「我想要我這樣的人的人生……就是我現在的樣子……能夠改變。這個禮物不是給我的，雅多林。我不恨你或其他人，我只是不想要碎刃而已。」

「殺手會回來。」雅多林說。「我們都知道這件事。我寧可你手中有碎具可以支援我。」

「我沒有碎具，對你來說比較有用。」

雅多林皺眉。

「讓我把碎具交給摩亞許。」卡拉丁說。「你也見識過了，在決鬥場上，我沒有碎刃跟碎甲也可以應付得很好。如果我讓我最優秀的手下之一得到碎具，那能夠上場打的人就是三個，而不是兩個了。」

雅多林看向房間裡面，然後懷疑地看著卡拉丁。「你知道你瘋了吧。」

「我接受你的說法。」

「好吧。」雅多林走回房間。「你，摩亞許是吧？這些碎具現在是你的了。恭喜你。你現在比雅烈席卡九成以上的人都要更高階。給自己挑一個姓，要求加入科林旗幟下的一個家族，或者自己開創一個家族也可以。」

摩亞許瞥向卡拉丁，卡拉丁點點頭。

高大的橋兵走到房間一旁，伸手摸上碎刃。他的手指一路摸著劍身來到劍柄，然後握住，敬畏地舉起劍。跟大部分碎刃一樣，這把劍非常巨大，可是摩亞許很輕易地便單手握住。劍柄中鑲嵌的金綠柱石閃耀光芒。

摩亞許看向橋四隊其他人，一片睜大的眼睛跟無語大張的嘴巴回望他，勝靈繞著他升騰而起，成爲一團盤旋的光點，至少有二十幾隻。

「他的眼睛，不是應該變色了嗎？」洛奔說。

「要變的話也得等他跟那東西締結聯繫完成，那要花上一個禮拜。」雅多林說。

「替我穿上碎甲。」摩亞許相當急切地對盔甲師說，彷彿害怕會被人奪走。

「夠了！」大石如雷鳴的聲音充斥房間。在此同時，盔甲師已開始動手。「我們要開慶祝會！偉大的卡拉丁隊長，受颶風祝福之人，住在監牢之人。你，現在要來吃我的燉菜。哈！我這鍋從你被關起來以後就開始煮了。」

卡拉丁讓橋兵們簇擁著他來到陽光下，那裡還有一大群士兵等著，包括很多其他小隊的橋兵。這些人也在歡呼，卡拉丁還瞥到達利納就站在一旁。雅多林走過去找他父親，但達利納卻注視著卡拉丁。他的眼神在說什麼？好深沉。卡拉丁別過頭，接受眾橋兵的熱烈歡迎，他們紛紛與他握手，拍拍他的背。

「大石，你剛才說什麼？」卡拉丁說。「你說我被關的每一天，你都煮了一鍋燉菜？」

「不是。」泰夫撓撓頭之後說。「那個颶風的食角人一直在煮同一鍋，燉了好幾個禮拜。他不肯讓我們試吃，堅持晚上要起床顧著鍋子。」

「這是慶祝燉菜。」大石抱胸說。「必須慢燉很久。」

「好啊，那走吧。」卡拉丁說。「我的確想吃點牢飯以外的東西了。」

所有人發出歡呼，朝營房紛紛走去。他們一邊走，卡拉丁一邊順勢拉住泰夫的手臂。「我被關起來這件事，他們怎麼說？」

「有人想要劫獄，把你救出來。」泰夫輕聲承認。「我揍了他們一頓之後，就都老實了。沒有哪個好軍人沒被關過一兩天的，這是工作的一部分。他們也沒降你的級，所以只是想給你來個小懲大戒而已，其他人後來也都看明白了。」

卡拉丁點點頭。

泰夫瞥了一眼其他人。「現在他們對於阿瑪朗那傢伙頗爲憤怒，也對那個人很好奇。你也知道，任何跟你的過去有關的事，他們都可以拿來聊上半天。」

「帶他們回營房。我一會兒就過去。」卡拉丁說。

「別去太久。」泰夫說。「這批小傢伙守了這門口三個禮拜，你欠他們一場慶祝會。」

「一下就來，我只是想跟摩亞許說幾句話。」卡拉丁說。

泰夫點頭，小跑步去管束其他人。卡拉丁走回守衛房時，覺得一下子變得空曠起來。裡面只剩下摩亞許跟盔甲師。卡拉丁走到他們面前，看著摩亞許戴著護掌的手握起拳頭。

「我還是很難相信這是真的，阿卡。」摩亞許邊說，盔甲師邊幫他穿上胸甲。「颶風的……我現在比一些王國還要值錢。」

「我不建議你賣掉碎甲，至少不能賣給外國人。這種事情會被認為是叛國罪。」卡拉丁說。

「賣？」摩亞許猛然抬起頭，再次握拳。「永遠不會。」他露出微笑，一個純粹喜悅的笑容隨同胸甲的定位而綻放。

「我來幫他穿剩下的。」卡拉丁對盔甲師說。他們不情願地離開，留下卡拉丁跟摩亞許獨處。他幫著摩亞許戴上肩膀的護甲。「我在裡面時，有很多時間可以思考。」卡拉丁說。

「我可以想像。」

「這段時間讓我做出幾個決定。」卡拉丁邊說，邊卡上另一塊碎甲。「其中一個決定是，你的朋友們是對的。」

摩亞許猛然轉向他。「所以……」

「告訴他們，我同意他們的計畫。」卡拉丁說。「我會照他們的希望去做，好幫他們……完成目標。」

房間變得奇異地安靜。

摩亞許握住他的手臂。「我就跟他們說你會明白的。」他朝身上的碎甲揮手。「這也可以幫助我們完成必須做的事。我們得手之後，我覺得另一個你挑戰過的某人也需要被處理處理。」

卡拉丁說：「我會同意只是因為這是為了所有人好。對你來說，這是你的復仇，你不用跟我辯解太多。而我是覺得，這真的是雅烈席卡需要的。也許是這個世界需要的。」

「噢，我明白。」摩亞許戴上頭盔，掀起面甲。他深吸一口氣，然後走了一步，腳步卻一軟，差點整個人撲倒在地。他靠抓住桌子穩住身形，木頭卻在他的手下被捏成碎片。

他看著自己做的好事，然後大笑。「這……這會改變每件事。謝謝你，卡拉丁，謝謝。」

「我去叫盔甲師來幫你脫掉。」卡拉丁說。

「不不，你去參加大石的那個鬼慶祝會，我要去訓練場練習！除非我能自然地行動，否則我絕對不會脫下來。」

卡拉丁見識過雷納林至今為了學會使用碎甲花了多少努力，猜想摩亞許可能也得花上比他自以為還要更久的時間。可是卡拉丁沒說什麼，只是走入陽光下。

他閉起眼睛，仰著頭，享受了一陣子。

然後他小跑步離開，重回橋四隊。

67 口水與膽汁

我刻意選擇了我的道路。沒錯，我同意你對雷司的所有看法，包括他很危險這件事。

達利納停在從峰宮走下的之字路上，娜凡妮站在他身邊。漸暗的天色下，他們看著一道士兵形成的長河，從破碎平原流回戰營。貝沙伯與薩拿達的軍隊剛結束出勤，正在返回戰營，前面是他們之中比較早回到戰營的藩王。

下方一名騎士來到峰宮之下，應該是帶來給國王的消息。達利納看向他的一名侍衛——今晚有四人，兩個跟著他，兩個跟著娜凡妮——揮揮手。

「光爵，您想要細節嗎？」橋兵問。

「請拿過來。」

男子順著之字路往下小跑步。達利納看著他離開，陷入沉思。這些人的紀律非常嚴明，更特別的是他們雖有那種出身，可是卻不是職業軍人。他們不高興看到他們的隊長被關入監牢。

達利納猜想他們不會讓這件事成為問題。卡拉丁隊長把他們帶領得很好——他正是達利納在找的那種軍官。能夠主動表現，但不是爲了升遷，而是滿足於好好完成任務帶來的成就感。這種士兵往往一開始都很不順利，直到他們學會該怎麼保持冷靜。颶風的，達利納年輕的時候也不時需要有人狠狠地來一下，讓自己學乖點。

他繼續跟娜凡妮一起順著之字路慢慢走下去。她今晚看起來如此明豔動人，頭髮上編織著在光線下微微發光的藍寶石。娜凡妮喜歡兩人這樣慢慢地散步，而且他們不急著趕到宴會。

娜凡妮繼續先前的對話：「我一直在想，應該有辦法能把法器做成幫浦。其中得要包括一些特定的寶石，能夠吸取某些物質，放過其他物質，例如用於吸取從火堆冒起的煙霧，眞的會非常方便。你想，如果抽的是水呢？」

達利納沉哼一聲，點點頭。

「戰營中越來越多建築物裝了排水系統，學著卡布嵐司那套作法，但那些是利用地心引力來引流液體。我在想的是眞正的動力，靠著水管兩端的寶石抗拒地心引力的同時，把水流引出……」

他又沉哼了一聲。

「我們前些日子在碎刃的設計上有了突破。」

「什麼，眞的嗎？」他問。「怎麼發生的？什麼時候能有成品？」

她微笑，摟上他的手臂。

「怎麼了？」

「我只是看看你還是不是你。」她說。「我們的突破是發現碎刃上的寶石——用來跟使用者締結聯繫的——也許並不是碎刃原本設計的一部分。」

他皺眉。「這很重要嗎？」

「很重要。如果眞是如此，那就表示碎刃的動力不是來自於寶石。這全都得歸功露舒，她那天問起爲什麼就算寶石黯淡了，也還能召喚、驅散碎刃？我們沒有答案，所以她花了好幾個禮拜跟卡布嵐司聯繫，利用最近出現的新傳信站，後來她得到一段文字，出自於重創過後的幾十年，說人類靠著加上寶石學會召喚跟驅散碎刃。那是個意外發現，原本好像只是想要裝飾碎刃而已。」

他皺起眉頭，兩人一同繞過一片有園丁正加班細心照料的板岩芝，園丁一面仔細研磨板岩芝的輪廓，一面開心地哼著歌。太陽已經落下，薩拉思剛在東方升起。

娜凡妮以開心的語氣說：「如果眞是這樣，那我們又回到原點。對於碎刃是如何製造出來的這件事，一無所知。」

「我看不出來這爲什麼會是個突破。」

她微笑，拍拍他的手臂，「你想像一下，如果過去五年以來，你都認爲敵人的戰略是依照迪亞勒特的《戰事論》發展出來的，結果有人回報，他們從來沒聽說過這個論述。」

「啊……」

「我們一直以爲碎刃的力量與輕巧，都是來自於以寶石爲動力的法器。」娜凡妮說。「也許其實並非如此。寶石的用途似乎只用於與碎刃進行第一次締結聯繫，但燦軍卻不需要這麼做。」

「等等。他們不需要？」

「如果那段篇章的內容屬實的話，正是如此。那段話的含義是，燦軍向來都能驅散召喚他們的碎刃，但是這個能力有一段時間消失了，後來有人靠著在碎刃上加寶石才又重新得回。文章說武器其實會改變形狀來配合寶石，但是我不確定是否要相信這點。

「無論如何，在燦軍殞落之後，在人類學會要在碎刃上加入寶石好跟它們締結聯繫之前，這些武器顯然依舊超凡銳利跟輕盈，只是不能與其締結聯繫而已。這就解釋了我之前讀過了另外一些紀錄，當時內容看起來很讓人不解……」

她繼續說著，達利納覺得娜凡妮的聲音很動聽，可是對他來說，法器製造的細節並不急迫。他確實關心細節。他必須關心細節。爲了她，也爲了王國的需要。

他只是沒有辦法現在關心。在他的腦中，他正在重新順過進攻破碎平原的所有準備工作。要怎麼樣依照魂師的希望，不讓其他人看到他們？清潔應該不是問題，水源也很充足。他需要帶多少書記？馬匹呢？只剩下一個禮拜了，大多數的準備都已經就定位，例如行動木橋的建造還有補給品的估算。可是計畫永遠做不完。

不幸的是，最大的變數也是他沒有辦法明確規劃的：他不知道到時他會有多少軍力。這得看有哪些藩王——如果還有的話——願意加入他。不到一個禮拜就要出發了，他還是不確定是否眞的會有人加入。

達利納心想，我最需要的是哈山，他的軍隊很嚴明。要是艾拉達沒跟薩迪雅司綁得這麼緊就好了，我眞的看不透那個人。薩拿達跟貝沙伯……颶風的，如果他們之一同意加入，我眞的會帶他們的士兵一起去嗎？那會是我想要的軍隊嗎？我敢拒絕任何來加入我的武力嗎？

娜凡妮問：「你今天晚上沒辦法好好跟我談話了是吧？」

「沒辦法。」他承認。兩人此時來到峰宮底端，轉向南方。「對不起。」

她點點頭，他可以看到她的面具這時裂開了些許。她談論工作是因爲那是可以談論的話題。他在她身旁停下來。「我知道很痛。」他輕聲說。「可是會好起來的。」

「她不肯讓我做她的母親，達利納。」娜凡妮呆望著遠方。「你知道嗎？那幾乎就像是……像是加絲娜一長大，變成少女，她就不需要母親了。我想盡辦法要靠近她，但是她就是那樣冷冰冰的，好像靠近我就會讓她想起她曾經是個孩子。我那個好多問題的小女兒到哪裡去了？」

達利納把她拉入懷中，去他的禮教。周圍的三名護衛往旁邊挪了挪，轉頭看別處。

「他們也會奪走我的兒子。」娜凡妮低聲說。「他們正在想辦法。」

「我會保護他。」達利納承諾。

「那誰來保護你呢？」

他沒有答案。說他的護衛會保護他，那太虛假。她問的問題不是表面上那樣。那個殺手回來的時候，誰會保護你？

「我幾乎希望你失敗。你爲了保持王國的統一，讓自己成爲一個靶子。如果一切崩潰，如果我們再次破散成幾個小王國，也許他就不會再打擾我們了。」

「然後，颶風就會來臨。」達利納輕聲說。十一天。

娜凡妮終究抽開身子，點點頭，重新恢復儀態。「你說得對，自當如此。我只是……對我來說，這是第一次，要面對這樣的情況。你是怎麼辦到的，當呼呼死去的時候？我知道你愛她，達利納。你不需要爲了我的面子而否認這件事。」

他遲疑了。第一次，當加維拉死去的時候，她並沒有這樣傷心欲碎。她從來沒有這麼直接地表示他們兩人之間的……問題。

「對不起，這個問題由我問出來，是不是太難回答了？」她收起用來擦眼淚的手帕。「我道歉，我知道你不喜歡談她。」

問題不是它難答，而是達利納完全不記得他的妻子。好奇怪，他可以好幾個禮拜都不會注意到自己的記憶中有這個洞，有過這麼一個改變，從他這裡撕去了這麼一塊，然後又遮補起來。當她的名字被提起時，他聽不到她的名字，也感覺不到半點情緒。

最好趕快換話題。「娜凡妮，我真心覺得那個刺客跟這一切都有關。包括要來臨的颶風、破碎平原的祕密，就連加維拉也是。我的哥哥知道些什麼，他知道一件從來沒跟我們說過的事。」你必須找到一個人所能說出最重要的話語。「我幾乎願意付出一切，好知道那到底是什麼。」

娜凡妮說：「我會再去看看我當時的紀錄，也許他說過什麼能給我們一點線索。不過我得先跟你說，我看過那紀錄幾十遍了。」

達利納點點頭。「無論如何，先不要擔心這件事。今天，他們才是我的目標。」

兩人轉頭，看著滾滾而過的馬車，駛下附近的宴會盆地，那裡的光芒在夜晚中散發著淡紫。他瞇起眼睛，看到盧沙的車駕來到。那個藩王除了自己的碎刃之外，半件碎具都不剩了。在這場混亂中，他們斬斷了薩迪雅司的右手，可是頭還留著，而且是顆劇毒的頭。

其他藩王跟薩迪雅司幾乎是一樣大的問題。他們抗拒達利納是因為他們想要過著輕鬆的日子，跟以往一樣。他們沉溺於財富與遊戲，宴會將這一切彰顯得太明白，光是那些山珍海味以及豪華的裝扮就可見端倪。世界似乎就在末日的邊緣，雅烈席人卻還在暢飲豪宴。

「你不可以鄙棄他們。」娜凡妮說。

達利納皺眉更深。她太了解他了。

「聽我說，達利納。」她將他的身體轉過來，直到他直視她的雙眼。「如果父親憎恨自己的孩子，能有什麼好下場嗎？」

「我不恨他們。」

「你唾棄他們的奢靡無度，」她說。「你只差一點沒有同樣唾棄他們的為人。可是他們只是過著他們一直以來的日子，是這個社會教會他們過的日子。你不可能靠著鄙棄改變他們。你不是智臣，你該做的不是對他們冷嘲熱諷，而是要擁抱他們、鼓勵他們、領導他們，達利納。」

他深吸一口氣，點點頭。

「我會去女人島。」她邊說邊留意到橋兵護衛帶著台地戰的最新消息回來了。「她們覺得我是個怪異的活化石，屬於最好不要再提起的過去，但我認爲她們還是會聽我說話。至少有些時候會。我會盡力幫你。」

兩人分開，娜凡妮趕去宴會，達利納等著橋兵帶消息過來。台地戰很順利，獲得了一枚寶心。牠花了很久才來到目標台地，但那台地的位置在破碎平原深處，幾乎是他們探勘範圍的邊緣。帕山迪人似乎不打算跟他們爭奪寶心，但斥候還是站在遠處觀察。

達利納邊想著，他們再次決定不要開戰，邊走過通往宴會的最後一段距離。他們爲什麼有了這番改變？他們有什麼樣的計畫？

宴會盆地是好幾個魂術製造的島嶼，就在峰宮旁邊。盆地一如既往被灌滿了雨水，讓這些魂術製造的小山丘從小河間升起。水面散發著光芒，很多錢球都被丟入水裡，才會製造出這樣朦朧的景色，而且還是紫色的錢球，好呼應正升起的月亮，那懸在天邊的一道纖弱紫影。

每隔一段距離還是有燈籠，裡面放著黯淡的錢球，大概是不想搶了水光的風頭。達利納過橋走向最遠的島——國王的島，那裡男男女女可以同時出現，但只有最強大的貴族才會被邀請。他知道會在這裡找到藩王們，就連剛從台地戰回來的貝沙伯都已經出現了，這人偏好使用傭兵團做爲軍隊主力，所以這麼快就回來也是理所當然。一得到寶心之後，貝沙伯經常快馬加鞭地返回，讓傭兵們自己想辦法回來。

達利納經過智臣，他以一貫神祕的方法又回到戰營，而且正在侮辱每個經過他的人。

達利納今天不想跟這個人脣槍舌戰。他的目標是法瑪，這位藩王在最近一次晚餐時，似乎認眞聽取了達利納的計畫，也許只要催促一番，他就會同意加入攻擊帕山迪人的行動。

眾人的目光跟隨著達利納跨越島嶼的身影，他每走過一張桌子，就會像起疹子一樣，在身後冒出一片交頭接耳聲。他早已經預料到會有這樣的眼光，卻依然有點不自在。今天晚上這樣的注視是不是比平常多了些？久了些？他最近每次出現在雅烈席卡的社交場合中，就會看到太多人嘴唇上的一抹笑意，好像他們都知道了一個大笑話，只有他還不知道。

他找到法瑪時，他正在跟三名年紀較大的女子說話，其中一人是希微，一名出自盧沙家族的高等貴女，一反傳統地將她的丈夫留在家裡照看領地，自己來到了破碎平原。她打量達利納，臉上帶著笑，眼光卻像利刃。要扳倒薩迪雅司的計謀大都失敗了，一部分是因爲其中的損傷跟恥辱都被轉嫁到盧沙跟艾拉達身上，因爲他們派去跟雅多林決鬥的人都失去了碎刃師的身分。

不過反正這兩個人也不會站到達利納這邊，他們是薩迪雅司最堅定的支持者。

達利納來到他們身邊時，四個人都安靜下來。法瑪藩王在陰暗的光線下瞇起眼睛，上下打量達利納。這男人有著圓臉，身後站著一名端酒的隨侍，手中抱著某種來自異域的烈酒。法瑪經常自己帶酒來宴會，不論是誰主辦。對於許多宴會參與者來說，如果自己的話題能讓法瑪願意分享一小口他不知從哪裡運來的酒漿，那可是一場大大的勝利。

「法瑪。」達利納說。

「達利納。」

「我有件事想跟你討論。」達利納說。「我覺得你用輕騎兵進行台地戰的成果非常驚人。告訴我，你怎麼判斷是時候冒險以輕騎兵全力出擊的？馬匹的損傷可能會超越你來自寶心的收入，但是你的聰明策略讓你一直保持收支平衡。」

「我……」法瑪嘆口氣，看向旁邊。一群年輕人正看向達利納，同時偷笑。「這關於……」

又一片更響亮的聲響傳自於島嶼的另一邊。法瑪再次想開口說話，眼睛卻瞥向那裡，然後又是一輪更響亮的笑聲。達利納強迫自己去看，注意到女人們以手掩口，男人們以咳嗽掩飾驚呼，敷衍地維持了雅烈席卡的禮儀。

達利納轉頭去看法瑪，「怎麼一回事？」

「對不起，達利納。」

他身邊的希微將幾張紙夾在腋下，強迫自己不在意地迎向達利納的目光。

「恕我失陪。」達利納說。他雙手攢著拳頭，走到了島嶼另一邊，嘈雜聲的源頭。走近時，所有人反而安靜下來，分散成三三兩兩的人群，挪到一旁。他們幾乎像是有預謀一樣，散開的速度如此之快，讓他直接就面向了並肩同立的薩迪雅司跟艾拉達。

「你們在做什麼？」達利納質問兩人。

「饗宴啊。」薩迪雅司說完，往嘴裡塞了一塊水果。「很明顯吧。」

達利納深吸一口氣，瞥向旁邊的艾拉達。那人有著長脖子，禿頭頂，嘴唇上頂著一片翹鬍子，下巴還留著一綹短鬚。「你應該為自己感到羞恥。」達利納朝他低吼。「我哥哥認為你是朋友。」

「我不是嗎？」薩迪雅司說。

「你幹了什麼？」達利納質問。「所有人在說什麼，為什麼都在捂嘴偷笑？」

「你總覺得是我。」薩迪雅司說。

「因為每次我覺得不是你的時候，我都是錯的。」

薩迪雅司抿緊了嘴唇，微微一笑。他開口要回答，但想了想之後，只是往嘴裡又塞了一塊水果，嚼著，微笑。

「好吃。」然後，他沒再說話，轉身要走。

艾拉達遲疑片刻，也搖搖頭，跟著離開。

「艾拉達，我從來沒想過你會是一條只跟在主人腳後跟的狗。」達利納朝他身後喊。

沒有回答。

達利納低吼，順著原路走向島嶼的另一邊，尋找自己戰營的人，看看他們知不知道發生了什麼事。艾洛卡似乎連自己的宴會也要遲到，不過達利納看到他正從旁邊靠近。沒看到泰紗芙或卡爾，他們一定會出現的，因爲卡爾已經成爲碎刃師。

達利納也許得去另一個島，那裡的淺眸人位階低些。他正準備往那裡走時，一段交談聲讓他停下。

「噢，是阿瑪朗光爵啊。」智臣大喊。「我正希望今天晚上能見到你。我這輩子都在學習要怎麼樣讓別人感覺很淒慘，所以能見到一個在這方面如此天賦異秉的人，實在讓我衷心歡喜啊。」

達利納轉身，注意到剛來的阿瑪朗。他披著燦軍披風，手臂下夾著一疊紙，正停在智臣的椅子邊，附近的水光替他們的皮膚染上了一層紫色。

「我認得你嗎？」阿瑪朗問。

「不認得。」智臣輕鬆地說。「幸好你能把這件事加到證明你很無知的眾多事項之一。」

「可是我現在認得你了。」阿瑪朗伸出一隻手。「所以這事項也少了些。」

「拜託你饒了我吧。」智臣拒絕握手。「我可不希望沾染上它。」

「它？」

「就是你用來把手弄乾淨的東西啊，阿瑪朗光爵。一定是效果很強烈的東西。」

達利納趕忙過去。

「達利納。」智臣點點頭。

「智臣。阿瑪朗，那些紙是什麼？」

「你的一名書記攔截了這些，拿來給我。」阿瑪朗說。「在你來之前，大家都在傳遞這些副本。你的書記認爲如果娜凡妮光主還沒看到這些的話，她會想要看看。她人呢？」

「顯然避著你。」智臣插口。「運氣眞好的女人。」

達利納嚴厲地開口：「智臣，你介意別插嘴嗎？」

「我很少會介意的啊。」

達利納嘆口氣，轉頭去看阿瑪朗，接下紙張。「娜凡妮光主在另一座島上。你知道上面寫什麼嗎？」

阿瑪朗的表情變得嚴肅。「我希望自己不知道。」

智臣開心地說：「我可以用槌子敲你的頭，好好地揍你一頓之後讓你什麼都忘光光，你那張臉也會好看很多。」

「智臣。」達利納沒好氣地說。

「我只是開玩笑。」

「很好。」

「他的頭殼厚成這樣，用槌頭敲也凹不了的。」

阿瑪朗轉向智臣，臉上滿是不解。

「你很擅長這個表情。」智臣評論。「我想應該是因爲你時時都在練習吧？」

「這就是新的智臣？」阿瑪朗問。

「我可不想說阿瑪朗是個白癡……」智臣說。

達利納點點頭。

「……那我就得向他解釋白癡是什麼意思，但我不確定我們兩人都有足夠的時間等到他弄懂。」

阿瑪朗嘆口氣，「爲什麼還沒有人把他殺了？」

「蠢人行大運啊。我運氣好，你們都是蠢人。」

「謝謝你，智臣。」達利納抓住阿瑪朗的手臂，把他拖到一旁。

「再一個就好，達利納！」智臣說。「讓我再侮辱他一次，我就放過他。」

兩人繼續往前走。

「阿瑪朗大人。」智臣大喊，站起來鞠躬，聲音變得正經八百。「我向你敬禮。你是薩迪雅司那種小雜碎只能仰望崇拜的偉大目標。」

「那些紙？」達利納對阿瑪朗發問，刻意不去理會智臣。

「紙上描述你的……體驗，光爵。」阿瑪朗輕聲說。「你在颶風期間的體驗，是娜凡妮光主親自寫的。」

達利納接過紙。他的幻境。他看到一群群人聚集在島上聊天說笑，一邊瞥向他。

「我明白了。」他輕聲說。現在他明白那些人爲什麼偷笑了。「請你幫我去找娜凡妮光主。」

「如你所願。」阿瑪朗說完卻停下腳步，往前一指。娜凡妮正大步從另外一個島嶼往這裡而來，怒氣騰騰地走向他們。

「阿瑪朗，你對於其他人說我的事情，怎麼想的？」達利納說。

阿瑪朗正視他的眼睛。「這些絕對是全能之主親自送來的幻境，在我們極需的時候賜與我們。我眞希望我早一點知道這些內容，這讓我對於自己的位置很有信心，更堅信你受到神命，正是全能之主的先知。」

「死的神是不會有先知的。」

「死的……不，達利納！你一定是誤解了幻境中那句話。祂的意思是祂死在許多人的心中，他們不再聽從祂的命令。神是不會死的。」

阿瑪朗是這麼認眞。他爲什麼沒幫你的兒子？卡拉丁的聲音在達利納的腦海中迴響。阿瑪朗那天稍後當然來找過達利納，一面道歉，一面解釋因爲他被任命爲燦軍，不可能幫助一方去攻擊另一方。因此雖然他內心相當痛苦，仍然必須讓自己置身於藩王間的鬥爭之上。

「那個所謂的神將呢？我問你的事情？」達利納問。

「我還在查。」

達利納點頭。

阿瑪朗開口：「我很意外你還讓那個奴隸當你的護衛隊長。」他瞥向一旁，看著達利納今晚執勤的護衛站的地方，不在島上，卻有他們自己的一區，跟其他保鏢跟侍從站在一起，包括其他藩王的侍衛。

不久以前，很少人覺得來宴會需要帶上侍衛，現在那塊區域卻非常擁擠。卡拉丁上尉不在，他正在休息，調養監禁帶來的影響。

「他是個好士兵。」達利納輕聲說。「只是有幾道好不了的疤。」達利納心想，弗德勒弗在上，我自己也有這麼幾道。

「我只是擔心他沒有辦法好好保護你。」阿瑪朗說。「你的性命很重要，達利納。我們需要你的遠見、你的領導。不過如果你信任這個奴隸，那就如此吧，我絕對不介意聽到他向我道歉。不是因爲我的面子，只是爲了知道他已經放下自己的誤解。」

達利納沒有回答。娜凡妮大踏步走過通往他們這座島嶼的短橋。智臣準備要大聲說出對她的辱罵，但她用手中的一疊紙啪的甩了他一巴掌，幾乎沒看他一眼就逕自繼續朝達利納走去。智臣看著她的背影，揉著臉頰，露出笑容。

她來到兩人身邊時，也注意到達利納手中的紙了。他們兩人似乎都被一片帶著笑意的眼睛跟壓抑的笑聲包圍。

「他們加了內容。」娜凡妮壓低了聲音，怒聲說。

「什麼？」達利納質問。

她甩甩手中的紙。「這些！你聽說裡面的內容了沒？」

他點頭。

「裡面跟我寫的不一樣。」娜凡妮說。「他們改變了語氣，改變了一些我的話，暗示整個過程有多麼可笑，而且改寫成我好像只是在安撫你而已。更嚴重的是，裡面有另一個人的字跡，在取笑你的行爲跟說話。」她深吸一口氣，似乎是爲了讓自己鎮靜下來。「達利納，他們想要毀掉你最後一絲可信度。」

「我明白了。」

「他們怎麼拿到這些的？」阿瑪朗問。

「我相信一定是被偷的。」達利納說完，意會過來。「娜凡妮跟我的兒了身邊向來都有護衛，可是他們離開房間時，房間就沒什麼人看守了。我們在這方面可能太過鬆懈。這是我的誤解，我以爲他的攻擊會是朝著本人而來。」

娜凡妮看著一片淺眸人海，許許多多人聚集在不同的藩王身邊，沐浴在輕柔的紫光下。她靠得離達利納更近，雖然她的眼神如此凌厲，但他很瞭解她，猜得到她現在的心情。她感覺被背叛、被侵犯。兩人之間的私密被攤開、取笑，展現在世人面前。

「達利納，很抱歉。」阿瑪朗說。

「他們沒有改變幻境內容？有抄對嗎？」達利納問。

「就我所知，是的。」娜凡妮說。「可是語氣變得不同，還有那些嘲諷的注解。颶風的，這件事讓人作嘔。等我找到幹這種事的那個女人……」

「靜下心來，娜凡妮。」達利納輕按她的肩膀。

「你怎麼能這麼說？」

「因爲這是幼稚的人做出的事，他們以爲眞相能讓我尷尬。」

「可是那些評語！那些改變。他們做盡了一切要讓你顯得可笑，他們甚至扭曲了你提出的晨頌翻譯。這——」

「『如同我對持有其無法舉起的武器之稚兒無所畏懼，我亦將永遠不懼不懂思考之人的頭腦。』」

娜凡妮皺眉看他。

「出自《王道》。」達利納說。「我已經不是第一次參加宴會的緊張年輕人，薩迪雅司弄錯了，以爲我會像他那樣反應。輕蔑跟刀劍不一樣，它的鋒利只來自於你願意給予。」

「但它確實傷到你了。」娜凡妮迎向他的眼睛。「我看得出來，達利納。」

希望別人不夠了解他，沒辦法像她那樣看出來。確實是痛。痛是因爲這些幻境是他的，是交給他的，是爲了人類的存亡要分享給世人，不是被拿來取笑的。讓他痛的不是笑聲，而是失去了原本可以帶來的結果。

他離開她身邊，走過人群。他如今解讀的一些眼神是哀傷，不只是好笑。也許是他的想像，但他認爲有些人憐憫他多過於輕蔑。

他不確定哪種情緒更傷人。

達利納來到了島嶼盡頭的食物桌邊。在這裡，他拿起一個大鍋，交給旁邊一名倉皇的女侍，然後爬上桌，一手握住桌邊的燈籠柱，看向聚集的一小群人。這些是雅烈席卡中最重要的人物。

那些原本沒在看他的人，驚愕地轉頭看他站在那裡。他注意到遠處的雅多林跟紗藍朝這裡趕來，他們應該才剛到，剛聽到消息。

達利納低頭看向人群。他放聲大喊：「你們讀到的內容，是眞的。」

震驚的沉默。這樣引人注目並不是雅烈席人的風格，可是他今天晚上已經夠引人注目了。

「裡面添加的評論，是爲了減損我的可信度，娜凡妮的注解語氣，也受到了竄改，可是我不會隱藏發生在我身上的事：我看到了來自於全能之主的幻境。幾乎每次颶風發生時，都會有幻境出現。你們應該早就已經猜到。最近好幾個禮拜以來，一直都有關於我的體驗的傳言。也許我早就該跟眾人分享這些內容。從現在開始，我收到的每段幻境都會印刷公布，好讓全世界的學者都可以一起調查我看到的內容。」

他的目光找到薩迪雅司，後者正跟艾拉達還有盧沙站在一起。達利納握著燈籠柱，繼續看著下面的雅烈席人。「我不怪你們認爲我瘋了，這是自然的。可是在未來的夜晚中，當雨水沖刷你們的牆壁，狂風在咆哮時，你們會思索、你們會質疑。很快的，當我讓你們看到證據時，你們會明白，現在對於我的詆毀，到時會成爲我的佐證。」

他看著他們所有人的臉，有人大驚，有人同情，還有人好笑。

「你們有人認爲我會因爲這樣的攻擊而逃脫或被擊潰，」他說。「但這些人並不像自以爲的那麼了解我。讓宴會繼續吧，因爲我希望跟你們每個人談話。也許你們握在手裡的文字充滿了嘲諷，但如果你們想要嘲笑的話，就看著我的眼睛再笑。」

他從桌上下來。

開始他的行動。

❖

好幾個小時以後，達利納終於允許自己在宴會中找張桌邊坐下，疲憊靈在他身邊盤旋。這一晚上他都在人群中穿梭，強行插入對話，大力尋找進攻平原的支持。

他刻意不理會描述他經歷幻境的那些文件，除非直接被問到幻境的內容。他對所有人展現了他強大、自信的一面——成爲政治人物的黑刺。讓他們去仔細想想，再比較一下那些僞造文件中捏造出的脆弱瘋子。

隔著小河流——河流現在散發著藍光，換了一批錢球應和第二月亮的顏色——國王的車駕離去，載著艾洛卡跟娜凡妮去向不遠的峰宮，然後轎伕會把他們抬上頂層。雅多林已經離開，護送紗藍回到瑟巴瑞爾的戰營，那裡離這裡有點距離。

雅多林對這個年輕的費德女人似乎比先前幾位都更喜歡，就爲了這一點，達利納便傾向鼓勵兩人的關係，假如他能從賈．克維德那裡得到她家族的眞實消息就更好了。那個王國眞是一團亂。

大多數的淺眸人已經離去，留下他一個人在島上，其餘都是僕人跟清理食物的帕胥人。有幾名上僕被交付了用長竿網從河裡撈出錢球的任務。達利納的橋兵在他的建議之下，正在進攻宴會的剩菜，展現出得到意料之外的加餐後，只有士兵才具有的凶猛食欲。

一名僕人慢步走過，然後停下，手按著腰邊的配劍。達利納一驚，發現自己把智臣的黑色軍服誤認爲儲備上僕。

達利納擺出堅定的表情，內心卻在呻吟。居然是智臣？這個時候還來？達利納覺得自己彷彿已經在戰場上連續作戰了十個小時。眞奇怪，只不過是幾個小時的精細談話，就能讓他有類似的感覺。

「你今天晚上的作法非常聰明。」智臣說。「你讓攻擊變成了承諾。最睿智的人都知道，要讓侮辱失效的方法，往往只需要擁抱接納它即可。」

「謝謝你。」達利納說。

智臣俐落地點頭，眼睛注視著國王的車駕，直到它消失。「我發現自己今天晚上沒什麼要做的。艾洛卡不需要智臣，因爲今晚沒有多少人找他說話，所有人都來找你了。」

達利納嘆口氣，覺得所有力氣都耗盡。智臣沒有說出口，但他也不需要說出口。達利納懂他的暗示。*他們來找你，而不是去找國王。因爲基本上，你就是國王。*

達利納發現自己開口問：「智臣，我很獨裁嗎？」

智臣挑起一邊眉毛，似乎想要調侃一番，但片刻後，他放棄了這個念頭。「是的，達利納．科林。」他的聲音很輕柔，很安慰，彷彿在跟一個淚眼汪汪的孩子說話。「你的確是。」

「我不想要這樣。」

「我無意冒犯，光爵，但這話不盡全然。你尋求權力，掌握以後，很不容易放手。」

達利納垂下頭。

「不要哀傷。」智臣說。「這是獨裁的時代。我不認爲這裡已經準備好接受更不同的方式，而一個存有善念的獨裁者，遠勝過無力統治會帶來的災難。也許換了一個時空，我會耗盡口水和膽汁來唾罵你。但是今天，我稱許你，因爲你是這個世界所需要的。」

達利納搖頭。「我應該允許艾洛卡施展他的統治權，而不是像現在這樣頻頻介入。」

「爲什麼？」

「因爲他是國王。」

「所以那個位置是不可褻瀆的？神聖的？」

「不。」達利納承認。「全能之主，或者自稱是全能之主的那位，已經死了。就算他沒有死，我們的家族也不是生來就擁有皇權。這是我們強奪的，然後再強迫其他藩王接受。」

「所以爲什麼你會這樣覺得？」

「因爲我們錯了。」達利納說著，瞇起眼睛。「加維拉、薩迪雅司，還有我這麼多年前的行爲，是錯的。」

智臣似乎眞心感到驚訝。「達利納，你們統一了王國。你做了一件好事，一件非常需要做的事。」

「這樣也叫統一？」達利納朝殘餘的盛宴與離去的淺眸人揮揮手。「不，智臣，我們失敗了。我們碾壓了、屠殺了、也徹底失敗了。我在雅烈席卡得到的果，都是我種下的因。因爲我們靠著暴力奪取了王位，於是我們暗示，不，我們大喊力量就是統治權的根基。薩迪雅司認爲他比我更強大，所以他就有從我手中奪走王位的義務。這些就是我年輕時種下的因，所結出的果。如果我們要改變這個王國，需要的不只是獨裁，即便是心存善意的獨裁，這就是諾哈頓的教誨。這就是我一直以來沒有看清的事實。」

智臣點點頭，一臉沉思。「我似乎需要再讀讀你們那本書。不過我想要給你一個提醒。我很快就要走了。」

「走？」達利納說。「你才剛到。」

「我知道。我得承認，這實在很討厭。我發現了一個我需要去的地方，但說實話，我不太確定爲什麼我需要去。這運作得沒我希望的那麼好。」

達利納朝他皺眉。智臣和善地朝他微笑。「你是他們其中之一嗎？」達利納問。

「什麼意思？」

「神將。」

智臣笑了。「不是，謝謝你這麼想，但不是。」

「那你是我一直在找的嗎？」達利納問。「你是燦軍？」

智臣微笑。「我只是個人，達利納，徹徹底底到有時候我都希望自己不只如此。我不是燦軍。雖然我是你的朋友，請你了解，我們的目標並不完全相符，你不可以完全信任我。如果我需要看到這個世界崩壞焚燒才能得到我要的，我會這麼做。的確，我會因此落淚，但我還是會讓它發生。」

達利納皺眉。

「我會盡我所能來幫忙你。所以，我必須離開了。我不能太過冒險，因爲如果他找到我，那我就會什麼都不留存，連靈魂都會被撕碎扯裂到無法重合。我在這裡做的事情，遠比你想的還更要危險。」

他轉身要走。

「智臣。」達利納喊。

「什麼事？」

「是誰要找你？」

「你對抗的那位，達利納·科林。憎恨之父。」智臣行了禮，然後小跑步離去。

68

橋

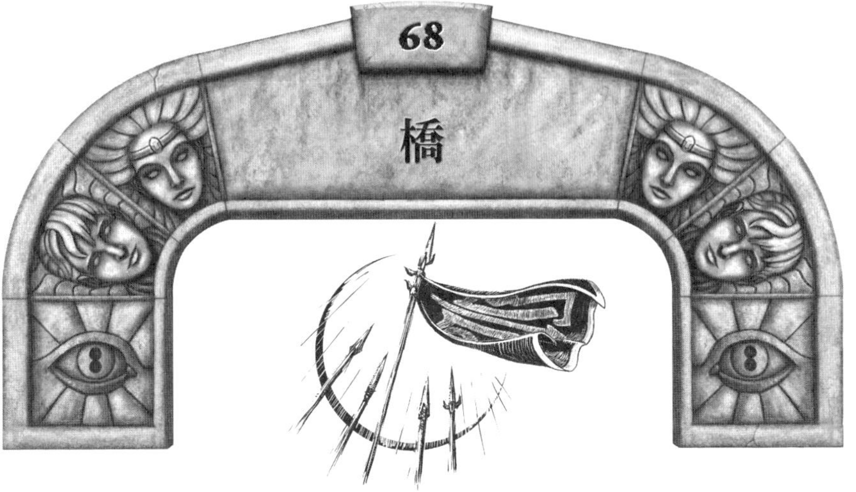

可是我覺得，一切都是因爲某個目的被設計出來，如果我們——身爲嬰孩——茫然無覺地在工作室裡亂闖，我們說不定會加速而非預防問題發生。

破碎平原。

卡拉丁無法擁有這片大地如同他擁有裂谷，那處讓他的人獲得庇護的地方。卡拉丁記得太清楚，第一次扛橋出勤時雙腳滿是鮮血，被這片破碎的崎嶇荒地所折磨的痛苦。這裡幾乎什麼都長不出來，只有偶爾一小簇石苞或一片野心勃勃的藤蔓從逆風面的台地邊緣朝裂谷垂下。這些裂谷底部塞滿了生命，但上面卻是荒枯的。

扛橋時的疼痛雙腳跟灼燒肩膀，與抵達目的地時等待的殺戮相比之下，簡直微不足道。颶風的……就連看著平原都會讓卡拉丁的心臟一緊一縮。他可以聽到空中呼嘯而過的箭矢，橋兵害怕的慘叫，帕山迪人的歌聲。

*我應該能救下橋四隊裡更多的人。如果我更快地接受了自己的力量，我是不是就可以做到？*卡拉丁心想。

他想吸入颶光讓自己定下心神。但颶光沒有被引入。他呆滯地站在原處，附近的士兵從達利納的巨大機械橋上行軍而過。他又試了一次。什麼都沒有。

他從布囊裡拿出一枚錢球。火馬克燃燒著慣常的光，點亮他的手指。出問題了。卡拉丁不像以前那樣，能夠感覺到裡面的颶光。

西兒跟著一群風靈在裂谷上方遠處一起飄過，她銀鈴似的笑聲浮在他四周。「西兒？」他輕聲詢問。颶風的。他不想讓人覺得他看起來像個傻子，可是他的內心開始泛起了驚慌，像被抓住尾巴的老鼠。「西兒！」

幾名行軍而過的士兵瞥向卡拉丁，然後抬頭看著天空。卡拉丁沒理會他們，只看見西兒化成一條光帶俯衝而下。她依舊咯咯笑著，繞著他轉圈。

颶光回到他體內。他又可以感覺到颶光了，於是卡拉丁貪婪地將颶光從錢球中吸走——不過他還沒完全不顧一切，依然記著要緊緊握住錢球，不讓光芒流出去。一枚馬克的光不足以暴露他的身分，但是體內有風暴在肆虐時，讓他感覺到愉快太多、太多了。

「發生什麼事了？」卡拉丁對西兒低聲說。「我們的聯繫是不是出了問題？是不是因爲我到現在還沒有找到該說的話？」

她落在他的肩膀上，化成年輕女子的形象。她看看他的手，歪著頭。「裡面有什麼？」她壓低了聲音，像是在跟他討論什麼祕密。

「妳知道這是什麼，西兒。」卡拉丁全身一涼，彷彿被一波颶風水澆透。「一枚錢球。妳剛才沒看到嗎？」

她看著他，臉龐純眞。「你做了壞的選擇。不乖。」她的五官模仿了他片刻後，往前一跳，似乎要讓他嚇一跳。她大笑出聲又消失了。

壞的選擇。不乖。所以都是因爲他答應要幫忙摩亞許刺殺國王。卡拉丁嘆口氣，繼續前進。

西兒不明白他的決定是對的。她是個靈，有著愚蠢、單一的道德觀。身爲人類就是經常被逼著在令人不齒的選項之中做出選擇。人生不像她希望的那樣乾淨整齊，而是一團汙穢，沾滿克姆泥。沒有人能在人生中走一趟而不被弄髒一身，就連達利納也不行。

「妳對我要求太多了。」他來到裂谷另一邊時，慍怒地對她說。「我不是古代的什麼偉大騎士，我是個已經崩壞的人。妳聽到我的話了沒，西兒？我已經崩壞了。」

她竄到他身邊，輕輕說：「傻瓜，他們都是這樣的。」一抹光中，她再次消失。

卡拉丁看著士兵魚貫過橋。他們沒有要進行台地戰，但是達利納還是帶來很多士兵。進入破碎平原就是進入戰區，帕山迪人永遠都是潛在的威脅。

橋四隊跨過機械橋，扛著自己比較小型的橋。卡拉丁完全不打算不帶橋出發。達利納用的那種機械——由芻螺拖著的巨大拖橋，可以被固定在地面上——相當驚人，可是卡拉丁不信任那種東西，絕對比不上他肩膀扛著的那種好橋。

西兒再次飛過。她眞的認爲他應該要按照她的對錯標準過活嗎？難道每次他做了一件也許會讓她不愉快的事，她就會把他的力量收走嗎？

那就像是過著脖子被套住繩套的生活。

他堅決不讓這些擔心破壞今天，接著去查看橋四隊。他告訴自己，看看寬廣的天空，呼吸風的味道，享受自由。在被關了這麼久以後，這些東西都是人間至善。

他發現橋四隊的人全都以稍息姿勢站在自己的橋邊。看到他們的新制服外套著舊的墊肩皮背心很奇怪，讓他們變成了混雜過去與現在的怪異組合。他們一起向他敬禮，他也回禮。

「稍息。」他下令，所有人就地解散、相互說笑。洛奔跟他的助手們則忙著分發水囊。

「哈！」大石坐倒在橋邊，開始喝水。「這東西，沒我記憶裡那麼難嘛。」

「因爲我們的速度比以前慢。」卡拉丁指著達利納的機械橋。「而且你比較的是剛開始扛橋的那段時間，不是後來吃好鍛鍊好的時候，那時已經變得比較容易了。」

「不。」大石說。「橋輕因爲我們打敗薩迪雅司。一切變回應該的樣子。」

「你這說法根本不合理。」

「哈！很合理。」他喝口水。「空氣病的低地人。」

卡拉丁搖搖頭，發現自己因爲大石熟悉的聲音而微笑。減緩口渴之後，他跑過台地，來到達利納正在對面過橋的地方。不遠處一片高大岩石地形聳立在台地上，最上面則是一棟像小碉堡的木造建築物，建築物頂端的一架望遠鏡反射著陽光。

沒有一座永久橋可以通向這塊台地，它就在離戰營最近的安全區外。安排在這裡的斥候都是跳高高手，他們可以利用長棍跳過裂谷間的狹窄裂縫，那感覺像是精神特別不正常的人才能從事的工作，所以卡拉丁向來都很敬重這些人。

其中一名跳高兵正在跟達利納說話。卡拉丁以爲他們應該要長得又高，四肢又修長，沒想到這個人反倒是矮壯，手臂很粗。他穿著科林制服，外套邊緣有白槓。

「光爵，我們確實看到了東西。」跳高兵對達利納說。「是我兩隻眼睛親眼所見，還用符文在我的筆記本記下了日期跟時間。那是個發光的男人，在平原上方的空中飛來飛去。」

達利納嗯了一聲。

「我沒發瘋，長官。」跳高兵不斷變換著重心。「其他人也都看到了，是我——」

「我相信你，士兵。」達利納說。「那是白衣殺手。他要找國王下手時，就是那樣。」

男人放鬆下來。「光爵，我也是這樣想的。軍營裡有些人說那只是我自己騙自己的幻覺。」

「沒人想要看到那傢伙。」達利納說。「可是他在這裡幹什麼？如果他都離得這麼近了，爲什麼沒來攻擊？」

卡拉丁不自在地清清喉嚨，然後指向看守人的駐紮區。「上面的碉堡，是木頭的嗎？」

「是的。」跳高兵回答，然後在注意到卡拉丁肩膀上的繩結時，說了一句：「呃，長官。」

「那不可能撐過一場颶風。」卡拉丁說。

「我們會把它拆下來，長官。」

「然後扛回營地？」卡拉丁皺眉問。「還是你們會把它留在這裡給颶風？」

「長官，留在這裡？」矮男子說。「我們跟它一起待在這裡。」他指指岩塊底部用鎚頭或碎刃切出來的一條隧道，看起來不太長——其實頂多只是一個凹洞。像是把上面平台的木頭地板給拆了，然後用零件在凹洞兩邊卡好，變成像是門的東西。

這裡的確需要精神特別不正常的人。

「長官、光爵，」跳高兵對達利納說：「白衣服的傢伙說不定就在這裡某個地方。」

「謝謝你，士兵。」達利納點頭讓人退下。「我們前行時，多留意一下。我們接獲回報，有裂谷魔靠近戰營。」

「是的，長官。」男人行禮，然後小跑步走向通往駐守位置的繩梯。

「如果殺手去找你怎麼辦？」卡拉丁輕聲說。

「我不覺得這裡跟別處有什麼不同。他早晚都會回來，不管是平原或皇宮，我們都得跟他打上一場。」達利納說。

卡拉丁嗯了一聲。「我只是希望你能夠接受那把雅多林贏來的碎刃。如果你能保護自己的話，我會比較安心。」

「我認爲結果會出乎你的意料。」達利納遮著眼睛，看向戰營。「但我覺得把艾洛卡一個人放在那裡不對。」

「殺手說他要殺的人是你，長官。」卡拉丁說。「如果你離國王遠一點，那更能保護他。」

「也許吧。」達利納說。「除非殺手是故意要誤導我們。」他搖搖頭。「我下次也許會命令你去守著他。我一直覺得我錯過了什麼重要的事情，就在我面前的事情。」

卡拉丁咬牙，想要不去在意突然泛起的一陣寒意。下次命令你去守著他……幾乎就像是命運要將卡拉丁推到一個能讓自己背叛國王的位置。

「關於你的監禁。」藩王說。

「我已經忘記了，長官。」卡拉丁說。至少是忘記達利納涉及的部分。「感謝你沒有把我降級。」

「你是個好軍人。」達利納說。「大多數時候。」他的眼睛瞥向橋四隊，他們正在扛起自己的橋。旁邊的一個人特別引起他的注意：雷納林，穿著橋四隊制服，也把橋扛好了。不遠處的雷頓大笑出聲，指點王子該怎麼把握。

「他其實已經開始融入了，長官。其他人都喜歡他，我沒想到會有這麼一天。」卡拉丁說。

達利納點點頭。

「他怎麼樣？」卡拉丁輕聲說。「在決鬥場的事情以後？」

「他拒絕跟薩賀練習。」達利納說。「就我所知，他好幾個禮拜都沒召喚碎刃了。」藩王又看了一陣子。「我無法判斷跟你的人相處對他來說是否有好處，到底是幫助他學習像個軍人般思考，還是鼓勵他躲避更重要的責任。」

卡拉丁說：「長官，容我說一句，你的兒子感覺與人格格不入，他沒有自己的位置，不知道如何與人相處，孤僻自閉。」

達利納點頭。

「那我可以很有自信地說，橋四隊應該是他能夠爲自己找到，最好的地方。」跟淺眸人說這種話感覺很奇怪，但這是眞的。

達利納嗯了一聲。「我相信你的判斷。去吧。要你的人仔細留意殺手的動靜，萬一他今天出現的話。」

卡拉丁點點頭，留下藩王站在原處。他聽說過達利納的幻境——也可以猜得出來幻境內容。他不知道自己對此有什麼想法，但打算去弄一份副本來，讓人讀給他聽。

也許這些幻境是西兒向來這麼堅決要信任達利納的原因。

時間過去，軍隊像是黏稠的泥漿順著緩坡慢慢流下，一切都只爲了讓紗藍看看裂谷魔的蛹長什麼樣。卡拉丁搖搖頭，跨越一座台地。雅多林絕對被她迷得七葷八素了，居然招來一整個軍團，包括他父親本人，只爲了滿足那女孩的願望。

「你居然在走路，卡拉丁？」雅多林騎馬小跑過來。王子騎著那頭白色巨馬，每個蹄子都有鎚頭那般大。雅多林穿著一身藍色的碎甲，頭盔套在馬鞍後面的一個把手上。「我以爲你可以任意徵用我父親的馬廄。」

「我也可以任意徵用後勤部的任何東西，但你並沒看到我可以扛個大鍋子在外面走。」卡拉丁說。

雅多林笑了。「你應該多試著騎馬。你不能否認騎馬是有好處的，像是奔跑的速度，攻擊的高度。」他拍拍馬脖子。

「我大概是太相信自己的雙腳了。」

雅多林點點頭，彷彿那是人類曾經說過最睿智的話，然後才策馬去看望坐在轎子裡的紗藍。卡拉丁覺得有點累，就從口袋裡掏出另一枚錢球，這次只是一枚鑽石夾幣，然後把錢幣握在胸前，吸氣。

再一次什麼都沒發生。颶風的！他轉頭要去找西兒，卻找不到她。她最近好貪玩，他開始在想這是不是某種惡作劇。他眞希望這是惡作劇，而不是其他的原因。雖然他經常在內心抱怨連連，但他其實極端想要擁有這個力量。他剛剛才擁有了天空跟風，放棄它們就像是放棄自己的雙手。

他終於來到這塊台地的邊緣，那裡正在架設達利納的機械橋。謝天謝地，他看到西兒正旁觀一隻在岩石上要往裂縫的安全處爬去的克姆林蟲。

卡拉丁在她身邊的岩石上坐下。「妳是在懲罰我，因爲我同意要幫助摩亞許，所以我才沒辦法好好使用颶光嗎？」

西兒跟在克姆林蟲後面，那是一種金龜子，有著閃耀光澤的圓殼。

「西兒？」卡拉丁問。「妳還好嗎？妳似乎……」

變回妳先前的樣子。我們一開始見面時那樣。承認這件事讓他內心升起一陣危機感。如果他的力量開始減弱，是因爲他們之間的聯繫變得衰弱了呢？

西兒看著他，眼神變得較爲集中，表情變回她原本的自己。「卡拉丁，你必須決定自己想要什麼。」她說。

「妳不喜歡摩亞許的計畫。妳在逼我改變對他的想法嗎？」卡拉丁說。

她皺起臉。「我不想要逼你什麼。你必須做你認爲是對的事。」

「我正是在這麼做！」

「我不覺得。」

「好，那我去跟摩亞許還有他的朋友說我退出，說我不幫他們。」

「可是你答應了摩亞許！」

「我也答應了達利納……」

她抿起嘴唇，迎向他的眼睛。

卡拉丁低聲說：「這正是問題，對不對。我給出了兩個承諾，卻不能兩樣都履行。」噢，颶風的。就是這樣的事情毀了燦軍嗎？

當你讓你的榮譽靈面對這樣的選擇時，會發生什麼事？無論怎麼選擇，都會違背承諾。

白癡，卡拉丁咒罵著自己。他最近似乎怎麼選都是錯的。

「我該怎麼辦，西兒？」他低聲問。

她一路飛到他面前的空中，與他四目對望。「你必須說出那些話。」

「我不知道是什麼。」

「找出來。」她抬頭看著天空。「卡拉丁，快點找出來。你去跟摩亞許說你不會幫他們已經沒有用了，光是那樣已經來不及了。你必須按照你的眞心行事。」她飛向天空。

「留在我身邊，西兒。」他站起身，朝著她的背影低語。「我會想辦法解決的。妳只要……別失去自己。拜託妳。我需要妳。」

一旁達利納的機械橋開始運作，士兵轉動握把，齒輪轉動，整座橋伸展開來。

「等等，等等，等等！」紗藍．達伐跑上前來，紅髮和藍絲綢一陣翻飛，頭上一頂寬大的帽子遮住太陽，兩名護衛跟在她身後跑來，但兩個人都不是加茲。

卡拉丁立刻掃射周圍，被她的語氣驚動，到處尋找白衣殺手。

紗藍氣喘吁吁地，內手按住胸口。「颶風的，那些轎伕是哪裡有問題？他們完全拒絕走得更快些，說什麼『那樣不莊重』。莊重根本不適合我。好了，等我一下，你們就可以繼續。」

她在橋邊的石頭上坐下，不解的士兵看著她翻出畫板，開始作畫。「好了，繼續吧。我一整天都想要畫下那座橋展開的步驟圖。颶風的轎伕。」

好奇怪的女人。

士兵們猶疑地繼續把橋架好，在達利納的三名工程師謹慎監督下展開橋樑——這三人都是藩王麾下去世軍官的寡婦。旁邊還有幾名木匠待命，以防橋卡住或是有零件斷裂。

卡拉丁握著矛，想要釐清西兒引發的情緒，還有他許下的承諾。他一定可以想到辦法的。不是嗎？看著這座橋，他的思緒被扛橋出勤的景象侵擾，不過這樣的打擾此刻令人歡迎。他明白薩迪雅司爲什麼偏好使用橋兵，那種雖然殘暴，卻很簡單的方式。那些橋比較快，比較便宜，也比較不容易出問題。而眼前這些巨大的橋很笨重，像是想要在海灣裡挪移的大船。

解決辦法就是有武裝的橋兵，卡拉丁心想，有盾牌的士兵，還有軍隊的完全支援讓他們就定位。可以有快速、靈活的橋，卻不會讓士兵被屠殺。

當然，薩迪雅司想要橋兵被屠殺，做爲誘餌去吸引飛箭，不去攻擊他的士兵。

一名木匠正在幫忙架橋，檢視其中一枚木製的固定柱，還在討論要雕一個新的。卡拉丁認得這個人。那個壯碩的男人額頭上有胎記，被他戴著的木匠帽遮住。

卡拉丁認得那張臉。那人是達利納的士兵嗎,就是在高塔之戰的屠殺發生後,喪失戰鬥意志的其中之一?有些那樣的人改換到戰營中的其他工作了。

卡拉丁的注意力一時被走過來、朝橋四隊舉手的摩亞許引開。橋四隊的人紛紛向他歡呼。摩亞許璀璨的碎甲——重新漆成藍色,尖端是紅色——在他身上看起來出奇地自然。還不到一個禮拜,摩亞許就已經能輕鬆地穿著碎甲行走了。

他來到卡拉丁身前,然後單膝跪倒,碎甲敲擊出聲。他的手臂橫過胸前,行禮。

他的眼睛……顏色眞的變淺了,不是以前的深褐色,而是淺褐色。他的碎刃斜背在身後,只差一天他就能與碎刃完全聯繫了。

「摩亞許,你不需要向我行禮。」卡拉丁說。「現在你是淺眸人了,比我還要高出好幾階。」

「阿卡,我永遠不會高過你。」摩亞許在頭盔下的臉直直地看著卡拉丁。「你是我的隊長,永遠都是。」他露出笑容。「不過我跟你說,看著那些淺眸人想辦法弄清楚要怎麼跟我打交道,眞是說不出的好玩。」

「你的眼睛眞的在變色。」

「對啊。」摩亞許說。「可是我不是他們的人,你聽到我說的嗎?我是我們的人。橋四隊。我是我們的……祕密武器。」

「祕密?」卡拉丁挑起一邊眉毛。「就連依瑞大概都聽說有你這麼一個人了,摩亞許。你是所有人記憶中,第一個得到碎刃和碎甲的深眸人。」

達利納甚至給了摩亞許土地跟土地的收入,金額相當慷慨,就算不是以橋兵的眼光看來都是如此。摩亞許有些時候還是會來吃燉菜,但不是每個晚上都來,他忙著布置他的新住處。

這沒什麼不對，這很自然。但這也是卡拉丁爲什麼拒絕碎刃的一部分原因，而且也可能是爲什麼他擔心淺眸人知道他的力量的原因。就算他們沒有找到奪走他力量的方法——他知道這份恐懼是不理性的，雖然他還是這樣覺得——他們也許會找到方式把他的橋四隊奪走。他的人……他的自我。

奪走它的人，也許不是他們。卡拉丁心想。你也許正在這樣害死自己，遠比任何淺眸人做的事都有效。

這個念頭讓他的胃翻江倒海。

「我們差不多了。」摩亞許輕聲說，看著拿出水囊的卡拉丁。

「差不多了？」卡拉丁問。他放下水囊，轉過頭去看背後的台地。「我以爲還有好幾個小時才會到死蛹那裡。」

那裡很遠，幾乎跟軍隊出勤時的距離一樣遠。貝沙伯跟薩拿達昨天殺了那一隻。

「不是那個。」摩亞許看向一旁。「別的。」

「噢。摩亞許，你……我是說……」

「阿卡。」摩亞許說。「你跟我們站在一起，對不對？你說過的。」

兩個承諾。西兒要他跟著眞心走。

「卡拉丁。」摩亞許神色一正。「你給了我這些碎具，即使你氣我不聽你的命令。但這是有原因的，你內心深處知道我做的事是對的。這是唯一的答案。」

卡拉丁點點頭。

摩亞許環顧四周後，站起身，碎甲發出敲擊聲。他彎下腰壓低聲音說：「不要擔心。葛福斯說你不需要做什麼，我們只需要機會。」

卡拉丁覺得胸悶。「我們不能在達利納待在戰營的時候動手。」他低聲說。「我不准你們有傷到他的可能。」

「沒問題。」摩亞許說。「我們也是這樣覺得。我們會選擇好時機。最新的計畫是用箭射殺國王，這樣就不會讓你或別人惹上嫌疑。你把他帶到定位，葛福斯會親自用弓箭射死他。他是個神射手。」

箭。像是懦夫幹的事。

這是必須的。必須的。

摩亞許拍拍他的肩膀，穿著一身鏘啷作響的碎甲離開。颶風的。卡拉丁只需要把國王帶到特定的位置……然後背叛達利納對他的信任。

如果我不幫他們殺死國王，難道就不是背叛正義與榮譽嗎？國王虐殺了——或等同虐殺了——許多人，有些是因爲他的無所謂，有些是因爲他的無能。

颶風的，達利納也不是無辜的。如果他有他自己假裝的那樣高貴，不就應該把羅賞關起來，而非把他送到一個「不會作惡」的地方？

卡拉丁走到橋邊，看著他的人過橋。紗藍．達伐端莊地坐在一塊岩石上，繼續畫著橋的機械。雅多林下了馬，把馬交給馬伕去餵水。他招手要卡拉丁過去。

「小王子，你有啥事？」卡拉丁來到他面前問。

「有人看到殺手出現在這裡。晚上，在平原。」雅多林說。

「對。我聽到斥候這麼告訴你父親。」

「我們需要計劃一下。如果他在這裡動手怎麼辦？」

「我正希望他動手。」

雅多林看著他，皺眉。

「就我所見，還有就我所知，關於殺手一開始對先王下手的那次，他靠的就是目標的混亂。他會從牆壁跳下來，跳上天花板，會讓人摔向不自然的方向。不過這裡可沒有牆壁或天花板。」卡拉丁說。

「所以他直接用飛的就好。」雅多林皺著臉說。

「對。」卡拉丁微笑，手一指，「但是我們有……多少？三百名弓箭手在身邊？」

卡拉丁很有效地利用他的能力對付過帕山迪弓箭，所以也許弓箭手無法殺死殺手，但是他想像那個人要是得對付一波又一波的飛箭，想要攻擊也很困難。

雅多林緩緩點頭。「我會去跟他們談談，要他們準備好迎敵。」他開始過橋，卡拉丁也跟上他。兩人經過紗藍，她還在埋首作畫，甚至沒注意到雅多林朝她揮手。淺眸女人跟她們的娛樂。卡拉丁搖搖頭。

「你懂女人嗎，橋小子？」雅多林問，轉過頭去看著紗藍，腳下繼續過橋。

「淺眸女人？」卡拉丁問。「謝天謝地，不懂。」

「大家都覺得我很瞭解女人。」雅多林說。「事實是，我知道要怎麼樣讓她們笑，讓她們對我產生興趣，可是我不知道該怎麼留住她們。」他遲疑了一下。「我真的想要留住這一個。」

「那……也許就這樣告訴她？」卡拉丁說著，想到塔菈，想到他犯下的錯誤。

「這種事對深眸女人有用嗎？」

「你問錯人了。」卡拉丁說。「我最近沒時間應付女人，忙著保命都來不及。」

雅多林似乎沒在聽。「也許我能跟她說點類似的事……好像太簡單了，但她一點也不簡單……」他轉頭去看卡拉丁。「總而言之。白衣殺手。我們需要更完整的計畫，不能只是叫弓箭手準備而已。」

「你有什麼想法嗎？」卡拉丁說。

「你沒有碎刃，但也不需要，因爲……你知道的。」

「我知道的？」卡拉丁覺得一絲緊張升起。

「對啊……你知道的。」雅多林轉過頭，聳聳肩，想裝做若無其事的樣子。「那個。」

「哪個？」

「那個……用……呃，那個的？」

他不知道，卡拉丁這才明白過來。他只是在套我話，想知道我爲什麼這麼能打。

而且他的技巧眞的非常、非常差。

卡拉丁放鬆下來，甚至發現自己對雅多林笨拙的嘗試露出微笑。能感覺到驚慌或擔憂以外的情緒，眞好。「我不覺得你知道自己在說什麼。」

雅多林的表情變得凶惡。「你有哪裡很怪，橋小子。你就承認吧。」他說。

「我什麼都不承認。」

「你跟那個殺手一起摔下去，卻還活著。」雅多林說。「一開始我還擔心你是跟他一夥的，現在……」

「現在怎麼樣？」

「我決定無論你是什麼人，你都是站在我這邊的。」雅多林嘆口氣。「總而言之我的直覺說，最好的計畫就是我們在決鬥場中一起作戰時的方式。你引開他的注意力，讓我來殺他。」

「可能有效，不過我擔心他不是那種會讓自己分心的人。」

「雷利司也不是。」雅多林說。「我們會辦到的，橋小子。你跟我一起，我們要扳倒那怪物。」

「我們得動作快。」卡拉丁說。「如果時間拖長了，他會贏。還有雅多林，攻擊脊椎或頭部，不要想著先削弱他，直接下殺手。」

雅多林皺眉。「爲什麼？」

「我們一起摔下去的時候，我看到的。」卡拉丁說。「我割傷了他，但是他卻讓傷口癒合了。」

「我有碎刃，那個他可癒合不了……是吧？」

「最好不要知道答案。下殺手，相信我。」

雅多林迎向他的眼睛。「奇怪的是，我還眞的會。我是說，我相信你。這種感覺眞奇怪。」

「是噢，那我會盡量克制自己，不要開心到在台地上一路又蹦又跳回去。」

雅多林露出大大的笑容。「我願意付錢看。」

「看我又蹦又跳？」

「看你開心是什麼樣子。」雅多林大笑出聲。「你這張臉跟颶風一樣！我差一點認爲你可以把颶風嚇跑了。」

卡拉丁哼了一聲。

雅多林又笑了，拍拍他的肩膀，轉頭去看紗藍終於過了橋，應該是畫完了。她欣悅地看著雅多林，當他伸手要去牽她時，她卻踮起腳尖，親了他的臉頰一下，讓雅多林驚訝地往後一仰。雅烈席人在公眾場合通常比較保守。

紗藍朝他燦爛地一笑，然後她轉身，驚呼，一手掩口。卡拉丁又是一驚，到處尋找危險——可是紗藍只是衝向附近的另一堆岩石。

雅多林舉手摸著臉頰，轉頭笑著去看卡拉丁。「她大概看到一隻有趣的蟲子。」

「不是，是苔蘚！」紗藍大喊回答。

「啊，當然。」雅多林慢慢地走過去，卡拉丁跟在身後。「苔蘚。好刺激啊。」

「你別吵。」紗藍朝他搖搖鉛筆，然後彎下腰，檢視岩石。「這裡的苔蘚生長區域分布很怪，會是什麼造成的呢？」

「酒。」雅多林說。

她瞥向他。

他聳聳肩。「我發瘋都是酒造成的。」他看向卡拉丁，後者搖搖頭。「很好笑啊。」雅多林說。「我是在說笑話啊！呃，算是吧。」

「你別吵。」紗藍說。「這幾乎像是開花石苞的生長方式，就是在平原這裡常見的那種……」她開始素描。

卡拉丁雙手抱胸，然後嘆口氣。

「嘆氣是什麼意思？」雅多林問他。

「無聊。」卡拉丁回頭看軍隊，還在過橋。三千人——在大幅增兵之後，這大概是達利納目前軍隊的半數人——在這裡的行動頗花時間。出勤的時候，過橋的速度感覺很快，但卡拉丁每次都覺得筋疲力竭，很珍惜休息的時間。「在這裡什麼都沒有，大概除了苔蘚之外，也沒什麼刺激的。」

「你也閉嘴。」紗藍告訴他。「去擦你的橋什麼的。」她彎下腰，用鉛筆戳戳正在爬過苔蘚上的蟲子。「啊……」她說完，快速寫了筆記。「而且你錯了。這裡有很多令人覺得刺激的事，只要找對地方。有些士兵說他們看到了裂谷魔，牠會攻擊我們嗎？」

「紗藍，妳的語氣也太期待了一點。」雅多林說。

「我想要能夠好好地替裂谷魔素描啊。」

「我們會送妳去獸蛹那裡。妳得知足了。」

紗藍的研究其實只是藉口，卡拉丁看得出來眞實原因。達利納今天帶出來的斥候非常多，所以卡拉丁猜想他們一旦找到了蛹——位於未探索區域的邊緣——就會繼續出發，去探查消息。這一切都是爲了達利納的出兵行動做準備。

「我不明白爲什麼我們需要這麼多士兵。」紗藍注意到卡拉丁研究著軍隊的眼光。「你們不是說帕山迪人最近沒有來跟你們爭奪蛹嗎？」

「是啊。」雅多林說。「所以我們才擔心。」

卡拉丁點頭。「敵人一改變戰術，就應該要開始擔心。有可能是他們已經被逼得走投無路了，而走投無路的敵人非常、非常危險。」

「以一個扛橋的來說，你很擅長軍事思考嘛。」雅多林說。

「眞巧，以一個王子來說，你很擅長不討人不嫌。」卡拉丁說。

「謝謝。」雅多林說。

「親愛的，他是在罵你。」

「什麼？是嗎？」雅多林說。

她點點頭，繼續作畫，不過卻抬起頭看了卡拉丁一眼。他平靜地回視她。

「雅多林。」紗藍轉頭去看面前的小岩堆。「能請你幫我殺了這團苔蘚嗎？」

「殺……苔蘚。」他看向卡拉丁，後者只是聳聳肩。他怎麼會知道淺眸女人是什麼意思？她們是一群怪胎。

「對。」紗藍站起身說。「朝那團苔蘚還有後面的岩石好好砍一下。算是幫你的未婚妻一個忙。」

雅多林一臉不解，卻照她要求的做了，召喚出碎刃，往苔蘚跟岩石一砍。小堆岩石的上方滑落，輕鬆地被砍斷，傾倒在台地的地面上。

紗藍熱切地走上前，蹲在完全平整的切割石面上。「嗯嗯。」她點點頭，開始作畫。

雅多林驅散了劍。「女人！」他朝卡拉丁聳聳肩，然後也沒說一聲，直接跑走去要水喝。

卡拉丁朝他身後走了一步，但是又遲疑了。紗藍在這裡到底看哪裡有趣了？這女人是個謎，他知道除非他了解她，否則無法完全安心。她太容易能夠接觸到雅多林，因此也能接觸到達利納，所以他不能不調查。

他走上前去，從後面看著她的畫。「岩層。妳在算克姆泥留下的岩層數量，猜測這岩石有多老。」

「猜得沒錯。」她說。「可是這裡不適合進行岩層斷代。台地上的風力太強，克姆泥沒辦法平整地在凹陷處堆積，所以這裡的岩層不穩定也不正確。」

卡拉丁皺眉，瞇起眼睛。這塊石頭的切面顯示出外面是正常的克姆泥，有不同的褐色露出不同岩層，可是岩石的中心是白色的。這裡不常見到這種白色的岩石，必須特別從岩礦中挖出才有，表示這要不是很奇特的現象，再不然……

「這裡曾經有建築物。很久以前。一定是經過好幾個世紀的克姆泥堆積，才能在地面的東西上堆出這麼厚厚一層來。」卡拉丁說。

她瞥向他。「你比看起來聰明。」然後她繼續作畫，又補了一句：「幸好……」

他哼了一聲，「妳爲什麼每一句話都要調侃別人？妳這麼迫不及待要證明妳有多聰明嗎？」

「也許我只是不高興你佔雅多林的便宜。」

「佔便宜？」卡拉丁問。「因爲我說他討人厭？」

「你故意用一種你知道他不會懂的方式說話，好讓他看起來像個笨蛋。但他很努力要對你好。」

「對。」卡拉丁說。「他向來對包圍在他身邊崇拜他的小深眸人都這麼寬容大量。」

紗藍的炭筆用力拍在畫紙上。「你眞的是一個很可惡的人，對嗎？你假裝無趣，露出危險的瞪人目光，還吼來吼去……其實你只是憎恨人類吧？」

「什麼？我才不——」

「雅多林很努力了。你的遭遇讓他覺得難受，所以他盡他所能地彌補你。他是個好人。要你別這樣一直刺激他，很過分嗎？」

「他叫我橋小子。」卡拉丁覺得一股倔氣湧起。「他一直在刺激我。」

「對，因爲他一天到晚惡狠狠地走來走去，不是臭著臉就是罵人。」紗藍說。「雅多林・科林，是破碎平原上最難相處的人。我就說，看看他那樣子！他眞的很難讓人喜歡啊！」

她用炭筆一指，雅多林正在跟深眸的倒水小童們一起大笑。馬伕牽著雅多林的馬走來，雅多林從鞍橋上取下碎甲頭盔，遞過去讓一名倒水小童試戴，戴在那小孩頭上簡直大得好笑。

卡拉丁惱怒地看著男孩擺出碎刃師的姿勢，所有人又一起笑開。他回頭看紗藍，她正雙手交叉在身前，畫板放在平坦的石面上，得意地朝他微笑。

眞是令人難以忍受的女人。呿！

卡拉丁拋下她，自顧自地走過粗糙的地面去加入橋四隊，堅持要扛一輪橋，雖然泰夫抗議說這種事「不符合他的身分」。但他才不是什麼颺風的淺眸人。他絕對不會把體力勞動看做是不符合自己身分的事。橋的熟悉重量壓在他的肩膀上。大石說得對，橋確實感覺比以前輕了。他露出微笑，聽著洛奔的表親們紛紛咒罵，他們跟雷納林一樣，都是第一次出勤，第一次扛橋。

他們扛著橋跨過一道裂谷——踩著達利納用的那種較大、行動較不便的橋而過——然後開始橫越台地。卡拉丁走在橋四隊前面，可以想像自己的人生就是這麼簡單。沒有台地上的攻擊，沒有飛箭，沒有刺客或需要保護的人。只有他，他的隊伍，還有一座橋。

可惜當他們來到台地另一邊時，他又開始覺得累了，而且——反射性地——想要吸入颶光來增強體力。颶光就是吸不進來。

生活並不簡單。從來都不簡單，扛橋時尤其如此。想假裝不是如此，就是在粉飾過去。

他幫忙放下橋，注意到先鋒軍已經走在軍隊前面。他跟其他橋兵把橋推到位置上，先鋒們開心地趁機成爲第一組過橋的人，繼續前往下一個台地就位。

卡拉丁跟其他人跟在後面，半個小時以後，就讓先鋒軍又踏上了另一座台地。他們就這樣走了一段時間，等著達利納的橋先到，然後戴著先鋒軍去到下一個台地。好幾個小時過去，滿身大汗、肌肉痠疼的好幾個小時。很好的幾個小時。卡拉丁沒有想清楚國王的事情該如何處理，也沒想出自己在那個人可能被刺殺的行動中會佔據什麼角色，此時此刻，他扛著橋，享受跟隨一支軍隊不斷前行，在寬廣的天空下朝目標邁進的滋味。

烈日漸高，他們也靠近了目標台地，被挖空的蛹等著紗藍研究。卡拉丁跟橋四隊讓先鋒軍先過橋，一如之前，然後在原位開始等待。終於，整體大軍抵達，達利納慢吞吞的橋也就定位，橋板搖下來跨越裂谷。卡拉丁大口大口地吞著溫水，看著眾人。他以水洗洗臉，然後擦擦額頭。他們不遠了。這個台地在平原深處，幾乎就要到「高塔」那座台地。回去得走上好幾個小時，如果他們跟來時一樣輕輕鬆鬆地走過來，等他們回到戰營的時候，天色一定已經大黑了。

如果達利納確實想要攻擊破碎平原中心，就得行軍好幾天。這段期間軍隊都會暴露在台地上，冒著被包圍，被隔斷跟戰營之間聯繫的風險，卡拉丁心想。

泣季確實是最適合的。整整四個禮拜都在下雨，卻沒有颶風。這是無颶年，所以就算是這段期間正中間的光日，也不會出現颶風——這循環每兩年一輪，共一千日。他知道很多雅烈席卡巡邏隊都已經嘗試過要去東方探險，每次都被颶風、裂谷魔，或帕山迪突襲小隊摧毀。

除非是全軍出動，全面將資源帶往平原中央，才有可能成功。但這樣的攻擊行動會讓達利納還有跟著他一起出來的人孤軍在外。

達利納的橋重重落下，就定位。卡拉丁的人走著自己的橋過去，準備要將橋抽回，去幫助前鋒軍行動。卡拉丁也過了橋，揮手要他們先走。他走到較大的橋隊正在修整的地方。

達利納正在過橋，旁邊跟著一些斥候，全部都是跳高兵，後面則是扛著長棍子的僕人。「我要你們往外散開。」藩王對他們說。「我們沒多少時間就要回去了。我要你們盡量去勘查從這裡可以去到的所有台地。現在能越仔細地規劃路線，之後在攻擊時，就能浪費越少時間。」

斥候點點頭，行禮，他讓他們退下。他下了橋，朝卡拉丁點點頭。達利納的將領、書記、工程師們也一一過橋，後面跟著軍隊的大部分人，最後是後衛。

「我聽說你在建造行動橋，長官。」卡拉丁說。「你應該是知道了機械橋對你的攻擊行動來說太慢。」達利納點頭。「我會讓士兵去扛，不需要你的人來。」

「長官，謝謝你的體貼，但不用擔心，橋兵隊會替你扛橋，如果這是你的命令。他們有很多人應該甚至會喜歡這樣的熟悉感。」

「我以爲你跟你的人，都認爲被派到橋兵隊就等於接到死刑，士兵。」達利納說。

「薩迪雅司的作法確實是，你可以做得更好——所有人武裝，受過訓練以陣列前進，奔跑並扛橋。士兵在前面行軍，以盾牌防禦，弓箭手在一旁待命，準備保護橋兵隊。況且，也只有進攻的那段時間有危險。」

達利納說：「那就讓橋兵隊都準備下去吧。你的人去扛橋能讓士兵空出來，防止我們受到攻擊。」他開始要走過台地，但裂谷另一邊的一個木匠喊住他。達利納轉身，又從橋上走回去。

他經過正在過橋的軍官與書記，也包括雅多林跟紗藍，兩人並肩前進。她放棄了轎子，他放棄了馬，她似乎在跟他解釋先前在岩石內裡找到的建築物遺跡。

在他們後面，在裂谷的另一邊，叫回達利納的工人站著。

是同一個木匠，卡拉丁心想。壯碩的男子，有著胎記還帶著帽子。**我在哪裡看過他……？**

他想起來了。薩迪雅司的木材場。那人是那裡的一個木匠，負責橋樑建造。

卡拉丁開始奔跑。

他的腳已經朝橋衝過去以後，腦子才把這一切完全想清楚。在他前方的雅多林立刻轉身，奔跑起來，尋找卡拉丁看到的危險，留下一臉迷惘的紗藍站在橋中心。卡拉丁急衝，準備越過她。

木匠握住橋身旁邊的一個把手。

「雅多林，木匠！」卡拉丁狂叫。「阻止那個人！」

達利納靜立在橋上。藩王被別的事物吸引了注意力。什麼？卡拉丁發現自己也聽到了別的聲響。號角聲，是發現敵人的信號。

一切都在瞬間發生。達利納轉向號角。木匠拉動手把。雅多林穿著閃亮的碎甲趕往達利納身邊。

橋猛然一震。

然後坍塌了。

雷司是個囚犯。他離不開他現在住的星系。他潛在的破壞力也因此被壓制。

橋在他腳下垮掉時，卡拉丁汲取颶光。

什麼都沒有發生。

他內心竄過一陣驚慌。在一陣失重感後，他腳下只剩空氣。

落入裂谷的黑暗只花了短短一刻，卻像是永恆。他瞥到紗藍還有幾個穿著藍色制服的人也一起往下摔，驚慌地揮舞四肢。

他不要！

就像是溺水的人正在朝水面掙扎，卡拉丁也在朝颶光掙扎。他不要這樣死去！天空是他的！風是他的。裂谷是他的。

西兒尖叫，一聲驚恐、痛苦的慘叫，在卡拉丁的骨髓內顫動。在那一瞬間，他吸入了一口颶光，那是生命。

他撞上裂谷底部，一切變黑。

從痛楚中掙扎而出。

痛楚淹沒他，是一種液體，卻沒有滲進去。他的皮膚把痛楚擋在外面。

你做了什麼？遙遠的聲音像是轟隆隆的雷聲。

卡拉丁驚喘，睜開眼睛，痛楚爬了進來。突然間，他整個身體都在痛。

他仰躺在地面上，抬頭看著空中的一抹光。西兒？不……不，那是陽光。裂谷上方的開口。他在破碎平原的深處，這裡的裂谷有好幾百呎深。

卡拉丁呻吟著坐起。那道光似乎遙遠到不可能。他被黑暗吞沒了，附近的裂谷也被隱藏在陰影中，模糊不清。他按著頭。

*我在最後得到了一點颶光，我活下來了，可是那聲慘叫！*他心想。這念頭在他腦中盤旋不去，在他腦中迴蕩。那聽起來太像是他在決鬥場中，碰到敵人的碎刃時聽到的慘叫。

檢查傷勢，父親的教誨在他意識深處低語。嚴重骨折或傷口過大時，身體會進入休克狀態，不會去注意到傷勢的嚴重。他按照步驟檢查四肢是否折斷，卻沒有去摸袋子裡的錢球。他不想要點亮這片陰暗，更不想要面對周圍可能有的死者。

達利納是其中之一嗎？雅多林當時正跑向他父親。王子在橋垮掉之前就趕到達利納身邊了嗎？他當時穿著碎甲，最後跳了起來。

卡拉丁摸摸腿，然後摸摸肋骨。他找到傷口跟擦傷，但是沒有斷折或大傷口。最後在他體內存著的颶光……保護了他，甚至也許癒合了他，直到耗盡。他終於朝袋子裡伸手，拿出錢袋，可是發現全部都用光了。他嘗試在口袋裡掏掏，卻立即全身僵住，因爲聽見附近有摩擦聲。

他跳起來，轉身，後悔自己身邊沒有武器。裂谷底端變得更亮了。穩定的光芒照出像是扇子一樣的皺花，還有牆壁上垂掛的藤蔓，以及地上一堆堆的樹枝跟苔蘚。那是人的聲音嗎？他感覺一陣恍惚，看到面前牆壁上的影子搖晃。

有人繞過拐角，穿著一件絲綢長裙，肩膀上拿著背包。紗藍・達伐。

她看到他時，發出尖叫，把袋子往地上一拋，慌張地往後退，雙手伸向兩側。她連手中的錢球都弄掉了。

卡拉丁轉轉手臂關節，走到光線旁。「冷靜下來。」他說。「是我。」

「颶父的！」紗藍連忙再把地上的錢球抓起。她走上前去，把光朝他伸來。「眞的是你……那個橋兵，怎麼……？」

「我不知道。」他說謊，看著上面。「我的脖子扭得很嚴重，手肘跟雷打一樣痛。發生了什麼事？」

「有人開了橋上的緊急栓。」

「什麼緊急栓？」

「會讓橋跌入裂谷裡。」

「聽起來像是個他颶風的蠢功能。」卡拉丁朝口袋裡掏新的錢球，偷偷瞥一眼。也用光了。颶風的，他全用了？

「看情況。」紗藍說。「如果你的士兵都從橋上撤退了，敵人卻跟過來怎麼辦？緊急栓應該有某種安全鎖，所以不會意外被扳動，但必要時可以快速鬆脫。」

他嗯了一聲，看著紗藍將錢球伸過他身前，照出橋摔落在裂谷地面成了兩半的景象。他預料中的屍體都倒在那裡。

他看了。他不能不看。沒有達利納，但幾名當時正在過橋的淺眸軍官跟仕女扭曲地躺在地上，肢體破散。從兩百多呎高空摔下來，不會有倖存者。

除了紗藍。卡拉丁不記得落下時有抓住她，但他對於墜落的記憶也僅限於西兒的慘叫。那聲慘叫……嗯，他一定是反射性地抓住了紗藍，用颶光灌注她的身體，讓她下墜的速度減慢。她看起來亂糟糟的，藍色的長裙有裂口，頭髮一團糾結，除此之外一切無恙。

「我在下面醒來時，一片漆黑。」紗藍說。「我們離摔下來那時已經過了一段時間。」

「妳怎麼知道？」

「上面已經快天黑了，很快就會是晚上。我醒來時聽到有喊叫的回音。有人在戰鬥。我看到那個角落拐彎的地方有東西發光，是個跌落的士兵，他的錢球袋被扯裂了。」她明顯地一哆嗦。「他摔下來前是被殺死的。」

「帕山迪人。」卡拉丁說。「橋塌下來之前，我聽到號角聲。我們被攻擊了。」地獄的。意思是達利納應該撤退了，如果他沒死的話。在這裡沒什麼值得戰鬥的目標。

「給我一個妳的錢球。」卡拉丁說。

她遞過來一枚，卡拉丁在死者間開始搜尋。表面上是在找脈搏，實際上是在找器具或錢球。

「你覺得會有人生還？」紗藍的聲音在寂靜無聲的裂谷中聽起來很微弱。

「我們不就活著？」

「你覺得是爲什麼？」紗藍抬頭看著遙遠的上方。

「我落下前看到一些風靈。」卡拉丁說。「我聽過有些故事裡說，風靈會保護摔下來的人，也許就是這樣吧。」

紗藍沉默了，看著他繼續在屍體間搜索。「對。」她終於說。「聽起來很合理。」

她似乎被說服了。很好。只要她不要開始亂想那些關於「受颶風祝福的卡拉丁」這類的故事就好。沒有別人活著，但他也確定達利納或雅多林並不在屍體中。

我沒有注意到對方的暗殺計畫，眞是蠢，卡拉丁心想。薩迪雅司在幾天前的宴會上很努力想要算計達利納，所以披露了那些幻境。這是個很老套卻實用的陰謀。讓敵人失去信譽，然後再殺死他，好確定他不會成爲其他人的烈士。

屍體沒什麼價值。一些錢球，一些寫作用具，被紗藍迫不及待地抓起，收回背包。沒有地圖。卡拉丁不太知道他們在哪裡，又快到晚上了……

「我們該怎麼辦？」紗藍輕聲說，凝視著漸漸黑暗的領域，裡面是令人措不及防的陰影。輕柔晃動的皺花、藤蔓，蛹一樣的時筍，觸手伸出，在空中緩緩晃動。

卡拉丁記得他第一次下來這裡時的情況，他覺得這裡感覺太翠綠、太潮溼、太怪異。旁邊有兩個骷髏頭從苔蘚下探看著他們。遠處的水池傳來水花聲，讓紗藍拚命地轉身亂看。雖然如今裂谷對卡拉丁來說就像是家鄉一樣，卻不能否認有時這裡令人覺得相當陰森。

「這裡其實比看上去來得安全。」卡拉丁說。「我在薩迪雅司的軍隊時，曾經在裂谷中待了好幾天，從死者身上取得物資。只是要小心腐靈。」

「還有裂谷魔？」紗藍問，轉身去看另一個方向，結果只是一隻克姆林蟲窸窸窣窣地在牆上爬過。

「我沒看過。」這是實話，不過他有看過一隻的影子，順著一道遠處的裂谷爬走。光想起那天就讓他打了個寒顫。

「裂谷魔沒有其他人說得那麼常見。眞正的危險是颶風，如果下了雨，就算離這裡很遠——」

「我知道，爆洪。在深長型的峽谷中非常危險，我在書上讀過。」紗藍說。

「書上讀到的一定很有用。」卡拉丁說。「妳說附近有死去的士兵？」

她指了指，他便朝那裡走去。她跟在後面，離他的光源不遠。她看到幾名死去的橋兵，從上面被推下來，傷口很新。後面是個帕山迪人，也死去不久。

帕山迪男人的鬍子中有沒切割的寶石。卡拉丁碰觸了一個，遲疑片刻，試圖把颶光吸出。沒有反應。他嘆口氣，朝死者低頭行禮，最後才從其中一具屍體下方抽出矛，站了起來。上方的天光褪成深藍，夜晚降臨。

「我們等著？」紗藍問。

「等什麼？」卡拉丁將矛扛在肩膀上。

「等他們回來……」她沒說完。「他們不會回來找我們，對不對？」

「紗藍，他們會認爲我們死了。颶風的，我們應該要死了。」他揉揉下巴。「我們是可以等達利納全面出兵，他說過要朝這裡來，尋找中央。只差幾天了，對嗎？」

紗藍臉色一白。應該說，她變得更白了。那淺色的皮膚好奇怪，配上紅頭髮，讓她看起來像個很小的食角人。「達利納打算在泣季前的最後一場颶風後出發。颶風快發生了。會有很多、很多、很多的雨水。」

「那就不太好了。」

「可以這麼說，是的。」

他曾經想像過，颶風在這裡會是什麼樣。他跟橋四隊一起來拾荒時，曾經見過後果。扭曲破碎的屍體，一堆堆垃圾撞上牆壁跟裂縫；跟人一樣高的巨石，輕鬆地被拖過裂谷，直到卡在兩邊山壁間，有時甚至是在五十呎高的地方。

「什麼時候？」他問。「那場颶風什麼時候到？」

她看了他一陣，然後在背包裡翻找，外手翻動一疊紙張，內手隔著布料抓住背包。她揮手要他拿著錢球過來，因爲她得收起自己的。

他替她舉高光源，讓她讀出一張紙上的字。「明天晚上。」她輕聲說。「就在第一次落月之後。」

卡拉丁沉哼了一聲，舉起錢球檢視裂谷。*我們在摔下來的裂谷北邊，所以回去應該就在……那個方向？*他心想。

「好吧。」紗藍說。她深吸一口氣，啪的一聲闔起背包。「我們往回走，立刻開始出發。」

「妳不想坐一下，歇口氣？」

「我歇得夠好了。」紗藍說。「如果你不介意，我寧可現在開始走。回去之後，我們可以坐著喝熱酒，笑話自己一路趕回去有多傻，明明就還剩那麼多時間。我非常希望自己有這麼傻。你呢？」

「也是。」他喜歡裂谷，不代表他想要冒險在颶風天還待在裂谷裡。「妳那袋子裡該不會有地圖吧？」

「沒有。」紗藍表情一沉。「我沒帶自己的。薇菈光主拿著地圖，我用她的，但也許我能記得先前看到的一些內容。」

「我覺得我們應該朝這裡走。」卡拉丁一指，開始前進。

❖

橋兵開始朝他指的方向走，甚至不給她機會表達意見。紗藍自己生著悶氣，抓起她的行李小包——她在士兵身上找到一些水囊——還有背包。她快步跟上，裙襬被她希望是一根非常白的樹枝勾住。

高大的橋兵靈敏地跨過、繞過垃圾，眼睛直視前方。爲什麼活下來的要是他？不過說實話，她對於能找到別人還是很滿意，獨自一人在這裡走路絕對不愉快。至少他夠迷信，能夠相信是命運跟靈救了他。她都不知道自己是怎麼救下自己，更別提他。圖樣趴在她的裙襬上，在她找到橋兵之前，她猜測是颶光讓她活下來。

摔下兩百呎之後還活著？這只證明她對自己的能力知道得太少。颶父啊！她也救了這個人。她很確定，他們兩人是一起墜下的。

可是要怎麼做？而且她知道下次要怎麼複製嗎？

她快步跟上他，該死的雅烈席人跟他們變態的長腿。他行軍的方式就像士兵，根本不去考慮她得要更仔細地選路。她並不想要裙襬被每根經過的樹枝勾到。

他們經過地面上的一潭水，他跳上跨越水潭的樹幹，腳下速度幾乎沒變。她停在邊緣。

他回頭看她，舉起錢球。「妳該不會要我再把靴子給妳吧？」

她抬起腳，露出下面穿著的軍靴，讓他挑起一邊眉毛。

「我才不會穿薄絹鞋來破碎平原。」她的臉色泛紅。「況且，裙子那麼長，沒人看到下面是什麼鞋子。」她看著樹幹。

「妳要我幫妳過來？」他問。

「我其實在想這種矮重樹的樹幹是怎麼到這裡來的。」她承認。「這種樹不可能原生在破碎平原，這裡太冷。也許海岸邊會有，但是颶風眞的能沖刷到這裡？足足四百哩之遠？」

「妳該不會要求停下來讓妳畫畫吧？」

「拜託。」紗藍踩上樹幹，仔細地走過。「你知道我畫過多少幅矮重樹嗎？」

不過接下來的其他事物就完全是另一回事了。他們繼續前進時，紗藍利用錢球——她得抓在外手，同時還要兼顧內手中的小包和肩膀上的背包——照亮她的周圍。實在太美了。幾十種不同的藤蔓，鮮紅、橘黃、豔紫的皺花；牆壁上的小石苞，一小群一小群的哈絲波螺，不斷地開闔外殼，彷彿是在呼吸。

一點一點的生靈飄在一堆長得像矮胖手指的板岩芝旁邊，在地表上幾乎看不到這種生長形狀。小小的綠點在裂谷中飄向一面牆，牆上長滿了拳頭大小的植物，植物上方紛紛伸出小觸手。紗藍經過時，觸手在牆上如波浪般輪流收回。她輕呼一聲，取得了記憶。

她前方的橋兵停下，轉身。「怎麼？」

「你沒注意到這裡多美嗎？」

她看著那牆管狀的植物。她確定在書上看到過，但一時想不起名字。

橋兵繼續往前走。

紗藍跑步跟上，背包在她背後拍打。她幾乎被一坨死藤跟樹枝絆倒，好不容易才追上他。她罵了一聲，靠單腳跳了幾步才站穩。

他伸出手接過她的背包。

終於，她心想。「謝謝。」

他嗯了一聲，背上肩膀，沒再說半個字，又繼續前進。他們來到裂谷中的叉路，一條往右，一條往左。他們得繞到下一個台地，才能繼續往西。紗藍抬頭看裂縫——記清楚這半邊的台地長什麼樣——卡拉丁則在選路。

「這得花段時間，比軍隊出來這裡還久。」他說。「雖然我們當時得等整個軍隊，但還能從台地中央切過。現在每次都得用繞的，會延長這段路程。」

「至少旅伴很和善。」

他瞅了她一眼。

「對你來說是這樣的。」她補上一句。

「難道我一路上都要聽妳聒噪嗎？」

「當然不是。我還打算要加一點胡說八道、一點嘮叨、偶爾發出點囈語，不過不會太多，再好的東西過多也不美。」

「太棒了。」

「我一直在練習咕嚕發聲法。」她又說。

「我等不及想聽了。」

「噢，你剛剛聽到啦。」

他端詳著她，那雙凌厲的眼睛直盯著她的眼睛。她別過頭去。他明顯不信任她。他是個貼身護衛，她懷疑他相信多少人。

他們又來到叉路，卡拉丁這次花更久時間才做出決定。她知道爲什麼，這裡很難判斷哪裡是哪裡。台地的形狀各式各樣，沒有規律，有些又長又窄，有些幾乎是完美的圓形，側邊還有半島跟凸起，讓兩個台地間的路更像是迷宮。原本應該很簡單——畢竟沒什麼死路，他們只需要一直往西走就可以。

可是西方在哪裡？在這裡要迷路會非常、非常容易。「你該不是隨機挑路吧？」她問。

「不。」

「你似乎對裂谷知道很多。」

「對。」

「我猜是因爲這裡陰暗的氣氛跟你的脾氣很搭。」

他直視前方，沒有回答。

「颺風的。」她急忙趕上。「怎麼有這麼快就成眞的笑話。橋小子，你要怎麼樣才會放鬆一點？」

「我想我只是一個……怎麼說來著？一個『可恨的人』？」

「我沒看到證據證明你不是。」

「因爲妳懶得去看，淺眸人。所有地位不及妳的人都只是妳的玩物。」

「什麼？」她感覺像是被人甩了一巴掌。「你怎麼會這樣想？」

「很明顯。」

「誰看起來明顯？你而已嗎？你什麼時候看到我把地位不及我的人當個玩具對待？給我說個例子出來。」

他立刻回答：「我被關起來，只因爲我做了一件如果是淺眸人去做，就會受到眾人鼓掌的事。」

「那是我的錯？」她質問。

「是妳的整個階級的錯。每次我們有人被欺騙、奴役、鞭打或崩潰，錯都在於你們這些支撐階級的所有人身上，就算只是間接的。」

「噢，拜託。」她說。「世界不公平？眞是驚人的發現啊！有權力的人壓迫他們管轄的人？驚人啊！這是從什麼時候開始的？」

他沒有回答。

他用一名書記身上找到的白手帕把錢球綁在矛上面，舉得高高的，替他們照亮前面的裂谷。

為了方便起見，紗藍把自己的錢球收起。「我覺得你只是在找藉口。對，我承認，你受過虐待。但我認爲你才是那個最關心眼睛顏色的人。對你來說，假裝每個淺眸人都是因爲你的地位所以才欺負你，是最簡單的事。你有沒有問過自己，是不是有更簡單的原因？會不會是因爲別人不喜歡你，不是因爲你是深眸人，而是因爲你眞的非常令人討厭？」

他哼了一聲，腳步加快了些。

「不行。」紗藍幾乎要用跑的才跟得上他。「你不可以就這樣甩掉。你不能暗示我在濫用我的階級，然後沒說一句話就走。之前你就這樣說雅多林，現在又說我，你到底有什麼問題？」

「妳想要聽妳是怎麼玩弄地位不及妳的人？」卡拉丁回問，閃躲了她的問題。「很好。妳搶走了我的靴子；妳假裝別的身分，欺騙一個妳幾乎不認識的深眸侍衛。這是不是妳玩弄被妳視爲低下之人的例子？」

她猛然停下腳步。他說得沒錯。她想要把事情歸罪於太恩的影響，但是他的話奪走了她的論點中的底氣。

他停在她面前，回過頭看。終於，他嘆了口氣。「我不是會因爲靴子的事一直耿耿於懷的那種人。就我最近的觀察，妳沒其他人那麼糟糕，所以這件事就算了吧？」

「沒其他人那麼糟糕？」紗藍繼續往前走。「多令人愉快的稱讚啊。就算你說得沒錯好了，也許我就是個遲鈍的有錢女人。這也不能改變你確實又惡毒又讓人生氣，受颶風祝福的卡拉丁。」

他聳聳肩。

「就這樣？」她問。「我道歉了，你就這樣聳肩回我？」

「是淺眸人讓我變成這個樣子的。」

「所以你對於自己的行爲方式，一點都不需要負責？」她語氣不善地說。

「確實如此。」

「颶父的。我說什麼都沒辦法改變你對待我的方式，對不對？你就只會繼續當個嚴苛、惡劣的人，充滿怨毒、無法和善地對待他人。你的人生一定很寂寞。」

這句話似乎眞的刺激到他，因爲他在光線下的臉漲紅了。「關於妳沒其他人那樣糟糕這件事，我開始改變想法了。」

「不要說謊。你向來不喜歡我，從一開始就不喜歡，跟靴子沒關係。我知道你用什麼眼光在看我。」

「那是因爲我知道妳表面上在微笑，實際上正對所有見到的人說謊。妳唯一顯得誠實的時候，是妳在侮辱別人的時候！」他說。

「我唯一能誠實對你說的話就是侮辱。」

「呿！」他說。「我就……呿！爲什麼在妳身邊就會讓我氣得想把臉抓破，女人？」

「我受過特殊訓練。」她瞥向一旁。「而且我蒐集別人的臉。」那是什麼？

「妳不能就——」

他突然打住，聽到其中一個裂谷傳來的摩挲聲，變得更響亮。

卡拉丁立刻用手捂住臨時湊出來的錢球燈籠，讓兩人陷入黑暗。紗藍覺得這沒有半點幫助，她跌跌撞撞地在黑暗中走向他，用外手抓住他的手臂。他很煩人，卻也在那裡。

摩挲聲繼續傳來，像是岩石摩擦岩石的聲音。或是……甲殼摩擦岩石的聲音。

她緊張地低語：「我猜在會有回音的裂谷中大聲吵架，不太睿智是吧？」

「對。」

「牠靠近了，對吧？」她低聲說。

「對。」

「所以……跑吧？」

摩擦聲似乎就在下一個拐角了。

「好。」卡拉丁把手從錢球上拿開，立刻朝聲響的反方向衝出去。

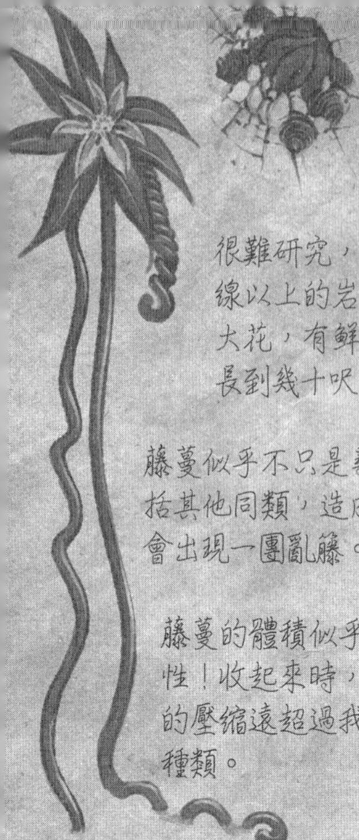

一種我不認得的藤蔓花苞。

很難研究，因為多半都會長在水線以上的岩石上，會綻放驚人的大花，有鮮豔的葉片，藤蔓還會長到幾十呎長！

藤蔓似乎不只是尋找水源，還包括其他同類，造成裂谷上方偶爾會出現一團亂籐。

藤蔓的體積似乎驚人地有彈性！收起來時，長度跟粗細的壓縮遠超過我看過的相似種類。

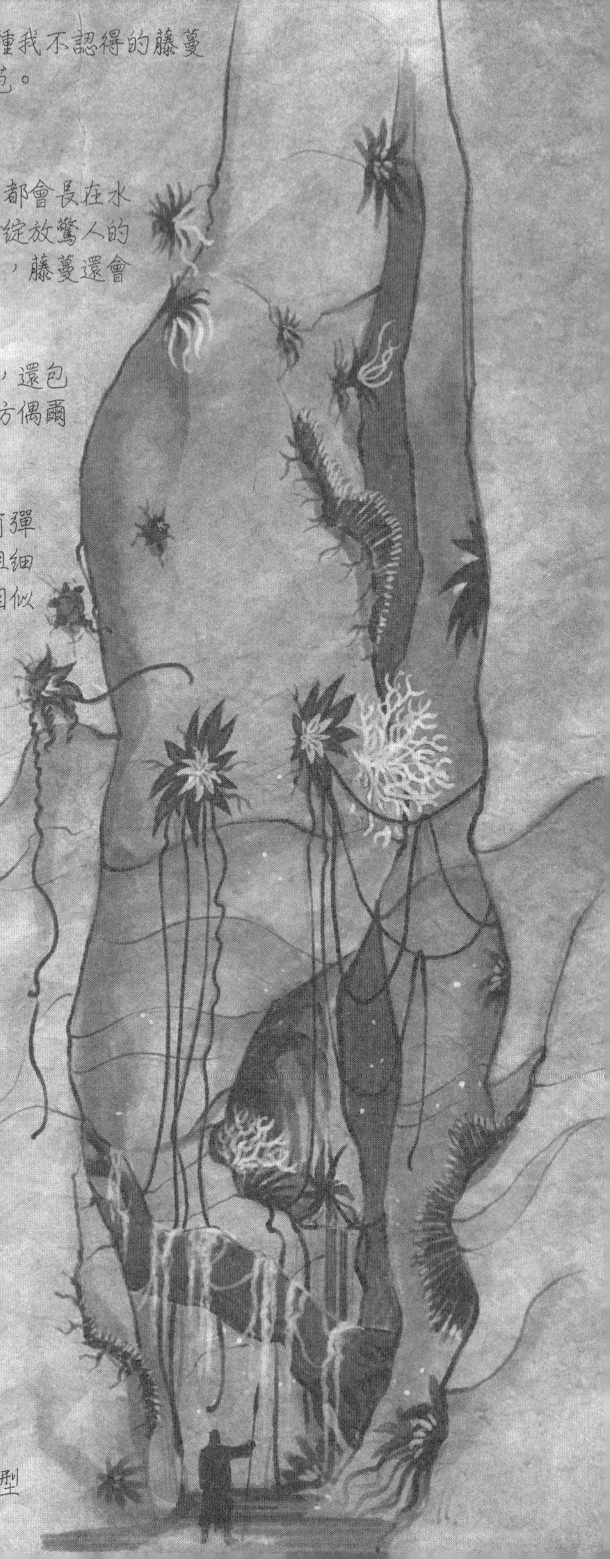
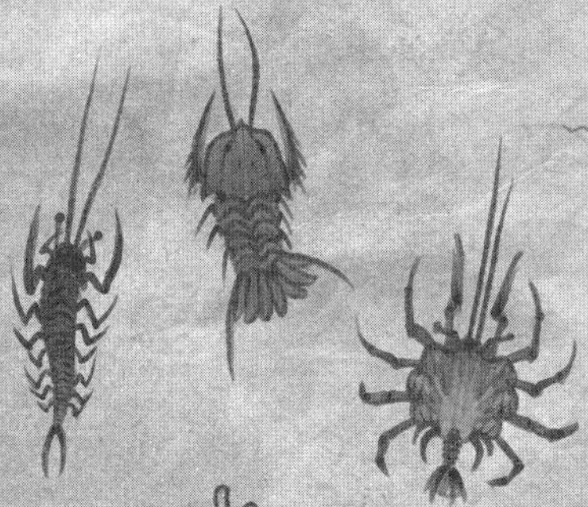
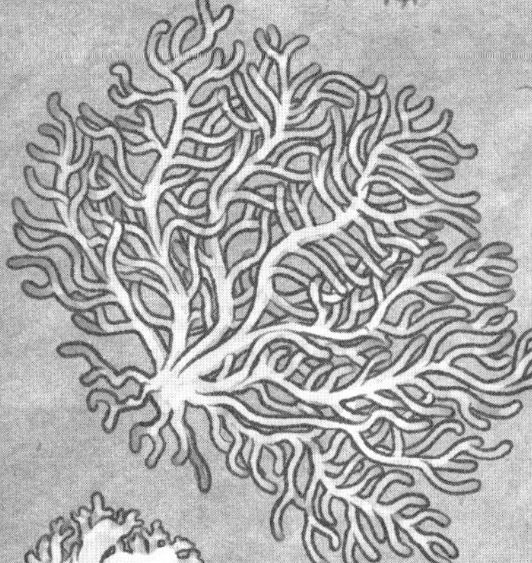

此處生長的皺花，外型標準，但體積碩大。

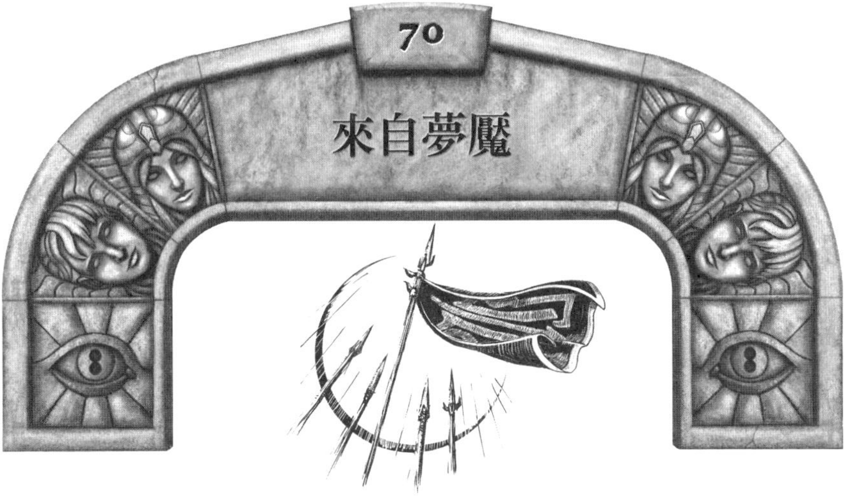

70 來自夢魘

無論這是不是塔納法的計畫，雷司已經有上千年沒有奪去十六中的另一條性命。雖然我對於雷司帶來的苦難同感悲傷，但我覺得這已經是我們所能期盼的最好結果。

卡拉丁順著裂谷前進，跳過樹幹跟垃圾、踩過水窪。女孩跟上的速度遠比他預料的好，可是——被她的裙襬阻礙——她的速度沒有他快。

他克制自己，配合她的速度。雖然她很氣人，但他不會拋下雅多林的未婚妻，讓她被裂谷魔吃掉。

他們來到叉路，隨意選了一條走。在下一個路口，他只稍稍停頓，檢查一下他們是否被跟蹤。

確實被跟蹤了。後面傳來沉重腳步，爪子敲在岩石上的聲音。摩擦。他抓住女孩的小包——他已經背著她的背包——順著另一條路跑。紗藍要不是體力極佳，就是眞的嚇到了，因爲他們來到下個路口時，她大氣都沒多喘一口。

沒時間遲疑了。他順著一條路直衝，耳朵裡滿是甲殼摩擦的聲音。突然間，宛如四種聲音交疊的鳴叫聲在裂谷中迴盪，跟一千隻喇叭同時吹響一樣的響亮。紗藍尖叫，但在可怕的聲音中，卡拉丁幾乎聽不見她的聲音。

裂谷植物大批大批地撤退，景象在一瞬間從蔥鬱變得荒涼，像是準備迎接颶風的世界。他們又碰到一個路口，紗藍遲疑，回頭看向聲音的方向。她伸出雙手，彷彿準備要擁抱那東西。颶風的女人！他抓住她，拖著她跑，兩人毫無停頓地跑過兩道裂谷。

牠還在追，但只有他可以聽到了。他不知道牠離得有多近，但是牠有了他們的氣味。還是他們的聲音？他根本不知道牠是怎麼打獵的。

冷靜想清楚！不能只這樣——

在下個路口，紗藍挑了跟他相反的方向。卡拉丁咒罵一聲，猛然停下，追著她去。

他邊喘邊說：「沒時間、吵——」

「閉嘴。跟上。」她說。

她領著兩人來到叉路，又一個叉路。卡拉丁覺得喘極了，肺部不斷抗議。紗藍停下，一指，跑入一道裂谷。他邊跟在後面，邊轉頭去看。

他只看得到黑暗。月光太遠，太多窒礙，照不到深處。在怪獸踏入他們的錢球光圈以前，根本沒辦法知道怪獸是不是已經追上來了，可是颶父的，牠聽起來眞的很近。

卡拉丁繼續專注於跑步，幾乎被地上的東西絆倒。是屍體嗎？他跳過去，跟上紗藍。她的裙襬因爲奔跑而糾結破爛，頭髮也慘不忍睹，臉色紅到極點。她帶著兩人跑入另一條長廊，然後停了下來，手扶著裂谷牆壁，喘氣。

卡拉丁閉上眼睛，吸氣，吐氣。不能等太久。牠要來了。他覺得自己要垮了。

「把光遮住。」紗藍壓低了聲音說。

他皺眉看她，卻還是照做。「我們不能休息太久。」他同樣壓低聲音回答。

「安靜。」

除了從他指縫間露出的細微光線之外，四周幾乎完全漆黑。摩擦聲幾乎就要到他們身邊。颶風的！他能打得過這種怪獸嗎？而且還沒有颶光？他絕望地想要吸入掌中的颶光。

颶光沒有湧入，他從摔下來之後就再也沒看到西兒。摩擦聲繼續。他準備要跑，可是……

聲音似乎沒有靠近了。卡拉丁皺眉。他絆倒的屍體，是先前落下來的死者之一。紗藍帶他們回到開始的地方。

這……給怪獸吃的食物。

他緊張地等待著，聽著胸膛內如雷的心跳聲。摩擦聲在裂谷中持續。奇怪的是，後方的裂谷有光在閃動。那是什麼？

「待著。」紗藍悄悄說。

然後不可置信的是，她開始走向那些聲響。卡拉丁一手彆扭地握著錢球，伸出另一隻手，抓住她。

她轉向他，低頭去看。他意外中抓住了她的內手。他立刻放開。

「我得去看看，我們離得很近了。」紗藍低聲對他說。

「妳瘋了嗎？」

「大概吧。」她繼續朝怪獸走去。

卡拉丁內心掙扎了一番，不斷暗罵她。終於，他放下了矛與她的背包，還有小包，蓋住了錢球遮擋光線，然後跟了上去。他還能怎麼辦？怎麼跟雅多林解釋？對，王子。我讓你的未婚妻自己一個人在黑暗中亂走，結果她被裂谷魔吃掉了。沒有，我沒跟她一起去。對，我是個膽小鬼。

前面真的有光。照出了紗藍——至少是她的輪廓——蹲在裂谷的拐彎處，探出頭。卡拉丁來到她身邊，蹲下一起看。

就在那裡。

怪獸塞滿了整個裂谷，身體又長又細，不像有些小克姆林蟲那樣笨重圓腫。牠的身體修長，有著箭頭一樣的臉，還有銳利的齒鉗。

而且，牠長得不正常。很難形容的不正常。大動物應該要是笨重而溫順，像是芻螺。可是這頭巨獸行動自如，粗腿攀在裂谷牆上，撐住自己讓身體幾乎沒有貼到地面，吃著死去士兵的屍體，用嘴邊的小鉗爪抓住人體，然後血盆大口咬掉半個。

那張臉像是噩夢的產物，邪惡、強大，幾乎像是有智慧。

「那些靈……」紗藍低聲說，聲音低到他幾乎聽不見。「我看過那些……」

靈繞著裂谷魔飛，光就是從它們身上冒出。它們看起來像是小小、發光的劍，一群群繞著怪獸，偶爾一隻會從同伴身邊脫離，像是一小朵在空中升起的煙霧般消失。

「天鰻。」紗藍低聲說。「它們也會跟著天鰻。裂谷魔喜歡屍體，這種動物是否天生是食腐類？不對。那些爪子看起來像是用來咬碎外殼的，我想這些動物天生居住的地方附近應該有很多野生芻螺，但是牠們來破碎平原結蛹，這裡的食物很少，所以才攻擊人類。爲什麼這一隻結蛹之後還留下來？」

裂谷魔幾乎吃完飯了。卡拉丁抓住她的肩膀，她允許他——明顯很不情願——把她拖走。

他們拿起東西，盡量安靜無聲地繼續退往黑暗中。

❖

他們走了好幾個小時，跟之前的方向完全相反。紗藍再次允許卡拉丁帶頭，但她盡量記住裂谷的方向。她必須把裂谷畫出來才能確定他們的位置。

裂谷魔的影像在她的腦海中翻轉。多壯觀的動物啊！她的手指幾乎在發癢，想要把剛才取得的記憶畫下。那些腿比她想像的還要大，不像多腿蟲，有很多細細的小腿，支撐起粗壯的身體。這動物充斥著力量感，就像白脊，只是極大，外型更怪異。

他們已經離開很遠，希望這代表他們安全了。她為了今天的出發起得很早，夜晚已經開始讓她有點力不從心。

她偷偷檢查布囊中的錢球。他們在逃跑時，她把所有錢球吸光了。感謝全能之主的颶光——她得做一張符文圖以為感謝。沒有颶光提供的力量與耐力，她根本沒辦法跟上長腿卡拉丁。

可是她颶風的累壞了，彷彿颶光增長了她的能量，卻也讓她陷入乾癟疲累的境地。

在下一個路口，卡拉丁停下來，端詳她一番。

她虛弱地朝他微笑。

「我們今晚得過夜。」他說。

「抱歉。」

「不只是因為妳。」他抬頭看天空。「我不知道我們的方向對不對，我已經繞暈了。如果早上能看見太陽從哪裡升起，就能知道要往哪個方向走。」

她點點頭。

「我們應該還是趕得及回去。」他補上一句。「別擔心。」

他說這句話的方式立刻讓她擔心起來，可是她還是幫他找了一塊還算乾的地方，兩人坐了下來，錢球像一堆假火堆在中間。卡拉丁在她找到的小包裡翻了一下——她是從死去的士兵身上撿的——裡面有一些大餅跟芻螺肉乾的乾糧，絕對不是最美味的食物，但總算是吃的。

她背靠著牆坐著，吃著東西，抬頭看天空。大餅是用魂術穀類做成的，從霉味就可以吃得出來。上面的雲讓她看不見星星，但是前面有些星靈在移動，形成遙遠的圖案。

「好奇怪。」她對吃著東西的卡拉丁低聲說。「我只在這裡待了半個晚上，卻感覺像是好久了。裂谷的頂端好像好遠，對不對？」

他嗯了一聲。

「啊，橋兵的『嗯』，這根本就自成一種語言。我得跟你複習一下音調跟音節，我說得還不太流利。」

「妳絕對會是很差勁的橋兵。」

「太矮？」

「這是一個原因，而且太女性化了。我懷疑妳穿著傳統的短褲跟開襟背心會好看，也可能問題是太好看了，容易讓其他橋兵分心。」

她聽了以後，微笑起來，往背包裡翻了翻，拿出素描本跟炭筆，至少她摔下來的時候這些還在身上。她開始作畫，低聲地哼著，偷拿了一個錢球照明。圖樣靜靜地躺在她的裙襬上，在卡拉丁的周圍，它願意一語不發。

「颶風的。」卡拉丁。「妳該不會在畫妳自己穿著那種衣服……」

「當然是。」她說。「我們只在裂谷相處了幾個小時，我就在畫自己的色情圖片給你看。」她粗描了一條線。「你的想像力也太豐富了，橋小子。」

「誰叫我們剛剛才談到。」他抱怨，站起身走過去看她在幹嘛。「我以爲妳累了。」

「我累得要死，所以需要放鬆。」她說。這很明顯。第一張圖不是裂谷魔，她需要先暖身。所以她畫了他們穿過裂谷的路徑，算是一條地圖，但比較像是如果從上往下俯瞰會是什麼樣。圖還算詳細，值得一看，但是她很確定有幾個拐角跟凸出的山崖畫錯了。

「那是什麼？」卡拉丁問。「平原的圖？」

「有點像地圖。」她說完就皺眉。爲什麼她不能像個普通人一樣，畫幾條線來表示他們的位置？她必須用畫畫的方式才能辦到。「我不知道我們繞過去的台地的確定形狀，只知道我們走過的裂谷路徑。」

「妳記得這麼清楚？」

颶風的。她不是打算好好地隱藏她的影像記憶能力？「呃……不是，眞的不是。很多都是用猜的。」紗藍覺得自己眞是個傻子，怎麼就這樣又暴露出能力。圍紗一定會狠狠說紗藍幾句。她不在這裡眞是可惜，她比較適合這種野外生存的情況。

卡拉丁把她手中的圖片拿走，站了起來，用錢球照明。「如果妳的地圖沒錯，那我們一直都在往南走，不是往西。我需要更好的光線才能指路。」

「也許吧。」她拿出另一張紙，開始畫裂谷魔。

「我們等明天太陽升起。」他說。「這樣我們就知道該怎麼走了。」

她點點頭，開始畫畫，他則幫自己理出一塊地，坐下，外套折成枕頭。她也想睡覺，但是這張畫不能等，她好歹得畫一點。

她只撐了半個小時——大概畫完四分之一——然後就得把畫收起，蜷身在乾硬的地面上，用背包做枕頭，昏睡過去。

卡拉丁用矛柄弄醒她時，天還是黑的。紗藍呻吟，在地上翻了身，想用枕頭蓋住臉。

當然，結果就是她把芻螺肉乾灑了一身。卡拉丁笑了。

果然，*這樣他就會笑了*。死颶風的傢伙。她睡了多久？她眨眨模糊的眼睛，專注於上方的裂口。

沒有，半點光都沒有。所以大概是兩到三個小時的睡眠？還是「睡覺」。她剛才得到的，到底該怎麼定義，沒有定論。她大概會稱之爲「在岩石上翻來翻去，偶爾會驚醒，發現自己流了一小灘口水」。可是這麼一長串唸起來不順，不像剛流出來的口水那樣順暢地滴滴答答。

她站起來伸展痠疼的四肢，檢查了一下，確定睡覺時袖口沒有鬆開，或是其他同樣尷尬的事情。「我需要洗澡。」她抱怨。

「洗澡？」卡拉丁問。「妳只離開文明生活一天而已。」

她嗅了嗅。「就因爲你習慣沒洗澡的橋兵臭味，不代表我也是。」

他得意洋洋地笑了，從她肩上拿起一塊芻螺乾，塞入嘴巴。「在我的家鄉，洗澡日是一個禮拜一次。我想就算是當地的淺眸人也都會覺得這裡的每個人以及普通士兵，都太常洗澡。」

他居然敢一大早精神這麼好？雖然這根本不算「早」。她趁他沒看到的時候往他砸了一塊芻螺肉，那颶風的傢伙竟然接住了。

我恨他。

「我們睡覺時沒被裂谷魔吃掉。」他重新把背包裝好，只剩下一個水囊。「我們的運氣在這樣的情況下，不能再更好了。好了，站起來吧，妳的地圖讓我猜到我們該往哪裡去，我們可以留意陽光的變化來確定我們走的方向正確。我們想要打敗颶風，對吧？」

「我想要打的是你。用棍子打。」她沒好氣地說。

「妳剛說什麼？」

「沒什麼。」她站起身，想辦法整理亂七八糟的頭髮。颶風的。她看起來一定像是被閃電打中的一瓶紅墨水。她嘆口氣。手邊沒梳子，看來他也不會讓她有時間好好編頭髮，所以她認命地穿上靴子——連續兩天穿同一雙襪子已經算不上什麼大問題了——拿起小包。卡拉丁拿著背包。

她跟在他後面，等他帶路繼續在裂谷中前進，肚子餓得咕咕叫，因爲昨天晚上吃太少。她現在對食物這種東西不太感冒，所以乾脆讓它去叫。叫得活該，她心想，雖然也不太清楚自己是個什麼意思。

終於，天色漸漸亮了，亮的方向表示他們走的方向是對的。卡拉丁習慣性地安靜，早上的開朗外表又消失了，看起來反而像是陷入困頓的愁緒中。

她打個呵欠，走到他身邊，「你在想什麼？」

「我正在思索能夠清淨一點眞好。最好是沒人煩我。」他說。

「說謊。你爲什麼老是想把別人趕走？」

「也許我只是不想跟人辯論。」

「辯不起來的。」她又打個呵欠。「現在太早了。你可以試試看。罵我啊。」

「我不——」

「罵啊！快！」

「我現在寧願跟連續殺人犯一起走也不要跟妳在一起，好歹當對話變得乏味時，我可以了斷得乾脆些。」

「你的腳好臭。」她說。「看吧？太早了。我的腦子這時候動不快，所以辯不起來。」她遲疑片刻，然後壓下聲音。「況且，不會有殺人犯願意跟你一起走。誰都有點底線的。」

卡拉丁用鼻子哼了一聲，嘴角微微上揚。

「小心點，」她跳過一段木頭。「那幾乎可以算是微笑了喔。而且我敢發誓，今天早上你甚至算得上心情很好，至少有點滿意。如果你心情開始好了，這趟旅行的變化就沒那麼多了。」

「變化？」他問。

「對啊，如果我們兩個人脾氣都很好，就沒有什麼藝術感了。偉大的藝術要靠對比來烘托，要有光明與黑暗；快樂微笑燦爛的淑女，與陰鬱沉悶燻人的橋兵。」

「那——」他打住。「燻人？」

「偉大的人物畫要表現出主題人物內在的對比——強大卻隱隱帶著一抹脆弱，好讓觀眾能夠與其產生共鳴。你的小問題正適合做爲強烈的對比。」

「妳要怎麼樣在圖畫中表現這點？」卡拉丁皺眉。「況且我一點也不燻人。」

「哦，所以沒那麼臭了？太棒了！」

他說不出話來，呆看著她。

「迷惘。我很寬宏大量地接受那是你對於我可以在這麼早的時候還展現幽默感所表現出來的詫異。」她壓低聲音，像說悄悄話般靠近，「我現在腦子眞的轉不快。你只是剛好笨，所以表面上是我腦子動得快。對比，記得嗎？」

她朝他微笑，然後繼續往前走，自顧自地哼著。其實今天看起來好多了，之前她爲什麼心情那麼不好？

卡拉丁小跑步跟上她。「颶風的，女人。我眞弄不懂妳。」他說。

「別把我變成屍體就好。」

「我很意外別人沒先下手。」他搖搖頭。「誠實地回答我，妳爲什麼在這裡？」

「這個嘛，有座橋垮了，結果我就摔……」

他嘆口氣。

紗藍說：「抱歉。一看到你就讓我忍不住要開玩笑，就連早上也不例外。總而言之，我爲什麼來這裡？你是說來破碎平原？」

他點頭。這傢伙是有點粗獷的帥氣，像是天然岩石結構的美，與雅多林那樣的精雕細琢不同。可是卡拉丁的強烈讓她害怕。他像是個隨時都在咬牙切齒的男人，不能允許自己——或是任何人——坐下，好好放鬆一下。

「我來這裡，是因爲加絲娜·科林的研究。她留下的研究成果，不可以被拋下。」

「雅多林呢？」

「雅多林是個令人欣喜的意外。」

兩人經過一面完全被藤蔓覆蓋的牆。藤蔓生長於上方破碎的岩塊縫隙間，垂落下來，紗藍走過時，藤蔓紛紛扭動，收回。非常靈敏，比大多數藤蔓動作快，她注意到這點跟家裡花園裡的不同，那裡的植物被保護得太好太久了。她想要抓一段來採樣，但是它的動作太快。

可惡。他們回去時她得弄一點，培養一株來研究。假裝她在這裡探險、記錄新的品種，讓她暫時驅散了陰鬱。她聽到圖樣在她裙襬上輕哼，彷彿知道她在幹什麼，正讓自己不去多想此時的危險跟處境。她拍了它一下。如果橋兵聽到她的衣服在嗡嗡叫會怎麼想？

「等等。」她終於抓到了藤蔓。卡拉丁靠在矛上看著，等她用小包裡的小刀割下一段。

他說：「加絲娜的研究跟這裡隱藏在克姆泥下的建築物有關？」

「為什麼這麼說？」她把藤蔓尖端收在她用來蒐集標本的空墨水瓶裡。

「妳太努力要來這裡。表面上是檢視裂谷魔的獸蛹，連死的都可以。但一定不只這樣。」他說。

「你顯然不太明白研究人員的執念。」她晃晃瓶子。

他哼了一聲，「妳真這麼想看蛹，叫他們拖一個回來就行了。他們有給受傷士兵用的芻螺拖車，用一輛應該就夠了。妳根本不用自己來。」

該死的。一個很有力的理由。幸好雅多林沒想到。王子真的很棒，絕對也不笨，但他也是……直腦筋。

這個橋兵卻完全不同。他觀察她的方式，思考的方式，她發現甚至是他說話的方式，都像是受過教育的淺眸人。可是他額頭上的奴隸烙印又怎麼說？雖然有頭髮擋在前面，但她認為其中之一是沙須。

也許她應該多花點時間來思索這個人的動機，因為他顯然很擔心她的動機。

「財富。」兩人邊走他邊說。他替她拉住一些從裂縫長出的枯枝，方便她走過。「這裡有某種財寶，妳在找？可是……不對。妳靠結婚就可以得到財富了。」

她什麼都沒說，走過他替她讓出的空隙。

「之前沒人聽說過妳。」他繼續說。「達伐家族確實有妳這個年紀的女兒，妳也符合描述。妳可以是個冒牌貨，但是妳真的是淺眸人，而且那個家族也不是特別重要。如果妳需要費心思冒充別人，難道不該挑個更重要的身分？」

「你似乎想了很多。」

「這是我的工作。」

「我跟你說的是實話。加絲娜的研究就是我來破碎平原的原因。我認爲這世界說不定有危險。」

「所以妳跟雅多林提起了帕胥人。」

「等等。你怎麼……你的護衛跟我們一起在露台上，是他們告訴你的？我沒想到他們居然聽得到。」

「我刻意要他們待得近些。」卡拉丁說。「那時候我差不多已有一半確定妳是要來暗殺雅多林的。」

他這個人還眞坦率。而且直接。

卡拉丁繼續說：「我的人說，妳似乎想殺死帕胥人。」

「我才沒有說這種事，但是我擔心他們會背叛我們。這不重要了，因爲我需要更多證據才能說服藩王們。」

卡拉丁以好奇的口吻說：「可是如果妳達成了目標，那妳要怎麼處理那些帕胥人？」

「放逐他們。」紗藍說。

「那誰來替代他們？深眸人嗎？」卡拉丁說。

「我沒說這很容易。」紗藍說。

卡拉丁深思地說：「他們會需要更多奴隸。很多老實人說不定會被烙上奴隸印記。」

「你還在生氣自己的遭遇？」

「妳不會嗎？」

「換做是我應該也會吧。我眞的很抱歉你被這樣對待，但其實情況有可能更糟的。你有可能會被吊死。」

「換做是我，絕對不會用這種方法來處決我。」他強調卻安靜地說。

「我也不會。」紗藍說。「我覺得當劊子手居然走吊死這條路，實在是太不為前途考慮了。還是當拿個斧頭的比較好。」

他朝她皺眉。

「因為有斧頭比較容易出人頭地……」

他呆了一下，然後五官扭曲了起來。「颶風的，這也太冷了。」

「才沒有，明明就很好笑。你常常兩種分不清。別擔心，我會幫你。」

他搖頭。「紗藍，我不是說妳不風趣，我只是覺得妳太用力了。這個世界不是個多陽光明媚的地方，想要把一切變成笑話不會改變這點。」

「技術上來說，這裡確實是個陽光明媚的地方。有半數時間是。」

「也許對妳這樣的人來說是。」卡拉丁說。

「什麼意思？」

他抿了抿嘴。「我不想跟妳吵架，好嗎？我只是……拜託妳，別再說了。」

「如果我答應不生氣呢？」

「妳辦得到嗎？」

「當然。我大多數時間都不生氣。我非常非常擅長的，大多數時間當然都沒有你在旁邊，但我想我可以的。」

「妳又來了。」他說。

「抱歉。」

兩人沉默地走了片刻，經過綻放的植物，下面是一具太過完整的骷髏，幾乎沒被裂谷的流水驚動。

「好吧。我說了。我可以想像對妳這樣的人來說，世界是什麼樣子。妳倍受寵愛地長大，應有盡有。對妳這樣的人來說，生命是美妙的、燦爛的、值得歡笑的。這不是妳的錯，我也不該怪妳。妳不像我這樣面對過痛苦與死亡，悲傷不是妳的同伴。」

沉默。紗藍沒有回答。她能怎麼回答？

「怎麼樣？」卡拉丁終於問。

「我在決定該怎麼反應。」紗藍說。「因爲你說了非常、非常好笑的話。」

「那妳爲什麼沒笑？」

「因爲不是那種好笑。」她把小包遞給他，踩上一小塊乾燥的岩石，正好橫越裂谷底部的一個深潭。底部地面通常都很平整，這是克姆泥堆積的結果，但是這個水池看起來足足有兩三呎深。

她雙手平舉在身邊，走過去，小心翼翼地邊走邊說：「所以你認爲我過著很簡單快樂的生活，充滿陽光與喜悅，但你也暗示我有黑暗邪惡的祕密，因此你對我充滿懷疑，甚至有敵意。你說我很高傲，認爲我把深眸人視爲玩物，但當我告訴你，我正在努力想要保護他們還有所有人的行爲時，你暗示我在多管閒事，別插手比較好。」

她來到對面，轉身。「你覺得這算是正確總結了我們至今爲止的對話嗎，受颶風祝福的卡拉丁？」

他抿著嘴。「應該是吧。」

「哇，你還眞了解我，尤其是你一開始還說你弄不懂我。從我的角度看來，以一個自認爲什麼都知道的人來說，這種話還眞奇怪。下次我想要決定該怎麼做的時候，問你就好了，因爲你似乎比我還懂我。」

他走過同樣的岩石，她緊張地看著，因爲他背著她的背包，但是她比較信任他帶著它過水。他去到對面時，她朝背包伸手，卻發現自己拉住了他的手臂，要引起他注意。

「這樣好嗎？」她直視他的眼睛。「我發誓，認眞地以全能之主的第十名起誓，我對雅多林或他的家族沒有惡意。我希望阻止一場災難。也許我是錯的，也許我的作法有失，但我向你發誓，我是眞心誠意的。」

他盯著她的眼睛。好強烈。她看到對方的神情時，一陣顫慄。這是個情緒如此強烈的男人。

「我相信妳。」他說。「我想這應該夠了。」他抬頭看天，咒罵一聲。

「怎麼？」她抬頭看向上方遙遠的光，太陽正從山崖邊緣探出。

反面的山崖。他們已經不是在朝西走。他們又走偏了，又往南跑。

「可惡。把背包給我。我得用畫的。」紗藍說。

71 守夜

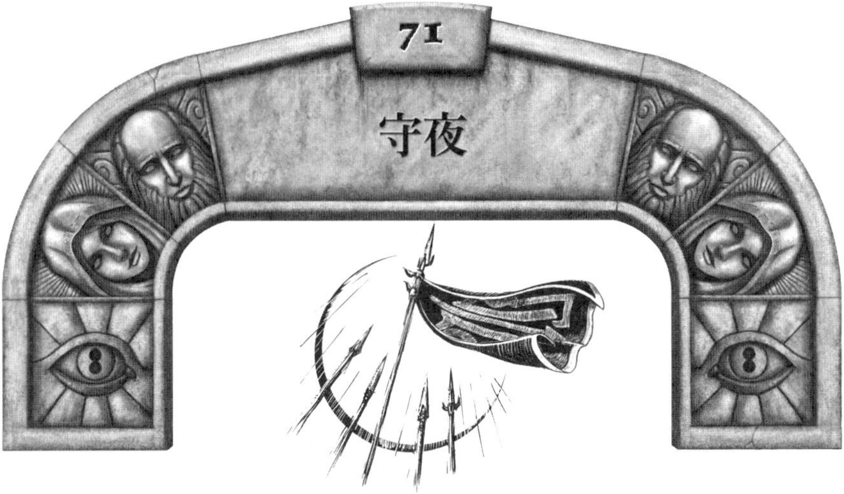

他承擔著神的沉重神聖厭惡，被隔絕在解讀其存在意義的德行之外。他是我們造成的，老朋友。不幸的是，那也是他希望成爲的。

「我那時很年輕，所以沒聽進去太多。」泰夫說。「克雷克的，是我不想聽進去多少。我家人做的事，不是你會希望自己父母做的事，懂嗎？我不想要知道，所以我記不得也是理所當然的。」

席格吉以他那種溫和卻令人生氣的方式點頭。那個亞西須人眞是*無所不知*，而且還會讓你不由自主地就告訴他事情，眞是不公平。太不公平了。泰夫爲什麼得跟他一起輪值？

兩個人坐在石頭上，就在達利納的戰營東區的裂谷邊，一陣冷風吹入。今天晚上有颶風要來了。

他在那之前就會回來了。一定的。

一隻克姆林蟲快速爬過，泰夫朝牠丟塊石頭，把牠趕往周圍的裂縫去。「我也不知道你爲什麼想聽這種事，聽了也沒用。」

席格吉點點頭。去他颶風的外國人。

「好啦好啦。」泰夫說。「那是個宗教組織，你知道吧？叫預見者。他們……嗯，他們覺得如果能找到辦法把引虛者召回來，那燦軍也會回來，很笨吧？只是，他們知道一些事情。他們知道不該知道的事情，像是卡拉丁的能力那種。」

「我明白這對你來說很難受。」席格吉說。「要不要再來一局米勤打發時間？」

「你颶風的只是想要我的錢球而已。」泰夫沒好氣地說，朝亞西須人擺擺手指。「還有不要用那個名字。」

「這遊戲眞的叫米勤。」

「那是個聖名，沒有哪個遊戲是用聖名當做名字的。」

「那個字的出處一點都不神聖。」席格吉一臉明顯的不耐煩。

「我們現在不是在那裡吧？用別的名字。」

「我以爲你會喜歡。」席格吉拿起遊戲用的彩色石子。一堆堆石子用來下注，同時試著去猜對手藏了哪些石子。「這是個技巧遊戲，不是機率遊戲，所以跟弗林的教條不衝突。」

泰夫看著席格吉拿起石子。如果他颶風的一把輸掉全部的錢球也許還比較好。他不該有錢的，錢交到他手上眞的太冒險了。

泰夫說：「他們認爲人處於危險之中時，比較有可能展現能力，所以……他們就讓自己的生命處於危險。只限於團體的成員，感謝風，他們沒去動無辜的外人，光是這樣就夠可怕了。我看過很多人允許自己被推下山崖，看著他們被綁住，看著蠟燭慢慢燒繩子，直到繩子斷掉，砸下一塊石頭，把人砸爛。眞的很慘，席格吉，太可怕了。都是些人不該看到的事，尤其是個六歲大的孩子。」

「所以你怎麼辦？」席格吉輕聲說，拉緊裝著石子的小袋繩索。

「跟你無關。我根本不知道爲啥要跟你說這個。」泰夫說。

「沒關係的。」席格吉說。「我明白——」

「我去告發他們了。」泰夫忍不住說。「我去找城主告發了。他審判了所有人，一場大型的審判，最後把他們都處決了。我一直不明白爲什麼。他們只會危及自己，他們威脅要自殺的懲罰是被殺死。根本胡說八道。我該想出幫助他們的方法……」

「你的父母呢？」

「我母親被那個繩子大石的設計弄死了。」泰夫說。「她眞的相信啊，阿吉。她眞的相信自己有那些能力，你知道嗎？她眞的相信如果她要死了，力量就會出現，她就能救自己……」

「你在一旁看了？」

「颶風的，當然沒有！你覺得他們會讓她兒子看？你瘋了？」

「但是——」

「我看到我父親死了。」泰夫望著平原。「吊死的。」他搖搖頭，手伸入口袋。他把酒壺放到哪去了？他轉身時，卻看到坐在後面的那個小伙子，跟平常一樣把玩著手上的小盒。雷納林。

泰夫跟摩亞許不一樣，不會信那種什麼要推翻淺眸人的胡說八道。全能之主給每個人安排了位置，誰有資格去質問祂的安排？怎麼說都絕對輪不到橋兵。可是某種程度來說，雷納林王子跟摩亞許一樣糟糕，兩個人都不懂得待在自己的位置上。一名想要加入橋四隊的淺眸人，就跟對國王說話沒大沒小、不經腦子一樣糟糕。雖然其他橋兵似乎挺喜歡那小子，但他還是格格不入。

當然，摩亞許現在變成他們其中一人了。颶風的。他把酒壺留在營房裡了嗎？

「認眞點，泰夫。」席格吉站起身。

泰夫轉身，看到穿著制服的人走來。他連忙站起，抓起矛。是達利納・科林，身邊跟著他的幾個淺眸顧問，還有橋四隊的德雷跟斯卡。摩亞許升官、卡拉丁……這個，不在……泰夫接管了每日的輪值安排。沒有別人他颶風的肯做，他們說現在輪到他管事了。一群白癡。

「光爵。」泰夫拍著胸膛敬禮。

「雅多林告訴我，你的人都來了這裡。」藩王說。他瞥了一眼雷納林，王子也起立行禮，彷彿這不是他自己的父親。「聽說是輪流來這裡？」

「是的，長官。」泰夫看著席格吉。是輪流沒錯。只是幾乎每一輪都有泰夫。

「士兵，你眞的覺得他還活著？」達利納問。

「是的，長官。」泰夫說。「這跟我或任何人怎麼想都無關。」

「他摔下好幾百呎深。」達利納說。

泰夫繼續立正。藩王沒有問問題，所以泰夫沒有回答。

可是他確實必須趕開腦中幾個可怕的影像。卡拉丁摔下去時撞到頭。卡拉丁被墜落的橋壓扁。卡拉丁躺在地上斷了腿，找不到可以治療自己的錢球。有時候那蠢孩子覺得自己是死不了的。

克雷克。他們都是這樣看他的。

「他會回來，長官。」席格吉對達利納說。「他會從那裡的裂谷爬出來。如果我們在這裡等他正好，穿著制服，扛著亮晶晶的矛等他。」

「我們是拿自己的時間來等他，長官。」泰夫說。「我們三個人都沒別的地方要去。」他一說完就臉紅了，剛剛他還在想摩亞許講話沒大沒小呢。

「我來這裡不是要下令禁止你進行你自己選擇的任務，士兵。」達利納說。「我來這裡是要確保你們有好好照顧自己。不准有人為了來這裡等就不吃飯，還有誰都不准想在這裡等到颶風結束。」

「呃，是的，長官。」泰夫說。他用了自己的早餐時間來這裡輪值，達利納是怎麼知道的？

「祝你好運，士兵。」達利納說完，繼續前行，隨從跟在身邊，看樣子是要去檢視營地最東邊的軍團。那裡的士兵像是颶風後的克姆林蟲一樣到處亂竄，扛著一袋袋的軍糧，塞入軍營中。達利納前往平原的全面軍事行動即將展開。

「長官。」泰夫朝藩王的背後喊。

達利納轉身面向他，隨從們說到一半的話立刻打住。

「你不相信我們。」泰夫說。「我是說他會回來這件事。」

「他死了，士兵。可是我理解你們還是需要在這裡等。」藩王伸手碰觸自己的肩膀，這是向死者的敬禮，然後繼續離去。

好吧，泰夫覺得沒關係，達利納不信就不信。等到卡拉丁回來之後，自然會讓他嚇一大跳。

*今天晚上有颶風，*泰夫心想，重新在石頭上坐下。*快點啊，小子。你到底在那裡幹嘛？*

❖

卡拉丁覺得自己像十傻人之一。

事實上，他覺得自己像是十傻人加起來，十倍的傻子，可是特別像艾書，在不懂的人面前裝懂。

在這麼深的裂谷之中帶路很難，但他通常可以靠堆積物被沖刷的方式判斷方向。水是從東被往西吹，可是卻會朝逆向流乾——所以牆壁上裂縫裡面塞滿垃圾的地方一般代表朝西，而垃圾堆積得比較自然的地方，表示是順著水流走時留下的——則代表朝東。

他的直覺告訴他要往哪邊走。直覺卻錯了。他不該這麼自信。離戰營這麼遠，水流一定不一樣了。

他對自己生著氣，離開了畫畫的紗藍，走到一段距離外。「西兒？」他問。

沒有回答。

「西芙蕾娜！」他更大聲地說。

他嘆口氣，走回紗藍身邊，她正跪在滿是苔蘚的地上在畫板作畫，顯然已經放棄保護曾經精緻的長裙免受髒汙跟撕扯。她是他覺得像個白癡一樣的另一個原因。他不該允許她刺激自己到動了氣。他可以克制對其他更煩人的淺眸人的反駁，為什麼每次跟她說話都會失控？

早該學會教訓，他邊想邊看她畫畫，表情變得集中。目前為止，每次辯論都是她贏，贏得很徹底。

他靠著一片裂谷牆，環抱著矛，緊緊綁在矛頭上的錢球灑下光亮。他確實對她有誤解，一如她非常明白地指出，而且還不只一次。感覺就像是有一部分的自己極端刻意要不喜歡她。

如果他能找到西兒就好了。如果能再看到她，一切都會變得更好，如果他能知道她安好就好，那聲慘叫……

為了不讓自己多想，他走到紗藍身邊，彎下腰去看她畫畫。她的地圖比較像是圖畫，看起來詭異地近似卡拉丁好幾個晚上前飛過破碎平原時看到的景象。

「有必要嗎？」他問正在為裂谷邊緣塗陰影的她。

「有。」

「可是——」

「有。」

她花的時間比他希望的要久。太陽經過上方的裂縫，消失在視線中。已經過中午了，他們還有七個小時就要迎上颶風——假設預估的時間正確。就算是最好的防颶官也有算錯的時候。

七個小時。他心想，光是走到這裡，就花了這麼久。可是他們至少也該朝戰營走了一段路吧。他們已經走了一個上午。

催紗藍也沒有用。他讓她自己畫著，順著裂谷往回走，抬頭看著上方的縫隙，跟她的圖畫比較。從他可見的位置，她的地圖沒有半分差別。她正憑著記憶畫出他們的整條路徑，彷彿是從上方往下鳥瞰——而且畫得分毫無差，每個小凸出，小凹折都清清楚楚。

「颶父啊。」他低聲喊，小跑回來。他知道她擅長繪畫，但這已經是完全不同的技能了。

這女人是誰？

他回來時，她還在畫。「妳的畫正確得驚人。」他說。

「我昨天晚上也許……低調了一些。」紗藍說。「我的記憶不錯。不過說實話，直到我畫出來之後，我才發現我們走偏了多遠。這些台地的形狀多半是我不熟悉的，我們也許已經走到從未有地圖繪製過的區域了。」

他看向她，「妳記得地圖上所有台地的形狀？」

「呃……對？」

「太不可思議了。」

她跪坐在地，舉起畫，撥開一綹不聽話的紅髮。「也許不盡然。這圖很怪。」

「哪裡？」

「我覺得我的畫一定有錯。」她站起身，一臉擔憂。「我需要更多訊息。我要去繞這個台地走走。」

「好……」

她開始往前走，依舊專注於她的畫上，幾乎沒有注意到自己腳下的東西，所以不斷被岩石跟樹枝絆到。他輕鬆地跟上，卻沒打擾她，讓她全神貫注地看著前方的峽谷。她一路帶著兩人繞了右方台地的底部一圈。

雖然他們走得很快，仍然花了久到令人痛苦的時間。他們正在失去分分秒秒。她到底知不知道他們在哪裡？

「現在是那個台地。」她指著下一面牆。她開始繞著那個台地底端走。

「紗藍。」卡拉丁開口。「我們沒有——」

「這很重要。」

「不被颶風碾碎也很重要。」

「如果找不出來我們在哪裡，那我們永遠逃不出去。」她把一張紙遞給他。「在這裡等，我去去就來。」她小跑步離開，裙襬甩動。

卡拉丁盯著紙，檢視她畫下的路徑。雖然他們早上走的方向正確，後來卻如他所擔憂的那樣——卡拉丁最後又帶著他們繞錯路，朝正南方走。他甚至居然還帶著他們往東走了一段路！

這讓他們比昨天晚上的位置離達利納的戰營還要更遠。

拜託，希望她是錯的，他心想，從反方向繞過台地，去半路與她會合。

要是她錯了，那他們就完全不知道自己身在何處了。哪件事比較糟糕？

他才走了一小段路，便立刻不動。這裡的牆完全沒有苔蘚，地上的雜物也被推到兩邊，有摩擦的痕跡。颶風的，這痕跡還很新鮮，至少是上一次颶風過後留下來的。

裂谷魔來過這裡。

也許……也許牠更深入裂谷了。

紗藍心不在焉，還自言自語，出現在台地的另一邊。她繼續盯著天空，喃喃自語：「……我知道我說我看到了這個圖樣，但是這範圍太大了，我哪能直覺地看出來，你早該說的，我——」

她看到卡拉丁時猛然打住，嚇了一跳。他發現自己瞇起眼睛，那聽起來很像是……

別傻了。她不是戰士。燦軍是士兵，對吧？

其實他對他們知道的不多。

不過，西兒確實看到附近有幾個奇怪的靈。

紗藍瞥了一眼裂谷牆跟擦痕。「那是我認為的東西嗎？」

「是的。」他說。

「太好了。把紙給我。」

他遞了回去，她從袖子裡滑出一支炭筆，他把小包遞給她。小包被她放在地上，用硬的那一面當畫板。她填滿了兩座離他們最近的台地，就是她繞了一圈好看出全貌的兩座。

「妳的圖到底有沒有錯？」卡拉丁問。

「是正確的。」紗藍邊畫邊說。「只是很奇怪。根據我對地圖的記憶，離我們最近的這一群台地應該更往北邊，上面有另外一群是一模一樣的形狀，只是反過來。」

「妳把地圖記得那麼熟？」

「對。」

他沒追問。從他所見，她確實可以。

她搖搖頭。「怎麼可能有一群台地跟平原上的另一群是一模一樣的形狀？不只是一座，而是一連串……」

「平原是對稱的。」卡拉丁說。

她全身一僵。「你怎麼知道？」

「我……做夢的。我看到台地以對稱的方式排列開來。」

她回頭看地圖，驚呼一聲，開始在旁邊寫筆記。「音流（注）。」

「什麼？」

「我知道帕山迪人在哪裡了。」她的眼睛睜大。「還有誓門在哪裡。破碎平原的中心。我看出來了——我幾乎可以全部畫出來。」

他顫抖。「妳……什麼？」

紗藍猛然迎向他的雙眼。「我們必須回去。」

「我知道，颶風嘛。」

「不只如此。」她站起身。「我現在知道太多，不能死在這裡。破碎平原就是個圖樣，這不是個正常的岩石地表。」她的眼睛睜得更大。「破碎平原中央有座城市，不知道被什麼打破。是武器……震動？像是盤子上的沙？可以打破岩石的地震……岩石變成沙，被颶風吹過時，充滿砂粒的裂縫被吹空了。」

她的眼神遙遠得詭異，說的話一半卡拉丁都聽不懂。

「我們需要去到中央。」紗藍說。「我可以找到平原的中心，只要跟隨這個圖樣即可。那裡會有……東西……」

「妳在找的祕密。」卡拉丁說。她先前怎麼說的？「誓門」。

她滿臉通紅。「我們快走，你不是說我們時間不多嗎？說眞的，如果我們之中不是有人一直在聊天讓所有人分心，我幾乎確定我們早就已經走到了。」

他朝她挑挑眉毛，她露出笑容，指了指要走的方向。「順道一提，現在由我帶路。」

「這樣也好。」

「不過如果細想，也許讓你帶路比較好，這麼一來我們可能一不小心就找到中心點了。前提是沒一路走到亞西爾去。」她說。

他笑了一聲，因爲似乎這麼做才對，但在他的內心，簡直是心裂神碎。他失敗了。

接下來的幾個小時很煎熬。每走兩座台地，紗藍就得停下來更新她的地圖。這麼做是對的——他們不能再冒險走偏了。

只是，花的時間太久。雖然他們在畫畫間隔中已經盡量加快腳步，幾乎是一直用跑的，但他們的速度還是太慢。

卡拉丁不斷左右變換重心，盯著天空，等紗藍又在畫圖。她咒罵抱怨著，他注意到她擦掉一滴從額頭滴落到越發皺摺的紙張上的汗水。

離颶風來臨大概還有四個小時。我們趕不到的，卡拉丁心想。「我再試試叫斥候。」他說。

紗藍點頭。他們已經進入達利納的區域，撐竿的斥候應該都在觀察蛹的出現。朝斥候大喊是個微乎其微的希望——就算運氣好找到其中一組人，他也不覺得斥候剛好有足夠長的繩子能垂落到裂谷底部。

但那還是機會。所以他走開了些，免得打擾她畫畫，雙手環在嘴邊做成筒狀，開始大喊：「有人嗎？

注：音流（Cymatic），將各種不同振動頻率的波，透過媒介而具象化成幾何圖形。

請回答！我們困在裂谷裡！請回答！」

他走了一段路，又停下來聽。沒有回音。沒有質問的喊叫聲從上面往下，沒有生命的跡象。

卡拉丁心想，他們大概都已經躲回自己的凹穴了。應該已經拆下觀察哨，正在等颶風來。

他煩躁地看著上面那一絲遙不可及的天空。好遠。他記得這個感覺，那是跟泰夫還有其他人一起在這裡，渴望爬出去，逃離橋兵的可怕人生。

第一百次，他試圖從錢球吸取颶光。他抓著錢球，直到手掌跟玻璃都溼了，但颶光——內在的力量——卻沒有流到他體內。他再也感覺不到光了。

「西兒！」他大喊，收起錢球，手環在嘴邊。「西兒！拜託！妳在嗎？在哪裡……？」他沒說完。「我還是不知道。」他更輕聲地說。「這是懲罰嗎？還是不只如此？是哪裡不對勁了？」

沒有回答。如果她在看著他，一定不會讓他死在這裡的吧？假設她還能思考、能注意。一瞬間他腦海中出現了一個可怕的景象，看到她乘著風，跟風靈一起戲耍，忘記了自己跟他——變成對自己的眞實身分可怕、幸福、一無所覺的靈。

她就怕這個。她怕到極點。

紗藍的靴子摩擦地面，傳來聲響。「沒回應？」

他搖搖頭。

「那就繼續走吧。」她深吸一口氣。「不顧痠痛疲累，我們大步前進。你該不會願意背我一小段路……」

他瞪著她。

她微笑地聳聳肩，「想想看多偉大啊。我甚至可以拿條蘆葦來鞭打你，你回去以後就可以告訴其他護衛我有多差勁，這會是最佳的抱怨話題。不要?好吧，那出發吧。」

「妳是個怪女人。」

「謝謝。」

他跟她並肩前進。

「啊呀，看來你腦袋上又醞釀出颶風了。」她注意到。

「我害死了我們兩個。」他低聲說。「是我帶路的，害我們迷路了。」

「我也沒注意到我們走錯路了啊，換成我也不會做得更好。」

「我應該早想到，一開始就讓妳畫我們的地圖。我太自信了。」

「都過去了。如果我對你更坦白我能夠把台地畫得多仔細，那你也許就會多多使用我的地圖。我沒說，你也不知道，所以就變成這樣。你不能什麼都怪自己，對吧?」

他沉默地前進。

「呃，對吧?」

「是我的錯。」

她誇張地翻翻白眼。「你真的很認真要虐待自己，是吧?」

他的父親也一直這樣說。卡拉丁就是這樣的人。他們覺得他會變嗎?

「我們不會有事，你會知道的。」紗藍說。

聽到這話，他心情更差了。

「你還是覺得我太樂觀了，對吧?」紗藍說。

「不是妳的錯。」卡拉丁說。「我寧願像妳這樣。我寧願不要過我這樣的人生。我寧願世界上只有像妳這樣的人，紗藍・達伐。」

「不了解痛苦的人。」

「噢，所有的人都了解痛苦。」卡拉丁說。「我不是指這個，是……」

「是哀傷。」紗藍輕聲說。「看著一條生命破碎的哀傷？掙扎著想要抓住、守住，卻感覺到希望在手中變得薄硬血腥，因爲周圍的一切都在崩潰？」

「對。」

「感覺自己破碎了，那不是哀傷，是更深的感覺。因爲太常被碾壓，更是被痛恨地碾壓，所以情緒都變成一種奢侈的乞望。能哭就好了，至少那是一種感覺，但其實你什麼都感覺不到。內心就像是……空煙薄霧。像是自己已經死了。」

他在裂谷中停下腳步。

她轉身看他。「那令人粉身碎骨的罪惡感，來自自己的無能爲力。寧願他們傷害你，也不要傷害周圍的人。尖叫掙扎憎恨，看著那些你愛的人被毀滅，像是膿包一樣被擠破。你得眼睜睜地看著他們的喜悅流乾，但你卻什麼都做不到。他們破滅了你愛的人，卻不是你。所以你懇求，能不能打我就好？」

「對。」他低聲說。

紗藍點頭，直視他的眼睛。「對。如果世界上沒有人知道這些事情，那眞的很好，受颶風祝福的卡拉丁。我同意。用盡一切同意。」

他在她的眼中看到那份悲痛、煩躁。可怕的不存在，在她的內心刨抓，努力想要撲滅她。就在那裡。她也是破碎過的人。

然後，她微笑了。颶風啊，她還是微笑了。

這是他這一輩子，看過唯一最美的景象。

「怎麼做？」他問。

她輕鬆地聳肩。「如果腦子不正常，就會好一些。來吧，我相信我們的時間有一點點緊迫……」

她順著裂谷往前走。他站在後面，覺得被掏空，卻也出奇地振奮。

他應該覺得自己像個傻子。他又來了——一直告訴她，她的人生有多輕鬆，但其實她內心裡一直藏著痛楚。可是這次他不覺得自己像個傻子。他覺得自己明白了。某種東西。不知道是什麼，只覺得裂谷似乎明亮了一點。

提恩向來都能帶給我這點……他心想。就算是最黑暗的時候。

他靜立不動，直到周圍的皺花紛紛綻放，如扇子般的寬大瓣葉展現一條條橘色、紅色、紫色的花紋。

終於，他奔跑著跟上紗藍，把周圍的植物駭得又縮了回去。

「我想我們應該專注於待在這可怕裂谷的正面結果。」她說。

她打量他。他什麼都沒說。

「快點啊。」她說。

「我……有種感覺，不應該鼓勵妳。」

「那有什麼好玩？」

「這個，我們眞的要被颶風的大水捲走了。」

「那我們就能洗衣服了。」她咧嘴而笑。「看！正面結果。」

他哼了一聲。

「啊，又是那個橋兵哼哼方言。」她說。

「那聲哼的意思是，如果水沖來，至少能把妳的一些臭味沖走。」他說。

「哈！有一點有趣，但你拿不到分數，因爲是我先說你這個人臭的。禁止用別人的老哏，違者要泡颶風水。」

「好吧。」他說。「幸好我們在這裡，因爲今天晚上輪到我執勤。現在我不用上工了，幾乎就像是放假。」

「而且還能游泳呢！」

他微笑。

她宣告：「我，很高興我們在這裡，因爲上面的太陽太大，除非我戴帽子，否則我會被曬傷。我寧可在又陰又黑又臭又黴，說不定還會讓人喪命的深谷裡。不會曬傷，只有怪獸。」

「我很高興在這裡。」他說。「因爲摔下來的至少是我，不是我的人。」

她跳過一個水窪，然後瞅了他一眼。「你眞的很不擅長這個。」

「抱歉。我的意思是我很高興在這裡，因爲出去時，所有人都會歡呼說我是個英雄，因爲我救了妳。」

「好一些。除了事實上，我相信是我救了你。」紗藍說。

他瞥向她的地圖。「妳得一分。」

她說：「我，很高興在這裡，因爲我經常都在想像如果我是一塊肉，經過消化系統的時候會有什麼樣的感覺，現在這些裂谷讓我覺得很像腸子。」

「妳不是認眞的吧？」

「什麼？」她一臉震驚。「當然不是認眞的，太噁了。」

「妳眞的努力過頭了。」

「不這樣我早就恢復神智了。」

他爬上一堆碎塊，伸手要扶她。「我很高興在這裡，因爲這提醒我，能脫離薩迪雅司的軍隊有多幸運。」

「啊。」她跟他一起來到頂端。

「他的淺眸人會派我們下來蒐集物資。」卡拉丁從另外一邊滑下。「而且沒付我們多少錢。」

「太慘了。」

他對正在走下碎塊堆的她說：「可以說，只給了我們幾顆穀子。」

他朝她咧嘴笑。

她歪著頭，不解。

「『谷』子啊。」他朝深處的深穴比了比。「妳懂的，我們在谷裡……」

「去你颶風的！你不會以爲這樣也能算吧，實在太難笑了！」

「我知道。對不起。我母親會很失望。」

「她不喜歡雙關語？」

「她最喜歡了，只是如果我趁她不在時說雙關語，讓她沒機會聽到能笑我，她會生氣。」

紗藍微笑，兩人繼續快步前進。「我很高興我們在這裡，因爲現在雅多林一定擔心死了，所以我們回去時，他會欣喜若狂。說不定會讓我在公眾場合親他。」

雅多林。對。他的心情一下子又沉下來。

「我們也許得停一停，讓我把地圖畫好。」紗藍抬頭對天空皺眉。「你也可以多喊兩聲，看能不能引來救星。」

「可以試試看。」他邊說，她邊坐下來拿出地圖。他雙手做出筒狀。「喂，有人嗎？有人嗎？我們在下面，在說冷笑話，救救我們吧，我們快被自己冷死了！」

紗藍輕笑出聲。

卡拉丁微笑，然後突然一驚，因爲他居然聽到有回應了。是聲音嗎？還是……等等。

響亮的聲音——像是號角，卻層層疊疊，聲音越來越響，席捲過他們。

然後一團巨大、交錯的甲殼與爪子從拐角猛然出現。

裂谷魔。

卡拉丁的腦子一陣驚慌，但身體已經立刻開始行動。他抓住紗藍的手臂，把她拖了起來，拉著她狂跑。她大喊一聲，小包掉了下來。

卡拉丁拖著她往前跑，沒有回頭。他可以感覺到那東西靠得太近，裂谷的牆壁都因爲牠的追趕而顫動，骨頭、樹枝、甲殼、植物紛紛劈啪折斷。

怪獸再次鳴叫，震耳欲聾。

牠快要趕上了。颶風的，牠還眞夠快。他從來沒想到這麼大的東西能夠這麼快，這次沒辦法讓牠轉移注意力了，牠就要趕上他們，他可以感覺到牠就在後面……

那裡。

他把紗藍一把抓到身前，將她推入岩壁上的裂縫。一道陰影矗立在他身前，他也鑽入裂縫，把紗藍往後推擠。她悶哼一聲，讓他推得貼上被洪水塞入裂縫的雜亂樹枝與樹葉。

裂谷魔安靜下來。卡拉丁只聽得到紗藍的喘息聲與自己的心跳聲。他們大多數錢球都散在紗藍準備畫畫的地面上，他手邊只握著矛跟臨時湊出的燈籠。

卡拉丁緩緩地轉身，背向紗藍。她從後面抱著他，他可以感覺到她全身在顫抖。颶父啊。他自己也在顫抖。他轉動了一下矛，調整光線方向，然後偷偷朝裂縫往外看。這道裂縫很淺，他離開口只有幾呎遠。鑽石錢球的脆弱稀薄光線在潮溼的地上閃閃發光，照亮了牆壁上被碾破的皺花，還有幾條被截斷的藤蔓仍然在地上扭動，像是弓著背的人。裂谷魔……哪裡去了？

紗藍驚呼，抱著他的腰的雙臂收緊。在那裡，裂縫的高處，一隻巨大、不屬於人類的眼睛看著他們。他看不見裂谷魔的大頭，只有一部分的臉跟下巴，還有那可怕的光滑綠眼。一隻大爪撞上洞邊，想要鑽進來，但裂縫太小了。

爪子挖著洞，然後頭縮了回去。岩石與甲殼摩擦的聲音在裂谷中迴響，但那東西沒走多遠就停下來了。沉默。某處有水穩定地滴入水池，除此之外，靜默無聲。

「牠在等我們。」紗藍低聲說，頭離他的肩膀很近。

「妳這是在為牠感到驕傲嗎？」卡拉丁沒好氣地說。

「有一點。」她頓了頓。「你覺得要多久才會……」

他抬頭往上看，卻看不到天空。這道裂縫沒有一直延伸到裂谷上方，只有十到十五呎長。他向前傾身，看著上方的開口，整個身體沒探出去，只是離開口近了一點，好能看到天空。天色要黑了。還不到日落，但也快了。

「大概兩小時。」他說。「我──」

一陣嘈雜的甲殼撞擊聲順著裂谷迴蕩而來。卡拉丁往後一跳，又把紗藍擠到垃圾邊，那隻裂谷魔趁機想伸條腿進裂縫裡──幸好沒成功。腿還是太粗了，雖然裂谷魔能把尖端刺進來──近到從卡拉丁身前擦過──卻沒辦法傷到他們。

眼睛再次出現，反映出卡拉丁跟紗藍的身影。在裂谷的這段期間，兩個人都是全身破爛骯髒。卡拉丁看起來沒有他內心感覺到那樣害怕，反而直盯著那東西的眼睛，防衛地舉著矛。紗藍看起來則一點也不害怕，反而是著迷得很。

瘋女人。

裂谷魔又退了出去，停在一小段距離外。他可以聽到牠趴下來等。

「所以……我們等？」紗藍說。

汗水從卡拉丁的兩側臉頰流下。等。等多久？他可以想像自己待在這裡，像是被困在殼裡的害怕石苞，直到水順著裂谷狂流而至。

他曾經在颶風中存活下來過，差一點就喪命了，還是靠颶光才辦到的。在這裡，情況絕對有天壤之別。大水會帶著他們穿過裂谷，狠狠地把他們推向岩壁、巨石，跟死者一起在水裡翻騰，直到他們溺死，或被分屍……

這種死法，非常、非常慘。

他握緊了矛。他等著，流汗、擔憂。裂谷魔沒走。幾分鐘過去了。

終於，卡拉丁做出決定。他準備要走上前。

「你在幹嘛？」紗藍壓低聲音問，聽起來嚇壞了。她想要把他拉回來。

「我出去以後，會朝反方向跑。」他說。

「別傻了！」

「我會引開牠的注意力。妳出去後，我會帶著牠朝妳的反方向跑，妳就趁機快逃。我們之後再會合。」

「騙子。」她低聲說。

他轉身，直視她的眼睛。「妳可以靠自己回到戰營，我不能；妳有需要交給達利納的消息，我沒有；我受過作戰訓練，引開那東西的注意力以後，也許能逃走，妳不能。如果我們待在這裡，我們兩個都會死。妳還需要更多邏輯嗎？」

「我最恨邏輯。」她低聲說。「一直都很恨。」

「我們沒時間討論。」卡拉丁說完，轉身背對她。

「你不能這樣。」

「我可以。」他深吸一口氣。「天知道。」他更輕地說。「說不定我運氣好，能刺上一矛。」他伸手將矛頭上的錢球扯下，丟出了裂谷。他需要更穩定的光線。「準備好了？」

「拜託你。」她低聲說，聽起來更驚慌了。「不要丟下我一個人在裂谷裡。」

他調侃地微笑。「我們爭辯了這麼多次，讓我贏一次眞的這麼難嗎？」

「對！」她說。「不是，我是說……颶風的！卡拉丁，牠會殺了你！」

他握住矛。以他最近的狀況看來，也許正是他活該。「替我向雅多林道歉。我其實還算喜歡他。他是個好人，不只是以淺眸人來說，就是……好人。我一直都沒有正面去欣賞他的好。」

「卡拉丁……」

「必須要這樣，紗藍。」

「那至少……」她的手從他肩膀後方伸出，直到他的面前。「拿著這個。」

「拿著什麼？」

「這個。」紗藍說。

然後，她召喚出一把碎刃。

72 自私的理由

我猜想他現在已經變得比較類似於能量體而非個體存在，雖然你堅持相反意見。這股能量如今已經被限制，也達到了平衡。

卡拉丁盯著發光的金屬，上面還滴著被召喚出時順帶出現的水珠，劍身上幾條淡淡的細紋散發著石榴石的顏色。

紗藍有碎刃。

他扭頭去看她，結果臉頰卻擦過劍身。沒有慘叫。他僵住片刻，然後小心翼翼地舉起手指，摸了摸冰冷的金屬。

什麼都沒發生。他在跟雅多林並肩作戰時聽到的尖叫聲沒有響起。他覺得這似乎是個很不好的跡象。雖然他不知道那個可怕聲音的意義，但那與他跟西兒之間的聯繫有關。

「怎麼會？」他問。

「不重要。」

「我覺得很重要。」

「現在不重要！你到底要不要拿走啊？這樣拿著劍很彆扭的，如果我一不小心鬆手把你的腳給砍了，那都是你害的。」

他遲疑片刻，看著自己的臉倒映在金屬上。他看到屍體，看到眼睛被灼燒成窟窿的朋友。每次有人要給他這把武器時，他都拒絕了。

可是之前的每一次都是在戰鬥之後，或是在訓練場上。這次不同。況且，他沒有選擇要成爲碎刃師，他只會用這把劍來保護別人的性命。

他做了決定，便伸手握住碎刃的劍柄。這至少告訴他一件事——紗藍應該不是封波師。要不然他猜想她會跟他一樣痛恨這柄劍。

「妳不該讓別人用妳的碎刃。」卡拉丁說。「傳統上只有國王跟藩王才會出借。」

「很好。你可以去找娜凡妮光主告發我，說我行爲放肆、不懂禮節。現在我們能不能只要活下去就好，拜託你？」

「好好好。」他舉起劍。「聽起來很棒。」他幾乎不知道該怎麼用。拿假劍來練習並不能讓一個人成爲用眞碎刃的專家。不幸的是，對付這麼大、全身處處受到保護的怪物，矛根本沒什麼用。

「還有……」紗藍開口：「你能不能不要眞的像我剛才說的那樣，去『告發』我？我是開玩笑的。我不覺得我應該有這把碎刃。」

「反正也不會有人信。」卡拉丁說。「妳眞的會跑吧？照我說的那樣？」

「對。如果可以的話，請把怪物引到左邊。」

「那是戰營的方向。」卡拉丁皺眉。「我原本打算把牠引到裂谷深處，好讓妳——」

「我需要去把袋子拿回來。」紗藍說。

瘋女人。「我們是在搶命，紗藍。袋子不重要。」

「不，袋子非常重要。」她說。「我需要袋子才能……哎，裡面的畫顯示破碎平原的圖樣。我需要那些畫才能幫忙達利納。拜託你，照我說的做。」

「好吧，我盡量。」

「很好。噢，還有，不要死，好不好？」

他突然感覺到她貼在他的背後，抱著他，溫暖的呼吸吹在他的脖子上。她全身發抖，他覺得從她的聲音中能聽出來，她對自身處境既害怕又著迷。

「我盡力。」他說。「準備了。」

她點點頭，放開他。

一。

二。

三。

他跳入裂谷中，然後轉身衝向左邊，朝裂谷魔的方向而去。颶風的女人。怪物躲在那個方向的陰影裡。不對，牠就是陰影。巨大的、聳立的陰影，修長得如同鰻魚，在裂谷底部上方，用腿抓著牆壁。

牠鳴叫一聲，往前撲，甲殼摩擦著岩石。卡拉丁緊抓著碎刃，撲向地面，鑽到怪物底下。地面抖動一陣，因為怪物用前爪朝他砸來，但卡拉丁毫髮無傷地站起。他瘋狂地揮動碎刃，在身邊的岩壁上劃出一條線，卻沒打中裂谷魔。

牠在裂谷中縮成一團，在自己身下打個滾，然後又轉身到處看。這動作之流暢，遠超過於卡拉丁對這種大型體積動物的揣想。

*這種東西該怎麼殺啊？*卡拉丁心想，不斷往後退，看著裂谷魔趴在地上，正在打量他。砍這麼大的身體應該是沒辦法一下子就做到。牠有心臟嗎？不是寶心，而是真正的心臟。他得想辦法從下面鑽進去。

卡拉丁繼續順著裂谷往後退，想要帶著怪物遠離紗藍。牠的動作比卡拉丁以為的還要更謹慎。當他看到紗藍從裂縫逃出，拚命順著路往下跑的景象時，他鬆了一口氣。

「來啊，你。」卡拉丁朝裂谷魔揮舞碎刃。牠在裂谷中站起，卻沒攻擊他，只是看著，眼睛隱藏在漆黑的臉中。唯一的光線來自於上方遙遠的裂口，還有他拋入裂谷的錢球，如今全數散落在怪物身後。

紗藍的碎刃也柔和地散發光芒，來自於劍身上的奇特圖樣。卡拉丁從來沒看過碎刃發光，不過他也沒在晚上看過碎刃。

看著偉立在面前的怪異輪廓——有太多隻腳，不自然的頭顱輪廓，身上一節一節的甲冑——卡拉丁認爲引虛者大概差不多就是這樣了，絕對不可能有比這個更可怕的存在。

卡拉丁往後退，卻被一片長在地面的板岩芝絆倒。

裂谷魔攻擊。

卡拉丁輕鬆地恢復平衡，猛然在地上打個滾——逼得他拋下碎刃，免得傷到自己。陰影中的利爪揮向他的同時，他剛剛停止滾動，馬上不斷左右閃躲跳躍，最後他被逼著貼上裂谷前方黏膩的那一邊，就在怪物前面，累得氣喘吁吁。也許他離得太近，爪子根本切不到，然後——

怪物的頭馬上就低了下來，口鉗大張。卡拉丁咒罵，又往旁邊撲去。他悶哼一聲，再打了個滾站起，拿起被丟下的碎刃。碎刃還沒消失——他對它們的了解是，只要紗藍要它待著，它就會待到被召喚回去之前。

卡拉丁轉身，看到爪子落在他剛才站的位置。他趁機朝爪子揮劍，砍斷砸入岩石的爪尖。

他的攻擊似乎沒什麼效果。碎刃切斷了甲殼與裡面的肉，引發一陣怒嚎，可是爪子太大了。他頂多就是砍斷了敵人士兵大腳趾尖端的一小塊肉。颶風的。這不叫跟野獸打鬥，這只是激怒對方而已。

牠更凶猛地撲來，用爪子揮擊，幸好裂谷太狹窄，不方便怪獸揮動手臂，牠一直會摩擦到岩壁，也沒辦法伸展到最長程度。大概就是因為這樣，所以卡拉丁還活著。他勉強避過了這下揮擊，卻又在黑暗中被絆倒，他幾乎什麼都看不清。

又一隻爪子朝他砸來，卡拉丁站了起來，飛速跑走，朝著峽谷的深處跑去，遠離照明，經過植物跟漂流來的碎物。裂谷魔鳴叫一聲，跟著衝來，哐啷嘶啦作響。

卡拉丁覺得沒有颶光的自己動作太慢了，又笨拙又遲鈍。

裂谷魔很近。他靠著直覺判斷接下來的動作。現在！他突然煞住，往後朝怪物奔去。牠很勉強地才減慢速度，甲殼摩擦著岩壁，卡拉丁一彎腰就從牠身下鑽了過去，用力將碎刃往上一戳，深深埋入怪獸的肚腹。

怪獸更慌亂地鳴叫，他似乎眞的傷到了怪獸，因為牠立刻抬起身體，把自己從劍上拔走，然後就在眨眼間，牠已經把自己反折過來，可怕的嘴鉗朝卡拉丁直撲而來。他用力前撲，但嘴鉗還是咬住了他的腿。

令人眼冒白光的疼痛感瞬間竄上大腿，怪獸一面甩動他的同時，他也揮出碎刃。他覺得自己砍中了怪物的臉，但沒辦法確定。

天旋地轉。

他落在地面上，翻滾。

沒時間發暈了。天地仍然在旋轉，他在呻吟中翻身而起。碎刃被他弄丟了——他不知道掉在哪裡。他的腿，感覺不到了。

他低頭，以為自己會看到一截斷肢，卻發現沒那麼嚴重。鮮血淋漓，長褲破裂，卻沒有白骨，麻痺感只是因為創口一時受到衝擊。

他的腦子當場開始分析起傷口。這不行。他現在需要士兵的自己，不是醫生。裂谷魔正在裂谷中調整姿勢，臉上的甲殼少了一塊。

快。走。

卡拉丁轉身，以四肢撐著身體，猛然站起。腿勉強還算能用。他一踩，靴子就發出溼答答的吱嘎聲。碎刃呢？就在前面。它飛到很遠的地方，埋在他從裂縫中丟出去的錢球附近，卡拉丁朝碎刃一拐一拐地過去，但是他連走路都有困難，更別提奔跑。他拐到一半時，腿撐不住了，重重地摔倒在地，手臂被板岩芝挫傷。

裂谷魔嗚叫一聲，然後——

「喂！喂！」

卡拉丁扭轉過身。紗藍？那笨女人站在裂谷裡，像個瘋子一樣揮手。她在幹什麼？她怎麼從他身邊跑過去的？

她再次大喊，引起裂谷魔的注意力。她的聲音奇怪地迴蕩在裂谷中。

裂谷魔看看卡拉丁，又看看紗藍，然後開始朝她揮爪攻擊。

「不要！」卡拉丁大喊。可是他大喊有什麼用？他需要武器。他一咬牙，扭過身用盡力氣連爬帶撲地衝向碎刃。颶風的。紗藍……

他把劍從岩石中抽出，可是又一次癱軟在地，傷腿眞的撐不住他的重量。他再次轉過身，握著劍，在裂谷中尋找。怪物繼續到處揮打、嗚叫，可怕的聲音不斷在狹窄的空間內震動。卡拉丁沒看到屍體。紗藍逃了？

戳進那東西的胸口似乎只是讓牠更生氣。頭。唯一的機會是頭。

卡拉丁掙扎地站起。怪獸停止砸打地面，一嗚叫，又朝他衝來。卡拉丁雙手握劍，身體突然一晃，他的腿又失去力氣。他試著單膝跪地，但是整條腿都徹底軟倒，使他側躺著摔下，差點被碎刃劃傷。

他朝水潭撲騰過去。前方，他丟過去的一枚錢球散發著明亮的白光。

他朝水裡伸手，抓起錢球，握著冰涼的玻璃。他需要颸光。颸風的，他得靠颸光救命。

拜託。

裂谷魔站在他身前。

卡拉丁吸入一口氣，掙扎，像是爲了求生而掙扎地吸氣。他聽到……彷彿來自遠方……

啜泣聲。

沒有力量進入他體內。

裂谷魔揮砍，卡拉丁一扭身，奇怪地卻看到自己。另一個版本的自己站在他上方，舉著劍，比他本人還要大，大了一半。

*全能之主聖鑒，這是……？*卡拉丁瞠目結舌地看著裂谷魔用手臂砸向卡拉丁身邊的形體。不是他的形體炸成一團颸光。

他做了什麼？他怎麼辦到的？

不重要。他還活著。他用盡全力大喊一聲，猛然站起，朝裂谷魔一撲。他需要像之前那樣逼近，近到爪子沒辦法朝他揮砍。

近到……

裂谷魔揚起身體，猛然下撲要咬他，伸出了口鉗，可怕的眼睛看著他。

卡拉丁往上一刺。

裂谷魔軟倒，殼甲發出劈啪聲，腿腳抽搐。紗藍大叫，外手捂著嘴，躲在一塊大石後，皮膚跟衣服都變成最深的黑色。

❖

裂谷魔撲倒在卡拉丁身上。

紗藍丟下了畫紙——上面畫著她跟另一個卡拉丁——連忙跑過岩石，驅散周圍的黑暗。她需要靠近他們打鬥的地方才能讓幻象起作用，如果她能把幻象加在圖樣身上派它出去就好了，但那有問題，因爲——

她停在依然抽搐的怪物身前，一團肉塊甲殼，像是坍方的石堆。她左右來回晃著身體，不知道該怎麼辦。

「卡拉丁？」她喊。在黑暗中，她的聲音太薄弱。

不准這樣。

她告訴自己。

*不准膽小。現在已經不是膽小的時候了。*她深吸一口氣，走上前，繞過甲殼厚重的怪物腿。她想推開爪子，但太重推不動，所以她直接爬上去，順著溜下到另一邊。

她突然聽到聲響，全身一僵。裂谷魔的頭躺在旁邊，巨大的眼睛混濁。靈開始從牠身上飄起，像是一道道煙霧。就跟先前一樣的靈，只是……走了？她把光挪得更近。

卡拉丁的下半截身體伸在裂谷魔的嘴巴之外。全能之主在上！紗藍驚喘，連爬帶滾地往前撲去，很艱辛地想要將卡拉丁從關閉的大口中拔出來卻不成功，只能召喚來碎刃，砍斷幾根獠牙。

「卡拉丁？」她問著，緊張地從旁邊砍斷的獠牙空缺往嘴巴裡面看去。

「痛啊。」一個虛弱的聲音回應她。

活著！

「撐住！」她回答，開始砍那東西的頭，小心不要割到卡拉丁周圍。黝紫色的血漿噴出，沾滿了她的手臂，聞起來像是潮溼的黴。

「這實在很不舒服……」卡拉丁說。

「你還活著，不要抱怨了。」紗藍說。

他還活著。噢，颶父啊。活著。他們回去後，她得燒掉整整一堆祈禱符文。

「裡面好臭。」卡拉丁虛弱地說。「幾乎跟妳一樣臭。」

「高興點。」紗藍邊砍邊說。「我好不容易才得到一隻品相還算是完美的裂谷魔，唯一的小問題就是牠已經死了，但我卻為了你正把牠砍碎，而不是研究牠。」

「我永遠感激妳。」

「你到底是怎麼進到牠嘴巴裡去的？」紗藍邊問邊扳開一塊甲殼。甲殼發出令人噁心的碎裂聲，她把它拋到一旁。

「從上顎裡面刺穿的，直到腦子裡。」卡拉丁說。「我只想得到用這種方法殺死這該死的東西。」

她彎下腰，手伸入她打開的大洞。費了一番工夫——然後稍稍再把前面的口鉗切開一些——這才幫著卡拉丁從嘴巴側面鑽了出來。他整個人都是膿漿跟鮮血，臉色因為失血而慘白，看起來就像死了一樣。

「颶風的。」她低聲說，看著他躺在岩石上。

「幫我的腿包紮。」卡拉丁虛弱地說。「我身體其他部位應該沒事，一下就會好……」

她看著血肉模糊的大腿，顫抖起來。看起來像是……像是……巴拉特……

卡拉丁會有好一段時間不能用那條腿走路了。噢，颶父啊，她心想，隨即割下膝蓋以下的裙襬。她按照他的指示把他的腿緊緊紮住，他似乎覺得他不需要止血帶。她聽他的，他包紮過的傷口應該比她還多。

她割下了右邊的袖子，用來包紮他身側的第二個傷口，因爲裂谷魔咬下的時候，差點就把他咬成了兩截。最後她坐倒在他身邊，感覺又冷又累，雙腿跟手臂如今暴露在裂谷底部的冰冷空氣中。

卡拉丁深吸一口氣，躺在岩石上，閉著眼睛。「再兩個小時就是颶風。」他低聲說。

紗藍看著天空，幾乎要黑了。「說不定不用那麼久。」她低聲說。「我們打敗牠了，但我們也死定了，對不對？」

「眞不公平。」他說，然後一面呻吟，一面坐了起來。

「你不是該——」

「呿，我受過比這更重的傷。」

她朝他挑著眉毛，看著他睜開眼睛。他看起來頭很昏。

「眞的。」他堅持。「我不是在裝勇敢。」

「這麼嚴重？」她問。「幾次？」

「兩次。」他坦承。他看著巨碩的裂谷魔。「我們居然殺了那東西。」

「我知道，眞的很令人難過。」她覺得很沮喪。「牠很美的。」

「如果牠不是要吃我就更美了。」

「從我的角度看來，牠不是要吃，而是已經吃了。」紗藍下了評語。

「胡說八道。」卡拉丁說。「牠沒把我吞下去。不算。」他朝她伸手，好像是想要拉她起來。

「你想繼續走？」

「難道妳以為我會躺在這裡等水來？」

「也不是，可是……」那個裂谷魔很大，側躺在地上，也許有二十呎高。「如果我們爬上去那個東西，然後試著爬到台地上面呢？」他們往西走了越久，裂谷就越淺。

卡拉丁抬頭。「那還是有八十呎高的距離，紗藍。而且上到台地有什麼用？只會再被颶風吹下來。」

「我們至少可以找地方躲……」她說。「颶風的，我們眞的已經走投無路了，對吧？」

奇怪的是，他歪了歪頭。「有可能。」

「只是『有可能』？」

「找地方躲……妳有碎刃。」

「然後呢？」她問。「我不能砍斷一面水牆。」

「是不能，但是妳能砍岩石。」

紗藍的呼吸梗在喉頭。「我們可以砍個山洞出來！像斥候用的那種！」

「在牆上高一點的地方。」他說。「妳看那條水線，如果能到那上面……」

還是得爬。她不需要一路爬到裂谷變狹窄的那段，但也絕對不好爬。時間也不多了。

但還是個機會。

「必須由妳來。」卡拉丁說。「有人扶著我也許能站，但是要一邊爬還要用碎刃……」

「沒錯。」紗藍站起身說，深吸一口氣。「沒錯。」

她從爬上裂谷魔的背開始。光滑的甲殼不好爬，但她在殼與殼的縫隙間找到可以踩的位置，爬上了牠的背後。她抬頭去看水線，似乎比從下面看起來還要更高。

「割出手能抓的地方。」卡拉丁喊。

沒錯。她一直忘記有碎刃這回事。她不想去想……

不。現在沒時間了。她召喚出碎刃，割出一道道的長條岩石，碎塊不停落在甲殼上。她把頭髮塞在耳後，在陰暗的光線中，順著岩牆割出一排像是梯子一樣的橫條。

她開始往上爬。站在一階上，抓著最高的那階，她再次召來碎刃，想要再往上割，但那東西眞是該死的長。

它突然很配合地在她手中縮成一把短很多的劍，更像是一把大匕首。

謝謝，她心想，然後割出另一條岩石。

她一直往上，一個接著一個割出落手點。她偶爾得放下，讓抓瘦的雙手休息一下。終於，她爬到她覺得能到的最高位置，就在水線上面一點。她彆扭地開始砍出一段段的岩石，盡量不要讓岩石掉到自己頭上。

落石在裂谷魔的盔甲上敲出一系列的節奏。「幹得好！」卡拉丁對她喊。「繼續加油！」

「你什麼時候心情變得這麼好了？」她大喊。

「在我以爲我死定了，結果沒死之後。」

「那提醒我每隔一段時間就去殺你一下。」她沒好氣地罵。「成功了我會開心、失敗了你會開心，雙贏啊！」

她聽到他大笑了。她不斷往岩石中深入，這比她想像得要難。沒錯，碎刃很輕鬆就能割斷石頭，但是她一直割出不肯掉下去的石塊。她得把石頭切成一塊塊，然後驅散碎刃，用手把石頭拉出來。

忙亂了一個小時以後，終於弄出一個像是可以躲人的地方。山洞沒辦法像她希望的那樣深，但是也只能湊和了。她精疲力竭地最後一次爬下臨時做出來的梯子，癱倒在裂谷魔的背上，周圍全是碎石塊。她的手臂感覺像是一直在舉很重的東西——其實也沒錯，因爲往上爬代表她得舉起自己。

「好了？」卡拉丁從裂谷地面喊。

「沒有，不過差不多了。我想我們可以擠進去。」紗藍說。

卡拉丁沒回答。

「卡拉丁、橋小子、弒怪勇者小陰霾召喚師，你絕對要給我上來，進去我剛砍出來的洞。」她從裂谷魔身上探出身體，看著他。「不准再來一次剛剛那種愚蠢對話，什麼你去死，我勇敢繼續前進這類的。懂了沒有？」

「紗藍，我不確定我能走。」卡拉丁嘆口氣說。「更別提往上爬了。」

「就算要我扛你，你也得給我上來。」紗藍說。

卡拉丁先是一愣，然後笑了，臉上仍然沾滿一堆他已經盡量擦拭過，仍然乾掉的紫色膿漿。「我很想看看妳要怎麼扛。」

「快點啊。」紗藍自己都很辛苦地才能站起來。颶風的，她眞的好累。她利用碎刃砍斷岩壁上的一條藤蔓。好笑的是，她砍了兩下才把它砍斷。碎刃第一下是砍斷靈魂，死了之後才能用劍砍斷。

藤蔓上半部往後縮，像是螺旋一樣收了回去，躲得高高的。她將藤蔓的另外半邊抛到下面。卡拉丁一手抓住，一邊盡量不要去用到他的壞腿，小心翼翼地奮力上到裂谷魔頂端。上去之後，他也倒在她身邊，汗水在臉上的髒汙沖出一道道水痕。「妳眞的要逼我去爬。」

「對。因爲我有絕對自私的理由。」她說。

他看著她。

「我不要你這輩子看到的最後一個景象，是我穿著一件髒到不行的長裙，全身都是紫色的乾血，頭髮還打結成一團，實在太沒有尊嚴了。橋兵，你給我站起來。」

她聽到遠方的一陣轟隆聲。這不好……

「往上爬。」他說。

「我不——」

「往上爬。」他更堅定地說。「然後趴下，手伸到邊緣。我爬上去之後，妳可以把我拉上最後幾呎。」

她焦躁地猶豫了一下，這才去拿了小包開始爬。颶風的，還眞滑。她爬到上面之後，爬入了淺洞，危險地趴在那裡，一手撐住自己，一手伸出去。看著紗藍就定位後，卡拉丁一咬牙，開始上爬。

他幾乎只用整條手臂的力量把自己往上撐，受傷的腿懸空，另一條腿撐住自己。肌肉壯碩的士兵手臂慢慢地把卡拉丁一格又一格地往上拖。

下方，水流入裂谷，然後開始洶湧。

「快！」她說。

狂風在裂谷中嚎叫，詭異駭人的聲音在許多裂縫中嘶吼，像是死去多時的靈魂在呻吟，尖銳的聲音伴隨著低沉的轟隆聲。

周圍所有植物都縮了進去，藤蔓扭轉緊收，石苞閉起，皺花折起。裂谷躲了起來。

卡拉丁悶哼著，流汗著，臉龐因痛楚與費力而緊繃，手指顫抖。他又把自己拖上一格，然後朝她伸手。

颶風牆撞來。

一年前

紗藍溜進巴拉特的房間，手指間夾著一張短箋。

巴拉特猛地轉身，站起來，又放鬆。「紗藍！妳差點嚇死我了。」

小房間跟宅邸中的許多房間一樣有著大開的窗戶，只靠簡單的蘆葦百葉窗遮住，今天百葉窗被鎖上了，因爲颶風即將來臨。泣季之前的最後一次颶風。外面的僕人正忙著敲打牆壁，將堅實的颶風百葉窗釘在蘆葦外面。

紗藍穿著一件新長裙，是父親買給她的那種昂貴衣裳，屬於弗林款式，線條挺直，腰身纖細，袖子上還有個口袋。女人的洋裝。她也戴著他買給他的項鍊，他喜歡她這麼做。

傑舒躺在旁邊的椅子上，手指間搓著某種植物，表情恍惚。自從兩年前被債主從屋子拖出去之後，他瘦了很多，不過凹陷的眼眶跟手腕上的疤痕讓他一點都不像他的雙生兄弟。

紗藍看著巴拉特正在準備的包裹。「幸好父親不會來查你的房間，巴拉特。你的這些包裹看起來實在太可疑，腥得都可以拿來煮湯了。」

傑舒笑了，一手揉著另一邊手腕上的疤痕。「更別說每次走廊上有僕人打個噴嚏，都會讓他嚇一大跳。」

「你們兩個都別說了。」巴拉特看著窗戶，外面的工人正在把颶風百葉窗卡好。「現在不是說笑的時候。該死的，如果他發現我們正在準備離開……」

「他不會的。」紗藍攤開信。「他太忙著準備要在藩王面前表現自己。」

「你們不覺得，我們突然變得這麼有錢很奇怪嗎？我們的領地上到底有多少寶貴礦藏啊？」傑舒說。

巴拉特轉身繼續去打包。「只要父親開心，我才不管。」

問題是，父親並沒有因此而開心。是的，達伐家族如今變得有錢了——新的礦場帶來極好的收入。可是，他們的生活越改善，父親就變得越陰沉。他在走廊上邊走邊抱怨，隨意責打僕人。

紗藍瀏覽過信裡的內容。

「妳的表情似乎不太滿意。」巴拉特說。「他們還沒找到他？」

紗藍搖搖頭。赫拉倫消失了。眞的消失了。沒有聯繫，沒有信，就連他之前接觸過的人都不知道他去了哪裡。

巴拉特坐在他的一個包裹上。「我們該怎麼辦？」

「你們得決定。」紗藍說。

「我得走。必須走。」他扒過頭髮。「愛莉塔準備好要跟我離開了，她的父母這個月去了雅烈席卡，這是完美的時機。」

「如果你找不到赫拉倫，那怎麼辦？」

「那我會去找藩王。他的私生子說，只要有人肯出面指控父親，藩王都肯聆聽。」

「那是好幾年前了。」傑舒往後一靠。「父親現在很受寵信。況且藩王快死了，大家都知道。」

「這是我們唯一的機會。」巴拉特說著站起來。「我要走。今天晚上颶風過後就走。」

「可是父親——」紗藍開口。

「父親要我騎馬去視察東邊山谷附近的一些村莊。我會跟他說我要先出發，但其實是去接愛莉塔。我們會朝費德納出發，直接去找藩王。父親要一個禮拜以後才會到，那時我已經有機會跟藩王會面了。也許這樣就夠了。」

「瑪麗絲呢？」紗藍問。他們的計畫還要讓他帶著繼母去到安全的地方。

「我不知道。」巴拉特說。「他不會放她走的。也許當他離開去找藩王以後，妳可以把她送去安全的地方？我不知道。無論如何，我必須走。今晚就走。」

紗藍走上前，按著他的手臂。

「我厭倦這種恐懼。」巴拉特對她說。「我厭倦當個懦夫。如果赫拉倫消失了，那我就眞的是長男，該是我表現得像個老大的樣子了。我不願意只是逃，一輩子都在擔心父親的手下是不是正在追捕我們。這樣……這樣一切就能夠結束。做個了斷。」

門猛然被打開。

雖然紗藍一直抱怨巴拉特的行爲非常可疑，但她也跟他一樣跳了起來，發出一聲詫異的尖叫。來的人是維勤。

「颶風的，維勤！」巴拉特說。「你至少能敲門或——」

「愛莉塔來了。」維勤說。

「什麼？」巴拉特撲向前，抓住他弟弟。「她不該來的！我要去接她。」

「父親把她召來了。」維勤說。「她剛剛帶著侍女到了。他現在正在宴會廳裡跟她說話。」

「糟了。」巴拉特把維勤推到一旁，衝出大門。

紗藍跟在後面，卻停在門口。「別做傻事！」她在他身後喊。「巴拉特，記住計畫！」

他似乎沒有聽到。

「恐怕要糟糕了。」維勤說。

「也可能會有好事。」傑舒維持半倒在椅子上的姿勢不動，在房間裡面說。「如果父親把巴拉特逼過頭，也許他就不會在那裡嘰嘰哼哼，而是眞的做點事。」

紗藍踏入走廊時，感覺寒冷。這麼冷……是因爲驚慌嗎？凌駕於一切的驚慌，尖銳猛烈到沖走了一切。這一刻原本就會來。她早就知道這一刻會來。他們想要躲，他們想要逃。當然沒用。

母親也沒有成功。

維勤跑過她身邊。她慢慢地走，不是因爲她很冷靜，而是因爲她覺得自己是被拖去的。緩慢的腳步是在抗拒無可避免的結果。

她轉身走上樓梯而不是直接下去宴會廳。她需要去拿東西。

她只花了一下子，很快就回來了。很久以前交給她的布囊，被塞在她袖子裡面的內袋。她走下台階，來到宴會廳的門口。傑舒跟維勤就在門外，緊張地看著。

他們爲她讓路。

在宴會廳裡，自然有喊叫聲傳來。

「你不該沒跟我談過就這麼做。」巴拉特說。他站在上桌面前，愛莉塔在他身邊，抓著他的手臂。

父親站在桌子另一邊，面前放著吃到一半的食物。「跟你說話根本沒用，巴拉特。你完全不聽。」

「我愛她！」

「你是個孩子。一個愚蠢的孩子，一點也不關心你的家族。」父親說。

糟糕，糟糕，糟糕，紗藍心想。父親的聲音很輕。他的聲音放輕時，才是最危險的。

父親雙手按著桌面，向前傾身，繼續說：「你以為，我不知道你要離開的計畫？」

巴拉特往後退了一步。「怎麼會？」

紗藍進入房間。地上的是什麼？她順著牆壁走向通往廚房的門口。有東西擋住門，讓門關不起來。

雨開始拍打在外面的屋頂上。颶風來臨了。守衛已經在他們的守衛房，僕人則在僕人房，等著颶風結束。這一家人只有自己。

窗戶關起來後，房間唯一的光線就是錢球的冰涼照明。父親沒有在壁爐裡生火。

「赫拉倫死了。」父親說。「你知道嗎？你找不到他，因為他已經被殺死了。我甚至不必動手。他在雅烈席卡的戰場上遇到了自己的死亡。白癡。」

他的話威脅要打破紗藍冰冷的平靜。

「你怎麼知道我要走的？」巴拉特質問，上前了一步，卻被愛莉塔拉回來。「誰告訴你的？」

紗藍跪在廚房門口的阻礙物邊。雷聲隆隆，讓整棟樓都在顫動。阻礙門的，是個人。

瑪麗絲。因為頭部受到好幾次重擊已死去。新鮮的血跡。溫暖的屍體。他才剛殺了她。颶風的。他發現了計畫，然後派人把愛莉塔接來，等她到了以後，才殺了自己的妻子。

不是一時失手。他殺了她，做為懲罰。

最後還是走到這一步，紗藍心想，感覺奇特、疏離的平靜。謊言變成真實。

這是紗藍的錯。她站起身，順著房間走，來到僕人留下的一個酒瓶還有杯子邊，都是替父親準備的。

「瑪麗絲。」巴拉特說。他沒看紗藍，只是用猜的。「她忍不住告訴你了，對不對？該死的，我們不該信任她。」

「對。」父親說。「她說了。後來說的。」

巴拉特的劍從皮套抽出來，發出嘶嘶聲。父親的劍也抽了出來。

「終於。」父親說。「你展現了一丁點骨氣。」

「巴拉特，不要。」愛莉塔攀住他。

「我不會怕他了，愛莉塔！不會！」

紗藍倒酒。

兩人的劍相交。父親跳過上桌，雙手揮砍。愛莉塔尖叫，連忙往後退，看著巴拉特朝他的父親揮劍。

紗藍對劍術了解不多。她看過巴拉特跟其他人對戰，但是她唯一看過的眞正戰鬥是在市集上。

這一場不一樣。這一場很殘暴。父親一遍又一遍地猛力砍向巴拉特，巴拉特則盡全力用自己的劍抵擋。金屬與金屬間的敲擊聲，籠罩一切的颼風聲，每一下揮砍似乎都要撼動房間。還是那是雷聲？

巴拉特被攻擊得腳下一踉蹌，單膝跪倒。父親趁機把巴拉特的手中的劍拍走。

這麼快就結束了？才過了幾秒而已。一點都不像決鬥。

父親聳立在他的兒子面前。「我一直看不起你。你這個懦夫。」父親說。「赫拉倫是很高尚的。他反抗我，但是他很執著。你……你只會滿地亂爬，抱怨牢騷。」

紗藍走到他面前。「父親？」她把酒遞給他。「他倒下來了，你贏了。」

「我一直想要有兒子。」父親說。「我得到了四個兒子，卻全都沒有用！一個懦夫，一個醉漢，一個弱雞。」他眨眼。「只有赫拉倫……只有赫拉倫……」

「父親？」紗藍說。「給你。」

他接過酒，大口喝下。

巴拉特抓起劍，依然單膝跪地，他猛地前撲攻擊。紗藍尖叫，然後劍發出奇特的噹啷聲，因爲劍些許地錯過父親，反而刺進了他的外套，從後面穿透出來，接觸到某個金屬。

父親拋下杯子，空杯子撞在地面。他沉哼了一聲，摸著腰。巴拉特收回劍，驚恐地抬頭看他父親。

父親的手上沾了血，但不多。「你就只能這樣？」父親質問。「練劍練了十五年，你的攻擊就只是這樣？攻擊我！打我！」他把劍舉在旁邊，抬起另一隻手。

巴拉特開始發出毫無意義的聲音，劍從手指間滑落。

「呿！」父親說。「沒用。」他把劍拋到上桌，然後走到爐火邊，抓起鐵火鉗，走了回來。「沒用。」他用火鉗重重砸向巴拉特的大腿。

「父親！」紗藍尖叫，想要抓住他的手臂。他把她推向一旁，再次用力一揮，火鉗又砸向巴拉特的腿。

巴拉特慘叫。

紗藍重重倒地，頭撞在地上。接下來她只聽到聲響。喊叫聲。火鉗敲到什麼，發出沉悶的聲響。天上怒嚎的颶風。

「爲、」咚。「什麼、」咚。「你、」咚。「什麼、」咚。「都、」咚。「做不好？」

紗藍的視線恢復過來。父親在大口喘氣，臉上濺滿鮮血，巴拉特在地上呻吟。愛莉塔抱著他，臉埋在他的頭髮中，巴拉特的腿已是一團血肉模糊。

維勤跟傑舒還站在門口，一臉驚恐。

父親看向愛莉塔，眼中帶著殺意。他舉起火鉗要攻擊，但武器卻從他手中滑落，撞到地面。他像是訝異般看著手，接著腳下一軟。他抓住桌子想撐住自己，雙膝此時卻一曲，側身軟倒。

暴雨打在屋頂。聽起來像是上千隻奔逃的動物，想要鑽入屋子裡。

紗藍強迫自己站起來。冰冷。對，她現在認得自己內心中的冰冷。在她失去母親的那一天，她也有過同樣的感覺。

「包紮巴拉特的傷口。」她走向哭泣的愛莉塔說。「用他的襯衫。」

女人邊哭邊點頭，以顫抖的手指開始動手。

紗藍跪在她父親身邊。他動也不動地躺著，眼睛睜大死寂，盯著天花板。

「發生……什麼事了？」維勤問。她沒注意到他跟傑舒膽怯地進了室內，繞過桌子來到她身邊。維勤從她後面探頭看向前方。「巴拉特往他腰上的一劍……」

父親身上那處在流血。紗藍隔著衣服可以感覺得到，但是沒有嚴重到會造成這樣的結果。她搖搖頭。

「你幾年前給了我一樣東西。」她說。「一個布囊。我留著了。你說隨著時間過去，藥效會越發增強。」

「噢，颶父啊。」維勤一手摀著嘴。「黑毒葉？妳……」

「在他的酒裡。」紗藍說。「瑪麗絲死在廚房裡，他下手太重了。」

「妳殺了他。」維勤盯著他們父親的屍體。「妳殺了他！」

「對。」紗藍說完，覺得精疲力竭。她蹣跚地來到巴拉特身邊，開始幫愛莉塔包紮。巴拉特還清醒著，痛得直悶哼。紗藍朝愛莉塔點點頭，後者爲他倒了一些酒。當然是沒毒的。

父親死了。她殺了他。

「這是什麼？」傑舒問。

「不要這樣！」維勤說。「颶風的！你已經開始在翻他的口袋了？」

紗藍瞥了過去，看到傑舒從父親外套口袋中拉了什麼銀色的東西出來，被包在黑色的小包裡，沾上了血，有一點點溼，被巴拉特刺中的地方露出了一些碎片。

「噢，颶父啊。」傑舒把它拿了出來。這工具有幾條銀色的鏈子，跟三大枚寶石連接在一起，其中一枚有了裂縫，颶光漏掉了。「這是我認爲的那東西嗎？」

「魂器。」紗藍說。

「把我扶起來。」巴拉特對拿著酒回來的愛莉塔說。「拜託妳。」

女孩不情願地扶他坐起身。他的腿……他的腿情況不好，得替他找個醫生。

紗藍站起身，滿是鮮血的手在衣服上擦了擦，然後將魂器從傑舒那裡接過來。纖細的金屬被劍刺中後就斷了。

「我不懂。」傑舒說。「這不是瀆神的行爲嗎？這些不是只有國王才能擁有，執徒才能使用嗎？」

紗藍的拇指摩挲著金屬。她無法思考。麻木……震驚。沒錯。震驚。

我殺了父親。

維勤突然驚呼，往後一跳。「他的腿動了。」

紗藍轉身看屍體。父親的手指動了。

「引虛者！」傑舒說。「牠們來了。牠們在他體內。是——」

紗藍跪在屍體身邊。眼睛一陣顫抖後，凝視著她。「不夠。」她低聲說。「毒不夠強。」

「噢，颶風的！」維勤跪倒在她身邊。「他還在呼吸。毒沒殺死他，只是讓他動不了。」他眼睛睜大。「他要醒了。」

「那我們必須完成工作。」紗藍看向她的哥哥們。傑舒跟維勤狼狽地退開，搖著頭。巴拉特陷入呆滯，幾乎要昏迷。

她轉向父親。他正在看她，眼睛現在轉動自如。他的腿又抽搐了。

「對不起。」她悄聲說，解下她的項鍊。「感謝你爲我做的一切。」她把項鍊繞住他的脖子。然後開始絞。

她用了從桌上掉下來的一根叉子，去跟想要穩住自己身體的父親抗衡。她將扣起的項鍊一端繞過叉子，一邊絞轉叉子，一邊把繞著父親脖子的鏈子纏得更緊。

「現在睡吧。」她低聲說。「在深深的裂谷，周圍一片漆黑……」

一首搖籃曲。紗藍流著淚，哼著歌——這是她小時候害怕時，他都會唱給她聽的。紅色的血濺在他的臉上，沾滿了她的雙手。

「雖然岩石跟恐懼會是你的床，睡吧，我親愛的寶貝。」

她感覺到他在看她。她一面收緊項鍊，皮膚一面收縮發麻。

「現在颶風來了。」她低聲哼。「可是你會暖暖的，風會吹動你的搖籃……」

紗藍看著他的眼睛凸出，臉變了色，身體顫抖，掙扎，想要動彈。眼睛看著她逼問，背叛。

紗藍幾乎可以想像颶風的怒嚎是噩夢的一部分。很快她就會被嚇醒，父親會唱歌給她聽，一如她還是個孩子的時候……

「精緻的水晶……會發出朦朧的光……」

父親不動了。

「聽著一首歌……你會睡著……我親愛的寶貝。」

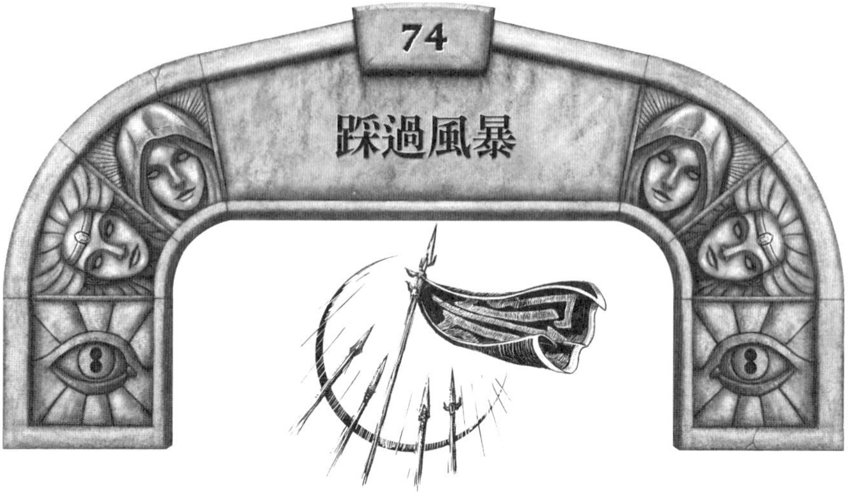

可是你，你向來都不是維持平衡的力量。你身後拖著混亂，如同在雪地中抓著屍體的一條腿拖行。拜託你，聽我的懇求，離開那個地方，加入我，跟我一起遵守不干預的誓言。

卡拉丁抓住紗藍的手。

岩塊從上面砸下來，狂風在肆虐，下方的水面漲起，朝他攀升。他抓住紗藍，但他們的溼手開始滑開。

然後，突然一陣力量波濤湧來，她的手猛然一緊，以完全不符合她這麼瘦小體型的力氣用力一拉。卡拉丁再以被水沖刷的好腿用力一頂，逼迫自己撐過剩下的距離，跟她一起來到小山洞裡。

山洞不過三四呎深，比他們躲藏的裂縫還要淺，幸好是面西，所以雖然冰冷的風不斷扭轉，在他們身上灑水，颶風最猛烈的部分卻被台地分化了。

卡拉丁氣喘吁吁地靠著山洞的牆壁，受傷的腿痛得無法形容。紗藍抱住他。他在她的懷中是一團暖意，兩人緊緊地抱著對方，同時縮在岩石邊，他的頭頂就是山洞的頂端。

台地輕顫，像是一個害怕的人在打著哆嗦。他幾乎什麼都看不到，除非閃電來臨，否則眼前一片漆黑。還有那聲響。雷聲陣陣，似乎與撒下的電光毫無關連。大水如猛獸般怒嚎，閃光照出裂谷中滿是泡沫、翻騰、憤怒的河流。

地獄啊……水已經幾乎要淹到他們的小山洞裡。才不過轉瞬間，就漲了五十幾呎高。骯髒的水裡充滿樹枝、植物、被扯斷的藤蔓。

「錢球呢？」卡拉丁在黑暗中問。「妳之前有可以照明的錢球。」

「沒了。」她大喊著讓聲音壓過外面的怒吼。「我一定是拉你時弄掉了。」

「我沒有——」

一陣雷聲巨響，尾隨著令人無法目視的閃電而來，讓他一時說不出話。紗藍抓他抓得更緊，手指緊捏他的手臂，閃電在他的眼中留下了一道殘影。

颶風的。他敢發誓那道殘影是一張臉，扭曲得可怕，嘴巴大張。接下來的閃電以一系列的劈啪閃光將外面的洪水照亮，水面上是起伏著的屍體。幾十具屍體隨著洪流衝過，死寂空洞的眼睛看著天空，許多眼睛都只剩眼眶。人跟帕山迪都是。

水往上湧，有幾吋滲進了山洞。死人的水。颶風再次變暗，如同地底下的山洞一樣暗。只有卡拉丁、紗藍和屍體。

紗藍的頭貼近卡拉丁的頭說：「那是我看過最超越現實的景象了。」

「颶風是很奇怪。」

「這是經驗之談？」

「薩迪雅司把我吊在颶風裡過。我原本該死掉的。」他說。

那場暴風試圖將他扒皮抽筋，如刀子一樣的雨水，如烙鐵一樣的閃電。

而有一個小小的身影，全身雪白，站在他面前舉著雙手，彷彿要將風暴從他身前擋開。嬌小而脆弱，卻又如風一般強大。

西兒……我對妳做了什麼？

「我需要聽你說那個故事。」紗藍說。

「改天跟妳說。」

水再次漫過他們，有一瞬間他們變得更輕，漂在突如其來的水面上，水流以大得驚人的力道往外卷，似乎迫不及待要把他們拖到河上。紗藍尖叫，卡拉丁驚慌地抓住兩邊的岩石。水退去了，但是他仍然聽得到沖刷的水聲。兩人再次縮回山洞裡。

光線從上方照耀下來，穩定得不像閃電。有東西在台地上面發光。有東西在動。很難看清楚，因為水從上面的台地往下流，如布幔般成片成片地蓋過他們的洞口。可是他敢發誓，他看到一個巨大的身影在上面走動，發光的人形，但絕對不是人類，後面跟著另一種不明生物，身形奇異而線條流暢，踩著颶風。一步又一步，直到光亮經過。

「拜託你。」紗藍說。「我需要聽到不一樣的聲音，不像那樣。告訴我。」

他打了個寒顫，卻點點頭。聲音。聲音有幫助。「這是從阿瑪朗背叛我開始的。」他壓低了聲音，只能讓緊貼著他的她聽到。「他把我變成了奴隸，因為我知道事實；他為了得到碎刃的貪念，殺了我的人。那把碎刃對他來說，比他自己的士兵重要，比榮譽更重要……」

他繼續說著，講起他身為奴隸的日子，幾次試圖逃脫的失敗，還有因為信任他而被他害死的人。詞句如泉湧，他說著從未說出口的故事。他能告訴誰？橋四隊的人多半都跟他有過一樣的故事。

他告訴她車隊跟弗拉克夫——這名字讓她驚呼出聲，顯然她認識那個人。他講起當時的麻木，當時的……不存在。想著他應該要自殺，卻連自殺都覺得太耗費力氣，不值得。

然後，橋四隊。他沒提起西兒。現在提起她，太多痛苦。所以他講起了扛橋出勤，那恐懼，死亡，決定。

雨水灑落他們的身體，一陣陣被風吹進來。他發誓他可以聽到外面有人唸誦的聲音，某種奇怪的靈衝過他們的洞穴，又紅又紫，有點像閃電。西兒就是看到那個？

紗藍聽著。他原本以為她會問問題，但她一個都沒問。沒有追問細節，沒有嘮叨，她顯然知道安靜是怎麼一回事。

驚人的是，他全部都能說出口了。最後一次的出勤。拯救達利納。他想要全部說出來。他講到他跟帕山迪碎刃師的對決，怎麼樣惹到雅多林，還有靠著自己守住了橋頭……

說完後，兩人都讓沉默安靜地覆罩在身上，共享溫暖。他們一起看著外面觸手可及、被閃電照亮的怒濤。

「我殺了我的父親。」紗藍低語。

卡拉丁看向她。在光芒一閃中，他看到她的眼睛。她的頭枕在他的胸口，睫毛上有一滴滴水珠。他的雙手環著她的腰，她也環著他，這是自從塔菈之後，他最接近於抱著一個女人的瞬間。

「我的父親是一個暴力、憤怒的人。」紗藍說。「一個殺人犯。我愛他。我也勒死了他，而他就躺在地上，看著我，動彈不得。我殺了我自己的父親……」

他沒有追問，雖然他想要知道。需要知道。

幸好，她繼續說了下去，提及她的年少時代還有經歷過的驚恐。卡拉丁以為他的人生已經夠慘烈，但是有一件事情是他擁有、也許不夠珍惜的：愛他的雙親。羅賞將地獄帶來爐石鎮，但至少卡拉丁的父母一直在那裡，讓他可以依靠。

如果他的父親是紗藍所形容那樣，性情暴虐且令人憎恨的男人？如果他的母親死在他的面前？如果他不是倚靠提恩的光明存活，而是需要由他爲家人帶來光明，他會怎麼做？

他感嘆地聽著。颶風的，這個女人爲什麼沒有崩潰，眞正的崩潰？她是這樣形容自己，但她的崩潰不過就是像尖鋒缺了個口子的戰矛——仍然是不輸別人的銳利武器。他自己就喜歡矛頭有一兩個缺口，有磨亮的手柄那種。熟知戰事的矛頭就是……比新的好。讓人一看就知道，這柄矛曾經被一個以生命在作戰的人使用過，卻仍然可靠堅實，沒有潰壞。這樣的痕跡是力量的徵象。

可是當她聲音中帶著怒氣，提起她哥哥赫拉倫的死時，他確實感到一股寒意。

赫拉倫是在雅烈席卡被殺死的。死在阿瑪朗的手中。

*颶風的……我殺了他，對不對？*卡拉丁心想。*她心愛的哥哥。*他有告訴她嗎？

沒有。沒有，他沒說他殺了碎刃師，只說阿瑪朗殺了卡拉丁的人以掩飾對武器的渴望。這麼多年來，他已經習慣說起那件事的時候，甚至不會提到他殺了碎刃師。身爲奴隸的前幾個月中所受到的責打，已經教會他說起這樣的事情會帶來的危險。他沒想到他現在講起這件事仍然保有這樣的習慣。

她猜到了嗎？她有推測出殺死碎刃師的其實是卡拉丁，不是阿瑪朗嗎？她似乎還沒把兩件事連起來。

她繼續說著，說到那天晚上——同樣是在颶風中——她先是下毒，後來殺死了她的父親。

全能之主在上，這個女人比他之前的任何時刻都更堅強。

「所以，」她繼續說，頭枕回他的胸口。「我們決定我要去找加絲娜，因爲她……她有魂器。」

「妳想知道她能不能修好你們的魂器？」

「那就太理性了。」他看不見她生自己的氣時的怒意，但仍然聽出來了。「我的計畫——因爲我又蠢又天眞——是要把我的跟她的掉包，好拿個完好的魂器替我的家人賺錢。」

「妳從來沒有離開過你們家的領地。」

「對。」

「妳卻想要搶世界上最聰明的女人之一？」

「呃……對。記得我說自己『太蠢又太天眞』嗎？總而言之，加絲娜發現了。幸好我讓她覺得值得探究，所以她同意接受我當學徒，跟雅多林的聯姻也是她的主意，能夠讓我接受訓練的同時保護我的家人。」

「噢。」他說。外面閃過閃電，狂風似乎繼續累積壯大，超越他以爲的頂點。雖然紗藍就在他身邊，他還是需要用喊的。「以一個被妳打定主意要搶劫的對象來說，她眞的很慷慨。」

「我想她看到我有某種——」

沉默。

卡拉丁一眨眼。紗藍不見了。他瞬間驚慌起來，在周圍尋找，直到他發現自己的腿已經不痛，腦子中的暈眩——因爲失血、休克、應該還有失溫——也沒了。

啊，又來了，他心想。

他深吸一口氣，站了起來，走到黑暗中，來到洞穴開口邊緣。下面的水流已經停止，彷彿被凍結，而洞穴的開口——紗藍原本開得很低，根本沒辦法讓人站起——現在已經可以讓他直立。

他往外看，迎向一張如永恆般寬大的臉的目光。

「颶父。」卡拉丁說。有人稱呼他爲傑瑟瑞瑟，神將。不過這不符合卡拉丁聽過的任何神將事蹟。也許颶父也是個靈？神？它似乎延伸到無盡開外，但是卡拉丁在無窮無盡中，仍然能看到那張臉。

風停了。卡拉丁能聽到自己的心跳。

榮譽之子。它這次跟他說話了。上次在颶風之中時，它沒有——但是在夢裡有。

卡拉丁看向一旁，再次查看紗藍是不是還在，但是他看不到她了。這個幻境，無論內容是什麼，都不包括她。

「她是他們其中之一，對不對？」他問。「她是燦軍，至少是封波師。在跟裂谷魔戰鬥時，還有她沒摔死，都是這樣。兩次都不是我，是她。」

颶父發出轟隆聲。

「西兒。」卡拉丁看著臉。面前的台地消失了，只有他跟那張臉。他必須問。問了會痛，但他必須問。「我對她做了什麼？」

你殺了她。那聲音震撼一切。彷彿……彷彿台地跟它的震動形成了那聲音。

「不。」卡拉丁低語。「不會的！」

一切又跟從前一樣，颶父憤怒地說。這是個人類的情緒，卡拉丁認得這情緒。**人類是不可信的，坦那伐思特之子。你把她從我身邊帶走了。我鍾愛的。**

臉似乎在淡去，消褪。

「拜託你！」卡拉丁慘呼。「我該怎麼改？我能怎麼做？」

沒辦法改了。她已經崩壞了。你跟之前的人一樣，那些人類同樣殺了這麼多我所愛的。別了，榮譽之子。你將永遠再也無法駕乘我的風。

「不，我——」

颶風返回。卡拉丁倒回洞穴，突然恢復的疼痛跟冰冷讓他猛烈地喘起氣來。

「克雷克的呼吸！」紗藍說。「那是什麼？」

「妳看到臉了？」卡拉丁說。

「對。好大……我可以看到裡面的星星，層層疊疊的星星，無盡的……」

「颶父。」卡拉丁疲倦地說。他朝身體下突然在發光的東西伸手。是錢球，紗藍之前弄掉的那顆。原本已經熄滅，現在又恢復了。

「太驚人了。」她低聲說。「我需要畫下來。」

「雨這麼大，祝妳好運了。」卡拉丁說。彷彿爲了要強調他的話，另一波的雨水席捲他們。風雨會在裂谷間盤旋打轉，偶爾朝他們的方向吹回。他們坐在幾吋深的水中，但水流已經沒有強到會拖走他們。

「我可憐的畫。」紗藍把小包用內手抓在胸前，外手則抓著他——因爲沒有別的東西可以抓。「小包是防水的，可是……我不知道是不是防颶風的。」

卡拉丁嗯了一聲，看著洶湧的水流。水波的紋樣似乎會懾人心神，破碎的植物跟葉子在其中上下翻湧。沒有屍體，屍體都沒了。流水在他們面前隆成很大一個包，好像是沖過下面一個很大的東西。他想到那應該是裂谷魔的屍體，還卡在原處，重到連洪水都沖不動。

兩人沉默下來。有了光，交談的需要便已過去，雖然他考慮要正面質問她是否具有他越發確信的身分，最後還是什麼沒說。脫險之後，自然有時間。

現在，他想要思考——雖然他還是很高興身邊有她在。而且比之前更敏銳地意識到她的存在，緊貼著他，身上穿著溼透、破碎的衣裳。

可是他跟颶父的對話把他的注意力從那種念頭上拉走。

西兒。他眞的……殺了她嗎？他之前聽到的哭聲是她吧？

他試圖吸入一些颸光，雖然明知這是無用的試驗。他有點想要讓紗藍也看到他的能力，好判斷她的反應，但當然沒成功。

颶風緩緩通過，洪水一點一點地退去。降雨減緩到普通暴烈的程度後，水開始朝另一個方向流去，證實他以往的推斷，只是他從未見證過而已。現在雨水比較多是落在平原西邊的地面上，而不是平原本身，地勢完全朝向東面傾斜，於是河流順著來時的方向，懶洋洋地翻騰了回去。

裂谷魔的屍體從河面出現。最後，洪水結束。河只剩下一小條細流，雨只剩綿綿細絲，從台地上滴落的雨滴遠比降雨本身來得更沉重密集。

他動了動身體，想要爬下去，卻發現紗藍蜷在他身邊，已經睡著了，小聲地打呼。

他低聲說：「天下大概也只有妳能在戶外躲颶風時還睡得著了。」

雖然現在的處境並不舒服，但他發現自己真的不想拖著傷腿往下爬。力氣一下子被抽乾，加上颸父提到關於西兒的事，讓他感覺到一片鋪天蓋地的黑暗，於是他容許自己向麻木屈服，瞬間也睡去。

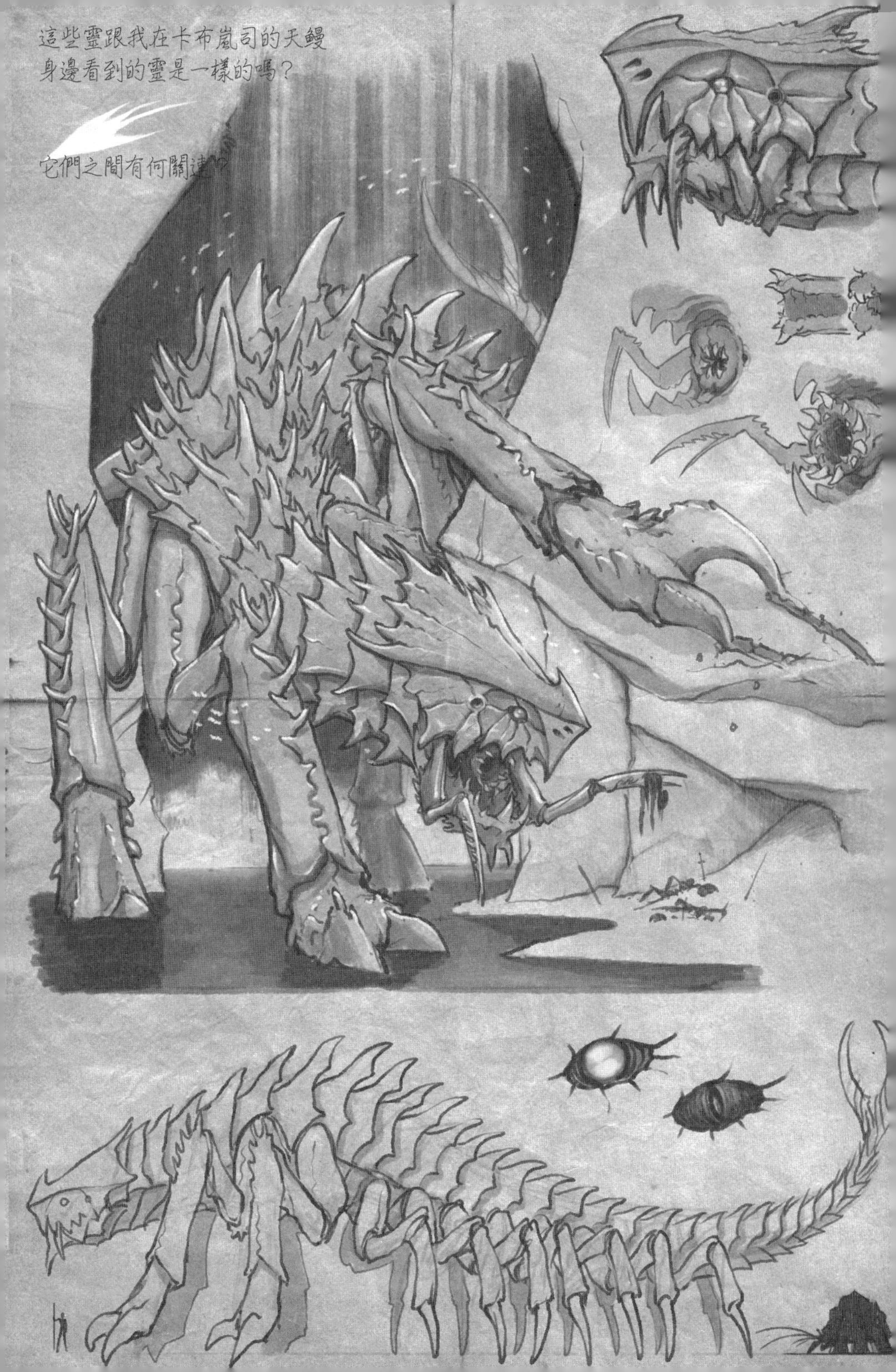
這些靈跟我在卡布嵐司的天鰻
身邊看到的靈是一樣的嗎？
它們之間有何關連？

寰宇的存在也許就靠我們的自制。

「至少跟他談談吧，達利納。」阿瑪朗說。他走得很快才跟得上達利納的腳步，燦軍披風在他身後飛揚。他們正在檢視一排排士兵，輪流在拖車上裝滿深入破碎平原需要的補給品。

「離開之前，跟薩迪雅司達成共識。拜託你。」

達利納、娜凡妮、阿瑪朗經過一群橋兵，他們正跑步前進，準備併入正在清點人頭的軍隊。後面跟著一群群戰營裡的男男女女，同樣是興奮非常。克姆林蟲們快速地爬來爬去，在颶風留下的水窪間移動。

昨晚的颶風是這一季的最後一場。在明天的某個時候，泣季就會開始。雖然天氣會很溼，仍然能提供一段空窗期，免受颶風的侵擾，正是出擊的好時機，達利納準備正午時候出發。

「達利納？」阿瑪朗問。「你會去跟他談嗎？」

達利納心想，*小心點，先別做任何判斷。這件事必須做得很仔細。*娜凡妮在他身側瞅了一眼。他告訴了她自己關於阿瑪朗的計畫。

「我——」達利納開口。

一連串的號角聲打斷他，在戰營的上空迴蕩，似乎比平常更緊急。有人看到了獸蛹。達利納算著節奏，推斷出台地的位置。

「太遠了。」他說完，指了他的一個書記，一個高瘦的女人，經常幫娜凡妮一起做實驗。「今天輪到誰出兵？」

書記看了看本子之後回答：「瑟巴瑞爾藩王跟洛依恩藩王，光爵。」

達利納皺眉。瑟巴瑞爾從不出兵，就算下令也沒用。洛依恩很慢。「用旗號告訴那兩人說寶心太遠了，不值得去試。我們今天晚一點就會朝帕山迪的營區出發，我不能讓一部分軍隊分散，跑去追寶心。」他的命令好像已經認定那兩人會派兵參戰。他確實對洛依恩抱有期望，願全能之主保佑那人不要在最後一分鐘退縮，拒絕加入遠征軍。

侍從跑去取消台地出兵令。娜凡妮指向另一群正在計算補給品清單的書記，他點點頭，停下腳步等她去跟那些女人們說話，聽取準備情況的預估。

「薩迪雅司不喜歡寶心沒人收割。」阿瑪朗趁兩人一起等待的時候說。「只要他聽說你取消出兵令，他就會派自己的軍隊去取。」

「無論我是否插手，薩迪雅司都會照他自己的想法去做。」

阿瑪朗說：「你每次允許他公開違抗命令，就是讓他離王室權威越遠。」阿瑪朗抓住達利納的手臂。「我的朋友，我們的問題比你跟薩迪雅司之間的要大。對，他背叛你了。對，他很有可能會再背叛你。可是我們不能承擔你們兩個人開戰的結果。引虛者眞的要來了。」

「你怎麼能確定，阿瑪朗？」達利納問。

「直覺。達利納，你給了我這個頭銜、這個位置。我可以感受到颶父本人的意志。我知道災難要來臨了。雅烈席卡必須變得強大，意思是你跟薩迪雅司要一起合作。」

達利納緩緩搖頭。「不，薩迪雅司與我合作的機會早就已經過去了。通往雅烈席卡統一的道路不是在會議桌上，而是在那裡。」

在台地的另一邊，在帕山迪人的陣營，無論那在哪裡。結束這場戰爭。爲他跟他的兄長一起把這裡做個了結。

團結他們。

阿瑪朗說：「薩迪雅司想要你去嘗試推動遠征計畫。他很確定你會失敗。」

「當我成功之後，他會完全喪失信譽。」達利納說。

「你甚至不知道要去哪裡找帕山迪人！」阿瑪朗雙手朝空中一拋。「你要怎麼樣，在外面亂逛，直到碰上他們？」

「對。」

「你瘋了。達利納，你將這個位置交給我，而且我得先說清楚，這是一個實在很棘手的位置，囑托我要成爲所有國家的光明。但我覺得我連讓你聽我的意見都很難，那別人爲什麼要聽我的？」

達利納搖搖頭，看著東邊，看著破碎的平原彼方。「我必須去，阿瑪朗。答案在那裡，不在這裡。就像是我們都走到岸邊，卻在岸邊龜縮了好幾年，偷偷看著水，害怕弄溼。」

「可是——」

「夠了。」

「早晚，你必須把放給別人的權力眞的交出去，達利納。」阿瑪朗輕聲說。「你不能一直抓著，假裝掌權的不是自己，卻又像掌權者一樣不去理會命令跟建議。」

這些半眞帶假的話，狠狠甩了達利納一巴掌。可是他沒有在面上表現出來。

「我交給你的任務呢？」達利納問他。

「波丁？」阿瑪朗說。「就我所知，他的故事沒有問題。我眞的認爲那個瘋子只是在說著有關碎刃的胡話。很明顯，他有碎刃這件事根本十分可笑。我——」

「光爵！」一名穿著信差制服——兩邊開岔的窄裙，下面穿著絲質安全褲——的年輕女子上氣不接下氣地從山坡下跑到他身邊。「台地！」

「是嗎。」達利納嘆口氣說。「薩迪雅司派兵了？」

「不是，長官。」女子因爲奔跑而漲紅了臉。「不是……我是說……他從裂谷出來了！」

達利納皺眉，猛然轉頭看她，「誰？」

「受颶風祝福的那位。」

❖

達利納一路是用跑的。

當他靠近戰營邊緣的醫療帳棚時——那裡通常是用來照顧出兵時受傷後返回的士兵——已經看不到路，因爲一堆穿著湛藍色制服的人擋住了路。一名醫生正叫他們往後退，讓點空間。

有些人看到達利納過來，立刻行禮讓路。藍色如颶風中被吹散的水一樣往兩旁分開。

他就在那裡。衣衫破爛，頭髮黏成一團團，臉上滿是刮痕，腿被臨時的繃帶包裹起來，躺在治療桌上。制服外套已經被他脫下，放在旁邊的一張桌子上，被一條像是藤蔓的東西綁成一個圓。

達利納一過來，卡拉丁便抬起頭，發現是他之後，就開始要站起身。

「士兵，不要——」達利納開口。可是卡拉丁沒有聽他說話，逕自起身，站得挺拔，用一柄矛撐住壞腿，然後他將手舉到胸前，動作非常緩慢，彷彿手臂上掛滿砝碼。達利納覺得，這是他見過最疲累的軍禮。

「長官。」卡拉丁說。疲憊靈像是一小團一小團的灰塵，從卡拉丁身邊噴出。

「你怎麼……」達利納說。「你摔進裂谷了！」

「我是臉朝下摔的，長官。」卡拉丁說。「幸好我腦袋特別硬。」

「可是……」

卡拉丁嘆氣，靠著矛。「對不起，長官。我真的不知道我是怎麼活下來的，我們認爲有一些靈幫忙了。總而言之，我從裂谷走回來。我有必須履行的職責。」他朝旁邊點頭。

在帳棚更深處，達利納看到他先前沒注意到的景象。

紗藍．達伐——也是一團亂髮跟破爛的衣服——坐在一群醫生中間。

「未來的媳婦一名，安全送達。」卡拉丁說。「很抱歉外包裝受損。」

「可是你們碰上颶風了！」達利納說。

「我們眞的想要在那之前趕回來。」卡拉丁說。「可是路上恐怕又碰上了一點麻煩。」他非常遲緩地拿出身邊的匕首，割斷旁邊包裹上的藤蔓。「你知道大家都在說附近的裂谷裡，藏著一隻在打獵的裂谷魔吧？」

「對……」

卡拉丁把殘破的外套從桌面拿起，露出下面一塊巨大的綠寶石。雖然表面不整齊也沒有打磨光滑，寶心仍然散發著強烈的內在光芒。

「沒錯。」卡拉丁一手拿著寶心，然後拋到達利納面前的地上。「我們幫你把牠料理了，長官。」一眨眼，勝靈取代了他的疲憊靈。

達利納無言地看著寶心滾動，直到停在他的腳前，光芒幾乎讓人睜不開眼。

「橋兵，你太誇張了。」紗藍喊。「達利納光爵，我們在裂谷裡找到那頭怪獸時，牠已經死掉發爛了。我們爬上了牠的背以後，又爬到台地旁邊的裂縫裡面，等著雨停，這才躲過了颶風。我們能把寶心挖出來是因為那東西已經爛了一半。」

卡拉丁看向她，皺眉，然後幾乎立刻轉回去看達利納。「對。」卡拉丁說。「就是這樣。」

他說謊的技術比紗藍差勁太多了。

阿瑪朗跟娜凡妮終於抵達。娜凡妮一看到紗藍就驚呼一聲，連忙跑向她，生氣地罵著醫生，繞著紗藍看前查後，忙得團團轉。雖然她的衣裳跟頭髮的情況糟糕到不行，但紗藍似乎沒有卡拉丁那麼慘。娜凡妮用被毯裹住紗藍，遮住她裸露的肌膚，然後派了信差回去在達利納的營帳中準備熱水澡跟餐點，隨便紗藍等一下選擇以什麼樣的順序取用。

達利納發現自己露出笑容。娜凡妮很明顯不去理會紗藍說沒必要這樣的抗辯，她雌性野斧犬的那一面終於出現了。紗藍顯然已經不再是外人，而是娜凡妮的崽子之一——誰敢擋在娜凡妮跟她的崽子中間，就只能求查納保佑了。

「長官。」卡拉丁開口，終於讓醫生扶他躺回桌子。「士兵們在蒐集補給品，軍團正在整裝，你的遠征軍？」

「不用擔心，士兵。」達利納說。「以你這樣的狀況，我不會要求你來保護我。」

「長官。」卡拉丁壓低聲音說。「紗藍光主在外面找到東西，你必須要知道。出發前請跟她談談。」

「我會的。」達利納說。他等了片刻後，把醫生揮開，卡拉丁似乎沒有立刻的生命危險。達利納靠得更近，彎下腰，「受颶風祝福的，你的人都在等你。他們沒吃飯，連值三輪班，讓我幾乎覺得如果再不介入，他們就會到裂谷入口頂著颶風等你。」

「他們都是好人。」卡拉丁說。

卡拉丁看向他的眼睛。

「不只是這樣。他們知道你會回來。他們了解什麼我不了解的？」

「我一直就是在找你，對不對？」達利納說。「這麼長的時間，卻沒有看見。」

卡拉丁別過眼。「不是的，長官。也許曾經是，但是……我只是你眼前的樣子，不是你以為的。對不起。」

達利納嗯了一聲，端詳卡拉丁的臉。他幾乎以為……但也許不是。

「他要什麼都給他。」達利納對醫生們說，讓他們上前來。「這個人是個英雄。又一次。」

他退開，讓橋兵們包圍上前，自然又引得醫生朝他們咒罵連連。阿瑪朗又去哪裡了？這個人幾分鐘前還在這裡。給紗藍的轎子來了之後，達利納決定要跟著去問卡拉丁說那女孩知道的事情，到底是什麼。

❖

一個小時之後，紗藍縮進了一窩溫暖的被毯，脖子上的頭髮溼溼的，聞起來滿是花香。她穿著娜凡妮的衣服——對她來說太大件了，讓她覺得自己像是穿著母親衣服的孩子。也許正是如此。娜凡妮突來的寵愛在她意料之外，但紗藍絕對樂於接受。

泡澡實在是太美妙了。紗藍想要縮在沙發上，睡上十天。可是此刻，她讓自己徹底享受乾淨、溫暖、安全的清晰感覺，上一次有這樣的感覺像是永恆之前。

「你不能帶她走，達利納。」娜凡妮的聲音從紗藍沙發邊的圖樣傳出。她一點都不覺得洗澡時派它去偷聽他們兩人的交談有半點罪惡感。畢竟他們都是在談論她。

「這地圖……」達利納的聲音說。

「她可以替你畫更好的地圖，你可以拿走。」

「她不能畫她沒看過的景象，娜凡妮。她需要跟我們在一起，在我們朝平原中央突破之後，畫出那裡的地形。」

「別人——」

「沒有人能辦到。」達利納的聲音中充滿欽佩和讚嘆。「四年了，我們的斥候或製圖師都沒有看見這樣的規律。如果我們要找到帕山迪人，我就需要她。對不起。」

紗藍苦了一張臉。她真的沒有好好地藏住她的繪畫能力。

「她才剛從那個可怕的地方回來。」娜凡妮的聲音說。

「我不會讓類似的意外再發生。她會安全的。」

「除非你們都死了。」娜凡妮怒氣沖沖地說。「除非這整場遠征戰都是個災難，然後所有人都會從我身邊被奪走。又來一次。」圖樣停下，然後繼續以自己的聲音說：「這時候他抱著她，低聲說了一些我沒聽到的話。從這個時候開始，他們貼得很近，做出了一些很有意思的聲音。我可以重現——」

「不用了。」紗藍滿臉通紅地說。「太私密了。」

「好吧。」

「我得跟他們一起去。」紗藍說。「我需要完成破碎平原的地圖，找到把它跟古代颶風座地圖互通的方法。」

只有這個方法才能找到誓門。假設它沒有被摧毀平原的力量也毀掉，紗藍心想，而且如果找到了，我能夠打開嗎？據說只有燦軍的成員才能夠打開通道。

「圖樣。」她輕聲說，緊握著一杯暖酒。「我不是燦軍，對不對？」

「我想不是。」它說。「還不是。我覺得還有更多的事情要做，但我不確定。」

「你怎麼會不知道？」

「我不是燦軍存在時候的那個我。解釋起來很複雜。我一直都存在。我們不像人類那樣是『生』出來的，我們也不會像人類那樣眞正的死亡。圖樣是永恆的，火也是，風也是，所有的靈都是。但我不是以這種狀態存在。我沒有……意識。」

「你是沒有智能的靈？就像我每次畫畫時，聚集在我身邊的那些？」紗藍說。

「比那還不如。」圖樣說。「我是……一切。存在於一切。我沒辦法解釋。語言不夠。我需要用數字。」

「可是你們之中一定有其他人知道。」紗藍說。「比較老的謎族靈呢？那時候還活著的？」

「沒有了。」圖樣輕聲說。「沒有經驗過締結的。」

「一個都沒有？」

「都死了。」圖樣說。「對我們來說，這表示它們失去智能，因爲力量是無法眞正被摧毀的。那些古時候的長者現在是自然的圖樣，如尚未誕生的靈。我們試著想要讓它們恢復，卻沒有成功。嗯嗯。如果它們的騎士還活著，那也許還有辦法……」

颶父啊。紗藍把周圍的被毯拉得更近。「一整族，都被殺了？」

「不只一族。」圖樣嚴肅地說。「很多族。那時候有意識的靈沒有現在這麼多，大多數的幾個靈族都與人類締結了聯繫。倖存者非常少。妳叫做颶父的那個還活著。其他有幾個還在。剩下的，我們的數千同類，都在那事件發生時被殺了。你們稱之爲重創期。」

「難怪你這麼確定我會殺了你。」

「這是無可避免的。」圖樣說。「妳早晚會背叛妳的箴言，破了我的意識，讓我死去——但這個機會也是值得這代價的。我這一族太固化了。我們一直都會改變，沒錯，可是我們都是以同樣的方式改變。一遍又一遍。很難解釋。可是妳，妳充滿活力。來到這個地方，你們的這個世界，我必須放棄很多事情。這個變化相當的……慘烈。我的回憶恢復得很慢，但是我很滿意有這個機會。對。嗯嗯。」

「只有燦軍可以打開通道。」紗藍喝了一口自己的酒，她喜歡體內因此累積起來的暖意。「可是我們不知道爲什麼，或是怎麼做。也許這樣我就能算得上是燦軍，讓門打開。」

「也許。」圖樣說。「或者妳可以更進一步。成爲更多。妳有一件必須去做的事情。」

「箴言？」紗藍說。

「妳已經說過了。」圖樣說。「妳很久以前就說過了。不是……妳少的不是箴言。而是真實。」

「你比較喜歡謊言。」

「嗯。對，而且妳是個謊言。一個很強大的謊言。可是妳做的不只是說謊，是眞實跟謊言都有。妳必須兩者都要理解。」

紗藍沉思地坐在那裡，喝完了酒，直到通往客廳的門猛然被打開，送入了雅多林。他眼神狂亂地停在那裡，看著她。

紗藍微笑地站起。「我似乎沒有好好的——」

她突然無法說下去，因爲他猛然一把抱住她。可惡。她還準備好了一個絕頂巧妙的俏皮話呢。她洗澡的時候一直努力在想。

不過，能被抱著還是很好的。這次是他肢體表現最直接的一次。從一趟不可能的旅程中活下來，確實有好處。她允許自己雙手環抱上他，隔著制服感覺他背上的肌肉，吸入他的古龍水味道。他抱著她，好幾下心跳。不夠。她轉過頭，強迫他吻她，自己的嘴唇封上他的，在他的懷抱中，無比堅定。

雅多林在吻中融化了，沒有退開。可是，終於，完美的瞬間結束了。雅多林捧著她的頭，看著她的眼睛，微笑。然後他再次用力摟住她，爆出他那標誌性的響亮亢奮笑聲。眞正的笑聲，是她最喜歡的那種。

「你去哪裡了？」她問。

「我去拜訪其他藩王。」雅多林說。「一次一個，提出父親的最後通牒——加入我們的攻擊行動，否則永遠被視爲拒絕履行復仇盟約的人。父親覺得交給我一點事情做，能夠幫我分散一下注意力，不要一直想著……嗯，妳。」

他往後靠，拉著她的手臂，露出傻兮兮的笑容。

「我有可以畫給你看的圖。」紗藍也回以微笑。「我看到裂谷魔了。」

「死的，對不對？」

「好可憐。」

「好可憐？」雅多林笑著說。「紗藍，如果妳看到活的，妳一定會被殺死的！」

「幾乎肯定是。」

「我還是沒辦法相信……我是說，妳摔下去了。我應該救妳的，紗藍。對不起，我先衝向父親——」

「你做了應該做的事。」她說。「橋上不會有任何一個人，認爲你該救我而不是你的父親。」

他再次抱住她。「總之，我不會再讓這種事發生了。不會有這種事。我會保護妳，紗藍。」

她全身一僵。

「我會保證妳永遠不再受到傷害。」雅多林激烈地說。「我早該想到，妳會被牽扯進對付父親的刺殺行動。我們必須確定妳不會再陷入這種情況。」

她抽離他的懷抱。

「紗藍？」雅多林說。「別擔心，他們動不到妳。我會保護妳，我——」

「不要說這種話。」她低聲用力地說。

「什麼？」他抓抓頭髮。

「就是不要。」紗藍顫抖地說。

「這麼做的人，鬆開鎖把的人，現在已死了。」雅多林說。「妳是擔心這個？他在我們能問出答案之前就被毒死了——雖然我們確定他屬於薩迪雅司——但是妳不必擔心他。」

「可是——」

「我會擔心我要擔心的事。」紗藍說。「我不需要被保護。」

「我不要！」紗藍深呼吸，讓自己冷靜下來。她伸出手，握住他的手。「我不要再被鎖起來了，雅多林？」

「再被鎖？」

「不重要。」紗藍舉起手，五指與他交纏。「謝謝你的關心，這才是最重要的。」

可是我不會允許你，或是別人，把我當成一件要被藏起來的東西。再也、再也不要。

達利納打開門，讓娜凡妮先進來，然後跟著她一起走入。娜凡妮看起來很寧靜，臉上宛如戴上面具。

「孩子，」達利納對紗藍開口。「我要對妳提出一個頗為困難的要求。」

「一切如您所願，光爵。」紗藍鞠躬說。「可是我也希望能夠對您提出一個請求。」

「什麼請求？」

「我要陪同你一起參與遠征軍。」

達利納微笑，快速瞥了娜凡妮一眼，年長的女人沒有反應。她眞的很擅長控制自己的情緒，紗藍心想，我甚至看不出來她在想什麼。這會是很值得學習的技能。

紗藍轉頭去看達利納，「我相信有一座古代城市的遺跡，就藏在破碎平原之中。加絲娜在找它。所以，我也必須找。」

「這場遠征行動會很危險。」娜凡妮說。「孩子，妳明白其中的風險嗎？」

「明白。」

娜凡妮繼續說：「我還以為，妳剛剛經歷過如此的苦難，會想要被保護一陣子。」

「呃，伯母，妳還是別這樣跟她說比較好。」雅多林抓抓頭。「她對於這種事的反應有點怪怪的。」

「這不是拿來說笑的事。」紗藍抬高了頭。「這是我的義務。」

「那我會同意。」達利納說。只要跟義務有關的事情他都喜歡。

「那您對我的要求呢？」紗藍問他。

「這張地圖。」達利納穿過房間，舉起皺巴巴的地圖，上面畫著穿過裂谷的路徑。「娜凡妮的學者說這是我們手上最精準的地圖。妳眞的能繼續畫？畫出一整張破碎平原的地圖？」

「可以。」尤其是她利用記憶中在阿瑪朗那裡看到的地圖來補足細節的話。「可是光爵，我能提個建議嗎？」

「說。」

「請把你的帕胥人留在戰營裡。」她說。

他皺眉。

「我沒辦法正確地解釋爲什麼。」紗藍說。「可是加絲娜覺得他們很危險，特別是帶他們去平原的話。如果您想要我幫忙，如果您信任讓我來替您繪製這張地圖，那請在這件事上也信任我。留下帕胥人。不要靠他們執行這場遠征。」

達利納看向娜凡妮，她聳聳肩。「一旦我們的東西裝上車，其實也就不需要他們了。只有軍官會碰上一些不方便，因爲他們得自己搭帳棚。」

達利納思索、考慮著紗藍的要求。「這是加絲娜的筆記？」達利納問。

紗藍點頭。謝天謝地，一旁的雅多林也插口：「父親，她之前已經跟我提過一些。你應該聽她的。」

紗藍向他投去感謝的微笑。

「那就這樣吧。」達利納說。「把妳的東西收一收，送個消息給妳的伯父瑟巴瑞爾，光主。我們一個小時內就出發。不帶帕胥人。」

間曲

拉罕◆伊尚尼◆塔拉凡吉安

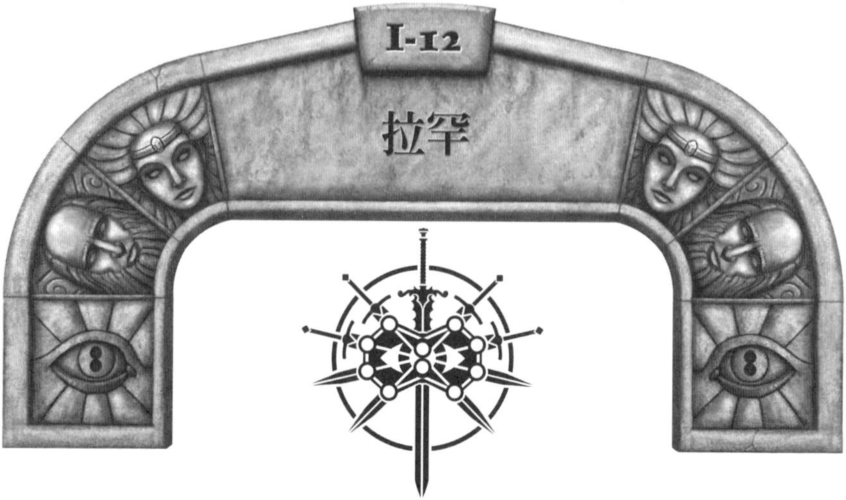

「恭喜。」拉罕弟兄說。「妳做了世界上最簡單的工作。」

年輕的執徒抿起嘴唇，上下打量他。她顯然沒想到她的新導師會體型圓滾，有點醉醺醺的，還在打呵欠。

「你就是我被分派到的……資深執徒？」

「『我被分配到其屬下。』」拉罕弟兄糾正，一手摟住年輕女子的肩膀。「妳得學習更仔細的用字遣詞。愛蘇丹皇后喜歡覺得周圍的人都很高雅，這樣讓她也會覺得自己優雅了起來，我的工作就是要教導妳這些事情。」

「我在科林納這裡已經當了一年多的執徒。」女人說。「我不覺得我需要被教導——」

「對、對。」拉罕弟兄說，帶著她走出修道院的入口。「只是呢，這個，妳的上級說，妳也許需要一些額外的指點。被分派到皇后親隨隊是個非常棒的特殊待遇！就我所知，這是妳相當，嗯……堅持要求的。」

她跟著他一起走，每一步都表現出她的不情願，或者是她的不理解。他們走入回憶圈，一個圓形的房間，牆壁上有十盞燈，每個古代的時代帝國都有一盞。第十一盞燈代表寧靜宮，牆壁上鑲嵌的大型裝飾用鑰匙孔代表執徒需要無視邊境，只去直視人的內心……這類的意思。說實在的，她其實不太確定。

出了回憶圈，他們走進幾棟內院兼職務間的遮蔽走廊，屋頂上灑著小雨。走廊的最後一段，又稱為陽光道，如果天氣很晴朗，這裡可以讓人將科林納一覽無遺。即便是今天，拉罕還是可以看到大半的城市，因為神殿跟上皇宮都在平坦的山頂。

有人說全能之主在岩石中勾勒出科林納，以動作流暢的手指挖出一塊塊的地面。拉罕總是在想，那時全能之主不知道喝得多醉了。城市當然很美，但那是腦子不太正常的藝術家才會覺得的美。岩石形成起伏的山巒跟陡峭的山谷，被切割過的岩石露出上千層鮮豔的紅、白、黃、橘岩層。

這些偉大的岩塊都是風刃——巨大、弧形的一根根石柱，切過城市。外表上有一層層美麗的多彩岩層，彎弧著、盤旋著、升騰著、下落著，毫無規律可言，有如從海中躍出的魚。據說這一切都跟吹過這裡的風有關。他是打算要去研究這是為什麼。總有一天。

穿著拖鞋的腳輕柔地踩在光滑的大理石上，伴隨著雨聲。拉罕陪著女孩——她叫什麼名字來著？「看看這個城市。」他說。「裡面的每個人都要工作，就連淺眸人都要。有麵包要烘烤，有土地要照看，有路磚要……啊……鑽？不對，那是工人。該死的。那些鑽路卻不鋪路磚的人叫什麼啊？」

「我不知道。」年輕女人輕聲說。

「這與我們無關。因為啊，我們只有一個工作，而且是個簡單的工作，就是服侍皇后。」

「那不是簡單的工作。」

「真的是！」拉罕說。「只要我們都以同樣的方式服侍她。以一個非常……啊……小心的方式。」

「那只是媚上而已。」年輕女人看著城市說。「皇后的執徒只對她說她想聽的話。」

「啊，我們講到現在的重點了。」拉罕拍拍她的手臂。她到底叫什麼啊？他們跟他說了……

珮。不是很雅烈席風格的名字，大概她是成為執徒時自己選的。這種事常發生。新的人生，新的名字，通常是個簡單的名字。

「妳聽我說啊，珮。」他觀察著她是否有反應。沒錯，看起來他沒記錯名字。他的記憶力一定變好了。「這就是妳的上級要我跟妳談談的。他們擔心如果妳沒有被好好教導，可能會在科林納這裡引起一點混亂。沒有人想要這樣。」

他跟珮經過陽光道上的其他執徒，拉罕朝他們點點頭。皇后有很多執徒。很多。

拉罕開口：「重點是呢，皇后……她有時候擔心也許全能之主對她不滿意。」

「正當如此。」珮說。「她——」

「噓。」拉罕苦著臉。「妳先……噓。聽著。皇后認為，如果她好好地對待她的執徒，她就能在製造颶風的神面前贏得偏愛。這包括了好的食物、好的衣服、棒極了的住所，有很多空閒的時間隨便我們愛做什麼都好。只要她覺得她走的路是對的，我們就能得到這些。」

「我們的職責是給她眞相。」

「我們是啊！」拉罕說。「她是全能之主的親選，不是嗎？艾洛卡王的妻子，當他前去跟破碎平原上的叛徒進行一場復仇聖戰時的統治者。她的人生很辛苦。」

「她每晚都舉辦宴會。」珮低聲說。「她的生活墮落奢靡。她浪費金錢，雅烈席卡卻陷入煎熬。外區城鎮的人為了送食物進來反而挨餓，因為他們以為這些食物會被送給有需要的士兵。可是食物卻因為皇后不能被打擾，所以放在這裡腐爛。」

「破碎平原上有很多食物，」拉罕說。「他們那裡寶石滿到耳朵邊。這裡也沒人挨餓。妳太誇張了，人生很好的。」

「如果你是皇后或她的走狗，那確實很好。她甚至取消了乞丐宴，太可恥了。」

拉罕在內心呻吟。這個……這個很難搞。要怎麼說服她？他可不希望這孩子做出任何讓她陷入危險的事。或者，該說是影響到他的事。主要是他。

他們進入皇宮的東大廳。這裡的雕刻柱子被視為世界上最偉大的藝術品，歷史可以一路回溯到影時代之前。地板表面的保護眞是天才——一片奢華的黃金被放在利用魂術製造的一條條水晶帶之下，像是小溪般串連地板上的拼花圖樣。這裡的天花板是偉大的執徒畫家烏雷倫親手裝飾，主題是從東方吹來的颶風。

珮看到這一切時的表現，彷彿眼中看到的不過是臭水溝中的克姆泥。她似乎只看到了悠閒散步的執徒欣賞著美景，有的在吃東西，有的爲皇后陛下寫新詩——說實在，拉罕對這種事避之唯恐不及。那感覺像是工作。

也許珮的態度來自於殘存的嫉妒。有些執徒很羨慕皇后親自挑選出來的人可以過的生活。他想要解釋一些現在也屬於她的豪華待遇：熱水澡，使用皇后的私人馬廄騎馬，音樂跟藝術……

每提一樣，珮的表情就更陰沉。煩死了。沒用。得換一招。

「來。」拉罕帶她走上台階。「我帶妳看一個東西。」

台階順著皇宮內往下。他愛死了這裡，每一吋都很愛。白色的石牆，金色的錢球燈，還有年歲的感覺。科林納從來沒被劫掠過，這是在神權統治殞落之後，少數幾個沒有遭受過那種命運的東方城市之一。皇宮被燒了一次，但在燒光東翼之後，火也熄滅了，這件事被稱爲雷奈的奇蹟。颶風的到來澆熄了火。拉罕發誓三百年後，這地方仍然有煙味。還有……

噢，對。那個女孩。他們繼續順著台階往下，終於來到御廚房。午餐時間已經結束，但是並沒阻止拉罕從走過的桌上抓起一盤賀達熙式的炸麵團。很多食物都被放在外面讓皇后的寵侍取用，因爲他們隨時都有可能想吃點東西。馬屁要拍得好，實在讓人挺餓的。

「想用珍饈來引誘我？」珮問。「過去五年中，我每餐只吃一碗煮塔露穀，特殊節慶則加一塊水果。這種事情誘惑不到我。」

拉罕猛然停下。「妳不是認真的吧？」

她點頭。

「妳是不是有什麼毛病啊？」

她紅了臉。「我來自自律信壇。我希望體驗與肉體需求分離的——」

「比我想的還糟糕。」拉罕握著她的手，牽著她走過廚房。靠近後面，兩人來到通往雜務中庭之處，那裡是他們運送補給品、收取垃圾的地方。在擋住小雨的遮棚下，他們找到一堆堆沒吃過的食物。

珮驚呼。「這麼浪費！你帶我來這裡想說服我不要鬧出動靜嗎？這根本就是相反效果！」

「以前有一個執徒會把這些都拿走，分發給窮人。」拉罕說。「幾年前她死了。從那時起，其他人都很努力要處理。不是太努力，但還是有努力。這裡的食物早晚會被拿走，通常丟在廣場中，讓乞丐去撿，只不過那時候大多都爛掉了。」

颺風的。他幾乎可以感覺到她的炙熱怒氣。

拉罕說：「現在，如果我們之中有一個執徒，她渴望的只是要做好事，想想她能做多少好事。她光用浪費的食物就能餵飽好幾百人。」

珮看著一堆堆爛掉的水果，一袋袋敞開的穀類，如今都被雨淋壞。

拉罕說：「現在，我們來想想相反的例子。如果有個執徒想要拿走我們所有的……那她會發生什麼事呢？」

「這是威脅嗎？」她輕聲說。「我不怕肉體的傷害。」

「颶風的。」拉罕說。「妳以爲我們會——女孩，我早上穿拖鞋都有人幫忙，別笨了。我們才不會傷害妳，太辛苦了。」他顫抖了一下。「妳會被送走，很快、很安靜地走。」

「我也不怕。」

「我不覺得妳怕什麼。」拉罕說。「也許唯一怕的就是享樂。可是如果妳被送走了，有什麼好處？我們的生活不會改變，皇后也一樣，外面的食物照樣會壞。可是如果妳留下來，那妳就能做好事。誰知道，也許妳的表現能幫助我們所有人改過自新，是吧？」

他拍拍她的肩膀。「想想吧。我去把麵包吃完。」他走開，回頭去看了幾次。珮蹲在一堆堆發爛的食物邊，看著它們，她似乎不介意發臭的味道。

拉罕從裡面看著她，直到他感覺無聊了爲止。當他結束下午按摩後回來，她還在那裡。他在廚房裡吃晚餐——實在太不豪華。那女孩對那幾堆垃圾也太感興趣了些。

終於，隨著夜晚落下，他搖搖晃晃地走回去找她。

「你難道都不會問嗎？」她看著一堆堆垃圾，雨在外面落下。「你難道不會停下來去思考滿足你的口腹之欲需要的代價嗎？」

「代價？」他問。「我跟妳說，沒人會挨餓，因爲我們——」

「我不是指金錢。」她低聲說。「我是說靈魂上的代價。對你而言，對你周圍的所有人而言。一切的錯誤。」

「沒那麼嚴重吧。」他蹲下來。

「就有。拉罕，這不只是皇后，還有她浪費的宴會。之前的加維拉王喜歡打獵，藩王跟藩王之間不斷征戰也沒好多少。人民常聽說破碎平原上的光榮戰鬥，還有那裡的財富，但那一切從未出現在這裡。

「雅烈席卡的上層階級有誰還在乎全能之主？當然，他們會以祂的名字咒罵。當然，他們會談到神將，會燒符文，但是他們做了什麼？他們會改變自己的生活？他們有去聽論證嗎？他們會洗心革面，將他的靈魂重新塑造成更偉大，更好的存在嗎？」

「他們有天職。」拉罕玩著自己的手指。所以這就叫手玩？「信壇有幫忙。」

她搖搖頭。「為什麼我們沒有聽到祂的信息，拉罕？神將說我們打敗了引虛者，說阿哈利艾提安是人類的偉大勝利。可是祂難道不該派神將來告知我們，來輔佐我們嗎？如果廟堂的行為這麼邪惡，全能之主為何沒有發言反對？」

「我……妳該不會是建議我們該回復那樣？」他拿出手帕，擦擦脖子跟頭頂。這段對話越來越糟了。

「我不知道我在建議什麼。」她低聲說。「只是有哪裡不對。這一切真的是太不對了。」她看向他，站起來。「我接受你的提議。」

「妳接受？」

「我不會離開科林納。」她說。「我會待在這裡，盡量以我的能力做好事。」

「妳不會給其他執徒惹麻煩？」

「我的問題不是執徒。」她伸手把他扶起來。「我只想當個好榜樣，讓所有人可以學習。」

「那好。這似乎是個好選擇。」

她走開，他擦擦頭。她其實沒有真的答應他，他不知道自己是不是該擔心。

結果是，他應該要很擔心的。

隔天早上，他蹣跚地走入了人民大廳——一棟大型的寬敞建築物，佇立在皇宮的陰影下，國王或皇后會在那裡討論人民關切的議題。一群交頭接耳、滿臉驚恐的執徒正站在邊緣外。

拉罕已經聽說了，但他必須親眼去看。他擠到最前面。珮跪在地上，低垂著頭，顯然她畫了一整個晚上，靠錢球的光在地上畫出符文。沒有人注意到她。這裡沒人使用的時候通常是鎖上的，而且她是趁別人喝醉或睡著了以後才動手。

十個大符文，直接寫在石頭地板上，指向禮台，上方是國王的群眾王座。符文列出了十愚特質，由十傻人所表現。每個符文旁邊都以女子文字寫出一段話，解釋皇后的行爲舉止如何符合該愚者。

拉罕驚恐地讀著。這……這不只是責難。這是譴責整個政府，淺眸人，還有王室！

珮第二天早上就被處決了。

當天晚上，暴動開始。

在伊尚尼內心深處的聲音依然慘叫著，即使在她沒有與以前的和平節奏同調時仍然持續。她爲了讓那聲音安靜，便一直忙碌不停，繞著納拉克外面的完美圓形台地繞圈。她的士兵經常在那裡操練。

她的人民變成了一種古老、卻同時新穎的存在。強大的存在。他們列著隊在台地上站立，哼著暴怒。她以戰鬥經驗將他們分組。光是擁有新的形體不代表他們就能成爲士兵，很多人這一輩子都是工人。

他們也有自己可以扮演的角色。他們會帶來偉大的結果。

「雅烈席人會來。」凡莉走在伊尚尼身邊，心不在焉地將能量引到手指上，然後在兩指間流動。凡莉使用這個新形體以後經常露出微笑，除此之外，她似乎沒有改變。

伊尚尼知道她自己變了。可是凡莉……凡莉還是一樣。

這一點有哪裡不對勁。

「送出報告的間諜很確定這點。」凡莉繼續說。「妳去拜訪黑刺似乎鼓勵他們展開行動，人類打算要全力進攻納拉克。當然，這一切還是有可能變成一場災難。」

「不會。」伊尚尼說。「不會。這很完美。」

凡莉看向她，停在岩石地上。「我們不需要再訓練。我們應該行動，現在立刻就召來颶風。」

「我們要等人類靠近。」伊尚尼說。

「爲什麼？今晚就可以動手。」

「愚蠢。」伊尚尼說。「這是戰爭用的工具。如果我們現在引來意外的暴風，雅烈席人就不會來，我們也贏不了這場戰爭。我們必須等。」

凡莉似乎陷入沉思。終於，她微笑，點點頭。

「妳知道什麼不肯告訴我的？」伊尚尼質問，抓住她妹妹的肩膀。

凡莉笑得更燦爛。「我只是被妳說服了。我們必須等，畢竟颶風吹的風向不對。還是說所有颶風吹的風向都不對，這是第一次風向會對了？」

風向不對？「妳怎麼知道？風向的事？」

「歌謠。」

歌謠。可是……根本沒有提……

伊尚尼內心深處的感覺催促她放下這個話題。「如果是眞的，那我們就要等人類幾乎來到我們身邊以後，再把他們一網打盡。」她說。

「那就這樣吧。」凡莉說。「我會準備教導眾人。我們的武器會準備好。」

凡莉以渴望節奏說，這節奏像是以前的期待節奏，但更暴力。她走開時，身邊跟著她以前的伴侶與許多學者。他們使用這種形體時感覺很自在。太過自在。他們之前該不會就使用過這種形體了吧……可能嗎？

伊尚尼壓下慘叫，前去訓練另一團新兵。她一直很痛恨當將軍，可是如此嘲諷的是，在他們的歌謠中，她會被記錄爲終於擊壓了雅烈席人的戰爭領袖。

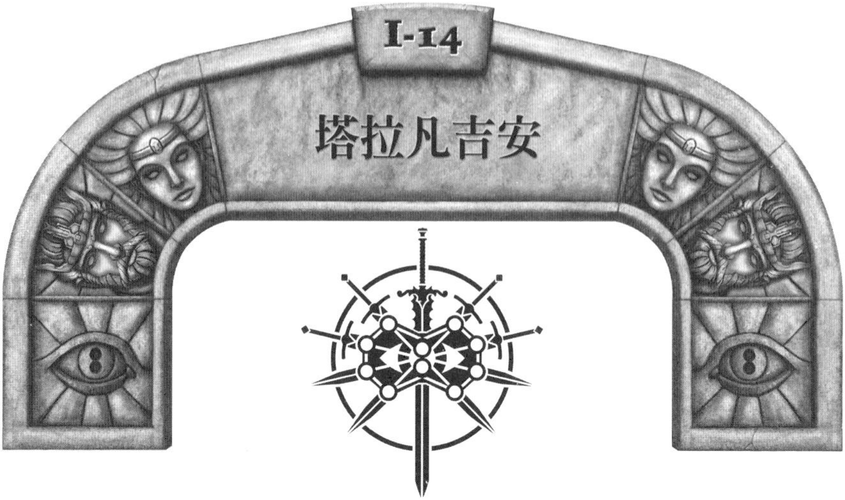

I-14

塔拉凡吉安

塔拉凡吉安，卡布嵐司之王，醒來時全身肌肉僵硬，背部疼痛。他不覺得笨。這是個好跡象。

他在呻吟中坐起。疼痛現在已經無時不在，他的醫師只能搖搖頭，向他保證以他的年紀來說，他很健康。健康。他的關節像是燃燒的柴火一般咔啦作響，也沒辦法很快就站起來，以免自己失去平衡，摔倒在地。老去眞的就是體驗了最終的背叛，自己的身體背叛了自己。

他在小床榻上坐起。海水輕輕地拍打著艙房外的船身，空氣聞起來是鹽味。他聽到不遠處有喊叫聲。船按照時程抵達了。很好。

他慢慢調整自己的狀況，一名僕人抬著桌子過來，另一人拿著溼熱帕準備讓國王擦眼睛跟手。國王的測試者在後面等著。塔拉凡吉安已經有多久沒有眞正的獨處了？從疼痛出現之前就沒有。

馬班敲敲打開的門，用餐盤端來他的早餐。今天是加了香料、燉得香軟的穀類粥，據說對他的身體好。味道卻像是洗碗水。沒有味道的洗碗水。馬班上前來要把早餐放下，可是莫拉——一名手上套著黑皮護腕，剃光了頭跟眉毛的賽勒那男人——一手按著她的手臂，阻止了她的動作。

「先測試。」莫拉說。

塔拉凡吉安抬頭，迎向壯漢的目光。莫拉感覺比山還高，比風還可怕。所有人都以爲他是塔拉凡吉安的護衛首領，眞相則可怕得多。

莫拉是那個決定今天塔拉凡吉安是國王還是囚犯的人。

「你至少先讓他吃飯吧！」馬班說。

「今天很重要。」莫拉低聲說。「我要先聽測試的結果。」

「可是——」

「他有權堅持這點，馬班。」塔拉凡吉安說。「開始吧。」

莫拉退後，三名穿著充滿神祕感外袍跟帽子的測試者走上前，都是防颶員。他們放下了好幾張紙，滿是數字跟符文，上面是今日版本的一系列數學題，難度逐漸增加，都是塔拉凡吉安狀況好些時自己寫的。

他遲疑地拾起筆。他不覺得自己笨，也鮮少這麼覺得，只有在情況最糟的時候，他才能立刻感覺到差別。在那種時候，他的腦子就像焦瀝一樣黏稠，覺得自己像是自己腦子裡的囚犯，明顯知道有哪裡很不對勁。

幸好今天不是這樣。他不是個完全的白癡。最糟的情況也不過就是他今天很笨。

他開始動手，盡力解開自己能解的數學題。他花了將近一個小時，在這個過程中，他也判斷出今天的能力。正如他所懷疑，他今天不太聰明——但也不笨。今天他……很一般。

這也可以了。

他將問題交給其中一名防颶員，他們開始低聲交談，然後一齊轉向莫拉。「今天他可以執業。」一人宣布。「他不可發表圖表必須履行的言談，但他可以在不受監督的情況下自行與外界互動。他可以改變政策，只是政策必須等三天後才能執行，他也可以自行在判決中做出裁定。」

莫拉點頭，看向塔拉凡吉安。「陛下接受這個判斷跟這些限制嗎？」

「我接受。」

莫拉點點頭，然後退後，允許馬班放下塔拉凡吉安的早餐。

三名防颶員收起他寫過的紙，然後退到自己的艙房中。測試是一個很繁複的過程，每天早上都耗費相當寶貴的時間，但這是他想得出來能對付自己情況最好的方法。

對於一個每天早上醒來時聰明才智程度都會不同的人來說，生活是相當不便的。尤其是如果整個世界都得靠他的天才支撐，或者會因爲他的愚蠢而垮下。

「外面情況怎麼樣？」塔拉凡吉安輕聲問，撥弄著因爲測試已經變冷的食物。

「很糟糕。」莫拉笑著說。「正如我們所願。」

「不可因爲苦難而欣喜。」塔拉凡吉安回答。「即使這是我們造成的。」他吃了一口粥。「尤其是如果這是我們造成的。」

「如你所願。我不會再這樣了。」

「你眞的這麼容易能改變？」塔拉凡吉安問。「隨心意封閉情緒？」

「當然。」莫拉說。

這一點讓塔拉凡吉安有點觸動，引發了一絲興趣。如果他今天的狀況比較聰明，也許就能捕捉住那一閃的靈光——但是今天，他感覺思緒像是從手指間流去的水。曾經他會因爲這些錯失過的機會而焦慮，但最後還是接受了。隨著時間過去，他明白聰明的日子也會有自己的麻煩。

「讓我看看圖表。」他說。隨便什麼都好，只要能讓他不去專注於他們堅持要餵他吃的餿水。

莫拉讓到一旁，允許雅德羅塔吉亞——塔拉凡吉安的學者之首——上前來，端著厚重的一本皮革書。她將書放在塔拉凡吉安面前的桌上，然後鞠躬。

塔拉凡吉安摸著皮革書面，感覺到一瞬間的……崇敬。這麼說對嗎？還有什麼他感覺崇敬的嗎？畢竟神已經死了，因此弗林教只不過是個虛妄。

可是這本書是神聖的。他翻開到夾著蘆筆的一頁，裡面有很多字跡。慌亂、狂燥、偉大的凌亂字跡，被小心翼翼地從他之前臥房的牆壁上抄下，層層疊疊的塗畫，一連串似乎沒有意義的數字，一排排擁擠雜亂筆跡寫下的字。

瘋狂。天才。

偶爾塔拉凡吉安可以看出一絲絲跡象，顯示這是他自己的筆跡。他扭動一條線的方式，他順著牆壁邊緣寫的方式，就像他寫滿書頁時會順著頁緣繼續往下寫的樣子。但他半點都記不得。這些出自於他爲時二十個小時的清晰瘋狂，是他最聰明的時刻。

「雅德羅，妳會不會覺得很奇怪，天才與白癡竟如此相似？」塔拉凡吉安問那位學者。

「相似？」雅德羅塔吉亞問。「法哥，我不覺得有哪裡類似的。」他跟雅德羅塔吉亞一起長大，她還是會用塔拉凡吉安小時候的小名。他很喜歡，會讓他想起在這一切以前的日子。

「在我最愚蠢跟我最神奇的日子，我都無法以有意義的方式與周圍的人互動。」塔拉凡吉安說。「感覺就像是……像是我變成了沒有辦法跟旁邊的機關一起運作的齒輪。不管是太小或太大，都不重要，鐘就是走不了。」

「我沒有這樣想過。」雅德羅塔吉亞說。

塔拉凡吉安最笨的時候，是不准走出房間的，那時候他會待在角落裡流口水。當他只是遲鈍時，他可以在有人監督的情況下走出房間。他在那些夜晚時會因爲自己的行爲而哭泣，知道他做出的可怕行爲是重要的，卻不明白爲什麼。

當他遲鈍時，他不可以改變政策。有趣的是，他也決定了，當他太聰明的時候，也不可以改變政策。他做出這個決定時，是在他有過天才的一天之後。那天他以爲自己能夠改正所有卡布嵐司的問題，只要執行一系列非常理性的政令——例如要求人民必須通過國王寫下的智力測試，才可被允許繁殖。

一方面是如此絕對聰明，一方面又是如此的蠢。守夜者，這就是妳的玩笑？他心想。這就是我必須學會的課題？妳眞的在意我們的課題嗎，還是妳只是爲了戲耍我們，取個樂子？

他將注意力放回書本上，圖表。他在那決定聰明的一天時，規劃的偉大計畫。然後，他也花了一天盯著牆。他寫在牆上。不斷地胡言亂語，將從來沒有人想到的關連都串了起來，胡亂地書寫在牆壁、地板、甚至是搆得到的天花板。大多數是以奇異的字體所寫——一個他自己研發的語言，因爲他知道的書寫語言無法足夠精確地表達意念。幸好，他想到要在他床頭櫃邊雕刻下解讀的關鍵，否則他們完全無法理解他的鉅作。

其實他們也讀不懂多少。他翻過了幾頁，一模一樣地從他房間抄下。雅德羅塔吉亞跟她的學者偶爾做些注記，提出不同塗畫跟數字串可能的意思。這些筆跡都是女人的文字，塔拉凡吉安很多年前就學會了。

雅德羅塔吉亞寫在一頁上的筆記表示，那張圖似乎是費德皇宮地上的一幅馬賽克。他停在這一頁，這跟今天的活動好像有關連。可惜，他今天不夠聰明，讀不懂這本書或它的祕密。他必須相信，比較聰明的自己確實能夠正確解讀更天才的自己。

他闔上書，放下湯匙。「出門吧。」他站起身，離開船艙，莫拉站在一邊，雅德羅塔吉亞在另一邊。他走入陽光下，看到了冒著煙的港口城市，建築物層層疊疊地往上排列，像是盤子或是一片片的板岩芝，被殘存的城市覆蓋，幾乎可以說是從邊緣溢出來。曾經，這副景象相當神奇，如今是一片漆黑，因爲建築物——就連皇宮——都被摧毀殆盡。

費德納，世界上的偉大城市之一，如今只剩下廢墟灰燼。

塔拉凡吉安斜倚著船欄。前一天晚上船入港的時候，城市中星星點點都是紅色的燃燒建築物，看起來像是活著的生物，比現在這副景象更鮮活。風正從海上吹入，從後面推著他，把煙霧往內陸吹，遠離船艦，所以塔拉凡吉安幾乎聞不到。一整個城市就在他的指尖外燃燒，臭氣卻消散在風中。

泣季很快就會來臨，也許能沖走一些毀壞的痕跡。

「來吧，法哥。」雅德羅塔吉亞說。「他們在等著了。」

他點點頭，跟她一起爬入準備要靠岸的划槳小船。這座城市曾經擁有宏偉的港灣，如今已經不復存在，某一方勢力毀了海港以阻撓別的勢力進入。

「太驚人了。」莫拉在他身邊坐下。

「我以爲你剛說了，不會再因爲這種事而感到滿意。」塔拉凡吉安說著，一陣反胃，因爲他看到了堆在城市邊緣的東西。屍體。

「我不是滿意，而是驚嘆。」莫拉說。「你知道嗎？艾姆歐與圖卡之間的八十戰爭持續了六年，造成的損傷卻根本不及這一切。賈．克維德只花了幾個月就把自己吃掉了！」

「魂師。」雅德羅塔吉亞低聲說。

不只如此。現在就連平凡得可憐的塔拉凡吉安都看得出來。沒錯，有了能提供食物跟飲水的魂師，軍隊可以全速前進——不會有拖車或補給線來減緩速度——幾乎不需要時間就能造成一場屠殺。可是艾姆歐跟圖卡當時也有魂師。

水手開始搖槳，帶他們划向岸邊。

「不只如此。」莫拉說。「每個藩王都想佔據首都，所以他們全都聚集在一處，就像有些北方野蠻人那樣約定了時間地點，一起來互相晃著矛，威脅彼此。只是在這裡，卻讓一個王國滅族了。」

「莫拉，我希望你是言過其實。」塔拉凡吉安說。「我們還是需要這個王國的人民。」他別過頭，壓下一陣因爲看到岸邊岩石上的屍體而產生的激動情緒。那些人死於被推下海邊的懸崖。那片懸崖通常是用來保護港口不受颶風吹擾，但在戰爭時卻被用來殺戮，讓一支軍隊將另一支推下崖頂。

雅德羅塔吉亞看到他的眼淚，雖然她什麼都沒說，卻不贊許地抿起嘴。她不喜歡他智商降低時就會容易泛起的情緒，但他也確實知道，每天早上這名年長的女人都會替她逝去的丈夫燃燒一幅符文。對於他們這種瀆神者來說，這種行爲出奇地虔誠。

「今天家裡傳來什麼消息？」塔拉凡吉安問，主要是爲了不讓人注意到他正在擦眼淚。

「多法說我們找到的死亡搖鈴變得更少了。她昨天半隻都沒找到，前天也只找到兩隻。」

「那麼就是莫拉克開始動手了。」塔拉凡吉安說。「現在已經可以很確定，那怪物一定是被西方的什麼東西引過去。」現在怎麼辦？塔拉凡吉安應該要暫停這些暗殺行動嗎？他的心渴望如此——可是只要他們能夠找出關於未來，甚至是多一絲的訊息，能夠拯救幾十萬蒼生的事實，難道不值得付出現在幾個人的生命？

「叫多法繼續。」他說。他沒想到他們的約定居然會引來執徒的忠誠。圖表與其成員無涉國界。多法是自己發現他們的任務，所以他們的選擇只剩下將她吸納進來，或是刺殺她。

「我會去做。」雅德羅塔吉亞說。

船伕載著他們，順著海港邊緣比較平滑的岩石而上，接下來跳入水中。這些人都是他的僕人，也是圖表的一部分。他信任他們，因爲他必須信任一些人。

「妳調查了我請妳去查的事情嗎？」塔拉凡吉安問。

「這個問題很難回答。」雅德羅塔吉亞。「一個人的智慧是無法計量的，就連你的測試也只是給了我們一個大概的範圍。你回答問題的速度跟回答的方式……能夠讓我們做出判斷，但也是很粗略的判斷。」

船伕用繩索把他們拖上滿是碎石的沙灘。木頭摩擦著岩石，發出可怕的聲音，不過至少這樣能掩蓋住不遠處的呻吟。

雅德羅塔吉亞從口袋拿出一張紙，攤開，上面是一張表，圓點描繪出一段隆起，左邊的一小段連向中間的高山，然後以同樣的弧度往右邊下落。

「我拿了你過去五百天的測試結果，每天都給與了零到十之間的數值，代表你那一天有多聰明，但就如我剛才所說，這並不精準。」雅德羅塔吉亞說。

「中間的隆起？」塔拉凡吉安邊指邊問。

「代表你的智力是平均值的時候。」雅德羅塔吉亞說。「你可以看得出來，大多數時間都落在這個區段，絕對聰穎與絕頂愚蠢的日子都很稀少。我只能從我們手邊有的資料做推斷，但我認爲這個圖算是正確的。」

塔拉凡吉安點點頭，允許一名船伕扶他下船。他知道他大多數時間都是普通的狀態，但是他想請她回答的是，他什麼時候能夠再有像創造圖表那天的聰明。離他心神超脫至另一個境界的那天，已經有好多年了。

她下了船，莫拉跟上。她拿著紙來到他身邊。

「所以這是我最聰明的一天。」塔拉凡吉安指著圖上的最後一個點，在最右邊，非常靠近底端，象徵高智慧與低發生率。「就是那一天，完美的那一天。」

「不是。」雅德羅塔吉亞說。

「什麼？」

「那是你過去五百天之中，最聰明的那天。」雅德羅塔吉亞解釋。「這一點代表你完成了你留給自己的問題裡最複雜的一題，而且還寫出新的問題做爲未來的測試。」

「我記得那天。」他說。「那天我解了法布利森的謎題。」

「對。如果世界不會淪亡的話，有一天也許會因此而感謝你。」她說。

「我那天很聰明。」他說。聰明到莫拉宣布他必須被鎖在皇宮裡面，以免暴露出本性。他那天相信，如果他能將他的狀況解釋給城市中的眾人聽，他們都會聽懂道理，讓他完美地掌控他們的人生。他規劃出一條法律，要求所有低於平均智商的人都必須自殺，以符合城市的公共利益，一切都顯得很合情合理。他想過他們也許會反抗，但他覺得這個傑出的論點一定能說動他們。

沒錯，他那天很聰明，卻沒有創造圖表那天聰明。他皺眉，檢視著紙張。

「這就是爲什麼我不能回答你的問題，法哥。」雅德羅塔吉亞說。「我們稱這張圖爲『對數圖』，每個點離中央的間距不是絕對的，而是往外疊加。你在創造圖表那天有多聰明？比你最聰明的時候還要聰明十倍？」

「一百倍。」塔拉凡吉安看著圖表說。「也許更多。我來算算看……」

「你今天不笨嗎？」

「不笨。普通而已，這一點我還算得出來。每往旁邊一步就是……」

「可測智力的變化。」她說。「你可以說每個點往旁邊一個位移，就代表你的智力增加一倍，但那也很難量化。往上的位移簡單些，代表該智力程度的天數，所以如果從中間的高峰開始，就可以看出來，每平均智力五天，你就會有一天些許的笨，還有一天些許的聰明。該程度每五天，就會有中等的笨與中等的天才。再這樣的每五天……」

塔拉凡吉安站在岩石地上，他的士兵們在上面等待，他則數著圖。他一直往圖表外計算，直到他算到自認為創造圖表那天的智力程度。就連這個位置對他來說都顯得保守。

「全能之主在上……」他低聲說。好幾千天。好幾十萬天。「這種事根本不應該發生。」

「當然應該。」她說。

「但那不可能到應該是不可能的！」

「這絕對是可能的。該事件發生的可能性為一，因為它已經發生了。這就是概率性跟不預期性的怪異之處，塔拉凡吉安。這樣的日子明天也有可能再發生一天，沒有什麼事情會禁止它再次發生。就我所能判斷，一切都是純粹的機率。可是如果你想要知道那一天再次發生的可能性……」

他點點頭。

「假使你再活兩千年，法哥，也許你能夠再有那樣的一天。也許。我是說有一定的機率會發生。」她說。

莫拉哼了哼。「所以都是運氣。」

「不是，這只是概率問題。」

「無論如何，這都不是我想要的答案。」塔拉凡吉安折起紙。

「什麼時候我們想要什麼就有什麼了？」

「向來沒有。永遠也不會有。」他將紙塞入口袋。

他們小心翼翼地踩著石子沙灘往上走，經過被太陽曬得發脹變形的屍體，加入一小群在山頂上的士兵。士兵們身上配戴著卡布嵐司的深橘色徽章。他名下的士兵數量不多，圖表要求他的國家不能顯得具有威脅性。

可是圖表也不是完美的，偶爾他們還是會揪出其中的錯處。或者說……不能算是眞的錯處，只是推測錯誤。塔拉凡吉安那天堪稱絕頂聰明，但是他仍然無法預見未來。他對未來做出了有根據的推斷——而且是非常強而有力的根據——所以正確的次數多到詭異。但是離那天越久，跟他那天所知的情況差別越大，圖表就越需要調整與修訂，才能維持既定的大方向。

所以他才希望能夠再有那樣的一天，能夠調整圖表的一天。不過那一天應該無法來臨，所以他們只能繼續，信任當時的他，信任他的遠見跟見解。

遠勝過於這世界上的任何其他事。神跟宗教都讓他們失望了，國王跟藩王都是自私自利、心胸狹窄之輩。如果他還有什麼可以信任、可以相信的，那就是他自己，以及不受任何拘束的人類智慧所展現的純粹天才。

可是要維持既定的道路，有時候確實是困難的，尤其是當他必須面對他的行爲所帶來的後果。

他們進入戰場。

火勢一燎原之後，顯然大多數的戰鬥都發生在城市之外。這些人在他們的首都燃燒時，仍然爭鬥不休。七個不同的派別，圖表猜到了六方，有差別嗎？

一名士兵遞給他一方香帕，讓他遮住臉，走過死者與瀕死的人。鮮血與焦煙，在這一切結束前，他會太過熟悉的氣味。

穿著深橘色卡布嵐司制服的男女在死者跟傷者之間穿梭，在整個東方，這個顏色與治療都是同義詞。

傷患。

飛舞著他的旗幟——醫生的旗幟——散布在戰場上，塔拉凡吉安的醫師們在戰鬥前剛抵達，立刻開始治療

他離開死者的戰場時，原本眼神死寂、呆滯地坐在戰場邊緣的費德士兵開始起身，然後朝他歡呼。

「帕利之智啊。」雅德羅塔吉亞看著他們一一站起。「我眞不敢相信。」

士兵們以不同旗幟一群群地坐著，由塔拉凡吉安的醫師、水伕、安慰者們治療。無論是否受傷，所有能站起來的人都因爲卡布嵐司王而起立，高聲喝采。

「圖表說會發生的。」塔拉凡吉安說。

「我以爲那一定是個錯誤。」她回答，搖搖頭。

「他們知道。」莫拉說。「我們是今天唯一的勝利者。我們的醫師，贏得各方尊敬。我們的安慰者幫助瀕死者往生。他們的藩王只爲他們帶來了悲慘，你帶給了他們生命跟希望。」

「我帶給了他們死亡。」塔拉凡吉安低聲問。

他下令暗殺他們的國王，還有圖表上標示出的特定藩王。這麼做了之後，他逼著不同的派別立刻開戰。他讓整個王國都跪倒了。

如今他們卻因此而爲他歡呼。他強迫自己停在其中一群人面前，詢問他們的安好，想要知道有沒有什麼可以幫忙的。讓眾人將他視爲慈愛的人相當重要，圖表理所當然、不帶情感地解釋這一切，彷彿慈愛可以用杯裝量，跟一升血互較多寡。

他看望了另一群士兵，然後是第三群。許多人都來到他身邊，碰觸他的手臂或衣袍，流下感謝與喜悅的眼淚。可是還有更多費德士兵呆坐在帳棚中，看著倒成一片戰場的死者，腦子麻痺。

「戰意？」他跟雅德羅塔吉亞一起離開最後一群士兵時，他朝她低聲詢問。「他們的城市在燃燒的時

候，他們依然徹夜戰鬥，戰意一定非常強烈。」

「我同意。」她說。「這可以成爲我們新的參照點。這裡的戰意至少跟在雅烈席卡一樣強烈，也許甚至更強，我會去跟我們的學者討論一下，或許能幫我們定位訥加烏（Nergaoul）。」

「別在這件事上花太多心力。」塔拉凡吉安說，走向另一群費德士兵。「我甚至不確定就算我們找到那個東西，該拿它怎麼辦。」他沒有資源去處理一個古代的邪惡靈。「我寧可知道莫拉克要去哪裡。」

希望莫拉克沒有決定要再次沉睡。死亡搖鈴是他們目前找到最適合增強圖表的方法。可是他有一個一直無法判斷的答案，一個他幾乎願意付出一切來知道的答案。

這一切做的，夠嗎？

他與士兵們會面，選擇展現出一個慈祥——卻不聰明——的老人面貌，關懷好善。他今天幾乎真的就是那個人，他試圖模仿笨一點時候的自己。大家都會接受那個人，當他的智慧只有在那個程度時，他不必像是更聰明時那樣，需要僞裝才能表現出同情心。

受到智慧的祝福，受到同情心的詛咒，能夠對自己造成的後果感到痛苦，兩者交替出現。爲什麼他不能同時擁有兩者？他不認爲在別人身上，智慧與同情兩者有這樣的關連。守夜者的禮讚與詛咒背後隱藏的動機無人可理解。

塔拉凡吉安穿過一群群人，聽著他們懇求獲得更多的照料，更多的藥劑來緩解痛苦，他們奉上感謝。這些士兵承受過一場至今仍然沒有勝利者的戰鬥，他們想要得到什麼可以抓住的，而塔拉凡吉安看上去像是個中立的存在。他們居然就這樣輕易地對他剖露出自己的靈魂，實在輕鬆地駭人。

他來到下一名隊伍中的士兵前，一名穿著披風的男人，握著似乎折斷的手臂。塔拉凡吉安看向那人藏在眼皮下的眼睛。

那是法拉諾之孫賽司。

塔拉凡吉安一時徹底驚慌了。

「我們需要談談。」雪諾瓦人說。

塔拉凡吉安抓住刺客的手臂，將雪諾瓦人拖離一群費德士兵，另一手則摸著口袋，尋找他隨時帶在身上的誓石。他把石頭拿出來，只爲了確定。沒錯，不是假的。地獄的，看到賽司出現讓他以爲他被打敗了，石頭被偷走，賽司是來殺他的。

賽司允許塔拉凡吉安拉走自己。他剛才說了什麼？*他是來找你談談的，笨蛋。*塔拉凡吉安心想。*如果他是來殺你的，你就早死了。*

有人看到賽司嗎？如果其他人看到塔拉凡吉安跟一個光頭的雪諾瓦人有互動，他們會怎麼說？傳言如疾風勁草，如果有人有一絲懷疑，塔拉凡吉安跟惡名昭彰的白衣殺手有關……

莫拉立刻注意到出了事。他向守衛們大聲下達幾個命令，將塔拉凡吉安跟費德士兵們隔開。雅德羅塔吉亞原本坐在旁邊，雙手環抱胸前，邊看邊用腳踢著地面，聞訊立刻跳起身，大步走來。她看了一眼帽兜下面的臉，驚呼出聲，臉上的血色褪盡。

「你怎麼敢來？」塔拉凡吉安對賽司說，壓低了聲音，臉上裝出開朗的神態與表情。他今天的智力只有一般，但他仍然是國王，在宮廷中打滾了一輩子，保持儀態並不是難事。

「出了問題。」賽司的臉藏在陰影中，聲音不帶情緒。跟這個傢伙說話就跟和死人說話一樣。

「你爲什麼沒有殺死達利納·科林？」雅德羅塔吉亞低聲焦急地問。「我們知道你逃了。回去完成工作！」

賽司瞥向她，卻沒有回答。她並未持有他的誓石。可是他那雙過度空洞的眼睛，似乎確實注意到她。

地獄的。他們的計畫原本是不讓賽司見到或知道雅德羅塔吉亞的存在，以免他決定要背叛塔拉凡吉安，殺了他。圖表有推估到這個可能性。

「科林有個封波師。」賽司說。

所以賽司知道了加絲娜的事情。所以她的死是僞裝的，一如他的懷疑？地獄的。

戰場似乎安靜下來。對塔拉凡吉安而言，傷者的呻吟消失，一切縮小到只剩下他跟賽司。那雙眼睛。那個男人的語氣。一個危險的語氣。那是——

他說話帶著情緒，塔拉凡吉安意會過來。他最後的那句話充滿了激動的情緒。聽起來像是懇求，好像賽司的聲音從四面八方被擠壓。

這個人精神不正常。法拉諾之孫賽司是羅沙最危險的武器，而他卻崩潰了。

颶風的，爲什麼這件事不能在塔拉凡吉安的智力不是只有一半時發生？

「你爲什麼這麼說？」塔拉凡吉安想要盡量拖時間，讓自己能夠想遍所有可能。他把賽司的誓石舉在身前，像是個迷信女人的符文護身符一樣，以爲這樣就能驅趕所有問題。

「我跟那男人戰鬥過。他保護了科林。」賽司說。

「啊，這樣啊。」塔拉凡吉安說，腦子轉動飛快。賽司從雪諾瓦被驅逐，因爲宣告引虛者的回歸而變成了無實之人，如果他發現自己的宣告沒有錯，那麼——

男人？

「你跟封波師戰鬥過？」雅德羅塔吉亞瞥了塔拉凡吉安一眼後說。

「對。」賽司說。「一個吸取颶光的雅烈席卡男人，他治癒了被碎刃割斷的手臂。他是……燦軍……」他聲音中的緊繃聽起來一點都不安全。塔拉凡吉安瞥向賽司的雙手，它們一遍又一遍地緊握成拳，像是鼓動的心臟。

「不、不。」塔拉凡吉安說。「這件事我最近才聽說。對，這一切都很合理了。有一柄榮刃消失了。」

賽司眨眼，注意力回到塔拉凡吉安身上，彷彿從很遠的地方剛回來。「另外七把中的一把？」

「對。」塔拉凡吉安說。「我只是很隱約聽過一些傳言，你的族人非常神祕，但沒錯……我明白了，一定是允許重生的兩柄之一。科林一定拿到了。」

賽司前後晃著身體，雖然他似乎並沒有意識到自己如此晃動。即便是現在，他的行動仍然有著格鬥者的優雅。颶風的。

「跟我打鬥的這個人，他沒有召喚碎刃。」賽司說。

「可是他用了颶光。」塔拉凡吉安說。

「對。」

「那他一定就有榮刃。」

「我……」

「這是唯一的解釋。」

「這……」賽司的聲音變得冰冷。「對，唯一的解釋。我會殺了他，把劍取回。」

「不。」塔拉凡吉安堅定地說。「你要回去達利納．科林那裡，完成交派給你的任務。不要跟這個人打鬥，趁他不在的時候再攻擊。」

「可是——」

「你的誓石難道不是在我手上？」塔拉凡吉安質問。「我的話是可以被質疑的嗎？」

賽司停止搖晃，目光與塔拉凡吉安相對。「我是無實之人。我會遵照主人的命令，我不會要求解釋。」

「避開那個有榮刃的人。」塔拉凡吉安重複。「殺了達利納。」

「一定。」賽司轉身離開。塔拉凡吉安想要朝他大喊更多的指示。不要被看到！再也不要來公共場合中找我！

可是他卻只是坐倒在路上，儀態蕩然無存，喘息著，顫抖著，汗滴從額頭淌下。

「颶父啊。」雅德羅塔吉亞也在他身邊坐倒。「我以爲我們死定了。」

僕人替塔拉凡吉安端來椅子，莫拉則替他編造藉口。國王因爲許多人的死而承受不住傷慟。他年老了，你們也知道，又這麼關心大家……

塔拉凡吉安不斷深呼吸，掙扎地要保持冷靜。他看向旁邊坐在一圈僕人跟士兵中央的雅德羅塔吉亞，這一群人全部都發誓對圖表效忠。「是誰？」他輕聲問。「這個封波師是誰？」

「加絲娜的學生？」雅德羅塔吉亞說。

加絲娜的學生抵達破碎平原時，他們都很訝異。當時他們已經推斷這女孩受過訓練，如果不是加絲娜，就是那女孩的哥哥死前應該訓練過她。

「不。」塔拉凡吉安說。「是男人。達利納的家族成員之一？」他想了一陣子。「我們需要用圖表。」

她去船上把圖表拿下。除此之外的一切——無論是他拜訪士兵，或是繼續跟費德領袖進行重要會面——都不再重要。圖表有了偏差，他們進入了危險的範疇。

她帶著圖表回來，身邊跟著防颶員，就在馬路中間搭起了帳棚，包圍住塔拉凡吉安。更多理由對外宣告：國王因爲烈陽而體虛，他必須休息，向全能之主燃燒符文護符以祈求國家能保存下來。塔拉凡吉安很在乎你們，而你們自己的淺眸人卻一直讓你們送死……

在錢球的光照下，塔拉凡吉安翻著書，全神貫注地讀著自己的翻譯，以他發明、之後又遺忘的語言寫下的文字。答案。他需要答案。

「雅德羅，我有沒有跟妳說過，我要求得到什麼？」他邊讀邊低語。

「有。」

他幾乎沒在聽。「能耐。」他低聲說，一邊翻過書頁。「阻止事件來臨的能耐。拯救人類的能耐。」

他翻找著。他今天並不是絕頂聰明，但他花了好多天閱讀這些書頁，一遍又一遍又一遍地讀著段落。他很熟稔。

答案會在這裡。會的。塔拉凡吉安現在只崇拜一個神明。就是那天的他。

那裡。

他找到了，就在他房間一角的場景重現上頭，以極小的字體密密麻麻地寫著，因爲他已經用完了書寫空間。在他思緒如此清晰的瞬間天才時候，這些句子看起來很容易分辨，但是他的學者卻花了好多年才拼湊出這裡到底在寫什麼。

他們會出現。你阻止不了他們的誓言。去找那些原本應該死去卻存活下來的人。這樣的規律會是你的提示。

「那些橋兵。」塔拉凡吉安低聲說。

「什麼？」雅德羅塔吉亞問。

塔拉凡吉安抬頭，眨著模糊的雙眼。「達利納的橋兵，那些他從薩迪雅司手上帶走的橋兵。妳讀過他們如何存活下來的記述嗎？」

「我沒想到那會有什麼重要性，只是薩迪雅司跟達利納又一次的權力遊戲而已。」

「不對，不只這樣。」他們活下來了。塔拉凡吉安站起身。「啓動每個暗藏的雅烈席卡間諜，把所有那一區的間諜都派出去。那裡一定會有跟這樣一名橋兵有關的故事，例如奇蹟的生還，風的寵兒。有一個就藏身在他們之中。他也許還不知道自己在幹什麼，但他已經跟靈締結了聯繫，而且至少已經發下第一理念的箴言。」

「找到他之後呢？」雅德羅塔吉亞問。

「必須不惜一切代價，不讓他跟賽司接觸。」塔拉凡吉安將圖表遞給她。「這是生死大事。賽司是願意咬斷自己的腿逃生的野獸，如果他脫逃了……」

她點點頭，去執行他的命令，腳步卻在臨時帳棚的門口遲疑。「我們也許必須重新評估該如何判斷你的智力。就我的觀察，你過去一個小時的表現，讓我質疑『普通』這個詞是否適用於今天的你。」

「評估本身沒有錯誤，妳只是低估了普通人而已。」他說。

況且，跟圖表有關的事情上，他也許不會記得自己寫了什麼或爲什麼而寫——但有時候會有隱隱約約的影子。

她離開，替走入的莫拉讓路。「陛下，時間不多了。藩王快死了。」

「他已經快死了好幾年。」不過塔拉凡吉安還是加快了腳步——雖然提升的速度有限——繼續爬上山。他沒有再停下來跟士兵對話，對於受到的歡呼也只是略略揮手示意。

終於，莫拉帶著他翻過一座山丘，來到離戰場的臭味與燃燒的城市有一小段距離的地方。那裡有一群颶風棚車飛揚著一面樂觀的旗幟，屬於賈・克維德之王所有。這裡的守衛讓塔拉凡吉安進入他們的棚車圈，他走向最大的一座，幾乎像是有輪子的房屋一般龐大。

他們在裡面找到法蘭藩王……法蘭國王……躺在床上咳嗽。法蘭的頭髮已經全部掉光，臉頰凹陷到可以裝呈雨水。國王的私生子雷丁站在床腳，低垂著頭。房間裡還有三名侍衛，已經沒有塔拉凡吉安的立足之地，於是他便在門口停下。

「塔拉凡吉安。」法蘭以手帕捂著嘴咳嗽著。布料拿開時，上面血跡斑斑。「你是爲了得到我的王國而來的，對不對？」

「陛下，我不明白你的意思。」塔拉凡吉安說。

「不要裝模作樣。」法蘭叱罵。「我最看不慣這樣的女人或敵人。颶父的……我不知道他們會怎麼想你，但我覺得有一半可能，他們會在本週末就把你給暗殺了。」他揮動著包在布料中病懨懨的手，侍衛讓開一條給塔拉凡吉安進房間的路。

「你的計畫很聰明。」國王說。「又送食物又送醫生的，我聽說士兵們都很愛戴你。如果有一邊得到了決定性的勝利，你會怎麼做？」

「我會有新盟友，感激我的救助。」塔拉凡吉安說。

「你幫助了每一方。」

「但對於勝利者的幫助是最多的，陛下。」塔拉凡吉安說。「我們可以治癒倖存者，但無法幫助死者。」

法蘭再次咳嗽，聲音深沉強烈。他的私生子關切地走上前來，但國王揮手要他退下。「早該想到的。」國王一邊嘶聲喘息，一邊對他說。「你這雜種是我所有的孩子中，唯一活下來的。」他轉向塔拉凡吉安。「原來你還有繼承王位的合法權利啊，塔拉凡吉安。是透過你母親那一系，對吧？大概三代前跟一名費德公主的聯姻？」

「我不知道。」塔拉凡吉安說。

「我剛才說討厭裝模作樣，你是沒聽到嗎？」

「陛下，我們在這場戲中都有自己的角色。」塔拉凡吉安說。「我只是按照寫下的劇本唸台詞而已。」

「你說話跟個女人似的。」法蘭往旁邊吐了一口血。「我知道你在玩什麼把戲。大概再等個一個禮拜，在照料我的人民之後，你的書記們就會『發現』你的繼承權。你會很不情願地上位來拯救王國，遵從我那些去他颶風的子民意願。」

「看來有人也讀了劇本給你聽。」塔拉凡吉安輕聲說。

「那個刺客會來對你下手。」

「很有可能。」這是實話。

「眞不知道我他颶風的幹嘛想要得到這個王位。」法蘭說。「至少我會以王的身分死去。」他深吸一口氣，然後舉手，不耐煩地朝縮在房間外的書記們揮手。女人們精神一振，從塔拉凡吉安身後探出頭。

「我要讓這個白癡成爲我的繼承人。」法蘭朝塔拉凡吉安揮手。「哈！讓其他藩王們去傷腦筋吧。」

「他們死了，陛下。」塔拉凡吉安說。

「什麼？都死了？」

「對。」

「波利亞也是？」

「對。」

「哼。」法蘭說。「雜種。」

一開始塔拉凡吉安以爲他是在說那些死者，結果卻注意到國王朝他的私生子揮手。雷丁上前來，單膝跪倒在床邊，塔拉凡吉安讓出位置。

法蘭掙扎地要從被單下拿出一樣東西，是他的腰刀。雷丁幫他把刀拿出，然後彆扭地握著刀。

塔拉凡吉安好奇地檢視雷丁。這就是他讀過的國王的無情處決者？這個一臉關切、無助的男人？

「從我的心臟下手。」法蘭說。

「父親，不要……」雷丁說。

「從我颶風的心臟下手！」法蘭大吼，滿是鮮血的唾沫星子噴在被單上。「我不要躺在這裡，讓塔拉凡吉安說服我的僕人們對我下毒。小子，動手！難道你連一件事都——」

雷丁猛力朝他父親的胸口戳下刀，力氣大到讓塔拉凡吉安一驚。然後雷丁直起身子，行禮，推開所有人出了房間。

國王吐出最後一口氣，眼神一滯。「於是夜晚即將統治，因爲榮譽的抉擇即是生……」

塔拉凡吉安挑起眉毛。死亡搖鈴？這裡，現在？該死的，他甚至沒辦法把確切的句子寫下來，他得用背的。

法蘭的生命消散，直到他變成只是一團肉塊。一柄碎刃從床邊的霧氣中出現，然後重重跌落在棚車地板上。沒有人朝它伸手，房間中的士兵們跟外面的書記看向塔拉凡吉安，然後一一跪倒。

「法蘭對那人，眞殘忍。」莫拉朝私生子點點頭，雷丁推開人群出了颶風車，走到外面。

「比你想的還要更殘忍。」塔拉凡吉安伸手碰了刺穿被單跟衣服、從老國王胸口凸出的匕首。他的手指在離把手幾吋處停下。「這名私生子在官方紀錄上會留下弒父的罪名。如果他對王位有興趣，這一點會讓他遭遇相當的……困境，甚至超過他的出身。」塔拉凡吉安從匕首邊收回手。「我能與逝去的國王獨處一陣嗎？我希望爲他祈禱。」

其他人離開他，就連莫拉都是。他們關上小門，塔拉凡吉安在屍體邊的凳子上坐下。他沒打算要做什麼祈禱，但他確實想要獨處一陣。好好思考一番。

成功了。一如圖表的指示，塔拉凡吉安成了賈·克維德的國王。他朝統一世界的目標跨前了第一個大步，一如加維拉堅持如果他們要活下來，就必須做到的事情。

至少這是那些幻境說的。六年前在雅烈席卡王死去那一晚，加維拉祕密告知於他的幻境。加維拉看到了全能之主送來的幻境，祂也已經死了，還有一場即將來臨的風暴。

團結他們。

「我正在盡力，加維拉。」塔拉凡吉安低語。「我眞的很抱歉，必須殺掉你的弟弟。」

在一切結束之後，這不會是他唯一背負的罪惡。相較於其他，這將不過只是一陣颶風中的微風。

他再次懊悔，今天爲何不是絕頂聰明的一天。這樣他就不需要感覺這麼有罪惡感。

第五部

諸風降臨

Winds Alight

卡拉丁◆紗藍◆達利納◆雅多林◆智臣

76 隱藏的劍

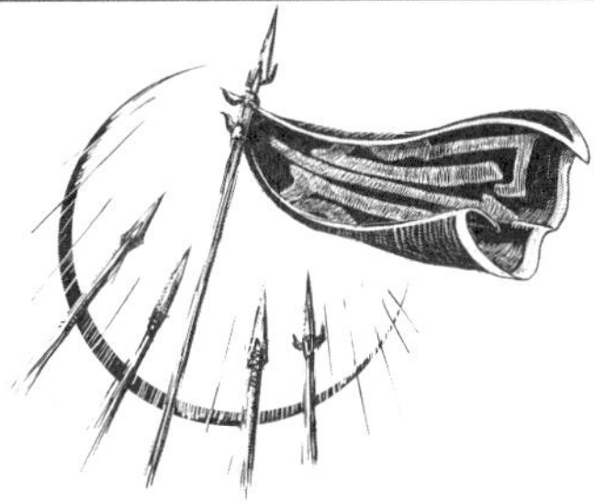

他們會出現你阻止不了他們的誓言去找那些原本應該死去卻存活下來的人這樣的規律會是你的提示。

——出自圖表，西北角底部附文，第三段

你殺了她……

卡拉丁睡不著。

他知道他應該要睡。他躺在黑暗的營房中，被熟悉的岩石包圍。在許多天後，第一次感覺到舒適。一個柔軟的枕頭，一塊跟他在爐石鎮的家中一樣好的床墊。

他的身體覺得被絞乾，像是一塊被洗乾淨的破布。他從裂谷生還，把紗藍安全帶回家，現在他需要睡眠跟康復。

你殺了她……

他在床上坐起，感覺一波暈眩，只能咬著牙，等著暈眩過去。他腿上的傷在繃帶下陣陣作痛。戰營的外科醫生把傷口處理得很好，他的父親一定也會滿意。

外面的戰營感覺太安靜。在對他投以無盡的稱讚與欣喜後，橋四隊的人跟著軍隊一起出發，隨行的還有其他橋兵隊，他們會負責替軍隊扛橋。只有一小群橋四隊的人會留下來守衛國王。

卡拉丁在黑暗中伸出手，摸著牆邊，直到找到他的矛。他一把握住，用矛撐住自己，站了起來。腿立刻開始疼痛，他咬著牙，但其實疼痛的程度還可以。他吃了哼樹樹皮止痛，現在起了作用。他拒絕服用外科醫生想給他的火苔，他父親向來痛恨使用會讓人上癮的藥物。

卡拉丁強迫自己走到小房間門口，然後用力一推門，走入陽光下。他遮住眼睛，在空中尋找。沒有雲。泣季，一年最糟糕的時節，大概明天左右會來臨。四個禮拜無止境的雨天與陰霾，而且今年還是個輕年，所以中間甚至不會來場颶風。太悲慘了。

卡拉丁渴望身體內的風暴。那一定能喚醒他的神智，引起他想走動的衝動。

「大佬，你來啦？」坐在火堆旁的洛奔立刻站起。「你要點什麼嗎？」

「我們去看軍隊出發。」

「我覺得你應該不能走動……」

「我沒事。」卡拉丁困難地一拐一拐。

洛奔衝過來扶他，手鑽到卡拉丁的腋下，撐起他壓在傷腿上的重量。「大佬，你亮點光可好？」洛奔輕聲問。「把那問題治好？」

他原本準備了個謊話：不想要因爲太快癒合而引起外科醫生的注意。可是他說不出口。他沒辦法跟橋四隊的人這樣說。

「洛奔，我失去能力了。」他輕聲說。「西兒離開我了。」

精瘦的賀達熙人反常地安靜下來。最後，他開口：「嗯，也許你該買個好東西給她。」

「買好東西？送靈？」

「對啊。例如……我也不知道。漂亮的植物一類的，或是新帽子。對，買帽子。應該很便宜，她很小隻。如果裁縫想收你全額買那麼小的帽子，那你得狠揍他一頓。」

「這是我聽過最可笑的建議了。」

「你應該身上抹咖哩，在戰營裡跑一圈，一邊唱食角人的搖籃曲。」

卡拉丁不可置信地看著洛奔，「你說什麼？」

「你看？帽子什麼的現在就變成你聽過第二可笑的建議了，所以你該去試試。女人喜歡帽子。我有個表妹是做帽子的，我可以去問問她。也許你甚至不需要眞的帽子，只要個帽子靈就可以，那就更便宜了。」

「洛奔，你這個人的怪眞是怪得很特殊啊。」

「當然啦，大佬。我是獨一無二的嘛。」

兩人繼續在無人的戰營中前進。颶風的，這地方顯得很空洞。他們經過一間又一間空蕩蕩的軍營。卡拉丁小心翼翼地走著，很慶幸有洛奔的攙扶，但即便這樣他還是越來越累。他不該挪動傷腿的。父親的話，外科醫生的話，從記憶深處浮現。

撕裂的肌肉。包紮好腿，仔細提防感染，不要讓傷患在傷腿上施加壓力。再往下撕裂也許會造成永久性跛腳，甚至更嚴重的後果。

「你要搭轎子嗎？」洛奔問。

「那是女人用的。」

「當女人有哪裡不對了，大佬。」洛奔說。「我有些親戚就是女人。」

「她們當然是……」他看著洛奔的笑容，說不下去了。

颶風的賀達熙人。他到底哪句話是認眞的?卡拉丁聽過不少笑話在說賀達熙人有多笨，可是洛奔的話可以繞得那些人團團轉。當然，洛奔一半的笑話都是在嘲笑賀達熙人的，他似乎覺得這種笑話特別好笑。

他們來到台地區時，死寂的氣氛變成數千人聚集在一起時的低吼聲。卡拉丁跟洛奔終於走出了一排排的營房，來到在檢閱場上方天然形成的露台，下方的檢閱場自然地傾斜入破碎平原。數千名士兵聚集在那裡，列成大陣的矛兵，陣形較稀薄的弓箭手，騎著馬匹縱橫的軍官，一身盔甲閃爍。

卡拉丁低低地驚呼出聲。

「怎麼了?」洛奔問。

「這就是我一直以爲我會找到的。」

「什麼?今天?」

「當我還在雅烈席卡，還是個年輕人的時候。」卡拉丁出乎意料地激動起來。「當我夢想著戰爭的榮耀時，這就是我想像中的景象。」他的想像不是阿瑪朗在雅烈席卡中訓練的青藤新兵還有能力低下的士兵，也不是薩迪雅司那種雖然有效卻粗暴的莽漢，甚至不是達利納派去台地的輕裝突襲軍。

他想像的是*這樣*。一整支軍隊，列隊整齊，準備浩浩蕩蕩地出發。高舉著矛，旌旗飛揚，有鼓手與號角手，一身軍裝的傳令兵，騎著馬匹的書記，甚至有國王的魂師，待在他們自己被阻隔的區域中，用棍子撐起的布幔遮蔽在眾人的視線外。

如今卡拉丁知道了戰爭的眞相。戰鬥不是榮耀，而是那些倒在地上、掙扎慘叫的人，全身纏滿了自己的內臟和鮮血。戰鬥是被趨向一片箭牆的矛兵，或是被砍死同時仍然歌唱著的帕山迪人。

但在這一瞬間，卡拉丁允許自己再次做夢。他給了年輕的自己——仍然深藏在心裡——一直想像中的場景。他假裝這些士兵正要出發去完成一件偉大的任務，而不是又一次無意義的屠殺。

「啊，眞的有人來了耶。」洛奔指著說。「快看。」

從旗幟上來看，達利納只有一名藩王陪同他：洛依恩。可是，如洛奔所指出，有另一支軍隊來到，沒有那麼大或紀律得那麼好，但是正順著在戰營東緣的寬敞通道往北邊前進。至少又有一個藩王響應了達利納的號召。

「去找橋四隊吧。」卡拉丁說。「我要去送他們。」

❖

「瑟巴瑞爾？」達利納問。「瑟巴瑞爾的軍隊要加入我們？」

洛依恩沉哼一聲，絞著雙手——好像巴不得快去洗手一樣——坐在馬鞍上。「不論是誰我們都該慶幸，是吧？」

「瑟巴瑞爾。」達利納仍然不敢相信。「他連附近的台地都不肯派兵出擊，就算沒有任何碰到帕山迪人的可能。爲什麼他現在要派人來？」

洛依恩搖頭，聳肩。

達利納調轉英勇，帶著馬小跑向正逐漸靠近的軍隊，洛依恩跟上。他們經過雅多林，他就在他們後面，跟著紗藍並肩前行，兩人的護衛們都跟著。雷納林當然是跟橋兵們在一起。

紗藍騎著雅多林的一匹馬，一名嬌小的閹馬，跟定血比起來簡直是矮個子。紗藍穿著女性傳令員偏好的騎裝，前後都開岔至腰，下面穿著內搭褲——其實就是絲質長褲，但女人就是想要換個名詞。

他們後面騎著一大群娜凡妮的學者跟製圖家，包括皇家製圖師，執徒愛莎西克。這些人騎馬繞過了紗藍畫的地圖，愛莎西克遠遠地讓在一邊，仰著下巴，彷彿刻意想要忽視眾人對紗藍的地圖所賦予的諸多讚譽。達利納需要所有的學者，雖然他很不願意這樣，因爲他帶來的每一名書記，就是每一條受到威脅的生命。更嚴重的是，娜凡妮也親自來了，他沒辦法反駁她的論點。如果你覺得這裡安全到可以帶那女孩來，那對我來說也夠安全了。

達利納正走向瑟巴瑞爾一行軍隊，阿瑪朗也騎馬上前，穿著他的碎甲，金色的披風飄在後面。他有一匹優秀的戰馬，是雪諾瓦用來拉重拖車的壯碩品種，但在英勇身邊，看起來仍然像是小馬。

「是瑟巴瑞爾嗎？」阿瑪朗指著前來的軍隊問。

「顯然是。」

「我們要叫他走嗎？」

「爲什麼要這麼做？」

「他不可靠。」阿瑪朗說。

「就我所知，他是個守信用的人。」達利納說。「這點已經比我知道的大多數人優秀了。」

「他守信用是因爲他向來不給任何承諾。」

達利納、洛依恩、阿瑪朗策馬小跑向瑟巴瑞爾，藩王從軍隊最前面的馬車下來。一輛馬車，領著一行軍隊。好吧，這也不會比其他書記更加拖慢達利納的速度。事實上，他應該準備幾輛馬車的，一段時間之後，能讓娜凡妮舒適地搭車也是好事。

「瑟巴瑞爾？」達利納問。

「達利納！」胖子舉手擋住陽光。「你看起來很驚訝。」

「我是很驚訝。」

「哈！光這樣來這一趟就値得了，是吧，帕洛娜？」

達利納幾乎看不見坐在馬車裡的女人，她正戴著一頂巨大的時髦帽子，穿著一襲貼身的長洋裝。

「你帶了情婦來？」達利納問。

「當然，爲什麼不行？如果我們失敗了，那我也就死了，她就得流落街頭——至少她堅持會是這樣。

颶風的女人。」瑟巴瑞爾走到英勇身邊。「達利納，你這老傢伙，我有種直覺，讓我覺得待在你身邊才是安全的。平原上會有動靜，機會會像日出一樣升起。」

洛依恩冷哼了一聲。

「洛依恩，」瑟巴瑞爾。「你不是該在家裡躲在哪張桌子底下嗎？」

「也許我該回家，就算只是躲你也好。」

瑟巴瑞爾笑。「說得好，你這隻老烏龜！也許這趟旅行不會太無聊了。那前進吧！朝向榮光什麼之類的廢話。如果找到金銀財寶，別忘了分我一份！我可是比艾拉達先到的，總得有點好處吧。」

「比……」達利納一驚。他轉身，回頭看向北邊與自己接壤的戰營。

就在那裡，一支身著艾拉達的白色與深綠制服的軍隊，傾向破碎平原。

阿瑪朗說：「這個，我眞的沒料到。」

❖

「我們可以試著造反。」雅萊說。

薩迪雅司在馬背上轉身看他的妻子。他們的侍衛散布在山頭周圍，距離夠遠，不會聽到他們的對話。藩王跟他的妻子此時正在享受一段「山間」的悠閒騎乘。事實上，這兩人是想更靠近地看瑟巴瑞爾在戰營西面的擴張，因爲那名藩王已經開始了全面性的農場經營。

雅萊的眼睛直視前方，騎著馬前進。「達利納不在戰營中，還帶走他唯一的支持者洛依恩。我們可以佔領峰宮，處決國王，奪取王位。」

薩迪雅司調轉馬頭，看向東邊的戰營。他勉強可以看到達利納的軍團正在遙遠的破碎平原上聚集。造反。最後一步，在老加維拉的臉上甩一巴掌。他會的。颶風的，他眞的會。

只是他根本不需要。

「達利納已經投身在這場愚蠢的遠征之中。」薩迪雅司說。「他很快就會死了，在平原上被包圍、摧毀。我們根本不需要造反。如果我們早就知道他居然眞的會這麼做，連妳的刺客都用不到。」

雅萊別過頭。她的刺客失敗了。她覺得這是自己大大的失誤，雖然這個計畫執行得一絲不苟。這種事情向來都有風險，可惜的是，他們嘗試過又失敗了，就必須更小心……

薩迪雅司調轉馬頭，看著信差騎馬靠近。那年輕人被允許穿過侍衛，將信遞給雅萊。

她讀了以後，臉色一沉。

「你不會喜歡這個消息。」她抬起頭說。

❖

達利納一踢，英勇全速跑了起來，衝過野地，驚得所有植物紛紛縮回巢穴。全速前進幾分鐘後，他穿過了自己的軍隊，靠近了新來的軍團。

艾拉達坐在馬背上，檢視著他的軍隊。他穿著時髦的制服，一身黑，袖子上有暗紅的條紋，脖子上有相稱的高領圈，士兵們包圍著他。他有戰營最大的軍隊之一——颶風的，達利納的軍隊人數減少後，艾拉達的軍隊也許就是最大的一支。

他也是薩迪雅司最重要的支持者之一。

「我們該怎麼做，達利納？」艾拉達問前來的達利納。「是各自前進，跨越不同的台地，然後在前面會合，還是組成一個大隊形，一起前進？」

「爲什麼？」達利納問。「你爲什麼來了？」

「你一直這麼認眞地勸說所有人，結果有人聽了，你還一臉意外啊？」

「不只是有人而已。是你。」

艾拉達的嘴唇緊抿，終於迎向達利納的雙眼。「洛依恩跟瑟巴瑞爾，我們之中最大的懦夫，都上了戰場。難道我要留在後面，讓他們拋下我去實踐復仇盟約？」

「其他藩王似乎相當樂意這麼做。」

「我想他們比我擅長欺騙自己。」

突然間，艾拉達所有凶狠的辯論——站在達利納反對派的最前面——有了不同的面貌。他辯論是爲了說服自己，達利納心想。他一直在擔心我是對的。

「薩迪雅司不會高興。」達利納說。

「去他颶風的薩迪雅司，他不擁有我。」艾拉達擺弄了一陣手中的韁繩。「可是他想要這麼做。我可以從他逼我簽下的合同，他慢慢抵在所有人頸邊的刀子中感覺得到。在這一切結束後，他要我們所有人都成爲他的奴隸。」

「艾拉達。」達利納騎著馬來到這個男人身邊，好讓兩人能夠面對面。他直視著艾拉達的雙眼。「告訴我不是薩迪雅司叫你來的。告訴我這不是另一個拋棄或背叛我的計謀。」

艾拉達微笑。「你覺得如果眞是的話，我會告訴你？」

「我要聽你親口承諾。」

「你信任我的承諾？達利納，當薩迪雅司向你表達他的友誼時，他的承諾又幫了你多少？」

「你的承諾，艾拉達。」

艾拉達迎向他的眼睛。「我認為你對雅烈席卡的看法頂多就是天真，而且絕對是不可能的。你這些妄想不是薩迪雅司要我們以為的瘋狂，只是一個極端想要相信，相信一種愚蠢的男人的夢想。『榮譽』這樣的詞，只能加諸在人生已經被史學家洗刷乾淨的前人身上。」他有些躊躇。「可是……他颶風的，我就是個傻子，達利納。我想要那可以是眞的。我是為了我自己而來，不是薩迪雅司。我不會背叛你。就算雅烈席卡永遠無法成為你想要的樣子，我們至少可以擊潰帕山迪人，替老加維拉復仇。這麼做才是對的。」

達利納點頭。

「我有可能是在說謊。」艾拉達說。

「但你不是。」

「你怎麼知道？」

「要說實話？其實我不知道，可是如果這件事要成功，我必須能信任你們之中的一些人。」到某個程度。他永遠不會再讓自己陷入高塔之戰那樣的境地。

無論如何，艾拉達的出現代表這次的遠征行動，眞的有可能成功。他們四個人一起，應該能夠在人數上壓過帕山迪人——雖然他不確定書記對敵人的人數統計有多可靠。

這不是達利納想要的偉大藩王集合，但即便裂谷地形對帕山迪人比較有利，他們的人數也應該夠了。

「我們一起出發。」達利納指著前方說。「我不要我們被分散。我們要選用比鄰的台地，可能的話要待在同一個台地上。還有，我要你留下你的帕胥人。」

「這個要求不太尋常。」艾拉達皺眉說。

「我們要去攻擊他們的表親，最好不要冒著他們會背叛我們的風險。」達利納說。

「可是他們絕對不會……呿，算了。可以。」

達利納點頭，朝艾拉達伸手。洛依恩跟阿瑪朗終於在他身後出現。騎著英勇的達利納跑在他們前面太遠了。「謝謝你。」達利納對艾拉達說。

「你眞的相信這一切，對不對？」

「對。」

艾拉達伸出手，卻有些躊躇。「你知道我從裡到外都是髒的吧？達利納，我手上沾滿了鮮血，我不是你想要假裝成爲的那種完美、充滿榮譽心的軍人。」

「我知道你不是。」達利納握住對方的手。「我也不是。可是就只有我們了。」

兩人朝彼此點頭，接著達利納調轉英勇，開始騎馬回到自己的軍隊。洛依恩呻吟，抱怨著自己的大腿在跑了一路之後有多淒慘，今天的路程對他來說絕對會不愉快。

阿瑪朗停在達利納身邊。「先是瑟巴瑞爾，然後又是艾拉達？達利納，今天你的信任似乎很廉價啊。」

「你要我趕他們走嗎？」

「想想如果我們只靠自己就完成這場勝利，會有多壯闊啊。」

「我希望我們不屑這種驕矜自大的光榮，老朋友。」達利納說。兩人騎馬並行一陣，又經過了雅多林跟紗藍。達利納瀏覽著他的軍隊，注意到一件事。一個高大的男人，一身藍裝，身處橋四隊的護衛團正中央，坐在石頭上。

說到傻子……

「跟我來。」達利納對阿瑪朗說。

阿瑪朗放慢馬速。「我覺得我該去看——」

「來。」達利納沉聲說。「我要你去跟那年輕人談談，好停止那些傳言，還有他一直說你的那些事。這些話對任何人都沒好處。」

「好吧。」阿瑪朗跟了上來。

❖

卡拉丁發現自己雖然腿很疼痛，但看到雅多林跟紗藍騎馬經過時，卻站了起來。他的眼睛跟隨著那一對璧人。雅多林騎著他那匹蹄子巨大的瑞沙迪馬，紗藍則在比較小型的褐色馬匹上。

她眞是耀眼。卡拉丁願意承認這點，即便只是對自己承認。燦爛的紅髮，隨時展現的笑容。她說了個詼諧的笑話，卡拉丁幾乎可以聽到她說了什麼。他等著，希望她會看向他，隔著短短的一段距離與他對望。

她沒有看過來。卡拉丁覺得自己像個徹頭徹尾的傻瓜。有一部分的他想要去討厭吸引她全部注意力的雅多林，但他發現自己辦不到。事實是，他喜歡雅多林。而且這兩個人適合彼此，他們很般配。

也許卡拉丁可以恨這點。

他又在石頭上坐下，垂下頭，橋兵們圍著他。希望他們沒看到卡拉丁的眼睛盯著紗藍，努力想要聽到她的聲音。

雷納林像個影子站在一群人後面，橋兵們已經開始接受他，但他在他們周圍時，仍然顯得很格格不入。當然，他在任何人身邊都顯得格格不入。

我得跟他談談他的狀況，卡拉丁心想。那個人跟他的發病都有哪裡不太對勁。

「長官，你爲什麼在這裡？」比西格問，將卡拉丁的注意力拉回到其他橋兵身上。

「我想要送你們。」卡拉丁嘆口氣。「我以爲你們看到我會高興。」

「你像小孩。」大石朝卡拉丁晃著粗壯的手指。「偉大的受颶風祝福的隊長，如果你逮到他們其中一個拖著傷腿走路？你會把那人拉出去打！當然先等他傷好再打。」

卡拉丁想了想，「我以爲我是你的指揮官。」

「哪能啊，不可能的。」泰夫說。「我們的指揮官很聰明，知道要待在床上。」

「還有吃很多燉菜。」大石說。「我留給你我不在時你可以吃的燉菜。」

「你也要去？」卡拉丁抬頭看著壯碩的食角人。「我以爲你只是來送他們。你不想上戰場，去那裡有什麼用？」

「有人得弄吃的給他們。」大石說。「這遠征軍，會花好多天，我不會把朋友們拋棄給軍隊的伙夫。哈！他們煮的食物都會用魂術的穀類跟肉，吃起來跟克姆泥一樣！一定要有人帶著好香料去。」

卡拉丁抬頭看著一群皺眉的男人們。「好，我回去。颶風的，我……」

這些橋兵們爲什麼分開了？大石看向身後，大笑著退開。「現在我們有眞麻煩可看了。」

他們後面是達利納．科林，正在從馬鞍上下來。卡拉丁嘆氣，揮手要洛奔扶他站起，才能好好行禮。他站得筆直——贏得了泰夫的一記瞪眼——這才注意到達利納不是自己來的。

阿瑪朗。卡拉丁全身一繃，努力要維持面無表情。

達利納跟阿瑪朗一起過來。卡拉丁腿上的痛似乎消失了，有一瞬間眼裡只看得到那個人。那怪物。穿著卡拉丁贏得的碎甲，金色的披風飛揚在身後，身上戴著燦軍的徽記。

控制自己，卡拉丁心想。他好不容易才吞下了他的憤怒。上一次他讓憤怒控制自己時，爲自己贏了幾個禮拜的牢飯。

「士兵，你該休息的。」達利納說。

「是的，長官。」卡拉丁回答。「我的人已徹底地表達了這個看法。」

「那你把他們訓練得很好。我很驕傲遠征軍中有他們跟我一起。」

泰夫行禮，「光爵，如果有針對您的危險，那一定就是在平原上，我們等在這裡是沒辦法保護您的。」卡拉丁皺眉，想到一件事。「斯卡在這裡……泰夫……那誰在守著國王？」

「長官，我們安排好了。」泰夫說。「達利納光爵要我把我們最優秀的人，還有那個人挑的一批人留下，讓他們來保護國王。」

他們最優秀的人……

寒意。摩亞許。摩亞許被留下來，負責國王的安危，還帶著一群他挑選的人。

颶風的。

「阿瑪朗，」達利納揮手要他走上前來。「你跟我說過，在來到破碎平原之前，你從未見過這個人，是這樣的嗎？」

卡拉丁迎向殺人犯的眼睛。

「是的。」阿瑪朗說。

「那他聲稱，你從他那裡奪走了碎刃跟碎甲的事呢？」達利納問。

阿瑪朗抓住達利納的手臂，「光爵，我不知道這個年輕人是不是撞到頭還是很想得到注意，也許他確實如他所說在我的軍隊中服役過——在他額上的奴隸印記確實符合。可是他對於我的指控很明顯是無的放矢。」

達利納點頭，彷彿一切如他所料。「我相信需要道歉。」

卡拉丁掙扎地要站直，卻突然覺得虛軟。原來這就是他最後的懲罰。公開向阿瑪朗道歉。侮辱中的侮辱。

「我——」卡拉丁開口。

「不是你，孩子。」達利納輕聲說。

阿瑪朗轉身，姿態突然變得更警覺——像是準備要開打的男人。「達利納，你不會相信這種指控吧！」達利納說：「幾個月前，我在戰營中迎接了兩名特別訪客，其中一人是我信賴的僕人，他祕密從科林納帶來了寶貴的貨物。另一個人就是那貨物：一個瘋子，來到科林納的大門，扛著一柄碎刃。」

阿瑪朗的臉色一白，往後退開，手伸向旁邊。

達利納平靜地說：「我叫我的僕人去跟你的貼身護衛喝酒，他認識他們其中很多人，然後趁機提起瘋子口中藏在戰營外好幾年的寶藏。在我的命令下，他之後將瘋子的碎刃放在附近的洞穴中。然後，我們便等著。」

他在召喚碎刃，卡拉丁心想，看著阿瑪朗的手。卡拉丁朝腰刀伸手，但達利納已經舉起手。白色的霧氣凝結在達利納手中，一柄碎刃出現，劍尖指向阿瑪朗的喉嚨。這柄碎刃比大多數的碎刃都要寬，外表看起來幾乎像是菜刀。

一秒後，一柄碎刃出現在阿瑪朗的手中——但遲了一秒。他的眼睛睜得老大，盯著停在自己喉嚨前的銀色碎刃。

達利納有碎刃。

達利納說：「我覺得，如果你之前會因爲一把碎刃而殺人，那你絕對會因爲第二把而說謊。因此，在我知道你暗地裡自行去見瘋子時，我要你去替我調查他的話中眞假。我給了你很多時間來洗淨自己的良心，因爲我尊重我們的友誼。當你告訴我你什麼都沒找到——事實上卻取回碎刃時——我就知道眞相了。」

「怎麼會？」阿瑪朗咬牙切齒地說，看著達利納手中的碎刃。「你怎麼把它弄回來的？我把它從山洞拿走了，我的人好好看守著它！」

「我不會拿碎刃冒險，只爲了證明一個想法。」達利納冷冷地說。「在我們把碎刃藏起來之前，我已經跟這柄碎刃締結了。」

「你……病倒的那一個禮拜。」阿瑪朗說。

「對。」

「地獄的。」

達利納吐氣，從牙關中發出嘶聲。「爲什麼，阿瑪朗？在所有人中，我以爲你……哼！」達利納握著武器的手收緊，指節發白。阿瑪朗抬起下巴，彷彿要將脖子朝碎刃尖端伸去。

「我做了一次。」阿瑪朗說。「下一次，我還是會這樣做。引虛者很快就會回來，我們必須堅強到足以面對牠們。這表示我們需要熟練、優秀的碎刃師。我犧牲了幾名士兵，以後可以拯救更多。」

「說謊！」卡拉丁跌跌撞撞地向前。「你只是爲了自己才想得到碎刃！」

阿瑪朗看著卡拉丁的眼睛。「我很抱歉對你跟你的人做出的事。有時候，好人必須死，才能完成更偉大的目標。」

卡拉丁感覺一陣竄升的冰寒，從他的心臟往外散發的麻痺感。

他說的是眞的，卡拉丁心想。他……眞心覺得，他做的是對的。

阿瑪朗驅散了他的碎刃，轉身面向達利納。「你現在想怎麼樣？」

「你犯了殺人罪，爲了得到私財而殺人。」

「那你派出數千人送死只爲了得到寶心，又算什麼，達利納？這有什麼差別嗎？我們都知道有時候必須要犧牲少數幾個人來換取大眾的利益。」

「脫下披風。」達利納低吼。「你不是燦軍。」

阿瑪朗伸手解下披風，拋在石頭上，轉身抬步離去。

「不！」卡拉丁跌跌撞撞地跟上。

「讓他去吧，孩子。」達利納嘆口氣。「他的名聲已經毀了。」

「他仍然是個殺人犯。」

「我們會公平地審判他。」達利納說。「等我回來。我不能囚禁他，碎刃師的地位決定了這一點，況且他也可以直接劈出一條路。碎刃師只能被處決，或是被放走。」

卡拉丁軟倒，洛奔出現在他身邊，撐住他，泰夫則鑽到他另外一邊腋下。他覺得全身無力。

有時候必須犧牲少數幾個人來換取大眾的利益……

「謝謝你，相信我。」卡拉丁對達利納說。

「士兵，我有時候會聽人說話的。」達利納說。「現在回去戰營，快點休息。」

卡拉丁點點頭。「長官，你要注意安全。」

達利納露出有點沉重的笑容。「我盡量。至少現在我有辦法跟那個殺手一戰，假如他出現的話。最近到處多了這麼多把碎刃，我覺得自己手邊也有一把，實在太理所當然到我沒辦法不去細想。」他瞇起眼睛，轉向東方。「雖然我握著劍的時候……感覺不對。還眞奇怪。爲什麼會感覺不對呢？也許我只是想念我以前的劍而已。」

達利納驅散碎刃。「去吧。」他說完，走向他的馬。在那裡一臉震驚的洛依恩藩王，正看著阿瑪朗怒氣沖天地離開，身邊跟著五十名貼身護衛隨行。

❖

沒錯，那正是艾拉達的旗幟，加入了達利納的軍隊，薩迪雅司透過望遠鏡可以看得出來。

他放下望遠鏡，靜靜地坐了許久。久到就連他的守衛，甚至他的妻子都開始有點坐立不安、一臉緊張，可是他們有理由如此。

他壓下自己的不耐。

「讓他們死在外面吧。」他說。「四個人都是。雅萊，替我整理份報告。我想要知道……雅萊？」

他的妻子一驚，轉頭看向他。

「沒事嗎？」

她的心神似乎飄得很遠。「我只是在想未來。還有未來會帶來的事——帶給我們的。」

「它會爲雅烈席卡帶來新的藩王。」薩迪雅司。「去統計發誓效忠我們的哪些藩主，適合替代在達利納的遠征行動中會死的那些。」他將望遠鏡拋給信差。「我們先不動手，等他們先死。看樣子這一切終究還是會以達利納死在帕山迪人手中作結。艾拉達可以跟他一起去，他們全部一起下地獄吧。」

他調轉馬頭，繼續今天的騎乘，刻意背向破碎平原。

只看過一隻在囚牢中的白脊，我很難判斷白脊在原生環境中會如何表現。有這樣的獠牙跟爪子，我只能想像牠真的會跟傳言中一樣駭人。

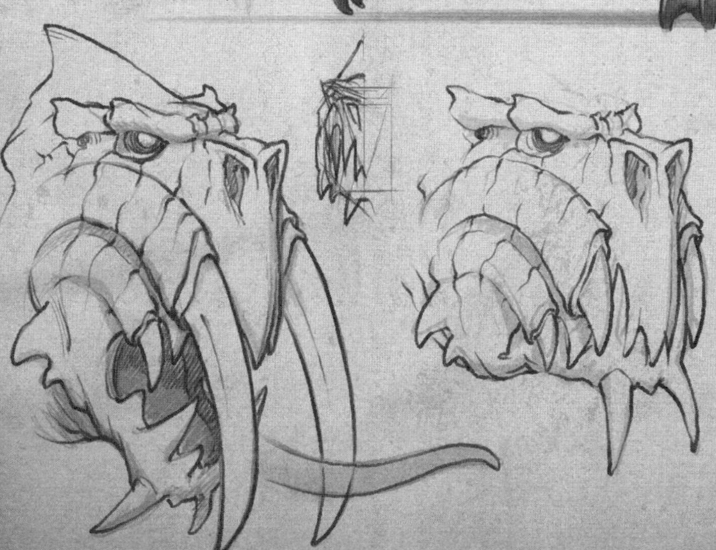

白脊的眼睛很小，深埋於凹陷處，牠的邊際視線也許很好，但是對遠處的對焦能力似乎很差。大大的鼻孔表示牠非常仰賴嗅覺。

牠的獠牙是受人珍藏的戰利品。藝術家在表面上雕刻，或將獠牙雕成不同形狀。隨著時間過去，獠牙會變色，從天然的顏色變成光滑明亮的白色。

施放如此強大武器的危險之一是會鼓勵那些探索納海聯繫的人。必須非常小心，避免將這類對象放在極大壓力的環境，除非接受他們可能會因此獻身而帶來的結果。

——出自圖表，地板二十七，第六段

如突然解放的河流，四支軍隊湧向台地。紗藍從馬背上看著，既興奮又緊張。她在軍隊中的一小隊人馬包括法達跟她的士兵，還有龐麗，她的貼身女僕。很明顯加茲還沒到，法達聲稱不知道他在哪裡。也許她應該更仔細調查他欠的是哪種債。她實在太忙著處理別的事……颶風的，如果那個人消失了，她有什麼感覺呢？

她也只能晚點再處理了。今天，她正參與一件極爲重要的事情——一個從加維拉跟達利納多年前首次進入無主丘陵狩獵時便開始的故事，如今來到終章。一個將會解開眞相，決定破碎平原、帕山迪人，甚至雅烈席卡本身未來的任務。

紗藍期待地踢著她的馬向前。閹馬不疾不徐地走著，罔顧紗藍的催促，依然安然自得。

他颶風的動物。

雅多林騎著定血小跑到她身邊。那匹美麗的馬是純白色的，不像她看過的有些帶灰的品種，而是眞正的白色。雅多林居然能有比較大匹的馬這件事本身就不公平，她比他矮，所以當然應該要騎比較高的馬。

「你故意給了我一匹慢的馬，對不對？」紗藍抱怨。

「當然。」

「要不是我搆不著你，否則我就要揍你了。」

他呵呵地笑了。「妳說妳沒什麼騎馬經驗，所以我挑了一匹很有經驗被騎的馬。相信我，妳會感謝我的。」

「我想要在遠征軍出發時壯麗地勇往直前！」

「妳可以的。」

「對，慢慢地勇往直前。」

「技術上來說，慢速可以很壯麗。」

「技術上，男人用不到所有的腳趾頭，要不要砍掉你的幾根來證明一下啊？」她說。

他笑了。「只要妳不要傷到我的臉就好。」

「別傻了，我喜歡你的臉。」

他露出燦爛的笑容，碎甲的頭盔掛在他的馬鞍上，免得弄亂他的頭髮。她等著他繼續跟她巧妙地鬥嘴，但他沒有。

沒關係。她就喜歡雅多林這個樣子。他很善良、高潔，而且很眞。無所謂不聰明或……反正不像卡拉丁那樣子。她甚至說不出來那是什麼樣子，所以算了。

激烈，有一種熱切、焚燒的信念。他利用著緊緊被束縛的憤怒，因爲他已經駕馭了它。還有一種吸引人的高傲，不是藩主高高在上的那種，而是一種堅決、穩定的決心，低聲在說，不論你是誰——或做了什麼——你都傷害不了他，改變不了他。

他就是他。如風如岩，本心即是的存在。

紗藍完全漏聽了雅多林接下來說的話。她臉色一紅。「你剛才說什麼？」

「我說瑟巴瑞爾有馬車，也許妳會想跟他一起同行。」

「因爲我太纖細、無法騎馬？」紗藍說。「你難道不記得我在颶風中用走的穿過裂谷？」

「呃，不是，但走路跟騎馬不同。我是指那種磨痛……」

「磨痛？」紗藍問。「我爲什麼會痛？出力氣的不是馬嗎？」

雅多林看著她，眼睛睜大。

「呃，笨問題？」她問。

「妳說妳騎過馬。」

「小馬。在我父親的莊園上繞圈走……好吧，從你的表情，讓我覺得我是個白癡。開始磨痛的時候，我會去找瑟巴瑞爾。」

「要在磨痛之前。」雅多林說。「我估計是一個小時。」

雖然她對這個發展頗爲惱怒，卻不能否認他是這方面的專家。加絲娜曾經說，傻子的定義就是因爲訊息與其想要的結果不符，就無視訊息的人。

她下定決心不要因此而介意，反而該多加享受騎馬的過程。軍隊整體移動的速度很慢，雖然每個部分都顯得非常有效率。矛兵以方陣前進，書記騎馬，斥候前後來回。達利納有六座巨大的機械橋，但他也帶來所有的前任橋兵，還有他們更簡單、用人扛著的橋，複製了他們留在薩迪雅司戰營中的木橋。這樣正好，因爲瑟巴瑞爾只有兩組橋隊。

她允許自己對於他前來遠征軍這件事感到有一刻滿意。她正在想這件事，便注意到有人從她後方順著一排士兵跑上前來。一個矮子，戴著獨眼罩，引起今日輪值守在雅多林身邊的橋兵紛紛瞪視。

「加茲？」紗藍鬆了一口氣，看著他快步前進，手臂抱著一個包裹。幸好她揣想他在小巷中被人刺死的擔憂沒成眞。

「抱歉抱歉，終於到了。妳欠商人兩個藍寶石布姆，光主。」他說。

「什麼到了？」紗藍問，一邊接過包裹。

「是啊，妳要我替妳找到一個，我他颶風的辦到了。」他似乎很得意。

她攤開包裹著長方形物體的布包，在裡面找到一本書，封面寫著：《燦言》。書皮都被磨薄了，書頁也褪色不少，上面還有一團墨水曾經灑過後留下的色印。

她鮮少如此高興收到一樣毀損嚴重的東西。「加茲！你太棒了！」她說。

他咧嘴而笑，朝法達投去勝利的笑容。高大的男子翻翻白眼，低聲說了幾句紗藍沒聽到的話。

「謝謝你。」紗藍說。「眞的謝謝你，加茲。」

❖

時間慢慢過去，一天接著一天，紗藍越發歡迎書本帶來的消遣。軍隊移動的速度有如一群昏昏欲睡的芻螺，景象其實很枯燥，但她絕對不會對卡拉丁或雅多林承認，因爲她上次來這裡時可不是這麼說的。

可是這本書。這本書太棒了。也太讓人惱怒。

但是，引發重創期的這個「邪惡的高貴存在」又是什麼？她心想，在筆記本中節錄下這段話。這是他們在平原上的第二天，她同意搭乘雅多林提供的馬車，但要求獨自搭乘，雅多林不懂她為什麼不想讓貼身侍女跟著。因為紗藍不想跟那女孩解釋圖樣的存在。

這本書的每個章節都是在談論一支燦軍，講述他們的傳統、能力，還有心態。作者承認有很多都是道聽塗說——這本書寫於重創之後兩百年，到那時事實、傳說、迷信都已經混雜為一；而且它還是以一種古老的雅烈席方言寫成，用的是「前文字」，是現代真正女性文字的前身。她花了很多時間在整理文章意義，偶爾找來娜凡妮的一些學者提出定義或解釋。

不過她還是學到了很多。舉例來說，每支燦軍都有不同的理念，或者說是標準，來決定等級的提升。有些很明確，其他則是根據靈的定義；有些燦軍軍團是以個人為單位，其他——像是逐風師——則是以團隊行動，有很明確的階級概念。

她往後靠，思索著描述中的力量。所以，其他人也會出現了？就像她跟加絲娜？以及可以優雅地飄過地面，宛如毫無重量的男人，還有光靠碰觸就能崩解岩石的女人。圖樣提出了一些看法，但它最有用的地方是告訴她書中的哪些聽起來像是真的，哪些內容是因為道聽塗說而造成的錯誤。它的記憶並不完整，但是越來越好，而且聽到書裡的內容又幫它能記起更多。

現在它在她身邊的座位上，滿足地嗡嗡叫。馬車顛簸了一下，這裡的路很不平整。至少在馬車中，她可以同時閱讀跟參照其他書籍。如果是騎馬就不可能。

但馬車也讓她覺得像是被關起來。她嚴正地告訴自己，不是每個想要照顧妳的人，都在做父親那樣的事。

當然，雅多林警告她的磨痛從來都沒發生。一開始她確實因為要保持在馬鞍上的姿勢而感覺到大腿內側有點痛，但是颶光讓疼痛消失了。

「嗯嗯。」圖樣爬到馬車門上。「來了。」

紗藍看向窗外，感覺一滴水灑在臉上。岩石因爲被水滴掩蓋而變黑，很快的，空氣中便充滿穩定的細雨，輕盈舒適。雖然天氣變得比較冷，但這陣細雨讓她想起賈・克維德的雨天。在這片颶風侵襲的大地，雨鮮少如此柔軟。

她拉下百葉窗，挪到椅子中央，免得被雨淋到。她發現舒服的雨聲掩蓋了士兵的聲音還有單調的腳步聲，變成好聽的伴讀聲。有個句子引起她的興趣，所以她挖出破碎平原的素描，還有颶風座的舊地圖。

我得找出這些地圖的關連，最好能有幾個不一樣的對比點，她心想。如果她能辨識出破碎平原上兩處可以與颶風座地圖吻合的地點，就能判斷出颶風座到底有多大——因爲老地圖上沒有比例尺。然後將其重疊於破碎平原的地圖上，這就能讓他們對位置有點概念。

眞正引起她注意力的是誓門。在颶風座的地圖上，加絲娜認爲誓門是以一個圓圈代表，像是座高台，位於城市的西南方。那座高台上面有個門口嗎？通往兀瑞席魯的魔法門？這些騎士是怎麼啓動的？

「嗯嗯。」圖樣說。

紗藍的馬車開始減慢。她皺眉，挪到門口，打算要從窗戶探頭去看時，門卻打開了，露出站在外面的娜凡妮光淑，達利納則親自替她舉著傘。

「妳介意有人陪同嗎？」娜凡妮問。

「一點都不介意，光主。」紗藍忙著收起散布在所有座位上的紙張跟書本。娜凡妮親暱地拍拍達利納的手臂，然後上了車，用毛巾擦乾自己的雙腳跟雙腿。達利納一關上門，她便坐下。

馬車再次開始滾動，紗藍撥弄著紙張。她跟娜凡妮的關係是什麼？她是雅多林的伯母，可是她跟他的父親又在交往，所以她算是紗藍未來的婆婆。但根據弗林傳統，達利納永遠不准娶她。

紗藍嘗試了好幾個禮拜，想讓這名女子聽她說話，如今她似乎已被原諒帶來了加絲娜的死訊。這意思是娜凡妮……喜歡她了？

紗藍覺得自己很笨拙，「所以達利納光爵也是把您趕來馬車，好保護妳不會被磨痛，就像雅多林對我那樣？」

「疼痛？天哪，當然不是。如果有人該待在馬車裡，那也是達利納。當戰鬥要開始時，我們需要他充分地休息過，完全準備妥當。我來這裡是因爲在雨天裡很難讀書。」

「噢。」紗藍動了動身體。

娜凡妮端詳她一陣後，終於嘆息。「我一直以來忽略了我不該忽略的東西，因爲它們帶給我痛苦。」

「對不起。」

「妳沒什麼好道歉的。」娜凡妮朝紗藍伸出一隻手。「可以嗎？」

紗藍看著自己手上抓得滿滿的筆記、圖表、地圖，有些遲疑。

「妳在進行顯然妳認爲很重要的工作。」娜凡妮輕聲說。「根據妳送給我的筆記，那是加絲娜在找的城市？也許我可以幫助妳解讀我女兒的意圖。」

這些紙張中有什麼內容會暴露紗藍的身分、揭露她的能力嗎？還有她身爲圍紗的行動？

她不認爲有。她對燦軍的研究也是因爲她的身分，但她同樣也在尋找他們的權力中心，所以這說得通。她小心地將紙張遞過去。

娜凡妮翻閱，藉錢球的光照閱讀。「這些筆記的組織方式，很有……意思。」

紗藍滿臉通紅，這種組織方式在她看來是合理的。娜凡妮繼續讀著筆記，紗藍越來越緊張。她想要娜凡妮的幫助——只差沒跪求了，可是現在發現自己覺得這女人像是個入侵者。這已經是紗藍的研究，她的職責、她的任務。現在娜凡妮顯然已克服了自身的悲痛，接下來會不會堅持要完全接手？

「妳思考的方式像個藝術家。」娜凡妮說。「我從妳整理筆記的方式看得出來。好吧，我想我不應該期待妳做的所有研究，都會依照我期望的那樣精確注記。通往另一個城市的魔法門？加絲娜眞的相信？」

「對。」

「嗯。」娜凡妮說。「那大概就是眞的。那孩子向來不會乖乖地跟大家一樣該錯就錯。」

紗藍點頭，一面瞥著筆記，心下揣揣。

「別這樣敏感。」娜凡妮說。「我不會從妳這裡搶走研究。」

「我這麼容易看透？」紗藍說。

「這個研究對妳來說明顯十分重要。我猜想加絲娜說服妳，世界的命運跟妳找到的答案息息相關？」

「沒錯。」

「地獄的。」娜凡妮翻到下一頁。「我不該忽視妳的。我太小心眼了。」

「這是悲慟母親的表現。」

「學者沒時間做這種無聊的事。」娜凡妮眨眼，紗藍補捉到女人眼中的一滴淚光。

「妳還是人類。」紗藍伸出手，按著娜凡妮的膝頭。「不是每個人都能像加絲娜那樣，是塊沒有情感的石頭。」

娜凡妮微笑，「有時候她的同理心跟個死人一樣，對吧？」

「因爲她太聰明了。」紗藍說。「習慣所有人都是白癡，都在忙著想要跟上自己。」

「查納在上，我常常不知道我是怎麼把那孩子養大，卻沒把她掐死。才剛滿六歲，她就會在我要她按時上床睡覺時，指出我的邏輯錯誤。」

紗藍咧嘴而笑，「我一直以為她出生就是三十幾歲。」

「這倒眞是，只是她的身體花了三十幾年才趕上。」娜凡妮微笑。「我不會奪走妳的研究，但我也不該允許妳獨自負擔這麼重要的工作。我希望參與，解開讓她如此投入的謎團……那就像是又得回她一樣。我的小加絲娜，讓人忍無可忍卻又美妙無比。」

想像加絲娜是個被母親抱著的孩子，實在與現實太衝突。「能得到您的幫助，是我的榮幸，娜凡妮光主。」

娜凡妮舉起紙張。「妳想將颶風座與破碎平原重疊的話，除非有參照點，否則是不可能的事。」

「最好能有兩個參照。」

「那座城市傾倒之後，已經過了好幾個世紀，應該是阿哈利艾提安期間。要在這裡找出線索會很困難，雖然妳列舉出來的種種形容會有幫助。」她以手指敲敲紙張。「這不是我的專業領域，但是達利納的書記中有幾名考古學家，我應該拿這些給她們看看。」

紗藍點頭。

「這裡的一切都要有副本。」娜凡妮說。「我不希望原版被雨水損壞。我可以等今天晚上紮營之後，再讓書記們連夜抄寫。」

「如您所願。」

娜凡妮抬頭看著她，皺眉。「這是妳的決定。」

「您是認眞的？」紗藍問。

「絕對是。妳可以把我想成額外的幫手。」

那好。「那就讓她們抄副本吧。」紗藍在背包裡翻找著。「還要抄這個。這是我想要重現一幅在颶風座中，據描述是在查納藍納克神廟外牆上的壁畫，它應該是朝向順風面，據說上面有遮蓋，所以我們也許能找到一些蹤跡。

「另外，一旦我們夠深入後，我還需要地形勘查員去仔細丈量我們跨越的每座新台地。我可以把台地的輪廓畫出，但是我的空間推理可能會有偏差，我需要確切的大小，好讓地圖更正確。我還需要侍衛跟書記跟我一起走在軍隊前面，去造訪跟路徑平行的台地。如果您能說服達利納光爵允許我這麼做，眞的會很有幫助。

「我也希望能夠有一組人研究地圖下方那一頁上的內容，那是討論打開誓門的方法，據說應該是燦軍的任務。希望我們能找到別的方法。還有要提醒達利納光爵，如果找到門的話，我們會去嘗試開門。我不認爲門的另外一邊會有什麼危險的東西，但他絕對會想要先派一些士兵進入。」

娜凡妮朝她挑起一邊眉毛。「原來妳對這件事有想過一些嘛。」

紗藍點頭，滿臉通紅。

「我來負責處理。」娜凡妮說。「我會親自帶領研究小組去研究妳提到的那些內容。」她躊躇片刻。「妳知道加絲娜爲什麼覺得這個城市兀瑞席魯很重要嗎？」

「因爲那是燦軍的根據地，她認爲在那裡可以找到關於他們，還有引虛者的訊息。」

「所以她跟達利納一樣。」娜凡妮說。「她想要帶回一些也許我們不該碰觸的力量。」

紗藍突然感覺一陣焦慮。*我需要說點什麼。*「不是想而已，她成功了。」

「成功了？」

紗藍深吸一口氣。「我不知道她是怎麼解釋她的魂器來歷，但事實上那是假的。加絲娜可以靠自己的能力施放魂術，不需要法器。我看到她這麼做過。她知道關於過去的祕密，我認爲那是沒有別人知道的祕密。娜凡妮光主……您的女兒眞的是燦軍之一。」或者是這世界上能夠重新出現、最靠近燦軍的存在。

娜凡妮挑起一邊眉毛，顯然有點不信。

「我發誓這是眞的。」紗藍說。「以全能之主的第十名起誓。」

「這消息讓人太不安心。燦軍、神將、引虛者這類的，應該都不存在了。我們贏了戰爭。」

「我知道。」

「我會去開始研究。」娜凡妮說完，敲門要車伕停下。

❖

泣季開始了。

穩定的一波雨降下。卡拉丁在他的房間裡可以聽到，像是背景般的喃喃私語。軟弱、淒慘的雨，沒有眞正颶風的怒火與激烈。

他躺在黑暗中，聽著滴滴答答的雨聲，感覺腿陣陣發疼。溼冷的空氣滲入他的房間，他拉出後勤官送來的額外被子，縮成一團，想要睡覺。但他昨天幾乎睡了一整天——達利納的軍隊出發的那天——他發現自己清醒得很。

他痛恨自己受傷。他不該還需要臥床休養的，那應該是過去的事了。

西兒……

泣季對他來說是很不愉快的時期。好幾天只能困在室內，空中永遠的陰霾，似乎對他影響得特別嚴重，遠勝過於別人，讓他懶洋洋的，對什麼都漠不關心。

門上傳來敲門聲。卡拉丁在黑暗中抬起頭，然後坐起身，把床當成長凳一樣坐著。「進來。」他說。門打開，雨聲傳入。陰霾的泣季天空讓這片大陸陷入了永恆不變的暮色。

摩亞許進來房間。他一如平常，穿著碎甲。「颶風的，阿卡，你在睡覺嗎？對不起！」

「沒，我醒著。」

「這裡黑漆漆還醒著？」

卡拉丁聳聳肩。摩亞許把門在身後關起，可是拿下了手上的護甲，掛在碎甲腰間的鉤子上。他朝金屬片下的一個口子伸手，掏出了一把錢球來照路。當初對橋兵來說顯得不可思議的財富，如今對摩亞許而言只是零錢。

「你不是應該要去保護國王嗎？」卡拉丁問。

「輪班。」摩亞許的口氣聽起來很興奮。「他們讓我們的五名護衛住在他的房間旁邊，就在皇宮裡面！卡拉丁，那太完美了。」

「什麼時候？」卡拉丁輕聲說。

「我們不想破壞達利納的遠征。」摩亞許說。「所以我們要等到他走了一段路以後，也許等他跟敵人交戰以後。這麼一來，他得到消息時軍隊也已經全力投入，不會調轉回頭了。如果他能成功打敗帕山迪人，那對雅烈席卡也比較好。他回來時會是個英雄……還是個國王。」

卡拉丁點頭，感覺一陣反胃。

「我們安排好了一切。」摩亞許說。「我們會在皇宮裡發布警報，說看到了白衣殺手，然後會照上次那樣，要求所有僕人都躲進房間裡。不會有人看到我們做什麼，不會有人受傷，所有人都會相信這是雪諾瓦殺手做的。我們求都求不來這麼順利的安排！而且你什麼都不用做，阿卡。葛福斯說我們其實不需要你的幫忙。」

「那你來幹嘛？」卡拉丁問。

「我只是想看看你好不好。」摩亞許說，走得更近，「洛奔說的是眞的嗎？關於你的……能力？」

颶風的賀達熙安人。洛奔留下來——連同戴畢德還有霍伯——照看營房還有守著卡拉丁。他們似乎跟摩亞許說過話。

「對。」卡拉丁說。

「發生了什麼事？」

「我不確定。」他說謊。「我惹怒了西兒，好幾天沒看到她了。沒了她，我不能吸取颶光。」

「我們得想辦法改正這問題。」摩亞許說。「要不然就是給你弄一套碎甲跟碎刃。」

卡拉丁抬頭看他的朋友。「摩亞許，我覺得她是因爲殺死國王的計謀才離開的。我不認爲燦軍可以參與這種事。」

「燦軍不是該做對的事？即使那代表需要做出困難的決定？」

「有時候必須犧牲少數幾個人來換取大眾的利益。」卡拉丁說。

「就是這樣！」

「阿瑪朗就是這麼說的。他說的就是我那些朋友，被他殺害以遮掩他的祕密。」

「這當然很不一樣，他是淺眸人。」

卡拉丁看向摩亞許，他的眼睛變得跟任何光爵一樣淺亮。其實跟阿瑪朗是同樣的顏色。「你也是。」

「阿卡。你讓我擔心了。不要說這種話。」摩亞許說。

卡拉丁別過頭。

「國王要我帶個訊息來，」摩亞許說。「那是我來這裡的藉口，他要你去跟他談談。」

「什麼？爲什麼？」

「我不知道。達利納走了之後，他一直泡在酒裡，而且還不是什麼橙酒而已。我會告訴他你傷得太重，沒辦法去。」

卡拉丁點點頭。

摩亞許說：「阿卡，我們可以信任你，對不對？你該不會改變想法了吧？」

「你自己也說了，我什麼都不用做，只要避開就好。」卡拉丁說。

況且我能做什麼？受了傷，又沒有靈？

一切都已經開始，時至今日，他已經無力阻止。

「太好了。」摩亞許說。「那你快點好起來，好嗎？」

摩亞許走了出去，再次將卡拉丁留在黑暗中。

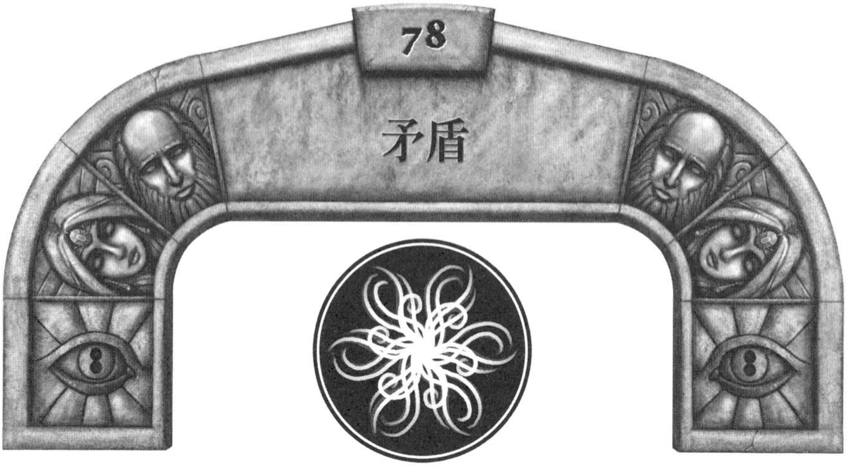

啊可以是他們被拋下了從締結的特性很明顯可以看得出來但在哪裡哪裡哪裡哪裡爆發當然明白像是城市之類他們就在雪諾瓦我們必須找到可以了能讓利用無實之人能否塑造武器

——出自圖表，地板十七，第二段，每隔一個字母都是從第一個開始

在黑暗中，紗藍的紫色錢球讓雨得到了生命。沒了錢球，她看不到雨滴，只聽得到雨滴跌在岩石跟帳棚布料上的聲音。在光線中，每滴下墜的水都會短短的發出閃光，彷彿星靈。

她坐在帳棚邊緣，因爲喜歡在畫畫的間隔中看著落雨，其他的學者們則坐在中間。法達跟他的兩個士兵也是，像是窩在巢裡、守著獨生小孩的天鰻父母。她覺得挺好笑，他們的保護欲現在變得這麼強，似乎很驕傲能身爲她的士兵。她原來眞的以爲他們一得到赦令就會跑走的。

泣季開始了四天，她仍然喜歡這天氣。爲什麼溫柔的雨聲讓她覺得更有想像力？在她周圍，創造靈緩緩消失，大多數都變成了戰營中各種東西的形狀：劍反覆出鞘收起，小帳棚在看不見的風中被解開吹飛。她畫著加絲娜，是一個多月以前那個夜晚中，紗藍最後一次見到公主的樣子。公主靠在書桌旁，在陰暗的船艙中，手撥著從平常的辮子盤髮中被解放的髮絲，疲累，壓力，恐懼。

這幅畫不是描繪出某個完全寫實的記憶，跟紗藍平常的畫作不同。這是根據她的記憶的二次創作，解讀一個並不確切存在的景象。紗藍對此感到驕傲，因爲她捕捉了加絲娜的矛盾。

矛盾。這些細節能讓人顯得眞實。加絲娜精疲力竭，卻仍然堅強——因爲她暴露出的脆弱甚至更堅強。加絲娜恐懼，卻同樣勇敢，因爲前者讓後者得以存在。加絲娜承受著壓力，卻也更強大。

紗藍最近開始嘗試這樣的畫作——以她自己的幻想創造出來的景象。如果她只能重現她看過的景象，那她的幻想會因此受害。她需要能夠創造，而不只是複製。

最後一個創造靈褪去，這次模仿了被靴子踩得飛濺的水窪。她的一張紙凹了下去，因爲圖樣爬上來了。

它哼了哼。「沒用的東西。」

「創造靈？」

「它們什麼都不做，只會飛來飛去、看著、欣賞著。大多數的靈都有存在的目的，這些靈卻只是被別人的目的所吸引。」

紗藍往後一靠，按照加絲娜的教導開始思考這句話。不遠處的學者跟執徒們正在爭論颶風座有多大，娜凡妮把她的部分做得很好，比紗藍希望的還要好。軍隊裡的學者現在按照紗藍的指揮進行著工作。

周圍的夜色中，無可計數的光亮或遠或近，象徵著軍隊的領域。雨繼續灑落，映照出紫色的錢球光，她選了同一個顏色的錢球。

紗藍對圖樣說：「畫家艾雷色絲曾經做過實驗。她只放一種紅寶石錢球，選了很多顆，用來照亮她的工作室，想要看看全紅的光線對她的畫作會有何影響。」

「嗯嗯。結果呢？」圖樣說。

「一開始畫畫時，光的顏色會嚴重影響她，讓她用的紅色太少，遍地繁花的景象最後看起來卻很慘白。」

「意料中事。」

「可是有趣的是她繼續這樣畫下去發生的事。」紗藍說。「如果在那樣的光線下連續作畫好幾個小時，情況則開始有了改變。她的畫作顏色變得更平衡，花朵畫變得更鮮豔。最後，她的結論是，腦袋會去彌補她看到的顏色。如果她畫到一半時變換燈光的顏色，接下來一段時間中，她的選色方式會彷彿房間依然以紅光照明，因而反抗著新顏色。」

「嗯嗯嗯嗯……」圖樣滿足地說。「人類可以看到一個跟現實不同的世界，所以你們的謊言可以這麼強大。你們能夠不去承認那是謊言。」

「我爲此害怕。」

「爲什麼？那太棒了。」

對它而言，她是研究對象。有一瞬間，她明白卡拉丁看著紗藍談起裂谷魔時的心情。她欣賞牠的美、形體的獨特，完全忽略牠代表的眞實危險。

「我感到害怕，因爲我們每個人看到的世界，都是藉由某種專屬於我們的光而見，然而這光改變了我們的觀感。我沒辦法清楚地看到。我想要看得清楚，卻不知道是不是眞的能有那麼一天。」

一陣規律的聲音從雨聲穿透而來。達利納・科林走進了帳棚。他的背脊挺拔，頭髮灰白，看起來更像將軍而非國王。她沒有畫下他的素描，眞是太嚴重的缺失了，所以她取了一個他走入帳棚、隨扈替他撐傘的記憶。

他大步來到面前。「啊，妳在這裡。掌控了遠征軍的人。」

紗藍此時才回過神來，連忙站起身行禮，「藩王？」

「妳徵召了我的書記跟製圖師。」達利納的聲音帶著笑意。「她們像雨聲一樣嘩啦啦地工作不休。兀瑞席魯、颶風座……妳是怎麼辦到的？」

「不是我，是娜凡妮光主。」

「她說妳說服她了。」

「我……」紗藍臉紅。「我只是在那裡，她就改變心意了……」

達利納簡潔地朝一旁點頭，他的隨扈立刻去到正在辯論的學者們身邊，輕聲說了幾句，所有人便站起身——有人很快，有人不情願——走入雨夜中，留下她們的文件。隨扈跟著她們離開，法達則看向紗藍，她點點頭，允許他跟其他護衛離去。

很快的，帳棚內只剩下紗藍跟達利納。

「妳告訴娜凡妮，加絲娜發現了燦軍的祕密。」達利納說。

「是。」

「妳很確定加絲娜沒有誤導妳，」達利納說。「或允許妳誤導自己？這比較像是她的作風。」

「光爵，我……我不覺得那是……」她深吸一口氣。「沒有。她沒有誤導我。」

「妳怎麼能確定？」

「我看到了。」紗藍說。「我親眼看到她使用能力，我們也談過。加絲娜·科林沒有用魂器。她就是魂器。」

達利納雙手環抱在身前，看著紗藍身後的黑夜。「我以為我應該要重建燦軍。我第一個信任他能做這件事的人，最後卻發現是個殺人犯與騙子，現在妳又告訴我，加絲娜也許眞的擁有那份力量。果眞如此，那我就是個傻子。」

「我不懂。」

達利納說：「我以為任命阿瑪朗就是履行我的職責。但現在我開始想，也許我一直都錯了，重建燦軍從來就不是我的任務。他們可能會自行重建，而我只是個自以為是的攪局者。妳給了我很多需要深思的東西，謝謝妳。」

達利納這麼說的時候沒有微笑，事實上，他看起來深切地困擾。他轉身要離開，雙手背在身後。

「達利納光爵？也許您的任務不是重建燦軍？」紗藍說。

「我剛剛便是這麼說。」達利納回答。

「那如果您的任務是召集他們呢？」

他回頭看她，等著。紗藍感覺冷汗直冒，她在做什麼？

我必須告訴某個人，她心想。我不能像加絲娜那樣把一切都守在心裡。這件事太重要。達利納．科林是對的人嗎？

她絕對想不出來更好的人選。

紗藍伸出手掌，然後吸氣，用盡她的一枚錢球。她再次吐氣，在她跟達利納之間製造出一團晶亮的颶光，塑造成小小的加絲娜影像，就是她剛剛畫的那幅，如今懸浮在她的掌心上。

「全能之主在上啊。」達利納低語。一個讚嘆靈，彷彿一圈藍煙，在他頭頂上猛然探出，如石頭落水泛起的漣漪漸漸擴大。紗藍這輩子只看過這個靈寥寥數次。

達利納靠得更近，充滿虔誠，彎腰去看檢視紗藍的影像。「可以嗎？」他伸手問。

「可以。」

他碰觸幻象，讓它散亂成浮動的光影，當他把手指收回時，影像重新出現。

「這只是個幻象，我不能創造實體。」紗藍說。

「太驚人了。」達利納的聲音輕到幾乎要被滴答的雨聲掩去。「太神奇了。」他看著她，令人震撼的是，他眼中居然含有淚水。「妳是他們之一。」

「也許，算是吧？」紗藍覺得有點彆扭。這個氣勢驚人、不似凡夫俗子的男人，不該在她面前落淚。

「我沒有瘋。」他說著，比較像是自言自語。「我決定我沒有瘋，但這跟知道我沒有瘋是不一樣的。一切都是眞的，他們眞的要回歸了。」他再次碰碰影像。「加絲娜教妳的？」

「比較像是我誤打誤撞。」紗藍說。「我想我是被帶到她身邊，好讓她能教我，可惜我們沒有多少時間。」她緊皺眉頭，收起了颶光，心臟因爲方才的言行而狂跳不已。

「我應該把金披風給妳。」達利納站得筆直，抹抹眼睛，聲音再次變得堅決。「讓妳負責帶領他們。好讓我們——」

「我？」紗藍驚呼，想到這會對她的另一個身分造成什麼影響。「不行，我不能！我是說光爵，大人，我能做的事情的最大用處就在於，沒有人知道這是有可能的事。我是說，如果每個人都想要看穿我的幻象，那我就永遠騙不過他們。」

「騙過他們？」達利納說。

也許對達利納不該用這個詞。

「達利納光爵！」

紗藍警覺地轉身，擔心被別人看到她做的事。一名身形靈巧的傳令員來到帳棚外，全身溼透，頭髮從辮子中散開幾絲，貼在她的臉上。「達利納光爵！長官，看到帕山迪人了！」

「在哪裡？」

「台地的東邊。」信差喘氣說。「我們覺得是斥候。」

達利納看著信差，回頭看著紗藍，然後咒罵一聲後走入雨中。

紗藍將畫板往椅子上一拋，跟了上去。

「說不定會有危險。」達利納說。

「感謝您的擔心，光爵。」她輕聲說。「但我覺得就算被矛捅穿肚子，我的能力也會允許我不留下疤痕地癒合。我也許是整個戰營中最難被殺死的人。」

達利納沉默地前行片刻。「掉入裂谷那次？」他輕聲說。

「對。我認爲我一定也救了卡拉丁隊長，但我不知道自己怎麼辦到的。」

他沉吟一聲，快速在雨中前進，雨水打溼了紗藍的頭髮跟衣服，她幾乎得小跑步才能跟上達利納。颶風的雅烈席人還有他們的長腿。橋四隊護衛們跑上前來包圍住他們。

她聽到遠處有叫喊聲。達利納命護衛們跟在更遠的地方，讓他跟紗藍能夠有點隱私。

「妳能施展魂術嗎？」達利納輕聲說。「像加絲娜那樣？」

「可以，但我不常練習。」紗藍說。

「說不定很有用。」

「也很危險。加絲娜不希望我在沒有她的情況下練習，但現在她不在了……總有一天我能夠更會施展的。大人，請不要告訴任何人這件事，至少現在不要。」

「所以加絲娜才接受妳成爲她的學生。」達利納說。「所以她才想要妳嫁給雅多林，對不對？讓妳跟我們緊密結合在一起？」

「是的。」紗藍的臉在黑夜中泛起紅暈。

「那很多事情更合理了。我會告訴娜凡妮有關妳的事，但不會再跟別人說，也會要她發誓保守祕密。必要的話，她非常能守住祕密。」

她開口要說好，卻阻止自己。加絲娜會這樣說嗎？

「我們會把妳送回戰營。」達利納繼續說，眼睛直視前方，聲音很輕。「立刻出發，帶著一隊人走。我不在乎妳有多難殺死。妳太寶貴，不能在遠征之中冒險。」

紗藍踩過一灘水，覺得幸好穿著靴子，裙子下面還有內搭褲。「光爵，您不是我的國王，也不是我的藩王，無權命令我。我的職責是要找到兀瑞席魯，所以您不可把我送回去；而且我要請您以榮譽承諾，除非我允許，不得告訴任何人我的能力，包括娜凡妮光主。」

他猛然停下，驚訝地看著她，然後沉哼了一聲，幾乎看不見表情。「我在妳身上看到了加絲娜的影子。」

紗藍鮮少得到這麼崇高的讚譽。

遠處有光在雨中上下跳動，靠近，是拿著錢球燈籠的士兵。法達跟他的人一起跑上前，他們之前被留在後面，橋四隊的人暫時將他們擋在外面。

「好吧，光主。」達利納對紗藍說。「妳的祕密目前會繼續是個祕密。一旦遠征行動結束，我們絕對要進一步討論。妳讀過我的幻境描述嗎？」

她點點頭。

「世界要改變了。」達利納說。他深吸一口氣。「妳給了我眞正的希望，相信我們能做出對的改變。」

靠上前來的斥候行禮，橋四隊的人分開，讓他們的領頭接近達利納。他是個結實的男人，有著一頂褐色的帽子——讓她想起圍紗的帽子——只是帽沿很寬。斥候穿著士兵長褲，外面罩了一件皮外套，體型看起來一點都不像能作戰。

「巴辛。」達利納說。

「帕山迪人在旁邊的台地上，長官。」巴辛一指。「帕山迪人撞見了我的斥候小隊，小子們很快就示警，但是三個人都沒了。」

達利納輕聲咒罵，走向從另一個方向過來的特雷博，那人身上穿著漆成銀色的碎甲。「叫醒軍隊，特雷博，所有人警戒。」

「是的，光爵。」特雷博說。

「達利納光爵，小子們殺了一個殼頭，之後才被殺死。長官……您得來看看。事情有變。」

紗藍顫抖，感覺全身又溼又冷。她當然帶了適合在雨天中穿的衣服，但這不代表站在這裡很舒適。雖然他們都穿了外套，但是別人似乎不太在乎寒涼，大概他們都認爲在泣季裡被淋溼也是理所當然的。又是一件飽受保護的童年沒有讓她準備好面對的事。

達利納沒有反對紗藍跟他一起走向旁邊的橋——那是由卡拉丁的橋隊負責、比較靈活的橋，他們都穿著雨衣，帶著有前沿的帽子。一群士兵從橋的另一邊拖了個什麼過來，在前方激起一小波水浪。

那是個帕山迪人的屍體。

紗藍只看過她跟卡拉丁一起在裂谷中找到的那具。她之前畫了下來，但這一具非常不同。它有毛髮，應該是頭髮的一種。她彎下腰，發現那人的比人類頭髮要粗很多，摸起來也太……滑。這個形容詞對嗎？這個屍體臉上有花紋，像帕胥人一樣，皮膚是黑底紅條。它的身體結實健壯，在裸露的皮膚底下似乎長了東西，從表皮探出。紗藍戳了戳，感覺摸起來很硬又凹凸不平，像是螃蟹殼。事實上，這張臉的面頰上半，一路到頭的兩側，都長了某種又薄又粗糙的皮甲。

「這不是我們看過的種類，長官。」巴辛說。「看看這些凸紋。長官……被殺的一些小子，他們身上有燒傷的痕跡。但現在還在下雨……這是我看過最令人不安的事情了。」

紗藍抬頭看著他們。「巴辛，你說『種類』是什麼意思？」

「有些帕山迪人有頭髮。」那人說——他是個深眸人，雖然沒有明顯的軍階，但顯然很受尊敬。「其他人有皮甲。之前我們跟加維拉王一起見到的帕山迪人，他們……跟我們作戰的那種形狀不同。」

「他們有特別的亞種？」紗藍說。有些克姆林蟲就是這樣，在巢穴中分工，有不同的專長跟各式各樣形體。

「也許我們讓他們的數量減少了。」達利納對巴辛說。「強迫他們必須派出等同於他們的淺眸人來作戰。」

「那燒傷呢，光爵？」巴辛抓抓帽子下的腦袋。

紗藍伸手檢查帕山迪人的眼睛顏色。他們跟人類一樣有淺眸跟深眸嗎？她撥開眼皮。下面的眼睛完全是紅色。

她尖叫一聲，往後跳，手收到胸前。士兵們咒罵，環顧四周，達利納的碎刃幾秒後出現在他手中。

「紅眼睛。開始了。」紗藍低聲說。

「紅眼只是個傳說。」

「光爵，加絲娜有一整本筆記都在講這件事。」紗藍顫抖地說。「引虛者出現了。時間不多了。」

「把這具屍體丟入裂谷。」達利納對他的人說。「我不認爲我們能夠輕易把它燒掉。要所有人戒備，準備迎接夜襲，他們——」

「光爵！」

紗藍轉身，看到穿著一身盔甲的壯碩身形跑上前來，雨水順著銀色碎甲流下。「我們又找到了一個，長官。」特雷博說。

「死的？」達利納說。

「不是，長官。」碎刃師一指。「他直接走到我們面前來，現在坐在上面的岩石。」

達利納看向紗藍，她聳聳肩。達利納朝特雷博指的方向走去。

「長官？」特雷博的聲音在頭盔中迴響。「您眞的要……」

達利納無視對方的警告，紗藍也連忙趕上，招來法達跟他的兩名護衛。

「妳該回去了嗎？」法達壓低聲音對她說。颶風的，那張臉在暗光下看起來還眞危險。儘管語氣很尊敬，她忍不住還是仍然覺得他是那個幾乎在無主丘陵殺了她的男人。

「我會安全的。」紗藍輕聲回答。

「光主，也許妳有碎刃，但是妳還是有可能會被冷箭從背後射死。」

「在這樣的雨天裡不太可能。」她說。

他跟在她身後，不再反對。他想要完成她交派給他的任務，不幸的是，她發現自己不太喜歡被保護。

他們在雨中走一段路後，找到了帕山迪人。他坐在有一人高的岩石上，似乎沒有武器，大概一百名雅烈席卡士兵站在他的座位下面，矛往上指。紗藍看不太出來更多細節，因爲他隔著裂谷坐在他們對面，有一座移動橋架在通往那座台地的裂谷上方。

「他說過什麼嗎？」達利納輕聲問上前來的特雷博。

「就我所知沒有。」碎刃師說。「他只是坐在那裡。」

紗藍看著裂谷對面獨自出現的帕山迪人。他站了起來，單手遮住眼睛上方的雨。下方的士兵整齊挪動，矛舉高到更具威脅性的位置。

「斯卡？」帕山迪人的聲音喊。「斯卡，是你嗎？還有雷頓嗎？」

旁邊達利納的一名橋兵護衛咒罵出聲。他跑過橋，幾名其他橋兵也跟上。

不久後他們回來了。紗藍靠得更近，想聽見他們低聲跟達利納說了什麼。

「長官，是他。」斯卡說。「他變了，但我他颶風的不是那種蠢蛋，真的是他，沈。他跟我們一起扛了好幾個月的橋，然後消失。現在他出現了。他說他想向您投降。」

79 朝向中央

問：我們必須朝什麼樣的必要存在努力？
答：存留的必要，在來臨的颶風中保護人類的種子。
問：我們必須承擔什麼樣的代價？
答：代價不重要。人類必須存活。我們承擔了整個種族的重擔，相較之下一切其他的考量都只是煙塵。

——出自圖表，綻放圖畫背後的問答集，第一段

達利納雙手背在身後靜立，在他的指揮帳中等待，聽著雨水打在布料上的聲音。帳棚的地板潮溼，這件事在泣季中無法避免。這是從很淒慘的經驗中得到的教訓——他在一年中的這個時候參與過不只一次軍事行動。

今天是他們在平原上發現帕山迪人——一個死的跟活的那個，橋兵們叫他沈，他則自稱為瑞連——的隔天。達利納親自下令要所有人備戰。

紗藍聲稱所有帕胥人都是引虛者的肧胎，他有充足的理由相信她的話，因為她之前展露過的力量。可是他能怎麼辦？燦軍回歸了，帕山迪人們出現紅色眼睛，達利納覺得自己像是努力阻止堤防潰堤，卻不知道水到底是從哪裡漏出來的。

帳棚的門帘分開，雅多林彎腰鑽了進來，陪同著娜凡妮。她將颶風外套掛在帳棚門口旁邊的架子上，雅多林則抓起一條毛巾，開始擦乾頭髮跟臉龐。

雅多林跟一名燦軍成員訂婚了。她說她還不是，達利納提醒自己。這很合理。一個人可以是受過徹底訓練的橋兵卻不是軍人，前者代表的是能力，後者代表的是地位。

「他們正在把那個帕山迪人帶過來？」達利納問。

「是的。」娜凡妮在房間中的一張椅子坐下。雅多林沒坐，反而找到一壺濾過的雨水，替自己倒了一杯，邊喝邊敲著鐵杯的邊緣。

在發現紅眼帕山迪人之後，所有人都很不安。確定了那天晚上沒遭遇任何攻擊後，達利納逼著四支軍隊繼續行軍一天。

他們緩慢地來到平原中央，至少根據紗藍的推測是這樣。他們早就超越了斥候探索過的區域，如今必須仰賴那位年輕女子的地圖。

門帘再次掀開，特雷博押送囚犯進來。達利納讓特雷博和他的親衛負責看守這個「瑞連」，因為他不喜歡那些橋兵對囚犯的護短程度。不過他也邀請了他們的士官──斯卡還有他們叫做大石的食角人廚師──來參與審訊，這兩人跟著特雷博和他的人魚貫走入。卡爾將軍、雷納林、艾拉達還有洛依恩一起待在另一個帳棚，複習他們靠近帕山迪營地時將執行的戰術。

娜凡妮挺起背脊，向前傾身，瞇著眼睛看囚犯。紗藍也想參加，但是達利納答應會把一切詳細寫下來給她。幸好颶父讓她還講道理，所以她沒有堅持。讓沈這個間諜身邊有太多他們的人，達利納認為是危險的舉動。

達利納隱約記得這個偶爾會加入橋四隊眾人的帕胥人護衛。帕胥人幾乎是隱形的，但一旦有一個開始拿矛，立刻會變得引人注意，雖然他沒有任何特殊之處——一樣矮壯的帕胥人身體，有著花紋的皮膚和呆滯的雙眼。

但在藩王面前的生物完全已截然不同。他是個不折不扣的帕山迪戰士，有橘紅色的頭顱護甲，還有胸、腿、手臂外側的厚皮甲。他跟雅烈席人一樣高，肌肉卻更結實。雖然他沒拿武器，但士兵們仍然以對方是這個台地上最危險的存在來對待——也許事實正是如此。他走上前來，向達利納行禮，手按在胸前，跟其他橋兵一樣。他的額頭上也有他們的刺青，一路往上延伸，跟頭顱護甲融合。

「坐。」達利納命令，朝房間中央的凳子點頭。

瑞連服從。

「他們向我報告，你拒絕告訴我們任何關於帕山迪人計畫的細節。」

「我不知道他們有什麼計畫。」瑞連說話時帶有帕山迪人慣有的節奏韻律，但他的雅烈席話說得很好，比達利納聽過的任何帕胥人都好。

「你以前是個間諜。」達利納雙手背在身後，想要用肢體語言壓迫帕山迪人。不過仍然保持足夠的距離，讓對方不可能在雅多林介入之前抓到他。

「是的，長官。」

「多久？」

「大概三年。在不同的戰營裡。」瑞連說。

一旁的特雷博轉身掀起面甲，朝達利納挑起一邊眉毛。「我問的時候你回答我，但別人問的時候卻不回答，爲什麼？」

「你是我的指揮官。」瑞連說。

「你是帕山迪人。」

「我……」那人低頭看著地面，肩膀垮下。他把手舉到頭邊，摸著頭顱護甲盡頭凸起的皮膚。「長官，出了大問題。伊尚尼的聲音……她前來台地跟雅多林王子見面那天……」

「伊尚尼。」達利納追問。「帕山迪碎刃師？」附近的娜凡妮快速在紙張上寫著，記錄下每個字。

「是的，她原本是我的指揮官，可是現在……」雖然對方的皮膚迥異，說話的方式也很奇怪，達利納卻認出了對方臉上的哀傷。極致的哀傷。「長官，我有理由相信，我認識的每個人……我愛的每個人……都被摧毀了，取而代之的是怪物。聆聽者一族，帕山迪人，也許不再存在。我什麼都不剩了……」

「你還有。」斯卡從一圈侍衛外說。「你是橋四隊。」

瑞連看向他。「我是個叛徒。」

「哈！」大石說。「小問題。可以改。」

達利納揮手要橋兵們安靜。他瞥向娜凡妮，她點頭要他繼續。

「告訴我，你是怎麼躲在帕山迪人之中的。」達利納說。

「我……」

「士兵，這是命令。」達利納喝斥。

瑞連坐得筆挺。驚人的是，他似乎想要服從，彷彿需要借助什麼才能得到力量。

瑞連開口：「長官，這是我的族人擁有的能力。我們會根據需要——工作對我們的要求，來挑選一種形體。遲鈍形體是其中之一，看起來跟帕胥人很像，很容易躲在他們之中。」

「我們很仔細地計算我們的帕胥人數量。」娜凡妮說。

「對。」瑞連回答。「其他人也會注意到我們，卻鮮少質問我們。誰在地上找到多出一顆錢球時會多問一句呢？這不是什麼可疑的事，只是運氣好。」

危險的領域，達利納心想，注意到瑞連聲音的改變——他說話的節奏。這個人不喜歡帕胥人被對待的方式。

「你提到了帕山迪人。」達利納說。「這跟紅眼睛有關？」

瑞連點頭。

「這是什麼意思，士兵？」達利納問。

「意思是我們的神明回歸了。」瑞連低聲說。

「你們的神是誰？」

「它們是古代的靈魂。那些獻身於毀滅的存在。」這次他說話的節奏有了變化，緩慢且崇敬。「長官，它們憎恨你跟你們一族，它們給予我的族人新形體……那是一種可怕的東西。會招來更可怕的東西。」

「你能帶我們前往帕山迪城市嗎？」達利納問。

瑞連的聲音再次改變。不同的節奏。「我的族人……」

「你說他們離開了。」達利納說。

「有可能。」瑞連說。「我靠近到可以看到一支軍隊，有好幾萬人，但他們一定留下一些還使用別的形體的人。老的？小的？誰來看顧我們的孩子？」

達利納來到瑞連面前，揮退擔憂地舉起手的雅多林。他彎下腰，一手按著帕山迪人的肩膀。

「士兵，如果你所言不虛，那你能做的事情中，最重要的就是帶我們去找你的族人。我保證會保護非戰鬥人員，以我的榮譽發誓。如果有可怕的事情在你的族人身上正在發生，你就需要幫助我來阻止它。」

「我……」瑞連深吸一口氣。「是的，長官。」他以不同的節奏說。

「去見紗藍．達伐。」達利納說。「把那裡的路怎麼走描述給她聽，讓我們能畫張地圖。特雷博，你可以把看守囚犯的任務交給橋四隊。」

古老血脈的碎刃師點點頭。一群人離開時，一道滿是雨水的風吹入。達利納嘆口氣，在娜凡妮身邊坐下。

「你相信他的話？」

「我不知道。」達利納說。「但的確有事情害得那個人心神不寧，娜凡妮，而且非常嚴重。」

「他是帕山迪人，也許你錯估了他的肢體語言。」她說。

達利納傾身，雙手交握身前。「倒數？」他問。

「還有三天。」娜凡妮說。「離光日還有三天。」

時間好少。「我們加快速度。」他說。

往內部推進。朝向中央。

朝命運而去。

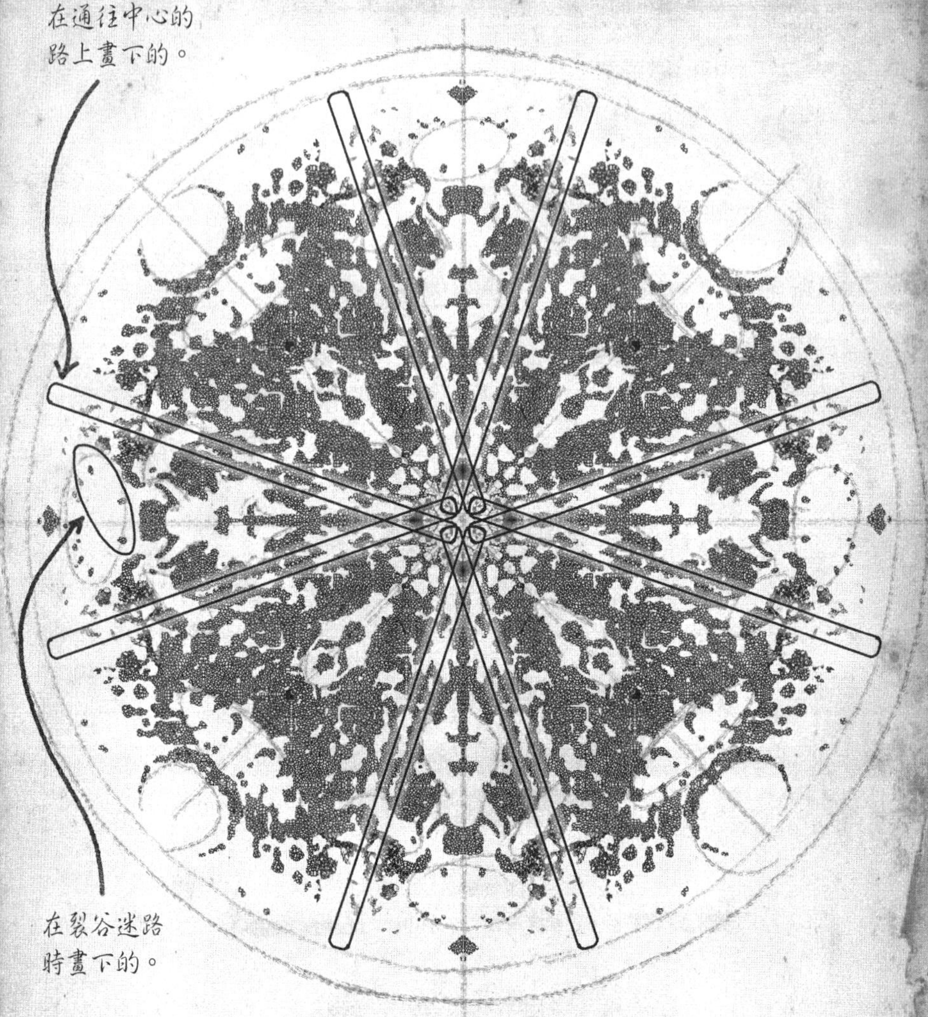
在通往中心的
路上畫下的。
在裂谷迷路
時畫下的。

注：平原東邊受到侵蝕的情況比這個更嚴重，淺色區域是台地分布很密集的地方，暗色區域代表比較稀疏的台地區域。

我知道妳想要我把每個台地都畫下來，但影子的，女人！
就連我也沒**那麼**瘋。

80

對抗驟雨

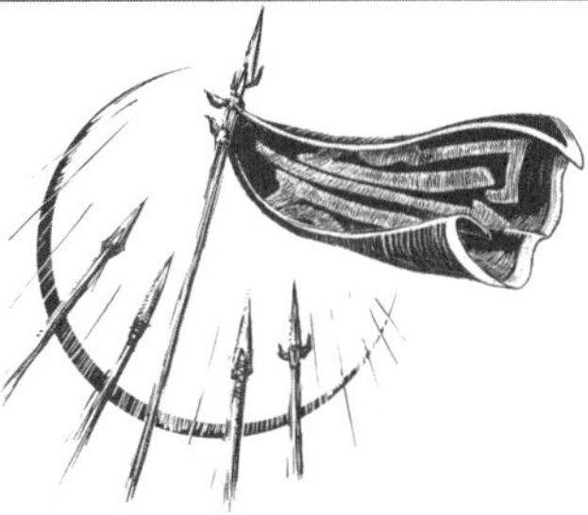

你必須成爲王。一切之王。

——出自圖表，指示原則，床腳板背面，第一段

紗藍抵抗著風，拉緊她的颶風外套——從一個士兵那裡拿來的——掙扎地要爬上溼滑的上坡。

「光主？」加茲問，抓著帽子免得被吹飛。「您確定要這麼做？」

「當然。」紗藍說。「至於這麼做是否明智……那又是另外一回事了。」

這麼強的風在泣季十分不尋常，因爲泣季應該是和緩的落雨，用來冥想全能之主的偉大，從颶風那裡得到休憩的時節。

也許在颶風平原上一切都不同。她拖著自己往岩石上面爬。破碎平原越往內，地勢越崎嶇，如今走到第八天，全軍行進都靠著紗藍的地圖，製圖過程中還有前任橋兵瑞連的協助。

紗藍爬上了岩石頂端，看到斥候描述的景象。法達跟加茲在她身後爬上，嘟囔著天冷之類的話。破碎平原的中心敞開在紗藍面前——內部台地，從未被任何人類探索過的地方。

「就在這裡。」她說。

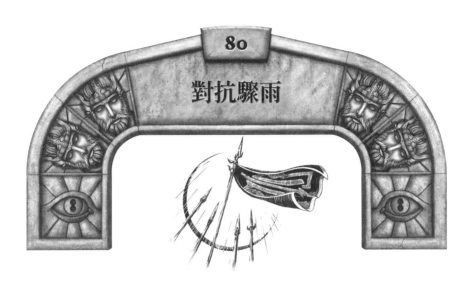

加茲抓抓眼罩下面的眼眶。「石頭？」

「是的，加茲侍衛。」紗藍說。「石頭。美麗、美妙的石頭。」

在遠處，她看見影子披掛在輕薄的雨簾下。當能夠將這樣的景象同時收攬於眼底時，無庸置疑，這裡確實曾經是座城市。一座被數個世紀的克姆泥覆蓋的城市，像是兒童的積木，被許多層融化的蠟覆蓋住。在無心人的眼中，這裡絕對看起來跟其餘的破碎平原沒有什麼不同，但絕對不只如此。

這是證據。就連紗藍腳下的這塊岩石結構大概也曾經是棟建築物，它在迎風面受到侵蝕，逆風面則不斷被克姆泥堆積，直到創造出他們如今爬上、表面像是有一個個囊腫的隆起山坡。

「光主！」

她不理會下方的聲音，而是不耐煩地揮手要人拿望遠鏡來。加茲遞給她，她拿來掃視前方的平原。不幸的是，這東西的一端起霧了。她想要把它擦乾淨，但是霧氣在裡面。該死的東西。

「光主？」加茲問。「我們是不是該，呃，聽聽他們在下面說什麼？」

「更多變種的帕山迪人。」紗藍又舉起望遠鏡。這東西的設計者難道沒想過要從裡面把它封起來，免得溼氣入侵嗎？

幾名橋四隊成員爬上山坡，加茲跟法達往後退開。

一名橋兵說：「光主，達利納藩王撤退了先鋒軍，命令我們在後面的台地上立起警戒線。」他是個高大英俊的男人，手臂長度似乎超過身體比例。紗藍不滿地看著內部台地。

「光主。」橋兵躊躇地開口。「他說如果您不肯來，他會派雅多林光爵來……呃……把您架在肩膀上扛回去。」

「我倒想看看他這麼做。」紗藍說。聽起來的確挺浪漫的，像是小說裡會有的情節。「光爵這麼擔心帕山迪人？」

「沈……呃，瑞連……說我們差不多就要到他們的主台地了，光主，我們看到了很多組他們的巡邏隊。請您回去吧。」

「我們得去那裡，」紗藍說。「那裡是……」

「光主……」

「好吧好吧。」她轉身走下斜坡。腳下突然一滑，差點就讓她當場出醜，但是法達在她摔個四腳朝天前拉住了她的手臂。

一旦下去之後，他們很快便跨越了這個比較小的台地，加入一群小跑回軍隊主力的斥候。瑞連聲稱他對誓門一無所知——甚至對這個城市都知道不多，他稱之為「納拉克」而非颶風座。他說他的族人是在雅烈席卡入侵之後，才在這裡永久性質地居住下來。

在往內推進時，達利納的士兵看到更多帕山迪人，跟他們短兵相接了一番。卡爾將軍認爲這些攻擊是爲了想要將大軍引偏，但紗藍不知道他們是如何得出這樣的結論，她只知道自己很厭煩這種身上老是潮溼的感覺。他們已經出征將近兩個禮拜，有些士兵開始嘀咕軍隊很快就該返回戰營，否則會來不及在颶風重新開始前回去。

紗藍過了橋，經過幾排在石頭上如波浪般的矮牆後的紮營地，這些矮牆看起來就像是以前牆壁的地基。她在戰營中央的帳棚中找到達利納跟其他藩王。總共有六座長得一樣的帳棚，從外表看無法立刻判斷哪些帳棚裡面住著四位藩王，她猜想這是某種保安手段。紗藍走入帳棚，避掉雨勢的同時，也正好插入了他們的談話之中。

「我們現在身處的台地確實有非常優越的防守位置。」艾拉達朝鋪在他們面前旅行桌上的行軍圖示意。「我認為我們在這裡抵抗來襲會比更加深入來得好。」

達利納嗯了一聲後說：「如果我們更深入的話，受到攻擊時會有被攔腰截斷的風險，軍隊各自一半在不同台地上。」

「但是他們有必要攻擊嗎？」洛依恩說。「要我是他們，就直接在那裡擺出陣勢，但是不會進攻。我會一直拖延，強迫我的敵人在外面等著我出擊，直到颶風返回！」

「他說得有道理。」艾拉達承認。

「要相信懦夫。」瑟巴瑞爾說。

「懦夫最知道避免戰鬥的方式。」他跟帕洛娜一起坐在桌邊，吃著水果，愉快地微笑。

「我不是懦夫。」洛依恩的雙手在身邊緊握成拳頭。

「我不是侮辱你，」瑟巴瑞爾說。「我的侮辱會更刺耳。那個是稱讚。如果讓我管事的話，我會僱用你來管理所有戰事，我猜想死亡程度一定會大大降低，而且一旦士兵知道是你在指揮，內衣的價格就會漲上兩倍，我會大賺一筆。」

紗藍將她溼答答的外套遞給僕人，拿下帽子，開始用毛巾擦乾頭髮。「我們必須朝平原內部繼續推進。」她說。「洛依恩藩王是對的。我不能同意大軍在這裡懈怠，帕山迪人只會跟我們比耐心而已。」

其他人看向她。

「我不知道我們的戰略是由妳決定的，紗藍光主。」

「這是我們的錯，達利納。」瑟巴瑞爾說。「我們對她太寬大了，早在好幾個禮拜前她第一次出現在會議上時，我們就該把她從峰宮上面丟下去。」

紗藍正準備要回擊，就看到帳棚門簾分開，雅多林大步邁進，碎甲流淌著水珠。他推起面甲。颶風的……就算只能看到半張臉，但他還是好英俊。她微笑。

「他們絕對很激動。」雅多林說。他看到她，朝她快速一笑後才鏘啷鏘啷地來到桌邊。「那裡至少有一萬名變種帕山迪人，分散成幾個團體在台地上走動。」

「一萬。」艾拉達沉哼了一聲。「我們對付得了一萬。就算他們有地域優勢，就算我們是進攻而非防守，我們也能夠輕鬆面對這個數目。我方有超過三萬兵力。」

「這就是我們來的目的。」達利納看向紗藍，她正因爲之前過度大膽的發言而臉紅。「妳的門，妳認爲在那裡的門。會在哪裡？」

「更靠近城市。」紗藍說。

「那些紅眼睛呢？」洛依恩問。他看起來很不安。「還有他們戰鬥時的閃光？颶風的，我先前的意思不是要我們繼續前進，我只是擔心帕山迪人會怎麼做，我……沒有簡單的應對方式，對不對？」

坐在房間一旁的娜凡妮開口：「就瑞連所說，只有他們的士兵可以跳過台地，但是可以認定這個新形體也有能耐。如果我們繼續前逼，他們可以逃走。」

達利納搖頭。「他們這麼多年前就在平原上紮根而不是逃跑，是因爲他們知道這是他們最好的機會。在空曠無盡的颶風大陸上，他們會被獵捕、摧毀。然而在這裡，他們有優勢。現在他們絕對不會放棄，尤其是他們認爲能跟我們一較高下。」

「如果我們眞的想要逼他們出戰，那就需要威脅他們的家園。這表示我們確實應該朝城市推進。」艾拉達說。

紗藍放鬆下來。每靠近中心一步——根據瑞連的說法，他們只差半天的路程——就能讓她越靠近誓門。

達利納向前傾身，雙手撐在兩旁，影子落在行軍圖上。「很好。我來了這麼遠，並不是爲了膽小地等著帕山迪人採取主動。我們明天就推進，威脅他們的城市，強迫他們與我們交鋒。」

「我們靠得越近，就越有可能被截斷，無法撤退。」瑟巴瑞爾指出這點。

達利納沒有回答，但紗藍知道他在想什麼。我們好幾天前就放棄撤退的希望了。如果帕山迪人決定要追趕，那大軍要從花了許多天才能跨越的台地上逃走，就會成爲一場災難。雅烈席人必須在這裡作戰，佔據納拉克的庇護。

這是他們的唯一選擇。

達利納結束會議，藩王們離去，身邊簇擁著一堆撐著傘的隨扈，紗藍等著達利納看過來她這裡。片刻後，只剩下她、達利納、雅多林和娜凡妮。

娜凡妮走向達利納，雙手抱住他的手臂。一個親密的姿勢。

達利納開口：「妳的門。」

「是的？」紗藍問。

達利納抬頭，迎向她的眼睛。「有多眞實？」

「加絲娜確信它是完全眞實的，她從來不會出錯。」

「如果她選在這個時候破壞她的紀錄的話，那可眞會是個他颶風的爛時機。」他輕聲說。「我同意推進的部分原因是妳的探索研究。」

「謝謝。」

「我不是爲了學術研究而這麼做。」達利納說。「根據娜凡妮對我的描述，這道門提供了撤退的獨特機會。我原本希望能在危機到來之前先打敗帕山迪人，但危機已經來臨了。」

紗藍點頭。

「明天是寫在牆上的倒數計時最後一天。」達利納說。「無論那是什麼，無論那原本是什麼，我們都要迎接。紗藍．達伐，妳就是我的祕密武器。妳會找到這扇門，妳會讓它啓動。如果邪惡壓倒我們，那妳的通道就是我們的逃生路。妳也許是我們這支軍隊，甚至是雅烈席卡本身，要存活下來的唯一機會。」

❖

日子一天天過去，卡拉丁拒絕讓雨打敗他。

他在戰營中一拐一拐地走著，用著洛奔雖然反對卡拉丁不該起身到處亂走，卻還是替他找來的拐杖撐著。

這裡仍然空曠，偶爾只有某個帕胥人從外面的森林拖來木頭，或是扛著一袋袋穀類來去。戰營沒有得到任何關於遠征軍的消息，也許國王能透過信蘆知道，但他沒有跟別人分享。

颶風的，這地方感覺還眞詭異，卡拉丁心想，拐步經過空無一人的營房，雨水滴答地落在洛奔綁在拐杖上的雨傘，這個設計或多或少還有用。他經過了雨靈，它們像是從地面冒出的藍色蠟燭，每一個靈在上方頂端都有一隻獨眼。詭異的東西，卡拉丁一直很討厭它們。

他對抗著雨。這合理嗎？雨似乎想要他待在裡面，所以他就出去；雨要他朝絕望屈服，所以他強迫自己思考。他成長過程中有提恩幫著他驅散陰霾，如今卻連想起提恩都會增強他的陰霾——但他無法不去想。泣季讓他想起他的弟弟。想到黑暗威脅一切時出現的笑聲，開朗的喜悅，還有不受拘束的樂觀。

這些影像跟提恩的死拉鋸著。卡拉丁緊閉眼睛，想要驅散那份記憶，不去想那名脆弱的少年，幾乎沒有受過多少訓練，就這麼被砍倒在地。提恩所屬的那團士兵把他推在前面充做誘餌，用來當成減緩敵人速度的犧牲品。

卡拉丁下巴一緊，睜開眼睛。不能再這樣垂頭喪氣，他不會自艾自憐。沒錯，他失去了西兒。他這一生失去了許多所愛的人，但他會像之前一樣，活過這場痛楚。

他繼續一拐一拐地繞著軍營。他每天會重複四次，有時洛奔會跟他一起，但今天只有卡拉丁一個人。

他踏過一灘灘水窪，發現自己露出微笑，因爲他穿著紗藍從他那裡偷去又返還的靴子。

我從來沒相信過她是食角人，他心想。*我得確定她知道這件事*。

他停下腳步，靠著拐杖，隔著雨簾看向破碎平原。他看得不遠，朦朧的雨幕阻隔了他。

妳要安全回來，他朝在那裡的人們想著。*你們都要回來。這一次，如果出了事，我幫不了你們*。

大石、泰夫、達利納、雅多林、紗藍、橋四隊中的每個人——在那裡都只有他們自己。如果卡拉丁是個更好的人，這個世界會是多麼不一樣的處境？如果他利用了他的力量，以滿滿的颶光帶著紗藍回來？他差那麼一點就要揭露自己的能力……

他告訴自己，*你已經這麼想了好幾個禮拜。你絕對不會這麼做的。你太害怕了*。

他痛恨承認這點，但這是實話。

好吧，如果他對紗藍的懷疑是眞的，那也許達利納還是會得到他的燦軍。願她比卡拉丁當初更成功。

他繼續前進，繞到橋四隊的營房後面，卻停了下來。他看到一輛高級的馬車，由身披國王徽記的馬匹拉著，停在營房前面。

卡拉丁咒罵，拐跳向前。洛奔跑出來接他，沒撐雨傘，很多人已經放棄要在泣季時保持乾燥的想法。

「洛奔！怎麼了？」卡拉丁說。

「他在等你，大佬。」洛奔急忙地示意。「是國王。」

卡拉丁拐得更快地進入房間。門已敞開，卡拉丁探頭進去，看到艾洛卡王站在裡面，正環顧著小房間。摩亞許守著門口，塔卡——一名前任國王親衛的成員——站在國王附近。

「陛下？」卡拉丁問。

「啊，橋兵啊。」艾洛卡的臉頰通紅，他喝了酒，但看起來沒醉。卡拉丁可以理解。達利納還有他那不贊許的瞪視既然有一段時間不在，拿瓶酒放鬆放鬆應該挺愜意的。

卡拉丁第一次遇到國王時，覺得艾洛卡缺乏王者威儀。奇怪的是，現在他認爲艾洛卡確實像個國王了。不是國王有哪裡改變——那人還是有他的威嚴五官，過大的鼻子以及俯視眾生的態度。改變的是卡拉丁。他曾經認爲王者應該要擁有的榮譽、力量、高貴的人格，已經被艾洛卡無法引人崇敬的種種特質取代。

「達利納眞的讓他的軍官住這樣的地方？」艾洛卡揮手比了比房間。「那個人眞是的。他認爲每個人都應該依照他的寡淡標準生活，他好像已經完全忘記要怎麼放鬆享受了。」

卡拉丁看向摩亞許，後者聳肩，碎甲敲擊出聲。

國王清清喉嚨。「別人回報說你虛弱到不能出門來看我，現在看來似乎並非如此。」

「抱歉，陛下。我身體是不好，但我每天都會在戰營繞圈，想快點重新恢復體力。我恐怕我的虛弱跟外表會有辱皇顏。」

「你學會要怎麼樣圓滑地回話了。」國王將雙手環抱在身前。「事實是，我的命令沒有意義，即使對方只是個深眸人。我在人們的眼中已經再也沒有威信。」

太好了，又來了。

國王簡潔地揮手。「你們兩個出去，我要跟這個人單獨說話。」

摩亞許瞥向卡拉丁，一臉擔憂，但是卡拉丁點點頭。摩亞許跟塔卡不情願地走出去，關上門，裡面只有幾顆國王擺出的錢球提供照明。很快地，這些錢球裡的颶光也將完全消失——已經太久沒有颶風了。他們需要拿出蠟燭跟油燈。

「你怎麼知道要如何當個英雄？」國王問他。

「陛下？」卡拉丁靠在他的拐杖上反問。

「英雄。」國王輕鬆地揮手。「橋兵，每個人都敬愛你。你救了達利納，你跟碎刃師戰鬥，你居然摔下颶風的裂谷還回來了！你是怎麼辦到的？你是怎麼知道的？」

「眞的只是運氣，陛下。」

「不是，不是。」國王開始踱步。「這是個規律，只是我想不透。每次我想要強硬起來時，反而會弄得自己像個傻子。我想要慈悲時，其他人就開始踐踏我。我想要聽取別人建議時，卻總是挑錯了人！我想要一切靠自己來的時候，達利納就得接手一切，免得我把王國毀了。

「大家是怎麼知道該怎麼做的？我爲什麼不知道？這是我與生俱來的位置，是全能之主親自賜與的王位！爲什麼祂會給我頭銜，卻不給我能力？這根本不合理。可是似乎每個人都知道我不知道的事情，我父親連薩迪雅司那種人都能統治——人們對加維拉王同時心懷愛戴、恐懼、服從之心。我卻連讓一個深眸人服從命令來皇宮都辦不到！爲什麼每件事都不成功？我到底應該要怎麼做？」

卡拉丁倒退一步，被對方的坦白一驚。「陛下，你爲什麼在問我這個？」

「因爲你知道祕訣。」國王繼續踱步。「我看到你的人是怎麼看待你的，我聽到人們是怎麼談論你的。你是個英雄，橋兵。」艾洛卡停下腳步，走到卡拉丁面前，抓住他的兩隻手臂。「你能教我嗎？」

卡拉丁不解地看著他。

「我想成爲我父親那樣的國王。」艾洛卡說。「我想要領導眾人，我想要他們尊敬我。」

「我不……」卡拉丁吞口口水。「我不知道是否有這個可能，陛下。」

艾洛卡瞇著眼睛看卡拉丁。「所以你還是會說出心裡的想法，即使惹來了這麼多麻煩。告訴我，你認爲我是個差勁的國王嗎，橋兵？」

「對。」

國王猛吸一口涼氣，依然抓著卡拉丁的手臂。

*我可以現在動手。把國王砍倒、讓達利納登上王位。沒有隱藏、沒有祕密、沒有懦夫般的刺殺。一場對決，只有他跟我。*卡拉丁心想

這麼做似乎反而比較坦蕩。當然，卡拉丁也許會因此被處決，但他發現他並不在意。他應該爲了王國好而這麼做嗎？

他可以想像達利納的怒氣。達利納的失望。死本身不會讓卡拉丁在意，但讓達利納失望……颶風的。

國王放手，氣憤地走開。「是我自己要問的。」他自言自語。「我只要讓你也刮目相看就好。我會搞懂的。我會成爲讓人記住的國王。」

「或者你可以爲了雅烈席卡好，自己退位。」卡拉丁說。

國王猛然停下腳步。他轉身看卡拉丁，表情變得陰沉。「橋兵，你給我弄清楚自己的位置。哼。我根本不該來的。」

「我同意。」卡拉丁說。他也覺得眼前這場景實在太不眞實。

艾洛卡似乎要離去，但又停在門口，沒有看向卡拉丁。「你來的時候，影子就消失了。」

「影……子？」

「我在鏡子裡可以看到，在眼角可以看到，我可以發誓甚至聽到它們在竊竊私語，但是你會把它們嚇走，之後我就再也沒看到它們了。你有哪裡是不一樣的，別想反駁。」國王看向他。「我對你做的事情，我很抱歉。我看到你幫著雅多林戰鬥，然後我看到你保護了雷納林……於是我嫉妒了。你在那裡，如此榮耀的冠軍，如此受人愛戴。可是所有人都恨我。我應該自己下場去戰鬥的。

「但我對你向阿瑪朗發起的挑戰卻反應過度。破壞我們對付薩迪雅司機會的人不是你，是我。達利納說得對，他又說對了，我實在很厭倦每次都是他對我錯。這樣想來，我一點也不意外你會覺得我是個差勁的國王。」

艾洛卡推開門離去。

81 最後一天

> 魄散是個變異，是個花哨，是個也許不值得你花時間的難題。你忍不住不去想，它們讓人難以忘懷。許多都沒有意識，近似人類情感的靈，只是惡劣很多。不過我相信有幾隻是會思考的。
>
> ——出自圖表，第二書桌抽屜之書，第十四段

達利納從帳棚大步走出，進入隱約的細雨裡，娜凡妮跟紗藍跟上。外面的雨聲聽起來比在帳棚裡更小聲，因爲在那裡頭，雨滴如鼓般打擊在布料上。

他們整個早上都在行軍，往平原深處推進，直到來到被擊毀的台地核心。他們很接近了。近到帕山迪人的全副注意力都放在他們身上。

要發生了。

一名侍從向每個離開帳棚的人送上一把雨傘，但是達利納揮退了他。如果他的人必須要站在雨中，他便要與他們同甘共苦，反正今天結束時他也會被淋溼。

他穿過一排排士兵，跟隨穿著颶風外套、提著藍寶石燈籠領路的橋兵。現在還是白天，但是遮蓋天幕的厚重雲朵讓一切

變得陰暗，他用藍光來表示標示自己的身分。洛依恩跟艾拉達看到達利納放棄了雨傘，也跟他一起走在雨中，瑟巴瑞爾當然還是待在他的傘下。

他們來到巨大的隊伍外緣，軍隊已形成一個巨大的橢圓形，面朝外。他很熟悉他的士兵，可以感覺到他們的焦慮，他們站得太緊繃，沒有人挪動身體或伸展四肢；他們也很安靜，沒有靠交談來讓自己放鬆——連抱怨都沒有。他唯一聽到的聲音是軍官在整隊時偶爾喝斥的命令。達利納很快就看到是什麼引起他們的緊繃。

發光的紅眼睛，聚集在隔壁的台地上。

之前的眼睛沒有發光。紅是紅，卻沒有那種詭異的光芒。在陰暗的光線下，看不清帕山迪人的身體輪廓，只不過是幢幢暗影，那些紅色的眼睛像是泰倫之星一樣飄浮著——如同黑暗中的錢球，比任何紅寶石的顏色還要深。帕山迪人的鬍子經常編織了不同的寶石，但今天寶石沒有發光。

太久沒有颶風了，達利納心想。就連雅烈席人用的錢球裡面的寶石——切割出許多切面，所以能容納颶光久一點——到泣季的此時幾乎都已經熄滅。只有大一點的寶石也許還能再撐一個星期左右。

他們進入了一年最黑暗的時候。颶光不再照耀的時候。

「噢，全能之主！」洛依恩看著那些紅眼睛說。「噢，以神之名啊。達利納，你把我們帶到什麼樣的處境了？」

「妳能幫忙嗎？」達利納輕聲說，看著紗藍。她站在他身邊的傘下，護衛就在後面。

她一臉蒼白地搖搖頭，「對不起。」

「燦軍曾是戰士。」達利納非常輕地說。

「如果他們是，那我還有很長的一條路要走……」

「那就去吧。」達利納告訴女孩。「當戰鬥出現空檔時，找到那條通往兀瑞席魯的路，如果它存在的話。光主，妳是我唯一的備案了。」

她點點頭。

「達利納。」艾拉達開口，看著那些紅眼睛在裂谷對面正排列成整齊的隊伍，聲音中透著驚恐。「你老實告訴我。當你帶我們出兵時，有預料到會碰見這些怪物嗎？」

「有。」這算是眞話。他不知道自己會找到什麼怪物，但他確實知道有事情要發生。

「但你還是來了？」艾拉達質問。「你把我們一路拖到這些該死的平原中心，你讓我們被怪物包圍、被屠殺還有——」

達利納一把抓住艾拉達的前襟，將他往前一拖。這個動作讓對方完全措手不及，所以他安靜下來，眼睛大睜。

「那些是引虛者。」達利納狠狠地說，雨水順著他的臉流下。「他們回來了。沒錯，是眞的。我們，艾拉達，我們有機會阻止他們。我不知道我們是否能阻止荒寂時代再一次出現，但是我會不惜一切——包括犧牲自己跟這整支軍隊——來保護雅烈席卡免受那些東西的攻擊。你明白嗎？」

艾拉達點頭，眼睛睜得老大。

達利納說：「我原本希望能在這一切發生之前趕到，可是沒有辦法，所以現在我們必須戰鬥。颶風的，我們要毀掉那些東西。我們要阻止他們，我們要希望我們能阻止這邪惡，不讓它散布到這世界的帕胥人身上，如同我侄女害怕的那樣。如果我們今天能活下來，你在眾人心中將成爲我們這一代最偉大的人之一。」

他放開艾拉達，讓藩王跌跌撞撞地後退。「去找你的人，艾拉達。去領導他們，成爲英雄。」

艾拉達瞠目結舌地看著達利納好一會兒，接著他挺起背脊，手臂猛力拍向胸膛，行了個極端俐落的軍禮，不輸給達利納看過的任何人。「我會達成任務，光爵。」艾拉達說。「謹尊戰事藩王旨令。」艾拉達朝他的侍從大聲下令。他的手下，包括明泰——在戰爭時通常會被賜與艾拉達的碎甲使用的將軍——然後手一按身上的配劍，立刻衝入雨中。

「哈，他居然真的信了。」站在雨傘下的瑟巴瑞爾說。「他認為他會成為個他颶風的英雄。」

「他現在知道我說要統一雅烈席卡是對的。他是個好軍人，大多數藩王都是……或者曾經是。」

「可惜你現在身邊只有我們，而不是他們。」瑟巴瑞爾朝洛依恩點點頭，後者還在盯看著不斷移動的紅眼睛。現在已經有好幾千雙，依然在增加，越來越多帕山迪人出現，斥候回報他們聚集在雅烈席人佔據的大台地周圍的三座台地上。

「我在戰場上沒用處。」瑟巴瑞爾繼續說。「洛依恩的弓箭手在這場雨中也是浪費，況且他是個懦夫。」

「洛依恩不是懦夫。」達利納一手按著矮胖藩王的手臂。「他是謹慎。爭搶寶心的打鬧不適合他，因為有薩迪雅司那種人浪費士兵性命追求名望。可是在這裡，我寧願要仔細而非衝動。」

洛依恩轉向達利納，眨掉眼前的水。「這真的在發生嗎？」

「對。」達利納說。「洛依恩，我要你去跟你的人在一起。他們需要看到你。這會嚇壞他們，但你不會。你很謹慎，很自制。」

「對。」洛依恩說。「對。你……你會讓我們撐過去，對不對？」

「我不會。」達利納說。

洛依恩皺眉。

「我們會讓我們撐過去，同心協力。」

洛依恩點點頭，沒有反對。他向艾拉達那樣行禮，雖然沒有那麼俐落，然後走向他在北面的軍隊，叫來他的副官們，回報後備軍有多少人。

「地獄的。」瑟巴瑞爾看著洛依恩離開。「地獄的。我呢？我的動員演講呢？」

達利納開口：「你，要去指揮帳裡，不要擋路。」

瑟巴瑞爾笑了。「好。這個我可以。」

「我會讓特雷博來指揮你的軍隊。」達利納說。「再派瑟魯吉亞迪還有魯斯跟他一起去。你的人如果有幾名碎刃師在軍隊前打頭陣，會打得更好。」這三個都是在雅多林的決鬥盛宴之後得到碎具的人。

「我會下令要所有人服從特雷博。」

「還有，瑟巴瑞爾？」達利納問。

「什麼事？」

「如果你願意的話，燒幾幅祈禱文。我不知道上面還有沒有人在聽，但總不會壞事。」達利納轉身看著如海潮一樣的紅眼。他們爲什麼只是站在那裡看著？

瑟巴瑞爾遲疑了片刻。「其實你不像在另外兩人面前那樣自信嘛。」他微笑，好像這個念頭反而讓他感到安慰，然後大搖大擺地離開。好奇怪的人啊。達利納朝一名副官點點頭，後者便去向三名科林碎刃師傳令，先是找了瑟魯吉亞迪——一名高瘦的年輕人，雅多林曾經跟他的姊妹約會過——把他從軍隊中的指揮位置拉出，然後跑去找特雷博，傳達達利納的命令。

處理好這件事以後，達利納來到娜凡妮面前。「我需要知道妳待在指揮帳中安全無恙。那是這個範圍中可能最安全的位置。」

「那就假裝我在那裡。」她說。

「可是——」

「你要我用法器幫你不是嗎？達利納，我沒辦法遙控設置那種東西。」娜凡妮說。

他一咬牙，還能說什麼？不能放過任何可能的優勢。他再次看向那些紅眼。

「活過來的營火故事。」大石發話，是那個巨大的食角人橋兵。達利納從未看過那個人保護他或他的兒子，達利納相信這個人其實是他們的後勤官。「這些東西不該存在的。他們爲什麼不動？」

「我不知道。」達利納說。「派你的幾個人去找瑞連，我想聽聽看他有沒有什麼說法。」兩名橋兵跑走後，達利納轉向娜凡妮。「召集妳的書記把我的話寫下來。我要對士兵講話。」

片刻後，她就找來兩名書記——站在雨傘下，拿著鉛筆準備書寫，渾身發抖——準備記錄下藩王的話。他們會派女人到所有陣列中，去把這些話唸給男人們聽。

達利納爬到英勇的馬鞍中好增加一些高度。他轉向附近排列成陣的士兵，大吼的聲音壓過雨聲：

「對，那些是引虛者；對，我們要跟他們作戰。我不知道他們有什麼能力，我不知道他們爲什麼回來了，但我們來就是要阻止他們。

「我知道你們害怕，但是你們都聽說過我在颶風中接受的幻境。在戰營中，淺眸人取笑我，輕蔑地認爲我看到的幻境是妄想。」他的手臂往旁邊一伸，指向一片紅眼。「你們看，就在那裡，證明我的幻境是眞的！在那裡，你們可以看到我被告知會出現的東西！」

達利納舔舔被淋溼的嘴唇。他這一生發表過很多次戰場演說，但是從未說過像現在這樣湧現的詞句。他大喊：「我，是全能之主親自送來拯救這片大陸，免於又一次的荒寂時代的人。我看過那些東西的能力，我活過被引虛者粉碎的人生。我見到王國被粉碎、人民被摧毀、科技被遺忘；我目睹文明被拖垮到崩潰的邊緣。

「我們會阻止這一切！今天你們不是爲了淺眸人的財富而戰，甚至不是爲了你們國王的榮譽而戰。今天，你們是爲了全人類而戰。你們不會獨自作戰！相信我看過的景象，相信我的話。如果那些東西回來了，那曾經打敗過牠們的力量也一定回來了。所有人，今天結束之前，我們會一起見證奇蹟！只要我們足夠堅強，成爲有資格得證奇蹟的人。」

他看著一片充滿希望的眼神。颶風的。在他腦袋周圍，像是金色的錢球一樣在雨中轉圈的是勝靈嗎？他的書記寫完短短的演說，然後連忙趕去抄謄本，跟著跑者送出去。

達利納看著他們離開，向寧靜宮祈望他剛剛沒有對所有人都撒了謊。

在這片黑暗中，他的軍力顯得很小，被敵人包圍。很快地，他聽到自己的話在遠處響起，讀給所有的軍隊聽。達利納依然坐在馬上，紗藍在她的馬邊，娜凡妮則去照看她的幾組器具。

他的作戰計畫要他們再等一下，達利納樂於等待。有這些裂谷在前，當被攻擊的比主動出擊要好。也許不同的軍隊組織起來會鼓勵帕山迪人向他們進攻來開戰。幸好下雨意味著不會有箭，弓弦絕對耐不住這樣的溼氣，即便是帕山迪人的反彈弓裡用的動物膠也撐不住。

帕山迪人們開始唱歌。

歌聲突然猛烈地壓過雨聲響起，驚嚇到他的人馬，讓他們紛紛往後退去。這首歌是達利納在台地戰鬥上從未聽過的，更短促，更倉皇，從包圍他們的三個台地同時響起，像是飛斧一樣撲向中央的雅烈席人。

達利納打了個寒顫。風吹著他，比平常的泣季更猛烈，把雨滴吹打在他的臉側，讓冰冷囓咬著他的皮膚。

「光爵！」

達利納在馬鞍中轉身，看到四名橋兵跟瑞連一起靠近——他還是要人隨時都看守著對方。他揮手要護衛分開，允許帕山迪橋兵快速來到他的馬邊。

「那首歌。」瑞連說。「那首歌。」

「那是什麼？」

「是死亡。」瑞連低聲說。「光爵，我從來沒聽過，但是那節奏屬於毀滅，是力量。」

在裂谷對面，帕山迪人開始發光，小小的紅線在他們的手臂周圍閃亮，像是閃電一樣閃爍晃動。

「那是什麼？」紗藍問。

達利納瞇起眼睛，又一陣風颳過他。

「你必須讓它停下，拜託你。就算要殺死他們都行，不要讓他們唱完那首歌。」瑞連說。

今天是他無知無覺之際，在牆上寫下的倒數日期。最後一天。

達利納根據直覺做出決定。他叫來傳令員，其中一名跑上前來——是泰紗芙的學生，一個十五歲的女孩。「傳下消息，告訴指揮帳中的卡爾將軍、軍團長、我的兒子、特雷博，還有其他藩王。我們要改變戰略。」

「光爵？怎麼變？」傳令兵問。

「我們攻擊。現在出發！」

❖

卡拉丁停在淺眸人訓練場的入口，雨水從他頂上雨傘的油布流下，他驚訝於眼前的景象。在準備迎接颶風時，執徒通常會把沙子堆掃到空地周圍的遮蔭壕溝裡，免得沙被吹走。

他以為泣季時會有類似的作法，但是他們卻把沙子留在外面，又在門口擋了一塊矮木板。它塞住訓練場的前方，讓場地被水湧入，一小波雨水從木板邊緣溢入，流到通道上。

卡拉丁看著塡滿中庭的小湖，嘆口氣，彎下腰解開了鞋帶，脫下靴子跟襪子。走入水池時，水淹到他的小腿。

軟軟的沙子擠入他的腳趾間。這是為了什麼？他穿過中庭，拐杖夾在腋下，靴子的鞋帶綁在一起，掛在肩膀上。冰冷的水凍僵了他受傷的腳，感覺卻挺舒服的，只是每走一步腿都會疼一下。兩個禮拜的休息對他的傷勢好像沒有什麼幫助，但他堅持要一直這樣走路，希望有助於康復。

他被自己的能力寵壞了，受這樣傷的士兵通常都要花好幾個月才能恢復。沒有了颶光，他只能有點耐心，跟平常人一樣慢慢來。

他原本以為訓練場會跟戰營別處一樣空曠，就連市集都空蕩蕩的，大多數人在泣季時喜歡待在室內，但他卻發現執徒們在這裡歡聲笑語，坐在繞著訓練場周圍的高架看台上。他們縫著皮製的練習背心，一杯杯暗紅酒放在身邊的桌上，這一塊區域離地的距離足夠保持乾爽。

卡拉丁順著旁邊走，在他們之中尋找，卻沒找到薩賀。他甚至看了一眼男廁，裡面沒人。

「在上面，橋兵！」一名執徒喊著，光頭的女人指著角落的一個樓梯間。雅多林跟雷納林來訓練時，卡拉丁經常派士兵去那裡守住屋頂。

卡拉丁揮手感謝，然後一拐一拐地過去，笨拙地上了階梯。他必須收起雨傘才鑽得進去。在樓梯間的盡頭，一探出屋頂上的開口，雨就落在他的頭上。屋頂是以鑲嵌在硬化克姆泥裡的磁磚鋪成，薩賀躺在拉於兩根棍子中間的吊床上。卡拉丁覺得那兩根棍子有可能是避雷針，看起來一點都不安全。掛在吊床上面的帆布讓薩賀幾乎沒被淋溼。

執徒緩緩地搖晃著，閉起眼睛，拿著一個方形的烈禾努，一種拉維斯穀釀造的酒。卡拉丁檢視了屋頂一番，評估自己是否能走在斜斜的磁磚上，而不是滑倒、摔斷脖子。

「去過純湖嗎，橋兵？」薩賀問。

「沒有，但是我常聽一個人提起。」卡拉丁說。

「你聽說了什麼？」

「那是一個淺到可以涉水穿越的海。」

「那簡直淺到可笑，看起來像是無止境的海灣，卻只有一呎深。水很暖和、風很平緩，讓我想到家。不像這個又冷，又溼，神都不要了的地方。」

「因爲我不能忍受想起家，白癡。」

「那你爲什麼不在那裡，而在這裡？」

噢。「那爲什麼我們在聊？」

「因爲你在想我們爲什麼在下面弄了個自己的小純湖。」

「我有嗎？」

「你當然有，該死的小鬼。我現在已經對你很了解，知道什麼樣的問題會讓你困擾。你想事情的方式不像橋兵。」

「橋兵就不能有好奇心？」

「不能，因爲如果他們有好奇心，要不是被殺死，不然就是被負責管理他們的人看到他們有多聰明，然後就會被送去有用的地方。」

卡拉丁挑起眉毛，等待更多解釋。終於，他嘆口氣問：「爲什麼你把下面的中庭擋起來了？」

「你覺得呢？」

「薩賀，你眞的很討人厭，你自己知道嗎？」

「當然。」他喝了一口禾努。

「我認爲你把訓練場前面堵上是爲了不讓沙子被雨沖走。」卡拉丁說。

「推斷得很好，就像牆上的新鮮藍漆。」薩賀說。

「天知道你是什麼意思，不管了。問題是，爲什麼要把沙留在中庭裡？爲什麼不能像在颶風前一樣，把沙子收起來？」

「你知道泣季時候的雨不會掉克姆泥嗎？」

「我……」他知道嗎？重要嗎？

「這也是好事，否則整個戰營都會被那東西塞滿。」薩賀說。「總而言之，這樣的雨最適合洗東西。」

「你是在告訴我，你把整個訓練場變成了澡堂？」

「當然。」

「你在裡面洗澡？」

「當然。不過自然不是我們。」

「那是什麼？」

「沙子。」

卡拉丁皺眉，探頭從牆邊看向下方的池子。

薩賀說：「我們每天都會進去攪動一番，沙子會落到下面，所有的髒東西都會漂走，被雨水帶去戰營外的小溪。你想過沙子需要洗澡嗎？」

「其實沒有。」

「需要的。一整年都被臭燻燻的橋兵腳踢來踢去，還有一樣臭、但是精緻很多的淺眸腳也加入，又一整年都被我這樣的人在上面灑落食物，以及來這裡大小號的動物——沙子是需要清洗的。」

「我們爲什麼在談這種事？」

「因爲這是重要的事。」薩賀喝了一口。「或什麼的，我不知道。小子，是你來找我的，打斷我的假期，你得聽我嘮叨。」

「你應該要說點高深莫測的東西。」

「你沒聽到我說我在放假嗎？」

卡拉丁站在雨中。「你知道國王的智臣在哪裡嗎？」

「灰那個蠢蛋？幸好不在這裡。怎麼了？」

卡拉丁需要找人談談，他花了大半天都在找智臣，卻沒找到那個人，只好在半途屈服下來，跟一個孤獨的小販買了一點芻塔。

是滿好吃，但他的心情沒因此好起來。

所以他放棄找智臣，來找薩賀。這似乎是個錯誤。卡拉丁嘆口氣，轉身要下樓梯。

「你要什麼？」薩賀朝他喊，睜開了一條眼縫，看向卡拉丁。

「你曾經需要在兩個同樣惡劣的選擇中挑一個嗎？」

「每天我都選擇繼續呼吸。」

「我擔心糟糕的事情將要發生。」卡拉丁說。「我可以阻止它，但那件糟糕的事情……如果眞的發生了，也許對大家都好。」

「嗯。」薩賀說。

「沒有建議？」卡拉丁問。

薩賀調整一下枕頭，「挑那個讓你晚上比較睡得著的選擇。」老執徒閉上眼睛，躺好。「我希望我當初就是那樣。」

卡拉丁繼續下了台階。下來之後沒拿出雨傘，反正已經全身溼透。他在訓練場旁邊的架子中到處翻找，直到找到一柄矛——眞的矛，不是練習矛。他放下拐杖，一跳一跳地進入水中。

之後，他擺出矛兵的招式，閉上眼睛。雨在他身邊落下，濺入水池，灑在屋頂，彈在外面的街道上。卡拉丁覺得全身疲累，像是血從身體被抽乾，陰天讓他想要坐著不動。

但是他卻開始與雨共舞。他一一演練招式，盡量避免重量壓在傷腿上。他在水裡揚起水花，他在熟悉的招式中尋求平靜跟目標。

兩樣都沒找到。

他的重心不穩，腿痛得尖叫。雨沒有伴隨他，只讓他煩躁。更糟的是，風沒有吹，空氣感覺有霉味。卡拉丁被自己絆倒，矛在身邊翻飛，然後笨拙地弄掉了。矛滾開，落入水池，他拿起矛的時候，注意到執徒看著他的表情從迷惘到好笑都有。

他又試了一次。簡單的矛術招式。沒有轉動武器，沒有炫耀。踩、踩、刺。

手中的矛柄感覺不對。重心不對。颶風的，他來這裡是爲了尋找平靜，卻越練越煩躁。

他用矛的能力有多少是來自於他的力量？難道他沒了力量就什麼也不是？

他再試了一次簡單的轉身刺，矛又掉了。他朝矛伸手，發現有一個雨靈坐在水裡的矛旁邊，眼睛眨都不眨地抬頭看上方。

卡拉丁低吼一聲抓起矛，抬頭看天，對著雲大吼：「他活該！」

雨擊打著他。

「給我一個他不活該的理由！」卡拉丁大叫，根本不管執徒是不是聽到。「也許不是他的錯，他也許還在努力，但是他還是一直失敗！」

沉默。

「除掉受傷的四肢是對的事。」卡拉丁低聲說。「這是我們必須做的事，才能……才能……」

才能活下來。

這句話是從哪來的？

人為了保命要不擇手段，孩子。只要有機會，就要把弱點變成強項。

提恩的死。

那一瞬間，那可怕的瞬間，他只能看著他弟弟死去，什麼都做不了。提恩自己的小隊長犧牲沒受訓練的新兵，以贏得一瞬間的優勢。

在一切結束之後，小隊長對卡拉丁說過話。為了保命，要不擇手段……

從某種扭曲、可怕的角度來說，這是合理的邏輯。

那不是提恩的錯。提恩努力過，他還是失敗了，所以他們就殺了他。卡拉丁跪倒在水裡。「全能之主，全能之主啊。」

國王……

國王就是達利納的提恩。

「攻擊？」雅多林問。「妳確定我父親是這樣說的？」

跑來送信的年輕女人用力點著被雨打溼的頭，身穿著開岔的衣裝跟跑者的背帶，看起來挺狼狽的。

「光爵，如果可以，您要打斷他們的歌聲。您的父親說這很重要。」

雅多林轉頭去看由他負責、守住南翼的軍團。在他們後面，在包圍軍團的三座台地之一上頭，帕山迪人唱著一首可怕的歌。定血躁動著，鼻孔噴氣。

「我也不喜歡。」雅多林輕聲說，拍拍馬脖子。那首歌讓他緊繃，還有他們手臂跟手中的紅線是什麼東西？

「派雷，」他對他的一名戰場指揮官說。「叫所有人準備聽令。我們要從橋上衝過去到南面台地，先出重騎兵，短矛跟在後面，長矛待命，如果我們跑過頭就出兵。我要所有人準備好在另外一邊排列方陣，直到我們確定帕山迪戰線會落在那裡。颶風的，眞希望我們有弓箭手。去！」

消息傳開，雅多林輕踢定血來到一座架好的橋旁邊。他今天的橋兵護衛跟著，兩人分別叫做斯卡跟德雷。

「你們兩個要避開嗎？」雅多林問橋兵，眼睛直視前方。「你們的隊長不喜歡你們上戰場跟帕山迪人作戰。」

「下地獄去吧！」德雷說。「我們會作戰，長官。反正那些不是帕山迪人，已經不是了。」

「答得好。我們一開始進攻，他們就會前進。我們得替剩下的軍隊守住橋頭，盡量跟上我。」他轉頭看著，等著，看著直到……

一枚巨大的藍色寶石升入空中，高高掛在指揮帳附近的遙遠棍子上。

「去！」雅多林一踢定血衝了出去，迅疾地跑過橋，濺起對面水窪的水花，使雨靈晃動。他的兩名橋兵跑著跟上，在他們之後是重盔甲，扛著鎚頭跟斧頭——最適合砸裂帕山迪人的厚甲——的重裝騎兵轟然啟動。

大多數帕山迪人繼續唸誦著，一小群人分開，大概兩千人左右，前來攔截雅多林。他彎下腰，低吼著，手中握著碎刃。如果他們——

一道光閃過。

世界猛然一歪，雅多林發現自己滑倒在地，碎甲摩擦著岩石。甲冑吸收了落地的撞擊，卻沒辦法吸收雅多林自身受到的震撼。世界旋轉，一片水從頭盔的縫口湧入，湧過他的臉。

他停下來的時候，往後一推，站了起來，卻腳下一歪，碎甲敲擊出聲，但立刻朝四面八方揮砍，以免帕山迪人逼近。他眨掉盔甲裡的水，然後眼睛漸漸聚焦在前面地形發生的變化。褐色與灰色之間的白色，那是什麼……

他終於眨清視線，明確地看清楚。白色是匹倒地的馬。

雅多林慘叫一聲，聲音在頭盔中迴響。他無視於士兵的叫聲、雨聲，以及身後突然不自然的破空聲。他跑向地上的身體。定血。

「不要，不要，不要。」雅多林撲倒在馬屍身邊。馬匹半邊白色皮毛上都出現一道奇異如樹枝狀的燒傷，很寬，傷口不平整。定血的黑眼睛在雨中睜得大大的，眨也沒眨。

雅多林舉起雙手，突然不敢去碰觸牠。

在一片陌生戰場上的年輕人。

定血沒有動。

比那天贏得他的碎刃的決鬥時還要緊張。

喊叫。空氣中又一陣嘎啦聲，銳利、緊逼。

兒子，他們會挑選自己的騎士。我們執著於碎具，但任何人——無論是勇敢或懦弱——都可以與碎刃締結關係。可是在這裡不是，在這片土地上不是。只有配得上的人才會勝利……

動起來。

之後再哀傷。

動起來！

雅多林大吼，猛地跳起來，衝過兩名握著矛站在身側、緊張地守著他的橋兵。他啓動召喚碎刃的過程，衝向前方的戰鬥。只過了幾刻，雅烈席卡戰線就已經在崩潰了。有些騎兵以小隊前進，其他人則往後退縮，心神俱震，頭暈目眩。

又一陣閃光，伴隨著空氣中的嘎啦聲。閃電。紅色的閃電。閃電從一群群帕山迪人中間出現，然後一眨眼又消失，只留下一個鮮豔的殘影——閃亮、多岔——暫時遮蔽了雅多林的視線。

在他前面，穿著盔甲的人們倒地，被烤焦。雅多林邊喊邊衝，大吼著要所有人守住戰線。

更多嘎啦聲，但是對方的攻擊似乎瞄不準。有時候會往後退，或是跟隨奇怪的路徑，鮮少直接衝向雅烈席人。在他狂奔的時候，看到一陣閃光從一對帕山迪人身上發出，卻立刻往地面導電。

帕山迪人呆茫不解地看著地面。感覺就像是這種閃電……其實跟天上的閃電一樣，不會跟隨任何可以預測的路徑前進。

「衝向他們啊，你們這些克姆林蟲！」雅多林大喊，從士兵中間跑過。「退回戰線！這就像是朝弓兵推進一樣！保持冷靜、收縮陣形，我們崩潰的話，就死定了！」

他不確定他們聽到多少，但是他邊吼邊衝入帕山迪戰線的舉動有了效果。軍官們紛紛大喊，戰線重新成形。

閃電直撲雅多林。

聲音大得令人難以置信，還有那光。他站在原處，眼睛什麼也看不見。當閃電褪去時，他發現自己完全沒有受傷。他低頭看著盔甲，盔甲正輕輕地顫動——嗡嗡聲響輕震著他的肌膚，居然讓人感到頗受安撫。附近另一道閃電從一小群帕山迪人身上發出，卻沒讓他失去視覺。他的頭盔——向來從內往外看都是半透明的——出現了一道之字形的黑痕，跟閃電的形狀一模一樣。

雅多林咬牙，接著露出笑容，感覺一陣狂野的滿意。他撲向帕山迪人，揮動他的碎刃，切過他們的脖子。在古老的故事中，他穿著的盔甲正是被創造出來對抗眼前這些怪物。

雖然這些帕山迪士兵比他先前戰鬥過的那些有著更削瘦、凶猛的外表，但他們的眼睛依然輕易地就會被燒空，然後他們會死去、倒在地上，有種東西從他們的胸口鑽了出來——小小的紅靈，像是細小的閃電，倏地竄入空中，消失無蹤。

「他們可以被殺死！」一名士兵從附近大喊。「他們是會死的！」

其他人也跟著響應這聲吼叫，順著戰線傳了下去。雖然這個發現似乎顯而易見，卻讓軍隊全體士氣大振，全部人往前衝去。

他們是會死的。

❖

紗藍畫著。焦急地畫著。

墨水的地圖。每根線條精準。在她的命令下製造出的大型紙張，蓋住地板上的一整片木板。這是她畫過最大的一幅畫，隨著旅程的推進，由她一區一區地填補了空白。

她一心二用，同時聽著帳棚中其他學者們在說什麼。她們讓她分心，但卻是很重要的分心。

另一條線，一邊有著波紋，形成一道細細的台地，這是她在地圖上其他七處也畫過的模版。平原是一個對稱八瓣形的放射圖，所以她在每一瓣中畫的圖形都可以在其他幾瓣中重複，或一模一樣，或以鏡像呈現。東面已經被風蝕磨損，所以她的地圖放在那一區並不準確——但爲了完整性，她必須完成那些部分，好能看到全部的圖樣。

「斥候回報。」一名女傳令員揚聲說，衝入帳棚，帶入一陣溼風。這種令人措不及防的風……感覺幾乎就像是颶風來臨前。

「內容？」音娜達拉問，嚴厲的女人據說是很厲害的學者，她讓紗藍想起她父親的執徒。在房間的角落裡，雷納林王子穿著碎甲站著，雙手交疊。他接收的命令是如果帕山迪人試圖突破到指揮台地上，他要保護所有人。

「中央大型台地正如帕胥人所告訴我們……」斥候上氣不接下氣地說著。「就在東邊隔著一個台地的地方。」琳恩是個看起來很可靠的女人，有著黑長髮與敏銳的眼睛。「那個台地很顯然有人居住，但那裡現在似乎沒有任何人。」

「那周圍的台地呢？」音娜達拉問。

「辛姆跟費特正在探查。」琳恩說。「費特應該很快就會回來了。我可以替妳們粗略畫出中央的地形。」

「畫。我們必須找到誓門。」音娜達拉說。

紗藍擦乾一滴——從琳恩的外套上滴下的——水滴，繼續畫下去。軍隊從戰營出發，往內部深入的路程讓她推測出另外八方台地的形狀，兩兩對稱成組，形成平原的四「邊」，一路往內完成。

她幾乎畫完八條中，最後一條伸向中心的台地串。距離中心點如此之近的現在，根據先前的斥候回報——還有之前紗藍親眼所見的景象——允許她畫完中央周圍的一切。瑞連的解釋頗有幫助，但他沒辦法替她畫出中央的台地群。他向來沒有注意過那些台地的形狀，而紗藍需要很精確的描述。

幸好之前的探查報告幾乎足夠，她需要的補充已經不多了，就快要結束。

「妳覺得呢？」琳恩問。

「拿去給紗藍光主看。」音娜達拉的口氣聽起來很不滿，不過這似乎是她的正常狀態。

紗藍瞥向琳恩在倉促中畫下的地圖，點點頭，繼續動筆畫起來。如果她能親眼去看中央台地會比較好，但這個女人畫的一角也讓紗藍有了點概念。

「什麼都不說嗎？」音娜達拉說。

「還沒完。」紗藍用筆沾著墨水。

「藩王親自下令要我們找到誓門。」

「會的。」

「嗯嗯……」圖樣說。「糟。很糟。」

音娜達拉看向趴在紗藍身邊地上的圖樣。「我不喜歡這個東西。靈不該會說話。這有可能是牠們之一，是引虛者。」

「我不是虛靈。」圖樣說。

「紗藍光主——」

「它不是虛靈。」紗藍心不在焉地說。

「我們應該研究它。」音娜達拉說。「妳說它跟著妳多久了?」

沉重的腳步聲在地板上響起，雷納林上前一步。紗藍寧可不要讓別人知道圖樣的存在，但是當風開始吹起時，它大聲地嗡嗡叫，在它引來學者們的注意後，事情已經無法避免。雷納林彎下身，他似乎對圖樣的存在著迷不已。

不只是他。「它很有可能是相關的存在。」音娜達拉說。「妳不應該這麼快就放棄我的一個理論。我還是覺得它跟引虛者有關。」

「老人類，妳對圖樣們一無所知嗎?」圖樣氣呼呼地說。它什麼時候學會氣呼呼了?「引虛者是沒有規律圖樣可言的。況且，我在你們的書籍中讀過，書上說引虛者有著像骨頭一樣細瘦的手臂，還有可怕的臉孔。我覺得，如果妳想要找到引虛者的話，也許可以從鏡子先開始找。」

音娜達拉往後猛縮，然後忿忿地走開，去跟薇菈光主和愛莎西克討論她們對紗藍的地圖如何解讀。

紗藍邊微笑邊畫。「答得很巧妙。」

「我正在努力學習。」圖樣回答。「侮辱對我的族人特別有用，因爲是以很有趣的方式混合了眞實跟謊言。」

外面繼續發出爆炸聲。「那是什麼?」她輕聲問，又畫完了一道台地。

「颶風靈。」圖樣說。「它們是虛靈的一種。情況不好，我覺得有很危險的事情在醞釀。畫快點。」

「誓門一定是在中央台地上某處。」音娜達拉對她的那群學者說。

「我們絕對會來不及找完整群台地。」一名執徒說，他似乎老是在拿下眼鏡，擦來擦去，又把眼鏡戴上。「那座台地是我們在平原中能找到的最大台地。」

還是這個問題。要怎麼找到誓門？它有可能存在於任何地方。不，紗藍心想，精準地畫下。古代的地圖將加絲娜認爲是誓門的位置定在城市中央的西南區。不幸的是，她仍然沒有比例尺。城市太古老，地圖是副本的副本的副本，或是根據形容重新畫出的。她現在很確定，颶風座沒有覆蓋整個破碎平原——這個城市根本沒那麼大，比較像是戰營的結構是外區建築物，或是衛星城市。

但那也只是猜測，她需要更明確的指示。徵象。

帳棚門再次被甩開。外面變冷了，雨又下得更大了嗎？

「地獄的！」新來的人咒罵，一名穿著斥候制服的瘦子現身。「你們有沒有看到外面發生的事情？爲什麼我們分散在不同的台地上？我們的計畫不是要進行防衛戰嗎？」

「你的報告？」音娜達拉說。

「給我毛巾跟紙。」斥候說。「我繞過了中央台地的南邊，我會把我看到的景象畫下……可是地獄的！他們在丟閃電，光主！丟閃電！根本瘋了，我們要怎麼跟那種東西打？」

紗藍畫完手邊最後一個台地，坐倒在腳跟上，放下筆。破碎平原，幾乎要畫完了。但她在做什麼？這有什麼意義？

「我們會朝中央台地前進。」音娜達拉說。「雷納林光爵，我們需要您的保護，也許在帕山迪人的城市裡，我們可以找到老人或工人，就可以依照達利納光爵的指示去保護他們，也許他們會知道誓門在哪裡。不知道的話，我們可以強行進入建築物，尋找線索。」

太慢了，紗藍心想。

新來的斥候走到紗藍的大地圖前。他彎下腰，一邊擦乾身上一邊檢視。紗藍瞪了他一眼。如果他敢在她的辛勞成果上滴水……

「這個不對。」他說。

不對？她的畫？當然不會不對。「哪裡？」她疲累地問。

「那個台地。」男人指。「那裡不是妳畫的那樣又長又細，是一個完美的圓形，中間有大的空際，東西兩邊有台地。」

「不太可能。」紗藍說。「如果真是這樣——」她猛地一眨眼。

如果是這樣，就不符合圖樣的規律性了。

❖

「好，那就去找一隊士兵給紗藍光主，照她說的去做！」達利納轉身，逆風舉起手臂。

雷納林點點頭。感謝上蒼，這個年輕人同意在戰場上穿碎甲，而不是繼續跟橋四隊混在一起。達利納最近已經完全搞不懂這個兒子了……颶風的。達利納從來不知道有誰可以把碎甲穿得這麼彆扭，但是他的兒子辦到了。被風吹來的一片雨水飛過，藍色燈籠照出的光映在雷納林溼淋淋的甲冑上。

「去吧，保護完成任務的學者們。」達利納說。

「我……父親，我不知道……」雷納林說。

「雷納林，這不是要求！」達利納低吼。「照你說的去做，要不然就把那颶風的碎甲交給會去做的人穿！」男孩踉蹌地倒退，緊接著行了軍禮，發出金屬拍擊的聲響。達利納指了指正在旁邊喝令召集士兵的加法，雷納林跟著加法，兩人一起離去。

颶父啊，天色越來越暗，他們很快就得用到娜凡妮的法器。風一陣陣地大力吹來，帶來了根本不是泣季該有的強烈雨波。「我們必須打斷他們的歌聲！」達利納逆風而吼，去到台地邊緣，周圍的軍官跟傳令員都跟在身邊，包括瑞連還有幾名橋四隊成員。「帕胥人，颶風是他們招來的嗎？」

「我相信是，達利納光爵！」

在裂谷的另一端，艾拉達的軍隊與帕山迪人正在進行絕望的對戰。紅色的閃電一波波打下，但根據戰場上傳來的回報，帕山迪人並不知道該如何控制閃電，所以雖然對站在附近的人來說很危險，卻也不是一開始以爲的可怕武器。

不幸的是，在正面肉搏中，這些新的帕山迪人卻是完全不同的危險。一群帕山迪人正貼著裂谷邊緣前進，如白脊穿透一片蕨葉般突破了一群矛兵。他們戰鬥時展現的凶猛善戰，程度遠超過之前在台地戰時面對的帕山迪人，武器每砍中士兵一次，也會帶起紅色的閃光。

只能站在一旁觀看，非常地煎熬，但是達利納的位置不在戰場上。至少今天不是。「艾拉達的東面需要補充兵力。」達利納說。「我們還有什麼？」

「後備的輕騎兵。」卡爾將軍身上只穿著制服，他的兒子穿著他的碎甲，跟洛依恩的軍隊一起戰鬥。

「瑟巴瑞爾的第十五矛兵團，可是這些應該是要用來支援雅多林光爵的……」

「沒這些他也死不了，把那些人派過去支援艾拉達。傳令要從後面穿透帕山迪人，不計代價去攻擊那些唱歌的帕山迪人。娜凡妮的進度如何？」

「她的法器已架設完成，光爵。」一名傳令員說。「她想知道該從哪裡開始。」

「洛依恩的側翼。」達利納立刻說，他可以感覺到那裡正有災難在醞釀。演說歸演說，但實情是，雖然有卡爾的兒子在前線帶頭戰鬥，洛依恩的軍隊仍然是最弱的。

特雷博正帶著一些瑟巴瑞爾的軍隊支援，他們的戰力出奇優秀。藩王本人在戰場上幾乎是廢物，但是他知道該怎麼樣招攬到對的人——這向來是他的天賦長才，瑟巴瑞爾大概以爲達利納不知道這點。

他把瑟巴瑞爾的大部分兵力一直留做後備軍，直到現在。一旦他們也上場，那就幾乎是押上了所有士兵。達利納走回指揮帳，經過紗藍、音娜達拉、幾名橋兵，還有一隊士兵——包括雷納林——正在小跑離開台地，前去完成任務。他們得從南邊的台地繞路，經過戰鬥區域，才能到達他們的目的地。願克雷克保佑他們順風。

達利納自己在雨中前進，全身溼透，靠著目力所能及的各方戰區來判斷戰情。他的軍隊有人數上的優勢，這是他們預期的，但是現在這片紅色的閃電，這陣風……帕山迪人輕而易舉地穿過黑暗與一陣陣狂風，人類則不斷腳下打滑，瞇著眼，被打得狼狽不堪。

不過雅烈席人也保持了一定的勢均力敵。問題是，眼前這只是一半的帕山迪人。如果另一半也開始攻擊，他的人就麻煩大了——可是他們沒有，所以他們一定覺得歌唱很重要。他們認爲自己創造的風對人類來說更有毀滅性、更致命，遠超過單純加入戰局。

這讓他非常害怕。這樣發展下去，局面會變得更糟糕。

「我很抱歉你們必須這樣死去。」

達利納停頓在原地。雨不停流下。他看著一群等他下令的傳令員、副官、侍衛、軍官。「剛才是誰說話？」

所有人面面相覷。

等等……他認得這個聲音，對不對？聽起來很熟悉。

對，他聽過了很多次。在他的幻境中。

那是全能之主的聲音。

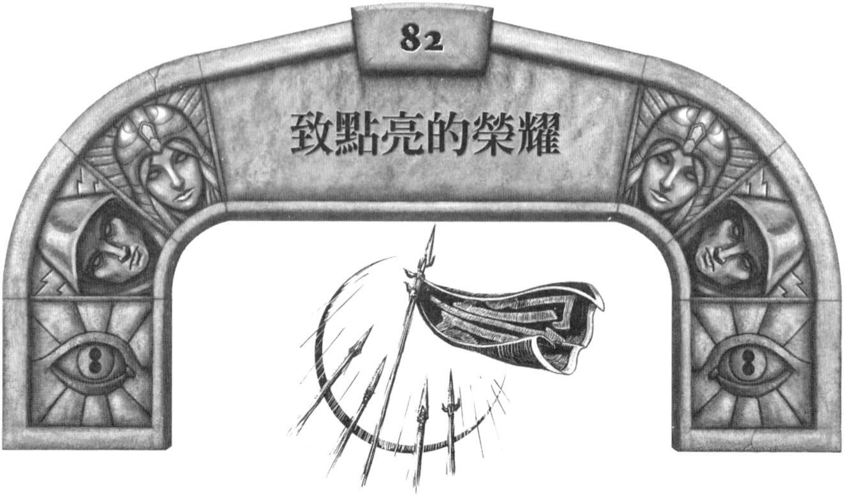

82
致點亮的榮耀

有一個是你要注意的。雖然它們全部都跟預見有關連，但摩拉克在這方面是最強的。它的碰觸會滲透與身體分離時的靈魂，藉由死亡之星火現形於世。不說了，這已離題。岔路。王權。我們必須討論王權的本質。

——出自圖表，書桌第二抽屜之書，第十五段

卡拉丁一拐一拐地爬上通往蜂宮的之字路，腿是糾結成一團的痛塊。他到達門口時，差點整個人摔倒，只能靠在門上，重重喘氣，一邊腋下夾著拐杖，另一手拿著矛。他以爲自己拿著矛能有什麼用。

必須……找到……國王……

他要怎麼樣帶走艾洛卡？摩亞許會盯著國王。颶風的，暗殺行動隨時都有可能發生……可能就差這幾小時了。達利納一定離戰營已經夠遠。

繼續。走。

卡拉丁跌跌撞撞地進入門口，門前沒有守衛。不好的跡象。他應該示警嗎？戰營中沒有可以幫忙的士兵，而且如果他帶了人馬來，葛福斯跟他的人就會知道出事了。獨自一人的情

況下，卡拉丁也許能見到國王。他最好的機會就是能靜悄悄地帶著艾洛卡脫離險境。

笨蛋，卡拉丁心想。現在你改變主意了？都走到了這一步？你在幹什麼？

可是颶風的……國王努力過。他眞的努力過。那個人很高傲，也許很無能，但是他努力了。他是誠心誠意的。

卡拉丁停下腳步，精疲力竭，腿慘叫著好痛，只能靠向牆壁。不是應該輕鬆點嗎？他都做出決定了，不就應該感到全神專注、有自信、有精力嗎？半點也沒有啊。他只感覺自己被搾乾了，混亂了，充滿了不確定。

他逼自己前進。繼續前進。全能之主保佑，他可不要來遲了。

現在他又要走回頭路，重新依靠祈禱了嗎？

他小心翼翼地在黑暗的走廊中前進。爲什麼沒有更多燈？好不容易才來到國王的上層房間，一旁是會議廳跟陽台，兩名穿著橋四隊制服的人守在門口，可是卡拉丁不認識他們。他們不是橋四隊的人——甚至不是以前國王衛隊的人。颶風的。

卡拉丁跛行上前，知道自己看起來一定很悲慘，全身溼透，腳還一拐一拐的，而且他注意到自己正在滴著血。他把縫好的傷口撐破了。

「停。」其中一人說，那人的下巴凹陷深到像是小時候被人用斧頭砍過臉。他上下打量卡拉丁。「你就是那個他們稱爲受颶風祝福的人？」

「你是葛福斯的人。」

兩名士兵面面相覷。

「沒事，我跟你們是一起的。摩亞許在嗎？」卡拉丁說。

「他先換班了，去睡一會兒。今天是重要的一天。」士兵說。

我來得不晚，卡拉丁心想，運氣在他這邊。「我想要加入你們的行動。」

「橋兵，一切已經處理好了。回去你的營房，假裝一切都好。」守衛說。

卡拉丁靠近，彷彿要低聲說些什麼，士兵也彎下腰來。

但卡拉丁突然拋下拐杖，用矛往那人兩腿中間一捅，之後立刻轉身，以完好的腿爲軸心，拖著傷腿，將矛劈向另一個人。

那人舉矛格擋，開始大吼：「戒備！戒——」

卡拉丁重重撞上他，拍開他的矛，然後拋下自己的矛，用凍僵的溼冷手指捏住那人的脖子，把他的頭用力往牆壁撞，接著扭身屈膝，用手肘往下撞擊凹下巴男人的頭頂，直擊下地。

兩個人都沒了動靜。卡拉丁自己卻因突然發力而有點暈眩，重重地撞在門上，世界不斷旋轉。至少他知道沒了颶光，他還能戰鬥。

他發現自己笑了起來，雖然很快就變成咳嗽。他眞的攻擊了那兩個人嗎？沒辦法回頭了。颶風的，他甚至不知道自己爲什麼要這麼做。國王的誠心是一部分，但那不是眞正的原因。眞正心底深處的原因是，他知道這是他該做的，但是爲什麼？光想到國王會爲了大家好的理由而死去，就讓他想要反胃。這讓他想到提恩受到的對待。

但那也不是完全的原因。他颶風的，他連跟自己都解釋不清。

兩名守衛都沒動，只是偶爾抽搐一下。卡拉丁咳了又咳，掙扎地呼吸。沒時間虛弱了。他伸出爪子一樣的手，扭動了門把，用力推開門，半摔進房間，又費力地站起。

「陛下？」他呼喊，用矛撐著身體，拖著壞腿。他來到沙發後面，靠著沙發讓自己站直。那國王去哪裡——

國王躺在沙發上，動也不動。

❖

雅多林猛力地以碎刃揮砍，保持完美的風式，劍尖一面濺起水花，一面切斷帕山迪士兵的脖子。紅色閃電從屍體身上劈啪炸出燦爛的一團火星，在士兵死去時將他與地面連結。周圍的雅烈席卡士兵小心翼翼地不要踏入屍體旁邊的水窪，他們已透過先前痛苦的教訓，學到這種奇怪的閃電能藉由水瞬間殺人。

雅多林舉起劍，向前疾衝，領頭猛攻最近的一群帕山迪人。詛咒這場颶風還有帶來颶風的風！幸好黑暗已經退卻，因爲娜凡妮送來了法器，讓戰場沐浴在出奇平均的白光下。

雅多林跟他的軍隊與帕山迪人不斷碰撞，但他一深入敵人中心，就感覺到有東西拉扯著他的手臂。繩套？他用力回抽，不會有能困住碎甲的繩子。他一吼，將繩索從握住它的人手中抽出，然後又是一個繩套套住他的脖子，將他用力回拉，引得他全身一震。

他大吼，碎刃回身揮砍，將繩子砍斷。黑暗中又飛出三套繩索，帕山迪人派了整整一隊人來。雅多林轉成防守性揮動，按照薩賀的教導，抵擋專門對付他的繩索攻擊。他們一定在他面前的地面上安排了其他繩子，認爲他會衝向他們……沒錯，就在那裡。

雅多林退開，砍斷撲到他身上的繩索。不幸的是，他的人都是靠他來突破帕山迪人的戰線，所以當他後退時，敵人便朝雅烈席卡戰線猛攻而去。他們不用一貫傳統的戰鬥陣勢，而是以小隊與雙人組合作戰，在混亂的滂沱大雨中，在夾雜著閃電跟猛然吹起的強風所形成的戰場上，這方式有效得可怕。

雅多林安排在燈邊領軍的戰場指揮官佩瑞，發出號令要雅多林這一側後撤。王子發出一連串的咒罵，砍斷最後一條繩索，往後一退，舉著劍提防帕山迪人追趕。

他們沒有追趕，可是有兩個人依然跟在他身後，一起撤退。

「橋兵，你們還活著嗎？」雅多林問。

「還活著。」斯卡說。

「長官，你身上還有幾個繩套。」德雷說。

雅多林伸出手臂，讓德雷用腰刀把繩套割斷。他轉過頭，看到帕山迪人重新形成戰線，更遠處傳來陣陣粗礪的唸誦聲，夾雜在閃電與呼嘯的風聲之中。

「他們不斷派人來攻擊跟騷擾我。」雅多林說。「他們不打算打敗我，只想把我隔在戰局之外。」

「他們早晚得眞的跟你打。」德雷又割斷一條繩子，然後舉手擦掉光頭上的雨水。「他們不能把碎刃師放在一旁不顧不管。」

「事實上，他們正在這樣做。」雅多林瞇起眼睛，聽著他們的唸誦聲。

穿過被風颳來的雨幕，雅多林一路鏘啷小跑到燈邊的指揮區。穿著一件大颶風外套的佩瑞站在那裡吼叫發令，他很快地朝雅多林行個軍禮。

「狀況？」雅多林問。

「踏水，光爵。」

「那是什麼意思？」雅多林說。

「游泳的術語，長官。我們不斷來回戰鬥，卻沒有進展。雙方勢均力敵，都在尋找突破點。我最擔心的就是那些帕山迪後備軍，他們原本應該現在就投入那些兵力了。」

「後備軍？」雅多林看向陰暗的台地。「你是說那些唱歌的。」左右兩方都有雅烈席卡軍隊與帕山迪軍交手，人們怒吼慘叫，武器相交，戰場上熟悉的致命聲音四起。

「是的，長官。」佩瑞說。「他們就在貼在台地中間的岩塊前，他颶風的掏心掏肺地唱。」

雅多林想起在陰暗的光線下聳立的凸出岩石，絕對大到上面可以站一個軍團。「我們能從後面爬上去嗎？」

「在這種雨天，光爵？不太可能。也許您可以，但您眞的要隻身一人前去嗎？」佩瑞問。

雅多林等著熟悉的興奮感催促他前進，那種渴望衝入戰爭、不顧一切的衝動。他訓練過自己要去抵抗那股衝動，卻意外地發現它……不見了。消失了。

他皺眉。他累了。這是原因嗎？他思索著眼下的情況，聽著雨打在頭盔上的聲響，思考著。

我們得處理掉後面的帕山迪人，他心想。父親要那些後備軍投入，打斷他們的歌聲……

紗藍對那些內側台地是怎麼說的？還有上面的岩石結構？

「召集一支軍隊給我。」雅多林說。「一千人，重裝騎兵。我帶著他們離開半小時後，讓剩下的人朝帕山迪人全面出擊。我有個想法要去試試看，我要你引開他們的注意力。」

❖

「你死了。」達利納朝天空大喊。他轉身，依然站在三面戰場中間的中央台地，讓周圍的副官跟侍從們嚇了一跳。「你告訴我你被殺了！」

雨不停拍打在達利納臉上。在這場大雨跟喊叫中的混亂中，他的聽覺是否欺騙了他？

「我不是全能之主。」那聲音說。達利納轉身，在驚訝的同伴間尋找著。四名穿著颶風外套的橋兵被嚇到後退，他的將領們不安地看著雲，雙手握在劍上。

「你們聽到那個聲音了嗎？」達利納問。

眾男女皆搖頭。

「你……聽到了全能之主的聲音嗎？」一名女傳令員問。

「對。」這是最簡單的答案，雖然他不確定現在是什麼情況。他繼續穿越中央台地，打算去查看雅多林的戰線。

「我很遺憾。」那聲音重複。跟夢裡不一樣的是，達利納找不到代爲發言的替身。這聲音是從虛無之中傳出來。「你們很努力了，但是我無能爲力。」

「你是誰？」達利納壓低聲音凶惡地問。

「我是被留下的那一個。」聲音說。跟他在幻境裡聽到的不一樣，這聲音有深度和厚度。「我是祂的一絲殘餘。我看到祂的屍體，看到祂被憎惡殺害後死去，而我……我逃了。繼續以我一直以來的面貌存在。是留在這世界上的神之殘存，是人類必須感覺到的風。」

他是在回應達利納的問題，還是自言自語？在幻境中，達利納一直以爲自己是在跟那聲音對話，後來才發現以爲是對話的部分，都是預設的。他聽不出來現在有沒有不同。

颶風的……他現在身處幻境中嗎？他僵在原地，立刻想像出一副可怕的景象，自己躺在皇宮地上，所有引發這場雨中大戰的一切過程，都只存在於他的想像。

不，他用力想，我不會走上那條路。他向來都能辨認出自己是否身處於幻境，現在更沒有理由認爲情況有所變化。

他下令要派給艾拉達的後備軍小跑經過，矛兵們舉著尖矛朝天，如果閃電眞的此刻降下，那可眞是他颶風的危險，但是他們沒有什麼選擇。

達利納等著那聲音再說下去，但什麼都沒發生。他繼續前進，很快來到雅多林的台地。那是雷聲嗎？

不是。達利納轉身，看到一匹從台地另一邊朝他疾馳而來的馬，背上有著傳令員。他舉起手，打斷加斐上尉正在做出的戰略報告。

「光爵！」傳令員大喊，讓馬揚起前蹄。「特雷博光爵倒下了！洛依恩藩王被驅趕，他的戰線被突破，剩下的人被帕山迪人包圍了！他被困在北面台地上！」

「地獄的！卡爾將軍呢？」

「還在，朝洛依恩最後所知地點出擊，但幾乎要被敵人壓制了。」

達利納轉向加斐。「後備軍？」

「我不知道還剩下什麼。」男人的臉在陰暗的光線下顯得蒼白。「要看看是否有從戰場輪替下來的軍團。」

「去查清，全部都帶來這裡！」達利納說完，跑向傳令員。「下馬。」他告訴她。

「長官？」

「下馬！」

達利納一腳踩上馬蹬，女人連忙從另一側馬鞍上滑下，達利納隨即翻身上馬，調轉馬頭——幸好他難得一次沒有穿著碎甲，否則這匹輕量馬根本載不動他。

「召集所有能帶來的人跟上！」他大喊。「我需要人手，就算你得撤回給艾拉達的矛兵軍團也在所不惜。」

隨著達利納俯下身，以腳跟催促著馬匹，加斐上尉的回答消失在雨中。馬匹打個響鼻，達利納跟牠爭鬥了一陣子後，才讓牠動了起來，遠處的閃電炸裂聲讓馬兒十分緊張。一旦指向對的方向，他就不再控制住馬的衝動，牠立刻急迫地發足狂奔。達利納快速地穿過台地，醫療帳、指揮帳、用餐帳都在一團模糊中經過。他靠近北面台地時，拉停了馬，尋找娜凡妮。

沒看到她。但他看到幾片大帆布鋪在這邊的地面上——大塊大塊的黑色布料陳列。她在這裡工作過。他朝一名工程師發問，她往前一指，達利納便順著裂谷朝那方向前進，經過許多連續鋪在石頭上的帆布。

在他左邊，隔著裂谷，士兵在吼叫與慘叫中死去。他親眼見到洛依恩的戰況有多慘烈，一群群人圍繞著飽受四面攻擊的旗幟，被紅色眼睛的敵人分割成脆弱的小團體，致命危機顯而易見。雅烈席人會繼續作戰，但戰線一旦碎裂，前景便也相當嚴峻。

達利納想起自己兩個月前也是那樣作戰，周圍被如海潮一般的敵人包圍，毫無獲救的希望。他更用力地催促馬匹，很快便看到了娜凡妮。她站在雨傘下，指揮另一群在大帆布邊工作的人。

「娜凡妮！」達利納隔著帆布大喊，拉停馬匹，卻滑了幾步後才停下。「我需要奇蹟！」

「正在努力。」她回喊。

「沒時間努力了。執行計畫。立刻。」

他遠到看不見她的瞪視，但是可以感覺得到。幸好她揮手要工人離開她面前的帆布，並朝她的工程師們大喊著命令。女人們跑到裂谷邊，那裡已排了一排岩石。應該是都用繩子綁成了一串，達利納心想，但他不確定這個過程是如何。娜凡妮喊出指令。

花太久了，達利納焦急地想，緊盯著裂谷對面。他們取回了特雷博使用的碎甲還有國王的碎刃了沒？他沒有時間為那人哀悼，不是現在。他們需要那些碎甲。

達利納的後方漸漸聚集起士兵。都是洛依恩的弓箭手，戰營中最優秀的一批人，在這場大雨中卻毫無用處。工程師在娜凡妮的一聲令下全數退後，工人們則將一串四十多塊的石頭推入裂谷。

石頭掉落的同時，帆布在空中飛起五十呎，靠前面的角落跟中央固定。一瞬間，長長一排臨時組成的帳棚出現在裂谷邊。

「出動！」達利納催促著馬，來到兩座帳棚中間。「弓箭手上前！」

人們衝入帆布遮蔽的區域下，有些人嘟囔著說怎麼沒有棍子撐著帳棚，讓帳棚浮在空中。娜凡妮的人只拉起了前面，所以帳棚是往後朝裂谷的反方向傾斜，雨水便順著那個方向流下，兩旁跟普通帳棚一樣有遮蔽，所以只有大開的前面朝向洛依恩的戰線。

達利納從馬上翻下，把韁繩交給一名工人，小跑到其中一座帳棚下面，弓箭手正在排成隊形。娜凡妮走入，肩膀上扛著一個大布袋。她打開布袋，裡面是一大枚發光的石榴石，懸掛在由精細的金屬線織就而成的法器之中。

她調整了一下後，往後退開。

「我們眞的該花更多時間來測試的。」她警告達利納，雙臂交叉在身前。「引水器是新發明，我還是挺擔心如果有人碰到它，這東西會把那人的血都吸出來。」

事實上沒有，水反而很快在那東西周圍凝聚起來。颶風的，成功了！法器正在抽乾空中的水氣。洛依恩的弓箭手從防水口袋中取出弓箭，在士官長的號令下，彎曲弓箭，穿入弓弦。這裡有許多人都是淺眸人——射箭術被視爲出身寒微的淺眸男人可以選擇的天職之一，不是每個人都能成爲軍官。

弓箭手開始釋放一波波箭矢，飛向裂谷對面，包圍了攻擊洛依恩的帕山迪人。「很好。」達利納看著飛箭說。「非常好。」

「風跟雨還是會讓瞄準變得困難，」娜凡妮說。「而且我不知道法器的成效會多好。打開帳棚前方會讓溼氣不斷流入，也許過不了多久，颶光就會用完。」

「這樣就夠了。」達利納說。弓箭幾乎造成立刻的差別，將帕山迪人的注意力從飽受壓制的士兵身上引開，這是被逼入絕境時才能選擇的最後手段，因爲射中友軍的風險也很高，但是洛依恩的弓箭手果然名不虛傳。

他一手摟近娜凡妮。「妳做得很好。」然後招來自己的馬匹——他的馬，不是傳令兵的那匹野馬——一面衝出帳棚。弓箭手會替他創造機會，希望還來得及救出洛依恩。

❖

不！卡拉丁心想，繞過沙發快步到國王身邊。他死了嗎？身上沒有明顯的傷口。

國王動了動，慵懶地呻吟一下，坐了起來。卡拉丁大大鬆了一口氣。沙發邊的小桌上放著一個空酒瓶，卡拉丁靠近之後，可以聞到灑出的酒味。

「橋兵？」艾洛卡口齒不清地說。「你是來對我耀武揚威的嗎？」

「颶風的，艾洛卡，你喝了多少？」卡拉丁說。

「他們都……他們都在說我。」艾洛卡又倒回沙發上。「我自己的侍衛……每個都是。他們說壞國王。他們說大家都恨我。」

卡拉丁感覺全身一冷。「他們要你喝酒，艾洛卡，好讓他們的工作更簡單些。」

「啊？」

颶風的，這傢伙根本神智不清。

「快點。」卡拉丁說。「殺手要來對你下手，我們要離開這裡。」

「殺手？」艾洛卡驚然跳起，然後又搖搖欲墜。「他穿白色。我知道他會來……可是……他只在乎達利納……就連殺手都覺得我不配坐上王位……」

卡拉丁好不容易鑽到艾洛卡的腋下，一手抓著矛撐住自己。國王軟倒在他身上，卡拉丁的腿慘叫。「陛下，拜託你。」卡拉丁幾乎要被壓垮，連忙說。「我需要你試著自己走路。」

「殺手可能想要對付你，橋兵。」國王喃喃說。「你比我更是個領導者。我真希望……希望你會教我。」

謝天謝地，艾洛卡此時總算是撐住自己。兩個人一起走到門口的過程相當艱辛，那裡有一具侍衛的屍體還擋在——

一具？另一個去哪裡了？

卡拉丁轉身甩下國王的抓握，一團身影同時撲向他，手中握著匕首。

他靠直覺將矛頭往後一指——雙手舉到頭邊準備近身搏鬥，然後用力一刺。矛頭深深埋入凹下巴男子的肚腹，男人悶哼一聲。

可是他沒有撲向卡拉丁。

他的匕首埋入了國王的腰側。

凹下巴男子軟倒在地，順著卡拉丁的矛滑下，鬆脫了匕首。艾洛卡——一臉震驚地——朝腰邊伸手，移開的手上滿是鮮血。「我死了。」艾洛卡看著血悄聲說。

在那一瞬間，卡拉丁的疼痛跟虛弱似乎都消失了，驚慌的瞬間也是力量的瞬間，他利用此刻撕裂了艾洛卡的衣服，同時用完好的腿跪下。匕首劃破的位置在肋骨上，使國王流了不少血，但只要醫治得當，這是生存機率很好的傷口。

「壓著。」卡拉丁從國王襯衣上割下一塊布料緊壓在傷口上，然後抓過國王的手，讓他按著。「我們需要離開皇宮，找到安全的地方待著。」也許去訓練場？那裡的執徒可以依靠，而且他們也會戰鬥，但那是不是太明顯的地方了？

不過首先，他們得眞的能從皇宮中逃出去。卡拉丁抓住矛，轉身要帶領兩人出去，但是他的腿差點就背叛了他。他勉強撐住自己沒摔倒，卻痛得驚呼出聲，要兩手緊握住矛才沒倒下。

颶風的。腳邊的那灘血是他的？他不只把縫線扯斷了吧。

「我錯了。」國王說。「我們都死了。」

「飛速一直在跑。」卡拉丁低吼，又鑽回艾洛卡的手臂下。

「什麼？」

「他贏不了，可是他一直在跑，當颶風趕上他的時候，就算死也沒有關係，因爲他已經盡全力跑過。」

「是啊。是的。」國王的聲音聽起來很模糊，但卡拉丁分不出這是因爲酒精還是失血。

「因爲我們最後都會死。」卡拉丁說。兩個人沿著走廊往前走，他靠著矛來保持直立。「所以我想關鍵在於，你跑得有多好。艾洛卡，你父親被殺了之後，你一直在跑，雖然他颶風的你老是成事不足，敗事有餘。」

「呃，謝謝？」國王昏昏欲睡地說。

他們來到岔路，卡拉丁決定要從皇宮深處繁複的通道逃跑，不選前門。走內側也一樣快，而那些叛亂份子也許不會從那裡開始找起。

皇宮空曠無人。摩亞許果然照他所說的，讓僕人們都去躲了起來，利用白衣殺手之前攻擊時的先例。

眞是完美的計畫。

「爲什麼？」國王低聲說。「你不是應該要恨我嗎？」

「艾洛卡，我不喜歡你。」卡拉丁說。「但這不代表讓你死就是對的。」

「你說我該退位。橋兵，爲什麼？爲什麼要幫我？」

我不知道。

他們轉入一條走廊，但才走了半路，國王就停下腳步，軟倒在地。卡拉丁咒罵出聲，跪在艾洛卡身邊，檢查他的心跳與傷口。

這是因爲酒精，卡拉丁判定，再加上失血，讓國王暈眩過度。

糟糕了。卡拉丁盡量重新包紮傷口，但接下來該怎麼辦？找個擔架拖著國王？去找人幫忙，冒險留他一個人？

「卡拉丁？」

卡拉丁全身一僵，不動地跪在國王面前。

「卡拉丁，你在幹什麼？」摩亞許的聲音從後面質問。「我們找到了在國王房間面前的人。颶風的，是你殺了他們嗎？」

卡拉丁站起，轉身，重量放在完好的腿上。摩亞許站在走廊的另一邊，一身藍紅碎甲無比燦爛。另一名碎刃師在他身邊，碎刃靠在他的碎甲肩頭上，面甲扳下。葛福斯。

殺手到了。

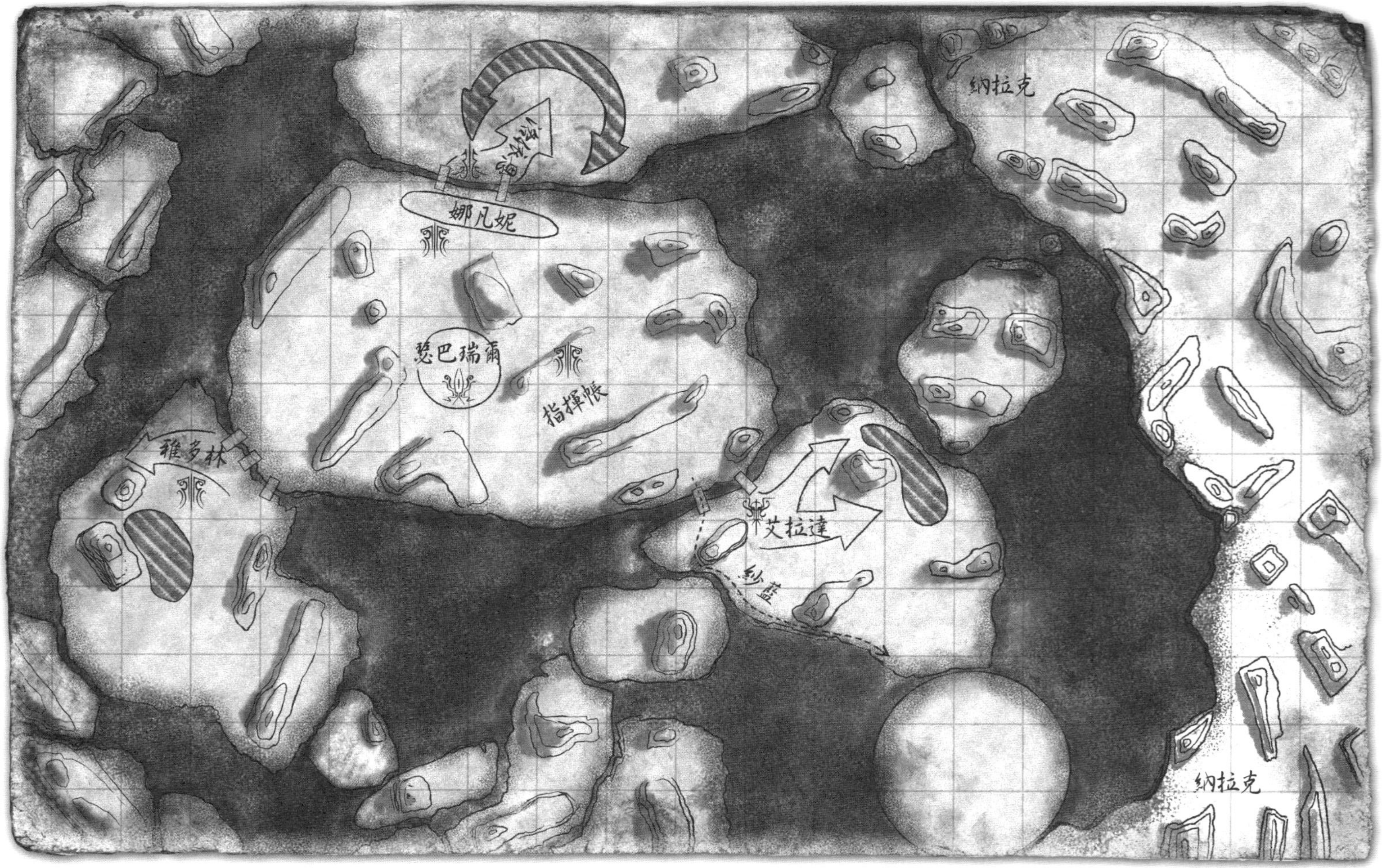

納拉克
娜凡妮
瑟巴瑞爾
指揮帳
雅多林
艾拉達
紗藍
納拉克

83 時間的假象

他們顯然好傻荒寂時代不需人去催生它可以也會盤守於任何它想在的地方而祕徵之明顯靈都覺得它就要能重新回歸磐石古軍一定終於開始崩裂毀壞了眞是神奇世界四千多年以來的鮮燦和平奠基於他一人的意志強弱

——出自圖表，第二天花板輪圖之書：第一圖樣

紗藍下了橋，踩上荒蕪的台地。

雨聲掩蓋了戰爭的聲音，讓這裡感覺更荒涼，黑暗如暮色，雨聲如絮絮低語。這座台地比其他都高，所以她可以看到颶風座的中央圍繞在她旁邊，有著克姆泥堆積在底部的石柱，變成了鐘乳石柱。建築物變成了圓堆，被岩石覆蓋於上，像是掩藏住倒地樹幹的落雪。在黑暗與落雨中，古昔的城市在天際線上勾勒出任人揮灑想像力的素描。

城市隱藏在時間的假象之下。

其他人跟著她過橋。他們繞過艾拉達的戰線，避開了戰鬥，偷偷順著雅烈席人的軍隊來到這個更遠的台地。來到這裡花了點時間，因爲橋兵需要找到一個可用的落腳地，他們得爬上隔壁台地上的斜坡，把橋放在那裡才能橫跨裂谷。

「妳怎麼能確定這裡就是對的？」雷納林問，鏘啷鏘啷地也上了台地，站在她身邊。紗藍選擇使用雨傘，但雷納林則站在雨中，頭盔夾在腋下，讓雨水順著臉流下。他不是戴眼鏡嗎？她最近鮮少在他臉上看到眼鏡。

「這裡是對的，因爲它不遵循規律。」紗藍說。

「這算不上是邏輯推理得出的結論。」音娜達拉加入兩人的行列，後面士兵跟橋兵正在過橋，來到空無一人的台地。「這樣的通道會被隱藏起來，而不會違背規律。」

「誓門沒有被藏起來。不過那不是重點。這個台地是個圓圈。」紗藍說。

「很多都是圓形的。」

「沒有這麼圓。」紗藍大步向前。她到了這裡以後，可以清楚看見這台地的外型有多突兀……好吧，並不凸，是很圓滑的。「我在尋找一個台地上的高台，但沒想到找到的目標這麼大。這整片台地就是誓門的高台。

「妳看不出來嗎？別的台地都是因爲某種災難而造成的，外型破碎、崎嶇，這裡卻不是。因爲破碎發生時，它已經存在了，在古代地圖上這是一個高起的區塊，像是巨大的底座。平原破裂之後，它依然保持原樣。」

「對……」雷納林點著頭。「想像一個盤子，中間劃了一個圓圈……如果有外力把盤子打碎，就有可能會順著原本已經破裂的線條而分開。」

「最後剩下的是一堆形狀不整的碎片，還有一個圓形的碎片。」紗藍贊同。

「也許吧。」音娜達拉說。「可是我覺得這種在戰術上這麼重要的存在，居然會完全暴露在外，實在很奇怪。」

「誓門是個象徵。」紗藍繼續往前走。「弗林的行動自由權，是賦予給所有一定位階的公民，這個權利的制定是根據神將們宣告所有國界都應該是敞開的而定。如果要創造象徵來表現這樣的統一，也就是一座將所有銀色帝國連接在一起的通道，那麼應該放在哪裡？藏在一個被鎖上的房間裡嗎？還是放在一座聳立於城市上方的舞台？它在這裡，是因爲他們以它爲傲。」

他們繼續在吹來的雨幕中前進。這個地方有某種神聖的感覺，說實話，此地的氣氛便是說服她「就是這裡」的部分原因。

「嗯嗯。」圖樣輕聲說。「他們正在招來颶風。」

「虛靈嗎？」紗藍低聲說。

「那些有締結關係的。他們正在製造颶風。」

對。她的任務很急迫，沒時間只站著光想。她正要下令所有人開始搜尋，卻停了下來，注意到雷納林正望向西方，眼神遙遠。

「雷納林王子？」她問。

「逆向了。」他低聲道。「風是從逆向吹來。西到東……全能之主在上啊，眞可怕。」

她尋著他的視線，卻什麼都看不到。

「它是眞的存在。永颶是眞的。」雷納林說。

「你在說什麼？」紗藍問，感覺到他聲音中的寒意。

「我……」他看向她，擦掉眼中的水，雙手護甲掛在腰邊。「我應該跟我的父親在一起，我應該要能戰鬥的。只是我沒用。」

太棒了。這個人不只詭異，還愛抱怨。「你父親命令你來幫忙，所以有什麼問題你快點自己擺平了。

所有人，開始搜尋。」

「表妹，我們在找什麼？」一名叫做大石的橋兵問。

表妹，她心想。啊。都是因爲她的一頭紅髮。「我不知道。」她說。「任何奇怪的、不尋常的東西。」

他們分散開來，在台地各處搜尋。紗藍除了帶著音娜達拉，也有一小群執徒跟學者來幫她，包括達利納的一名防颶官。她將幾組學者、一名橋兵和一名士兵派往不同的方向去找。

雷納林跟大多數橋兵堅持要跟她一起走。她無法抱怨——這裡畢竟是戰區。紗藍走過地上的一處隆起，隆起連接著一個大環，也許曾經是裝飾矮牆的一部分。這地方當初是什麼模樣？她試圖在腦海中勾勒出情景，很可惜沒辦法用畫的，那絕對能幫助她還原此處的原貌。

通道門會在哪裡？最有可能是在中間，所以她便朝那個方向過去。她在那裡找到一塊圓整的大石頭。

「就這樣？」大石問。「只是石頭而已。」

「我正是希望能找到這些石頭。」紗藍說。「任何暴露在空中的東西一定都早就已經被風蝕，或者被克姆泥填滿到根本不能用了。任何有用的東西一定都在裡面。」

「裡面？」一名橋兵問。「什麼裡面？」

「建築物裡面。」紗藍邊說邊摸著石牆，直到在岩石背面摸到一處波紋。她轉向雷納林。「雷納林王子，能否請你替我宰了這塊石頭？」

❖

雅多林在黑漆漆的暗室裡舉起錢球，在牆壁上投射下光芒。這個泣季裡，他在戶外待了太久，現在頭盔上沒有了滴滴答答的雨滴，反而感覺奇怪。這裡混濁的空氣已經變得溼熱，雖然有士兵的腳步聲跟人們的咳嗽聲，雅多林還是覺得太安靜。在這塊岩石墳墓中，他們跟外面的戰場就像是隔了好多哩一樣。

「長官，您怎麼知道的？」橋兵斯卡說。「怎麼猜到這塊大岩石是空心的？」

「因爲有一個很聰明的女人，曾經請我替她攻擊一塊大石頭。」雅多林說。

他跟這些人一起繞到唱歌的帕山迪人用來擋住後背的大石頭另一邊。雅多林的碎刃揮舞幾下，便在大石上切開了一個入口，正如他所希望，石頭是空心的。

他小心翼翼地在充滿灰塵的石室裡穿梭，經過了白骨還有也許曾經是家具的乾枯木塊，它應該是在克姆泥完全將建築物封死之前就爛掉了吧。這裡以前是集體住所嗎？還是市場？裡面眞的有很多房間，原本應該是門的地方，許多門洞邊還有鏽掉的門軸。

一千個人跟他一起走在建築物裡，舉著燈籠，裡面有一大顆的切割寶石——比布姆大五倍，但也快要撐不住了，因爲太久沒有颶風可以充光。

在這些詭異的密閉空間中，要容納一千個人穿過是一個很大的挑戰，但除非他的判斷完全錯誤，他們現在應該已經離對面的牆不遠——正是帕山迪人身後那一面。他派了一些人去搜查附近的房間，帶著確定的答案回來。這棟建築物在這裡結束。雅多林現在已經能看到窗戶的輪廓，被多年來從縫隙中滲透的克姆泥封閉，順著牆壁流下，堆積在地板上。

「好了。」他朝連長們跟他們的上尉下令。「把所有人都聚集在這個房間還有連通的大廳裡。我會砍出一個出口，洞一打開，我們必須立刻衝出去，攻擊那些唱歌的帕山迪人。

「第一連，出去以後朝兩邊分隊，守住出口。不要被逼退！我會往外衝，盡量引開他們的注意力。其他人儘快出去，加入攻擊行動。」

所有人點點頭。雅多林深吸一口氣，關上面甲，來到牆邊。他們正在建築物的二樓，但他猜測外面堆積的克姆泥已經將二樓變成了地面高度。果然，他聽到隱約的聲音從外面傳入，隔著牆壁盈繞著哼聲。

颶風的，那些帕山迪人就在這裡。他召喚碎刃，等到連長們傳話回來，說所有人已完成準備，然後便快速地往下直劈了幾刀，接著又橫劈了幾下，再以碎甲裡的肩膀用力重重撞了上去。

牆壁破裂，往外垮下，石頭紛紛崩落。大雨滂沱落下，他離地面只有幾呎高，於是迫不及待地衝向外頭淫透的大地。帕山迪後援軍就在他的左邊，一排排地站好，背向他，完全沉浸於唸誦中。在這裡幾乎聽不到戰鬥的聲音，差不多全被那些令人毛骨悚然的異種誦聲蓋過。

太完美了。雨聲跟唸誦聲蓋過了洞被打開的聲音。他又砍了一個洞，士兵紛紛從第一個洞走了出來，舉著燈。他開始砍第三個洞，但聽到一聲叫喊，帕山迪人終於注意到他了。那是個女人──他們的新形體讓性別比之前更明顯。

他衝過短短的距離就來到帕山迪人陣前，直撲了進去，揮動碎刃劃出致命的攻擊。屍體倒下、眼眶燒空，五個，十個。他的士兵們加入他，將劍刺入帕山迪人身體，砍斷他們可怕的歌聲。

整個過程簡單得驚人。帕山迪人們不情願地放棄了歌唱，精神恍惚，神情迷惘。那些戰鬥的帕山迪人們之間也沒有相互協調，雅多林快速的攻擊不允許他們召喚奇怪的紅色閃光能量。

簡直就像是在殺死睡著的人。雅多林以前曾拿著他的碎刃幹過這種骯髒事。地獄的，任何時候拿碎刃跟碎甲對付普通人都是很骯髒的──幾乎就跟屠殺那些拿棍子的小孩沒兩樣的人。不過眼前更糟糕。他們經常會在被殺死之前恢復，眨著眼回過神來，甩著剛清醒的腦袋，卻發現一個人在大雨中，對上一名全副武裝的碎刃師正在屠殺著自己的同伴的場景。那些人臉上的驚恐隨著雅多林讓一具又一具屍體倒下而陰魂不散。

平常推動著他繼續如此屠殺的戰意去了哪裡？他很需要。如今，他只感受到反胃。站在一片剛死去的死屍之中，黑焦眼睛燃燒的酸澀煙霧在雨中升騰。他顫抖、唾棄地拋下碎刃，任憑它消失在雲霧中。

有東西從後面撞上他。

他被屍體絆倒——腳下一踉蹌卻沒有倒下——轉過身。一柄碎刃砍上他的胸口，使他的胸甲上擴散出一片網狀的裂痕。他以前臂擋開了下一次攻擊，往後退了一步，擺出戰鬥姿勢。

她站在他面前，雨水從她的盔甲上流下。她是怎麼稱呼自己的？伊尚尼。

伊尚尼從頭盔裡朝碎刃師笑了。這個他可以對付。堂堂正正的戰鬥。他舉起雙手，碎刃從雲霧中形成，一劍往上揮砍，流暢地擋開她的攻擊。

謝謝妳，他心想。

❖

達利納騎著英勇過橋，離開洛依恩的台地，護著腰間鮮血淋漓的傷口。愚蠢，他早該看到那柄矛的。他當時太過專注於紅色的閃電，以及動作迅捷的帕山迪戰鬥雙人組。

事實是，你老了，達利納想著，從馬背上滑下來，讓醫生檢視他的傷口。也許以生命的長短來看，他才五十幾歲，並不老，但以士兵的年歲來丈量，他絕對老了。少了碎甲的幫助，他的速度變得緩慢、變得虛弱。殺戮是年輕人的遊戲，即使是因爲老人先倒下。

該死的雨不斷下著，所以他跑去娜凡妮的某個帳棚下躲雨。弓箭手阻止帕山迪人跟在他們身後跨越裂谷，追趕洛依恩狼狽不堪的撤退。有了弓箭手的幫助，達利納成功地拯救了藩王的軍隊，至少救回了一半——但因此失去了整個北面台地。洛依恩騎馬回到了安全的地方，精疲力竭的卡爾將軍隨後步行跟著回來。卡爾將軍的兒子穿著碎甲，拿著國王的碎刃——謝天謝地當特雷博倒下以後，他從特雷博的屍體上取回了碎刃。

他們被迫拋下屍體，還有碎甲。同樣糟糕的是，帕山迪人的歌聲沒有停止。雖然他救回了士兵，這仍然是個可怕的失敗。

達利納解下胸甲，悶哼著在醫生找來的凳子坐下。他忍受那女人的照料，雖然他知道傷勢並不太慘。傷勢不好——戰場上的任何傷勢都很不好，尤其如果會阻礙揮劍的手臂——但他死不了。

「颶風的。」醫生說。「藩王，您身上都是疤。您的肩膀受過多少次傷？」

「記不得了。」

「您怎麼還能用手臂？」

「訓練跟練習。」

「不可能有這種事……」她低聲說，眼睛睜得好圓。「我是說……颶風的……」

「妳縫合就是了。」他說。「好，我今天不會上戰場；好，我不會讓讓傷口裂開；對，我聽過所有的訓話。」

他一開始就不該去的。他告訴過自己，再也不會上戰場。他現在應該是一名政治家，而不是戰爭狂。可是偶爾一次，黑刺需要出來。士兵們需要。颶風的，他需要。是——

娜凡妮猛闖入帳棚。

太遲了。他嘆口氣，看著她走到他面前，經過帳棚在小高台上發光的法器，水在法器周圍聚集成閃閃發光的水球，之後順著法器兩邊的鐵棍流到地上，流出了帳棚，順著台地的邊緣流下。

他沒有一絲笑意地看著娜凡妮，以爲自己會像一個忘記磨刀石的新兵被狠狠罵上一頓，可是她卻一把摟住他完好的半邊身子，將他摟緊。

「不罵我？」達利納問。

「現在是戰爭期間，而且我們正在輸，對不對？」她低聲說。

達利納瞥向弓箭快用完的弓箭手。他沒說得太大聲，免得被他們聽到。「對。」醫生瞥了他一眼，然後低下頭，繼續縫合。

「有人需要你的時候，你會上戰場。」娜凡妮說。「你拯救了藩王跟他的士兵的性命。爲什麼覺得我會生氣？」

「因爲妳是妳。」他舉起完好的手，梳理她的頭髮。

「雅多林贏得了他的台地，」娜凡妮說。「在那裡的帕山迪人被驅散、趕走了。艾拉達還守著他的台地；洛依恩失敗了，可是戰情還是勢均力敵，所以我們怎麼會輸呢？我可以從你的表情中看得出我們正在輸，但是我不明白。」

「對我們來說，勢均力敵就是輸了。」達利納說。他可以感覺到它正在累積。在西邊的遠處。「如果他們唱完那首歌，正如瑞連警告我們的，那就是終點了。」

醫生盡力完成工作，包紮了傷口，允許達利納穿上他的襯衫跟外套，這樣能將繃帶束縛得更緊。穿好衣服後，他站了起來，打算要進入指揮帳，跟卡爾將軍詢問戰況更新，卻被衝進指揮帳的洛依恩打斷。

「達利納！」高大的光頭男人衝入，抓住他受傷的手臂那邊，達利納頓時五官扭曲。「外面簡直是血流成河！我們死定了。颶風的，我們死定了！」

旁邊的弓箭手騷動起來，因爲弓箭此時用完了。一片鮮紅的眼睛聚集在裂谷對面的台地上，如同黑夜中焚燒的火炭。

雖然達利納很想往洛依恩臉上甩一巴掌，但他不能這樣對待藩王，就算是歇斯底里的藩王也一樣。所以他把洛依恩從帳棚裡拖了出去。雨——如今是全面的颶風——沖刷在他已經溼透的制服上，感覺如此冰冷。

「控制自己，光爵。」達利納嚴厲地說。「雅多林贏得了他的台地，一切沒有表面看起來這麼糟糕。」

「不應該這樣結束的。」那聲音。

颶風的！達利納把洛依恩推開，大步走到台地中央，抬頭看著天。「回答我！讓我知道你能聽到我！」

「可以。」

終於有點進展了。「你是全能之主嗎？」

「我說過我不是，榮譽之子。」

「那你是什麼？」

我是帶來光明與黑暗的。聲音中帶著轟隆聲，隱隱迴蕩著。

「颶父。」達利納說。「你是神將嗎？」

不是。

「那你是靈還是神？」

都是。

「爲什麼要跟我說話？」達利納朝天空大吼。「怎麼一回事？」

他們召喚了一場颶風。我的敵人。致命的敵人。

「我們要怎麼阻止它？」

不能。

「一定有辦法！」

我為你們帶來一場淨化的颶風，將會帶走你們的屍體。我只能做到這樣。

「不！你敢！我不准你拋棄我們！」

你居然敢命令我，你們的神？

「你不是我的神。你從來就不是我的神！你只是個影子，一個謊言！」

遠處的雷聲危險地作響，暴雨更猛烈地打在達利納臉上。

我被叫喚了。我必須離開。有一個女兒不聽話。榮譽之子，你將不再接收新的幻境。這就是結局。永別了。

「颶父！」達利納大喊。「一定有辦法的！我不會死在這裡！」

沉默。連雷聲都沒有。人們聚集在達利納身邊：士兵、書記、傳令員、洛依恩，還有娜凡妮。害怕的人們。

「不要拋棄我們。」達利納說，聲音漸漸低下。「求你……」

❖

摩亞許上前一步，掀起了他的面甲，臉上充滿痛苦。「卡拉丁？」

「摩亞許，我必須做出能讓我晚上睡得著的決定。」卡拉丁疲累地說，站在失去神智的國王身體面前。鮮血在卡拉丁的腳邊凝聚成一灘，從他重新扯開的傷口不斷流出。他感覺頭重腳輕，得要撐著矛才能站直。

「你說他可以信任的。」葛福斯轉向摩亞許，聲音在碎甲頭盔中迴響。「你向我保證過，摩亞許！」

「卡拉丁是可以信任的。」摩亞許說。現在只有他們三個人——算上國王有四個——待在孤獨的皇宮走廊中。

死在這裡太悲慘。這裡離風好遠。

「他只是有點想不清楚而已。」摩亞許上前一步說。「還是可以成功的。阿卡，你沒跟任何人說吧？」

我認得這條走廊。我們就是在這裡對抗白衣殺手，卡拉丁回過神來。在他的左邊，牆壁上有一排窗戶，但百葉窗將細雨擋在窗外。對……在那裡。他看到牆上被殺手開出的洞口，已經堵上了木板。那裡就是卡拉丁摔入黑暗的地方。

又回到了這裡。他深吸一口氣，盡量以沒受傷的腿撐住自己，然後舉起了矛，矛尖指向摩亞許。

颶風的，他的腿還真痛。

「阿卡，國王很顯然受傷了。」摩亞許說。「我們是一路跟著你的血跡過來的，他也差不多死透了。」

血跡。卡拉丁眨眨模糊的眼睛。當然。他的思考速度變得很慢。他早該想到的。

摩亞許停在離卡拉丁幾呎外的地方，恰恰是矛尖無法輕易攻擊到的距離。「你打算怎麼做，阿卡？」

摩亞許質問，看著指向他的矛尖。「你真的要攻擊橋四隊的成員嗎？」

「你背棄職責的瞬間，就已經離開橋四隊了。」卡拉丁低聲說。

「你就沒有嗎？」

「我也是。」卡拉丁說，內心感覺無比空洞。「可是我正想要扭轉這一切。」

摩亞許又向前一步，卡拉丁把矛往前一推，筆直朝向摩亞許的臉。他的朋友遲疑片刻，平舉起戴著護甲的雙手在面前。

葛福斯想要靠近，但是摩亞許將他趕走，然後轉向卡拉丁。「阿卡，你這樣做有什麼用？你擋了我們的路，只會害死自己，國王依然死定了。你要我知道你不同意這件事？行，你努力過了。現在你根本打不過我們，所以也沒必要打，放下你的矛。」

卡拉丁轉頭瞥向身後，國王還在呼吸。

摩亞許的盔甲鏘啷作響。卡拉丁轉回頭，再次舉起矛。颶風的……他的頭眞的在痛了。

「我是認眞的，阿卡。」摩亞許說。

「你要攻擊我？」卡拉丁說。「你的隊長？你的朋友？」

「不要把這件事賴到我頭上。」

「爲什麼？對你來說什麼比較重要？是我還是你的復仇？」

「他屠殺了他們，卡拉丁。」摩亞許咒罵。「那個沒用的國王殺了我唯一的親人！」

「我知道。」

「那你爲什麼要保護他？」

「那不是他的錯。」

「那根本是一堆——」

「不是他的錯。」卡拉丁說。「就算是他的錯，摩亞許，我還是會來這裡！我們不能跟他們一樣沉淪，你跟我都是。這……我沒辦法解釋，我說不出來，你必須信任我，退下吧。國王沒有見過你或葛福斯。我們一起去找達利納，我會負責讓你看到對的人接受審判，那個眞正造成你祖父母死亡的主使者，羅賞。

「可是摩亞許，我們不要成爲這種人。在黑暗的走廊裡殺人，還是殺一個酒醉的人，只因爲我們不喜歡他，就告訴自己這是爲了王國好。如果我要殺一個人，我會在陽光下動手，而且這麼做的原因是因爲眞的別無選擇。」

摩亞許遲疑不定。葛福斯鏘啷鏘啷地過來，可是摩亞許再次舉起手，阻止那名碎刃師。他迎向卡拉丁的雙眼，然後搖搖頭。「抱歉，阿卡。太遲了。」

「你不可以動他。我不會退開。」

「我想我也不會要你退開。」摩亞許重重蓋下面甲，兩側封合時，霧氣散發。

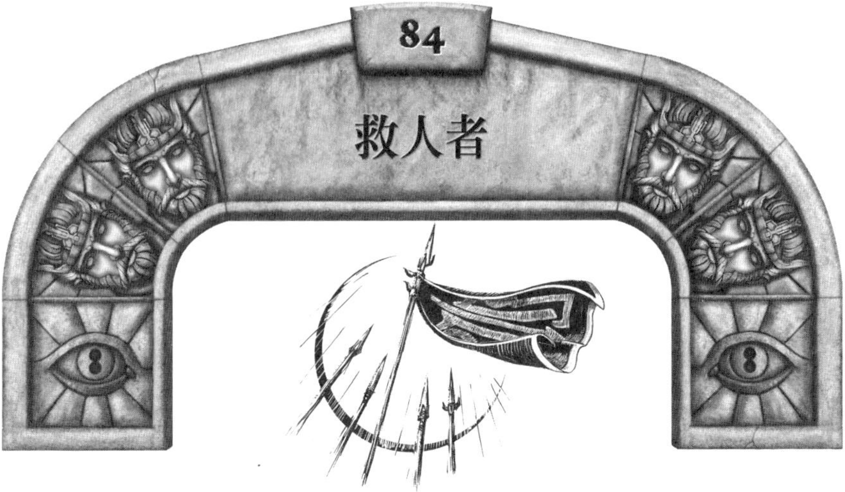

84

救人者

2358054616236341846451917631449503048168054

守好燦軍崩裂之祕。
可能要以它毀去回歸的新生燦軍。

——圖表，第二抽屜輪圖之書，第十五圖樣

石塊往內滑動，確定了紗藍的推測。他們打開了一間好幾個世紀沒有人進入、甚至看過的建築物。雷納林從他切出的洞口退開，給了紗藍上前的機會。裡面的空氣聞起來充滿霉味，無比沉悶。

雷納林驅散了他的碎刃，奇特的是，他一驅散碎刃，便安下心般吐出一口氣，背靠著建築物的外牆放鬆下來。紗藍準備進入，但是橋兵們在她之前先一步鑽了進去，檢查建築物的安危，舉起了藍寶石燈籠。

光線照耀出宏偉的景象。

紗藍屏住呼吸。巨大的圓形房間是一個堪稱爲皇宮或神殿的所在，馬賽克壁畫在牆壁跟地板上拼湊出偉岸的影像跟眩目的色彩，穿著盔甲的騎士站在紅藍纏繞的天空前方。形形色色，三百六十行的人們，出現在各種不同的場景，每一幅都是以五顏六色的鮮豔石頭塑造出來——一幅曠世巨作，將整個世界帶入在一個房間裡。

她擔心自己會破壞通道，所以讓雷納林順著一道她希望是代表門口的波紋切割，看樣子她是對的。她從洞走了進去，順著一條蜿蜒的道路穿過一間圓拱形密室，無聲地數著地上拼圖的區塊。有十個主要區塊，就像是有十支軍團，十個王國，十個人種，然後——在代表第一跟第十王國區塊中間——有一道更窄的第十一區塊，描繪著一座高塔。兀瑞席魯。

她找到了。進入的通道。還有這片藝術作品！如此美麗，令人喘不過氣。

現在不是欣賞藝術的時候。大片的馬賽克地板繞著中心盤旋，可是每個騎士的劍都指向牆壁的同一個區域，所以紗藍朝那個方向走去。這裡的一切似乎都被完美地保存下來，就連牆壁上的燈盞也還裝著失去光亮的寶石。

她看到有個鐵製圓盤鑲嵌在岩石牆壁上。是鋼嗎？上面沒有鐵鏽，甚至沒有任何黑漬，雖然已經廢棄至此如此之久。

「它要來了。」雷納林從房間另一邊宣告，沉靜的聲音在圓拱下環繞。颶風的，那小子還真讓人覺得詭異，尤其是配上咆哮的颶風以及雨水拍打外面台地的聲音時。

音娜達拉光主還有幾名學者進入，她們一踏入房間便發出驚呼聲，開始此起彼落地交談，衝去檢視壁畫。

紗藍檢視鑲嵌在牆壁上的奇特圓盤。它的形狀像是有十個尖點的星星，正中央有一個細細的空槽。她心想，燦軍可以操控這個地方，有什麼是只有燦軍有，其他人卻沒有的？有許多東西，但是那個空槽的形狀已經差不多讓她猜到爲什麼只有他們能讓誓門運作。

「雷納林，過來這裡。」紗藍說。

男孩腳步沉重地走過來。

圖樣警告地開口：「紗藍，時間很急迫了，他們召喚了永颶，還有……還有別的東西，從另一個方向過來。是颶風？」

「現在是泣季。」紗藍看向圖樣，它正貼在她身邊的牆壁上，微微浮起。「沒有颶風。」

「可是還是有一場來了。紗藍，它們會一起攻擊。兩場颶風，從兩個方向同時逼近，它們會在這裡相撞。」

「它們會不會反而彼此抵消？」

「它們會為彼此提供能量。」圖樣說。「就是兩道波浪撞擊在一起時，峰波相抵……那會造成一場這個世界上前所未見的強烈颶風。石頭會碎裂，台地有可能會垮掉，情況會變得很糟糕。非常，非常糟糕。」

紗藍看向走到她身邊的音娜達拉。「妳有何想法？」

「光主，我不知道該怎麼想。」音娜達拉說。「您對這個地方說得一點也沒錯。我……我沒辦法信任自己還能判斷什麼是真，什麼是假。」

「我們要讓軍隊進入這個台地。」紗藍說。「除非我們能讓這個通道生效，否則就算他們打敗帕山迪人，所有人也死定了。」

「它看起來一點都不像通道。」音娜達拉說。「它要怎麼做？在牆壁上開一扇門？」

「我不知道。」紗藍看向雷納林。「召喚你的碎刃。」

他照做，碎刃出現的同時皺起眉頭。紗藍指向牆壁上像是鑰匙孔插槽之處——直覺告訴她該這麼做。

「試試看能不能用碎刃刮花那片金屬。要很小心，如果我弄錯了，也別把誓門弄壞。」

雷納林上前來，小心翼翼地——用另一隻手從上方捏著武器——把劍尖挪到鑰匙孔旁邊的金屬上。他嗯了一聲，發現碎刃切不下去。他又多用了一點力氣，金屬仍然抵抗著碎刃。

「同樣的材質！」紗藍越發興奮。「那個空槽看起來像是可以容納碎刃，你試試看慢慢地把武器滑進去。」

他依言照做。劍尖一伸入洞口，鑰匙孔的整個形狀都變了。金屬開始流動幻化，與雷納林的碎刃輪廓完全吻合。有動靜了！他放好武器，眾人轉身看著房間。

一切似乎都沒有變化。

「起作用了嗎？」雷納林問。

「一定有的啊。」紗藍說。也許他們只開了鎖，但是要怎麼樣轉動門把呢？

「我們需要娜凡妮光主幫忙。」紗藍說。「更重要的是，我們要把所有人都帶來這裡。士兵們、橋兵們，快去！叫達利納光爵把他的軍隊聚集在這個台地上。告訴他不這麼做，所有人都必死無疑。妳們這些學者，我們快一起來想想這個他颶風的東西該怎麼用。」

❖

雅多林輕躍在風暴之間，與伊尚尼交換著攻擊招式。她很強，雖然用的不是他認得的招式。對方前後閃躲，用碎刃試探著他，有時又像是一陣雷聲，破開狂風猛攻而來。

雅多林不斷攻擊她，揮舞著碎刃，把她逼開。決鬥。他可以贏得決鬥。就算是人在颶風中，就算是對抗著怪物，這仍是他可以辦到的事。他把她逼得遠離戰場，更靠近他的軍隊跨越裂谷來加入戰局的地方。

她很難操弄。之前他只見過這個伊尚尼兩次，但是透過戰鬥的方式，雅多林覺得他了解她。他感覺得到她的渴血、嗜殺和戰意。他感覺不到自己的戰意，但從她身上感覺了出來。

周圍的帕山迪人不是逃跑，就是散成小團體跟騷擾他們的士兵作戰。他經過一名被士兵逼得趴倒在地的帕山迪人，那人想要爬走時在雨中被開膛剖腹。水跟雨灑在台地上，惶急的喊叫聲環繞在雷聲中。

雷聲。西方傳來遙遠的雷聲。雅多林瞥向那個方向，一瞬間幾乎徹底走神。他可以看到颶風正在匯集，風跟雨盤旋成一根巨大的柱子，閃爍著紅光。

伊尚尼朝他揮砍，雅多林轉身，以前臂擋下這一劍。他的碎甲在此處變得脆弱，裂縫滲出颶光。他趁攻擊的瞬間向前一步，單手平揮碎刃，砍向伊尚尼的腰側。他得到的獎賞是一聲重悶。

但她卻沒有斷成兩半，甚至沒有後退。她舉起碎刃，再次砍上他的前臂。

那一塊碎甲在一片光亮跟融化金屬中爆炸。颶風的。雅多林被迫要收回手臂，脫掉手掌上的護甲——少了連結的碎甲幫助，手部護甲變得太沉重——讓它墜落地面。吹在他裸露肌膚上的風，出奇地強勁。

再一點，雅多林心想，雖然少了一塊碎甲，仍然不退卻。他雙手握住碎刃——金屬的一手加上赤裸的一手——以連續的攻擊向前逼近。先是改變了風式，現在不是大開大合的時候，如今他更需要凶猛急迫的火式，不只是因爲力量，更是因爲他需要向伊尚尼表達的魄力。

伊尚尼低吼，被逼得後退。「破壞者，你的日子結束了。」她在頭盔中說。「今天，你的暴行將要被逆轉，反撲向你。今天，面臨滅族境地的將不再是我族，而是你們。」

再一點。

雅多林以一連串的劍招攻擊緊逼她，然後遲緩片刻，賣了一個破綻。她立刻趁機切入，朝他的頭盔揮砍，那裡已經因爲之前的攻擊而流淌颶光。沒錯，她完全被戰意驅使，讓她擁有額外的精力與力量，卻會過分膽大妄為，無視於周遭環境。

雅多林的腦袋被砍了一下，腳步一歪，伊尚尼狂笑，準備再次攻擊。

雅多林向前一撲，用肩膀跟頭撞向她的胸口。他的頭盔因為力道而爆炸，但他賭贏了。

伊尚尼沒注意到他們離裂谷有多近。

他的一推讓她從裂谷邊緣摔下。他感覺到伊尚尼的驚慌，聽見她落入無邊黑暗時的喊叫。

不幸的是，炸開的頭盔也讓雅多林一時之間失明。他頓時失去重心，放下一隻腳時，踩的是空氣，身形一震，也同樣摔向裂谷。

有那麼一個凝結的瞬間，他只感覺到驚慌與恐懼。凍結的永恆片刻。直到他發現自己沒摔下去。他的視覺恢復，低頭看著前方張開的猙獰大口，周圍全是傾盆而下的雨幕。然後，他轉過頭去。

兩名橋兵抓緊了他碎甲的鎖子甲護襠，正掙扎地要將他從邊緣拉回去。他們一邊發出沉重的哼聲，一邊緊抓著溼滑的金屬。他們死命地抓著，腳抵著岩石，避免被他的重量一起拖下去。

其他士兵出現，衝上前來幫忙，雅多林的腰跟肩膀逐漸被許多手拉住，他們一起將他從虛無的邊緣奪回——直到他能夠重新恢復平衡，跌跌撞撞地走離裂谷。

士兵們歡呼，雅多林發出無力的笑聲。他轉向橋兵斯卡跟德雷說：「我想以後不用再想你們兩個是不是能跟上我了。」

「這算不了什麼。」斯卡說。

「對啊。」德雷補上一句。「扛著肥淺眸人很簡單。哪天您試著扛橋看看。」

雅多林笑了，用裸露的手抹抹臉。「你們看看能不能找到我的頭盔或前臂護甲碎片。如果有個種子，盔甲重新長出來會快點，也請你們順便拿我的手掌護甲。」

兩人點點頭。紅色的閃電逐漸堆積，旋轉的黑色雨柱正在擴大，往外膨脹。那……看起眞的不太對勁。

雅多林需要更清楚地了解軍隊其他地方的情況。他小跑過橋，來到中央台地。他父親呢？艾拉達跟洛依恩的戰線如何？紗藍探查回來了嗎？

中央上似乎是一片混亂。翻騰的風拉扯著帳棚，有些帳棚像是垮了，人們到處逃竄。雅多林看到一個穿著厚披風的人，很堅定地在雨中行走，那個人看起來像是知道自己在幹嘛。雅多林在那人經過時抓住他的手臂。

「我父親呢？你在送什麼命令？」他問。

披風的遮帽落下，那人轉頭看雅多林，眼睛顯得太大、太圓。光頭。披風下是輕薄鬆散的衣服。

白衣殺手。

❖

摩亞許上前一步，卻沒有召喚碎刃。

卡拉丁用矛攻擊，毫無用處，他所有力氣都耗在努力站直上面。他的矛從摩亞許的頭盔滑開，前任橋兵一拳砸向他的武器，讓木頭粉碎。

卡拉丁猛然停下，可是摩亞許沒停，他上前一步，護甲中的拳頭揍向卡拉丁的胃部。

卡拉丁驚喘一聲，彎折下腰，感覺身體內有什麼破碎了。在那強勁得不可思議的拳頭下，肋骨盡數斷折。卡拉丁喉嚨一甜，在摩亞許的盔甲上灑滿鮮血，然後呻吟了一聲，看著他的朋友退後，收回拳頭。

卡拉丁倒在冰冷的石頭地板上，覺得一切都在晃動，眼睛就要從眼眶彈出來，整個人以破碎的胸口爲中心，蜷了起來，不由自主地顫抖著。

「颶風的，這一拳的力道比我打算的要大。」摩亞許的聲音從遠處傳來。

「你也是逼不得已。」葛福斯。

噢……颶父啊……好痛……

「現在呢？」摩亞許。

「我們結束一切。用碎刃殺死國王，希望看起來像是那殺手幹的。這些血跡眞麻煩，會讓人多心。這樣吧，我把木板砍個洞，像是他跟先前一樣從牆壁進來。」

冰冷的空氣。雨。

喊叫聲？很遠？他認得那聲音……

「西兒？」卡拉丁低語，嘴唇上是鮮血。「西兒？」

沒有回應。

「我跑了……跑到跑不動了。」卡拉丁低聲說。「賽跑的……終點。」

生先於死。

「讓我來。」葛福斯。「我來承擔。」

「這是我的權利！」摩亞許說。

他眨著眼，看著國王在他身邊失去意識的身體，仍然有起伏呼吸。

我要保護那些不能保護自己的人。

現在一切終於清楚，他爲什麼做出這個選擇。卡拉丁跪了起來。葛福斯跟摩亞許在爭吵。

「我必須保護他。」卡拉丁低聲說。

爲什麼？

「如果我保護……」他咳嗽。「如果我保護的……只是我喜歡的人，那代表我不在乎什麼才是對的事。」如果他這麼做，那他在乎的只是對自己方便的事。

那不是保護。那是自私。

掙扎地、痛苦地，卡拉丁用一隻腳爬起，唯一完好的腳。他咳著血，猛力一站，跌跌撞撞地擋在艾洛卡跟殺手中間。他的手指顫抖著，在腰間尋找——失敗兩次之後——拿出腰刀。眼中擠出疼痛的淚水，視線模糊，兩名碎刃師看著他。

摩亞許緩緩抬起面甲，露出驚愕的臉。「颶父的……阿卡，你怎麼還能站？」

一切都明白了。

這就是他回來的原因。因爲提恩，因爲達利納，因爲這是對的事——但更重要的，因爲這是在保護別人。

這是他想要成爲的人。

卡拉丁一腳後踩，腳跟碰觸到國王，站成戰鬥姿勢，然後將手舉在面前，短刀前伸，他的手抖得像是被風掀起的屋頂。他與摩亞許對視。

力先於弱。

「你、不、能、動、他。」

「摩亞許，快動手。」葛福斯說。

「颶風的，根本沒必要。你自己看，他根本沒法還手。」

卡拉丁覺得自己用盡了力氣，至少他站起來了。

這是終點。旅程來了又走。

喊叫聲。卡拉丁聽到了，聲音彷彿變得更近。

他是我的！一個女性的聲音說。我宣告他屬於我。

他背叛了箴言。

「他知道的太多了。」葛福斯對摩亞許說。「如果他今天不死，他會背叛我們。你知道我說得對，摩亞許。殺了他。」

腰刀從卡拉丁的手指間落下，噹啷墜地。他的手臂垂在身邊，低頭看著匕首，腦袋發暈。

我不在乎。

他會殺了妳。

「對不起，阿卡。我應該一開始就給你一個痛快的。」摩亞許上前。

說呀，卡拉丁。是西兒的聲音。你要說出箴言！

我禁止。

這與你的意願無關！西兒大喊。如果他說出箴言，你是無法禁止我的。卡拉丁，箴言！快說！

「即使是我恨的人，我也會保護他們。」卡拉丁沾滿鮮血的嘴唇低聲呢喃。「只要那是對的事。」

碎刃出現在摩亞許手中。

遙遠的滾輪聲。雷聲隆隆。

接受箴言，颺父不情願地說。

「卡拉丁！」西兒說。「伸出汝手！」她倏地以光帶的形式出現，飛速繞過他。

「我不能……」卡拉丁無比虛弱地說。

「伸出汝手！」

他顫抖地伸手。摩亞許停頓了。

勁風從牆壁的開口颸入，西兒的光帶變成銀色霧氣，是她經常選擇的形體。銀色的霧氣變得更大，在卡拉丁面前凝結，延伸到他手中。

發光、晶亮，一把碎刃從霧氣中出現，燦爛的藍光從劍身上的盤旋花紋散發蒸騰。

卡拉丁深深地猛烈吸吐了一口氣，像是第一次終於完全清醒。整條走廊立刻陷入黑暗，因爲走廊中每一盞燈的颶光都熄滅了。

有一瞬間，他們站在黑暗中。

然後卡拉丁爆發出光亮。

從他身體炸射而出的強光，讓他像是黑暗中的白色太陽一樣刺目。摩亞許退開，在耀眼的燦光中，臉色變得無比煞白，舉起手遮住眼睛。

痛楚像是熱天中的水霧一般消散，卡拉丁的手握緊了燦爛發光的碎刃，在它旁邊，葛福斯跟摩亞許的武器看起來如此黯淡。走廊上下的百葉窗一一炸開，狂風順著走廊尖嚎。在卡拉丁身後，冰霜在地上凝結，以他爲起點，迅速往後退開，在霜雪中形成符文，幾乎像是翅膀的形狀。

葛福斯慘叫，急忙退開時摔倒在地。摩亞許退後幾步，呆看著卡拉丁。

「燦軍，回歸了。」卡拉丁輕聲說。

「太遲了！」葛福斯大吼。

卡拉丁皺眉，然後瞥向國王。

「圖表早就提示過，」葛福斯順著走廊邊退邊走。「是我們弄錯了。我們徹底弄錯了！我們太過專注分開你跟達利納，而沒有去想我們的行動最後會逼迫你走上哪一條道路！」

摩亞許看看葛福斯，又看看卡拉丁。然後他跑了。碎甲鏘啷敲擊，隨著他一轉身，順著通道衝去，消失無蹤。

西兒的聲音在他腦中響起。卡拉丁，還是有很不對勁的地方。我在風中感覺到了。

葛福斯笑得像是個瘋子。

「分開我？」卡拉丁低語。「不讓我跟著達利納？他們爲什麼在乎這個？」

他轉頭，看向東方。

噢，不……

可是那流浪者，那不受控制的棋子，那看不透的存在是誰？我瞥到他存在的含義，世界因此對我敞開。我退卻了。不可能。會嗎？

——出自圖表，西牆神妙詩篇，第八段

（雅德羅塔吉亞注記：會是指墨瑞茲嗎？）

「她沒說能不能打開通道？」達利納邊問邊大步走向指揮帳。雨在他身邊重重落下，濃密到在娜凡妮的法器颶光燈照射下，已經分不清布幔之間的間隔。他早就錯過該找個地方躲雨的時機。

「沒有，光爵。」橋兵皮特說。「可是她堅持我們無法面對即將要來臨的兩場颶風。」

「怎麼會有兩場？」娜凡妮問。她穿著一身厚實的披風，仍然被淋個溼透，雨傘早就被吹走。洛依恩走在達利納的另一邊，鬍子跟鬍鬚浸透雨水。

「我不知道，光主，可是她是這樣說的。一個是颶風，另一個是別的，她稱之爲永颶。她認爲兩邊會在這裡相撞。」

達利納皺眉思索著。指揮帳就在前面，他進去以後可以跟戰場指揮官們談談，然後——

指揮帳顫抖，接著被一陣風扯斷，帳上還掛著繩索與鐵釘，它直接從達利納身邊被吹走，近得幾乎可以碰撞。達利納咒罵，十幾個之前還在帳棚中的燈籠被掃到台地上。書記跟士兵們趁著風雨奪走地圖跟紙張之前，忙著搶救。

「颶風的！」達利納用背頂著強勁的風。「我需要消息！」

「長官！」凱爾指揮官是戰場指揮統領，他小跑過來，他的妻子阿帕菈跟在後面。凱爾的衣服大多是乾的，不過很快就不再是了。「艾拉達贏得他的台地了！阿帕菈正在寫消息給您。」

「眞的？」全能之主祝福他啊，他辦到了。

「是的，長官。」他得用吼的才能在風雨中將聲音傳出去。「艾拉達藩王說唱歌的帕山迪人倒下，讓他屠殺他們，剩下的逃掉了，雖然洛依恩藩王的台地淪陷，但我們還是贏了！」

「感覺不對。」達利納回吼。不久之前，雨還很輕，現在情況卻急轉直下。「立刻發出命令給艾拉達、我的兒子還有卡爾將軍：東南方有個完全圓形的台地，我要所有的軍隊過去那裡集結，準備面對颶風。」

「是的，長官！」凱爾行禮，拳頭抵著外套說話，可是另一手卻指向達利納肩後。「長官，您看到那個了嗎？」

他轉頭，看向西方。遠方紅光閃爍，閃電不斷炸落，天空似乎在痙攣，有東西正在累積，盤旋成巨大的風暴核心，正在快速往外擴散。

「全能之主在上……」娜凡妮低聲喃喃。

旁邊的一座帳棚劇烈震動起來，地釘開始鬆動。「別管帳棚了，凱爾，叫所有人出動。現在。娜凡妮，去找紗藍光主，看看能不能幫上她的忙。」

軍官立刻跑走，開始大聲下令。娜凡妮跟著他一起離開，消失在黑夜，一群士兵追著她跑了過去，準備保護她。

「我呢，達利納？」洛依恩問。

「我需要你召集你的人，帶領他們去安全的地方。」達利納說。「如果找得到的話。」

旁邊的那座帳棚又開始晃動，讓達利納皺眉。它震動的方向似乎跟風向不同，還有那是……喊叫聲嗎？

雅多林撕裂了帳棚的布料，摔了出來，仰天落地，力道大得讓他在岩石地面上滑了一段路，盔甲流淌著颶光。

「雅多林！」達利納大喊，衝向兒子身邊。

年輕人身上少了幾處盔甲，牙關緊咬，鮮血從鼻子流下。他說了什麼，話語被風帶走。他沒有頭盔，沒有左臂護甲，胸甲只差一點就要粉碎，右腿也露了出來。

誰能對碎刃師造成這樣的傷害？

達利納立刻得到答案。他摟著雅多林，抬起頭看向垮掉的帳棚後面。它被颶風撕扯、飛離，同時間一個男人從帳棚邊走入，身上散發著盤旋的颶光。異族的五官，因爲雨水而緊貼在皮膚上的一身白衣，光頭，臉上的陰影藏著散發光芒的眼睛。

殺了加維拉的人。賽司，白衣殺手。

❖

紗藍讀著圓形密室牆上的文字，慌亂地尋找能讓誓門啓動的方法。

一定要成功。必須要成功。

「這一切都是用晨頌寫成的。」

音娜達拉說。「我根本看不懂。」

燦軍是鑰匙。

雷納林的碎刃不行嗎？「規律是什麼？」她低聲說。

「嗯……」圖樣說。「也許妳看不出來是因爲靠得太近？像是破碎平原的樣貌？」

紗藍遲疑片刻後，起身走到房間中央，這裡的燦軍與王國圖像聚集成了中心。

「雷納林光爵？」音娜達拉問。「你怎麼了？」年輕的王子跪倒在地，縮在牆邊。

「我看得見。」雷納林狂亂地回答，聲音在房間中迴蕩，研究壁畫的執徒們抬頭看他。「我看得見未來。爲什麼？爲什麼，全能之主？你爲什麼要這樣詛咒我？」他懇求地慘呼出聲，然後站起身，在牆上用什麼東西砸了一下。石頭嗎？他從哪裡弄來的？他用護甲中的手握著那東西，開始寫起來。

紗藍震驚地朝他上前一步。一系列的數字？

全是零。

「它來了。」雷納林低聲說。「它來了，它來了，它來了。死定了。死定了。死定了……」

❖

達利納跪在破碎的天空下，抱著他的兒子。雨水將鮮血從雅多林的臉上沖走，年輕人眨著眼，摔得頭暈目眩。

「父親……」雅多林說。

刺客靜靜走上前來，不帶一絲急迫。那人似乎是從雨水間滑過。

「兒子，你接管王國以後，不要讓他們腐敗你，不要玩他們的遊戲。領導他們，不要跟隨他們。」達利納說。

「父親！」雅多林的眼神終於凝聚起來。

達利納站起身，雅多林四肢著地，也想要站起來，但是刺客破壞了雅多林的一邊護腿，重量讓他幾乎無法動彈。年輕人又倒回水窪中。

「你被教導得很好，雅多林。」達利納雙眼直盯著殺手。「你是比我更好的男人。我一直是個在學著要改變的暴君。可是你，你從一開始就是一個好人。帶領他們，雅多林。團結他們。」

「父親！」

達利納離開雅多林身邊。周圍的學者跟侍從、軍官跟士兵們都在喊叫忙亂，想要在颶風的混亂中找到秩序，服從達利納的撤離命令，大多數人還沒注意到白衣殺手。

殺手停在達利納面前十步的位置。面色蒼白，結巴不已的洛依恩，從兩人身邊退開，開始大喊：「殺手！殺手！」

雨居然小了一點。達利納沒有因此覺得更有希望。因爲天邊的紅色閃電依舊，在新的颶風前面，是有……颶風牆在成形嗎？他想要打斷帕山迪人的努力失敗了。

雪諾瓦人沒有攻擊。他站在達利納對面，動也不動，沒有半點表情，雨水順著臉滴下。他平靜得太不自然。

達利納比他高太多，壯太多。這個瘦小的白衣男人，有著蒼白的皮膚，幾乎像是個年輕人，和藩王相較之下只是個少年。

身後，洛依恩發出的喊聲消失在混亂中。可是橋四隊的人卻跑了上來，包圍達利納，手握著矛。達利納揮退他們。「你們在這裡幫不上忙，小伙子們。」達利納說。「讓我面對他。」

十下心跳。

「爲什麼？」達利納問依然站在雨中的殺手。「爲什麼要殺掉我哥哥？他們解釋過命令你背後的原因嗎？」

「我是法拉諾之孫賽司。」男人的聲音嚴酷。「雪諾瓦的無實之人。我服從主人的指令，不要求得到解釋。」

達利納改變了對他的判斷。這個人並不平靜。他看起來平靜，但是他說話時，緊咬著牙關，眼睛睜得太大。

*他瘋了，*達利納心想。*颶風的。*

「你不需要這麼做。」達利納說。「如果是因爲賞金……」

殺手猛然大喊，雨水從他的臉龐濺開，颶光從嘴唇流出，「欠我的，早晚會還！一分一毫都逃不掉。我會溺死在裡面，踩石人！」

賽司的手往旁邊一伸，碎刃出現，然後他快速、輕蔑地——像是要簡單剃掉肉排上的一塊雜筋——上前來，朝達利納一揮。

達利納舉手，瞬間碎刃出現，擋下了這一劍。

殺手瞥了一眼達利納的武器，然後微笑，嘴唇繃得死緊，只露出一點牙齒。那渴切的微笑加上充滿陰影的眼神，是達利納見過最邪惡的事物之一。

「謝謝你不會輕易死去而延長我的痛楚。」殺手說完，退後一步，全身迸發著火般的白光。

他撲向達利納，速度迅疾非人。

❖

雅多林咒罵，甩頭恢復清醒。颶風的，他的頭好痛，殺手把他甩到地上時，狠狠地撞了一下。父親在跟賽司戰鬥。謝天謝地，他終於聽進去了，跟那個瘋子的碎刃締結聯繫。雅多林咬著牙，掙扎地要站起，但壞掉的護腿讓這件事很困難。雖然雨開始變小，天空仍然漆黑，在西方的閃電如紅色瀑布般擊下，幾乎毫無停頓。

值此同時，風從東邊吹來，從起源處也有颶風在累積。這眞的很嚴重。

父親對我說的話……

雅多林一跌，幾乎要摔倒在地，但兩雙手立刻出現，扶住他。他瞥向一旁，看到先前的兩名橋兵，斯卡跟德雷正扶著他站起。

「我要給你們兩個狠狠地加薪。幫我把這身盔甲脫掉。」雅多林說。他迫不及待地開始脫下一塊塊甲冑，如今整身盔甲已被砸爛到幾乎沒有用處。

周圍傳來金屬敲擊的聲音，是達利納在戰鬥。如果他能撐住，雅多林就能幫忙。他絕對不會再讓那怪物打倒他，絕不可以！

他瞥了一眼去看父親在做什麼，突然全身一僵，手就這麼停在伸往胸甲皮帶的半空中。

他的父親……他的父親身姿如此華美。

達利納不是爲了活下來而戰。這麼多年來，他的命早就不是自己的了。

❖

他是爲加維拉而戰。他是抱著後悔多年前沒有這麼一戰的心情，爲了錯過的機會而戰。在兩場颶風來臨前的瞬間——雨停了下來，風似乎正吸氣準備吹出——他跟弒君者對舞，居然還能勢均力敵。

殺手的動作有如幻影，速度似乎快到不像人類。他跳躍時，是飛行在空中，揮砍碎刃的方式有如閃電，有時會伸出另外一隻手，像是要抓住達利納。

回想起他們先前的對戰，達利納認得後者才是賽司的武器中更爲危險的一項，所以每次達利納都讓碎刃擋在前面，逼退殺手。男人從不同的方向進攻，但達利納沒有思考。思考會混亂，讓意識分散。

他的直覺知道該怎麼做。

賽司跳過達利納的頭時，他彎腰，退開一步，避過會砍斷脊椎的攻擊。他進逼、逼退殺手，快速退後三步，舉起劍格擋，砍向刺客朝他伸來的手掌。

成功了。在這短短的瞬間，他與怪物戰得平分秋色。橋四隊的人遵照他的命令等在後面，他們只會干擾。

他活下來了。

可是沒有贏。

終於，達利納轉身避開一擊，但是速度卻不夠快。殺手繞過他身邊，朝他腰間伸拳一揍。

達利納的肋骨斷裂。他沉哼一聲，往後退了幾步，幾乎要摔倒。他將碎刃揮向賽司，提防那人逼近，但是沒有差別，劣勢已經出現。他跪倒在地，痛得幾乎站不住。

在那一瞬間，他知道了他早該知道的事實。

那天晚上，如果我在場，清醒著而不是酒醉睡著……加維拉還是會死。

我打不敗這個怪物。我現在辦不到，當初也辦不到。

我救不了他。

這個領悟讓他心中得到了平靜，達利納終於放下了扛六年多的大石。

殺手朝達利納緩步走去，全身散發著可怕的颶光，此時卻有一個身形從後面撲向他。

達利納以爲是雅多林，或是橋兵。

但，卻是洛依恩。

❖

雅多林拋下最後一片甲冑，奔向他父親。他沒有太遲。達利納跪倒在殺手面前，被打敗，卻沒有死。

雅多林大喊，逼近，一個出其不意的身影從破爛的帳棚衝出。洛依恩藩王——居然握著一柄配劍，領著一小群士兵——衝向殺手。

老鼠對上裂谷魔的機會都比他大。

雅多林幾乎來不及喊叫出聲，殺手便以目眩的速度，轉身斬斷洛依恩的劍身。賽司伸出手，重重拍上洛依恩的胸口。

洛依恩飛入空中，身後拖著一絲颶光。他不斷慘叫，被天空吞沒。

他撐得還比那些士兵久一點。殺手在他們之間飄過，迅速地閃避矛尖，以詭異的優雅移動。十二名士兵瞬間倒下，眼眶燃燒。

雅多林跳過一具倒下的屍體。颶風的，他還能聽到洛依恩在空中某處慘叫。

雅多林刺向殺手，但怪物一轉身，拍開雅多林的碎刃。殺手在笑，雖然他沒有說話，但颶光從他的齒縫中流出。

雅多林試了煙式，以快速的連續刺砍攻擊，殺手都無聲地拍開他，毫無顧忌。雅多林全神專注，盡了全力與對方對戰，但他在這東西面前，就是個孩子。

洛依恩繼續慘叫，從天空落下，伴隨著令人作嘔的啪嗒聲音停止。雅多林快速的一瞥告訴他，那位藩王再也起不來了。

雅多林咒罵一聲，撲向殺手，但是一片飛舞的油布——被殺手順手一拍而來——拂向雅多林。那怪物可以操控毫無生命的物體！雅多林劃破油布，跳向前揮砍殺手。

對面卻無一人。

彎腰。

他撲倒在地，感覺有東西從他頭頂經過，刺客飛在空中。賽司嘶嘶作響的碎刃以幾吋的距離錯過雅多林的頭頂。

雅多林在地上打了個滾，跪起身，喘氣。

怎麼……他該怎麼辦……？

你打不敗它。什麼都打不敗它，雅多林心想。

殺手輕巧落地。雅多林站起身，發現自己周圍站了一群人。十幾個橋兵圍在他身邊，斯卡站在最前面，看向雅多林，點點頭。好漢子。他們看到洛依恩倒下，卻仍然加入他。雅多林舉起碎刃，發現不遠處的父親此時站了起來。另一小群橋兵包圍起他，這次他沒有拒絕。他跟雅多林都跟對方交手過，兩人皆輸了。現在唯一的機會只有瘋狂地猛攻。

周圍的喊叫聲響起。從旗幟判斷，是卡爾將軍跟一大群突擊隊員趕來。來不及了。殺手站在溼漉漉的台地上，擋在達利納跟雅多林的小隊之間，低垂著頭。落地的藍色燈籠散發光亮，天空已經變得如黑夜般漆暗，只有紅色閃電不停劃破天際。

眾人衝上前，圍攻碎刃師，希望運氣好能砍到對方。這是唯一的方法。雅多林朝達利納點頭，父親點頭回應，面容嚴肅。他知道。他知道不可能打敗這東西。

帶領他們，雅多林。

團結他們。

雅多林狂吼，衝上前，舉著劍，所有人跟他一起奔跑。達利納也向前，只是速度緩慢許多，一手護在胸前。颶風的，他幾乎走不動了。

賽司猛然抬頭，臉上毫無表情。他們攻到時，他跳起身，直入空中。

雅多林的目光跟隨向上，他們不可能就這樣把他趕走了吧……

殺手在空中一扭身，然後重重落地，像是彗星一樣發光。雅多林勉強拍開碎刃的攻擊，那力道大得驚人，將他往後面拍飛了去。殺手轉身，一雙橋兵倒下，眼眶燃燒，其他人失去刺向敵人的矛頭。

殺手從簇擁的人群間突破而出，身上兩處傷口流血，這些傷口在雅多林的注視下自行癒合了起來，血不再滴落。就像卡拉丁說的那樣。雅多林的心猛烈一沉，這才發現他們的機會原來一直如此渺小。

殺手衝向在後面壓陣的達利納。年邁的軍人舉起碎刃，彷彿是在敬禮，然後向前一刺。

攻擊。沙場上就是要這樣。

「父親……」雅多林低語。

殺手拍開他的攻擊，一隻手按上達利納的胸口。

藩王突然發光，瞬間飛向黑色的天空。他沒有慘叫。

台地安靜下來。有些橋兵扶著受傷的同伴，其他人轉身看向殺手，組成矛兵陣形，一臉著急。

殺手放低他的碎刃，開始走開。

「混帳！」雅多林一啐，衝向殺手。「混帳！」他的眼淚讓他幾乎看不到前面。

殺手停下，然後朝雅多林平舉武器。

雅多林猛然停下。颶風的，他的頭好痛。

「結束了。」殺手低聲說。「我完成了。」他轉身背向雅多林，繼續走開。

*你下地獄去吧，竟敢走！*雅多林雙手高舉碎刃。

殺手轉身，用自己的碎刃拍開雅多林的武器，力道大得讓雅多林的手腕明顯發出折斷的聲音。他的碎刃從手中落下，消失。殺手的手再拍出，手腕擊中雅多林的胸口，讓他猛喘出聲，空氣突然從喉嚨消失。

天旋地轉下，雅多林跪倒在地。

殺手嘶吼：「我想我應該可以趁空暇的時間，再殺一個。」然後他露出笑容，笑得可怕，咬著牙，眼珠暴突，彷彿正陷入極大的痛苦。

雅多林喘息地等待攻擊。他抬頭看向天空。*父親，對不起，我……*

我……

那是什麼？

他眨著眼，看到空中有東西發光，慢慢飄落，像是一片葉子。一個身影。一個人。

達利納。

藩王緩緩落下，彷彿如雲朵般輕盈，白光從他的身體絲絲盈亮流瀉。周圍的橋兵們紛紛低語，士兵大喊，指著他。

雅多林眨眼，堅信自己看到了幻覺。但不對，那確實是父親。就像……神將一樣，從寧靜宮降臨。

殺手也看了過去，立刻猛然後退，嘴巴驚恐地大張。「不……不！」

然後，宛如流星，一團混合光亮與速度的燃燒火球砸在達利納身前，重重落地，激出一圈如白煙的颶光。在中央，一個穿著藍衣的身影蹲在地上，一手按地，另一手握著燦爛發光的碎刃。

他的眼中散發的火焰居然讓殺手的眼睛相比之下顯得黯淡。他穿著橋兵的制服，額頭上有奴隸的烙印。

擴散的煙光褪去，只留下一個巨大的符文——如劍一樣的符文——凝聚了一瞬間後，才慢慢消散。

「殺手，你把他送向天空，要他死。」卡拉丁說，颶光從他嘴唇間流淌。「可是天空與風屬於我。它們是我的。現在，你的一條命，也是我的。」

86 颸光圖樣

一個幾乎可以確定是背叛了其他的。

——出自圖表，書桌第二抽屜之書，第二十七段

卡拉丁讓颸光在他面前消散。他沒剩下多少了——全速狂飛過平原的結果就是用盡了體內的颸光。當他發現升入黑暗天空的一道閃光居然是達利納的時候，眞是驚嚇萬分。達利納被賽司捆縛向天空的方向。

卡拉丁快速接住他，小心翼翼地將他捆縛下地面。前方的賽司跌跌撞撞地從小王子身前退開，警戒地朝卡拉丁舉著劍，眼睛大睜，嘴唇顫抖，看起來無比驚恐。

很好。

達利納終於輕輕地落在台地，卡拉丁的捆縛術力量也消散了。

「去找地方躲避。」卡拉丁說，血脈中的颸風更加消減。

「我飛來這裡時經過一場颸風……很大的一場，從西邊來。」

「我們正在撤退。」

「快點。我來處理我們的朋友。」卡拉丁說。

「卡拉丁？」

卡拉丁轉頭，瞥向達利納，藩王正站得筆挺，雖然一手仍然護佐自己的胸前。達利納與他四目相望。

「你就是我在找的。」

「對。終於是了。」

卡拉丁轉身，大步走向殺手。他經過排成一個緊密陣形的橋四隊成員，他們——在泰夫的一聲令下——朝卡拉丁面前丟下一些東西。藍色的燈籠，裡面是撐過整個泣季的巨大發光寶石。

謝天謝地，幸好有他們。卡拉丁經過時，颶光往上升起，填滿了他。可是他注意到他們腳邊有兩具倒地的屍體，眼眶焦黑，讓他心中一沉。裴丁跟馬特。艾瑟正緊摟著他兄弟的屍體痛哭著，其他橋兵則失去了某些四肢。

卡拉丁怒吼。夠了。不會再有他的人死在這個怪物手下。

「妳準備好了嗎？」他低聲說。

當然，一直拖著要我們等的人可不是我，西兒在他腦海裡說。

燃燒著颶光，充滿憤怒與光亮的卡拉丁撲向殺手，碎刃對上碎刃。

❖

「死定了……」雷納林喃喃地說。

「誰去讓他閉嘴。」紗藍怒罵。「必要的話就找東西堵上。」她刻意轉身，不去理會囈語的王子，仍然站在滿是壁畫的房間前。規律。規律。規律是什麼？

圓形房間。其中一側的東西，可以變形容納不同的碎刃。牆上畫著燦軍的圖，散發著颶光，指著有高塔的城市，正如傳說所形容。壁上有十盞燈，鎖掛在她認爲是畫著破碎平原王國那塔那坦的壁畫上方。

這——

十盞燈。裡面有寶石。外面都有鏤空金屬罩包圍。

紗藍眨眼，全身一震。

「這是個法器。」

❖

刺客撲向天空，卡拉丁跟著上飛，追著他去，身後散發颶光。

「撤退狀況！」達利納吼叫，跨越了台地，肋骨痛得不行，之前的傷口情況也沒好多少。他在戰鬥時痛楚消失了一些，現在又開始痛得不得了。「誰來給我點消息！」

書記跟執徒們紛紛從周圍坍塌的帳棚裡出來，台地上到處都是喊叫聲。風又開始颳起，暫緩的瞬間，短暫的平靜，結束了。他們需要逃離台地。

立刻走。

達利納朝雅多林伸手，扶著年輕人站起。他看起來有點淒慘，全身瘀青，被狠狠揍了一頓，似乎還有點恍惚。他伸展了一下右手，痛得皺眉，然後僵硬地讓它放鬆。

「地獄的，那橋小子真的是他們的一員？燦軍的一員？」雅多林說。

「對。」

奇怪的是，雅多林綻開微笑，似乎滿意極了。「哈！我就知道那傢伙有哪裡不對勁。」

「去吧。」達利納推著雅多林。「我們得讓軍隊移動到那個方向，兩個台地外的地方，紗藍在那裡等。去盡量整理所有人。」他看向西方，風颳得更起勁，帶來一陣陣大雨。「時間不多了。」

雅多林大喊要橋兵跟他一起去，他們扶著受傷的人也跟上了——可惜必須留下死者。幾個人也扛著雅多林的碎甲，颶光顯然已經用罄。

達利納用了身體能夠容忍的最快速度，朝東方跛行而去，尋找著……

沒錯。英勇還在他留下牠的地方，馬兒打個響鼻，甩甩溼潤的鬃毛。「謝謝你，老朋友。」達利納朝瑞沙迪馬伸手。在一片雷聲跟混亂中，他的馬沒有逃跑。

達利納一旦上了馬鞍，動作便流暢許多，最後也找到洛依恩的軍隊，正全數朝南方前進，目標是紗藍的台地，隊伍相當整齊。看著他們整齊的行軍速度，他允許自己鬆了一口氣，大多數的軍隊已經到了南面台地，離紗藍的圓形台地只差一個裂谷。太好了。他不記得卡爾將軍被派去了哪裡，可是洛依恩倒下之後，達利納以為藩王的軍隊會陷入混亂。

「達利納！」一個聲音喊著。

他轉身，看到一幕與眼前處境完全矛盾的景象。瑟巴瑞爾跟他的情婦正坐在遮棚下，吃著乾瑟拉果，旁邊有一名看起來很不自在的士兵，正捧著盤子。

瑟巴瑞爾朝達利納舉杯。「希望你不介意。」瑟巴瑞爾說。「我們解放了你的物資。它們那時候正從我們身邊被颶過去，絕對是有去無回。」

達利納呆呆地看著他們。帕洛娜甚至正拿著一本小說，正在看書。

「這是你做的？」達利納朝洛依恩的軍隊點頭。

「他們吵鬧成一團。」瑟巴瑞爾說。「到處亂走，朝對方大喊，又哭又鬧的，非常戲劇性。所以我想該有人讓他們快點動起來。我的軍隊已經去另外那個台地了。你也知道，這裡眞的滿擠的。」

帕洛娜翻了書頁，幾乎沒在聽他們說話。

「你有看到艾拉達嗎？」達利納問。

瑟巴瑞爾以酒杯示意。「他應該也差不多快到了。你去那個方向可以找到他，幸好他站在下風處。」

「別待太久。」達利納說。「在這裡待下去，會變成死人。」

「像洛依恩那樣？」瑟巴瑞爾問。

「很不幸，是的。」

「所以是眞的。」瑟巴瑞爾站起身，拍拍長褲——居然還是乾的。「現在我還有誰能取笑了呢？」他難過地搖搖頭。

達利納朝瑟巴瑞爾指的方向策馬，注意到居然有兩名橋兵還跟在他後面，在他找到瑟巴瑞爾時終於找到藩王。橋兵發現達利納注意到他們，立刻行禮。

他告訴他們他要去哪裡，然後加快了速度。颶風的，以疼痛的程度來說，帶著斷裂的肋骨騎馬不比走路要好多少，其實痛得更嚴重。

他確實在隔壁台地上找到艾拉達，那名藩王正在監督軍隊緩緩地移動到紗藍標示出的完美圓形台地。魯斯・艾薩也在，穿著碎甲——是達利納贏來的其中一套——正在指揮達利納的大型機械橋，停在另外兩座已經架在兩個台地之間的橋旁邊，能夠橫越小橋無法跨越的距離。

以破碎平原的幅員來比，大家都要擠上的台地算是很小，但是仍然有幾百呎的直徑。希望能夠容納得下所有人。

「達利納？」艾拉達騎馬小跑而來，他的馬鞍上掛著一大顆鑽石替他照明，應該是從娜凡妮的法器燈那裡偷來的。他身上穿著溼透的制服，額頭上有綳帶，除此之外似乎無恙。「克雷克的舌頭，那裡到底發生了什麼事？我問不出來一個明白的答案。」

「洛依恩死了。」達利納疲累地說，勒停了英勇。「他死得很榮譽，是攻擊殺手而死。希望殺手的注意力一時之間不會回到我們這裡。」

「今天我們勝利了。」艾拉達說。「我驅散了那些帕山迪人，他們大半數以上都死在那個台地上，甚至有四分之三。雅多林的台地戰表現更好，從報告聽起來，洛依恩台地上的帕山迪人都逃了。復仇盟約兌現了！我們替加維拉報了仇，戰爭結束了！」

好驕傲。達利納找不到讓對方回歸現實的語言，所以他只是盯著對方看，感覺麻木。

不能這樣，達利納心想，在馬鞍上的身體軟了一下。必須領導。

「但，不重要了，對不對？」艾拉達更輕聲地問。「就算我們贏了？」

「當然重要。」

「可是……感覺不該像是這樣啊？」

「精疲力竭、很痛、很慘。艾拉達，勝利經常就是這種感覺。我們是贏了，但現在我們得要帶著勝利活下去。你的人幾乎都過去了吧？」達利納說。

他點頭。

「讓所有人都上那個台地，必要時逼他們貼著站。通道一開，我們必須準備好以最快速度通過。」達利納說。

如果會開的話。

達利納驅策英勇上前，過了橋去到對面擁擠的台地，然後——很不容易地——擠向中間，希望能在那裡找到救贖。

卡拉丁跟在刺客身後衝入天空。

破碎平原在下方消失。墜落的寶石在台地上閃閃發光，躺在被吹垮的帳棚上或是士兵倒下的地方，照亮的不只是中央台地，還有周圍的台地，以及更遠處，一個出奇圓整的台地。

軍隊聚集在那個台地上。其他台地上有著一團一團、像是雀斑一樣的東西。屍體。好多屍體。

卡拉丁看向天空。他再次自由了。風在他身下湧動，似乎是在舉起他、推動他、托載他。他的碎刃粉碎成霧氣，西兒咻地竄出，再次變成一條繞著他飛的光帶。

西兒活著。西兒活著。他仍然因爲這件事感覺狂喜。她不是死了嗎？當他們出發時，他問過這個問題，而她的回答很簡單。

我與你的箴言生死與共，卡拉丁。

卡拉丁繼續向上飛，避開來臨的颶風。從這個高度，他看得很清楚，有兩場颶風，一場從西方滾入，爆發著紅色閃電，另一場則以更快的速度從東邊襲來，有深灰色的颶風牆。兩者即將相撞。

「一場大颶風。」卡拉丁追著賽司繼續飛。「紅色的颶風是帕山迪人召來的，爲什麼還會有大颶風？現在不是時候。」

西兒的聲音變得嚴肅，「是我的父親。他召來了颶風，加快了它的速度。他……崩潰了，卡拉丁。他認爲這一切不應該發生。他想要結束一切，把所有人沖走，去躲避未來。」

她的父親……意思是颶父要他們死？

太好了。

上方的殺手消失在黑暗的雲層中。卡拉丁一咬牙，再次將自己往上捆縛以增加速度，立刻衝入雲層，周圍瞬時變成一片毫無特徵的灰。

他一直在尋找光亮，宣告殺手攻擊的動向，因爲對方可能會殺得他措手不及。

他的身邊變亮。殺手呢？卡拉丁的手往旁邊一伸，西兒立刻形成碎刃。

「不用十下心跳？」他問。

我已經跟你在一起、隨時準備好的時候就不用。拖延主要是因爲死者的關係，它們每次都需要被喚醒才能重生。

卡拉丁衝破雲層，進入陽光下。

他驚呼一聲，已經忘記現在原來還是白天。在地面的黑暗戰爭之上，太陽照耀著雲層，讓雲朵散發出淺白的柔美。稀薄的空氣相當冰冷，但是體內咆哮的颶風讓他很容易便能忽視冰寒。

殺手也浮在遠處，腳尖朝地，低垂著頭，銀色碎刃握在身側。卡拉丁捆縛自己後，停下，然後降落到與殺手一樣的高度。

「我是賽司，法拉諾之孫。」男人說。「無實之人……無實之人。」他的眼睛睜大，牙關緊咬。「你偷了榮刃，這是唯一的解釋。」

颶風的。卡拉丁一直想像白衣殺手是個冷靜、冷酷的殺手。眼前這個人完全不同。

「我沒有這種武器，也不知道就算我有，會有什麼差別。」卡拉丁說。

「我聽到你的謊言。我知道你在說謊。」賽司往前衝，伸出劍。

卡拉丁將自己往旁邊捆縛，猛然閃躲，同時拿碎刃揮砍，卻差對方老大一截。「我早該多多練劍的。」他嘟囔著說。

噢，對。你大概會想要我是一柄矛，對不對？

武器散成白霧，然後變得修長，凝化成一柄銀矛，矛頭上的利刃有著明亮旋動的符文。賽司在空中一扭身，重新將自己捆縛成飄浮的姿勢。他看著矛，似乎開始全身顫抖。「不是。無實之人，我是無實之人，從不質問。」

颸光從他口中流出，賽司仰頭慘叫，發出一個道盡凡人無奈的聲音，消散在無盡的天空中。兩人之下，雷聲隆隆，雲朵顫抖著萬千色彩。

❖

紗藍繞著圓形房間跑到一盞又一盞燈前，用颸光點亮每一盞，全身散發著明亮的光芒，因為她從執徒的燈籠裡吸取了颸光。現在沒時間多做解釋了。

封波師的身分已經藏不住。

這個房間是個巨大的法器，以這些燈的颸光為動力。她早該看出來的。她經過呆望著她的音娜達拉。

「您是怎麼……怎麼辦到的，光主？」

幾名學者已經坐倒在地，快速地在布料上畫下祈禱符文，因為空氣太潮溼而採用粉筆。紗藍不知道她們的祈禱是想祈求能平安躲過颶風，或是平安躲過自己。她聽到他們其中一人低聲說了句「失落燦軍」。

再兩盞。她用颸光點亮一枚紅寶石，讓它甦醒，這時卻用盡了颸光。

「寶石！」她在房間中轉身。「我需要更多颸光。」

所有人面面相覷，只有雷納林還一邊在岩石上畫著同樣的符文，一邊哭著。颶父的。她把他們都榨乾了。一名學者從背袋裡拿出一盞油燈，跟牆壁上的燈相比，光芒如此黯淡。

紗藍鑽出門口，在聚集的士兵間尋找。成千上萬的人在黑暗中鑽動著，幸好有人還拿著燈籠。

「我需要你們的颶光！」她說。「是——」

那是雅多林嗎？紗藍驚呼，所有思緒瞬間消失，只看到他站在人群前方，靠著一名橋兵支撐。雅多林看起來淒慘無比，左臉是一片鮮血跟瘀青，制服破爛，滿是汙漬。紗藍跑向他，緊緊將他抱住。

「我也好高興看到妳。」他將臉埋在她的秀髮之間。「我聽說妳會帶領我們走出這場混亂。」

「混亂？」她問。

雷聲轟隆，毫無間隔地響起，紅色閃電不是以一道道、而是以一片片地砸下。颶風的！她不知道已經這麼近了！

「嗯嗯……」圖樣發聲，她看向左邊。一片颶風牆正在逼近，兩場颶風如雙手，正在合攏、壓碎中央的軍隊。

紗藍猛然吸氣，颶光湧入她體內，讓她整個人活了過來。顯然雅多林身上有一兩枚錢球。他往後一退，上下打量她。

「妳也是？」他說。

「呃……」她一咬下唇。「對啊。對不起。」

「對不起？颶風的，妳這女人！妳跟他一樣會飛嗎？」

「飛？」

雷聲砸下。噢對，末日快到了。

「要所有人準備行動！」她衝回房間內。

颶風在卡拉丁下方撞擊，雲朵破散，黑的、紅的、灰的夾雜一起，形成巨大的漩渦，閃電在其中跳動，看起來像是阿哈利艾提安再次降臨，一切的末日。

在這一切之上，在世界之上，卡拉丁正在殊死搏鬥。

賽司帶著一片金屬銀光飛過，卡拉丁擋開了攻擊，手中的矛發出清亮的叮一聲。賽司繼續前飛，經過他，卡拉丁將自己朝那個方向捆縛。

兩人往西方墜落，掠過雲朵上空——但在卡拉丁的眼中，那個方向是下。他握著矛直墜，指向殺意殘暴的雪諾瓦人。

賽司猛然左閃，卡拉丁立刻跟隨，快速往同方向捆縛。暴烈、翻騰、憤怒的雲朵在下方夾雜，兩場颶風似乎在戰鬥，點亮他們的閃電有如揮出的拳頭。暴烈聲響起，並非都是雷聲，卡拉丁身邊突然出現一大塊石頭，飛出雲端，整塊石頭都揮甩著水氣，像是水裡的巨獸一般仰首突破雲層，然後又埋回雲底。

颶父啊……他離地面大概有幾百、甚至幾千呎高。如果大石頭都能被甩得這麼高，下面到底是怎樣暴烈的情況？

卡拉丁將自己捆縛向賽司，加快了速度，順著颶風的表面前行，靠近了以後，又減緩速度，讓自己的速度與賽司一致，並排飛行。

卡拉丁以矛戳向殺手，賽司俐落地反擊，一手握著碎刃，另一手在劍柄扶正劍勢，把卡拉丁的攻擊拍到一旁。

「燦軍不可能回歸了。」賽司慘嚎。

「就是回歸了。」卡拉丁抽回矛。「而且還要殺了你。」他將自己略微往旁邊捆縛，一揮矛，在空中轉身後，撲向賽司。

可是賽司往上一扯，避開了卡拉丁的矛。兩人一起從空中落下時，雲朵就在兩人身邊，賽司往下一鑽，攻擊。卡拉丁咒罵出聲，勉強用捆縛讓自己閃過。

賽司鑽過他身邊，消失在下面的雲中，變成一道影子。卡拉丁想要用目光追擊影子的去向，卻失敗了。

賽司一秒後出現在卡拉丁身邊，快速三次連擊。一次擊中卡拉丁的手臂，讓西兒從他手中脫落。

地獄的。他讓自己反向捆術，避開賽司，強迫颶光進入他失去生氣的灰色手臂中，很辛苦地才讓血色恢復，但賽司已經迅速從天而降，向他展開攻勢。

霧氣在卡拉丁舉起抵擋的左手凝聚，一面銀色的盾出現，散發著柔光。賽司的碎刃被擋開，驚訝地哼出聲。

卡拉丁的右手恢復力氣，斷裂處也癒合完成，但是逼入這麼多颶光到傷口裡讓他感覺到疲倦。他退離賽司身邊，想要保持兩人的距離，但這次是殺手不斷逼近，每次卡拉丁想要逃脫，對方就會立刻追上。

「你經驗不夠，你打不過我。我會贏。」賽司喊。

賽司向前衝，西兒又在卡拉丁手中變成矛，她似乎能夠預料到他想用什麼樣的武器。賽司的武器重重撞上西兒，讓兩人突然面貼面，同時滾倒，依然四目交望，兩人的捆縛同時拖著他們飛過雲端。

「我向來會贏。」賽司說。他說得很奇怪，好像這件事讓他生氣。

「你錯了。」卡拉丁說。「你對我的判斷錯了。我不是經驗不夠。

「你才剛得到你的能力。」

「不。風是我的。天空是我的。從我還是孩子時，它們就是我的。你才是這裡的入侵者，不是我。」

兩人分開，卡拉丁將殺手往後一摔。他停止去思考自己的捆術、停止去想他該怎麼做。

而是放任自己以本能行事。

他撲向賽司，外套飛揚，矛尖直指對方心臟。賽司避開，可是卡拉丁拋下矛，手往外大揮，西兒變成一柄斧戟，離賽斯的臉只有幾吋遠。

殺手咒罵，以碎刃回應。不到一秒內，卡拉丁的手中便有一面盾牌，用力撞開對方攻擊，在此同時西兒破碎，重新變回一把劍，落入卡拉丁向前疾刺的空手。劍迅疾一刺，武器深深埋入賽司的肩膀。

殺手的眼睛睜大，卡拉丁一扭劍，抽出殺手的皮肉，試圖要以反手一擊徹底了結對方。賽司的速度卻更快，他將自己往後捆縛，強迫卡拉丁跟上，加上一道又一道捆縛。

賽司的手還能作用。地獄的。剛才肩膀那一擊沒有完全斬斷靈魂與手臂的聯繫，而卡拉丁的颸光卻快用完了。

幸好賽司的颸光看起來更少。根據他身邊減弱的光芒來看，殺手消耗颸光的速度看起來比卡拉丁快，而且他不想醫治肩膀——那會需要很多颸光——而是繼續逃脫，不斷來回變向，想要甩掉卡拉丁。

下方陰影中的戰鬥繼續持續，一團閃電、風、雲糾結。卡拉丁追著賽司的同時，雲朵下巨碩的東西也正在移動，是一個城市般大小的影子。一秒後，整個台地的頂端突破到黑暗雲層的上方，緩緩地旋轉，好似從下面被往上丟來。

賽司差一點撞了上去，他在剎那間往上捆縛、越過頂端，然後降落在台地上。他順著台地前跑，台地則緩緩地在空中旋轉，動力一時消耗殆盡。

卡拉丁在賽司身後落地，不過他保留了大部分的向上捆縛，以保持動作的輕巧。他順著台地側面往上爬，幾乎是筆直朝天，而在賽司突然往旁邊一砍岩堆，讓岩塊落下時，卡拉丁也俐落地往旁邊一閃。

石頭順著台地表面撞擊落下，本身也開始慢慢往下掉。賽司來到山峰，往下一撲，卡拉丁很快跟上，從石頭表面下撲，台地像是沉船一樣又落回翻騰的雲朵中。

他們繼續你追我跑，但賽司卻是一路往雲端後退，眼睛盯著卡拉丁。瘋狂的眼睛。「你想要說服我！」他大吼。「你不可能是他們其中之一。」

「你自己也看到了，我是。」卡拉丁回喊。

「引虛者！」

「也回來了。」卡拉丁喊。

「**不可能。我是無實之人！**」殺手喘氣。「我不需要跟你打。你不是我的目標。我有……我有任務。我會服從！」

他轉身讓自己往下捆縛。

進入雲中，降落到達利納所在的台地。

❖

颶風在外面相撞的同時，紗藍衝入房間內。

她在幹什麼？時間根本不夠了。就算她能打開通道，颶風也已經抵達，她根本來不及讓所有人通過。

他們死定了。都死定了。數千人大概都會被颶風牆吹得摔死。

但還是跑向最後一盞燈，點亮裡面的錢球。

地板開始發光。

執徒們驚駭得跳起，音娜達拉尖叫。雅多林被摔入門口，後面跟著一片狂風與怒雨。眾人腳下的複雜設計從裡面發出光來，看起來幾乎像是彩繪玻璃。

紗藍瘋狂地揮手要雅多林到她身邊來，再跑到牆上的鎖邊。

「劍。」她朝雅多林大喊，壓過外面的颶風聲。「進去！」雷納林早就驅散了他的碎刃。

雅多林聽從，急忙上前，召來碎刃，立刻刺入開口，開口也再次變形、容納他的劍。

什麼都沒發生。

「沒有用。」雅多林喊。

只有一個答案。

紗藍抓住他的劍柄，用力抽出——無視於碰觸時腦海中聽到的慘叫——然後將劍往旁邊一拋。雅多林的劍消失在霧氣中。

一個根本的事實。

「你們的碎刃有問題，所有碎刃都有問題。」她遲疑了一瞬間。「只除了我的。圖樣！」

它在她手中成形，凝結成她用來殺人的碎刃。隱藏的靈魂。紗藍將碎刃刺入開口，武器在她手中震動、發光。台地深處的什麼東西解開了。

外面閃電落下，人們慘叫不絕。

現在她總算明白機關的運作方式。紗藍用盡全力去推劍，像是在推石磨的手把。建築物內牆就像是管子內的一個環，可以旋轉，外面卻不動。被推動的劍也開始轉動內牆，雖然起初被切開門口時落下的石塊擋住軌道，但是雅多林也跟她一起用盡全身力氣推，兩人一起推著劍走了一圈，直到站在兀瑞席魯的圖畫上，離她開始時站的那塔那坦正好是半圈。她抽出碎刃。

十盞燈如閉上的眼睛般熄滅。

❖

卡拉丁跟著賽司鑽入颶風，潛入黑暗，在翻騰的暴風與炸裂的閃電間墜落。狂風攻擊他，讓他到處翻滾，就算再多捆縛也無濟於事。他也許是風的主宰，但颶風卻完全不一樣。

小心點，我父親恨你。西兒說。這是他的領域，而且裡面混雜著更可怕的東西，是另一種颶風。他們的颶風。

不過颶風卻也是颶光的根源——身處在其中反而讓卡拉丁精神大振。他體內殘存的颶光猛然乍亮，賽司那裡顯然也是。殺手突然重新出現，變成慘白的光團，正在突破毀滅性的風暴，朝向台地而去。

卡拉丁低吼，跟著賽司捆縛，十幾種不同顏色的閃電在他身邊亮起，紅的紫的白的黃的。大雨打溼他的衣服，石頭飛過他身邊，有些撞上他，但颶光癒合他的速度就跟落石打傷他的速度一樣快。

賽司順著台地移動，飛在它們上方，卡拉丁困難地跟著。這片翻滾的風很難駕馭，而且幾乎伸手不見五指，閃光時亮時滅地照著平原。幸好賽司的光芒藏不住，卡拉丁將注意力維持在那閃亮的光源上。

再快。

就像薩賀好幾個禮拜前教導他的那樣。賽司要贏，根本不必打敗卡拉丁，他只需要傷害到卡拉丁想保護的人。

再快。

一道閃電點亮了台地戰場。在下方，卡拉丁瞥到軍隊有幾千個人聚集在一個大型台地上。許多人都縮在一起，其他人則驚慌不定。

閃電瞬間消失，大地又恢復黑暗，不過卡拉丁已經看得夠清楚，知道這是一場慘劇。一場劫難。人們被吹下邊緣，被落石壓扁，再過幾分鐘，全軍就會消失。颶風的，卡拉丁甚至不確定他自己能不能活過這場摧毀。

賽司落在他們之中，是黑暗中的一團光。卡拉丁將自己捆縛向那個方向的同時，閃電再次落下。閃電照出賽司站在空無一人的台地上，表情迷茫。

軍隊不見了。

❖

外面咆哮的颶風聲音消失。紗藍不由自主顫抖著，又溼又冷。

「全能之主在上……」雅多林輕吐一口氣。「我幾乎不敢去看外面會是什麼樣子。」

旋轉建築物內牆之後，他們的門口現在面對的是堅硬的克姆泥。也許這裡以前也有個天然的門口。雅多林召喚他的碎刃來切開洞口。

圖樣……她的碎刃……消失成霧氣，房間的機械也安靜下來。她再沒聽見外面的聲音，沒有撞擊，也沒有風聲，沒有雷聲。

紗藍內心情緒交雜著。看樣子她救了自己跟雅多林，但是軍隊的其他人……雅多林切開門口，陽光落下。紗藍緊張地走向開口，經過坐在角落、看起來已經動彈不得的音娜達拉。

在門口，紗藍看向跟先前一樣的台地，只是如今一切沐浴在陽光下，一片平靜。整整四支軍隊的男男女女蹲在地上，全身溼透，許多人抱著頭，縮擋著已不再吹拂的風。有兩個人站在一頭巨大的瑞沙迪雄駒旁邊，達利納跟娜凡妮，他們似乎正在前來中央建築物的路上。

他們身後是一片從未見過的山脈。這裡是同樣的台地，卻還有另外一圈九個台地。在紗藍的左邊，一棟巨大的高塔，外面有著凸出的脊圈——形狀像是一個個越來越小的杯子疊在一起——聳立得比山峰還要高偉。

兀瑞席魯。

通道不是在台地上。台地就是通道。

❖

賽司朝卡拉丁驚吼，但是他的聲音消失在颶風中。岩石落在他們身邊，不知從遠方何處被吹來。卡拉丁確定他聽見風中有可怕的尖叫，是那些他從未見過的紅靈——像是身後拖著光的小小彗星——在他們身邊流竄。

賽司再次慘叫。這次卡拉丁聽清楚了。「怎麼會！」

卡拉丁的回答是以碎刃展開攻擊。賽司暴力地抵擋，兩人衝撞，成為在黑暗中兩道發光的身影。

「我知道這個柱子！」賽斯尖叫。「我看過同樣的!他們去了那座城，對不對！」

殺手飛入高空中，卡拉丁樂得跟上，他可不想待在這場風暴裡。

賽司邊慘叫邊飛，朝向西方而去，遠離有著紅色閃電的颶風。但跟隨普通颶風的道路，光是這樣也足夠危險。

卡拉丁追了上去，逆風飛行相當困難，並不是颶風對賽司的幫助大於卡拉丁，而是颶風很難預料，會把卡拉丁往一個方向推，賽司卻被推向另一個方向。

如果追丟了賽司，會發生什麼事？

他知道達利納去了哪裡，卡拉丁心想，咬牙擋著，一閃白光讓他側面的視覺消失。*我不知道。*

如果卡拉丁找不到達利納，就保護不了那個人。不幸的是，在黑暗中的追逐戰對於逃跑的一方更有優勢，賽司緩緩地拉開了距離。

卡拉丁想要跟上，但是一陣風將他往逆向吹。捆縛並不是真的讓他會飛，他沒辦法抗拒這樣無法預測的風勢，反而被風控制。

不行！賽司發光的身形漸漸消失，卡拉丁朝黑暗怒吼，眨著眼睛揉掉雨水，他幾乎看不到了……

西兒飛在他面前的空中。可是他還是握著矛。為什麼？

又一個，再一個。一道道光條，偶爾會幻化成年輕男女的形體笑著。是風靈。十幾個風靈繞著他飛，留下一道道光，就算在颶風中，它們的笑聲仍然清亮。

*那裡！*卡拉丁心想。

賽司就在前面。卡拉丁捆縛著自己穿過風，之字形來回地被扯動，閃避一道道閃電，鑽過飛舞的巨石，眨掉一片片雨幕。

一團混亂中。前方是……光？

颶風牆。

賽司突破了颶風的風面。隔著一片雨水跟雜物，卡拉丁勉強可以看到殺手轉身回看，姿態自信。

他以為他甩掉我了。

卡拉丁從颶風牆中爆發而出，身邊跟著一群風靈，此時它們旋轉著消失在一片光中。他大吼，長矛朝賽司刺出，殺手連忙抵擋，眼睛大睜。「不可能！」

卡拉丁轉身，揮甩他的矛——此時又變成一把劍——刺穿賽司的腳。

之前。

殺手歪倒地順著颶風牆的牆面躲開。賽司跟卡拉丁兩人同時往西邊墜落，就在那片水與垃圾組成的牆之前。

他們下方的大地，在一片模糊間經過。兩場颶風終於分開，普通颶風順著平常的路徑，由東到西，破碎平原被留下，化成綿長的山坡。

卡拉丁再追，賽司轉身退後，攻擊，但是西兒瞬間變成盾牌抵擋。卡拉丁往下一揮手，一柄鎚頭出現在他手中，擊中賽司的肩膀，粉碎了骨頭。颶光想要治療殺手的同時，卡拉丁貼近，用手再重擊賽司的腹部，此時一把匕首出現，深深刺入殺手肌膚，尋找脊椎所在之處。

賽司驚喘，慌亂地將自己往後方捆縛，脫離了卡拉丁的掌握。

卡拉丁追上。大石塊在颶風牆中翻騰──如今在卡拉丁的視線中，這裡是地面。他必須不斷調整綁縛的方向好待在同樣位置，也就是颶風的前方。

卡拉丁在突然出現的大石塊上跳躍，追趕著賽司，殺手正瘋狂地墜落，衣衫翻飛。風靈在卡拉丁身邊形成一個光圈，不斷來回穿梭、盤旋，環繞他的手臂與雙腿。這麼靠近颶風讓他的颶光無比充沛，毫無熄滅的跡象。

賽司減慢速度，傷口癒合，懸掛在撞擊的颶風牆前，巨劍握在身前。他深吸一口氣，迎向卡拉丁的眼睛。

要做個了結了，是吧。

卡拉丁撲向前，西兒在他手指間形成矛，是他最熟悉的武器。

賽司展開連續攻擊，一連串不停的招式，卻一一被卡拉丁擋下。

最後，卡拉丁的矛桿架著賽司的劍柄，兩者貼緊，壓到離殺手的臉只有幾吋遠。

「是真的。」賽司低聲說。

「對。」

賽司點點頭，身上的緊繃似乎消失，取而代之的是眼中的空洞。「那我從頭到尾都是對的。我從來不是無實之人。我隨時可以阻止這些屠殺。」

「我不知道你是什麼意思。」卡拉丁說。「但你從來都不是必須殺人。」

「我的命令——」

「藉口！如果那是你殺人的原因，那你就不是我以爲的邪惡存在，你只是個懦夫。」

賽司看著他的眼睛，然後點點頭。他推開卡拉丁，準備要揮砍。

卡拉丁雙手前伸，讓西兒變成一把劍。他以爲對方會格擋，所以想要打破賽司的攻擊套路。

賽司沒有抵擋。他只是閉上眼睛，接受卡拉丁的攻擊。

在那一瞬間，因爲無法描述的原因——也許是憐憫？——卡拉丁轉移了攻擊，讓碎刃只刺穿賽司的手腕。殺手的皮膚變得灰白。碎刃反映著閃電，從殺手的手中落下，然後一面下墜，一面黯淡了。

光芒從殺手的身體消失，所有的颶光瞬間散去，所有的捆縛被驅散。

賽司開始下墜。

去拿劍！西兒在卡拉丁腦海中大喊。去拿。

「殺手！」

他釋放與碎刃的締結了。沒有劍，他什麼都不是！不能丟掉劍！

卡拉丁翻身朝劍追去，越過了賽司。賽司像個破布娃娃一樣在空中翻滾，被強風吹向颶風牆。

卡拉丁瘋狂地將自己往下捆縛，在颶風吞沒之前，抓住了碎刃。殺手在他身邊墜落，被颶風捲入，只留給卡拉丁一個駭人的影像：賽司無力的身影，被颶風的所有力量，逼得撞上下方的台地。

卡拉丁舉起殺手的碎刃，將自己重新往上捆縛，經過了颶風牆，被吸引來的風靈在他身邊盤旋，笑出純粹的喜悅。當他飛到颶風頂層時，它們從他身邊一哄而散，咻地飛回依舊在前進的颶風面前，迎風起舞。

他身邊此時只留下一個身影。西兒——化成年輕女孩，穿著飄動的長裙，變成等身人物大小——飄浮在他面前。她微笑，颶風在他們下方移動。

「我沒有殺他。」卡拉丁說。

「你想嗎？」

「不。」卡拉丁說，很訝異這是事實。「但我該殺了他的。」

「你得到了他的碎刃，颶父大概已經帶走他了。就算沒有……反正他已經不是以前那樣的武器了。我必須說，你做得很好。也許這次我會留下你。」

「謝謝。」

「你知道你差點殺了我吧？」

「我知道。我以爲我已經殺了妳。」

「然後呢？」

「然後……呃……妳變得聰明又表達清晰？」

「你忘了稱讚我。」

「可是我剛剛才說了——」

「那只是簡單的事實陳述。」

「妳眞是太棒了。」他說。「眞的，西兒，妳眞的是。」

「這也是事實。」她綻放出笑容。「但我可以不追究，條件是你要給我一個足夠誠心的笑容。」

他笑了。

而且感覺非常、非常好。

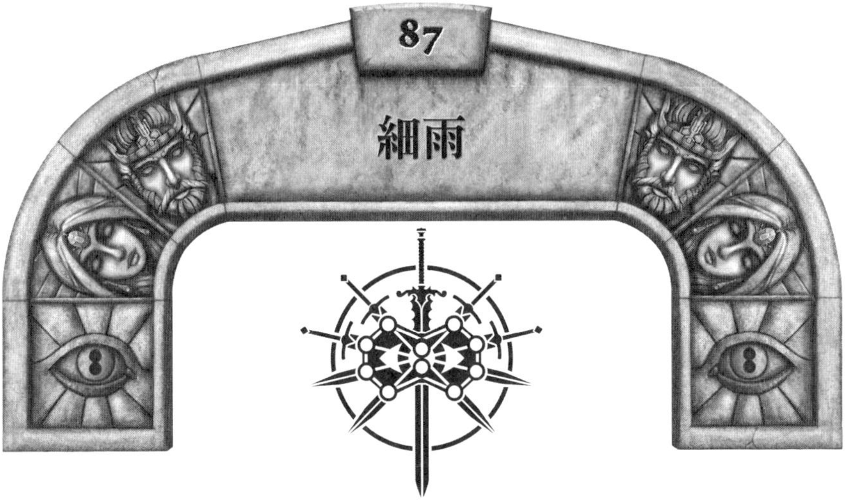

87 細雨

雅烈席卡的混亂當然是無可避免的。小心盯著，不要讓王國中的力量統一。黑刺可能是我們的盟友或最大的敵人，端看他是否走上武力至上的道路。如果他看起來想要跟對方和談，就要立刻刺殺他。競爭帶來的風險太大了。

——出自圖表，床頭燈散記，第四段

（雅德羅塔吉亞根據原始象形文字的第三版翻譯）

破碎平原再次破碎了。

卡拉丁扛著賽司的碎刃上肩頭，在平原上緩步走著。他經過一堆堆岩石和地上的新鮮裂縫。巨大的水窪像是小湖一樣在大塊的破碎岩石間閃爍，就在他的左邊，一整片台地破裂，墜入周圍的裂谷。那個台地殘存的破碎基底看起來焦黑一片。

他沒有找到賽司的屍體。那個人也許還活著，也有可能颶風將那具屍體埋在碎石中或是吹走，留在某個被人遺忘的裂谷裡腐爛，直到殺手的骨骸被哪個不幸的資源回收隊翻找一遍。

現在，光是賽司沒有將碎刃召喚回身邊就是足夠的證明，證明他要不是死了，再不然就是如西兒所說，那把奇怪的武器已經不再與他締結。卡拉丁不知道是哪一種，這把碎刃的劍柄處沒有寶石可供辨識。

卡拉丁停在台地高處，俯瞰一片狼籍，然後他瞥向坐在肩頭的西兒。「這會再來一次？另外那種颶風還存在？」他說。

「對。一種新的颶風。不屬於我們，而是屬於他。」西兒說。

「每次那種颶風經過時，都會這麼嚴重嗎？」在眼力所能及的台地中，只有這一座被完全摧毀，如果那種颶風可以把純然的石頭破壞成這樣，一座城市又會有什麼下場？尤其是一場逆向的颶風。

颶父啊……疊地將不再是疊地。搭建時設計成颶風逆向的建築物，會突然暴露在颶風面前。

「我不知道。」西兒輕聲說。「卡拉丁，這是一種新的存在，以前並沒有過。我不知道這是怎麼發生的，也不知道這是怎麼回事，我只希望不要是颶風跟永颶相互碰撞，情況就不會這麼嚴重。」

卡拉丁小心翼翼走到這片台地的邊緣。他吸入一點點颶光，將自己往上捆縛，抵消地心引力，讓自己變得毫無重量。他腳尖輕點，飄過裂谷，來到另一個台地上。

「軍隊怎麼會突然消失？」他解除了捆縛，落在岩石上。

「呃……我哪會知道這種事？我那時候有點忙啊。」西兒說。

他嗯了一聲。好吧，這裡就是大家原本都在的台地。完美的圓形台地。還真奇怪。在旁邊的台地上，一座原本是丘陵的隆起被剖裂，露出裡面殘存的建築物。這座完美圓形的台地平整許多，看起來中央還有某種山丘。他朝那個方向走去。

「所以它們都是靈，我是說碎刃。」他說。

西兒變得嚴肅。

「死去的靈。」卡拉丁補充。

點。」

「都死了。」西兒點頭。「然後當有人用心跳與它們的本源同步來召喚它們時，它們會活過來一點點。」

「怎麼會有東西活過來『一點點』？」

「我們是靈。我們是能量。你沒辦法完全殺死我們。只能……大概殺死。」西兒說。

「這解釋眞清楚啊。」

「我們都認爲這太清楚了。」西兒說。「你們才是怪胎。把石頭打碎，那還是石頭；打破靈，它還是在——大概在。但把人打破，就會有東西消失，發生某種變化，剩下來的，只是一坨肉。你們眞奇怪。」

「很高興我們在這點上達成共識。」他停下腳步。

他看不到任何雅烈席人的跡象。他們眞的都逃了？還是突然一陣颶風把他們全部吹到裂谷裡面去了？感覺不太可能有什麼災難會半點痕跡都沒剩下。

拜託不要是這樣。他把賽司的劍從肩膀上舉起，劍尖朝地，插在面前。它陷入岩石內數吋。

「這是什麼？」他看著細長的銀劍。一柄沒有裝飾的碎刃。據說這是怪事。「我握著它的時候，它沒有慘叫。」

「因爲這不是靈。」西兒輕聲說。

「那是什麼？」

「很危險。」

她從他的肩膀上站起，像是走下台階一般走向劍。她化成人形時很少會飛，要飛行的話會化成一條光帶，或是一片葉子，或是一小朵雲。他從來沒有注意到這有多奇特，或者該說是多正常的現象。換句話說，她的行爲舉止會依照變化而成的形體該有的特性而做出調整。

她停在劍面前。「我認爲這是榮刃中的一把。神將的劍。」

卡拉丁嗯了一聲，他聽說過這種東西。

「任何持有這把武器的人都會成爲逐風師。」西兒回頭看卡拉丁。「榮刃是我們的原形，卡拉丁。榮譽把這些劍給了人類，人類從中得到力量。靈弄清楚了祂是怎麼辦到的，於是我們模仿，畢竟我們跟這把劍一樣，都是祂的力量碎片。你要小心對待它，這可是件寶物。」

「所以殺手不是燦軍。」

「沒錯。但是卡拉丁，你要明白，有了這把劍，任何人都可以跟你有一樣的能力，卻沒有跟靈配合需要的……制約。」她碰觸劍身後，明顯打了個哆嗦，身形有了片刻模糊。「這把劍讓殺手有力量使用捆術，同時也吸取他的颶光。使用這把劍的人會比你需要的颶光多上太多太多，多到危險的程度。」

卡拉丁伸手握住劍柄，西兒飛開，變成一條光帶。他舉起劍，又扛在肩膀上之後才繼續前進。沒錯，前面有座小山，應該是被克姆泥掩蓋的建築物。他靠近之後，發現周遭有動靜。

「有人嗎？」他喊。

周圍的人停下，轉頭。「卡拉丁？」一個熟悉的聲音喊過來。「颶風的，是你嗎？」

他露出大大的笑容，人影變成了穿著藍色制服的眾人。泰夫像是瘋子一樣爬過岩石來與他會合，其他人也跟了上來，又喊又笑又叫。德雷、皮特、比西格、席格吉，還有聳立於其他人之上的大石。

「又有一把？」大石打量著卡拉丁的碎刃。「還是它是你的？」

「不是。」卡拉丁說。「這是從殺手那裡拿的。」

「所以他死了？」泰夫問。

「算是吧。」

「你打敗了白衣殺手。」比西格驚嘆。「所以眞的結束了。」

「我認爲這只是開始。」卡拉丁朝建築物點頭。「這裡是什麼地方？」

「噢！」比西格說。「快來！我們得讓你看看那座塔，那個燦軍女孩教我們找到你之後，要怎麼把台地召喚回來。」

「燦軍女孩？紗藍？」卡拉丁問。

「你聽起來不訝異嘛。」泰夫咕噥了一聲後說。

「她有碎刃。」卡拉丁說。一把不會在他腦海中慘叫的碎刃。她要不是燦軍，就是有另一把榮刃。他來到建築物邊時，注意到旁邊的陰影中有一座橋。

「那不是我們的。」卡拉丁說。

「那是橋十七隊的。我們的留在颶風裡。」雷頓說。

大石點頭。「我們忙著阻止淺眸人的腦袋跟敵人的劍太親近。哈！可是我們需要這裡有橋。這個台地要作用，得從它上面下去，才能讓紗藍·達伐把她自己送回來。」

卡拉丁把頭探入山丘裡面的房間，立刻被裡面的美麗震撼得呆住了。其他橋四隊成員在裡面，包括一名卡拉丁沒有立刻認出的高䠷男人，那是洛奔的表親之一嗎？男人轉身，卡拉丁發現他原本以爲是帽子的地方，其實是紅色的頭顱皮甲。

帕山迪人？卡拉丁全身緊繃，看著那帕山迪男人居然向他行禮。他穿著一件橋四隊的制服。還有個刺青。

「瑞連？」卡拉丁不確定地說。

「長官。」瑞連的五官不再圓潤柔胖，而是立體、充滿肌肉感，有著粗壯的脖子跟更堅實的下巴，還有紅與黑相間的鬍子。

「你似乎不像表面上那樣的單純。」卡拉丁說。

「長官，請原諒，但我認爲這句話同樣適用於你。」現在瑞連說話的時候，聲音帶著某種韻律感——有一種奇特的節奏。

「達利納光爵赦免了瑞連。」席格吉解釋，繞過卡拉丁，進入房間。

「赦免他是帕山迪人？」卡拉丁問。

「赦免我是間諜。替似乎已經不存在的一族當間諜。」他說這句話的時候，韻律有所改變，但是卡拉丁覺得可以聽到其中的痛楚。大石走過去，按著瑞連的肩膀。

「回到城裡以後，我們可以原原本本說給你聽。」泰夫說。

「我們猜你會回來這裡。」席格吉補充。「回到這個台地上，所以我們來這裡接你，雖然達伐光主一直不停抱怨。總而言之，有很多事情要告訴你，也有很多事情發生。我想你會發現自己身處於所有事件的中心。」

卡拉丁深吸一口氣，點點頭。他怎麼會沒料到？不能再躲了。他已經做出決定。

*我要怎麼跟他們說摩亞許的事情？*卡拉丁心想，看著橋四隊成員跟他一起進入房間，吱吱喳喳地解釋他要在燈籠中的錢球灌注颶光。

幾個人有戰鬥的傷口，包括比西格，他的右手插在外套口袋裡，袖口露出灰色的皮膚。他被白衣殺手奪走了那隻手。卡拉丁將泰夫拉到一邊。

「我們還失去了別的人嗎？」卡拉丁說。「我看到馬特跟裴丁。」

「羅德。」泰夫沉聲說。「他死在帕山迪人手下。」

卡拉丁閉上眼睛，用力吐出一口氣。羅德是洛奔的親戚之一，一名開朗的賀達熙人，幾乎不會說半點雅烈席話。卡拉丁跟他很不熟，但那人仍然是橋四隊的成員，是卡拉丁的責任。

「孩子，你不能保護我們所有人。」泰夫說。「你不能替他們擋下痛苦，也不能替他們擋下死亡。」

卡拉丁睜開眼睛，沒有去反駁這句話。至少沒有出聲反駁。

「阿卡，」泰夫的聲音變得更輕。「在最後的那段時候，就在你來之前……颶風的，孩子，我發誓我看到有一兩個我們的人在發光。淡淡地發出颶光。」

「什麼？」

「我一直在聽人朗誦達利納光爵看到的那些幻境。」泰夫繼續說。「我認爲你也該去聽聽。根據我的猜測，燦軍的組成似乎並不只是燦軍騎士本人而已。」

卡拉丁看著橋四隊的眾人，發現自己微笑起來。他壓下失落的痛楚，暫時如此。「如果一整群前任奴隸開始發光地走來走去，不知道雅烈席卡的社會結構會發生什麼樣的改變？」

「更別提你的眼睛。」泰夫嗯了一聲說。

「眼睛？」卡拉丁說。

「你沒看到嗎？」泰夫說。「我在說什麼啊，平原上哪來的鏡子。孩子，你的眼睛，是淺藍色的，像是亮晶晶的水，比任何國王的眼睛都要淺。」

卡拉丁別過頭。他原本希望他的眼睛不會變色。這雙變色的眼睛讓他很不舒服，有著令人擔心的含義。他不想相信淺眸人有任何讓他們的壓迫合理化的眞實原因。

其實還是沒有，他心想，按照席格吉的指示，往燈籠裡的寶石灌注颶光。也許淺眸人會統治只是因爲回憶。深埋的、關於燦軍的回憶。可是只因爲他們長得有一點點像燦軍，並不代表他們就能壓迫所有人。

颶風的淺眸人。他……

他現在是他們的一員了。

颶風的！

他依照席格吉的話，召喚出西兒的碎刃形體，用她做爲鑰匙，操作法器。

❖

紗藍站在兀瑞席魯的大門前，抬起頭，試圖了解更多。

大廳裡人聲迴蕩，還有所有人走動時起起伏伏的光芒。雅多林接下探索的任務，娜凡妮則搭建起營地來照料傷患與估算補給品，只可惜他們的食物跟設備多半都被留在破碎平原上。同時，通過誓門的旅程費用沒有紗藍一開始以爲的那樣便宜。這趟旅程居然把台地上所有人身上擁有的大多數寶石都吸乾了，包括握在工程師與學者手中原本屬於娜凡妮的法器。

他們進行了一些測試。移動的人數越多，需要的颶光就越多。顯然颶光，而不只是呈載颶光的寶石，會成爲寶貴的資源。他們現在爲了探索建築物，已經需要節制寶石與燈籠的用量。

幾名書記經過，拿著紙要畫下雅多林的探索結果。她們很快地彎腰，不安地對紗藍行禮，稱呼她「燦軍光主」。她還沒機會好好跟雅多林談談她的改變。

「是眞的嗎？」紗藍仰起脖子，伸展到盡頭，看著伸向遠處藍天的巨大高塔。「我是他們之一了嗎？」

「嗯……」裙襬上的圖樣說。「幾乎算是了。還要說幾句箴言。」

「哪種箴言？誓言嗎？」

「織光師除了第一理念以外，不需要額外的。妳需要說出的是眞實。」圖樣說。

紗藍再次看著這座高塔一段時間，然後轉身走回臨時搭建的營地。這裡不是泣季，她不知道是因爲他們位於雨雲的上方，還是這裡的氣候規律已經因爲奇特的颶風而變化。

在軍營中，人們根據不同的階級坐在一起，穿著溼透大衣的身體發抖。紗藍的呼吸在她面前凝結成霧，不過她吸了颶光——只有一點點——好讓自己不會注意到寒氣。可惜的是，他們沒有多少能生火的東西。石塔城市面前的巨大岩石平原上沒有幾顆石苞，就算有長出來的石苞，也很小，不到拳頭般大，根本沒辦法成爲什麼可以生火的材料。

平原周圍有十座圓柱般的台地，底部有台階繞行。這就是誓門。後面延伸著山脈。

這裡的台階確實被一些克姆泥掩蓋，一路滴向空曠的平原，不過克姆泥數量根本不及破碎平原。這麼高的地方，一定不常下雨。

紗藍來到岩石平原的邊緣。一面絕壁。如果諾哈頓眞如《王道》所聲稱，是步行來到這座城市，那他的路程就要爬上峭壁。目前他們沒有找到除了誓門以外可以下去的路徑——就算眞的有這樣的路徑，人也會被困在山脈中央，離文明世界有好幾個禮拜之遠。根據太陽的高度判斷，學者認爲他們在羅沙的中央區域，在圖．貝拉或是艾姆歐國附近的山區裡。

人跡罕至的位置讓這個城市極端容易防守，至少達利納是這麼說的。這也讓他們被孤立於此，有可能完全與外界隔絕，因此解釋了其他人爲什麼都用那樣的眼神看著紗藍。他們試過其他碎刃，沒有一把能讓古代的法器作用。紗藍眞的是他們離開這片山脈的唯一方法。

一名站在不遠處的士兵清清喉嚨。「燦軍光主，您確定要站在離邊緣這麼近的地方嗎？」

她好笑地看了那人一眼。「這麼點距離，我就算摔下去也可以站起來走人，士兵。」

「呃，是的，光主。」他滿臉通紅地說。

她離開邊緣，繼續去找達利納。一路上，眾人的眼光緊隨：士兵、書記、淺眸人、貴族們，通通一樣。好吧，就讓他們看燦軍紗藍看個過癮。她隨時可以靠另一張臉找到自由。

達利納跟娜凡妮正在監督軍隊中央區的另一群女人。「有沒有進展？」紗藍走上前問。

達利納瞥向她。書記們用了她們手邊每一支信蘆寫信，警告所有戰營還有塔西克的傳信站。可能有新颶風來襲，從西邊吹入，而非東邊。準備。

羅沙最東邊的新那坦南今天會被離開破碎平原的永颶襲擊，接下來會進入東海，朝起源處前進。誰都不知道接下來會怎麼樣。它會繞行世界一周後又撲向西岸嗎？所有的颶風都是同一場，不斷環繞這個星球？還是如傳說所說，每一場都是從起源處誕生？

近來學者跟防颶官都認爲是前者，他們的計算顯示，假設永颶前進的速度跟此時的颶風一樣快，他們還會有幾天的時間，接著它就會返回，攻擊雪諾瓦跟依瑞，然後席捲過整片大陸，破壞人們以爲保護良好的城市。

「沒有消息。」達利納聲音緊繃。「國王似乎消失了，而且科林納也似乎陷入動亂。我的兩個問題都沒有得到明確的答案。」

「我相信國王一定在一個安全的地方。」紗藍瞥向娜凡妮。女人的表情依然冷靜，但是她指示學者的聲音簡短又急促。

旁邊像是柱子一樣的台地發出閃光，外緣出現一片光幕，留下一條條殘存的影像，接著緩緩褪去。有人啓動了誓門。

達利納來到她身邊，兩人緊繃地等著，直到一群穿著藍衣的人出現在台地邊緣，開始走下台階。橋四隊。

「感謝全能之主。」紗藍低語。是他，不是殺手。那一行人中有人指向達利納跟其他人站著的地方。

卡拉丁離開眾人，從台階直接跳下，飄到軍隊這裡，大步落在地面上，肩膀扛著碎刃，長長的軍官外套前襟敞開，垂到膝蓋。

他還是有他的奴隸烙印，她心想，雖然他的長髮遮蓋了烙印。他的眼睛變成了淺藍色，正在瑩瑩發光。

「受颶風祝福的。」達利納喊。

「藩王。」卡拉丁說。

「殺手？」

「死了。」卡拉丁說完，舉起碎刃，刺入達利納面前的地面。「我們需要談談，這個——」

「橋兵，我的兒子。」娜凡妮從後面追問，她上前一步抓住卡拉丁的手臂，毫不在意如煙霧一樣從他皮膚上升起的颶光。「我的兒子怎麼了？」

「有人想要刺殺他，被我阻止了，可是國王還是受了傷。我把他安頓在一個安全的地方以後，才來幫助達利納。」卡拉丁說。

「哪裡？」娜凡妮質問。「我們讓戰營裡的自己人去找了所有修道院、宅邸、軍營……」

「那些地方太明顯了。如果妳能想到要去那裡找，刺客也有可能會想到。我找了一個沒有人會想到的地方。」卡拉丁說。

「在哪裡？」達利納問。

卡拉丁微笑。

❖

洛奔手握緊成拳，捏著裡面的錢球。在隔壁房間，他的媽媽正在責罵一個國王。

「不對，不對，陛下。」她以濃重的口音說著，像是對野斧犬的管教口吻。「整個要捲起來吃，不能這樣分成一塊塊的。」

「我沒有那麼餓，南哈。」艾洛卡說。他的聲音還是很虛弱，但是至少已從酒醉中醒來，這是好跡象。

「你還是得吃！」媽媽說。「男人臉色白成這樣的時候，交給我就是了。陛下抱歉啊，可是你跟掛在太陽下要曬乾的被單一樣蒼白啊！我說的可是大實話。你給我吃。不准抱怨。」

「我是國王，誰的命令我都不聽，除了——」

「你現在在我家！」她說，洛奔暗自跟著同步唸出：「在賀達熙女人的家裡，除了她以外，誰的地位都沒有意義。我不會讓他們來找到你時看到你沒吃飽！我絕對不會讓人這樣說，光爵大人，絕對不會！吃完它。我還有湯要煮。」

洛奔微笑，雖然他聽見國王嘟囔個不停，但也聽到了湯匙敲盤子的聲音。兩名洛奔最強壯的表親坐在小賀達熙的破爛房子前——這裡理論上是在瑟巴瑞爾藩王的戰營裡，但賀達熙人才不管這些。另外四名表親坐在巷子口，有一搭沒一搭地縫靴子，留意是否有可疑人物。

「好。」洛奔低聲說。「這次你可得給我爭氣些。」他專注於手中的錢球。這是他每天例行的功課，自從卡拉丁隊長開始發光以後，他就天天這樣練習。他早晚會弄懂是怎麼一回事，跟自己的名字一樣確定。

「洛奔，」一張大臉從窗戶探入，引得他分心。是他的叔叔齊林可。「又要把國王弄成賀達熙人了。我們說不定得離開。」

「離開?」洛奔站起身問。

「瑟巴瑞爾藩王傳了消息給所有戰營。」齊林可用賀達熙語說。「他們不知道在平原上找到什麼。以防萬一,得準備好。所有人都在說,我根本搞不懂。」他搖搖頭。「先是沒人料到的颶風,然後是雨提早停了,然後是什麼颶風的雅烈席卡國王大人出現在我家門口,現在又發生這種事。我覺得我們說不定得要棄營。都這麼晚了,快要天黑了,我覺得這樣不太合理,但你還是得把國王大人處理一下。」

洛奔點點頭。「等我一下,我就去弄。」

齊林可又鑽了出去。洛奔攤開掌心,盯著錢球。以防萬一,他不想要錯過任何一天的錢球練習,畢竟早晚有一天,他看著錢球時就能——

洛奔吸入颶光。

只是一眨眼的事,他就坐在那裡,颶光從他皮膚流出。

「哈!」他大喊一聲,跳了起來。「哈!喂,齊林可,你回來,我得把你黏上牆壁!」

颶光猛地消失。洛奔停下腳步,皺眉,把手舉在面前。這麼快就沒了?發生了什麼事?他遲疑。這種麻癢感……

他摸摸肩膀,就是他很久以前失去手臂的地方。在那裡,他的手摸到一小塊開始從疤痕處長出來的新肉。

「噢,颶風的,成了!所有人,快點把你們的錢球給洛奔!我得要發點光了。」

❖

摩亞許坐在棚車後面,跟著車子又震又晃地繞出戰營。他可以坐在前面,但是他不想離盔甲太遠。盔甲已全被收成包裹，堆在後面，藏了起來。碎甲跟碎刃名義上屬於他，但是他絕對相信如果雅烈席卡的上層人士發現摩亞許想帶著碎具逃跑，他不會有什麼好下場。

他的棚車爬上戰營外的小坡。在後面，一排排巨大的人龍正朝破碎平原前進。藩王達利納的命令很清楚，雖然令人費解。所有人要捨棄戰營，所有帕胥人都要被留下，每個人都要朝破碎平原中央前進。

有些藩王服從，有些沒有。奇特的是薩迪雅司是服從的人之一，他的戰營幾乎跟瑟巴瑞爾、洛依恩、艾拉達的戰營一樣很快便清空了人。看樣子所有人都要去，連小孩也是。

摩亞許的車子停下，葛福斯沒多久就到後面來。「我們不必擔心。」他嘟囔著說，回頭看著人群。「他們忙到沒空理我們，你看那裡。」

有一些商人聚集在達利納的戰營外，假裝要打包準備離開，卻沒有實際進展。

「那些撿破爛的，」葛福斯說。「他們會進入空蕩蕩的戰營搶奪物資。颶風的蠢蛋，接下來發生什麼事，都是他們自己活該。」

「到底會發生什麼事？」摩亞許問。他覺得自己好像被拋入一條湍急的河流，颶風過後水位暴漲狂洩，而他正隨波逐流，很勉強才能把頭維持在水面上。

他居然想要殺卡拉丁。卡拉丁。一切都毀了。國王沒死，卡拉丁的力量恢復，而摩亞許……摩亞許是叛徒。兩次的叛徒。

「永颶。」葛福斯說。他現在看起來沒之前那麼高貴，穿著滿是補丁的罩衣，還有貧窮深眸人的上衣。他用了某種奇怪的眼藥水把眼睛顏色變暗，也指示摩亞許照做。

「那是什麼？」

「圖表說得不清楚。」葛福斯說。「我們會知道這個名字只是因為老加維拉的幻境。圖表說那很有可能會招回引虛者，看樣子其實就是帕胥人。」他搖搖頭。「地獄的，那女人說得對。」

「女人？」

「加絲娜・科林。」

摩亞許搖頭。他完全弄不懂這是怎麼一回事。葛福斯的句子像是一連串不該連接在一起的文字。帕胥人，引虛者？加絲娜・科林？那是國王的姊姊。她不是死在海上嗎？葛福斯又對她的事情知道多少？

「你到底是誰？」摩亞許問。

「我跟你說過了，我是愛國份子。我們可以追尋自己的興趣與目標，直到被徵召。」他搖搖頭。「我一直以爲我的解讀是對的。如果除掉艾洛卡，達利納就會成爲我們未來的盟友……看樣子我錯了，否則就是我的動作太慢。」

摩亞許開始想吐。

葛福斯抓緊他的手臂。「打起精神來，摩亞許。能帶回一名碎刃師意味著我的任務沒有完全失敗。況且，你可以跟我們說說這個新燦軍的事。我會介紹你認識圖表。我們還有重要的工作。」

「什麼工作？」

「拯救世界啊，朋友。」葛福斯拍拍他，然後走向其他人所在的棚車前方。

拯救世界。

摩亞許的頭垂到胸口前，心想，我被人當成十傻人一樣耍了，而我居然還不知道自己是怎麼被耍的。

棚車再次前進。

88 擁有風的男人

1173090605 1173090801 1173090901 1173091001
1173091004 1173100105 1173100205 1173100401
1173100603 1173100804

——出自圖表，北牆結尾，窗沿區，第二段
（這似乎是一系列日期，但是意義未知）

他們很快便開始進入塔中。

因爲別無選擇，儘管雅多林的探索還遠遠未結束。夜晚降臨，外面的氣溫驟降，除此之外，襲擊破碎平原的那場颶風正在肆虐大陸，很快也會來到這座山脈。颶風要花一天多才會跨越整片大陸，而他們大概位於大陸中心，所以颶風應該不遠了。

沒有預料中的颶風，紗藍邊想邊跟她的侍衛們一起走在黑暗的通道中。還有別的東西從另一個方向來。

她看得出來這座塔——裡面的細節，每一條走廊——是個雄偉的神奇巨作。但是，光是她完全不想要畫下任何一絲細節這點，就徹底暴露她有多疲累。她現在只想睡覺。

颶光照出前面牆壁上有個怪東西。紗藍皺眉，甩脫了疲累，走上前去。有一張小小、摺疊起來的紙，像是卡片。她回頭看看自己的侍衛，他們看起來一樣迷惘。

她將卡片從牆壁上取下，後面黏了一些小惡魔蠟。裡面是鬼血的三角圖樣。下面是紗藍的名字，不是圍紗的。

紗藍的。

驚慌。警覺。一瞬間，她吸入燈籠裡的颶光，讓走廊陷入黑暗。可是有光從附近的門口散發。

她盯著光。加茲想上前去查看，但是紗藍示意要他停下。

要逃還是要戰？

逃去哪？她心想。她遲疑地來到門口，再次示意侍衛退開。

墨瑞茲站在裡面，隔著沒有玻璃的大窗戶往外望，看向塔另一處的內區。他轉身看她，扭曲面孔滿是疤痕，但身上的紳士衣著卻又顯得相當高雅。

所以她的身分被發現了。

我已經不再是外面傳出吼叫聲時、會躲在房間裡的孩子，她堅定地告訴自己，走入房間。如果我從這個人身邊逃開，他會把我視為可以追捕的獵物。

她直接走到他面前，準備好要召喚圖樣。它不像其他碎刃，這點她已經承認了。它來到她身邊需要的時間遠快於十下心跳。

它之前就這麼做過。當初她不願意承認它有這樣的能力。承認代表的意義太沉重。

我有多少謊言正在阻礙我達成能力所及的一切？她心想。

可是她需要那些謊言。她好需要。

「妳讓我好難找啊，圍紗。」墨瑞茲說。「要不是妳在拯救軍隊時暴露了妳的能力，我也許永遠都想不出來妳的僞裝身分。」

「墨瑞兹，圍紗才是那個假身分。我是我。」紗藍說。

他端詳她。「我不這麼認爲。」

她與他對望，內心卻顫抖了一下。

「妳的處境很奇特。」墨瑞兹。「妳會隱藏妳這種能力的眞實特性嗎？我能夠猜出來幾分，但其他人的理解不會這麼全面。他們也許只會看到碎刃，不去多問妳還能做什麼。」

「我不覺得這跟你有什麼關係。」

「妳是我們的一份子。」墨瑞兹說。「我們會照顧自己人。」

紗藍皺眉。「可是你看穿了我的謊言。」

「妳是說妳不想再待在鬼血裡？」他的語調不帶威脅，但他的眼睛……颶風的，他的眼神能夠穿透岩石。「我們不是隨隨便便就邀人加入。」

「你們殺了加絲娜。」紗藍厲聲說。

「對。但是她先刺殺了我們相當一部分的成員。妳不會以爲她的手上就沒沾血腥吧，圍紗？」

她轉開頭，切斷他的注視。

「我早該猜到妳是紗藍・達伐。」墨瑞兹繼續說。「我眞是傻子，沒有早點看出來。妳的家族從很久之前便一直參與這些事件。」

「我不會幫你。」紗藍說。

「有意思。妳應該要知道，我手上有妳的哥哥們？」

她目光銳利地看向他。

「妳的家族已經不存在了，」墨瑞茲說。「領地也被路過的軍隊佔據，是我從戰爭的混亂中救出妳的哥哥們，準備將他們帶來這裡。可是妳的家族還欠我一筆債。一枚毀損的魂器。」

他迎向她的雙眼。「依照我的推斷，妳正好擁有施展魂術的能力，多麼方便啊，小刀子。」

她召喚圖樣。「你想用他們來勒索我，我會先殺了你——」

「不是勒索。」墨瑞茲說。「他們會安全抵達，這是給妳的禮物。妳可以等著看我實踐承諾。我提起妳的這筆債，只是爲了在妳的心中……買個位置。」

她皺眉，握著碎刃的手有點遲疑。「爲什麼？」她終於問。

「因爲妳無知。」墨瑞茲來到她面前，俯視著她。「妳不知道我們是誰，妳不知道我們想要達成什麼目標。圍紗，妳什麼都不知道。妳的父親爲什麼加入我們？妳的哥哥爲什麼要去找破空師？妳知道嗎？我做了一些調查，我有答案可以告訴妳。」令人驚訝的是，他此時背向她，走向門口。「我會給妳時間考慮。妳似乎覺得妳新發現的燦軍身分讓妳不適合參與我們，但我跟我的巴伯思都不這麼認爲。讓紗藍·達伐當她的燦軍，配合主流行動，展現高尚情操。讓圍紗來找我們。」他停在門口。「讓她找到眞相。」

他消失在走廊中，紗藍覺得自己比先前更加疲累了。她放開圖樣，靠著牆壁。墨瑞茲當然混進來了——他很有可能就在某支軍隊中。進入亢瑞席魯是鬼血的主要目標之一，雖然她下定決心不能幫助他們，卻把他們跟軍隊一起帶到他們想要來的地方。

她的哥哥們？他們眞的會安全嗎？那她的家族世僕和她哥哥的未婚妻呢？

她嘆口氣，走回門口，召來她的侍衛。讓她找到眞相。如果她不想找到眞相呢？圖樣輕輕地哼著。

她穿過塔底——用自己身上的光亮照明——發現雅多林站在一個房間旁邊的走廊上，正是他說好要跟她會合的地方。他的手腕已經包紮好，臉上的瘀青開始泛紫，讓他不再那麼英俊得令人神魂顛倒，不過同樣也給他增加了一點粗獷，那個「我今天揍了很多人」的氣質，也頗有吸引人之處。

「妳看起來累壞了。」他輕啄她的臉頰。

「你看起來像是讓人拿你的臉練棍了。」她朝他微笑。「你也該去睡一下。」

「我會的。一下就去。」他說著輕碰她的臉。「妳知道妳眞的太驚人了吧？妳救了一切，妳救了所有人。」

「雅多林，沒必要把我當成玻璃做的。」

「妳是燦軍。」他說。「我是說……」他抓抓永遠都是那麼亂的頭髮。「紗藍，妳的身分比淺眸人更偉大。」

「你是在取笑我的腰圍嗎？」

「什麼？不是，我的意思是……」他滿臉通紅。

「我不允許你把這件事變得這樣彆扭，雅多林。」

「可是——」

她一把摟住他，強吻上去，深刻而激情。他試圖想要說些什麼，但是她繼續，嘴唇緊貼在他之上，讓他感覺到她的情感。他在她的吻中融化，抓住她的肩膀，將她拉近。

片刻後，他退開。「颶風的，好痛啊！」

「噢！」紗藍一手捂嘴，想起他臉上的瘀青。「對不起。」

他露出大大的笑容，然後立刻又苦了一張臉，顯然笑也會痛。「值得的。好吧，我保證我不會彆扭下去，妳也得保證不會繼續這樣令人難以抗拒，至少要等我癒合以後才行，同意嗎？」

「同意。」

他看向她的侍衛。「誰都不准打擾燦軍光淑，懂嗎？」

他們點點頭。

「好好睡。」他推開通往房間的門。雖然已經久無人居，但是許多房間仍然有木門。「希望這個房間合適。是妳的靈挑的。」

她的靈？紗藍皺眉，然後進入房間。雅多林關上門。

紗藍檢視了這間沒有窗戶的石室。圖樣為什麼特別替她挑了這裡？這個房間似乎沒什麼特別的。雅多林替她留了一盞颶光燈籠——現在這是很奢侈的一件事，因為他們所擁有且能發光的寶石已經不多了。光線照出一間小小的方形房間，角落裡有一個小石凳，上面有幾條毯子。雅多林是在哪裡找到毯子的？

她朝牆壁皺眉。這裡的岩石褪成一個方框的形狀，好像曾經有人在上頭掛過圖片。事實上，這景象看起來出奇地熟悉，並不是她來過這裡，但是牆壁上那塊方形……

和她父親在賈．克維德的家中掛畫的位置，一模一樣。

她的神智開始模糊。

「嗯嗯……」她身邊地板上的圖樣說。「時候到了。」

「不要。」

「時候到了。」它重複說。「鬼血們包圍妳，人們需要燦軍。」

「他們已經有一個了，那個橋兵。」

「不夠。他們需要妳。」

紗藍一眨眼，眼淚流出來。房間罔顧她的意志，開始變化。白色的地毯出現。牆壁上的畫。家具。淺藍色的牆壁。

兩具屍體。

紗藍跨過其中一具，雖然那只是幻象，走到旁邊。那幅畫出現，是幻象的一部分，畫的周圍散發著白色光芒。後面藏著什麼。她拉開畫，或者說，她嘗試拉開，可是她的手指只是讓幻象模糊了一下。

這算不了什麼。只是重現一個她希望自己沒有的記憶。

「嗯嗯……妳得要有更好的謊言，紗藍。」

她眨掉眼淚。手指抬起，再次摸上牆壁。這一次她可以摸到畫框。那不是眞的。這一瞬間，她假裝這是眞的，讓這景象抓住她。

「我不能繼續假裝下去嗎？」

「不行。」

她在她父親的房間裡。她顫抖著，拉開了畫，露出鑲嵌在畫後牆壁上的保險箱。她舉起鑰匙，猶豫了。「母親的靈魂在裡面。」

「嗯……不是。不是她的靈魂。是奪走她靈魂的東西。」

紗藍打開保險箱，拉開門，露出裡面的東西。一柄小小的碎刃。保持連忙被塞入保險箱的狀態，劍尖從後面刺穿，劍柄朝她。

「這是你。」她低聲說。

「嗯嗯……對。」

「父親把你從我手中拿走，想要把你藏在這裡。當然沒用。他一關上保險箱，你就消失了，化成霧氣。他沒想清楚。我們都沒有。」紗藍說。

她轉身。

紅色的地毯。曾經是雪白色的。她母親的朋友躺在地板上，手臂流血，雖然傷口不致命。紗藍走到另外一具屍體旁，屍體面朝下趴著，穿著美麗的藍與金色洋裝，紅色的頭髮披散在頭邊。

紗藍跪下，翻過她母親的屍體，露出眼眶焦黑的頭顱。

「爲什麼她想殺我，圖樣？」紗藍低聲說。

「嗯嗯……」

「這是從她發現我的能力之後開始的。」

她記起來了。母親帶著一個紗藍不認得的朋友過來，要跟她父親對質。母親的喊叫，跟父親爭論。母親說紗藍是他們的一員。

她父親闖入。母親的朋友握著匕首，兩人掙扎，朋友的手臂被割傷，鮮血流在地板上。朋友贏了，最後把父親壓在地上。母親拿起匕首，然後朝紗藍走來。

然後……

然後紗藍手中出現了劍。

「他讓每個人相信，是他殺了她。」紗藍低聲說。「是他在憤怒中屠殺了他的妻子跟情人，其實殺了他們的人是我。他說謊是爲了保護我。」

「我知道。」

「這個祕密毀了他，毀了我們整個家庭。」

「我知道。」

「我恨你。」她低聲說，看著母親死去的眼睛。

「我知道。」圖樣輕輕地嗡。「有一天，妳會殺了我，到時妳就可以報仇了。」

的房間裡。

「我不要報仇。我只要我的家人。」

紗藍抱著自己，把頭埋在手臂中，哭了起來。幻象流瀉白煙，然後消失，只剩下她一個人在空無一物的房間裡。

❖

我的結論只能是，我們成功了，雷斯塔瑞。阿瑪朗書寫的速度很快，符文的墨跡一團亂。達利納的軍隊傳回來的報告說他們不只看到引虛者，甚至跟他們戰鬥過。紅色的眼睛、古代的力量，顯然在這世界釋放了一場新風暴。

他放下筆，抬頭看向窗外，他的馬車在達利納戰營路徑上前進。他所有的士兵都離開了，剩餘的侍衛也去照看撤退行動。因此雖然阿瑪朗的名譽甚響，他還是能夠輕鬆地穿過戰營。

他繼續往下寫。我不因爲這次的成功而欣喜。很多人會失去性命，我們身爲榮譽之子的重擔向來如此。爲了讓神將回歸，讓教堂的權威回歸，我們必須讓世界陷入危機。

我們現在有了危機，而且還是可怕的危機。神將們會回歸。有我們現在面對的問題，祂們怎麼可能不回來？可是好多人會死。好多，好多。願納拉保佑，這樣的損失是值得的。無論如何，我之後會有更多消息。下一次寫信給你時，希望是從兀瑞席魯送出的。

馬車停下，阿瑪朗推開門，他將信遞給駕車的帕瑪，她接過信，開始在背包中尋找信蘆，將內容傳給雷斯塔瑞。他原本要自己寫，但是移動時不能使用信蘆。

完成之後她會毀掉這些紀錄。阿瑪朗瞥了一眼車子背後的箱子，裡面裝著貴重的貨物，包括他所有的地圖、筆記和理論。他應該把這些留在他的士兵這裡嗎？即使此時此地已經如此混亂，帶著五十個士兵進入達利納的戰營仍然絕對會引人側目，所以他命令他們去平原上等他。

他不能停下來。他離開馬車，拉起披風的兜帽。達利納的寺院此時比大多數的戰營都要雜亂，很多人在這樣焦慮的時刻會來找執徒。他路過一個婦人，正懇求一名執徒替她燃燒一封祈禱，為了她跟著達利納出戰的丈夫。執徒不斷重複要她快去收拾東西，加入離開平原的車隊。

發生了。真的發生了。榮譽之子，終於，終於達成了他的目標。加維拉會因此驕傲。阿瑪朗加快腳步，避過另一名來到他身邊、問他需不需要什麼的執徒。在她能仔細研究兜帽下的面孔之前，她的注意力被兩名少年引開，說他們的父親太年老，沒辦法自己行走，要執徒幫他們想辦法。

阿瑪朗繞到修道院一角，那裡是收容瘋子的地方。他避開人們的視線，來到了戰營邊緣的後方，接著往四周查看了一下，然後召喚出他的碎刃。切幾下就能——

那是什麼？

他轉身，確定自己看到有人靠近，可是什麼都沒有，只是影子而已。他在牆壁上劃了幾刀，小心翼翼地推開割出來的洞。偉大的神將——塔勒奈拉．艾林，戰爭神將本人——坐在一片漆黑的房間裡，姿勢跟先前差不多。那偉大的人端坐在床的一角，低垂著頭，身體微彎。

「他們為什麼要把您關在這樣黑漆漆的地方？」阿瑪朗驅散他的碎刃說。「最低賤的人也不該被關在這裡，更遑論是您。我會跟達利納去談談——」

不，他不能了。達利納認為他胡亂殺人。阿瑪朗長長、深深地吸了一口氣。為了要讓神將回歸，他們必須付出代價，但是傑瑟瑞瑟在上，失去達利納的友誼真的是很昂貴的代價。要不是他好幾個月前發了慈悲之心，早就把那個橋兵處決了。

他趕忙到神將身邊。「偉大的殿下，我們必須走了。」阿瑪朗低聲說。

塔勒奈拉沒有動。可是他在低聲說話，跟先前一樣的話。阿瑪朗忍不住想起上一次來到這裡時，身邊帶著一個一直把自己當十傻人耍的人。誰知道達利納老了以後反而變得這麼狡猾？時間讓他們兩個人都改變了。

「拜託您，偉大的殿下。」阿瑪朗好不容易讓神將站起來。那人真的好壯，跟阿瑪朗一樣高，但身材雄偉得像一堵牆。第一次看到這人時，這身深黑色的皮膚讓阿瑪朗吃了一驚，他有點愚蠢的以爲所有神將都會長得像雅烈席人。

神將的深色眼睛當然是某種僞裝。

「荒寂時代……」塔勒奈拉低聲說。

「沒錯，它來臨了。在此同時，您也終能重歸榮光。」阿瑪朗扶著神將開始朝洞口走。「我們必須把你帶到——」

神將的手猛然舉在面前。

阿瑪朗一驚，僵在原處，看到神將的手指間有什麼東西。一枚小小的吹箭，尖端滴著某種清澈的液體。

阿瑪朗瞥向開口，陽光從中灑入。在那裡的一個小小身影發出了某種吹的聲音。舉在唇邊的吹箭，遮住臉的半幅面具，擋住了上半張臉。

神將的另一手猛然伸出，快如眨眼，從阿瑪朗面前的空中搶下一枚吹箭，距離阿瑪朗的眼睛只有幾吋。鬼血。他們不是想殺神將。

他們想殺的是阿瑪朗。

他大喊出聲，手伸向旁邊，召喚他的碎刃。太慢了。那人看著他，然後看向神將，輕聲咒罵一下後溜走。阿瑪朗跟在後面追上，跳過破碎的牆，進入天光下，但是那人的動作太快。

他心跳如雷，回頭看著塔勒奈拉，擔心神將的安全，卻愣在當場。他發現神將站得挺拔，抬起頭，深褐色的眼睛清澈地驚人，映照出光亮。塔勒奈拉舉起一枚吹箭，檢視起來。然後他拋下兩枚吹箭，重新坐倒在床上，又開始低聲唸誦起來那奇怪、毫無變化的語句。

阿瑪朗覺得背脊發涼，可是當他趕回神將身邊後，卻再也無法引發對方做出任何反應。好不容易，他才讓神將又站了起來，將那人趕上馬車。

❖

賽司睜開眼。

他立刻又閉上眼睛。「不。我死了。我死了！」

他感覺到身下的岩石。眞是褻瀆啊。他聽到滴水聲，以及太陽照在臉上。「我爲什麼沒死？」他低聲說。「我釋放了與碎刃的締結，我沒有捆術就落入颶風中，爲什麼我沒死？」

「你確實死了。」

賽司再次睜開眼睛。他躺在空無一物的岩石上，衣服一團淫亂。凍土之地？雖然太陽溫暖，他卻仍然覺得好冷。

有個人站在他面前，穿著俐落的黑與銀色制服，有著深黑色的皮膚，好似來自馬卡巴奇的人，但是右邊的臉頰上有一個淺色的標記，宛如小小銀勾。他一手背在身後，另一手則收起某樣東西放入外套口袋裡。某種法器？在發光？

「我認得你。」賽司發現。「我在哪裡見過你。」

「沒錯。」

賽司掙扎要站起來，勉強跪起之後，又軟倒。「怎麼會？」他問。

「我等到你砸入地面。」那人說。「直到你已經粉碎破爛，靈魂徹底被截斷，確定死透了。然後，我讓你重生。」

「不可能。」

「如果在大腦死去前就可以。就像淹死的人如果好好處置，同樣也可以活過來。用了正確的封波術，你也能活轉。當然，如果我多等幾秒，那就太遲了。你一定知道這件事，你的族人保留的兩柄碎刃裡有重生的能力，我猜你已經見過剛死去的人重新復活。」

他說話時非常平靜，沒有情緒。

「你是誰？」賽司問。

「你花了這麼久時間遵循你的族人與宗教的教條，卻認不得你信仰的神之一？」

「我的神是岩石之靈，」賽司說。「還有太陽與星星。不是人。」

「胡說，你的族人尊崇岩石的靈，但是你並不膜拜它們。」

那道銀勾……他認得的，對不對？

「你，賽司，膜拜的是秩序，對不對？」那人說。「你完美地遵從你的社會法條，這一點吸引我，但是我擔心情緒遮蔽了你分辨事理的能力。你……裁決的能力。」

裁決。

「寧（Nin）。」賽司低聲說。「他們在這裡稱爲納拉，或納勒的那位。正義神將。」

寧點點頭。

「爲什麼要救我?」賽司說。「我受的折磨還不夠嗎?」

「你的話很愚蠢。要跟我學習的人,不適合說這種話。」寧說。

「我不想學習。」賽司蜷在岩石上。「我想死。」

「就這樣?這眞的是你最想要的?如果這是你眞誠的希望,我會賜予你。」

賽司緊閉上眼睛。在黑暗中等待他的慘叫。他殺死的人的慘叫。

我沒有錯,他心想。

我從來都不是無實之人。

「不。」賽司低聲說。「引虛者確實回來了。我是對的,而我的族人……他們是錯的。」

「你被沒有遠見、見識狹隘的小人所驅逐。我會教導你走上一條不受感情侵蝕的大道。你會將這份教誨帶回去給你的族人,你會將你的正義帶回去給雪諾瓦的領導者。」

賽司睜開眼,看著上方。「我不配。」

寧歪著頭。「你?不配?我看著你因爲秩序之名而毀了自己,看著你遵循自己的標準,當其他人早就已逃脫或崩潰之際。奈圖羅之子賽司,我看到你完美地守住承諾,這是大多數人都已經失去的品德——這是世界上唯一眞正的美。我懷疑我能再找到另一個更配得上破空師之名的人。」

破空師?但那是一支燦軍。

「我毀了我自己。」賽司低聲說。

「確實是,你也死了。你與碎刃之間的締結已經斬斷,所有的連結——靈魂跟軀體——也都截斷。你重生了。來吧,該去造訪你的族人了。你的訓練要立刻開始。」寧開始走開,露出他握在背後的東西。那是一柄收在劍鞘中的劍。

你重生了？他……賽司可以重生嗎？他能讓陰影中的慘叫消失嗎？

你是個懦夫，那個燦軍這麼說過，那個擁有風的男人。有一小部分的賽司同意那個人，可是寧能給他的更多。不同的。

賽司依然跪著，抬頭看那個人。「你說得對。我的族人擁有其他榮刃，已經安全地守護它們好幾千年。如果我要裁決他們，我會面對擁有碎刃跟力量的敵人。」

「這不是問題。」寧回頭。「我帶給你一柄替代碎刃。一柄完美、適合你的任務跟脾性的武器。」他將大劍拋在地上，讓它在岩石上一滑，停在賽司面前。

他從來沒看過一把收在金屬劍鞘裡的劍。誰會把碎刃收在劍鞘裡？而且……是黑色的？它在岩石上滑動時，露出了一吋左右。

賽司發誓他可以看到金屬散發出一小絲黑煙。像是颶光，只不過是黑的。

一個開朗的聲音在他腦海中響起。

你好啊。今天想要摧毀一些邪惡嗎？

89 四人

一定會有答案答案是什麼阻止帕山迪人他們其中一人對他們就是我缺少的線索逼雅烈席人直接摧毀他們不要等這個人得到他們的力量那將成爲橋樑

——出自圖表，地板十七，第二段，每第二個字都是從第二個開始

達利納站在黑暗中。

他轉身看著周圍，想要記起他是怎麼來到這裡的。在陰影中，他看到家具，桌子、毯子、顏色雜亂的亞西須式窗簾。他母親向來以那些窗簾爲傲。

我的家。我小時候的家，他心想。在征戰發生前，在加維拉……

加維拉……加維拉不是死了嗎？不對，達利納可以聽到他哥哥在隔壁大笑。他是個孩子。他們都是。

達利納穿過滿是陰影的房間，感覺到熟悉感帶來的溫暖喜悅，因爲一切正是原來應該的樣貌。他又把木劍忘在外面了。他有一整套，每柄都跟碎刃是一樣的形狀。當然他現在年紀太大，已經不玩，但他還是喜歡那些劍，已做爲收藏。

他來到陽台門，推開。

溫暖的光沐浴在他身上。一片深刻、包圍、穿透的溫暖。一股深深滲入皮膚、深入內心的溫暖。他盯著光，沒有因此而失明。聲音很遠，但是他知道那是什麼。很熟悉。

他微笑。

然後，他醒來，獨自一人在兀瑞席魯的新房間裡。這是他暫時住的地方，直到他們探索完整座塔之後。全員來到這裡已經一個禮拜，戰營的人也終於到了，帶來在意外的颶風中重新充光過的錢球。他們極需這些錢球才能讓誓門啓動。

戰營的人來得正好。永颶尚未返回，但如果它的動線跟颶風一樣，那現在隨時可能來襲。

達利納在黑暗中坐了一會兒，思索他感覺到的溫暖。那是什麼？現在這個時間點又得到幻境，有點奇怪，以前都是在颶風時才發生的。以前他在睡覺時感覺到有幻境降臨，反而會因此醒來。

他問了侍衛。外面沒有颶風。他邊思索邊開始穿衣，想看看今天能不能爬上塔頂。

❖

雅多林行走在兀瑞席魯漆黑的走廊時，試著不要顯露他覺得自己壓力有多大。整個世界都動了，像是被推開的門。幾天前，他的隨訂關係是威勢強大的男人配上一個荒遠貴族的小女人。現在，紗藍很可能是世界上最重要的人，而他……

他是什麼？

他舉起燈籠，用粉筆在牆壁上畫下印記，標記自己來過這裡。這座塔好大。整座塔怎麼沒垮？他們可能在這裡探索幾個月，都不一定能打開每一扇門。他全心投入探索任務，因爲這是他可以做的。不幸的是，這也給了他思考的時間。他不喜歡自己得到的答案居然這麼少。

他轉身，發現自己離其餘的探勘隊成員居然已隔了這麼遠。他越來越常這樣。破碎平原的第一批人已到達，他們必須決定如何安置所有人。

前面有人在說話嗎？雅多林皺眉，繼續順著走廊前進，留下燈籠以免暴露行蹤。他有點驚訝地發現自己認得其中一個在說話的人。那是薩迪雅司？

沒錯。藩王跟自己的探勘小隊在一起。雅多林無聲地咒罵，不知是哪股歪風說服了薩迪雅司，聽從前來兀瑞席魯的號召。如果他沒有來，就那樣待在原處，一切都會簡單太多。

薩迪雅司揮手要幾名士兵深入一條通道的岔路——看起來像是另一條走廊。他的妻子跟幾名學者走到另外一個方向，後面跟著兩名士兵。雅多林繼續看著，看到藩王自己也舉起燈籠，檢視牆上的一幅褪色圖畫。主題是幻想，畫的是神話中的動物。他認得童話故事裡提到的幾隻動物，例如長得很大、像是貂的那隻，頭的周圍跟後面有一團蓬鬆的大毛團。那是叫什麼來著？

雅多林轉身要走，但靴子在石頭上摩擦出聲。

薩迪雅司立刻轉身，舉高燈籠。「啊，是雅多林王子。」他穿著白衣——根本不適合他的膚色——淺色讓他泛紅的五官看起來更血腥。

「薩迪雅司。」雅多林轉過身。「我不知道你來了。」去他颶風的人，這幾個月以來薩迪雅司都不聽父親的話，現在卻決定要聽話了？

藩王大搖大擺順著走廊向前，經過雅多林。「這地方眞是特別，眞的太特別了。」

「所以你承認我父親是對的，他的幻境是眞的，」雅多林說。「引虛者回來了，而你看起來就是個傻子？」

「我承認你父親確實不像我之前擔心的那樣，他依舊寶刀未老。」薩迪雅司說。「眞的是很出色的計畫。聯繫帕山迪人，跟他們談妥合作。我聽說他們的演技不錯，還眞的說服艾拉達了。」

「你不可能眞的相信這只是一場戲吧。」

「拜託。你要否認他自己的親衛隊裡有帕山迪人嗎？你不覺得這些所謂的新『燦軍』剛好包括達利納的侍衛領袖跟你自己的未婚妻，也太巧了？」

薩迪雅司微笑。雅多林看清他的面目，他並不相信這是一場戲，但他必須說謊。他會開始閒言碎語，散播謠言，試圖暗算我父親。

「爲什麼？」雅多林站到他面前。「你爲什麼要這樣，薩迪雅司？」

薩迪雅司嘆口氣，「因爲必須這樣。一支軍隊不能有兩個將軍，孩子。你的父親跟我，我們是兩頭白脊，都想要一個王國。不是他就是我，自從加維拉死後，我們就只能朝這個方向走。」

「不需要這樣。」

「需要。你的父親再也不信任我了，雅多林，你也知道的。」薩迪雅司的臉色變得難看。「我會把這一切奪走。這座城市，這些發現，都會奪走。現在只是暫時受到阻礙而已。」

雅多林站在原地好一會兒，看著薩迪雅司的眼睛，然後終於，有什麼斷掉了。

夠了。

雅多林以他完好的手抓著薩迪雅司的脖子，將藩王重重摔向牆壁。薩迪雅司臉上徹底震驚的表情讓一部分的雅多林覺得好笑，那只是很小很小的一部分，沒有被捲入徹底、完全、無可逆轉的憤怒之中。

他用力捏著，壓制薩迪雅司的求救聲，上前一步將藩主壓在牆壁上，另一手抓住對方的手臂。

可是薩迪雅司也是飽受訓練的軍人，他想要打破雅多林的箝握，抓住攻擊者的手臂試圖用力一扭。

雅多林繼續捏著，卻失去重心。兩人猛然倒地，扭打著、滾動著，這不是決鬥場上計算精細的激烈戰鬥，甚至不是戰場上按部就班的屠殺。

這是兩個流汗、使勁的男人，都陷入恐慌的邊緣。雅多林比較年輕，但是他剛跟白衣殺手打過，臉上仍然有大塊瘀青。

他好不容易壓在上方，薩迪雅司掙扎著要喊叫，雅多林將對方的頭用力往石板地撞，讓藩王暈眩。他一邊喘氣，一邊抽出腰刀，一刀刺向薩迪雅司的臉，不過對方勉強舉起雙手，抓住雅多林的手腕。

雅多林悶哼，用力逼著刀，以左手握著。他再加上右手，雖然痛得厲害，但仍然用手腕抵著劍柄。薩迪雅司的額頭逼出汗，劍尖已碰上他左鼻孔的邊緣。

雅多林悶哼，同時開口，汗水順著鼻尖滴到匕首刀刃上，「我父親以爲我是比他更好的人。」他再用力，感覺到薩迪雅司的手發軟。「對你來說，不幸的是，他錯了。」

薩迪雅司嗚咽出聲。

雅多林猛一發力，推著刀刃通過了薩迪雅司的鼻子，刺入眼眶——如同刺入熟透的莓果——然後穿透腦袋。

薩迪雅司震動了片刻，鮮血在刀柄周圍聚集，因爲雅多林挪動著刀柄，爲了確保萬一。

一秒後，一把碎刃出現在薩迪雅司身邊——他父親的碎刃。薩迪雅司死了。

雅多林往後退開，免得身上沾到血，但他的袖口已經有血跡。颶風的，他這麼做了嗎？他剛剛殺害了藩王？

他有點暈眩地盯著武器。兩個人打鬥時都沒有召喚碎刃。碎刃也許價值連城，但是在這麼近距離的戰鬥中，還不如一塊石頭有用。

思緒清醒一點後，雅多林拿起武器，跌跌撞撞地離開。他將碎刃丟出窗外，拋到下方陽台看起來像是盆栽箱的凸起物上。也許待在下面會安全點。

他還記得要割掉袖子，以及用自己的碎刃刮掉牆壁上的粉筆痕，然後盡量遠離事發地點，才去找他自己的探險隊，假裝他一直在那裡。

❖

達利納終於弄懂了門鎖該怎麼用，於是推動樓梯間盡頭的金屬門。門鑲嵌在這裡的天花板上，樓梯直直通往門。雖然已經開鎖，掀起的暗門仍然拒絕打開。他已經把每個零件上過油，爲什麼還沒有動靜？

當然，克姆泥，他心想。他召喚碎刃，快速地在暗門周圍割了幾刀，之後很費力地推開。古老的暗門往上掀起，讓他站上塔城的至高處。

他微笑，踏入屋頂。

五天來的探險將娜凡妮和雅多林送入塔城深處，但是達利納的內心卻不斷驅使他往上爬。

對於這麼一座巨塔來說，屋頂其實相當的小，看起來沒有被克姆泥完全覆蓋。這裡地勢這麼高，颶風時應該下的雨量比較少——而且所有人都知道東邊的克姆泥比西邊的克姆泥來得厚。

颶風的，這裡還眞高。之前他用娜凡妮發現的電梯法器搭到頂樓時，耳朵炸開了幾次。她解釋著砝碼技術與串連運作的寶石，口氣聽起來對古人的科技讚嘆不已，而他唯一明白的只有她的發現讓他免於爬上好幾百階的階梯。

他站到屋頂邊緣，往下看。下面的塔，每一圈都比上一層要大一點。紗藍說得沒錯，這都是花園，每一層的外圈都是用來種食物的，他心想。他不知道爲什麼塔面對起源的東邊完全垂直，沒有陽台。

他往外彎腰。在遠處，遠到讓他一看就頭暈的下方，有十根石柱，上面是誓門。通往破碎平原的石柱一閃，一大群人出現其中，飄揚著哈山的旗幟。得到達利納的學者們送出的地圖後，哈山跟其他人只花一個禮拜的快速行軍就能到達誓門。達利納的軍隊跨越同樣距離時，則走得很小心，很警戒帕山迪人們的攻擊。

從這個角度研究這些石柱時，他認出其中之一位於科林納，正是國王跟皇家神廟立基的高台。紗藍懷疑加絲娜曾經想要打開那裡的誓門，她的筆記說，通往每座城市的誓門都被緊閉，只有破碎平原這一座還是打開的。

紗藍想要弄懂該如何使用其他的誓門，雖然目前的測試結果還是那些誓門不知如何被鎖上了。如果她能讓它們重新恢復作用，那世界就能變成一個小很多、很多的地方。

假如那時這個世界還存在的話。

達利納轉身，抬頭看天，深吸一口氣。這是他來到塔頂的原因。

「你送颶風來毀掉我們！」他朝雲端大吼。「你派它們來掩蓋紗藍還有卡拉丁的身分！你想要在這一切開始之前就把它結束掉！」

沉默。

「爲什麼要將這些幻境送來給我！」達利納大吼。「卻在我們聽從時想要毀掉我們！」

一旦時機到達，我的職責就是要送出這些幻境。這是全能之主要求我做的。我無力忤逆，一如我無法拒絕吹風。

達利納深吸一口氣。颶父回應了。謝天謝地，他回應了。

「那這些幻境是祂的，由你選擇誰能接收？」達利納說。

對。

「爲什麼挑上我？」達利納質問。

不重要。你太慢了。你失敗了。永颶來了，敵人的靈也出現，佔據古族的身體。已經結束了。你們輸了。

「你說你是全能之主的殘片。」

你可以說，我是祂的……靈。不是祂的靈魂。我是祂不存在以後，由人們所創造，關於祂的記憶。是颶風跟神聖的化身。我不是神。我只是神的影子。

「有比沒有好，我不會嫌棄。」

祂要我找到你，可是你們一族只給我的族人帶來死亡。

「你對帕山迪人釋放的這場颶風有多少了解？」

那是永颶。它是新的存在，卻是自古昔便存在的設計。它現在正在環繞世界，其中載著它的靈。任何被它碰觸到的古族都會變成新的形體。

「引虛者。」

這是它們的名字之一。

「你確定這場永颶一定會再來？」

它會像颶風一樣定期出現，只是沒有那麼頻繁。你們的末日已經注定。

「它還會改變帕胥人。沒有阻止它的辦法嗎？」

沒有。

達利納閉上眼睛，這正是他所害怕的。他的軍隊確實打敗了帕山迪人，但他們只是未來的一小部分。

很快的，他將面對幾十萬的他們。

其他的大陸不肯聽從。他透過信蘆跟亞西爾的皇帝親自談過話——這是新的皇帝，因爲賽司拜訪過上一個。亞西爾當然不會有繼位戰爭，光走申請流程都走不完。

新的皇帝邀請達利納去拜訪，但顯然覺得他的話是瘋子的囈語，達利納沒想到關於自己發瘋的傳言居然已流傳了這麼遠。可是就算沒有這些傳言，他猜想自己的警告也會被無視，因爲他提出的事情簡直不可思議。一場逆向而來的颶風？帕山迪人變成引虛者？

只有卡布嵐司的塔拉凡吉安——現在似乎也是賈·克維德的統治者——願意理解。神將賜福給他，希望他能爲那片飽受折磨的大地帶來些許平靜。達利納曾要求得到更多關於他如何登上王位的消息，第一批的報告說他是意外得到這個位置，可是他太新，賈·克維德也被摧殘得太過頭，讓他根本沒辦法有多少作爲。

除此之外，還有一些透過信蘆傳來的意外報告，提到科林納的暴動。他們那裡也沒有給出任何明確的答案。以及純湖發生黑死病又是怎麼一回事？颶風的，一切怎麼變得這麼亂。

他得想辦法處理這些情況。全部。

達利納再次看向天空。「我被下令要重建燦軍。如果我要領導他們，我就必須加入他們。」

雷在遠處的空中響起，雖然天上沒有半朵雲。

「生先於死！力先於弱！旅程先於終點！」達利納大吼。

我是全能之主的殘片！那聲音聽起來很憤怒。**我是颶父。我不會允許自己被這種方式締結束縛，乃至於殺了我！**

「雖然你做過那些事，我仍然需要你。那個橋兵說過要發下的箴言，還有每一支燦軍都不同。第一理念是一樣的，之後每一支軍團都不同，需要不同的箴言。」達利納說。

雷聲轟隆，聽起來像是……挑戰。達利納現在能解讀雷聲了？

這是個危險的賭局。他面對著原始自然的力量，不可知的力量，一種曾經想主動殺死他跟他整個軍隊的力量。

「幸好，我知道我要發下的第二理念之箴言。我不需要別人告訴我。我會團結所有人，而非讓他們分裂，颶父。我會讓所有人類彙集爲一。」

雷聲沉默。達利納獨自站在那裡，盯著天空，等著。

好吧。颶父終於說。**接受箴言**。

達利納微笑。

我不會成為你的一把劍，颶父說。**我不會隨你召喚出現，你得卸除你身上那……怪物。你會是沒有碎刃的燦軍**。

「該怎麼樣就怎麼樣。」達利納召喚他的碎刃。碎刃一出現，他腦海中便出現慘叫聲。他拋下武器，彷彿那是想要咬他的鰻魚，慘叫聲立刻消失。

碎刃鏘啷落地。與碎刃解除締結應該是不同的過程，必須專注跟碰觸它的寶石。但這把劍跟他的締結立刻就被截斷了，他可以感覺得到。

「我得到的最後一個幻境是什麼意思？」達利納問。「今天早上的那場，沒有和颶風一起送來的。」

今天早上沒有幻境。

「有的。我看到光跟溫暖。」

只是個夢而已。不是我也不是神送的。

眞奇特，達利納可以發誓那感覺就像是幻境一樣，甚至更強烈。

去吧，盟鑄師，帶領你注定死去的族人走入失敗。憎惡連全能之主本人都打敗了。你對他來說根本什麼都不是，颶父說。

「全能之主都會死。如果這是眞的，那這個憎惡也能死。我會找到辦法。幻境提過一個挑戰，有一個代爲參戰的代表。你知道什麼嗎？」達利納說。

天空除了轟隆一聲之外，沒有回答。好吧，之後還有時間問的。

達利納走下兀瑞席魯的頂端，再次進入樓梯間。一連串的台階帶領他踏入一間幾乎跟塔城最上層一樣大的房間，光線透入玻璃窗戶。這些玻璃沒有百葉窗也沒有其他架子支撐，而且還有一點面對東方，到底是怎麼樣沒有被颶風摧毀的，達利納完全不知道，雖然有些地方確實存有裂痕。

這個房間有十根矮柱子環繞，中央有另一根。「如何？」卡拉丁轉過身問，他原本正在檢視其中之一。紗藍繞過另一根，她看起來已經沒有第一天來到這裡時那麼狼狽。雖然他們在兀瑞席魯這段時間忙得腳不點地，但能睡上幾晚好覺對所有人都很有幫助。

達利納的回應方式是從口袋中拿出錢球，舉了起來，然後吸入颶光。

他知道自己會感覺體內有風暴沸騰，就像卡拉丁跟紗藍兩人形容給他聽的那樣。它催促他要行動，要走動，不能站住不停，但是那感覺卻不像是戰意——跟他的預期不同。

他感到自己的傷以熟悉的方式癒合。他感覺得出來，自己以前也這麼做過。是在先前的戰場上嗎？他的手臂現在一點也沒事了，腰邊的傷也幾乎不痛。

「這實在太不公平，你居然第一次嘗試就成功。」卡拉丁指出。「我花了好久好久。」

「我有人教啊。」達利納走入房間，收起錢球。「颶父叫我盟鑄師。」

「那是其中一支燦軍的名字。」紗藍的指尖碰觸其中一根柱子。「那我們就有三支了。逐風師、盟鑄師、織光師。」

「四支。」一個聲音從樓梯間響起。雷納林走入光亮的房間，看著他們，然後又縮了回去。

「兒子？」達利納問。

雷納林繼續待在黑暗中，低垂著頭。

「眼鏡……」達利納低聲說。「你不戴了。我以為你是想要看起來更像戰士，但其實不是。颶光治好了你的眼睛。」

雷納林點點頭。

「還有碎刃。」達利納走過去，握住兒子的肩膀。「你聽到它們的慘叫。在決鬥場上，就是這樣吧？你沒辦法戰鬥是因為每次召喚碎刃時，腦中都會聽到的那些尖叫聲。為什麼？為什麼你什麼都沒說？」

「我以為是我的問題。」雷納林低聲說。「我的腦子有問題。可是葛萊斯，他說……」雷納林眨眨眼。「真觀師。」

「真觀師？」卡拉丁瞥向紗藍，她搖搖頭。「我可以御風而行、她可以編織颶光、達利納光爵可以締結盟約。那你呢？」

雷納林從房間對面與卡拉丁四目對視。「我看得見。」

「四支軍團。」達利納驕傲地捏捏雷納林的肩膀。颶風的，那孩子全身在發抖，他為什麼這麼擔心？達利納轉身面向其他人。「其他幾支燦軍一定也回歸了。我們需要找到被靈選中的人，而且要快，因為永颶即將來臨，遠比我們擔心的還要嚴重。」

「怎麼說？」紗藍說。

「它會改變帕胥人。」達利納說。「颶父跟我確認了。那場風暴來襲時，會召回引虛者。」

「地獄的。」卡拉丁說。「我要趕回雅烈席卡，回爐石鎮。」他大步走向出口。

「士兵？」達利納喊。「我已經盡力警告所有人了。」

「我的父母還在那裡。那個鎮的城主也有帕胥人。我要去。」卡拉丁說。

「怎麼去？」紗藍問。「一路用飛的？」

「用掉落的，但基本上，是的。」卡拉丁說著停在門口。

「孩子，那會用掉多少颶光？」達利納問。

「我不知道。」卡拉丁承認。「可能要很多。」

紗藍看向達利納。他們沒有多餘的颶光，雖然那些從戰營來的人帶來了充光完成的錢球，但啓動誓門的用量很大，跟帶入多少人成正比。點亮誓門中心房間裡的那幾盞燈只是啓動機械的最基本需要，想帶很多人來的話，也會吸光那些人身上的部分錢球。

「我盡量幫你蒐集，孩子。」達利納說。「帶著我的祝福出發吧。也許你能剩下足夠的颶光，之後可以趕到首都去幫助那裡的人。」

卡拉丁點點頭。「我去收拾行李，我要在一個小時內出發。」他鑽出房間，走入往下的樓梯。

達利納吸入更多颶光，感覺最後一絲傷口也消失了。這種事情眞容易養成習慣啊。

他派雷納林去跟國王談話，申請一些卡拉丁可以借來在旅途中使用的祖母綠布姆。艾洛卡終於抵達，居然混在一群賀達熙人裡，其中還有一個人聲稱他的名字需要被加入雅烈席卡歷代國王名字之中……

雷納林迫不及待地去執行命令，他似乎想去做一些他可以做到的事情。

他是燦軍之一，達利納心想，看著他離開。也許我以後不該再這樣叫他東跑西跑的。

颶風的，眞的發生了。

紗藍走到窗前，達利納站在她身邊。這是塔的東面，筆直面向起源處的平坦邊緣。

「卡拉丁最多只能救幾個人。」紗藍說。「其實能不能眞的救下任何人都很難說。光爵，我們只有四個人。四個人對抗一整個颶風的毀滅力量……」

「這是我們必須面對的事實。」

「有好多人會死。」

「我們能救的都會去救。」達利納轉向她。「生先於死，燦軍。這是我們發誓要執行的任務。」

她抿著嘴唇，依然看著東方，卻點點頭。「生先於死，燦軍。」

「一個瞎子在時代的終結等待，思索著自然之美。」智臣說。

沉默。

「那個人是我。」智臣評論。「我的肉體不是瞎子，只是精神上是。如果仔細想想，那句話其實很有深意。」

沉默。

「當我面對的是有智慧的生命，能夠被我靈活的言詞吸引得瞠目結舌、聽得目眩神迷時，感覺比較令人滿足。」他說。

隔壁岩石上長得半像蜥蜴半像螃蟹的醜陋東西夾夾大螯，幾乎有點遲疑。

「你說得當然對。」智臣說。「通常聽我說話的對象都不是特別有智慧。可是你早該聽出來我在說笑話，居然認眞了，眞丟臉。」

蜥蜴螃蟹一樣的醜東西爬過它的岩石，去了另一邊。智臣嘆口氣。現在是晚上，通常適合戲劇性的出場與深刻的哲學反省。可惜的是，對現在的他來說，這裡沒有人可以與他一同思索或是引他現身，無論是不是很有戲劇性。附近一條小溪呢喃，是這片奇特大陸上少數幾處恆常水道。緩緩起伏的丘陵往四面八方延伸，流水切割著大地，到處都長著某種奇怪的荊棘。這裡的樹很少，但是在西邊更遠的地方，有一片眞的森林從山頂往下的斜坡上生長。

幾隻歌蟲在旁邊發出嘎嘎的聲音，他拿出吹笛，想要模仿，但學得不像。那唱歌般的聲音太像打擊樂器，發出一種吱吱作響的敲擊聲——有點音樂的感覺，卻不像笛子。

可是那東西似乎與他一唱一和，回應著他，所以，誰知道呢？也許那東西有基本的智慧。像一些馬，那些瑞沙迪馬……牠們讓他相當驚訝。他很高興世界上還有能讓他驚訝的東西。

他終於放下笛子，思索起來。蜥蜴螃蟹類東西的醜八怪與歌蟲好歹也算得上是聽眾。

「藝術在根本上，是不公平的。」

一隻歌蟲繼續嘎嘎叫。

「因爲啊，我們假裝藝術是永恆的，是恆常的，可以說帶有某種眞實性。藝術之所以爲藝術是因爲它是藝術而不是因爲我們說它是藝術。你們不會覺得我說得太快吧，會嗎？」

嘎。

「很好。可是如果藝術是永恆的、有意義的、獨立存在的，那爲什麼藝術又這麼該死的依賴觀眾呢？你們聽說過農夫在表演節時前往宮中的故事對吧？」

嘎？

「也不是什麼多偉大的故事啦，算不上什麼特別。標準的開場白，農夫去了大城市，幹了某件丟臉的事，一不小心撞上公主，然後完全無意之中救了她，讓她沒被眾人踩扁。在這種故事裡的公主似乎都不知道該怎麼好好走路，我覺得她們都該去找間有名的眼鏡店，買副好眼鏡再去逛大街。

「總而言之，因爲這故事是喜劇，所以他被邀請到皇宮去領賞。接下來一堆亂七八糟的事情發生以後，可憐的農夫就去了廁所，用史上最偉大的畫擦了屁股，又走到外面看到一堆淺眸人盯著空空的畫框，評論著這幅作品多美。通常大家聽到這裡都會捧腹大笑，然後就要下台一鞠躬，得趁別人深思這個故事的內涵之前快走。」

他等著。

嘎？

「啊？聽不懂嗎？」智臣說。「農夫在廁所旁邊找到這幅畫，所以就認爲這幅畫一定是要這樣用的。淺眸人們在藝術廳中看到一幅空空的畫框，就認爲這一定是大師的傑作。你可以說這是個很蠢的故事，確實很蠢，但是不影響它講述的眞理。畢竟我也經常很蠢，但是我幾乎隨時只說眞話，習慣成自然了。

「期待。這才是藝術的眞正靈魂。如果你能給別人超出他所預期的，那他一輩子都會稱讚你。如果能創造一種期待感，然後好好的培養，那你就會成功。

「相反的，如果你的名聲太優秀、太高超……那就要小心了。更好的藝術會存在於他們的腦子裡，如果你給的比他們想像的要少那麼一丁半點，那突然間你就失敗了，突然間你就沒用了。一個人在泥巴裡找到一枚錢幣會談上好幾天，但是當他繼承的遺產交到他手中，卻比他期待的少了百分之一時，他會說自己被騙了。」

智臣搖搖頭，站起身拍拍外套。「給我一個願意被娛樂的觀眾，但不要有什麼特殊期待。在他們面前，我會是神。這是我所知道，最好的眞實。」

沉默。

「我需要來點音樂。」他說。「這是要當特效的，因爲有人要出現了，我想要準備好迎接他們。」

歌蟲配合地又開始歌唱。智臣深吸一口氣，擺出合適的姿勢——懶洋洋的期待，經過精心計算後展現的無所不知，還有令人無法忍受的自負。畢竟他也有名聲在外，好歹該努力讓自己名符其實。

他面前的空氣一陣模糊，彷彿被靠近地面的圓圈加熱，圓圈周圍有一道光正在環繞，形成一面五六呎高的牆，然後立刻消失——其實只是個殘影，像是有個發光的東西很快地轉了一個圈。

在光圈中央，站得筆挺的加絲娜．科林出現。

她的衣衫襤褸，頭髮編成一條實用的辮子，臉上到處都是燒傷的痕跡。她穿著一件曾經精緻的洋裝，現在已經到處破爛，被她截斷在膝蓋的高度，手上還戴著臨時拼湊出的某種手套。奇特的是，她腰間有某款皮帶，背上還有背包。他不覺得她開始旅行時身上就有這些東西。

她發出長長的呻吟，然後轉頭看向一旁智臣站著的位置。

他朝她露出大大的笑容。

她一眨眼間立刻伸手，手臂上纏繞起霧氣，凝結成一柄細長的劍，指著智臣的脖子。他挑挑眉毛。

「你怎麼找到我的？」她問。

「妳在另一邊惹出不少動靜。」智臣說。「靈已經很久沒跟活人打交道了，更何況是妳這種不好搞的。」

她狠狠吐出一口氣，把碎刃往前推了推。「把你知道的都告訴我，智臣。」

「我曾經在一個很大的胃裡面待了將近一年，一直在被消化。」

她皺眉看他。

「這真的是我知道的事。妳威脅人的時候得說得更清楚些。」他低頭，看著她扭轉碎刃的劍尖，繼續指著他。「科林，我不覺得妳這把小刀子能給我帶來任何真正的威脅。不過妳想揮就繼續揮，我無所謂，也許這樣妳就會覺得自己更重要些。」

加絲娜端詳他了片刻後，劍散化成霧氣消失。她放下手臂。「我沒時間對付你。有一場颶風要來了，一場可怕的颶風，那會帶來引虛者——」

「已經來了。」

「地獄的，我們得找到兀瑞席魯，然後——」

「已經找到了。」

她遲疑了。「燦軍——」

「重建了。」智臣說。「一部分是靠妳的學徒，而且請容我補充，她比妳受歡迎的程度整整高了七十七個百分點，我做了民調。」

「你說謊。」

「好吧，這是一個非正式的民調，可是那邊那個蜥蜴螃蟹之類的醜八怪眞的給了妳很低分——」

「我是說其他的事情。」

「加絲娜，我不會拿這種事情說謊。妳應該很清楚，所以妳才覺得我這麼討厭。」

她端詳了他一陣，終於嘆口氣。「這是我覺得你很討厭的一部分原因，智臣。只是一條很長很長的河流中很小的一部分。」

「妳會這麼說是因爲妳不了解我。」

「我懷疑。」

「不，我說眞的。如果妳眞的了解我，那條討厭的河當然就會變成一片大海。不過無論如何，我知道一些妳不知道的事情，而且我覺得妳其實有可能知道一些我不知道的事情。這麼一來，我們就能有所謂的加乘效果。如果妳能克制自己的討厭，我們說不定都能學到一點新東西。」

她上下打量他，然後抿起嘴唇，點點頭。她開始直直朝最近的城鎮前進。這女人的方向感眞好。

智臣跟在她身邊慢慢地走著。「妳知道我們離文明世界至少有一個禮拜的路程。妳需要遠傳到這種什麼都沒有的地方嗎？」

「我逃命時很趕時間，能到這裡已經算走運。」

「走運？我可不會這樣說。」

「爲什麼？」

「如果妳在另外那邊，應該會過得比較好，加絲娜・科林。荒寂時代來了，伴隨而來的是這片大地的終結。」他看著她。「對不起。」

「現在說對不起還太早，至少得等我們看看我還能挽救多少。颶風已經來了？帕胥人變形了？」

「有也沒有。」智臣說。「颶風今天晚上應該會襲擊雪諾瓦，然後席捲大陸。我相信颶風會帶來變化。」

加絲娜猛然停下腳步。「以前不是這樣的。我在另一邊得到了一些知識。」

「妳說得沒錯，這次不一樣。」

她舔舔嘴唇，除此之外很好地壓制了她的焦慮。「如果不是像之前那樣發生，那我知道的一切都有可能是假的。上族靈說的話可能是錯的，我尋找的紀錄可能變得沒有意義。」

他點點頭。

「我們不能倚靠古代的紀錄，而且人類所謂的神也是捏造的，所以更不能祈求上蒼拯救，但顯然我們也不能往古代尋覓答案，所以我們還能去哪裡找？」

「妳這麼堅信沒有神。」

「全能之主是——」

「噢，我說的不是全能之主。坦那伐思特是個不錯的傢伙，曾經請我喝過酒，但是他不是神。加絲娜，我承認我可以理解妳的疑心，但是我不贊同，我認為妳找錯地方了。」

「所以你要告訴我，你認為我應該去哪裡找。」

「妳會找到神的地方，就跟找到挽救這一切的方法，是同樣的地方。」智臣說。「在人心之中。」

「奇特的是，我覺得我眞的可以同意你，雖然我覺得同意的原因跟你暗示的方向不同。也許跟你走的這段路，不會有我擔心的那麼糟糕。」加絲娜說。

「也許吧。」他抬頭看星星。「不管怎麼說，至少世界挑了一個很美好的夜晚結束……」

（颶光典籍二部曲：燦軍箴言　完）

附注

降臨，諸風迫近致命迫近諸風降臨。

這首寫在一一七四年，傑瑟瑟斯，光日的凱特科，妝點著娜凡妮·科林的私人日記封面，裡面的內容是她親自記述在永颶來臨前的重大事件。

凱特科的符文被畫成兩場颶風面對面撞擊的形狀。

——納拉

颶光祕典（ARS ARCANUM）

十大元素與其歷史淵源

順序	寶石	元素	對應身體表現	魂術特性	主/從神聖能力
①傑思（Jes）	藍寶石	微風	吸氣	半透明氣體或空氣	保護/統領
②南（Nan）	煙石	煙霧	吐氣	不透明氣體，煙、霧	正直/自信
③查克（Chach）	紅寶石	火花	靈魂	火	勇敢/服從
④維夫（Vev）	鑽石	光	眼睛	石英，玻璃，水晶	慈愛/治療
⑤帕拉（Palah）	祖母綠	纖維	毛髮	木材，植物，苔蘚	學識淵博/慷慨
⑥沙須（Shash）	石榴石	血	血	血及所有非油類液體	富有創造力/誠實
⑦貝塔（Betab）	鋯石	脂（動物）	油脂	各種油類	睿智/謹慎
⑧卡克（Kak）	紫水晶	箔	指甲	金屬	堅定/實踐能力
⑨塔那（Tanat）	黃寶石	踝骨	骨頭	大小石塊	可靠/靈活
⑩艾兮（Ishi）	金綠柱石	筋肉	皮肉	各類皮肉	虔誠/指引

以上列表僅列出與十元素相對應的傳統弗林教符號。全部加總在一起時則形成全能之主的雙瞳眼，兩只瞳孔的眼睛代表創造出的植物與動物，這同時也是經常與燦軍畫上等號的沙漏符號之由來。

古代學者同時會將燦軍的十團同時列在這張表上，旁邊附注神將身分，每名神將傳統上均與特定數字及元素有關。

我不確定束虛術的十階與其近親上古魔法要如何被囊括入這張表的範圍，也許這是不可能的。我的研究顯示，除了束虛術外，應該還有更神祕的力量。也許上古魔法可以因此被囊括於該系統中，但我開始懷疑上古魔法另成一格。

十種脈衝波力

與羅沙上自古以來受到尊崇的十種元素相對應的是十種封波術。這些波力被認為是世界運作的根源能量，更正確地說是反映神將擁有的十種基本能力，燦軍透過與靈的締結同樣亦可獲得。

黏附（Adhesion）：壓力與眞空

重力（Gravitation）：地心引力

分裂（Division）：破壞與腐朽

磨損（Abrasion）：摩擦

進展（Progression）：生長與治療，或是重生

照映（Illumination）：光、音，以及多種波長的呈現

轉化（Transfromation）：魂術
傳輸（Transportation）：移動與眞實領域的位置變化
聚合（Cohesion）：強軸交錯
張力（Tension）：弱軸交錯

論法器製造

目前已知有五大類型的法器。法器製作的方式是法器製作組織的不傳之祕，但目前看起來似乎都來自於科學家的努力研究成果，而非過去燦軍使用的神奇封波術。

改變型法器（ALTERING FABRIALS）

增幅（Augmenters）：這些法器的用途爲增強，可以用來引發熱、痛楚，甚至是一陣徐風，如同所有法器，力量來源均爲颶光。最適合的對象似乎是力量、情緒、感官。

來自賈・克維德，俗稱的半碎具便是以這類法器綁在金屬片上，以增強其硬度。我看過這類法器搭配許多種不同的寶石，因此我推斷十種極石中的任何一種都適合。

減幅（Diminishers）：這些法器的作用正好與增幅法器相反，通常受到的限制也很類似。爲我揭祕的法器師們相信，以現今的能力，足以製造超過世上法器成品的新法器，尤其在增幅或減幅方面的效果均會更大。

配對型法器（PAIRING FABRIALS）

結合（Conjoiners）：透過在紅寶石中灌注颶光，使用無人願意告訴我的方法（雖然我有自己的猜測），可以創造出配成一對的寶石。這個過程需要將原本的寶石一分爲二，兩半寶石隔著一段距離，仍能感受到原本另一半的引力。在製造法器的過程中，似乎使用某種方法，可以影響兩半寶石之間相隔多遠的距離，依然維持配對的功效。

力量的儲存是固定的。舉例而言，若有一邊綁在一塊很重的石頭上，那麼要舉起同對中另一個法器，便需要用到足以舉起石頭的力氣。在創造法器的過程中，似乎有某種程序會影響這對法器的有效距離範圍。

倒轉（Reversers）：使用紫水晶而非紅寶石，也能創造出兩半相連的寶石，但是這種法器的功能是創造相斥的力量。舉例而言，舉高一半，另外一半便承受壓力往下陷。

這種法器剛剛才被發現，已經有很多實際應用的可能性。這類法器似乎有些出人意料的限制，但是我無法得知是何種限制。

示警型法器（WARNING FABRIALS）

這一組法器中只有一種，俗名稱爲示警器（Alerter）。一台示警器只能警示附近的單一物件、情緒、感官，或是現象。這些法器利用金綠柱石爲力量來源。我不知道這是唯一有效的寶石類型還是另有其因。

在此類法器中，灌注的颶光量與示警範疇有關，因此使用的寶石大小非常重要。

逐風術與捆縛術（WINDRUNNING AND LASHINGS）

關於白衣殺手之奇特能力的報告，讓我找到一些大多數人無從得知的資料。逐風師是燦軍之一團，他們主要使用捆縛術中的兩種捆術。這種封波術的效果在該燦軍軍團內被稱爲「三重捆術」（Three Lashing）。

◆基本捆術（Basic Lashing）**：改變引力方向**

此類捆縛術應該是所有類型中最常使用，卻並非最容易使用的能力（最容易使用的捆縛術爲接下來將討論的全面捆術）。基本捆術是逆轉生命體或物體與星球的靈魂引力方向，暫時將該生命體或物體與不同的物件或方向連結。

這種改變造成引力的改變，因此會造成星球能量的變化。基本捆術可讓逐風師在牆壁上奔跑，造成物件或人飛入空中等類似效果。進階使用則能讓逐風師靠著將部分體積往上方捆縛，以減輕自己的體重（數學算式爲將四分之一體積往上捆縛，可減輕一半體重；將一半體積往上捆縛，可達成無重狀態）。多重基本捆術可將物件或人體以雙倍、三倍或其他倍數之體重往下拉。

◆全面捆術（Full Lashing）**：將物體捆在一起**

全面捆術看起來跟基本捆術很相似，但是運作原理完全不同。前者與引力有關，後者則以黏著力道（燦軍稱之爲『封波術』）有關，能將兩件物體捆成一件。我相信這項封波與大氣壓力有關。

要使用全面捆術，首先逐風師須對物體灌注颶光，然後將另一件物體貼上，兩件物體將以極大的連結捆綁在一起，幾乎不可能斬斷。大多數材質會在連結被破壞之前，自身先崩壞。

◆**反向捆術**（Reverse Lashing）**：讓物體增加引力**

我相信這屬於基本捆術的特殊變異。此類捆縛術在三者中需要的颶光量最少。逐風師只要在物體內灌注颶風，以意識施予指令，即能在該物體中創造出可吸引其他物件的引力。

此捆縛術的關鍵是在物體周圍創造出一個圈圈，模仿與地面的靈之聯繫，因此這項捆縛術很難影響碰觸到地面的物體，因此時物體與星球的連結為最強。墜落或飛翔中的物體最容易受到影響；其他物件也可以被操控，但是需要的颶光跟技巧則要高上許多。

織光術

第二種封波術型態。使用對光與聲音的操縱製作幻象在整個寰宇中相當常見，可是其與賽耳現行的種類不同。織光術有強大的靈性精神因素，需要的不只是在意識中清楚凝現意圖製作的幻象，更需要製作者本身與它有一定程度的聯繫，因此製作出來的幻象不只是靠著織光師的想像，更是倚賴他們希望創造出的結果。

在許多方面來說，織光術跟尤立許原版的力量最為相近，對此我感到相當興奮。我希望能更深入研究這個能力，希望能夠全面了解其與認知與靈魂特性間的關連。

中英名詞對照表

A

Abamabar　阿邦馬巴
Abrasion　磨損（封波術）
Abri　阿布里
Abrial　亞伯列
Abrobadar　亞伯巴達
Abronai　艾伯奈
Abry　奧布雷
Acis　艾其思
Adhesion　黏附（封波術）
Adis　亞地司
Adolin Kholin　雅多林・科林
Adonalsium　雅多納西
Adrotagia (Adro)　雅德羅塔吉亞（雅德羅）
Aesudan　愛蘇丹
Agil　阿吉
Aharietiam　阿哈利艾提安
Aimia　艾米亞王國
Aimian　艾米亞人
Airsick　空氣病
Akak　阿卡克
Akak Reshi　阿卡克・雷熙
Akinah　阿奇那
Aladar　艾拉達
Alai　阿萊
alaii'iku　阿賴依庫
Alakavish　阿拉卡維希
Alami　雅拉米
Alaxia　亞拉席雅
Alazansi　亞萊詹
Alds　愛德
Alerter　示警器
Alespren　酒靈
Alethela　雅烈席拉王國
Alethi　雅烈席人
Alethkar　雅烈席卡王國
Alezary　亞列薩里
Ali-daughter-Hasweth　哈思維司之女艾李
alil'tiki'i　阿利提其艾
Alim　阿林
Allahn　亞藍
Almighty　全能之主
Altering Fabrials　改變型法器
Amark　阿馬克
Ambrian　亞布麗安
Among the Darkeyed　《深眸人之間》
Amydlatn　艾米迪拉頓
Ancient of Stones　磐石古軍
Angerspren　怒靈
Anticipationspren　期待靈
Aona　艾歐娜
Apara　阿帕菈
Arafik　阿拉非克
Arak　阿拉克
Ardent　執徒
Arik　阿瑞
Artform　藝術形體
Artifabrian　法器師
Artmym　阿特邁
Ash　艾希
Asha Jushu　艾沙・傑舒

Ashelem 艾什藍
Ashir 亞希爾
Ashlv 艾徐蘿
Ashno of Sages 智者亞須諾
Askarki 阿司卡企人
Assuredness Movement 自負運動
Ati 雅提
Au-nak 奧拿克
Augmenters 增幅
Av 艾夫
Avado 阿法多
Avarak Matal 阿拉法克・馬塔
Avaran 亞法倫
Avena 亞維納
Avramelon 阿法拉瓜
Awespern 讚嘆靈
Axehound 野斧犬
Axies 克西司
Axikk 雅席克
Azimir 亞西米爾
Azir 亞西爾王國
Azish 亞西須人

B

Babatharnam 巴巴薩南王國
Babsk 巴伯思
Backbreaker Powder 折背粉
Bajerden 巴赫登
Balat Davar 巴拉特・達伐
Balsas 巴撒斯
Barlesha Lhan 巴爾勒沙・嵐
Barm 巴姆
Barmest 巴邁司特
Bashin 巴辛
Basic Lashing 基本捆術
Battah 巴塔
Battalionlord 營爵／營長
Battar 巴達
Bav 巴伏人
Bavadin 巴伐丁
Bavland 巴伏
Bavlander 灣地人
Baxil 巴西爾
Bay of Elibath 愛里貝斯灣
Baylander 灣地人
Beal 貝爾
Beggars' Feast 乞丐宴
Behardan King 貝哈丹王
Beld 貝德
Berizhet 伯利司赫特
Betab 貝塔
Betabanan 貝塔般南日
Betabanes 貝塔伯奈日
Bethab 貝沙伯
Beznk 貝茲克
Bickweight 磚重
Bila 碧拉
Bindspren 縛靈
Bisig 比西格
Bitterleaf 苦葉
Black Fisher 黑漁夫
Blackbane 黑毒葉
Bloodivy 血春藤
Bluebar 藍棒
Blunt 阿直
Bluth 布魯斯
Bondsmith 盟鑄師
Book of Endless Pages 《無盡之書》

Bordin 波丁
Boriar 波利亞
Bornwater 誕水
Braize 布雷司
Branzah 枝紮
Breachtree 折樹
Breakneck 斷頸遊戲
Breachtree 庫樹
Bridgelord 橋隊長
Brightlady 光淑
Brightlord 光明爵士（光爵）
Brightness 光主
Broam 布姆
Brother Kabsal
卡伯薩弟兄
Bussik 布希克

C

Cabine 卡賓
Cadilar 卡迪拉
Caeb 卡艾柏
Calinam 卡琳娜
Calling 天職
Callins 卡林司
Captivityspren 囚靈
Causal 隨訂
Caull 阿考
Cenn 瑟恩
Chach 查克
Chan-a-rach 張阿拉克
Chachanan 查卡南日
Chachel 查徹日（週三）
Chanaranach (Chana)
卡娜拉拿克（卡娜）
Chasm 裂谷
Chasmfiend 裂谷魔
Chicken 雞（泛指各種鳥類）
Chilinco 齊林可
Chip 夾幣
Chivi 奇薇
Chouta 芻塔
Chull 芻螺
Circle of Memories 回憶圈
City of Bells 鈴城
City of Lightning 電之城
City of Shadows 影之城
Citylord 城主
Clearchip 透幣
Cobalt Guard 碧衛
Cobwood 團木
Cognitive Realm 意識界
Cohesion 聚合（封波術）
Coldwin 科德溫
Common Throne 群眾王座
Companylord 連爵／連長
Conclave 集會所
Conicshell Mucus 尖殼漿
Conjoiners 結合
Coracot 科拉卡獸
Corberon 柯貝隆
Coreb 克雷伯
Corl 克羅
Cormshen 《克姆珊》
Corvana's Analectics
《柯法娜語錄》
Cosmere 寰宇
Craving 渴望
Creationspren 創造靈
Crem 克姆泥
Cremlings 克姆林蟲

Crushkiller　惡碎怪
Crustspine　脆刺
Cryptics　謎族靈
Crystal　水晶
Cultivation　培養
Curnip　捲葡
Curse of Kind　族詛
Cusicesh　庫希賽須
Cussweed Root　啐草根
Cymatics　音流
Cyn　肯

D

Dabbid　達畢
Dahn　達恩
Dai-gonarthis　戴艮納西斯
Dalar　答拉
Dalewillow　谷柳
Dalilak　答里
Dalinar Kholin　達利納．科林
Dallet　達雷
Dalksi　達克西
Damnation　沉淪地獄
Dandos the Oilsworn
必繪者丹奪司
Danidan　丹尼丹
Danlan Morakotha
丹蘭．摩拉克沙
Dara　達拉山
Darkhill　黑丘
Davim　達維
Davinar　達維納
Dawn's Shadow　晨影
Dawnchant　晨頌
Dawnchat　晨言
Dawncity　曦城
Dawnshards　晨碎
Dawnsinger　晨歌者
Dazewater　昏水
Deathbend River　死彎河
Death Rattles　死亡搖鈴
Deathspren　死靈
Decayform　腐朽形體
Decayspren　朽靈
Deeli　笛麗
Delp　得普
Demid　戴米
Dendrolith　單鐸利
Denocax　德諾卡軟膏
Desh　德西
Desolation　寂滅時代
Devi　戴維
Devotary　信壇
Devotary of Insight　洞悉信壇
Diglogues　《談話集》
Diagram　圖表
Dialectur　迪亞勒特
Diamond　鑽石
Diggerworms　挖蟲病
Diminishers　減幅
Division　分裂（封波術）
Double Eye　雙瞳眼
Dova　多法
Dreamstorm　颶風之夢
Drehy　德雷
Drying Sea　死海
Dullform　遲鈍形體
Dumadari　度馬達利
Dunny　度尼
Durk　杜克

Dust　灰
Dustbringer　招塵師
Dysian Aimian　代西・艾米亞人

E

Earless Jaks　無耳傑克斯
Eastern Crownlands　東皇地
Edgedancers　緣舞師
Eighth Epoch　第八時代
Eighty's War　八十戰爭
Eila　艾拉
Eiliz　艾利茲
Elanar　艾拉那
Eleseth　艾雷色絲
Elevate　晉級
Elhokar Kholin　艾洛卡・科林
Elit　依利特
Elithanathile　依利賽納西爾
Elsecaller　異召師
Elthal　艾索
Elthebar　艾特巴
Emerald　綠寶石（祖母綠）
Emul　艾姆歐
Emuli　艾姆利人
En　阿恩
Endless Ocean　無盡海洋
Enthir　恩錫爾琴
Envisager　預見者
Epan　愛潘
Epinar　艾皮納
Epoch Kindoms　時代帝國
Era of Solitude　孤獨時期
Eranniv　厄拉尼夫
Erratic　塗鴉
Eshava　愛莎瓦
Eshonai　伊尚尼
Eshu　艾書
Eternathis　《永恆記》
Eth　艾瑟
Ethid　艾熙德
Everstorm　永颶
Evinor　艾薇諾
Evod Markmaker　名師艾佛德
Excitement　興奮
Exhaustionspren　疲憊靈
Expanse of Broken Sky　碎空域
Expanse of Density　密度域
Expanse of Vapor　水霧域
Extex　艾克特思
Eylita　愛莉塔

F

Fabrial　法器
Fabrisan　法布利森
Fabrisan's Conundrum　法布利森謎題
Falksi　珐科曦
Falilar　法理拉
Farcoast　遠岸鎮
Fathom　噚樹
Fearspren　懼靈
Felt　費特
Femalen　女倫
Feverstone Keep　燒石堡
Fiddlepox　笛痘
Fin　斐
Fingermoss　手指苔
Firemark　火馬克（紅寶馬克）
Firemoss　火苔
Firestorm　狂火

First Ideal 第一理念
First Moon 初月
Flamespren 火靈
Flangria 福藍利亞肉
Fleet 飛速
Focal Stone 聚力石
Frostlands 凍土之地
Fourleaf Sap 四葉汁
Fourth Land 第四大陸
Frillbloom 皺花
Fu Abra 福・阿布拉村
Fu Albas 福・阿巴司特村
Fu Moorin 福・姆林村
Fu Namir 福・那米爾村
Fu Ralis 福・拉力司村
Full Lashing 全面捆術

G

Gabrathin 加布拉辛
Gadol 加多
Galan 加藍
Gallant 英勇
Gangnah 甘納
Garam 加拉
Gare 加耳
Gashash-son-Navammis 那法米絲之子加沙須
Gavarah 加瓦菈
Gavashaw 加瓦霄
Gavilar Kholin 加維拉・科林
Gawx 搞斯
Gaz 加茲
Gemheart 寶心
Geranid 葛蘭妮
Gerontarch 哲龍王
Gevelmar 蓋佛瑪
Ghostblood 鬼血
Glory 光榮
Gloryspren 勝靈
Glurv 葛夫
Glys 葛萊斯
Gom 哥姆
Gon 公
Goshel 哥舍
Grandbow 巨弓
Granite 花崗岩
Grasper 抓蟲
Gravitation 重力（封波術）
Gravityspren 重力靈
Graves 葛福斯
Great Concourse 大學院
Grent Ones 大能者
Greatshell 巨殼獸
Greenvine 青藤（新兵）
Gregorh 葛雷果
Grump 阿壞
Gtet 泰特劍
Gu 古
Gulket 古克
Gulket Leaves 古克葉
Guvlow's Incarnate 谷洛再世

H

Hab 哈伯
Habatab 哈拔塔
Habrin 哈柏林
Habsant 哈布桑
Hall of Art 藝術廳
Hallaw 哈洛
Hamel 哈末

Hammie　哈米
Hapron Street　哈普隆街
Harkaylain　哈凱連
Harl　哈勞
Hasavah　哈薩瓦
Hashal　哈莎
Hasheh　哈舍
Hasper　哈斯波螺
Hateful Hour　恨時
Hatham　哈山
Hatredspren　恨靈
Hav　哈福
Havah　哈法
Havar　哈伐
Havarah　哈瓦拉
Havrom　哈弗隆
He who adds　增添之人
Hearthstone　爐石鎮
Heb　希伯
Helaran Davar　赫拉倫・達伐
Heliodor　金綠柱石
Herald　神將
Herald of Beauty　美之神將
Herald of Luck　好運神將
Herdaz　賀達熙王國
Herdazian　賀達熙人
Hesina　賀希娜
Hierocracy　神權聖教（時代）
Highlady　光淑
Highlord　上主
Highmarshal　上帥
Highprince　藩王
Highprince of Commerce　商務藩王
Highprince of Information
　情報藩王
Highprince of War　戰事藩王
Highspren　上族靈
Highstorm　颶風
Hobber　霍伯
Hoel Bay　霍耳灣
Hoid　霍德
Holetental　或雷坦塔
Holy Enclave　聖庫
Honor　榮譽（碎神）
Honor Chasm　榮譽溝
Honorblade　榮刃
Honored Dead　英靈
Honorspren　榮耀靈
Honu　禾努
Horl　霍耳
Horneater　食角人
Horneater Peaks　食角人山峰
Houselord　族主
Huio　輝歐
Huqin　胡金
humaka'aban　胡瑪卡阿班
Hungerspren　餓靈

I

i-nah　唉那
Ialai　雅萊
Idolir　艾多里耳
Idrin　艾德林
Ilamar　艾勒馬
Illumination　照映（封波術）
Immortal Words　永生之言
Impossible Falls　不可能瀑布
Inadara　音娜達拉
Infantrylord　步兵長
Information House　信息屋

Inkima　茵琪瑪
Innia　音妮亞
Intoxicationspren　醺靈
Invia　音薇亞
Invest　授予
Investiture　授能
Iri　依瑞王國
Iriali　依瑞雅利人
Ironstance　鐵式
Ironsway　鐵道鎮
Isan　愛珊
Isasik Shulin　愛莎西克．書林
Ishar (Ishi)　艾沙（艾兮）
Ishashan　艾沙珊
Ishi'Elin　艾兮．艾林
Ishikk　依席克
Istow　依絲托
Iviad　艾維雅德
Ivis　艾薇
Ivory　象牙
Ixil　依西爾
Ixsix's Emperor
《伊瑟西斯之皇帝》
Iyatil　愛亞提

J

Jacks　傑克斯
Jah Keved　賈．克維德王國
Jakamav (Jak)　加卡邁（加卡）
Jal Mala　賈．瑪拉
Jam　阿詹
Janala　珍娜菈
Jarel　加瑞
Jasnah Kholin　加絲娜．科林
Javih　加斐
Jayla Ruthar　亞菈．盧沙
Jella Tree　傑拉樹
Jenet　詹奈
Jes　傑思
Jesel　傑瑟耳日（週一）
Jesachev　傑沙克夫日
Jesesach　傑瑟薩克日
Jesesan　傑瑟桑日
Jeseses　傑瑟瑟斯日
Jesnan　傑思南週
Jezerezeh'Elin　傑瑟瑞瑟．艾林
Jezrien　加斯倫
Jin　金
Jix　吉斯
Jorna　約那
Joshor　約朔
Jost　約司特
Joyspren　悅靈
Jusha Davar　傑舒．達伐

K

Ka　凱
Kaber　卡貝遊戲
Kadash　卡達西
Kadasixes　卡達西思
Kadrix　卡德立克司
Kael　凱爾
Kak　卡克
Kakakes　卡卡克日
Kakanev　卡卡耐夫日
Kakash　卡卡許週
Kakashah　卡卡沙日
Kakevah　卡維卡日
Kaktach　卡塔克日
Kaladin (Kal)　卡拉丁（阿卡）

Kalak 卡拉克
Kalami 卡菈美
Kalana 卡拉娜
Kali'kalin 卡里卡林
kaluk'i'iki 卡路克艾依其
Kammar 卡瑪
Karanak 卡拉納克
Karm 卡姆
Kasitor 卡西朵
Katarotam 卡塔樓譚
Kazilah 卡希拉
Kelathar 凱拉薩
Kelek 克雷克
Ketek 凱特科
Khal 卡爾
Khakh 卡克
Kharbranth 卡布嵐司城
Khav 卡夫
Khokh 闊克
Kholinar 科林納城
Khornak 科納克
King Hanavanar 哈納凡納王
King's Boon 國王恩賞
King's Testers 國王測試者
Klade 克雷德
Kneespike 膝刺
Knights Radiant 燦軍騎士
Knobweed Sap 團草乳
Kolgril 可吉魚
Koolf 庫夫
Koorm 庫姆
Korabet 可拉貝特
Korater 克拉特
Kukori 庫可里
Kurl 庫殼
Kurp 克普
Kurth 庫司（電之城）
Kusiri 庫希麗
Kylrm 凱洛

L

Ladent 拉頓
Lait 壘地
Lalai 菈萊
Lamaril 拉瑪瑞
Lanacin the Surefooted
穩足拉納辛
Lanceryn 連佘里
Laral 拉柔
Laresh 拉瑞史
Larkin 拉金蟲
Larmic 拉米螺
Larn 拉恩
Lashing 捆縛術
Last Desolation 最後寂滅
Last Legion 最後軍團
Lastclap 末拍
Laughterspren 笑靈
Lavis 拉維穀
Lead Huntmaster 獵長
Leef 李夫
Leeward 背風向
Leggers 多足
Levrin 雷林
Leyten 雷頓
Lhan 拉罕
Lhanin 拉尼因
Liafor 利亞佛
Liail 利艾
Liespren 謊靈

Lifebrother　命兄
Lifespren　生靈
Lift　利芙特
Light Year　輕年
Lightday　光日
Lightweaver　織光師
Lightweaving　織光術
Lilting Adrene
〈輕快的阿德萊納〉
Lin Davar　林・達伐
Linil　歷尼
Lirin　李臨
Liss　利絲
Listener　聆聽者
Listener Song of Histories
〈聆聽者歷史之歌〉
Listener Song of Listing
〈聆聽者列表之歌〉
Listener Song of Revision
〈聆聽者修正之歌〉
Listener Song of Secrets
〈聆聽者祕密之歌〉
Listener Song of Spren
〈聆聽者靈之歌〉
Listener Song of Wars
〈聆聽者戰爭之歌〉
Listener Song of Winds
〈聆聽者風之歌〉
Lister Oil　李斯特消毒油
Litima　麗提瑪
Loats　洛亞
Logarithmic Scale　對數圖
Logicmaster　邏輯師
Logicspren　邏輯靈
Lomard　洛馬
Long Trail　長路
Longbrow's Straits　長眉海峽
Longroot　長根
Longshandow　長影
Lopen　洛奔
Lost Radiants　失落燦軍
Lucentia　露光霞
Luckspren　運氣靈
Luesh　魯艾熙
Lull　暫靜
lunu'anaki　魯弩阿那其
Lurg　羅螺
Lustow　路司托
Luten　路頓
Lyn　琳恩
Lyndel　林德

M

Maakaian　瑪奇安教徒
Maben　馬班
Mabrow　麥伯
Macob　馬可伯
Madasa　厤達薩
Maderia　麥德芮雅
mafah'liki　瑪法利奇
Maib　梅布
Makabakam　馬卡巴坎王國
Makabaki　馬卡巴奇人
Makal　瑪卡
Makam　馬卡木
Makkek　馬凱克
Malan　馬藍
Malasha　瑪拉紗
Malchin　馬金
Malen　男倫

Malise Gevelmar
瑪麗絲・蓋佛瑪
Malop 馬洛普
Manaline 馬那萊
Mancha 滿查
Maps 地圖
Marabethia 瑪拉貝息安
Marakal 麥拉卡
Marat 瑪拉特
Marf 馬福
Mark 馬克
Markel Tree 馬可樹
Marks 馬克斯
Marnah 馬爾納
Marri 痲麗
Mart 馬特
Mashala 瑪莎拉
Masly 《馬思禮》
Master-servant 上僕
Matain 瑪坦音
Mateform 配偶形體
Mathana 瑪賽娜
Maxin 馬辛
Mediationform 調停形體
Meirav 梅菈芙
Melali 梅菈麗
Melishi 梅利席
Memory 記憶
Meridas Amaram
梅利達司・阿瑪朗
Merim 枚覽
Merchant 商人
Mesh 梅希
Methi Fruit 梅西果
Mevan Bay 梅凡灣
Miasal 米雅撒
Middlefest 中年節
Midnight Essence 子夜精
Midpeace 中平季
Miliv 密理夫
Milp 米普
Minara 米娜拉
Midnight Mother 子夜之母
Mintez 明泰
Mishim 迷辛（第三月亮）
Misted Mountains 迷霧山脈
mkai bade fortenthis
姆凱貝得富頓希司
Moash 摩亞許
Moelach 摩拉克
Monavakah 莫那伐卡
Moratel 莫拉特
Mord 摩德
Most Ancient 至長者
Mourn's Vault 穆恩密庫
Mraize 墨瑞茲
Mrall 莫拉
Mudbeer 泥啤酒
Multiple Basic Lashing
多重基本捆術
Mungam 蒙佳
Murk 莫克
Musicspren 樂靈
Myalmr 麥雅茉

N

Nacomb Gaval 維可・加法
Nadris 納德利斯
Nafti 娜芙蒂
Naget 納傑

Nahel Bond　納海聯繫
Nahn　那恩
Nak-ali　納克阿里
Naladan　娜菈旦
Nale　納勒
Nalan'Elin　納拉．艾林
Nalem　那倫
Nall　娜爾
Nalma　納馬
Nan　南
Nan Balat　南．巴拉特
Nan Helaran　南．赫拉倫
Nanel　南奈
Nanes　那諾
Nanha Relina　蕾林娜．南哈
Nanha Terith　特麗絲．南哈
Nanhel Eltorv　南河．艾托夫
Nar Sreet　那耳街
Narak　納拉克
Narbin　那賓布
Narm　那姆
Nasha　那山
Natam　那坦
Natan　拉坦
Natanatan　那塔那坦王國
Natir　那提爾
Navani Kholin　娜凡妮．科林
Navar　那伐
Nazh　納哲
Nearer the Flame　《近火》
Nelda　奈達
Nergaoul　訥加烏
Neshua Kadal　內書亞．卡達
Neteb　耐特伯
Neturo　奈圖羅
New Natanan　新那坦南
Niali　倪亞歷
Nightform　夜晚形體
Nightspren　夜靈
Nightstream Sea　夜流海
Nightwatcher　守夜者
Nimbleform　靈活形體
Nin　寧
Niter　奈特
Nlent　蘭特
Nohadon　諾哈頓
Nomon　諾蒙（第二月亮）
Norby　諾比
Northgrip　北握城
Nu Ralik　努．拉力克
Nuatoma　弩阿托瑪
numuhukumakiaki'aialunamor
弩母呼苦馬奇亞奇艾亞路納摩

O

O mas vara　兀洛馬法拉
Oathbringer　引誓
Oathgate　誓門
Oathpact　誓盟
Oathstone　誓石
Ocean of Origins　始源之海
Origin of Storms
颶風起源／颶源點
Odium　憎惡（碎神）
Off Year　無颶年
Old Magic　上古魔法
Oldblood　老族
One　一體
Oolelen　烏雷倫
Origin　起源處

Ornery Chull　頑固芻螺
Outer Market　外市場

P

Pai　珮
Pailiah　佩利亞
Painspren　痛靈
Pairing Fabrials　配對型法器
Palafruit　帕拉果
Palah　帕拉
Palahel　帕拉和日（週五）
Palahakev　帕拉哈克夫日
Palaheses　帕拉賀西思日
Palahevan　帕拉和凡日
Palahishev　帕拉希薩夫日
Palanaeum　帕拉尼奧
Pali　帕利
Paliah　帕莉雅
Palona　帕洛娜
Pama　帕瑪
Panatham　帕那坦
Pandri　潘德麗
Parap-shenesh-idi　帕普拉—山耐西—艾迪
Parasaphi　帕菈莎菲
Parshendi　帕山迪人
Parshmen　帕胥人
Passions　烈情諸神
Passionspren　激情靈
Pedin　裴丁
Peet　皮特
People of the Great Abyss　大深淵一族
People's Hall　人民大廳
Perel　佩瑞
Perethom　裴瑞松
Philosophy of Aspiration　期望哲學
Philosophy of Ideals　理念哲學
Philosophy of Purpose　目的哲學
Philosophy of Starkness　極簡哲學
Physical Realm　實體界
Pilevine Fruit　堆藤果
Pinnacle　峰宮
Pitt　比特
Placini　普拉西尼
Plated Stone　石盤
Plytree　線樹
Poem of Ista　〈艾司塔之詩〉
Polestone　極石
Prickletac　荊灌
Prime Aquasix　阿卡席克斯首座
Prime Kadasix　卡達西思主神
Prime Map　主地圖
Progression　進展（封波術）
Protector　保護者
Protoscript　前文字
Proving Day　證實之日
Punio　普尼歐
Purelake　純湖
Purelaker　純湖人

Q

Quili　奇利

R

Radiant　燦軍
Rainspren　雨靈
Raksha　拉克沙

Ral　阿勞
Ralinor　拉利諾
Ralinsa　拉林薩街
Rall Elorim　勞・艾洛里
Raninor of the Fields
　田園雷尼諾
Rashir　拉席爾
Rasping　嘶怪
Rathalas　拉薩拉思
Rayse　雷司
Recreance　重創期
Red　阿紅
Redin　雷丁
Redwater　紅水
Reesh　利西
Regrowth　重生
Relanas　雷拉納斯
Relay Room　傳信站
Relis　雷利司
Relu-na　雷魯納
Ren　倫人
Renarin　雷納林
Rencalt　仁卡
Rener　雷奈
Reral Makoram　雷拉・馬可朗
Re-Shephir　瑞佘斐爾
Reshi　雷熙人
Reshi Isles　雷熙群島
Reshi Sea　雷熙海
Resi　雷希
Restares　雷斯塔瑞
Reversers　倒轉
Reverse Lashing　反向捆術
Revilar　瑞維拉
Revolar　雷沃拉
Revv　雷夫
Reya　雷雅
Rhythm of Anxiety　焦慮節奏
Rhythm of Betrayal　背叛節奏
Rhythm of Consideration
　深思節奏
Rhythm of Curiosity　好奇節奏
Rhythm of Irritation
　煩躁節奏
Rhythm of Joy　喜悅節奏
Rhythm of Lost　喪失節奏
Rhythm of Mourning　哀悼節奏
Rhythm of Peace　和平節奏
Rhythm of Pleading　懇求節奏
Rhythm of Praise　稱讚節奏
Rhythm of Remembrance
　記憶節奏
Rhythm of Reprimand　責怪節奏
Rhythm of Resolve　決心節奏
Rhythm of Skepticism　質疑節奏
Rhythm of Winds　風之節奏
Rianal　瑞亞納
Riddens　瀝流
Ridgebark　裂皮草根
Right of Challenge　挑戰權
Rilla　芮菈
Rillier　瑞利爾
Rin　凌
Rind　林德
Rira　里拉
Rishir　芮希爾王國
Riverspren　河靈
Rlain　瑞連
Rock　大石
Rockbud　石苞

Rocklily　石百合
Rod　羅德
Roion　洛依恩
Roshar　羅沙
Roshone　羅賞
Rotspren　腐靈
Royal Defender　皇家護衛
Ru Parat　魯帕拉特
Ruby　紅寶石
Ruby Mark（Firemark）
紅寶馬克（火馬克）
Rust Elthal　魯斯・艾薩
Ruthar　盧沙
Ryshadium　瑞沙迪馬
Rushu　露舒
Rysn　芮心

S

Safehand　內手
Safepouch　密囊
Salas　薩拉思（第一月亮）
Salinor Eved　沙利諾・艾夫
Sani　薩妮
Santhid　山提德
Santhidyn　山提德獸
Sapphire　藍寶石
Sarpenthyn　沙奔淡
Sas Morom　撒司・墨隆
Sas Nahn　煞・那恩
Savalashi　薩法拉席
Scarfever　疤熱
Scholarform　學者形體
Scragglebark　粗皮苔
Scrak　思夸可
Sea of Spears　矛海
Sea-Silk　海絲
Sebarial　瑟巴瑞爾
Sebes　瑟貝
Second Ideal　第二理念
Seedstone　種石
Seeli　西莉
Sel　賽耳
Sela Tales　瑟拉・泰爾王國
Selay　色雷人
Seld　《賽德》
Sellsword　販劍人
Sellafruit　瑟拉果
Serugiadis　瑟魯吉亞迪
Sesemalex Dar　瑟瑟瑪雷達城
Seveks　瑟維克思
Shadesmar　幽界
Shadowdays　影時代
Shadows Remembered
《追憶影蹤》
Shalash (Ash)　紗拉希（艾希）
Shalebark　板岩芝
Shallan Davar　紗藍・達伐
Shallowcrab　鬥淺蟹
Shamanate　山馬內特
Shamel　沙眉
Shamespren　羞恥靈
Shard　碎力／碎神
Shardbearer　碎刃師
Shardblade　碎刃
Shardplate　碎甲
Shards　碎力
Shash　沙須
Shashabev　沙沙貝夫日
Shashanan　沙山南日
Shattered Plains　破碎平原

Shauka-daughter-Hasweth
哈思維司之女韶卡
shaylor mkabat nour
賽拉姆卡巴特奴爾
Sheler 薛勒
Shell 殼獸
Shellhead 殼頭
Shelltick 殼蝨
Shen 沈
Shesh Lerel 薛須・雷樂
Shim 辛姆
Shin 雪諾瓦人
Shin Kak Nish
辛・卡・尼西王國
Shinovar 雪諾瓦王國
Shoren 修倫
Shorsebroon 修司布隆城
Shubalai 書芭萊
Shulin 書林
Shum 燒姆
Si 西
Siah Aimians 西亞・艾米亞人
Sigzil (Sig) 席格吉（阿席）
Slick 滑溜
Silent Gatherers 沉默蒐集者
Silent Mount 無言峰
Silnasen 席爾那森
Silver Kingdom 銀色帝國
Simberry 辛莓
Simol 西莫
Sinbian 欣比安
Sivi 希微
Sja-anat 斯加阿納
Skai 史凱
Skar 斯卡
Skybreaker 破空師
Skychips 天幣
Skyeel 天鰻
Skymark 天馬克（藍寶馬克）
Slaveform 奴隸形體
Slaver 奴隸主人（奴主）
Smokeform 煙霧形體
Smokestance 煙式
Smokestone 煙石
Snarlbrush 纏灌
Songlings 歌螺
Soulcaster 魂師／魂器
Soulcasting 魂術
Soul's March 靈魂長征
Souther Depth 南方深淵
Spanreed 信蘆
Spark-flickr 火劍
Sphere 錢球（球幣）
Spikemane 刺芒
Spiritual Realm 靈魂界
Splintered 碎裂
Spilnter 碎片
Spray 飛沫
Spren 精靈
Stagm 思塔根
Staplind 史塔布林德
Starspren 星靈
Steamwater Ocean 蒸騰海洋
Steen 使丁
Stine 司汀
Stone Shaman 石巫
Stone Shamanism 拜石教
Stone-barked Tree 石皮樹
Stonesinew 石筋
Stonestance 石式

Stonewalker　踩石人
Stoneward　岩衛師
Stoneweight　石重
Stormfather　颶父
Stormform　颶風形體
Stormlight Archive　颶光典籍
Stormpause　颶風停緩期
Stormseat　颶風座
Stormspren　颶風靈
Stormwall　颶風牆
Stormwarden　防颶員
Stormwhisper　念颶怪
Stormward　颶風向
Stormwagon　颶風車
Stumpweight Sap　矮重樹漿
Stumpweight Tree　矮重樹
Stumpy Cort　短科特魚
Suna　蘇拿
Subart　次藝
Subspren　昏靈
Sumi　索米
Sunmaker　創日者
Sunmaker Mountains　造日山脈
Sunraiser　舉日
Sunwalk　陽光道
Sur　蘇耳
Sur Kamar　蘇爾・卡滿
Sureblood　定血
Surge　波力
Surgebinder　封波師
Surgebinding　封波術
Syasikk　賽西克
Symbolhead　符號頭
Sylphrena (Syl)
西芙蕾娜（西兒）
Szeth　賽司
Szeth-son-son-Vallano
法拉諾之孫賽司
Szeth-son-Neturo
奈圖羅之子賽司

T

Tadet　塔得特
Taffa　塔凡
Tag　泰格
Tai-na　太納
Takama　塔卡瑪
Takers　拿翹組
Talak　塔拉克
Talani　塔拉妮
Talat　塔拉
Talata　塔拉塔
Talatin　塔拉汀
Taleb　塔雷伯
Talik　塔里克
Taln　塔恩
Talenel　塔勒奈
Talenel'Elin　塔勒奈・艾林
Talenelat　塔勒奈拉
Talenelat'Elin　塔勒奈拉・艾林
Tallew　塔露穀
Taln's Scar　塔恩之疤
tan balo ken tala　坦包羅坎塔拉
Tana'kai　塔納凱
Tanat　塔那
Tanatanes　塔那塔那日
Tanatanev　塔那塔耐夫日
Tanates　塔那特司週
Tanatesach　塔那特薩奇日
Tanavast　坦那伐思特

Tarah 塔菈
Taran 塔南
Tarat Sea 塔拉海
Taravangian (Vargo)
塔拉凡吉安（法哥）
Tarilar 塔瑞拉
Tarma 塔瑪
Tarn 老塔
Taselin 塔瑟里
Tashikk 塔西克
Tashlin 塔須林
Tavinar 塔維納
Tearim 提瑞姆
Teft 泰夫
Teleb 特雷博
Telesh 泰雷熙
Telm 泰姆
Temoo 特目
Ten 坦
Ten Deaths 十死神
Ten Divine Attributes 神之十相
Ten Essences 十元素
Ten Fools 十傻人
Ten Human Failings 人之十敗
Tenner 坦納
Tenem 特南
Tension 張力（封波術）
Terxim 特西姆
Teshav 泰紗芙
Tet Wikim 太特・維勤
Tezim 特席姆
Thaidakar 賽達卡
Thalath 瑟拉席
Thanadal 薩拿達
Thaspic 塞斯皮克
Thath 薩斯
Thaylen 賽勒那人
Thaylenah 賽勒那王國
The Almighty's Tenth Name
全能之主的第十聖名
The Arguments 《證經》
The Dark Home 黑暗家園
The Day of Recreance 再創之日
The Double Eye of the Almighty
全能之主的雙瞳
The Five 五人組
The Night of Sorrows 哀傷之夜
The Poem of the Seventh Morning
〈第七晨之詩〉
The Ring 環主
The Shallow Crypts 淺窖
The Song of the Last Summer
〈往夏之歌〉
The True Desolation 真正荒寂
The Wind's Pleasure 風之愉悅號
Thinker 阿想
Three Gods 三神
Three Lashing 三重捆術
Thresh-son-Esan
艾森之子瑟雷敘
Thude 度德
Thunderclast 雷爪
Tibon 提邦
Tien 提恩
Tif 提夫
Tifandor 提凡朵
Tigqikk (Tig)
提格吉克（提格）
Times and Passage
《歷史與進程》

Tinalar 提納拉
Tivbet 提福貝
Tomat 托馬
Ton 阿同
Took 托克
Toorim 圖林
Topaz 黃寶
Topics 《主題史》
Torfin 托分
Tormas 托瑪斯
Torol Sadeas 托羅・薩迪雅司
Town Hall 市鎮廳
Tozbek 托茲貝克
Trademaster 商主
Trailman 徑人
Tranquiline Halls 寧靜宮
Transformation 轉化（封波術）
Transportation 傳輸（封波術）
Traxil 特拉席爾
Treff 特雷夫
Triax 特里亞斯
Troal 托勞
Truthberry 實話果
Truthless 無實之人
Truthwatcher 眞觀師
Tu Bayla 圖・貝拉
Tu Fallia 圖・法利亞
tuanalikina 吐安那利奇那
Tukar 圖卡
Tukari 圖卡里人
Tukks 托克思
tuma'alki 吐馬阿奇
Tumul 圖木
Turi 圖利
Tvlakv 弗拉克夫
Tyn 太恩
Tyvnk 泰溫克

U

Ulatu 烏拉圖
uli'tekanaki 兀理特卡那奇
ulo mas vara 兀洛馬法拉
umarti'a 兀瑪提阿
Unclaimed Hills 無主丘陵
Unkalaki 昂卡拉其
Unmade 魄散
Urithiru 兀瑞席魯
Uvara 兀法拉人

V

Valam 法蘭
Valama 法拉馬
Valath 法拉斯
Valhav 法哈佛王國
Vallano 法拉諾
Valley of Truth 眞實山谷
Vamah 法瑪
Van Jushu 凡・傑舒
Vanrial 凡瑞爾
Vanrial Hypothesis 凡瑞爾推論
Vao 伐歐
Varala 法勞菈
Varanis 瓦藍尼斯
Varas 瓦拉偲
Varikev 法瑞克夫
Varnali 伐納利
Varth 伐史
Vartian 凡紳
Vathah 法達
Vathe 法西

Vavibrar 《法維布拉》
Veden 費德人
Vedel 弗德爾
Vedeledev 弗德勒弗
Vedenar 費德納
Veil 圍紗（紗藍化名）
Velat 薇菈
Ven 凡
Vengeance 復仇
Vengeance Pact 復仇同盟
Venli 凡莉
Veristitalian 記實學家
Vet 維特
Vev 維夫
Vevahach 維瓦哈克日
Vevanev 維法奈日
Vevishes 維微西日
Vinebud 藤苞
Vinestance 藤式
Voidbinding 束虛術
Voidbringer 引虛者
Voidspren 虛靈
Vorin 弗林
Vorin Kingdom 弗林國度
Vstim 弗廷
Vun Makak 馮・馬卡克

W

Waber 華伯
War 《戰事論》
War Codes 戰地守則
War of Loss 失落之戰
War of Reckoning 清算之戰
Warform 戰爭形體
Warliday 瓦力日
Warlord 戰主
Warning Fabrials 示警型法器
Wastescum 廢墟區
Wasting Sickness 消渴症
Way of Kings 《王道》
Weeper 泣血殺手
Weeping 泣季
Weepings Old 泣年
Weevilwax 小惡魔蠟
Whitespine 白脊
Wikim Davar 維勤・達伐
Willshaper 塑志師
Wind's Pleasure 隨風號
Windblade 風刃
Windbreak 擋風牆
Windrunner 逐風師
Windrunning 逐風術
Windrunner River 逐風河
Winds of Fortune 幸運之風
Windspren 風靈
Windstance 風式
Winterwort 冬結根
Wistiow 維司提歐
Wit 智臣
Words 箴言
Words of Radiance 《燦言》
Wordsman 書人
Workform 工作形體
Worldsinger 歌世者
Wyndle 溫德

Y

Yake　亞克
Yalb　亞耶伯
Yamma　亞瑪葉
Yelig-nar　夜林拿
Yenev　葉奈夫
Yezier　葉席爾
Yaezir　亞什爾
Yis　依史
Yix　依克斯
Yolish　尤立許
Yonatan　永納坦
Ym　尹姆
Ysperist　伊斯派瑞教徒
Yu-nerig　由內利
Yulay　育雷
Yustara　余斯塔拉

Z

Zahel　薩賀
Zawfix　扎費司
Zeh-daughter-Vath
　沾之女法絲
Zircon　鋯石
Zither　齊特琴
Zuln　祖恩

國家圖書館出版品預行編目資料

颶光典籍二部曲：燦軍箴言（下冊）／
布蘭登・山德森（Brandon Sandersen）作; 段宗
忱譯 - 初版 - 臺北市：奇幻基地, 城邦文化出版：
家庭傳媒城邦分公司發行；民105. 02
面：公分. -（BEST嚴選：080）
譯自：The Stormlight Archive: Words of Radiance
ISBN 978-986-92728-0-3（平裝）

874.57 104028937

ISBN 978-986-92728-0-3

Printed in Taiwan.

城邦讀書花園
www.cite.com.tw

BEST嚴選 080

颶光典籍二部曲：燦軍箴言・下冊

原 著 書 名／The Stormlight Archive: Words of Radiance
作　　者／布蘭登・山德森（Brandon Sanderson）
譯　　者／段宗忱
企劃選書人／王雪莉
責 任 編 輯／王雪莉
文 字 校 對／李沛璇
行 銷 企 劃／周丹蘋
業 務 主 任／范光杰
行銷業務經理／李振東
總　編　輯／楊秀真
發　行　人／何飛鵬
法 律 顧 問／台英國際商務法律事務所　羅明通律師
出版／奇幻基地出版
城邦文化事業股份有限公司
台北市 115 南港區昆陽街 16 號 4 樓
電話：(02)25007008　　傳真：(02)25027676
網址：www.ffoundation.com.tw
e-mail：ffoundation@cite.com.tw
發行／英屬蓋曼群島商家庭傳媒股份有限公司城邦分公司
台北市 115 南港區昆陽街 16 號 8 樓
書虫客服服務專線：(02)25007718・(02)25007719
24 小時傳真服務：(02)25170999・(02)25001991
服務時間：週一至週五09:30-12:00・13:30-17:00
郵撥帳號：19863813　　戶名：書虫股份有限公司
讀者服務信箱 E-mail：service@readingclub.com.tw
歡迎光臨城邦讀書花園　網址：www.cite.com.tw
香港發行所／城邦（香港）出版集團有限公司
香港灣仔駱克道 193 號東超商業中心 1 樓
電話／(852) 2508-6231　傳真／(852) 2578-9337
E-mail／hkcite@biznetvigator.com
馬新發行所／城邦（馬新）出版集團
【Cite(M)Sdn. Bhd.(458372U)】
11, Jalan 30D/146, Desa Tasik, Sungai Besi, 57000 Kuala Lumpur, Malaysia.
電話：603-9056 3833　　傳真：603-9056 2833

封 面 設 計／黃聖文
排　　版／極翔企業有限公司
印　　刷／高典印刷有限公司
■2016 年（民 105）2 月 3 日初版
■2024 年（民 113）5 月 3 日初版14刷

售價／550元

廣	告	回	函

北區郵政管理登記證

台北廣字第000791號

郵資已付，免貼郵票

104台北市民生東路二段141號11樓

英屬蓋曼群島商家庭傳媒股份有限公司城邦分公司 收

請沿虛線對摺，謝謝

奇幻基地

每個人都有一本奇幻文學的啓蒙書

奇幻基地官網：http://www.ffoundation.com.tw

奇幻基地粉絲團：http://www.facebook.com/ffoundation

書號：1HB080　　書名：颶光典籍二部曲：燦軍箴言．下冊

請於此處用膠水黏貼

奇幻基地

讀者回函卡

謝謝您購買我們出版的書籍！請費心填寫此回函卡，我們將不定期寄上城邦集團最新的出版訊息。

姓名：______________________ 性別：□男 □女

生日：西元__________年__________月__________日

地址：______________________

聯絡電話：__________傳真：__________

E-mail：______________________

學歷：□ 1.小學 □ 2.國中 □ 3.高中 □ 4.大專 □ 5.研究所以上

職業：□ 1.學生 □ 2.軍公教 □ 3.服務 □ 4.金融 □ 5.製造 □ 6.資訊

□ 7.傳播 □ 8.自由業 □ 9.農漁牧 □ 10.家管 □ 11.退休

□ 12.其他______________________

您從何種方式得知本書消息？

□ 1.書店 □ 2.網路 □ 3.報紙 □ 4.雜誌 □ 5.廣播 □ 6.電視

□ 7.親友推薦 □ 8.其他______________________

您通常以何種方式購書？

□ 1.書店 □ 2.網路 □ 3.傳真訂購 □ 4.郵局劃撥 □ 5.其他

您購買本書的原因是（單選）

□ 1.封面吸引人 □ 2.內容豐富 □ 3.價格合理

您喜歡以下哪一種類型的書籍？（可複選）

□ 1.科幻 □ 2.魔法奇幻 □ 3.恐怖 □ 4.偵探推理

□ 5.實用類型工具書籍

您是否為奇幻基地網站會員？

□ 1.是□ 2.否（若您非奇幻基地會員，歡迎您上網免費加入，可享有奇幻基地網站線上購書75 折，以及不定時優惠活動：http://www.ffoundation.com.tw/）

對我們的建議：______________________

____

____

請於此處用膠水黏貼

Brandon Sanderson

布蘭登・山德森

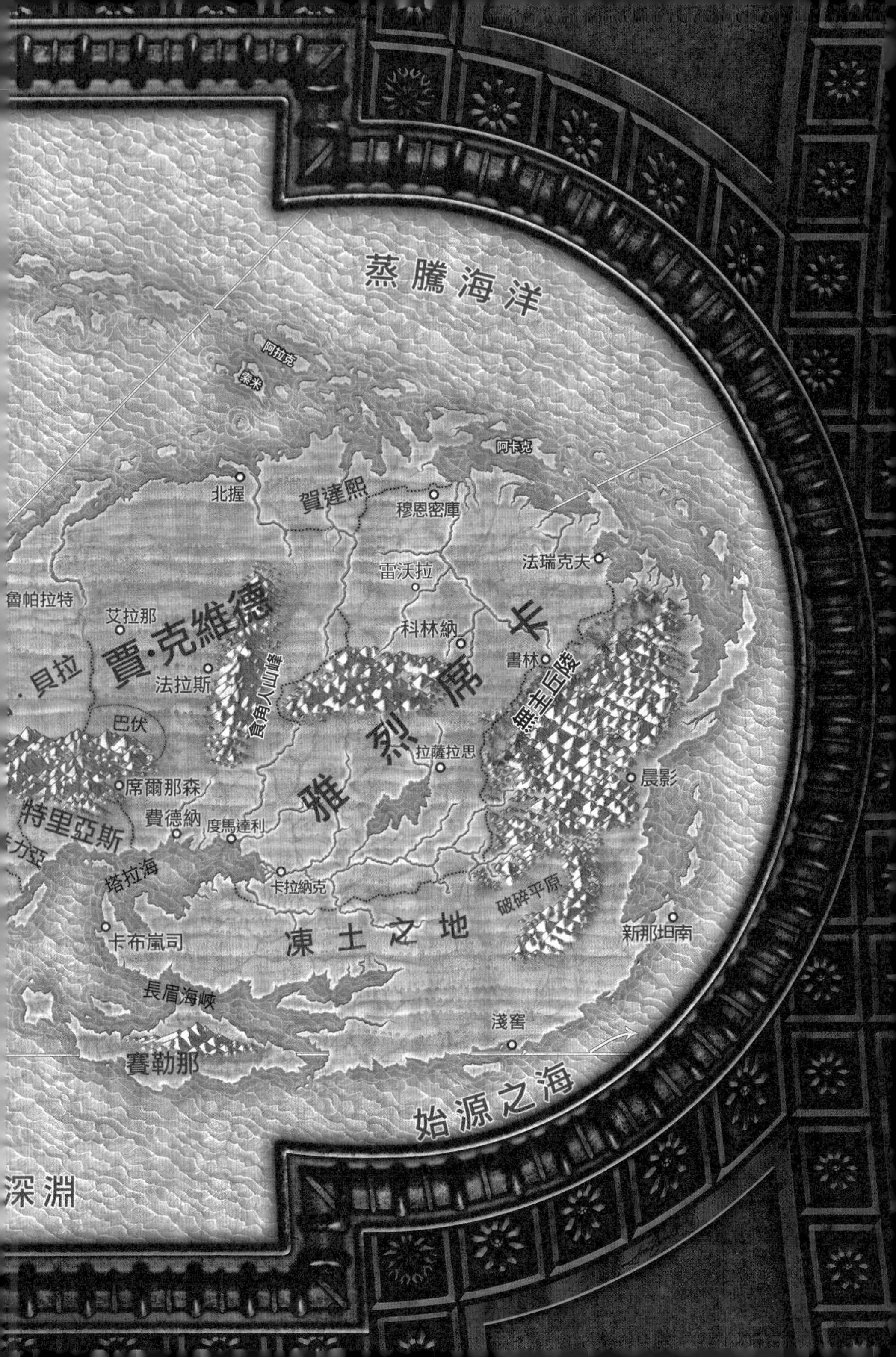
蒸騰海洋
阿拉克
索米
阿卡克
北握
賀達熙
穆恩密庫
法瑞克夫
雷沃拉
魯帕拉特
艾拉那
賈·克維德
科林納
卡
席
烈
雅
書林
無主丘陵
貝拉
法拉斯
食角人山峰
巴伏
拉薩拉思
晨影
席爾那森
特里亞斯
費德納
度馬達利
塔拉海
卡拉納克
破碎平原
卡布嵐司
凍土之地
新那坦南
長眉海峽
淺窖
賽勒那
始源之海
深淵

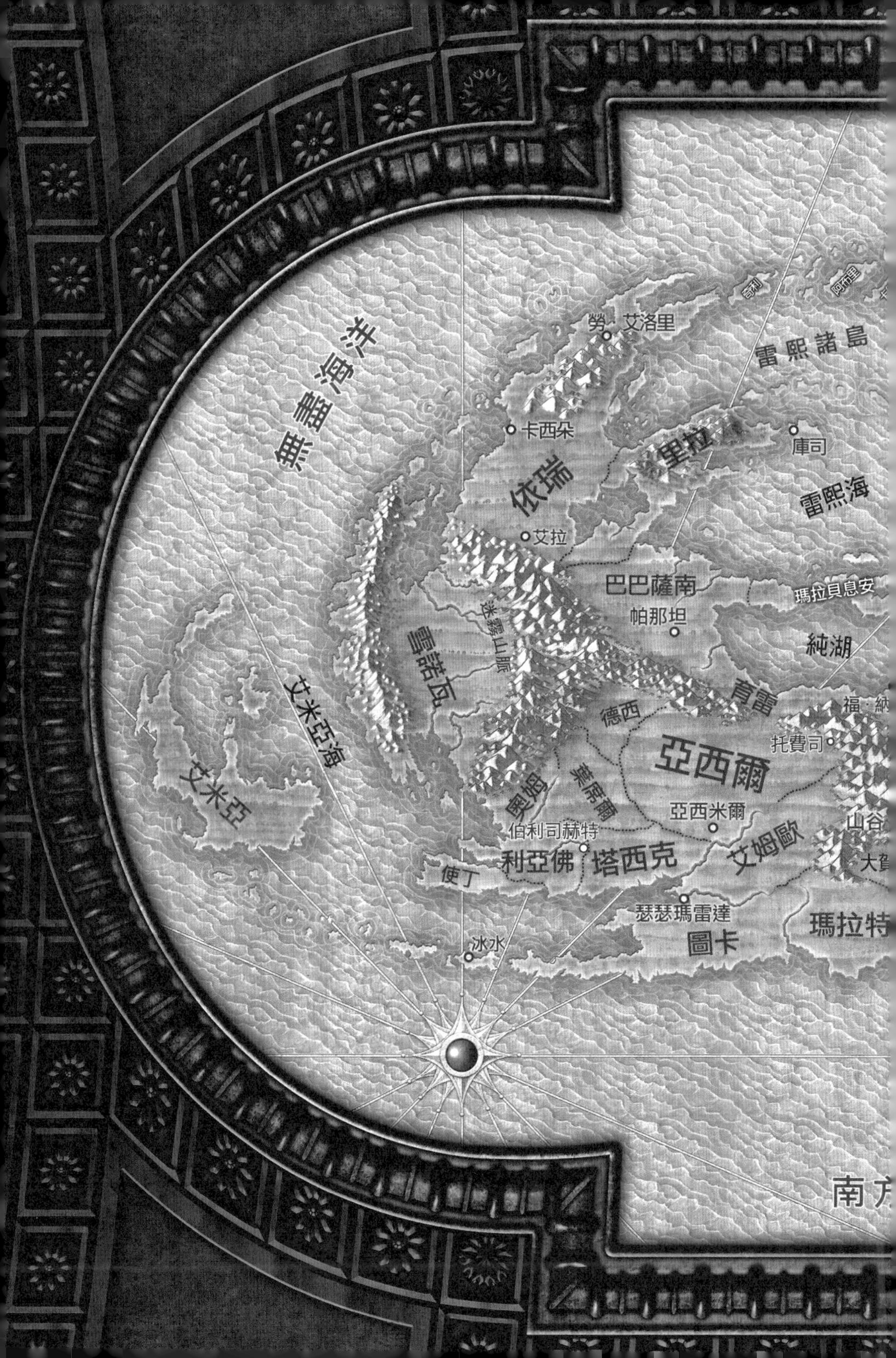
無盡海洋
勞．艾洛里
雷熙諸島
卡西朵
里拉
庫司
依瑞
雷熙海
艾拉
巴巴薩南
瑪拉貝息安
帕那坦
迷霧山脈
雪諾瓦
純湖
育雷
德西
托費司
亞西爾
艾米亞海
艾米亞
葉席爾
亞西米爾
伯利司赫特
艾姆歐
利亞佛
塔西克
使丁
瑟瑟瑪雷達
圖卡
冰水

Brandon Sanderson

布蘭登・山德森